读客

读客外国小说文库

激发个人成长

# 甜蜜的苦楚

[澳] 考琳·麦卡洛 著　　夏星 译

江苏凤凰文艺出版社
JIANGSU PHOENIX LITERATURE AND
ART PUBLISHING, LTD

# Bittersweet

Colleen McCullough

献给瓦尔·马丁内斯和亚历克斯·马丁内斯

向你们致以浓浓的爱意和深深的感激

谢谢你们多年来给予我的所有帮助

# 目 录

第一部

# 四个新派护士

托马斯·拉蒂默牧师，是英格兰圣公会圣马可教堂的教区长，这个教堂位于新南威尔士州克朗达郡克朗达市。托马斯有两对双胞胎女儿，一对叫艾达和格蕾丝，另一对叫草窠和吉蒂。

这四个女孩坐在四把不高的椅子上，身后没生火的壁炉仿佛张着血盆大口。这间客厅很宽敞，里面满是喋喋不休的女人，她们都是教区长的太太莫德请来的，为了庆祝几天后的一桩大事——教区长的四个女儿即将离开家，去克朗达乡村医院受训当护士。

艾达一面忍受着被人围观的尴尬，一面不停地对自己说：不到一个星期就可以走了，不到一个星期就走！她的继母莫德和平时一样，主宰着谈话，东拉西扯，唠叨不停。艾达不想看她，于是便四处瞟来瞟去。

她们四个并排坐着，艾达在最边上，她椅子旁边的木地板上有一个洞。洞里的动静引起了艾达的注意，她坐直身体，心里却乐开了花。洞里有只大老鼠！它要到妈妈的派对上来捣乱啦！她边等着看它露出头来边想，只要它再前进一英寸[1]，我就大声地倒抽一口气，然后用最大的嗓门尖叫“老鼠”。多有意思啊！

可是艾达还没来得及出声，就真真切切地看见了老鼠的脑袋，她吓得呆住了。那是个光溜溜的黑色楔形脑袋，舌头还一吐一吐的——不管是什么蛇，它都是个大家伙！——随后露出来的是它那同样光溜溜的黑色身体，足有女人的胳膊那么粗。没错，它的身体是黑色的，但底下的肚子却是红色的。这东西一直在往外爬，是一条红腹黑蛇，目前可见的身长已达到七英尺[2]，有致命的剧毒。可它是怎么进到屋里来的呢？

它的身体越露越多，只等尾巴尖也从地板里出来，它就会突然逃走，没人知道它会往哪个方向去。生火的工具都放在炉床的另外一边，中间还隔着浑然不觉的草窠、格蕾丝和吉蒂，艾达不可能拿得到。

她坐的这把椅子有软垫，但是没有扶手，看着很不结实的椅子腿越往下越细，最底下的细圆头几乎跟唇膏一样粗。艾达深吸一口气，抬起身体，同时也把椅子搬离了地面几英寸，用椅子的左前腿对准蛇头的正中间戳下去。随后她坐了下来，动作又猛又重，双手死死握紧椅座的两边，打定主意要让自己安然渡过这个

---

1　英制度量单位，1英寸约等于2.54厘米。——译者注（如无特殊说明，文中注释均为译者注）

2　英制度量单位，1英尺约等于30.48厘米。

难关，就像杰克·瑟洛驯马的时候那样。

椅腿刺穿了蛇的脑壳，正中两眼之间，它那七英尺长的身体高高地挺立起来。有人尖叫了一声，其他人也跟着大喊起来，可是艾达·拉蒂默却端坐不动，努力将椅子腿牢牢地钉在蛇头上。那条蛇舞动着身体，围着她狂抽猛打，在她身上撞来撞去，就连男人的拳头都没有这么凶猛、有力。它的攻击如同雨点一样落在她身上，仿佛是一团轮廓模糊的东西在绕着她飞速旋转，又像是一个翻滚的黑影将她包围住。

女人们四处逃窜，仍然在尖叫个不停，眼睛里只看到艾达和那条巨大的公蛇，根本没办法克服恐惧帮她。

只有吉蒂，漂亮又勇敢的吉蒂，从炉床上一跃而过，手里挥舞着一把短柄石斧——这是用来在生火前临时劈大块引火柴的。她吃力地蹚过大蛇那如同鞭打一般的猛烈攻击，只劈了两下，就把它的脑袋从身上砍了下来。

“艾兹[1]，现在你可以把身体从椅子上挪开了。”吉蒂一边扔掉小斧头，一边对她姐姐说，“这东西简直就是个怪物！你身上肯定要青一块紫一块了。”

“你这个疯子！”格蕾丝抽泣着说，她吓得眼泪都下来了。

“傻瓜！”草窠对着艾达和吉蒂狠狠地说道。这会儿牧师那再娶的妻子就像疯了一样，结果面无血色的托马斯·拉蒂默只顾

1 艾达的昵称。

着去照料她，却无暇顾及内心真正想做的事情——安慰自己勇敢无比的女儿们。

尖叫声和哭喊声渐渐平息下来，有几个无所畏惧的女人已经不那么害怕了，她们把那条蛇团团围住，亲自察看它死成什么样了——这可真是条大蛇！伊妮德·垂德比和亨丽埃塔·波德姆这两位太太，正在帮牧师一起安抚莫德，除了那两对双胞胎姐妹，谁也不记得今天这场被毁掉的聚会原本是为什么而举行的。眼下最要紧的事情是，艾达·拉蒂默居然杀了一条能毒死人的成年公蛇，她简直就是个怪物，所以女人们得赶紧跑回家去，以便继续进行克朗达女性的主要工作——聊聊闲天，顺便造点谣言，再乱猜一气。

四个姑娘来到一辆已经被人遗忘的手推车旁，车上摆着各种好吃的东西，她们把茶倒进易碎的茶杯里，抢起了黄瓜鸡蛋三明治。

“女人不是傻瓜是什么？”草窠挥舞着茶壶问道，“看她们那副样子，你会以为天都要塌了！不过，艾达你也是个不折不扣的傻瓜。要是椅子腿那招没成功，你还打算怎么办？”

“草窠，如果那样的话，我就会求你帮着出个主意了。”

“哈！你用不着求我，因为咱们另一位非凡的思想家兼智多星吉蒂已经来救你了。”草窠看了看四周，“哎呀，她们全都回家去了！姐妹们，尽情吃吧，咱们可以大吃一顿了。”

“妈妈得花上两天时间才能从这事上缓过神来。”格蕾丝开开心心地说，她举起手里的茶杯，表示还要喝茶，“她在听说教区长宅邸要失去咱们这四个无偿女佣的时候都没这么吃惊。”

吉蒂粗鲁地大声吹了一口气，说道：“胡说，格蕾丝！不管这条蛇多大、多毒，在妈妈心里，它的死都远远比不上少了四个不要钱的女帮佣带来的打击。”

草窠说道：“更重要的是，等妈妈回过神来以后，她第一个要做的肯定是对艾达说教一通，告诉她怎样才能得体又不失谨慎地弄死那条蛇。你闹的动静太大了。”

“天哪，一点不假，我确实是闹翻天了。”艾达一边平静地说着，一边往烤饼上抹着浓醇的红色果酱和厚厚的一层生奶油，“真好吃！可要是我没有这么闹一下的话，咱们四个就永远别想吃上烤饼了。妈妈的那些朋友会把这些一扫而光的。”她大声地笑了起来，“下个周一，姐妹们！下个周一咱们就要开始自己的生活了。妈妈再也管不着咱们。吉蒂，我说这话可没有冒犯你和草窠的意思，你明白的。”

“我太明白了。”吉蒂粗声粗气地说。

其实，莫德·拉蒂默倒不是有意要惹人讨厌。在她自己看来，无论是对待继女还是亲生女儿，她都同样无私，充满耐心。格蕾丝和艾达，跟她的亲生女儿草窠和吉蒂是同父异母的姐妹，外人如果不注意的话，完全看不出她对谁偏心。可人家哪怕对牧师宅邸里的生活稍稍在意一点，莫德总是立刻就能分辨出来。

对于她这样喜欢当妈妈的人来说，四个如此美丽动人的孩子怎么会令她心烦呢？本来莫德也许真的能成为她想象中的那种圣母，可命运却给了她一个实实在在的意外。事情是这样的，莫德所出的那对双胞胎中的小女儿吉蒂比她那三个可爱的姐姐要更美貌一些，她之于她们，就仿佛太阳的光芒令月亮的清辉黯然失色。

从吉蒂尚在襁褓时开始，一直到今天的离别派对，凡是能听到莫德声音的人，都听过她对于吉蒂的各种优点唠叨个没完没了。尽管人们私下里也同意莫德公开说的那些看法，但是，一看到莫德紧紧牵着吉蒂的手走进视线范围，身后跟着另外那三个双胞胎孩子，大家就已经烦透了。在克朗达，人们一致认为，莫德的所作所为其实是在为吉蒂树敌——吉蒂的三个姐姐艾达、格蕾丝和草窠一定恨死她了！大家还推测，吉蒂肯定是个讨人厌的孩子，娇生惯养，傲慢至极。

但事实却并没有发展成这样，个中缘由，除了牧师谁也想不明白。他认为，女儿们相亲相爱，正说明了上帝有多眷顾她们，这就是真凭实据。莫德自然是把丈夫给予上帝的赞美抢到了自己头上，而且是全都算作她的功劳才觉得公平。

拉蒂默家的姑娘们觉得莫德既可怜又可恨，只是不管有没有血缘关系，大家毕竟住在同一个屋檐下，她们不得不跟她友好相处。这四个姑娘之所以会结成牢固的攻守同盟一致对抗莫德，并不是因为得不到莫德欢心的那三个孩子处境太过艰难，而是因为莫德将所有的疼爱全都集中到吉蒂一个人身上，结果可把吉蒂给害苦了。

吉蒂本该是个性情傲慢、待人苛刻的孩子，可事实恰恰相反，她害羞、安静，不爱与人交往。艾达和格蕾丝在一岁八个月大的时候，就注意到了妈妈对吉蒂造成的影响，草窠则是后来才发现这一点的，可是等她们三个全都看出来以后，立刻忧心忡忡起来。至于她们是如何渐渐开始密谋要保护吉蒂不受莫德残害的，这已经消失在幼年的迷雾中不得而知。可随着时间的推移，她们的秘密约定历久弥坚。

艾达作为这个小联盟的首领，每一次有状况发生的时候，她总是最先站出来，这已经形成了一种固定模式。艾达十二岁那年，有一回发现吉蒂在用奶酪刨砸自己的脸，于是她把这东西从十岁的吉蒂手里夺下来，然后赶紧带着她去找爸爸。她们的爸爸是这个世界上最和蔼、最亲切的人。对于这个问题，他只知道一种处理方法——他对这个小姑娘说，上帝把她生得这么美，肯定是有他自己的缘由，虽然这缘由眼下还没人明白，但是总有一天她会懂得；所以，要是她企图自残，那就是在冒犯上帝。吉蒂相信了他的话，这场危机被他解决得漂亮极了。

自此以后，直到吉蒂即将从学校毕业的那年初，她再没做过这种傻事。吉蒂和姐姐们念的是克朗达女子学院，这是一家英格兰教会机构。牧师让自己那对大一些的双胞胎推迟入学，又让小的这两个提前上学，所以这四个女孩从小学到中学都在同一个班级，后来又一同毕了业。学校的女校长是个严厉的苏格兰人，这一届有十一个女孩子即将离校，她的开学致辞与其说是在鼓励她们，倒不如说是在打压她们对人生的期望。

“你们的父母，允许你们毕业前留在克朗达女子学院又额外学习了两到四年。”她的发音很饱满，在牛津念过书的人都有这个特点，“在我主耶稣纪元一九二四年的年末，你们就要离开学校了。等到那个时候，就女性的教育程度而言，你们所受的教育将是无与伦比的。你们在英语、数学、古代史、近代史、地理、基础科学、拉丁语和希腊语这些学科所接受的基础训练，将达到大学的入学标准。”她意味深长地停了一下，随后说出了结语，“不过，对于你们而言，最理想的职业，当数一桩门当户对的婚姻。要是你们选择单身，而且不得不自食其力，那么有两种工作是对你们敞开大门的：一是在小学或是一些中学里任教，二是从事文秘工作。”

在随后的那个周日，莫德·拉蒂默在牧师宅邸里用午餐时，给这番话加了一句批语。

“一派胡言！”莫德说道，说完还轻蔑地哼了一声，“哦，还说什么门当户对的婚姻！孩子们，你们全都会顺理成章地嫁个好人家的。但是，圣马可教堂教区长家的女儿，可不需要自降身份去挣钱养家。在结婚以前，你们就住在家里帮我料理家务吧。”

到了一九二五年的九月，这时艾达和格蕾丝十九岁，草窠和吉蒂十八岁。有一天，吉蒂到牧师宅邸的马厩里找了一截绳子。

她在绳子的一头打了个结，接着用力把绳子从屋子的横梁上扔过去，随后将脑袋套进绳结里，爬上一个空汽油桶。等艾达找到她时，她已经踢翻了汽油桶，一动不动地吊在那里，可怜兮兮地想要结束自己的生命。艾达事后回想起来，一直没弄明白吉蒂哪来的这股勇气，但她还是把吉蒂从勒住她脖子的绳子上解救下来，好在还没有造成严重后果。

这一回她并没有立刻带着吉蒂去见父亲。“哦，最亲爱的小妹，你不能这样，不能这样！”她把脸贴在吉蒂那头丝绸般柔软的乱发上哭着说道，“没有什么事会糟糕到这个地步！”

可是当吉蒂用沙哑的声音说出她的答案之后，艾达才知道情况甚至比这还要糟。

“艾达，我痛恨自己是个美人，我恨极了！要是妈妈肯闭上嘴让我清静一会儿该多好！可她总是说个没完没了。凡是听她说话的人都以为我就像特洛伊战争的美人海伦。而且她——她不让我穿便服，也不允许我不化妆——艾达，我敢发誓，只要她能做到，她肯定会把我嫁给威尔士亲王的！”

艾达尽量做出一副漫不经心的样子说道：“吉茨[1]，想必就连妈妈都知道你不是亲王殿下喜欢的类型。他中意的是年纪比你老得多的已婚女人。”

这话引得吉蒂流着眼泪轻声一笑，可是艾达又说了很久，说

1 吉蒂的昵称，下文中的“凯瑟琳”则是吉蒂的本名。

尽了好话歹话才说服吉蒂把自己的苦恼告诉父亲。

“吉蒂，不是只有你一个人有这种感觉。”艾达争辩道，“你瞧瞧我！为了得到当医生的机会，让我把灵魂卖给魔鬼我都愿意，我说的是真心话！医学学位就是我曾经想要的一切，可却不属于我。首先是因为没有这笔钱，而且永远也不会有。其次，爸爸在内心深处也并不赞同这件事——哦，这倒不是因为他反对女性从事这些专业性很强的工作，而是因为人人都把女医生折磨得够呛。他认为学医会让我不开心。我知道他是错的，可他却不肯相信我。”

她抓起吉蒂的胳膊，用她那纤细却有力的手指狠狠地捏了下去问道：“告诉我，你为什么会觉得只有你过得不快乐呢？你以为我就没想过吊死我自己吗？没错，我也想过，而且想过很多次。”

等艾达把吉蒂企图上吊自杀这件事告诉托马斯·拉蒂默的时候，吉蒂已经能听得进别人的话了。

“哦，我亲爱的孩子，我的宝贝！”他轻声说道，眼泪从他那张英俊而修长的脸上滚滚而下，“对于自杀这种罪过，上帝另设了一个特殊的地狱——那里没有火坑，也没有人陪你一起受苦。凡是自尽身亡的人，都会在永恒的浩瀚中孤独流浪，直到永远。他们再也不会看到另一张面孔，再也不会听到另一个声音，既感觉不到极度的痛苦，也品尝不出狂喜的滋味。凯瑟琳，你要向我保证，再也不会试图用任何方式伤害自己！”

吉蒂发了誓，也遵守了自己的誓言，但她的三个姐姐还是一直特别留意她的举动。

她这次自杀未遂居然发生得正是时候，这都多亏了圣马可教堂的教区长也是克朗达乡村医院董事会的成员。在吉蒂危机过去一个礼拜之后，医院董事会举行了会议，议题中提到这么一件事：新南威尔士州的卫生部门，将于一九二六年引入一种新型的护士——训练有素、受过教育、登记在册的护士。教区长立刻就想到，对于从小接受淑女教育的女孩子来说，这个职业非常合适。牧师之所以对这事燃起十二分的热情，还有一个原因，那就是这些训练有素的新型护士必须住在医院的地界上，以便在需要的时候随叫随到。尽管护士的薪水在扣除伙食费、制服费和书本费之后所剩无几了，不过他的女儿们每人都有一份五百英镑的嫁妆，不算多，但也不少，有了那份微薄的收入，她们就用不着动用这笔钱。莫德已经在抱怨说家里多出四口人来干活，家务活都要不够分配了。于是，他在开着那辆福特T型车飞速往家赶的路上，心里想道，何不让女儿们对护士的职业有些盼头呢？这份工作适合淑女，管吃管住，又有一点薪水可领，而且——出于对妻子的忠诚，他并没有把这话说出口，想也没有想过——还能逃离莫德的魔爪。

他先对艾达说了这事，她自然是欣喜若狂、热情高涨。这么一来，即使要把最不愿意当护士的格蕾丝争取过来，也比较容易了。对于格蕾丝和吉蒂来说，摆脱莫德的念头，比这份工作本身的前景更让她俩动心，究竟做什么工作又有什么要紧呢?

不过，在医院董事会里，教区长就只能单枪匹马作战了，这比说服女儿们要困难得多。他得让另外十二名董事会成员相信，克朗达乡村医院也应当是第一批引进新型护士的医院之一。托马斯·拉蒂默的举止很优雅，身材因为太过瘦长而有些难看，但在他那羚羊一般的身体里却潜伏着一头狮子，只是被人遗忘已久，已经让虫子蛀蚀了。在克朗达人的记忆中，这头狮子第一次发出了怒吼，它龇牙咧嘴，利爪出鞘。拉蒂默牧师表现出这样的一面，像弗兰克·坎贝尔——克朗达乡村医院的主管——这等人就不知该如何应对了。于是，狮子般的主动出击让拉蒂默牧师达到了目的，他兴高采烈地发现自己成了战场上的胜利者。

拉蒂默家的四个双胞胎姐妹，现在已经吃饱喝足了，她们得意地看着彼此，谁也没有说话。客厅里只剩下她们四个，壶里还有一点茶叶，依然在火上煮着，可是在每一个年轻的胸膛中，都跳动着一颗快乐的心。

“下周一，莫德再见。”吉蒂说道。

“吉蒂！你不能那么叫她，她可是你的亲妈。”格蕾丝震惊地说。

“只要我愿意，我也可以这么叫她。”

“闭嘴吧，格蕾丝，她只是在庆祝自己马上就要解放了而已。”艾达咧嘴笑道。

草窠向来比较务实，她凝视着那条蛇的尸体，站起身来说道："派对结束。姑娘们，现在该打扫战场了。"

大家的眼睛一起望向血泊中的那条蛇，格蕾丝打了个冷战说："我不介意把壶里剩下的茶叶清理掉，但我可不想去收拾那东西！"

"格蕾丝，蛇进家时你只会大声叫和哭鼻子，所以绝对应该由你来把它清理干净。"艾达说道。

草窠轻轻笑了一声说："你觉得这太脏了，是吧，格蕾丝？等你到医院的病房里再说吧！"

格蕾丝那张原本大方的嘴巴小气地撇了下去，她抱起胳膊，瞪着自己的姐妹们，说道："不到迫不得已我不会动手的，早一分钟我都不干。吉蒂，都是你把蛇头砍掉了才会有这么多血，所以你来打扫。"说完她情绪又变好了，咯咯地笑了起来，"哦，姐妹们，想想吧！咱们给家里免费当女佣的日子就要结束了！克朗达乡村医院，我们来啦！"

"真是全都一塌糊涂啊。"艾达说。

托马斯·拉蒂默牧师虽然有垂德比家的血统，但并不是克朗达本地人，他是二十二年前被英格兰圣公会圣马可教堂任命为克朗达教区长的。尽管当时他很年轻，相对来说也没什么经验，不过他跟垂德比家的人一样有股子冲劲，因此圣公会的大部分教众还是接受了他。而且，克朗达就喜欢把人像捏泥塑一样改造成自己想改的样子，所以也没人觉得年纪轻和经验少是他的重大缺陷。他妻子阿德莱德出身名门，很受人爱戴，教区长宅邸里的女管家莫德·垂德比·斯科比可就不如她了，她是个没孩子的寡妇，最多只能说家世清白，而且总把自己看得太重，这一点很讨人厌。

托马斯和阿德莱德在克朗达定居下来，大家对他俩的喜爱与日俱增。牧师非常英俊，书卷气很浓的那种英俊，而且彬彬有礼，为人可靠，阿德莱德比他有过之而无不及。婚后体体面面地过了一段时间，她怀孕了，一九〇五年十一月十三日，阿德莱德生下一对双胞胎女儿，分别取名叫艾达和格蕾丝，然而她自己却被可怕的大出血夺走了性命。

考虑到莫德·斯科比很能干，对牧师宅邸里的各项事务又已经驾轻就熟，所以圣马可教堂的领袖们认为，伤心欲绝的托马斯·拉蒂默应当让斯科比夫人留下继续工作，尤其是家里现在又新添了两个孩子。比牧师年长六岁的莫德，已经年过三十，很善于装出一副贵妇的派头，长得也非常漂亮。她很乐意留下来继续当女管家，这份工作并不是只拿钱不干活，但倒也舒服：无论雇保姆还是清洁女工，教会的领袖们都同意拨款。

全体会众只知道，牧师在妻子去世一年后娶了莫德·斯科比。她一结婚就怀了孩子，并于一九〇七年八月一日生下一对双胞胎女婴，比预产期稍稍提前了一些。这两个女孩在受洗时被取名海瑟和凯瑟琳，可后来大家却习惯叫她们草窠和吉蒂。

不过，莫德可没有要死的意思，她打算比牧师活得更久，如果有可能的话，甚至还想比孩子们更长寿。现如今她是教区长夫人了，在社区里的名气也大多了，除了少数人以外，大部分人都很讨厌她，觉得她爱出风头、浅薄无知、一心只想往上爬。克朗达人认为，托马斯·拉蒂默之所以会娶这个野心勃勃的妖女，肯定是被她哄骗了。听到这个结论，莫德本该大受打击，可她的自负却毫发未伤：因为莫德正是对自己满意度超高的那类人，而且这种想法根深蒂固，所以她完全想不到自己会被人厌恶。挖苦和讽刺的话她从来不往心里去，就像水一沾上羽毛便滚落下来，而且她还常常故意冷落怠慢他人。尽管如此，她的好运气却无人能及：婚后没多久，她的丈夫便不再抱有幻想，但是他将婚姻视作神圣的终身契约，不容破坏，不容玷污。所以，无论莫德这个妻子有多不般配，托马斯·拉蒂默却一直坚守在她身边。他待她很有耐心，在有些事情上会迁就她，在另外一些事情上则会巧妙地引开她的注意力。她大发脾气和心情沮丧的时候，他也包容她。他想都不曾想过违背对她许下的誓言。有时候，他会突然想到，要是莫德爱上了别人，那该有多好，可是哪怕这个想法只露出一丁点苗头，他也会大吃一惊，立刻就断了这个还没成形的念想。

这两对双胞胎长得都不是一模一样，结果引起了人们的激烈讨论——到底什么会让双胞胎一模一样。艾达和格蕾丝像妈妈一样又高又瘦，像爸爸一样举止优雅。她俩看上去都很漂亮，五官、手和脚长得全都一个样，发色也都很深，简直深得像是黑发了。两人都有高高的拱形眉、浓密的长睫毛和浅灰色的眼睛。可是她俩长得又不太一样。格蕾丝的眼睛总是睁得大大的，天生就带着一丝忧伤，这一点被格蕾丝发挥到了极致；而艾达的眼睛却更加深邃，常常半睁半闭着，仿佛睡意蒙眬似的，给人一种疏远的感觉。人们后来发现，艾达聪明过人、任性得很，还有点顽固；而格蕾丝既不爱读书，也不爱求知，还很喜欢抱怨。更糟的是，她总是乱发牢骚，所以惹得大家都很不高兴。因此，到她们开始接受护士培训时，多数人都已经看不出格蕾丝和艾达有多相像了：迥异的性情用不同的表情在她们脸上留下了不一样的印记，而且两人的目标也大不相同。

莫德从来没有真心喜欢过她俩，不过却将自己的反感狡猾地隐藏了起来。表面上看，四个女孩全都同样的整齐干净，衣服的价钱也都一样，受到的管教也没什么不公平。如果说她为自己那对双胞胎挑选的衣服比送给阿德莱德那对女儿的衣服颜色更讨喜的话，嗯，这也不可能——而且确实没有——持续多久。到了十五六岁的时候，孩子们就去求爸爸让她们自己挑选衣服的式样和颜色了。等青春期的时尚反叛期过去以后，大家一致认为艾达和格蕾丝在着装方面的品位比莫德好太多，不过算她俩运气好，莫德的选择性耳聋让她对这话充耳不闻。

和大的这对相比，草窠和吉蒂的相同点要多一些，但不同的地方也更多。她们很像妈妈，都是那种娇小的美女：个子不高，胸部丰满匀称，蜂腰肥臀，腿型很好看。就小女孩而言，她俩的美貌无可挑剔，几乎从刚一出生就能把人迷得神魂颠倒。在草窠和吉蒂身上，上帝把同一个模子用了两次，人们想到这一点，都有点不寒而栗。酒窝、卷发、迷人的笑容和又大又圆的眼睛，这些赋予了她俩如小猫一般令人销魂、惹人爱怜的魅力，再加上饱满的额头和尖尖的下巴，以及跟蒙娜丽莎有几分相似的上扬嘴角，一切就完美了。两人都有着纤细挺直的短鼻子、厚嘴唇、高颧骨和弯弯的柳叶眉。

草窠和吉蒂的不同之处在于配色，正是这个差别使得吉蒂像太阳一样明艳，而草窠却像月亮一样暗淡。草窠的色调像蜂蜜，琥珀金的头发，蜜桃色的皮肤，那对黄色的眼睛波澜不惊、平静如水。她的发色、肤色和眼睛的颜色都属于同一个色系，仿佛创造她的艺术家调色板里只有寥寥几种颜色。哦，可是吉蒂不一样！如果说草窠的配色有点混杂不清，那么吉蒂的颜色则是对比鲜明。最引人注目的要数她的皮肤，那是一种浓郁的浅褐色，有些人说就像“牛奶咖啡”一样，另外一些人就没这么客气了，他们私下里说，这说明莫德的家族里恐怕是有一点黑人血统。她的头发、眉毛和睫毛是淡淡的金色，几乎像水晶一样透明冷冽，在深色皮肤的映衬下格外显眼。有人说吉蒂的头发是莫德用过氧化氢漂白过的，这个谣言过了很长一段时间才不攻自破。吉蒂最独一无二的地方是她的眼睛，碧蓝碧蓝的眼珠散发出一道道浅紫色的光芒，随着她心情的好坏时有时无。每当吉蒂觉得没人在看自己的时候，她就会专注于自己的世界，却又不像她的孪生姐姐那般平心静气。她的眼神迷茫困惑，甚至有几分惊恐，要是事情超出了她能理解或是控制的范围，她就会熄灭眼里的光芒，退缩到对外人不曾说起的隐秘世界里，只有她的三个姐姐知道这个世界的存在。

初次见到吉蒂的人都会停下脚步，毫不掩饰地盯着她看。她的妈妈却觉得这仿佛还不够糟糕，无论遇到谁——哪怕是她天天都会碰到的那些人，她总是对人家极力赞美吉蒂的美貌：尖声假笑着发出一连串感叹，也不在意他们谈论的对象吉蒂以及另外三个姑娘往往都是能听见这些话的。

“你有没有见过这么漂亮的孩子？”

“等她长大了，一定会嫁个有钱人的！”

正是这样的言论，逼得吉蒂用奶酪刨自残、用绳子上吊，也逼得艾达下定决心，让她们姐妹四人全都参加克朗达乡村医院将于一九二六年四月初开始的新派护士培训计划。因为她的姐妹们一致认为，如果不把吉蒂从莫德的阴影下解救出来，迟早有一天，当吉蒂再想自杀时，也许艾达不在旁边，那就阻止不了吉蒂了。

孩子们并不了解外面的世界，所以拉蒂默家的四个女孩谁都没有想过去质疑莫德·拉蒂默的行为，也没有谁停下来思考一下是否全天下当妈的人都一个样；她们天真地以为，凡是像吉蒂那般迷人（莫德原话）的人，都会始终受到人们的大量关注。她们从来没有想过，像莫德这么自行其是的人也是世上少有的。她们也没有意识到，如果是一个与吉蒂性格不同的孩子，说不定反而会很享受他人的关注。从目前所有的情况来看，拉蒂默家的姑娘们认为，她们当中三个人的主要任务就是保护那脆弱的“第四个”免遭“她妈妈那些愚蠢言行的祸害”，这话是艾达说的。随着她们日渐长大成熟，保护吉蒂的那种本能和积极却不曾消失，更不曾减退，而是跟从前一样急迫。

这四个女孩都很聪明，不过在学业方面获得荣誉的总是艾达，她的头脑学起数学来很轻松，记忆历史事件或撰写英语作文时也毫不费力。草窠的头脑和艾达一样聪明，却少了她那火一般的热情。草窠的特点是讲究实效、脚踏实地，说也奇怪，这让她那毋庸置疑的美貌也受了影响。整个少女时代里，她对男孩子几乎毫无兴趣，只觉得他们又傻又呆。男孩子们散发出某种气息，飘荡在女孩子的鼻子底下，吸引着她们，可草窠对此却丝毫不为所动。

有一所男校与克朗达女子学院的地位相当——克朗达文法学校，拉蒂默家的四个女孩子和这所学校的男生们在舞会、派对、体育赛事以及其他各种场合都曾有过交往。男孩子拜倒在她们脚下，为她们倾倒，尽管只是以小男生的方式——有人爱亲吻，有人不爱，但绝不会去碰女孩子的胸部和大腿。

对于草窠、吉蒂和艾达来说，遵守纪律很容易，可格蕾丝天生爱冒险不爱读书，那些规矩可把她烦透了。她总是喜欢听小道消息，也喜欢看女性杂志，里面尽是些关于电影明星、戏剧演员、时尚潮流和以统治大英帝国的温莎家族为代表的皇室名流们的新闻，但格蕾丝也就只有当地长舌妇的水准而已。她虽然从不为别人着想，但脑子转得倒很快，很善于偷奸耍滑来逃避她厌恶的麻烦事和家务。不过，格蕾丝有一项爱好和她很不相称——她对于铁路上的蒸汽机车非常着迷。要是她不见了，家里的人都知道该去哪儿寻她：她肯定在调车场里看蒸汽机车。尽管她身上有许多不讨人喜欢的特质，但她天性善良、极有爱心，对姐妹们也是全心全意，所以她们才会容忍她那种动不动就怨天尤人的性情。

吉蒂是姐妹当中最有浪漫想象力的，不过她的心灵不如外在那么美，这都是因为她那条毒舌——她可以尖酸刻薄，也可以辛辣粗俗，或两者兼而有之。人家对她狂热赞美的时候，这就是她保护自己的方式，她一张口就把人家吓得目瞪口呆，让人觉得她肯定不只是脸蛋漂亮这么简单。每当莫德突破她的防线时，她就会情绪低落好一阵子（她们称之为“吉蒂抑郁症”），这是个严峻的考验，只有她的姐姐们会对她施以援手，因为她们太清楚她的病根在哪里，才会团结起来支持她挺过去。在学校里，一直到数学变得复杂起来之前，她的考试成绩都很好；姐妹们当中她写的文章常常获奖，下笔时也能把自己的想法表达得十分清楚。

莫德很讨厌艾达，因为她总是挑头来反对她为女儿们定下的计划，尤其是关于吉蒂的计划。不过艾达对此倒并不在意。十岁那年，她的个子就已经超过了继母，成年以后就更高了，她的居高临下令这个自鸣得意的妇人很不舒服，有种受到威胁的感觉。她用那对浅灰色的眼睛瞪着人看的时候，就像一头白狼。在莫德那为数不多的噩梦里，让她痛苦不堪的人正是艾达。艾达本可以去学医，可莫德却说服牧师不要花这个钱，这给莫德带来了极大的满足，甚至将其视为自己最满意的成就。每次一想到自己让艾达的人生抱负成为泡影，她就忍不住在心里高兴地呵呵直笑。要是艾达知道她父母在关于她是否从医这件事的辩论中究竟是谁投下了决定性的一票，那莫德的日子可就要难过多了，可惜艾达并不知情。托马斯·拉蒂默一方面顶不住来自妻子的强大压力，一方面他自己内心也深信，不让艾达学医是为了她这辈子不受苦，所以他从来没有把真相透露给任何人。因此，据艾达所知，这完全就是经济的原因。

艾达和格蕾丝，草窠和吉蒂，她们每人都把自己的东西收拾起来装进一个手提箱——这就是医学界允许她们带去的全部家当，于一九二六年四月初去克朗达乡村医院报到。

“真倒霉！”格蕾丝沮丧地说，“今天是愚人节。”

克朗达郡和克朗达市虽然是乡村地区，却比澳大利亚多数的乡村都要更宜人、更富裕。它坐落在南部高地，从悉尼搭乘特快列车只要三个小时就可以到达。这里盛产肥羔、土豆、樱桃和鸽血红宝石，其中发现于洞穴底部以及类似的方的垂德比红宝石已经开采殆尽，现如今波德姆家族的矿藏就举世无双了。

在这个纬度上，夏天到三月末就会收起自己的慷慨，拍拍屁股赶去别的地方；四月开始就是秋天了，这里的秋天很有些英伦的味道，人们从国外引进了落叶灌木和落叶乔木，一同引进来的还有对园艺的热衷，从安妮·海瑟薇[1]的小巧农舍到万能布朗的大师手笔，各种风格在这里应有尽有。愚人节的空气中已经有了第一丝凉意，本地那些常绿树木一副疲惫不堪的样子，看起来灰蒙蒙的，仿佛在企盼着雨水的到来。教区长让女儿们在克朗达乡村医院的大门外面下了车，看着她们拎着各人的手提箱走进去，他那灰色的眼睛里满是泪水。这下子牧师宅邸可就空荡荡的了！

拉蒂默家的四姐妹到达的这天，医院的护士长格特鲁德·纽迪吉特才上任一个星期，不过她并不打算把这事告诉她们，而且她的心情也很不愉快。当她接受克朗达这个职位的时候，根本就没人跟她说过新派护士实习生这回事，这正是她选择克朗达的一大原因。现在可好——！悉尼那边因为护理工作的剧变已经乱得一塌糊涂，纽迪吉特护士长可不想牵扯进去。现在可好——！

她坐在自己的办公桌后面，从头到脚一身全白，冷冰冰地看着站在她面前的这四个年轻姑娘。她们的衣着昂贵又时髦，全都

1　安妮·海瑟薇（Anne Hathaway，1556—1623），莎士比亚的妻子，安妮·海瑟薇花园已经成为一处旅游胜地。

像克拉拉·鲍[1]那样涂了口红，扑了粉底，还刷了睫毛膏，都剪着一头短发，穿着真丝长筒袜，脚上的鞋子、身上的背包和戴着的手套都是小羊皮的，说起话来像英国人一样抑扬顿挫，暗示自己念的是私立学校……

“我没法为你们提供适当的住所，”护士长冷冷地开口道，她制服上的粉浆太厚，每当她深呼吸的时候，衣服就嘎吱作响，“所以你们只能去住那间废弃的护士村舍，院长坎贝尔医生被迫花费重金将那里整修了一下。你们的监护人是玛乔丽·班布里奇嬷嬷，她将和你们住在一起，不过会保有一定程度的隐私。”

她的白色蝉翼纱头巾是浆过的，竖在她头上就像是埃及人的头饰，她说话时脑袋不怎么动，但每次一动，别在她制服领口处的银质珐琅徽章就会闪闪发光；这枚徽章上面写着，格特鲁德·纽迪吉特小姐是新南威尔士州的一名正式登记在册的护士。她身上还别了其他几个徽章，如果姑娘们能认出来的话，她们就会知道她还是一名注册助产士、注册儿科护士，而且毕业于伦敦圣巴塞洛缪医院的护理学院，这是世界上历史第二悠久的医院。克朗达乡村医院找来的这位护士，可真是个声望很高的人物。

“正式注册的护士，”护士长说道，“被称为嬷嬷，之所以会这样，是因为几个世纪以前护士是由修女担任的，但这个头衔跟修女并没有关系。亨利八世在位时下令解散了修道会和女修

1　克拉拉·鲍（Clara Bow，1905—1965），20世纪20年代末美国女演员，以性感著称。

道院，护士的工作于是沦落到一种完全不同的女性——妓女手中。弗洛伦斯·南丁格尔小姐和她的同伴们，不得不克服了重重阻碍，才让我们如今的职业获得了应有的地位，我们永远都不能忘记，我们是她的接班人。三百多年来，护理工作名声扫地，与罪犯和妓女混为一谈，直到今天，当权者中仍然还有男性在用这样的眼光看待护士。雇妓女比雇淑女要便宜得多。”她那浅蓝色的眼睛发射出令人害怕的寒光，“作为这家医院的护士长，我就是你们的最高领导，我警告你们，我决不容忍任何形式的行为不端。听明白了吗？”

“明白了，护士长。”她们齐声说道，嗓门虽不大却充满了敬畏，就连艾达也不例外。

“下面说说你们的关系和名字。”她继续说道，声音越发干脆利落，“我已经决定了，你们的血缘关系要对外保密。和你们同在这家医院工作的护士同伴们不如你们这么有钱，也得不到你们这样的优待，更不像你们受过这么好的教育。就你们而言，我个人最讨厌的事情之一就是你们这副上流社会的外表和口音。你们——嗯——那种高人一等的派头。我真心建议你们低调一些。至于名字……医院必须对你们有所区分，所以你们在从事护理工作时都要用不同的姓氏。艾达·拉蒂默小姐，你是拉蒂默护士。格蕾丝·拉蒂默小姐，你将成为福尔丁护士，用你妈妈出嫁前的姓。海瑟·拉蒂默小姐，你今后是斯科比护士，这是你妈妈第一任丈夫的姓氏。凯瑟琳·拉蒂默小姐，你是垂德比护士，用你妈妈娘家的姓。”

护士长深吸一口气，衣服上的粉浆又在嘎吱作响，接着说道：“护理学及护理理论的正式教学要到七月才开始，这就意味着，你们在翻开教科书以前，还有三个月的时间去一步步适应护士的职责和日常工作。班布里奇嬷嬷是你们的直接领导，负责对你们进行日常指导。”

门上响起一声轻轻的敲门声，一位年近四十、乐乐呵呵的女性轻快地走了进来，她素面朝天，一脸巴结地看着护士长，那样子活像一条饿得半死的狗。

“啊，来得正好！”护士长说道，“班布里奇嬷嬷，来认识一下你的监护对象们——拉蒂默护士、福尔丁护士、斯科比护士和垂德比护士。姑娘们，请跟嬷嬷走吧。”

于是，四个女孩还没来得及喘口气，就跟着班布里奇嬷嬷又走了出去。

跟护士长一样，玛乔丽·班布里奇嬷嬷也戴着浆得笔挺的白色蝉翼纱头巾，看起来也很像埃及人的头饰，但是除此之外，她俩就再也没有共同点了。嬷嬷的制服是一件高领长袖连衣裙，领口和袖口是用赛璐珞做的，可以拆下来。她那粗大的腰身上围着一条墨绿色的橡胶皮带，两端各露出一截白色的带子，系在她的口袋里面。拉蒂默家的姑娘们以后就会知道，这条皮带上挂着她的绷带剪刀，还有开口器，以防有人突发癫痫，另外还有一个零钱袋，里面装着一套小工具。她的制服上有绿白相间的细条纹，也是浆过的，腿上穿着粗莱尔线织成的米色长筒袜，脚蹬一双黑色系带粗跟鞋，鞋跟大约有两英寸高。这身衣服并没有让她那方方正正的身材看起来更加迷人，也没能使她那硕大的臀部显得小一点：她的屁股动起来时就像正在列队行进的士兵的屁股——左上，右下，右上，左下，丝毫不会跟女人味扯上关系。到了后来，拉蒂默家的姐妹们对这种训练有素的护士臀部见得多了，甚至自己也变成了这样，但是在那个清新冷冽的四月清晨，这让她们很是新奇。

步行五百码[1]之后，她们看到一栋破旧不堪的木屋，屋前还有一道长廊。护士长把这里称作“村舍”，她们原以为会是间精致的小屋，可是眼前的屋子更像是一座谷仓被蒸汽锤砸扁之后塞进了一层楼的空间里。如果说坎贝尔院长花费“重金”对之进行了整修的话，那么就连艾达那鹰一般犀利的眼睛都看不出这钱究竟花在哪儿。这房子本来已经不适合居住，结果内部还被隔成好几块，就像一栋公寓楼似的。这四位新派护士实习生的住所既不宽敞，也不舒适。

“拉蒂默和福尔丁，你们俩住这间卧室，斯科比和垂德比住那间。你们可以用的两个房间是这间浴室和那间厨房。那道上锁的门把走廊的其余部分和这里隔开了，我的住处就在那边。我在

1 英制度量单位，1码约等于0.9144米。

屋里的时候，你们不能来打扰我。现在你们去把行李从箱子里拿出来吧。”

说完她就离开了，打开走廊上那道锁着的门走了进去。

“唉，我的天哪！”吉蒂有气无力地说。

“真是简陋啊。”草窠说着叹了一口气。她们此刻正站在厨房里，这个小房间里除了一台煤气炉之外就再也没有任何能帮人省点力气的设备了。

格蕾丝已经准备好要大哭一场，她眼含泪水注视着那张木头的小桌子和它周围那四把硬邦邦的木头椅子。“我简直不敢相信！”她抽抽搭搭地说，“居然连公共休息室都没有，只是在厨房里摆了四把硬椅子！”

“格蕾丝，你要是敢哭出来，我就亲自把你送去喂狗。”草窠边说边用戴着手套的一根指尖拂过煤气炉的上缘。她做了个鬼脸：“我可以容许这屋子没有重新刷一层漆，但是咱们的宿舍竟然都没人来好好打扫一下。”

“那么这就是咱们的第一项任务了。”艾达说道，听起来似乎异常开心，“姐妹们，想一想吧！他们不希望咱们来这里。”

三双眼睛一齐望向吉蒂，她是最脆弱的那一个——这件事情是一定要让她知道的，而且越早越好，她会作何反应呢？

“那他们就都是浑蛋！”吉蒂大声地说，“要是一群得意的雌狗都能把拉蒂默家的人打败，那我还真是活见鬼了！”

“你是想说母狗吧。”艾达说道。

吉蒂咯咯地笑了："要论起母狗来，他们还不知道自己只能算是业余的吧。咱们跟妈妈一起生活到现在，护士长要想做个贱女人，跟她可有得学呢。"

格蕾丝不哭了，她惊讶地盯着吉蒂。"你不觉得沮丧吗？"她问道。

"到目前为止，我还是挺开心的。"吉蒂说着咧嘴一笑，"我终于能自己做主了，一想到这个我就晕晕乎乎的。"

"艾达，你觉得护士长是个什么样的人？"草窠问道。

答话的是格蕾丝："她就像一艘战舰，正在全速前进，所以她已经习惯了向着远在地平线另一边、她还压根看不见的东西炮火齐开。"

"我倒觉得，对她而言，咱们意味着额外的负担。"草窠说道，"我听伊妮德·垂德比夫人说，护士长之所以会接受这份工作，是为了在一个她能负担得起养老费用的地方圆满结束她的职业生涯。"

"这么好的消息为什么到现在才告诉我们？"艾达问道，"草窠，这可是重要情报！"

"我本来不想传八卦——可还是没忍住，真的，艾兹！你了解我的。"

"是的，我明白，很抱歉我对你发了脾气——格蕾丝，别哭得跟个死了妈的小崽子似的！"

"护士长是个讨厌的女人，班布里奇嬷嬷也是。"格蕾丝哽咽着说，眼泪从脸上滚滚而下，“哦，爸爸为什么不把咱们送到悉尼的医院去受训呢？”

“因为爸爸在克朗达还算是个重要人物，所以在这里他能够照看着咱们。”草窠说，“这些硬椅子坐得我屁股都疼了，姐妹们，这儿连公共休息室都没有，不知道会不会在哪里藏着一台热水器呢？毕竟这里是医院。”

“这间厨房里可没有热水。”艾达说道，同时做了个鬼脸。

吉蒂从她将要和草窠同住的卧室里走出来，手里拿着一个绿白相间的东西，这东西浆得太硬了，看着跟硬纸板似的。吉蒂握紧右拳，开始痛揍这玩意儿，想把两层给分开。她忍不住笑了一声说道：“这就像是在把羊皮从被宰的羔羊身上打下来一样，太糟糕了。”放下衣服，她又拿出一张白色的硬纸板，“我认为这个捶下来以后应该是个围裙。”她用拳头对着它大打出手，“哦，瞧啊！这肯定是要围在制服外面的，把制服完全裹起来——只露出袖子。不过，我倒是才明白为什么咱们的长筒袜就是普普通通的黑羊毛织的。”

格蕾丝这会儿正在补妆，她从涂口红和扑粉底的空当抬起头来问道：“这话什么意思？”

“哦，格蕾丝，别这么浓妆艳抹的！护士长对咱们说教了一番修女、贞操和妓女，你觉得她为什么要说这些？她说的其实是今后这三年咱们都不许跟人上床，虽然咱们在统计学上算是女人。格蕾丝，不要和任何一位医生调情，除此之外你做什么都行。哪怕你杀了个病人，纽迪吉特护士长都会宽恕你，但是如果你行为放荡，她就不会那么轻易饶过你了。所以咱们才要穿难看的制服和厚厚的黑色毛织袜。我敢打赌，口红和粉底肯定也是不让用的。”

“格蕾丝，再哭你就死定了！”艾达严厉地说。

“我想回家！”

“不行，不能回去！”

“我讨厌清理烂摊子。”说完这话，格蕾丝又开心起来，“不过，等到二十一岁，我就是成年人了。那时候我就什么事情都能做了，也不用别人来许可，比如想跟谁结婚就跟谁结婚，还能在选举时投票。”

“我认为咱们最困难的任务，是学着和其他护士友好相处。”艾达若有所思地说，“我的意思是，她们是些什么人？咱们谁都没有进过医院，爸爸妈妈跟医院里的人也素无来往。护士长吩咐我们要低调一些，我觉得这很不妙。我猜她的意思是，无论是在社会地位还是教育程度上，咱们都比其他护士明显高出一大截。可咱们从来都不是自命不凡的那种人——那样会让爸爸大失所望的，尤其是有妈妈这样的榜样在前。”她叹了一口气，“但可悲的是，人们总是喜欢以貌取人。”

草窠又在显摆自己是个本地通了，她说道：“护士们全都是从西郊那边来的，粗俗蠢笨。”

“好，咱们就从不再说‘粗俗蠢笨’这样的话开始。”艾达说道。哦，草窠真是能把人气死！可问题就在于她不爱说话，所以其他人都没料到她居然会闷不吭声地把这样的情报憋在心里。

“我一直认为，餐巾的使用会让洗衣时的工作量大大增加。”吉蒂乐乐呵呵地说，“我是说，擦嘴可以用手，要是流鼻涕呢，就擦在袖子上。”

“一点不假。”艾达一副一本正经的样子，“咱们最好开始学着擦嘴、擦鼻子、擦伤口。姐妹们，我高度怀疑这里根本就没有餐巾，也没有男人用的手帕，花边更是用不着。”她气呼呼地说，“反正女人的手绢都是些没用的东西。”

吉蒂大声地清了清嗓子说道：“姐妹们，我知道自己的情绪有点低落，但我并不是个胆小鬼。西郊的恶心事儿即使再多，我也不会被打败。艾达，我不像你那么想当护士，因为对你而言，这是除了从医之外最好的工作。不过我想我会渐渐喜欢上这份工作的。”

“吉蒂，好样儿的！”艾达喊道，为吉蒂这番简短的演讲喝起彩来。她亲眼看见吉蒂正在卸下儿时的负担。艾达觉得自己能预感得到，吉蒂一定会越来越好。说起莫德她是如此直言不讳，只要在莫德身边，危险就无处不在，对于这一点她一清二楚。有莫德在前，西郊来的人可就算不上什么了。

“我早就不再为不能从医而难过了。”艾达对吉蒂说道，她担心自己的困境被吉蒂在心里夸大了，“护理工作更切合实际一些，咱们会受训成为新派护士，这意味着咱们不会是只知道如何用绷带包扎、却不知道为什么要包扎的笨蛋。把我想象成一匹老战马吧——只要一丁点乙醚的气味，就能让我嘶鸣着在地上跺起脚来。在医院里我就精力充沛！”

“说到嘶鸣着在地上直跺脚，杰克·瑟洛知道你要来当护士吗？”草窠顽皮地问。

可惜她这话并没有刺激到艾达，后者反而咧嘴一笑道：“他当然知道，而且他也并不比我伤心。最困难的事情是让法蒂玛保持锻炼，以免她达不到杰克的要求。我猜将来我一个人去骑马的时候要多一些了。”

“要是拇指姑娘还在家里，那就简单多了。”格蕾丝说，“爸爸也不会欠杰克·瑟洛的人情，他可是连教堂都不去呢。”

艾达的脸色难看起来，趁着她还没发火，吉蒂赶紧说道：“闭嘴，格蕾丝，这事没什么好说的！艾达，我一直都想问你，你为什么喜欢骑马？”

“当我骑在马背上时，离地面至少有五英尺高。”艾达很认真地说，“这样就比男人还高了，对我而言，这就是骑马的刺激所在。”

“我要是高个子就好了！”吉蒂说着叹了一口气。

走廊里的门吱嘎吱嘎地响起来，接着猛地打开了。班布里奇嬷嬷站在门口，怒气冲冲地瞪着自己的监护对象们。

“护士们，这是什么意思？你们还没把东西从箱子里拿出来！”

克朗达乡村医院，是新南威尔士最大的一所乡村医院，综合部门有一百六十张床位，精神病院有八十张床位，位于农庄路上的疗养院/养老院里还有三十张床位——人们觉得这里的空气和海拔高度对健康更有好处。其他一些医院是用砂岩建成的，一派富丽堂皇，这所医院却并非如此，它完全没有引人注意之处，看着就像军队的营房。屋顶是木头的，柱子和地基是石灰岩的，它由一系列长条形的建筑物构成，幸好在两侧的长边上各有一道宽敞的游廊，不然人们就要把这个地方叫作棚屋了。儿科病房、门诊部、放射科兼病理科、手术室、厨房及仓库各占了一栋小楼，男子病房一部与二部、女子病房一部与二部分别是两栋小楼，行政部门则坐落在一栋完全由石灰岩建成的楼里，面朝维多利亚街。医院的总占地面积有好几英亩[1]，其中分布着各种附属建筑，既有护士长的童话小屋，也有世界大战期间所建的房屋，当时这里也是一所军队医院。这块地方之所以能够建起医院，主要是因为这里的每一寸土地都是平地，因而在建筑物之间可以用支柱和钢索像布鲁克林大桥那样加以连通，人们把这些有屋顶的通道称作斜坡，它们就像蛛网一样四通八达。多数斜坡除了屋顶之外，两侧还有四英尺高的矮墙以抵御恶劣天气，然而通向拉蒂默姐妹那间小屋的最后两百码斜坡却并没有矮墙。那段斜坡两边分别是

1　英制度量单位，1英亩约等于4050平方米。

男子病房一部与二部，所以被完全封闭起来，成了一间候诊室；女子病房那边的情况也大致如此。而那些去儿科就诊的病人就只能在男子病房或者女子病房的候诊室里等着了。产科病人的运气要好一些，因为产科在行政楼里，同在那栋楼里的还有救护站和一间小手术室。

一连串打击铺天盖地地降临到拉蒂默姐妹头上，不过要是护士长对她们的性情没看错的话，她们当中本该没一个能在克朗达乡村医院撑到第二天。从小到大她们都被当作淑女精心养育，从未尝过缺衣少食的滋味，可是格特鲁德·纽迪吉特早已记不起自己年轻时的情形，所以根本没想到要把意志力和骨气一并考虑进来。

可是，最早到来也最严重的打击却与私事无关，而是她们意识到，病人来到医院就等于获得批准可以去死了。至少有三分之一的病人会从太平间离开医院，还有三分之一则是回家等死。这个统计数字是医院里一个勤杂工告诉她们的。他叫哈里，总是一副愁眉苦脸的样子。在四位新派护士见到导师利亚姆·菲尼肯医生之前的几个星期里，这位勤杂工就成了教导她们的权威人士。

“从病人的眼神就能看得出来！”草窠害怕地喊道，“我觉得自己更像是个死亡使者，而不是一名医者——其他那些护士怎么能那么开心呢？”

“因为她们已经习惯了，也就听天由命了。”格蕾丝忍住眼泪说。

“胡说。”吉蒂说道，“那是因为她们经验丰富，她们知道应对死亡最好的办法就是让病人相信他们不会死。我留神看她们是怎么做的，我才不在乎她们对我有多差劲。她们怎么对待咱们都不要紧。要留心观察她们怎么做！”

“吉蒂说得对。”艾达说，她气的倒不是这些事情，而是把报纸裁开当作厕纸和毛巾太旧擦不干水这样的小事——难道医院的经费不够吗？“格蕾丝，你今天的眼泪份额已经哭光了——再敢哭一个试试！”

“威尔森护士把一碗呕吐物溅到我身上了！”

“那是你自找的，都怪你让威尔森护士看出来你很讨厌那东西。别把反感写在脸上，以后就不会发生这种事了。”

“我想回家！”

“门儿也没有，猪仔小姐。”艾达收起同情心说道，“现在趁着呕吐物还没浸到你的裙子上，赶紧去把围裙换下来吧。哟，你可真难闻！”

第一个礼拜不知不觉就这样过去了。到了周末，她们已经能娴熟地把浆好的“硬纸板”穿在身上，就连帽子上那如同一对翅膀一样复杂到不可思议的褶皱部分也会折了。其他护士穿的制服和围裙，更朴素也更实用，有些还是短袖的，而身为新派护士实习生的拉蒂默四姐妹，则裹得严严实实。

她们还发现，无论是病人的伙食还是职员的伙食，全都一样恶劣，不过她们工作太辛苦，水唧唧的卷心菜也好，漂在油里没化开的肉汁也好，没有她们吃不下的。至于宿舍里那间厨房——班布里奇嬷嬷已经告诉过她们——只能用来沏茶、煮咖啡或是冲可可。

“除此之外什么也不能做，就连吐司都不行。”她阴森森地说。

教区长从前一直庇护着女儿们，不让她们接触到他宗教事业中较为可怕、丑恶的那些方面，像是乱伦、梅毒和变态这样的字眼，更是从不曾对她们提起。因为气候原因，也因为没有冷藏设备，死者都会在二十四小时之内下葬。于是，她们来到医院的第二天早上，班布里奇嬷嬷就向她们演示了如何为尸体做入殓安葬的准备，这是她们头一回见到死人，也是头一回摸到尸体。

“这是个梅毒病人，他强暴了自己的妹妹。”班布里奇说道，口气就像是在说笑话。

而她们听到这句解释却是一脸茫然。

“别丢了你们的自尊！”艾达愤怒地小声说道，班布里奇刚刚才转身离开，走之前还取笑了她们的无知，“别忘记咱们是拉蒂默家的人。今天搅得我们心烦意乱的事情很快就会成为明日黄花——咱们可不能败下阵来！不许哭，也不许垂头丧气的。”

她们天天都累得筋疲力尽，这种疲惫是以前从未经历过的，而且简直难以忍受，脚疼，背疼，关节也疼。莫德是爱讲究的人，把她们也教成了这样，可是现在她们却什么也不能讲究了：在克朗达乡村医院，她们既没有这个机会，也没有这个工夫。院长是个吝啬至极的守财奴，对于任何实质的需求都不愿理会，只死死抓着钱不放，如同水蛭吸附在一块满是血管的鲜肉上。

四月、五月和六月就这样在她们累得迷迷糊糊的情况下过去了，这对医院来说其实是件好事。因为就连格蕾丝都没了精力去闹——大闹一场这个念头本身就仿佛高高耸立的珠穆朗玛峰，叫人难以企及。所以她们只能忍耐。

艾达把大家团结在一起，她打从心底里相信，情况一定会有转机，就像她已经熟知的那些事情一样。她们之所以没有悄悄走人，恐怕只是因为如果回到教区长宅邸的话，她们就享受不到有暖气的房间了。眼下已到冬季，住在暖洋洋的屋子里可真是舒服极了，无论她们在护理工作中可能受到多少屈辱与冒犯都无所谓。而且，艾达还确信，一旦她们向主宰她们命运的那些冷酷女人证明了自己的能力，回报就会随之到来：比如能用上有软垫的椅子，能有机会烤烤三明治，以及别人能对她们友好一点。虽然四月、五月、六月这三个月她们和来自西郊的那些护士似乎并没有分别，但是六月末她们就要开始受训，到了那时，她们所要做的工作就不再是仅仅动动手或者动动嘴就能完成，而是还需要动动头脑。

她们的导师利亚姆·菲尼肯医生，是一位病理学家（同时也是克朗达郡克朗达市的首席验尸官），他之所以同意承担起指导她们的工作，是因为他觉得护理人才并没有得到充分利用，而且这四位新派护士实习生在医院里像接受某种速成的入职培训一般来回穿梭时，他注意到了她们的优点。

利亚姆·菲尼肯是北爱尔兰人，信仰新教，在伦敦的圣巴塞洛缪医院获得医学学位，当时格特鲁德·纽迪吉特护士长也在那里学习，所以二人是旧相识了。他热爱病理学，并由此结识了伟大的伯纳德·斯皮尔斯伯里爵士[1]。以他的资历来说，在悉尼或是墨尔本的任何一家医院，他原本都是能当上病理科负责人的，可他却选择了克朗达乡村医院的一个低级职位。这都是为了他的妻子厄里斯，她是克朗达人，和他在伦敦相识并结婚。一九二六年，当拉蒂默四姐妹刚刚开始护士生涯时，他来到克朗达已经十五年了。

和许多病理学家一样，他不爱说话，生性腼腆，不会安慰病人，而且觉得死人比活人更加有趣。不过，到了七月中旬，就在他教导新派护士实习生两个礼拜之后，利亚姆·菲尼肯却显露出个性中的另一面来。不仅那些认识他的人至今都没看出他还有这样一面，就连他自己也不曾发觉。他在想象中从马厩牵出一匹战马，又从布满蛛网的橱柜里取出一副盔甲，利亚姆披甲上马，手持长矛，驰向战场。但他的目标并不是那个可恶的吝啬鬼弗兰

1　伯纳德·斯皮尔斯伯里（Bernard Henry Spilsbury，1877—1947），英国病理学家及司法科学家。

克·坎贝尔医生，而是护士长纽迪吉特。

“格蒂，你没有向这四个姑娘提供任何帮助或支持，这事必须到此为止。”利亚姆说道，他声音很轻，抑扬顿挫，可是却如同钢铁一般冰冷，叫人觉得陌生。“你真该为自己感到难为情！要是一个老派的护士初来乍到，西郊那帮人就会把她接纳进来，铺天盖地地给她忠告，为她帮忙。可是这四个年轻姑娘却完全没人理会。她们入职的时候，你也才刚刚上任，不过我可不管这个，你对她们有责任，然而就因为她们的存在让西郊来的大多数人心生不满，你就厚颜无耻地弃职责于不顾。在你走马上任的第一个礼拜，没少对我抱怨说人家打算硬塞给你几个新派护士实习生，你以为我已经把这茬儿忘了个干干净净吗？你瞧瞧，现在已经是七月中旬了，你的所作所为就好像她们根本不存在一样。你把那栋破破烂烂的房子安排给她们当宿舍，让那个又胖又懒的马屁精玛乔丽·班布里奇去照管她们，还把房子里一半的地方都给了她住！”他的眼睛灰暗如狂暴的大海，轻蔑地紧紧盯住她。

“你的新派护士实习生本不该这么辛苦。”他继续说道，“她们的住宿条件这么差，完全是弗兰克·坎贝尔一手造成的——椅子没有软垫，床只有两英尺三英寸宽，厨房还不让她们用。她们的房子有暖气纯属巧合，这样起码冻不着她们，可是如果她们想烧水的话，却得自己去砍柴回来生炉子。这太过分了！你听见了吗？这是犯罪！尽管她们有特权，可是所受的教养却让她们为人谦恭——这都是因为她们的妈妈是个自私的贱人，算你运气好。”

他探过身去，摊开双手平放在她那整洁无瑕的办公桌上，对她怒目而视地说道：“我下一个要见的就是弗兰克·坎贝尔，不过我警告你，格蒂，我希望你能全力支持此事。既然那几个姑娘必须住在医院里，那就给她们一人一个房间。你还要给她们一间公共休息室，里面摆上几把安乐椅，再摆上书桌和书架方便她们学习。厨房可供她们随意使用，做点简餐也可以，冲点饮料也可以，春天到来之前把冰箱给她们配上。动一动你那养尊处优的屁股，务必保证她们的福利！玛乔丽·班布里奇当然可以当她们的监护人，但别让她生活得太过奢侈。我听说即将拨款新建护士宿舍，在完工之前，我希望我的实习生们能得到妥善安置。”

听了他这一席话，格特鲁德·纽迪吉特可没打算替弗兰克·坎贝尔的吝啬背黑锅。她冷冷地说：“你自己去跟那个差劲的家伙斗吧！我是无能为力了。”

“胡说八道！我认识你都二十年了，你别想吓唬我。弗兰克也吓不倒我。格蒂，想一想吧！这四个年轻姑娘如此优秀，这才是真正的悲哀！你竟然拿这四个护士长的苗子去冒险，就为了让西郊那帮子连钠和钾都分不清的护士们满意，你究竟是怎么想的？就算被医学词汇的词根咬了屁股，她们都不会分得清拉丁语跟希腊语。你还是多花点精力去说服西郊的护士们吧，告诉她们未来的医务工作需要的是受过教育的护士，叫她们指望女儿算了。别这么不思进取！”

她又恢复了平日那副冷漠超然的神色，利亚姆的意思她明白，但是她之前也没想让事情变成这样。问题就在于她到克朗达医院的时间太短，不知道西郊的护士们在科学和理论方面的素质差到了什么地步。不过，她还有一把杀手锏。

“你妻子怎么样了？”她亲切地问。

可惜他并没有上钩，而是把饵吐了出来说道：“一如既往地不安分。人的本性真是难改。”

“你真该跟她离婚。”

“干吗要离婚？我又没打算再结一次婚。”

拉蒂默家的姑娘们喜欢利亚姆·菲尼肯医生，对于她们而言，他就像黑漆漆的地道里那唯一的光亮。菲尼肯医生发现这些姑娘头脑聪明，基础又好，于是满怀热情与活力地开始悉心教导她们。她们学过数学，也懂物理，所以对于气体定律和电学这些东西都能够听明白，这让菲尼肯医生激动不已。她们的能力与医学专业的低年级学生不相上下。每当涉及陌生的新学科，她们就会非常渴望学习。他渐渐意识到，就连格蕾丝的头脑要想应付理论课都绰绰有余，可是她对此不感兴趣，所以才拖了后腿。尽管他对护士长说的是“四个护士长苗子”，但其实说三个才更准确一些。不管格蕾丝心里渴望的事业究竟是什么，总归不会是注册护士。

在四姐妹中，最得他欢心的是草窠，他一直都叫她海瑟。尽管艾达更有天赋，也更聪明，但是利亚姆作为一名病理学家，他所欣赏的是秩序、条理和逻辑，在这些方面，谁都比不上草窠。艾达可以成为光鲜的外科医生，草窠才会去做单调乏味的病理学家，这一点毋庸置疑。除了菲尼肯医生之外，还有两个人也很喜欢草窠。一个是外科医生麦克斯·赫尔岑，他总是戴着一个单片眼镜，长得很英俊，还有一个是资深产科医师内德·梅森，他一说起话来就滔滔不绝，魅力非凡。但草窠却只喜欢菲尼肯医生，他的一头黑发已经两鬓斑白，修长的脸上五官很精致，还有一对船形的灰蓝色眼睛，对于草窠而言，这些远比另外两人的英俊与魅力更令她着迷。不过，不解风情的草窠对菲尼肯医生并没有到如痴如醉的地步，也不曾对他梦寐以求，她只是非常喜欢他这个人，喜欢待在他身边罢了。她的姐妹们都很了解她的性情，所以从没有拿男人的事来取笑她，尤其是菲尼肯医生的事。虽然草窠跟修女毫无共同之处，可跟僧侣倒是有几分相似。

利亚姆在护士长屁股底下点起的那把火，颇有渐长之势，她把火烧到了班布里奇嬷嬷那里，后者则敦促西郊护士的首领莉娜·科里根赶快付诸行动，莉娜觉得这把火足以让全体西郊护士的情绪都激动起来了。直到几个礼拜之后，这场火才烟消云散。

突然之间，护士们的小屋不再闭门紧锁，而且被擦洗得干干净净：四个姑娘每人都有了自己的卧室，公共休息室也有了，里面摆着四把成套的安乐椅和一张桌子，甚至还有一台无线电收音机；厨房可以用来烹调一些简单的餐点了；浴室增加到两个，仓促挖出的一条沟渠把热水管引了过来。勤杂工哈里每天都会来把她们的制服拿去洗熨，厨房的橱柜里放上了硬饼干、几罐果酱、几瓶酱汁、大量茶叶、菊苣根咖啡精、可可粉、黑加仑汁和调冷饮用的盐粉。可是这一切在那台冰箱的面前都显得相形见绌，冰箱很大，里面能放得下一大块冰，把鸡蛋、培根、黄油和香肠全都冷藏起来。

“我这是死后到了天堂吧。”格蕾丝叹着气说。

让她们完全没料到的是，班布里奇嬷嬷突然搬去了隔壁的小屋，就在同一个坡道上。不过，在临走之前，她让姑娘们见识到了泻盐的神奇魔力——洗澡或是洗脚的时候，把泻盐溶解在热水里，能缓解身体和双脚的酸痛。要不是泻盐还能让她们尝到幸福的滋味，她们恐怕就撑不下来了。

“现在轮到我感觉上天堂了。”艾达说，“我的脚又恢复知觉了。”

尽管西郊的护士们过了很长一段时间才承认，这些自命不凡的新派护士实习生做起老派的护理工作来一点也不比她们差，尽管她们还是会打击这四个姑娘，但是却已经不再有怨恨了。如果说你恨的人总是能想方设法挺过来，那么恨她又有什么用呢？

“情况是从七月中旬开始改善的。”艾达说道，此时正值九月末，水仙花摇曳成了一片金黄的花海，“有人大发慈悲出手干预了——可这人是谁呢？”

她们猜了很多人选，从副护士长安妮·哈丁到西郊护士中最不得罪人的南希·威尔森都是她们的怀疑对象，但谁都没有想到——就连草窠也不例外——出手相助的人会是利亚姆·菲尼肯医生。他看着自己的四位女门徒在这种更加愉快、更有益处的氛围中茁壮成长，不禁心满意足地靠在了椅子上。

“世界大战让外科学有了许多进展。”他对着这个四人班级柔声说道，“但是对药物方面的促进却远远不足，仍然有很多人死于肺炎、心脏病和血管疾病这三大致命杀手。在全世界的肺炎治疗史上，你们这些年轻的女性就代表着迄今为止最伟大的进步。”他扬起眉毛，眼神仿佛跳起舞来，“怎么？听不懂了？女士们，这是因为当局现在已经明白过来，一名培训合格、受过教育的护士在对肺炎病人进行护理时会随机应变。有了解剖学和生理学的基础，她不会将自己的护理工作局限于给病人倒痰盂、便盆、尿瓶和铺床。不，就算病人卧床不起，她也会不断督促他保持锻炼，她会让他相信自己能够好起来，她会用简单的语言向他解释他得的病到底是怎么一回事——医生可从不会这样。不论多忙，她永远都不会放任他像无人照顾的假人一样独自衰弱下去。要拯救肺炎病人的生命，只有一种方法——由了解病情的护士进行不间断的护理。”

她们热切地听着他的话，消化着利亚姆·菲尼肯的言外之意：只有掌握了基础科学，一名护士才能承担起利亚姆·菲尼肯所要求的这种额外护理工作。

“西郊护士们的问题就在于，”艾达在她们那间暖烘烘的厨房里一边吃着香肠三明治一边对姐妹们说道，“她们不住在医院，肩上担负的顾虑与担忧却和住在这里的人是一样的。她们只会读写一些最简单的字词，除了知道自己在病房里能拿什么药，其他的一概不知。她们中有些人是非常优秀的护士，但是对绝大多数人而言，这只是一份工作而已。如果需要通过重拳猛击或是四处搬动的方法来迫使一位肺炎病人咳嗽的话，又或者这位病人的床单需要更换，那就要看护士们有多忙、负责的嬷嬷是哪一位以及当值的西郊护士是哪些人了。这可没有什么知识基础。”

格蕾丝抽了抽鼻子。“咱们不太可能遇到这事吧，”她愁容满面地说，“光是听到那些术语和疾病，我的头就疼了。”

“别胡扯了，格蕾丝，你的头会疼，是因为你不能一心只惦记鲁道夫·瓦伦蒂诺[1]，你还有别的事要做。”

“我喜欢这样上课。”草窠说道，她在读《格雷氏解剖学》，连头都没有抬。

“草窠，要是你把香肠的油滴到书上，那你就有麻烦了。”艾达一脸凶巴巴地说。

“我什么时候浪费过香肠油，哪怕是一滴？”

菲尼肯医生还在继续指导她们，他的热情从来不曾减退。

“对于任何一种重大的致命疾病来说，”他说，“什么药物或是制药技术都不比一撮胡椒更有用。我们知道细菌是什么东

1 鲁道夫·瓦伦蒂诺（Rudolph Valentino，1895—1926），意大利演员，20世纪20年代最受欢迎的明星之一。

西，也知道如何杀灭我们身边的细菌，可是一旦它们进入体内，我们就无能为力了。被细菌感染的组织——比如像得了肺炎的肺部——是无药可救的。我们能够在显微镜底下看到细菌，但我们所能提供的任何药物——无论内服、外用还是皮下注射，都无法将它消灭。”

不知是出于什么原因，他将目光投向了草窠——她将会成为一名完美无缺的护士长！

“身为克朗达的验尸官，我负责主持尸检工作，也就是对死者进行外科解剖。尸检又被称为尸体解剖。停尸房的桌旁，就是你们学习解剖学和生理学的地方。如果死者是个无亲无友的流浪汉，我就会仔细地将尸体切开，好让你们看看某个系统——比如像淋巴系统、血管系统、消化系统，等等。咱们只能期望我有足够的穷人来解剖，不过一般来说都是够用的。”

他坚定地注视着她们说道：“护士们，记住这一点，永远也不要忘记，无论咱们手术刀下的对象有多么卑微，他都是上帝的一件杰作。你所看到的、听到的、触摸到的和所处置的，是一个——或者曾经是一个——活生生的人，他是上帝那宏伟蓝图的一部分，不管这蓝图究竟是什么。每个人都值得被尊重，死后也不例外。拉蒂默护士，你要记住，病人的意愿和你自己的意愿同样重要。垂德比护士，别忘了有些孩子既没有天使的好性情，也不想变成这样。斯科比护士，即使是你最为珍视的系统，时不时地也会罢工。福尔丁护士，就算病人弄得臭不可闻一团糟，这烂摊子在上帝的计划里也仍然有一席之地。”他咧开嘴笑了，“不，女士们，我可不像你们的父亲那么虔诚，我所说的上帝是指过去、现在和未来一切存在的总和。”

艾达认为菲尼肯医生是个很优秀的人，草窠也同意这个看法；对于吉蒂而言，他有点喜欢煞风景；可是在格蕾丝眼里，他简直就是厄运的代言人，喋喋不休地在一旁重复着她护士生涯里的副歌部分——一团糟，一团糟，还是一团糟。

不过有一件事让她们全都很开心：尽管护士长、坎贝尔医生和菲尼肯医生知道她们是两对双胞胎姐妹，但是其他人并不知情。在圣马可教堂的教区长宅邸和克朗达乡村医院之间，隔着一整片广阔的天地。

在艾达眼里，没有哪个男人能够比得上杰克·瑟洛。十七岁那年，她和他相遇在克朗达河沿岸的马道上。那时的他就跟现在一样，骑着一匹高大的纯种马，马身上的鬃毛和尾巴黑灰斑驳，而艾达却骑着又老又肥的拇指姑娘，要是能拥有他骑的这种马，叫她出一大笔钱都行，不过她也知道自己出不起。

她到现在都记得那天的情形：冬天就要到了，垂柳那长长的枝条优雅地飞舞着，枯黄的柳叶飞落如雨，就像一个个细长的飞镖。河水清澈见底，是新近才顺着大分水岭的山巅流淌而下的，一座座圆形的古老山丘耸立在克朗达的东部边缘。风中有一股浓烈的气味，带来远处冰雪的气息和泥土的刺鼻香气，天上的鱼鳞云仿佛在默默流淌，这是一个神奇的世界……

她和他初次相见就是在纷飞的柳叶雨中，他策马沿着马道小跑过来，一片片柳叶仿佛是柳树那已经结冰的泪滴。他在马上坐得稳稳当当，结实黝黑的双臂松松地搭在坐骑的脖子上，只是稍稍握着缰绳。艾达心想，看来这骑马的人和他的坐骑已经是老朋友了。她让拇指姑娘离开马道等在一旁，看他是会无视她的存在如雷鸣般直接疾驰而过，还是会停下脚步跟另一个骑马的同伴打声招呼。

那天的天气阴沉沉的，所以他没戴帽子，但他却放慢速度，举手齐眉，弯起手指，仿佛抓着一顶帽子的帽檐。虽然他并不是电影明星，但是对艾达而言，他比装腔作势的绅士强多了，那些人把脸画得跟煎饼似的，还涂着睫毛膏和口红。他是个如假包换的克朗达农夫，而且，以艾达那孩子气的眼光看来，他长得很帅。为了表示礼貌，他停下来，翻身下马，又帮着艾达也下了马，尽管她并不需要别人帮忙。

他先自我介绍了一下，随后拍着拇指姑娘的鼻子说道："这位老太太该到牧场里去了。"

"是的，不过爸爸已经买了汽车，所以教区长宅邸的马厩里就只剩下它这一匹马了。"

"我跟你换吧。"

艾达睁大了她那总爱半闭着的眼睛说道："跟我换？"

"应该是跟教区长换。我家里的小牧场太小了，容不下一匹年轻的好马，不过让你的这位老太太待在里面却正合适。我拿一匹四岁大的母马跟你换，它名叫法蒂玛，只要你保证经常让它锻炼就行。”杰克边说边卷起了一支烟。

“如果爸爸同意的话，这个交易就太合算了！”艾达喊道，觉得仿佛在做梦一样。她会有一匹值得骑的好马，拇指姑娘则会去一个草木茂盛的小牧场！哦，但愿爸爸会答应！

当时杰克·瑟洛才三十岁，身材高大，体格健壮，看起来丝毫没有笨拙或是迟缓的感觉；他的头发很浓密，如波浪一般起起伏伏，金色中夹杂着亚麻色的发丝。他的面容英俊而富有阳刚之气，眼睛则是不折不扣的蓝色。他是个地地道道的波德姆，艾达心想，从头发到眼睛都能看得出。

“我是汤姆·波德姆老先生的继承人。”他沮丧地说。

艾达一愣，随后笑起来问道：“你这是在抱怨吗？”

“没错，我就是在抱怨！我要那些钱和权做什么？”他问道，仿佛钱和权令人恶心，“自打十八岁起，我就替汤姆·波德姆老先生管理克朗达农庄，除了这里，其他的我什么也不想要。肥羔给我带来的收入非常稳定，我养来租给女士们骑的阿拉伯马也开始在重要的国内展评中为我赢得奖金。比这再多的东西我就应付不来了。”

这是个没有野心的男人，艾达心想，这一刻她才为了自己没法学医而感到伤心。如果汤姆·波德姆老先生给我五千英镑去学医的话，他压根就不会注意到自己的财产少了这九牛之一毛，而他这个继承人却一心想抛却一切，只要九牛之一毛。克朗达农庄占地五千英亩，土地肥美，但这在汤姆老先生的产业中，既不是最大的，也不是最好的。人们这是在绕什么圈子啊！

一段不同寻常的友谊就这样起了头，虽然他俩的交往仅限于沿着克朗达河骑骑马，但叫艾达吃惊的是，她父亲居然一点也没有反对，既收下了他赠与的法蒂玛，也默许了女儿在没有年长女性陪伴的情况下跟杰克相处。

这都要怪莫德。牧师愤愤不平地告诉她，杰克·瑟洛挖空心思来结交他那不经世事的女儿，真是厚颜无耻，他绝不会用拇指姑娘去跟他换法蒂玛，也断然不会同意艾达再去马道上散步……听着这话，莫德的脑子却忙活着算计起来，随后便豁然开朗。

“一派胡言！”莫德高声说道，对牧师的愚蠢大吃一惊，“托马斯，你这是逼着我今天晚上就到克朗达农庄去，客客气气地向杰克·瑟洛道谢，谢谢他这么好心，送给艾达一匹像样的好马。哦，你们男人可真傻！这个家伙衣食无忧，又有波德姆家的血统，眼下还是汤姆·波德姆老先生唯一的继承人。你应该在高高的祭坛上双膝跪地，感谢上帝把艾达扔到了杰克·瑟洛面前！只要运气好，再好好经营一番，不出三年她就会嫁给他。”

她这一席长篇大论被四个女儿全都偷听了去，在那之后的三年里，她们还就此讨论过许多回。不过，她所说的对象——艾达——听到这话却比她的姐妹们更平静，因为这事如果成了，就意味着她可以得到法蒂玛，还会有一个新朋友。反倒是可怜的吉蒂被如此露骨的决心给吓得畏畏缩缩。如果说莫德对于她并不在意的艾达都能做到这样，那么等吉蒂遇到这种事的时候，她又会如何呢?

当然，艾达和杰克就只是朋友而已。牧师的女儿们非常重视贞操，她们自小便被灌输，正派男人都期望妻子在新婚之夜仍是处女，婚外怀孕更是弥天大罪。

这自然不是毫无道理的，教区长身为女儿们在宗教方面的导师，已经对她们讲明白，这并不是异想天开，而是一个逻辑法则。“男人只有一个办法可以证实妻子的儿女们是他的孩子，”拉蒂默牧师非常严肃地对年仅十五岁的女儿们说道，“那就是妻子在新婚之夜仍是处女，以及她在婚姻期间忠贞不贰。如果不是自己的孩子，男人干吗还要供他们吃供他们住呢?《旧约全书》和《新约全书》都认为不忠不贞是有罪的。”

托马斯·拉蒂默时不时地就会把这番说教重申一遍，不过他却不知道，他的女儿们之所以会一直清清白白，并不是因为听懂了他说的大道理，而是因为她们谁都不愿做出不顾后果的事来，就连艾达也是如此。

尽管杰克·瑟洛魅力非凡，可艾达却并不动心。说到这个，她对其他任何人也都没有动过心。艾达深知自己有本事令男人为她神魂颠倒，所以她等待着那个能令她怦然心动的人，可是这个人却一直没有出现。人性总是倾向于将责任归咎于自身，于是艾达最后的结论是，自己太薄情。她对自己说，我是个冷漠无情的人，我没法体会其他人的感受。自从一九二一年的克朗达女子学院舞会以来，吻过我的男孩也好，男人也罢，谁都没法激起我的强烈反应。我不会忘记，黑暗中的那一点点激情总是以我把男人那汗涔涔的手从自己胸口拍落而告终——到底是什么令他们如此兴奋呢？

想是这么想，可她却一而再再而三地跟杰克·瑟洛在马道上不期而遇，他从来不曾试图去抱她或者吻她，这让她很是感激。哦，他俩的身体肯定是互相吸引的，但是显然他并不喜欢自己被这种吸引所主宰，而她也同样不喜欢自己这样。

然而在一九二六年的一月，她却吻了他。

那天他一看见她便踢了踢胯下那匹灰色的骟马，赶忙来到她面前，溜下马背，用颤抖的双手把她从法蒂玛身上拉了下来。

他浑身发抖，毫不掩饰地流着眼泪，尽管如此，他还是把她从地面上举起来发疯似的连着转了好几圈，仿佛在跳舞一般，像个傻瓜一样雀跃不已。

“波德姆家突然又冒出来一个继承人！”他说着把她放了下来，“艾达，我终于摆脱老汤姆的枷锁了！今天早上十点钟，我成了克朗达农庄的法定所有人，毫无牵连，一清二楚，同时签署了一份文件声明放弃继承老汤姆的任何其他财产。自由，艾达！我自由了！”

她情不自禁地吻上他的唇，用这种热情而亲密的方式来向他表示祝贺，她吻了很久，这个吻眼看就要往更严肃、更热烈的方向发展时，他却挣脱开来，满脸泪水，一手握住了她的双手。

“我真替你感到高兴。”她嘶哑地说，脸上带着微笑。

“艾达，这就是我的梦想！”他摸出手帕来擦了擦眼睛，“克朗达农庄是一处极好的产业，面积不大也不小，附近哪里都没有红宝石，所以钱和权都会从我身旁绕着走。”他咧嘴一笑，揉乱了她头上的短发，她很讨厌他这么做，“再过三个月你就要去当护士了，咱们骑马的次数至少是不能像现在这么多了，我都不知道自己该做什么。我甚至想到了去西部的美利奴羊产地。现在却发生了这种事！”

“我不上班的时候，咱们还是可以骑马的。”她很认真地说。

“我知道，这也是一个因素。”

显而易见，汤姆·波德姆老先生终于找到了一个合适的继承人，全克朗达的人自然都期待着这位新继承人从来自悉尼或是墨尔本的火车上走下来，可他却一直没有露面，老汤姆也拒绝透露原因。

后来，继承人的消息虽然零零星星地传了出来，可是却少得可怜，毫无实质性的信息可言，这只言片语根本满足不了克朗达八卦圈里较为贪心的那部分人。

这些人当中最有魄力的还要数莫德，她运气好，家里有棵苹果树老早就结了果，于是她便很周到地提了一篮子苹果去拜访汤姆老先生和汉娜·波德姆老太太。尽管她把闲话逼供的手段使得无人能及，但收效甚微。不过，她所了解到的情况已经足够挑起她的胃口，激得她去攀登情报收集的新高峰。

她从老汤姆和老汉娜那里得知，这位新任继承人名叫查尔斯·亨利·波德姆，是个地地道道的英国人，现年三十二岁，如今仍然住在英国。他本身已经非常富有，就连老汤姆的巨大家业对他来说也算不得什么。老汤姆带着敬畏的口气说，这位继承人对伦敦的货币市场有所涉猎，那可是全世界的金融中心！

掌握了这些资料，莫德凌晨三点冒着雨雪交加的天气来到火车站，登上了从墨尔本开往悉尼的夜间快车，并于早上六点抵达目的地。她在中央铁路饭店吃过早餐，然后就到公共图书馆的门口去等着开门。在图书馆的阅览室里，她把查尔斯·亨利·波德姆给彻底查了个清楚。她莫德·拉蒂默真是个足智多谋的女人！

查尔斯·波德姆也许是个金融家，不过他的性情中倒也有无私的一面：他是一名医学博士，毕业于伦敦盖伊医院，目前在声名显赫的曼彻斯特皇家医院担任副院长。他的财富并不会妨碍到他在医学事业上的发展，不是吗？莫德查阅的有传记辞典（伊顿公学、牛津大学巴利奥学院、盖伊医院）、毫无趣味的大报、刊登黄色新闻的小报、上流杂志、一般杂志，还有那些名声极差、很不招人待见、大有诽谤嫌疑的刊物。它们全都向她提供了有价值的信息，查尔斯·波德姆博士是个新闻人物。

一九二五年，他跟一位公爵的独生女儿订了婚。这桩风流韵事轰动一时，令世人大为震惊，在大西洋两岸都登上了小报头条。尽管波德姆博士家财万贯，还拥有兰开夏郡数千英亩的土地，但在公爵眼里却依然不够好。公爵的女儿名叫西比尔，她和查尔斯·波德姆在一个不入流的派对上疯狂跳着查尔斯顿舞的照片登上《世界新闻报》的头版时，公爵出面干预了，他把西比尔从查尔斯·波德姆的生命中抹了个干干净净。莫德读得很是着迷，她发现西比尔当时才十七岁，完全处于她父亲的管辖之下。这段恋情显然炽烈如火，这小两口私奔却被抓住，随后西比尔便彻底从人前消失了。一位鬼鬼祟祟的法国摄影师拍到了这姑娘的一张照片，她坐在里维埃拉一栋别墅的凉廊里，一脸哀伤。等再次有人拍到她的照片时，她一身新娘打扮，嫁给了公爵为她挑选的丈夫——这个男人身高六英尺四英寸，拥有大半个诺森伯兰郡和坎伯兰郡，他母亲那一方可以追溯到征服者威廉[1]，父亲一方则跟汉诺威王室攀得上关系。

查尔斯·波德姆是个了不起的小伙子，既是有钱人，也是个医生，可是莫德却怎么都找不到他一张像样的照片。从那些黑白照片上根本就看不出他是丑是俊：两个眼睛一个鼻子一张嘴，一头乱蓬蓬的头发看着像是金色的。虽然这个难题找不到答案，不过根据他和一群人的合照可以看出，他的个子并不算高……这样

1 即威廉一世，1066—1087年在位，原为诺曼底公爵罗贝尔一世的私生子。1066年，他率领一支由诺曼人、布列塔尼人、佛兰芒人和法国人组成的军队入侵英格兰，击败英国军队，成为英格兰国王，也得名“征服者威廉”。

挺好，莫德心想，太高的男人不适合吉蒂。

莫德很乐意把这些八卦四处传播，但是她对于自己给吉蒂安排的计划却绝口不提。查尔斯·波德姆迟早都会来到殖民地视察自己将要继承的产业，为了娶到公爵千金，他曾经做出巨大努力，结果却付诸东流，这表明他自尊心所受的伤害不会很快愈合。所以，他来到这里时肯定还是单身，与此同时，吉蒂正忙于接受护士培训，还没反应过来自己已经被藏起来束之高阁。事情进展得真是太顺利了！艾达嫁给杰克·瑟洛，格蕾丝跟某个靠双手讨生活、毫无前途可言的无能之辈结婚，草窠则会成为那个至关重要的必需品——未婚姨妈，哪个姐妹的孩子需要她，她就奔到哪里。

莫德深信，一切都会按照她的计划进行，就连上帝都是她的同谋，原因很简单：上帝是个明事理的家伙，不然他就不会创造出莫德家的人了。

无论是什么没经历过的新鲜事，头六个月总是最难挨的。这句真言主宰着拉蒂默家四姐妹的生活，一直到一九二六年的年底。这时她们吃惊地发现，自己竟然撑下来了，就连不情不愿的格蕾丝也不例外。

草窠心想，我们没能真正扩大自己的人际交往圈，可真是憾事一桩。从护士的食堂到宿舍，一切都分成了三六九等；我们不能跟医生过从甚密，也不许和仆人混在一起，嬷嬷们生怕西郊护士不知道我们比她们高出一等，我们是新型护士的先驱。我不能跟勤杂工哈里或是厄尼交朋友，我不能跟西郊的护士们在食堂里坐在一处，如果医生进了病房，我就会立刻被派去给脏衣服分类或者到水房里刷便盆。我处在一个既不敢上也不敢下的层次上。如果说供职于同一家医院的各色人等不能像朋友一样彼此交流的话，那他们之间怎么会有团队精神或是同志情谊呢？不过，最怨恨我们的对手——如果她们还不算彻头彻尾的敌人的话——正是那些可能受益最多的人。我渴望将化学和物理的基本原理教授给莉娜·科里根、南希·威尔森和莫琳·奥布莱恩，让她们明白水有三种存在状态，而碘是一种化学元素。可她们却并不想知道，因为她们觉得，坦白自己的无知就等于承认她们输了这场毫无意义的战斗，可这场仗是她们自己挑起的。只有知识才能带领她们走出贫困和屈从的困境，可我怎么才能让她们看清事实呢？

“西郊的护士们坚信，如果咱们四个没有别的朋友，那我们很快就会闹翻的。”艾达说道，“你觉得她们什么时候才会醒悟过来？”

圣诞节就要到了，她们在梳妆打扮，准备去教堂。自从成为护士以来，她们这还是头一回遇上四个人都休假的周日。做完礼拜之后，她们要回教区长宅邸去吃午饭庆祝一下；草窠和吉蒂八月份就十九岁了，艾达和格蕾丝十一月份也满二十一岁了，不过她们都没有举行生日晚宴。今天是个特别的日子。

格蕾丝仔细检查了一下，确保她腿上真丝长袜的接缝是笔直的，这才抬起头来说道："西郊护士不知道咱们是姐妹。"她说，"她们纳闷的是，咱们之间的分歧和争吵究竟有多严重。"

真美啊！——她注视着艾达，心里想道——我怎么就不能像她那样呢？她一举手一投足都很美，柔美迷人，婀娜多姿；她高昂着头的样子也很美，脸上总是挂着一抹谜一般的微笑。红色无疑是最适合她的颜色，无论哪一种红；今天她穿的是一条朱红色的重绉裙子，宽宽松松地从身上垂下来，却仍然显出她的身段优美无比。她头戴一顶红绉扁帽，斜扣在左眼上方，帽子上装饰着竖起来的褶边。她的鞋子、皮包和手套则是黑色小羊皮的。

"格蕾丝，你看起来漂亮极了。"艾达突然出人意料地说道，难道双胞胎真的心灵相通吗？"真希望我也能有那份耐心像这样绣个花！你把你的米色绉帽绣得像一只有黑色骨架的蝴蝶翅膀，简直跟奥伯利·比亚兹莱[1]画的一样。"

格蕾丝戴上长长的黑色小羊皮手套，神采奕奕地问道："你是说我的帽子吗？这样还行吧，艾兹？"

"完美无缺，就像合起来的一对黑边翅膀。"

一群西郊护士看到这四个姑娘沿着坡道向维多利亚街走去，莉娜·科里根皱起了眉头。八个月来，她们一直遭到孤立，在医院里什么朋友也没有，可是这四个女人居然还能友好相处，这真让人想不通。她们满面春风地走过坡道，互相有说有笑，显然非

1 奥伯利·比亚兹莱（Aubrey Beardsley，1872—1898），十九世纪末最伟大的英国插画艺术家之一，擅长以黑墨水作画。

常开心，实在令人费解。

“她们是因为说起话来像上等人，而且念过书才会这样的吗？”莉娜问道。

“怎样？”

“南希，我也不知道，可是她们身上有一种东西。”莉娜叹道，“麻烦的是，我认识她们的时间越久，就越喜欢她们。尤其是拉蒂默，她看起来就像个女王，可是一点也不自以为是。”

“是啊，她们哪个都没有自以为是。”莫琳说，“就连染着金发的垂德比都是个好姑娘。”

科里根护士转过头来说：“姑娘们，你们知道吗？我已经斗得够了。她们还不到二十岁，可是在我们明白过来之前，她们就会成为州里登记在册的护士了。我觉得咱们该想着跟家里的老头子斗一斗了，少给他们一点酒钱，让咱们的女儿去念个大学。是的，你说得没错——这不是我的主意。我是听了斯科比的话才想到的。”

对于艾达、草窠和吉蒂来说，在病房里工作是挑战，可是对格蕾丝而言，这就是折磨了。克朗达乡村医院没有一个嬷嬷是本地人，她们都是正式的公务员。西郊的护士们没有正式职务，她们想结婚就可以结婚，因为她们跟勤杂工、病房女佣、炊事人员、打字员以及其他人一样，是享受不到福利的“临时工”。而女性公务员是不允许结婚的，所以护士嬷嬷中没有已婚人士。不过，寡妇也符合雇佣条件，因此，严格意义上来说，离异者也没有问题，只是离过婚的女人永远都不可能进入到面试这一关。这里也有些离婚的女人，她们谎称自己是寡妇，同时还要万分小心别让人看见自己常常跟男人在一起。很多嬷嬷都在医院外面自己租房子住，通常是跟共事的一位嬷嬷合租，不过克朗达乡村医院和其他一些医院一样，为不少嬷嬷提供了院内宿舍。世界大战期间，医院里盖了不少房子，弗兰克·坎贝尔乐得用这些房子收点租金，总好过让它们白白空着。嬷嬷们正是最理想的租客，她们没结过婚——既没有孩子，也没有爱灌马尿的丈夫。

可是只有这些嬷嬷自己知道，要保住职业生涯，她们付出了多少看不见摸不着的牺牲：永远不能生孩子，夜夜孤枕难眠，没有男人陪伴的生活如同一潭死水，老了以后还可能会贫困潦倒。于是她们埋头于工作，尽量找个意气相投的室友，偶尔跟男人偷个情，要么就彼此凑合着过。所以她们对待下属可不会平易近人。不过，这里的竞争倒是绝对公平：如果这个赛场上有女裁判这么一号人物的话，那么她一定也是个领俸禄的老姑婆。

护士们每天分成三班工作——早上六点到下午两点，下午两点到晚上十点，晚上十点到早上六点。每个病房需要保证始终至少有一名嬷嬷当值，男子病房、女子病房和儿科病房的双人间则需要两名，再加上精神病院和疗养院/养老院里的那些，医院里总共有五十个嬷嬷。

有些嬷嬷很好认，不管你是在医院的哪个部门工作，上班第一天就会认识她们了，比如像男子病房的尤娜·罗伯特森嬷嬷和儿科病房的梅格·莫尔顿嬷嬷；另外一些嬷嬷就不是这样了，比如像副护士长安妮·哈丁，拉蒂默家的姑娘们过了好几个月都不知道她是谁。这主要跟她们的性格有关。莫尔顿嬷嬷是个不折不扣的好人，可罗伯特森嬷嬷却是悍妇中的悍妇了。她俩都已经人到中年，下巴上刚刚开始长胡子，肚子发福了，皮肤也变粗了，但是两人的相似之处也仅此而已。罗伯特森嬷嬷把所有的爱都献给了她的男病人们，他们很怕她，医生们也很怕她。在格蕾丝眼里，跟她一比，就连魔鬼都要容易对付得多。

“福尔丁，你跑起来了。”罗伯特森嬷嬷对着手忙脚乱的格蕾丝吼道，“请立刻停下来！护士只有在两种情况下才能跑起来——医院起火了或者病人大出血。”

可是，格蕾丝问自己，如果不让我跑的话，那我要怎么样才能把工作做完？为什么每个男病人每天都得刮胡子？每天要给五十个人刮胡子，哪怕他们就快要死了！关于这一点，很多男病人都跟格蕾丝有着同样的看法。

“嬷嬷，你自己也该刮刮胡子了。”格蕾丝听见有个愤怒的男病人说道，“把你的头巾给我，你自己躺在血淋淋的剃刀下吧——威廉二世[1]都没你这么坏！”

“可怜的家伙！”格蕾丝后来一边擦着笑出来的眼泪一边对吉蒂说道，“还没过五分钟，嬷嬷就亲自给他屁股里塞了一支老

1 威廉二世，末代德意志皇帝和普鲁士国王，1888—1918年在位。

粗的栓剂，他一上午都坐在马桶上，真惨啊。他还能走路就算运气不错了。”

对于拉蒂默家的姐妹们来说，滑稽可笑的时候很多，伤心欲绝的时候却也不少，所以一九二六年这一整年她们都在学着如何应对悲伤的情绪。她们发现，有些人非常勇敢，可是另外一些人，你还没碰到他们，他们就已经往后一缩、尖叫起来。每个病人都是到了能出院的时候就立刻走人，这倒不仅仅是因为医院的政策如此。弗兰克·坎贝尔院长是个出了名的小气鬼，他不仅对员工们吝啬，对病人们也是一样吝啬。床垫都旧了，坑坑洼洼的；床单已经磨得很薄，缝缝又补补；毛巾秃得没有毛；肥皂是自制的，腐蚀性极强；报纸裁开了用来擦屁股；至于伙食，就连剪羊毛工人的厨子也只能做到这么难吃了。

拉蒂默四姐妹想不通的是，她们的父亲身为医院董事会的成员，每天都会到病房里溜达一圈，可是他怎么会对弗兰克·坎贝尔昔日所作和今日所为视而不见呢。是的，爸爸像个圣人一样慢慢地走着，面带微笑，安抚病人的心灵，却无视他们身体上所遭受的巨大痛苦，仿佛这痛苦并不存在一样。因为医院要收费。就连最穷的病人也一样会收到账单，所以，在克朗达乡村医院，社工的工作是全院最难做的：她必须找到个理由以免除服务的费用，可是往往都找不到。虽然担任咨询顾问的专科医生们都是些好人，然而弗兰克·坎贝尔就连裁开的报纸都要收费，一张也不会放过。

吉蒂一天天容光焕发起来，特别是在她被派去儿科病房以后，这里的许多小病人都是骨头方面有毛病：主要是断胳膊断腿，偶尔也有先天性髋关节脱位、感染性骨折、骨质疏松症以及穷人中非常多见的佝偻症。不过，不管是什么毛病，这些孩子多数还是快乐的，他们已经习惯了病痛，习惯了卧床，一旦得到允许下了床，他们就会变成危险的讨厌鬼。可是在吉蒂眼里，这并不打紧，她爱着每一个孩子，喜欢每一次干扰，享受每一个瞬间。

六岁以下的男孩和女孩是在一起看护的，六岁以上就要分男童病房和女童病房，到了十四岁他们就可以去住成人病房了。冬天骨折的病人多一些，夏天则是肠胃病的孩子多一些，但那五十张床位一年到头都是住满的，因为患儿需要住院治疗的时间往往会比成年人更长一些。只有在这里，托马斯·拉蒂默牧师才为减轻患者的痛苦做了一些努力：病房里有很多玩具，还有很多书，暖气片也一直工作正常，别处的情形可就不是这样了。弗兰克·坎贝尔的预算只够雇一位水管工，这人毕生的梦想就是能有一个同事，可是这个梦想却从来不曾实现。

吉蒂发觉自己的抑郁症已经一去不返，可她却记不起究竟是什么时候意识到了这一点，都是因为工作太忙太累了。也许这一刻本就是悄无声息、逐步到来的，但可以肯定的是，在她来到儿科病房之后，她的抑郁症就再也没有露过头。护理孩子的工作让她感觉自己仿佛被幸福的毯子包裹其中，每一个欲望都得到了安抚与滋养，让她觉得平和而满足。她已经明白，自己渴望的东西与所受的侮辱同世上许多人的遭遇比起来，显得那么可笑、那么荒唐。过去十九年，她一直处在世界的中心，可是如今她却仿佛被放逐到了最远最远的边缘，她谁也不是，什么也不是。她喜欢这种感觉，几乎忘记了自己的美貌，甚至忘记了莫德，忘记了教区长宅邸里的生活。即使是最淘气、最惹人厌的孩子，也没法削弱她刚刚建立起来的自信，更摧毁不了她与自己达成的平静和解。吉蒂终于获得了自由。

可她没想到的是，她的觉醒反而令她的美貌更加耀眼。为了尽量不让男人们有机会直勾勾地盯着她，护士长无奈之下只得使出最后一招——把她调去儿科病房。

“问题就在于垂德比是个非常优秀的护士，我承受不起失去她的代价。”护士长对利亚姆·菲尼肯说道，“我不能说她自以为是，也不能说她时刻都把自己当成个美女，因为她并没有这样。可是男人一见到她，脑子就不当家，女病人呢，既讨厌她随和的性格，又痛恨她漂亮的脸蛋。”

“幸好，”利亚姆咧着嘴笑道，“克朗达乡村医院没有帕里斯来引诱咱们特洛伊的海伦。”

“利亚姆，你怎么就对她不为所动呢？”

他把头发往后拢了拢，这绺头发总是喜欢垂到他的眉毛上，还有点挡他的视线：“我也不知道。也许是因为我不喜欢把头发染成金色的人吧。”

“她的金发是天生的！我倒希望那是染的——初级医生们要是看到黑色的发根，没准其中有几个就会大失所望了。”

“让垂德比待在儿科病房就可以了。”他安慰她道。

“没错，可是她总不能在儿科待一辈子。”

“这话不假。那就把她在成人病房工作的时间减少到最低限度。”

“梅格·莫尔顿非常喜欢这姑娘——我总算是放心了！有人跟我说，垂德比是个完美无缺的儿科护士。她当班的时候，病房里的气氛都会更快乐一些，她工作起来就跟挖土工一样卖力。”

“没有人是完美无缺的，格蒂。”

吉蒂脚步轻快地从病房里走过，她面带微笑，时而像在跳舞，时而蹦蹦跳跳，孩子们被她逗得咯咯直笑。吉蒂的发现之旅还在继续，她惊异于自己从前的盲目。在她当护士之前——尤其是当儿科护士之前，除了她的姐妹和父亲，人人都低估了她，认为她只是不至于对社会全无用处而已。可是如今，她已经有了目标。

儿科病房很忙，没时间容人在心里反思。不是吉米·柯林斯把还不该脱落的痂给揭下来了，就是金妮·贾科梅蒂本想开个玩笑却从床上掉了下来，要不就是阿尔夫·史密瑟斯因为医院的伙食填不满他肚里那个无底洞而吃了整整一盒彩色粉笔。

“他本来应该很可爱的，一笑就露出一嘴五颜六色的牙齿，”吉蒂对莫尔顿嬷嬷说道，“可他最后吃的是黑色的粉笔——真恶心！”

巴里·辛普森哀号了一声，她俩转过身去。

“护西，护西！我在床上拉臭臭了！”

“弗兰克·坎贝尔那张垫在底下的床单报销了。”吉蒂说道，“巴里的臭臭可不好对付。”

不过，尽管吉蒂在儿科病房，却依然有男人来骚扰她。最执著的缠人精要数尼尔·克兰肖医生，他是一名住院医师。他仗着自己是医生，便利用手中这点小权来追求她。吉蒂很讨厌他，可是他比自己级别高，所以又不得不对他曲意逢迎、尊重有加。

“去帕台农餐厅吃个晚饭怎么样？”他一边监督着垂德比护士处理吉米的疮痂，一边问道。

“对不起，先生，我很忙。”

“护士，你总不可能天天晚上都忙吧。”

“我会一直忙到一九二九年六月。”

“到那时怎么就不忙了？”他嘴上问道，心里却盘算着要在几个表情中挑出一个最能打动她的来——她可真是个小美人！他做出一副对她十分仰慕的样子，可惜却被他脑中涌动的情欲给破坏了。

“到那时我就毕业了，会成为一名注册护士，”她一本正经地说，“也就可以随意接受晚餐的邀约了。但是在那之前，我只能把所有的业余时间都花在学习上。”

他本来恐怕是想开口争辩的，但是莫尔顿嬷嬷气势汹汹地走了过来，仿佛扛着几门装填完毕的十五英寸口径大炮。克兰肖医生便立刻消失了。

“嬷嬷，谢谢你。”吉蒂说。

“没结婚的医生，”事后她对三个姐姐说道，“可真是讨人厌。”

“说一点我还没有亲身体会到的事情吧。”艾达说。

“尼尔·克兰肖骚扰你？”草窠问道，她笑得连腰都直不起来了，“有一天我去给史密斯嬷嬷捎口信，在坡道上被他给看见了，他请我去帕台农餐厅吃晚餐。于是我就站在那里盯着他看，像鱼一样慢慢把嘴唇往一块吸，还学斗鸡眼。他赶紧逃走了。”

“你别忘了，”艾达说道，“到克朗达乡村医院来的，可不是悉尼医学院每一届毕业生中的拔尖人物，这样的高材生都去了温尼医院，还有悉尼的阿尔弗雷德王子医院和皇家北岸医院。咱们这里来的虽然不是最差的，但也够糟糕的了。”

“那个长得跟斯坦·劳莱[1]差不多的克兰肖，也只有在咱们这里才会被人称作医院万人迷吧？”草窠问道。

“他那副愁眉苦脸的样子还真像斯坦·劳莱。”吉蒂也同意草窠的说法。

1 斯坦·劳莱（Stan Laurel，1890—1965），英国喜剧演员，他和奥列佛·哈台组成的“劳莱和哈台”是20世纪20、30年代好莱坞最杰出的喜剧搭档。

“他身上总有一股廉价雪茄的臭味，”格蕾丝说道，“而且我受不了男人长着红头发。说实话，姑娘们，这里的医生没有一个我能看得上的。他们全都以为自己跟独角兽一样，就连拉出来的屎都是冰淇淋。”

幸好尼尔·克兰肖医生并不知道她们说的这些话，他更没想到的是，垂德比护士尽管看起来就像波提切利[1]笔下的天使，可她那条毒舌却比死海更有杀伤力。于是他继续在儿科病房里做着讨人嫌的事情，眼下他轮值到了丹尼斯·法拉第医生的部门，因而可以随心所欲地去烦扰吉蒂。深受爱戴与尊敬的法拉第医生正是克朗达的儿科专家。

儿科病房刚刚才从一场恶战中摆脱出来，这里差点就要白喉大流行了，起因是经过特别改造、用来协助儿童呼吸的橡皮管库存不足。这就是典型的弗兰克·坎贝尔式错误经济。副护士长哈丁只得搭上早班火车前往悉尼，花费高价从医疗设备供应商手里购买现货，再搭乘夜班火车回来，结果却发现利亚姆·菲尼肯已经用普通的橡皮管做出了替代品，而且效果良好，避免了两起本来可能因疏忽致死的病例。正如所有的儿童传染病一样，只有那些病情最严重的会住院治疗——一百多位白喉病人的年龄全都在两岁到十二岁之间，一层致命的薄膜在他们肿胀的喉咙里伸展开来堵住气道，而这根改造过的橡皮管可以让病人的呼吸道保持通

---

1　桑德罗·波提切利（Sandro Botticelli，1445—1510），欧洲文艺复兴早期的佛罗伦萨派艺术家。

畅。这次的疫情相当严重，有十七名儿童丧生，还有四人因为心脏并发症需要住院治疗数月之久。

在一条专用坡道的尽头，常年有两间空置的病房时刻准备就绪，以做流行病的隔离区域。但是这两间病房上一次被密集使用，还是在大战刚结束的那三年里，当时死于流感的人比死于战争的人还要多。感染上致命流行病的似乎总是儿童和年轻人。艾达觉得，如果一个人的身体挺过一切劫难活到晚年，也许这身体就会更难对付，远没那么容易杀死。

吉蒂并没有参与白喉病人的护理工作。梅格·莫尔顿嬷嬷更愿意把她留在儿科病房，不过格蕾丝、艾达和草窠都去了白喉病房当值。吉蒂现在是两班制运转，休息日也没有了，眼下护士紧缺，危机很严重。在一些志愿者和退休西郊护士的帮助下，克朗达乡村医院才渡过了难关。

对于吉蒂而言，她自己在白喉流行期间也取得了一次胜利，不过这事她只是私底下跟姐姐们说过，并没有大肆宣扬。

有一回，吉蒂正在铺床，尼尔·克兰肖医生问她："去帕台农吃个晚饭吧，日子随你挑，怎么样？"

突然之间，吉蒂觉得自己受够了。如果白喉没有流行起来——如果医院里有张像样的床单——如果克兰肖说话前能过过脑子，那该有多好！

"哦，看在上帝的分上，你这个愚蠢的白痴，我一点也不想跟你去吃什么饭！现在给我滚，别来烦我！”

他震惊极了，就算他在花园散步时被蝴蝶咬了，恐怕也没这么吃惊，所以他根本没想到还嘴。吉蒂那对眼睛平日里是蓝色的，现在却燃烧起紫色的火焰，他吓得一溜小跑地逃出病房，就像被扫帚撵出去的老鼠。

转眼到了一九二七年六月，此时拉蒂默四姐妹从事护士工作已经十四个月，迎来了第二个冬天。依然处于弗兰克·坎贝尔管辖之下的她们，征服了所有的敌人，克服了所有的恐惧。其他三个并不知道格蕾丝是怎么坚持下来的，她的滑头性格对她大有助益，她现在多少有些习惯了一团糟的局面，她的护理工作算是合格了；况且一团糟的状况也不是天天都有，这个发现让她精神一振、大为惊喜。

她们已经把所有的病房轮转了一遍。六月到来的时候，吉蒂又回到儿科病房，跟草窠一起。艾达以为肯定会有人看出这对双胞胎之间的相似之处，可是就连梅格·莫尔顿嬷嬷都没有发觉。那身制服掩饰了她俩的身材，不同颜色的眼睛则占据了她俩脸上最吸引人的位置。还有一点也有助于她俩隐瞒身份——吉蒂喜欢照顾男孩，而草窠偏爱女孩，人家很少看到她俩在一起。

“护士们，你们吃完午饭就立刻来我的办公室报到。”莫尔顿嬷嬷说，她平时说话很少这么简明扼要。

“到底会是什么事呢？”草窠问道，她和吉蒂坐在她们的小屋里，吃着火腿三明治，“不过，反正我是问心无愧的。”

“别装得跟圣人似的，护士，她说话时带着一丝得意的笑容。你对莫尔顿的了解远不及我，我猜她是打算把某种特殊的工作交给咱们。”

她猜得没错，半小时之后，她们在莫尔顿嬷嬷的办公室里明白了原委。丹尼斯·法拉第医生也在那里，两人都是一脸严肃。

“有一位病人将交由你们护理，时间不会太久，所以护士长提议说，这个任务就委派给四位新派护士实习生吧。”法拉第医生用他那低沉悦耳的嗓音说道。他块头很大，年轻时曾经是一位著名的橄榄球运动员。他的皮肤是棕色的，头发是棕色的，眼睛也是棕色的，总是让见到他的人联想起亲切友善的棕熊。他身上仿佛有一种说不清道不明的魔力，孩子们都愿意听他的话。

“一般情况下，”他继续说道，“濒临死亡的孩子都是尽可能在病房进行看护。不过，我不能让将由你们照料的这个孩子处在他人好奇的眼光之下。克朗达是个容易滋生流言蜚语的温床，儿科病人的探视者又特别多，因此，你们的病人将被隔离护理，远离外界的闲杂人等。孩子名叫迈克尔·维斯珀，但是你得喊他迈奇他才答应。他身上长满了转移性肉瘤，非常痛苦。可他是个了不起的小男孩，总是高高兴兴的，对人充满感激，小小一剂麻醉药就能让他获得解脱。他知道自己活不久了，但依然很勇敢。”

医生眼里闪动着泪光，莫尔顿嬷嬷给吉蒂和草窠递了个眼色，警告她俩不要议论医生的真情流露。“护士们，如果可以的话，我会把警方的报告、社工的记录以及我能找到的关于迈奇的一切资料都交给你们。”法拉第医生眨眨眼睛，吸了一口气。“迈奇今年两岁，可是看起来也就一岁的样子。在今天之前，既没有医生给他看过病，也没有人对他进行过任何治疗。要不是片区护士起了好奇心，他恐怕永远也不会被人注意，更不会被解救出来。我估计他还有两到三周的寿命，不过我决心要让这短短的几天成为迈奇这一生最幸福、最舒服的时光。”

法拉第医生朝门口走去：“嬷嬷，其余的事情就交给你来解释了。”说完他便微笑着消失在门外。

房间里随之沉寂下来，仿佛过了几个小时都没人说话。实际上，仅仅几分钟之后，格蕾丝和艾达就来了，知晓了将要发生的事情。自从当上护士这十四个月以来，她们还从来没有四个人在一起工作过，尽管眼下迈奇·维斯珀是她们唯一的病人，她们也还是不会四个人同时上阵。吉蒂和草窠选择的是从早上六点到晚上十点共同照料他，格蕾丝值夜班，艾达跟她们轮替。

“护士长之所以选择你们，”莫尔顿嬷嬷说道，“主要是因为你们不会对任何人说闲话。我虽然不知道她为什么这么有信心，不过我相信她的判断。我个人想说的是，你们不要陷得太深。迈奇·维斯珀这个病例固然令人痛心，可如果你们真的为了他肝肠寸断，那也就别想成为注册护士了。”

“我们会挺过来的，嬷嬷。”艾达说。

莫尔顿嬷嬷接着说道："我们并不知道迈奇的营养不良有多少是转移性肿瘤引起的，又有多少是由于完全无人照料，但这两点都是导致他营养失调的原因。最糟糕的是，没有任何人对迈奇给予过足够的重视，没人把他当作一个人来看待。他一直被当成个碍手碍脚的麻烦事，仅此而已。他爸爸维斯珀让他妈妈去给人家洗衣服挣钱，于是他妈妈只得拼命干活，比大多数奴隶都要辛苦。片区护士也分不清她到底是智力迟钝还是只是苦于语言不通——这家人是从德国来的，来克朗达才一年半。这可怜的女人怀孩子、生孩子、奶孩子，直到他们长大、自己能吃能喝。她有三个儿子，最小的十三岁，最大的十六岁。然后隔了几年，她又生了三个女儿，最小的才六岁，最大的也只有九岁。再来就生了迈奇，两岁。"

"嬷嬷，为什么会隔了几年？"草窠问道，"是因为维斯珀进监狱服刑了吗？"

梅格·莫尔顿瞪圆了她那对蓝眼睛说："斯科比，你能推断到这一点真是聪明。卡梅伦警官可以让警方去调查一下。"

"她的儿子们上学了吗？"吉蒂问道。

"没有，当然没有。"莫尔顿嬷嬷叹了一口气，"好吧，这事也该让你们知道，你们做护士的时间都不短了，所以也不会太惊讶的。科尔比学校的校长对卡梅伦警官控诉说，维斯珀家那三个小女孩全都被她们的父亲和三位哥哥侵犯过。"

"最小的那个才六岁。"艾达说道，她觉得口干舌燥，"三个都还没到青春期呢。”

“所以维斯珀一定发现了到处都有人在找他的麻烦。”格蕾丝说道，她现在已经成长得足够坚强，不会再哭了，“他真该上绞刑架！”

“他不会被绞死的。”草窠说，“不过他会回到监狱里，待上很长一段时间。”

初级护士长从门外把脑袋伸了进来。“迈克尔·维斯珀来了。”她说。

一号病房很小，摆不下双人床，迈奇·维斯珀睡的是一张幼儿床，对他来说很宽敞。尽管吉蒂知道他已经两岁了，可是他看起来确实只有一岁的样子。他的腹部因为营养不良而高高鼓起，给人一种错觉，仿佛他吃得很饱似的。他的皮肤白皙细腻，长着一头褐色的卷发，大大的黑眼睛嵌在一张老得有些怪异的脸上，眼神严肃、聪慧而又沉着，像是在讲述自己的遭遇。他并不是个漂亮的孩子，只有那对眼睛还算好看。可是，作为一名经验丰富的护士，梅格·莫尔顿知道迈奇正是那种叫人白日里都能梦见他的孩子。

也许迈奇在家的时候没人照看，甚至还可能受了虐待，但他的肉瘤病并没有长到脑子里，每天都一起连上两班的草窠和吉蒂，很快就发现了这一点。她俩都明白，要想让迈奇这样的病人不再觉得疼痛难忍，那就只能由着他的性子给他麻醉剂，反正他就快要死了，用不着顾虑上瘾不上瘾的问题。可是哪怕只给他一小滴麻醉剂，他都会感激不尽！他以前一定是很痛很痛吧？癌症一直在不停扩散，可是却从没有人试过去减轻他的痛苦。吃了吗啡以后，他笑容满面——谢天谢地，他不像有些人吃过吗啡会吐！他从来不曾要求护士再多给他一点麻醉剂，总是等到真正需要的时候才打针。在一个不眠之夜，他对格蕾丝解释说，如果他整天都服用镇静剂的话，就不会像现在这样了解每一位照顾他的可爱护士了。吉蒂会跳查尔斯顿舞给他看，看得他边笑边鼓掌；草窠披着弗兰克·坎贝尔那些打了补丁的床单为他跳“七纱舞”；艾达则用金属的碗和盆敲出旋律伴奏、唱着可笑的歌曲给他听。只要是护士们为他做的，迈奇都很喜欢。

来看望迈奇的只有一个人——玛丽亚，她是维斯珀家三姐妹中的老二。她总是像个幽灵一样不知从什么地方冒出来，站在迈奇那张小床的床尾，听他气喘吁吁地把护士们为他做的那些开心事讲给她听，逗她高兴。从打针减轻疼痛到吉蒂的疯狂歌伴舞，他都会讲。玛丽亚并不是天天都来，大约五天才来一次。她能够绝对肯定的是，迈奇深深地爱着吉蒂。尽管这四位护士他都很喜欢，但吉蒂在他心里是排第一位的。没人知道维斯珀家的这两个孩子之间发生了什么，玛丽亚来探望的时候，当值的护士几乎总是吉蒂，她很重视他俩的姐弟亲情，所以如果迈奇的状态足够好，她都会给他们一刻钟的时间单独相处。每一次玛丽亚来过以后，迈奇的状况都会有所改善。

新南威尔士警察局的吉姆·卡梅伦警官，对维斯珀一家人越来越感兴趣，先是迈奇无人照看，再是老师控诉说比尔·维斯珀和他的三个儿子对维斯珀家的三姐妹进行猥亵，而他自己也坚信维斯珀有偷窃肥羊的行为。作为克朗达警察分局的局长，卡梅伦觉得应该从悉尼请几位专家过来，可他是苏格兰人，性子固执，从来不肯向外人求助。维斯珀一家是他的麻烦，他自个儿有能力解决。

卡梅伦警官跟片区护士宝琳·邓肯很熟，从某种意义上说，是她促使他的态度起了变化。有一天，邓肯嬷嬷天不亮就被叫走了，迈奇·维斯珀正是那天住进了医院。当时西克朗达河铁路桥下的吉卜赛营地有人打架，她是去帮着做扫尾工作的，处理了几处瘀伤，又缝合了几处刀伤，随后她爬上自己的T型车，回头往镇上开。路过维斯珀一家所住的旧屋时，她先是放慢车速，最后停了下来。对于比尔·维斯珀，她一直有点不放心，这种感觉时不时就会冒出头来。为什么不停车看看呢？她问自己。来都来了，为什么不进屋去偷偷看一眼呢？这会儿维斯珀家的男人们都不在家，没准我还能跟那个可怜的女人谈一谈……

维斯珀太太正在后门外面用一口大锅煮床单，她的三个女儿已经从学校回来了，青肿着眼眶在给她帮忙。有一个很小的小男孩在她们腿边摇摇摆摆地走来走去，无声地流着泪，动不动就会被哪个女人给推到一边。只这一眼，宝琳·邓肯就受不了了。她冲上前去，一把将小男孩抄起来，抱着他跑回车上。她让这孩子坐在身旁的副驾驶座上，径直把车开到法拉第医生的房间。一个小时以后，迈奇·维斯珀住进了克朗达乡村医院，法拉第医生又敦促卡梅伦警官也行动起来。

虽然嬷嬷警告过护理迈奇的护士们别陷得太深，不过已经太晚了。

“怎么会有人对一个小孩子如此残忍呢？”吉蒂问道。

“像比尔·维斯珀这样的人根本就不知道残忍是什么意思。”格蕾丝抹着眼泪说，“要是有人不想要孩子，那他们就不该把孩子生下来。”

“哈！”艾达哼了一声，“这可没有法子避免。”

“那我就会确保我嫁的男人养得起孩子。”吉蒂说道，下巴抬得高高的。

“吉蒂，别去挑战命运。”艾达说，“要是咱们当中有哪个能预见未来的话，算命的就不可能赚到大钱了。你看看格蕾丝总是挂在嘴上的那些电影明星。他们倒是都去找通灵师咨询过。可是你想想，电影明星能有什么好担心的呢？”

“意外到来的孩子？”草窠咧开嘴笑了。

护士们对迈奇无比疼爱、悉心照料，在这样的影响下，他走向死亡的速度也慢了下来。如果说他的生活摆脱不了痛苦的话，那么法拉第医生就尽量让他的痛苦不至于无法忍受，同时又让他能保持清醒。迈奇最喜欢的消遣是让护士扮作轻声嘶鸣、跺着蹄子的小马，用一辆漆成明黄色的木头小车拖着他，在一段已经废弃的坡道上跑来跑去。只有格蕾丝一个从来没有体会过给迈奇当小马的乐趣，不过她知道，迈奇有时候夜里非常难受，难受的时候他就会说说话。

疼痛与贫困促使他的头脑早早步入成熟，可是如果有人指望着从他嘴里听到令人醍醐灌顶的哲理，那只能是徒劳。尽管他的思想比年龄略微超前了那么一点点，但基本上还是只有一个几岁孩子的水平。他用温和的性情赢得了大家的关爱，又用勇敢的行为获得了众人的钦佩。

“也许，”换班时格蕾丝对艾达说，“迈奇之所以这么可爱、这么叫人难忘，其实是因为他不肯开口抱怨。这我早就该知道的！”她皱起脸来，“真糟糕，居然让两岁的孩子给我上了一课！”

艾达很明智地没去答她的话。

对于迈奇而言，一个月的期限相当于一个转折点，当这个日子渐渐逼近的时候，他的疼痛突然间变得更加剧烈，这就意味着注射麻醉剂的次数也更加频繁。他已无法进食，只能靠着巧克力味的奶昔、麦芽糖或是奶油太妃糖来维持生命。

“吉蒂，我累。”这孩子说道，这时他入院才刚满一个月，“好累好累。”

“那就睡吧，亲爱的。”

“不想睡。很快我就不会醒来了。”

“哦，迈奇，别说小胡话！睡了自然会醒。”

“我不会。太累了。”

玛丽亚来探望迈奇，莫尔顿嬷嬷叫她给爸爸妈妈带个信，迈奇撑不过二十四小时了。小姑娘点点头，走了。那天下午，醉醺醺的比尔·维斯珀带着三个儿子来到医院，要求把迈奇带回家。弗兰克·坎贝尔的回应是报警，卡梅伦警官带人来把维斯珀家的四个男人全都投进了监狱去醒酒。第二天一早，维斯珀家的男人们虽然宿醉未醒，但精神却没有错乱，他们只字不提迈奇的事，也没再说要把他从医院接走，而是爬上那辆老旧的客货两用车，开着车走了。

当天黎明时分，迈奇的脊椎骨突然移位——原发瘤就长在这个地方，他疼得尖叫起来。吉蒂吓坏了，于是喊来梅格·莫尔顿，莫尔顿又从法拉第家里把正在熟睡的医生给喊了过来。

法拉第医生开始准备给迈奇打针，吉蒂把迈奇抱在怀里，这时他终于停止了尖叫。孩子睁开眼睛，对着吉蒂微微一笑，吐出一口气，仿佛有话要说。吉蒂也对他露出笑容，等着听他想要说什么，可是他却没了呼吸。

“先生，把注射器收起来吧。”她对法拉第医生说，“迈奇已经走了。”

“谢谢你，护士，你知道该怎么做。”法拉第医生说完就离开了病房。

在给迈奇陈殓时，吉蒂心痛地发现这具小小的身躯居然冷得这么快。她还没为他最后的安息做好准备，然而迈奇的身体已经冷了下来，越来越冷……

没人看见吉蒂偷偷溜出来，沿着坡道来到她的秘密避难所。自从迈奇住院以后，她就常常躲到这里来。现在还没开始下雨，但冬日的天空铅云低垂，寒风呼啸，所以坡道上一个人也没有。她的避难所是一截老树桩，位于一段架高的坡道下方，一条小溪刚好从这里缓缓流过。吉蒂在黑暗中摸到树桩坐了上去，双手紧紧地握着拳，感觉到热泪从脸上奔流而下。迈奇，迈奇！如果说你此生唯一的目的就是忍受两年的痛苦，那为什么还要把你生到这个世上？你什么也没有做错，不该承受这样的苦痛。我多么希望天堂里到处都有黄色小马车和巧克力奶昔！

吉蒂并没有在悲痛中沉溺太久，哭完之后，她回到儿科病房，向莫尔顿嬷嬷报告说迈克尔·维斯珀已经平静地离开人世。在内心深处的某个地方，她知道法拉第医生还没有把这个消息告诉嬷嬷。

克朗达郡克朗达市负担了迈奇的葬礼费用，维斯珀家没有一个人来参加葬礼；有人听到比尔·维斯珀在他的酒馆里宣称，如果政府有权利把人家的孩了拐走，那么公家就有能力为人家的骨肉办丧事。拉蒂默牧师在墓旁主持了仪式，来参加的都是克朗达乡村医院的工作人员，人数还不少。大家捐了钱，等迈奇·维斯珀入土为安之后，这些钱足够为他立一座灰色花岗岩的纪念碑，再在上面刻上金字。迈奇·维斯珀的坟墓就应该像像样样的，虽然大家说不清这是为什么，但都觉得这事很要紧。

迈奇·维斯珀死后，这个小男孩的事情在克朗达流传开来，公众由此对比尔·维斯珀和他的儿子们深恶痛绝。由于卡梅伦警官没法说服维斯珀家的任何一个女孩就性骚扰对父亲和兄长提出指控，所以情况在继续恶化的同时，也渐渐从克朗达人的记忆里退出了显要的位置。

冬季凶猛的暴风雪已经在克朗达上空酝酿了三个礼拜，最后终于在六月末的一天下定决心，要在夜幕降临后发起最猛烈的侵袭。

当时拉蒂默家的四姐妹只有草窠一个人在当值，她工作的地方是男子病房一部——所有病房中最不受重视的部分。

克朗达乡村医院的工作人员中凡是跟男子病房一部沾上点关系的，都和弗兰克·坎贝尔医生有争执，就连护士长也被卷了进来。男子病房二部虽然面积较小，但在冬天却比一部要好过一些。因为男子病房一部的蒸汽管道压力损失太大，护士长担心病房不够暖和，于是就在长长的病房里安装了两台以焦炭为燃料的暖气机，可是到头来才发现，虽然她以焦炭很便宜为由诱骗得坎贝尔买了火炉，他却不肯购买足够的焦炭来让火炉发挥作用。所以，在像今晚这样狂风大作的夜里，两台焦炭暖气机已经不够用，必须以暖气来补充。如果把左侧的暖气片全部关闭，将所有的蒸汽压力都送到右边，这个方案还是可行的。

晚上九点，护士长来到病房，发现大煤桶里没有焦炭，暖气机里也没有火星。

“斯科比，”她对草窠说，制服上的粉浆发出刺耳的声音，“你马上到坎贝尔家里去，把他从床上叫起来，带到这里见我！别只是站在那里傻看着——快去！”

草窠照做了。她一边推着坎贝尔医生沿着坡道往前走，一边想道，这真是太棒了，一个足智多谋的护士在接到这样的命令时，一定会不遗余力的！

“护士长准是疯了，你说呢？”院长问道。

“彻底疯了，先生。哦，请你快一点！”

等草窠和院长来到男子病房一部的时候，护士长看起来确实很不正常。她衣服上的粉浆已经缴械投降，那身制服不再挺括如初，头巾掉在地上，双手那肉乎乎的手指弯成了鹰爪状。“守财奴！吝啬鬼！独裁者！”她咆哮着抓住弗兰克·坎贝尔睡袍的衣领，举着他离开了地面。这个专制了二十五年的干瘦小男人被护士长吊在拳下，吓得一动也动不了，活像肉店里挂着的动物尸体。这个花白头发的稻草人简直是个疯子！

“坎贝尔医生，我以前警告过你，我不会坐视病人们因为你拒绝给病房正常供暖而死于肺炎！如果焦炭没供应上，蒸汽压力维持不起来，我就会到悉尼去面见卫生大臣，把克朗达乡村医院的现状一五一十地告诉他！为了跟他见上一面，我花了将近一年半的时间预约，但终于还是约上了。你所犯下的那些罔顾人道的罪行能装满好几个文件柜，受害的都是些生病的男人、女人和孩子。等我见到那位可敬的绅士，我就把这些统统提交给他！”

除此之外，她还说了很多。男子病房一部里所有的男人和护士都忘了自己来这里的目的，病人们从床上坐起来，眼里闪着亮光，护士长这一番谴责就算没有让他们的身体暖和起来，起码温暖了他们的心。

“哦，说得太好了！”事情过去之后，草窠把姐妹们叫醒，将这个大好消息告诉了她们，“护士长把弗兰肯摇来晃去，就像梗犬在摇晃一只老鼠——多数时候，他的双脚都是完全沾不到地面的。”

“男子病房一部这一仗，护士长是胜了。”艾达说道，“可最大的问题是，这整场战争她也赢了吗？”

也许没有，但病房的供暖情况确实有所改进，水管工也终于盼来一位同事。护士长明智地取消了她和卫生大臣的预约，因为她知道这些男人肯定是官官相护的。如果说她为克朗达乡村医院所做的就只有让这里的病人更暖和一些，那么起码她在这里工作的时候也不算毫无成果了。而且，她还做了另外一件事，根据她的说法，这事最坏的结果是什么也改变不了，但最好的结果却可以改变一切。当吉卜赛人再一次来到铁路桥下时，她花钱让一个吉卜赛干瘪老太婆下了个诅咒。哦，不过这并不是要把谁咒死！只是诅咒弗兰克·坎贝尔会带着他的诡计调到别处去。下地狱当然很好，但是去别的地方也行，比如像达尔文[1]或是随便哪个鸟不拉屎的地方就足够了。

这年冬天过后，再也没有人见过维斯珀一家。一九二七年十月，片区护士宝琳·邓肯开车来到科尔比路时，发现那栋破旧的老房子已经人去屋空。比尔·维斯珀带着家人走了，没人知道他们去了哪里。留下的只有圣马可教堂墓地里那块灰色花岗岩的纪念碑，上面用亮闪闪的粗体金字写着：迈克尔·维斯珀长眠于此，年仅两岁。没人知道他的生日是哪一天，维斯珀家的孩子们都没有做过出生登记。

1 澳大利亚西北海岸的主要城市。

第二部

# 嫁了一个，还剩三个

格蕾丝的麻烦一直就没断过。她从事护士这一行的时间越长，需要记住的烦心事儿就越多，到了最后，就连护理工作最基本的规则她都记不起来了。

“福尔丁护士，跟我说说体液平衡表是怎么回事。”护士长命令道，把这个问题当作最后一招使了出来。

“记录体液平衡表是为了确保液体的摄入量足以与排出量相抵。”格蕾丝说道，她背得很快，凡是当老师的听到她这口气，都会知道她根本就不懂自己所说的是什么意思。

“体液平衡表与谁有关？”

“与体液的平衡有关啊，护士长。”格蕾丝一脸茫然。

“福尔丁，就连瞎子都能看出这一点。我问的是，体液平衡表是谁的？”

“是医院的啊，护士长。”格蕾丝更茫然了。

“它是谁的东西？”护士长重复道。

"医院的？"格蕾丝也疑惑了。

护士长的嘴紧紧地抿成了一条缝说："福尔丁，考虑到你那三个姐妹的资质，我无法相信你会有多蠢，可是你确实让我差点就失去信心了！体液平衡表是病人的东西，它记录的是与它有关的那位病人摄入多少液体以及排出了多少液体，排出的液体大体上是指尿液，但是还包括——？"

"呃——粪便？"格蕾丝满怀希望地问。

"福尔丁，成形的粪便不能算。体液是液体，不是吗？平衡表里的记录还应该包括呕吐物、血液、痰以及唾液的量，如果这些体液的量大到可以计量的话。"护士长说道，她一点也不觉得开心。克朗达乡村医院需要的是一位导师嬷嬷——太需要了！"所以为什么一定要记录体液平衡表？"

"哦，这个简单！"格蕾丝天真地说，"为了防止水肿！"

护士长制服上的粉浆发出危险的嘎吱声说："福尔丁，水肿是初期肾衰竭症状的一部分——仅仅是其中一个方面而已。你并没有告诉我为什么必须记录体液平衡表，只是说这可能表明病人的肾脏有疾病。那么肝脏疾病呢？还有溃疡？当体液平衡表显示病人的呕吐量超过尿量时，你会怎么做？护士，回图书馆读书去，就体液平衡表写一篇五页的论文交给我。"

格蕾丝的脸上立刻写满沮丧，咽了咽口水回答道："好的，护士长。我很抱歉，护士长。"

"你的道歉只是敷衍了事，就本次面谈而言毫无意义。"护士长的指甲很短，但是修剪得整整齐齐，就像钟塔一样竖立在她尖尖的手指上，“你的大多数日常工作都是糊弄了事，这些我都看在眼里。福尔丁护士，你的脑子到哪里去了？我不能容忍人家心不在焉，而你的脑子就跟被一大群苍蝇包围的奶牛尾巴一样，毫无目标——这里一下，那里一下，到处都去。这种情况必须打住，你听见了吗？举个例子说吧，你喜欢当护士吗？还是说你忍受护士这份工作只是为了能继续跟姐妹们在一起？”

这也是格蕾丝一直想要问的问题，她相信，等到自己问出这个问题的那一刻，她所有的疑虑与难题都会一涌而出。可现在提问的人是护士长，作为一个低贱的懦夫，她怎么能把自己那些微不足道的苦恼说出口来，告诉这么一位尊贵的大人物呢？格蕾丝颤抖着咽了一口唾沫，双手紧握在一起，然后把心一横，低下头看着自己的手。

“护士长，我当然喜欢当护士。”她撒谎道，“正如您所说的，我缺少的是管住自己脑子的能力。它——总是走神。”

“那就找到这种能力，护士。你可以走了。”

情况还不算太糟，格蕾丝一边沿着坡道往住处快步走去一边想道。她从今天开始连休三天——真是开心！但护士长布置的论文给她的心情罩上一层阴影，格蕾丝抽了一下鼻子。不，她可没打算把宝贵的闲暇时光用来写这篇惩罚性的文章！她可以等到上班的日子再写——别忘了，护士长并没有提到交论文的日期。

入住一年之后，她们的小屋如今终于有点村舍的样子了，这四个姑娘全都喜欢自己动手来布置屋子，不过各人的侧重点却不尽相同。她们刷了墙，挂上画，把小屋的外表打扮得花里胡哨——这话是吉蒂说的，还建起一个村舍花园。玛乔丽·班布里奇嬷嬷的私人寓所就在她们隔壁，她肯定没法抱怨说她们嫌弃自己的住处。她们过得可幸福了。

格蕾丝并没有打算下午在屋里待着。她小声哼着歌儿，把自己从事业余爱好时必穿的那身破旧的铁锈红衣服给找了出来。她的爱好是看蒸汽机车。调车场里太脏了，她没法穿好衣服，除此之外，她也不想太过引人注目：在这种不寻常的环境里，她想尽量做一个不起眼的女人。她是十岁那年第一次看到蒸汽火车的，打那以后就着了迷；而且是非常着迷，就连姐妹们的取笑都没能打消她的热情。

穿好衣服，戴上帽子和手套，格蕾丝按照规定从侧门出了医院来到公园，随后沿着维多利亚街向西走去。她走在路上，脑子里却在专心想着另一件事——时髦的神秘学。杂志上总是把这种东西描写得很诱人，那些著名的通灵者所预言的灾难确实都发生了，他们还会明明白白地暗示出电影明星们的私生活是个什么样，虽然看似随口一说，但却和真相完全一致。不过，格蕾丝想的也并不全是没用的东西，她倒是真的相信，像电影明星那种年轻貌美的人，在吹捧与财富的驱使下，有一些会耽于享乐，做出粉丝们不喜欢的过分行为来。

维多利亚街上有一排房屋是克朗达的公共建筑，走过最后那栋楼就会看见一道尖尖的铁栅栏，另一边便是调车场。格蕾丝将她那苗条的身体一扭，穿过一扇临时的旋转栅门，匆匆忙忙跑进了调车场。

谁也没有看见她。标准轨距轨道的所有复线铁路，全都被一排又一排的货车车厢给遮住了，有从伍伦贡把煤运到煤气厂和发电厂的煤车，有盖着板条、隔成一层一层将肥羊运到悉尼或是墨尔本屠宰场的货车，还有运机器的平板车和矿石运载车等各种铁路车辆。格蕾丝喜欢这里的气味：铁锈味、机油味、煤烟味、干羊粪的味儿、麻袋布纤维的味儿、金属味、桉树味和陈腐的青草味。

机车库已经隐约在望，格蕾丝放慢脚步，想根据货车车厢今天的排列方式找到一个最佳位置。她很快就在一节板条车末端的高架子上找到了理想地点，没费什么力气便爬上去坐在那里。舒舒服服地安顿好以后，她在这个隐蔽的地方欣赏起风景来。

她是来看机车的，看这些巨大的蒸汽发动机将铁路车辆一列列地从调车场里拉进拉出，再拉到新南威尔士铁路网的四面八方。今天总共有五辆机车，不算多也不算少。克朗达位于南线的最高处，所以这里还有一辆额外的机车，是在长距离上坡时加在火车上的，要不就是长距离的上坡路拉完以后从火车上脱离下来的。最高处的另一端和其他的机车终点站比这里距离悉尼要近五十英里，但是克朗达站有工场和永久性车库，还有蓬勃发展的工业。

为什么看见C-36或C-38的蒸汽机车会让格蕾丝这么激动，其实她自己也说不清楚。十岁生日的那天，她第一次站在一辆蒸汽机车旁，看着这些庞大的铁马笼罩在烟雾与蒸汽中，她忽然兴奋起来，从那之后就一直如此了。她会坐在那里，只是看着它们，一看就是几个小时，能量推动传动杆带动车轮转动起来——那些车轮比她还高，把她碾成肉酱都不成问题。这种能量令她陶醉，听到机器的隆隆声、金属的当啷声、蒸汽的咝咝声和一阵阵由大到小的喷气声，她就欢欣鼓舞。当她看着一辆蒸汽机车沿着铁路"砰砰砰"地向前驶去、每过一会儿就冒出一股漆黑的烟来，她真恨不得自己能与它合而为一，去感受它体内那巨大的冲劲。

她很快就意识到，今天她会特别有眼福。克朗达车站有一个转车台，这是一个可以旋转的巨大铁轮，直径比C-38机车和后面挂的煤水车加起来还长，铁轮上的单组铁轨可以分别和圆形转台两边的铁轨相连通。因为铁轨上两条轨道之间的距离是固定的，所以机车在上面行驶时很难转弯，尽管一个和缓的弧度在几英里之后就会让机车的方向发生很大变化，但是要想在原地给它转个方向，唯一的办法就是使用转车台。蒸汽机车和煤水车开到转车台上停下来，让它来转动。

有个人跳上她旁边的架子，格蕾丝稍稍转了转身，看见那是个穿着三件套西装的男人，估计他也是来看蒸汽机车的。这时，一位经验丰富的火车司机将一节巨大的机车又稳又准地停在转车台的铁轨上，她看得正起劲，转眼就把那个男人给忘到九霄云外去了。

“在我还是个怪小孩的时候，我也想成为他那样的人。”坐在旁边架子上的男人说道。

“那你怎么没当成呢？”她用一副泼冷水的腔调问。转车台开始转动了。

“因为在铁路工会没有认识的人。”

“哦。”

谈话就此打住，他俩全都聚精会神地看着机车和底下的转车台一起转来转去，最后终于还是转完了。格蕾丝不等那个男人向她伸出援手就自己跳了下来。

“这真是太精彩了。”他说，他走在一条铁轨上，一边摇摇摆摆地保持着平衡，一边用手指捏了捏帽子的边缘，“谢谢你和我一同观看。”

“我也要谢谢你。跟别人一起看感觉更带劲了。”

“年轻姑娘通常都不爱看这个。”

“我知道。我的姐妹们总是取笑我。”

他笑了，问道：“小姐，我能让你帮个忙吗？”

“你请说。”她说“请”字的时候稍稍加重了语气。

不管他是什么人，这都说明他没有受过良好的教育。

“能给我看看你长得什么样吗？”

现在轮到她笑了：“请吧。”她边说边转过脸来面对着他。

“不，我的意思是，摘下那顶可笑的帽子。”她吃了一惊，有些慌乱地将那顶钟形女帽从脑袋上摘了下来，与此同时，那个年轻男子的相貌也映入她的眼帘：他长得相当中看，就是发色浅得非同寻常，像是在一桶糖霜里头浸过似的，不过他的皮肤却晒得黝黑，并不是那种爱长雀斑的粉红色。富于幻想的格蕾丝觉得，这就好像北方的艳阳在万里无云的天空中普照大地，因而他的祖先们只能长出更加本色的表皮来。这是我在护士生涯中学到的！她在心里喊道。护士培训中的某些知识终究还是进了她的脑子。

“你真可爱。”他说道，“你打算去哪儿？我可以陪你一起走吗？调车场里到处都藏着流浪汉。”以前从没有人说过她“可爱”，人家只会说她是“妙人一个”或是“漂亮极了”。他也许没念过什么书，不过感情倒挺细腻。实际上，这会儿格蕾丝正得意呢，她心想，恐怕就连吉蒂或是艾达也没被人夸过可爱。格蕾丝觉得他并不是个危险的人，于是笑了笑，又点了点头。

“谢谢，你是——？”

“比约恩·奥尔森。不过你可以叫我阿熊。大家都这么叫我。比约恩在瑞典语里就是熊的意思。你叫什么名字？”

“格蕾丝·拉蒂默。我是一名护士，在医院里大家叫我福尔丁。你瞧，这是因为我们四姐妹都是医院的护士，都姓拉蒂默，所以要避免混淆。”

她的脚步很轻快，仿佛他们脚下踩的不是地面，而是软软的云彩。格蕾丝很欣慰地发现，他比她那五英尺七英寸的身高还要高出不少。她已经完全忘记了现在究竟是什么情况，满心想的都是自己此刻正跟阿熊·奥尔森走在一起，他的一切她都想要了解。她的心也和她的脚步一样飘在半空，不一样的地方就在于，她的心里暖洋洋、热烘烘的。他多大了？他是做什么工作的？他觉得她很可爱，他那双浅蓝色的眼睛里满是柔情蜜意。

穿过旋转栅门，他俩来到公园的后半部分，在空寂无人的角落找了个座位。今天是周二，周围一个人也没有，仿佛全世界都是他们的，仿佛世界上就只有他们俩。

“咱们在这里坐一会儿好不好？”她急切地问。

“我更想带你去一个能买到茶和烤饼的地方。”他说着微微一笑，露出一口白牙，其中有个门牙缺了一块，十分讨人喜欢，“医院里难道没有咖啡厅吗？”

她看向他的眼睛立刻充满了惊恐与害怕，忙说：“不！哦，不行！你不能跟我一起到医院的地界上去，这是违反规定的。我会因此惹出大麻烦来，我本来就已经麻烦不断了。我是一名新派护士实习生，绝对不能违反规定。绝对不能！”

他凝视着她，有点喘不过气。这个可怜的小家伙！“这听上去不像在工作，倒像在坐牢。”他说。

“一言难尽。”她可怜兮兮地说。

“那咱们如果在帕台农餐厅或者奥林匹斯餐厅见面，你会有麻烦吗？”他问道。

“哦，那倒不会，完全不会。”她说，松了一口气，“护士长是不会在意我们脱了那身制服、离开医院地界以后去干什么的，只要别违法就行。”

“原来不是监狱，是修道院。”阿熊说道。

“没错，差不多吧，不过我们不用祈祷。”她咯咯地笑了起来。

“你是天主教徒吗？”

“不是，我父亲是英格兰圣公会圣马可教堂的教区长——他是一位忠实的新教徒，不过他更偏向高教会派[1]。”

他听得一脸茫然。“是吗？”他含糊地问。

看到周围渐渐拉长的影子，格蕾丝才回到了现实中来。她答应第二天中午跟阿熊在帕台农餐厅见面——实践证明这个地方是可靠的，随后她便逃也似的跑了，帽子还握在戴着手套的手中，心里仿佛唱起歌来。

阿熊·奥尔森！她明知道他的社会地位比她低了几等，却完全没把这事放在心上。阿熊告诉她，干他这一行的男人臭名昭著，有人同时有好几个女朋友，甚至还有人娶了好几个妻子。没错，阿熊是一名旅行推销员，他们这个行当里有不少下流的家伙！做这份工作的人需要在各地跑来跑去，转上一大圈才回来，休息一阵子又从头开始转，所以他们要想出轨容易得很。旅行推

1　圣公会的一派，在信仰和礼仪方面与罗马天主教最相似。

销员都很会说话，总是很讨女人喜欢，人都说他们即使到了地狱里也能把火焰卖出去。爸爸要是知道了阿熊的事情，准会大发雷霆，但格蕾丝也没打算告诉他，继母就更别提了。她的姐妹们倒是完全可以信得过：她们绝不会吐露半点风声，不管她们私底下怎么想。就拿艾达来说吧，她肯定会认为阿熊配不上她。不过这些都不重要，格蕾丝知道这就是天意。仅仅一个下午，她就爱上了阿熊·奥尔森，而且还打算嫁给他。哦，不过不是马上就嫁，而且父母一定会反对。不过她是一定会嫁给他的！

他是帕金斯公司的一名推销员，这一点相当重要。阿熊·奥尔森可不是那种头发锃亮的花花公子，留着牙刷形的小胡子，试图把一打丝袜卖给内地的农妇。帕金斯公司制造并出售的产品有香膏、补药、搽剂、软膏、洗剂、润肤剂、轻泻剂、抗菌剂、酏剂、催吐剂、蓝色小肝丸和紫色小肾丸、肥皂，还有盐汽水，喝了这东西，你要么会全都吐出来，要么就会一股脑儿咽下去。人人都跟帕金斯公司的推销员买东西。帕金斯的产品不在商店里销售，而是挨家挨户上门推销，所以无论城里还是乡下都能见到帕金斯推销员的身影。帕金斯马搽剂和帕金斯软膏已经成了某种代名词，人人家里都少不了一罐帕金斯盐粉。孩子们其实挺喜欢帕金斯的通便药水，因为如果不喝这个的话，就得喝蓖麻油，人们往往拿它来替代泻药。老太婆们对紫色的小药丸评价很高，老大爷们则说蓝色的小药丸效果很好，不过，无论男女，大家都对含有酒精和杂酚油的帕金斯补药极其信赖。当护士当了这么久，就连格蕾丝都知道，请医生是多么隆重的一件事。所以，人们要是觉得不舒服，就先自己吃点药——一般都是贴着帕金斯商标的东西。这比看医生便宜多了，而且效果通常也差不了多少。

阿熊告诉她，他出生在悉尼西郊一个名叫克莱德的地方，铁路的工场就在那里；他小时候是听着蒸汽机车的喷气声、汽笛声和呼啸声长大的，可他父亲是个无可救药的酒鬼，不得铁路工人工会的欢心，所以他那几个儿子全都只能去当干粗活的工人，跟铁路也八竿子打不到一起。阿熊是家里最小的孩子，他打定主意要离开悉尼，所以看到帕金斯公司在报上登广告招聘旅行推销员，他就去应聘了。

对他进行面试的副经理人很精明，而且经验丰富。阿熊虽然念书很少，但是随着他的事情对格蕾丝越讲越多，她能猜得出，他的经历会让那些比他读书多的人也发生兴趣。因为阿熊天生就长了一副诚实的面相，一点也不像那种会把独自一人在家的女人给吓坏的拉丁佬。他身上有一种自信，性格也很豪爽，没准还会替女士砍一点柴火供她生炉子。不过，最让那位副经理觉得振奋的还是阿熊开车的技术，以及他修车的本领。结果呢？阿熊得到了这份工作。

从阿熊的谈话中可以听出，他总是朝前看的。首先，他发现自己很喜欢卖东西给人家。其次，他并不会大手大脚花光生活津贴，从而把自己的日子过得一团糟。他一直在稳步上升，公司给他的巡回路线越来越好，一批新车中的第一辆就给了他，他的交际费增加了，工资也涨了。五年过后，他成了帕金斯公司在新南威尔士州最好的推销员，这之后的四年里，他一直保持着自己的优势，澳大利亚和新西兰的帕金斯推销员没有人能超得过他。他兴高采烈地告诉格蕾丝，如今他三十岁，身体很好——有一份稳定的职业，银行里还有存款。

显然他非常喜欢她，尤其是考虑到他们两人对于蒸汽机车都有种奇怪的迷恋之情。他也稍微探听了一下她的人生轨迹，结果发现她比自己的社会地位要高上几等，这让他很是满意。这就意味着她会是一位理想的妻子，她会在家里把孩子们教养成为淑女和绅士，她会希望他们受到良好的教育。可是，他要怎么去说服格蕾丝的家人相信，他就是最适合她的、独一无二的丈夫人选？他俩刚一坐进帕台农餐厅里面的一个卡座，他就抓紧时间跟她讨论起所有的细节。她点了咖喱鸡蛋三明治，他点的则是牛排配煎土豆、西红柿和野蘑菇。真幸福啊！谁也没有注意到他俩！餐厅的老板康·德科波洛斯正亲自忙着服务顾客们用午餐，也没有哪个女招待来管他们的闲事。

“格蕾丝，我知道自己配不上你，”阿熊急切地说，这时他们已经吃完主菜，桌上摆着一壶茶和一份冰淇淋圣代，“但我想跟你结婚。当C-38机车拉着进取精神号前行时，你看着它冒出的白汽发出兴奋的尖叫声，那一刻我就知道自己非你不娶。随后我看见了你的脸——真是可爱！我一定要和你结婚，你不许拒绝我。”他握住了她的手，“越快越好，亲爱的。我爱你。”

格蕾丝的眸色黯淡下来，种种既新鲜又陌生的情感涌入她的眼里，她凝视着阿熊脸上那层白霜一样的汗毛，简直无法相信他在说什么。结婚？

可他还没有说完。他边用大拇指摩挲着她的手背，边说："亲爱的，任何东西我都能卖得出去。我永远不会失业。我喜欢推销帕金斯公司的产品，因为它们确实是好东西，我用不着说谎骗人。我把诚信经营看得跟自己的生命一样重。我在银行里有两千镑[1]存款，这足够在克朗达买下一栋像样的房子了，还能剩下不少——哦，肯定不如你住惯了的家里那么豪华，目前我们也只能雇得起一位清洁女工，但是我还会升职的，格蕾丝。我一定会的！总有一天我要让你过上大富大贵的日子。"

她也用颤抖的手指握住了他的手回应他："哦，阿熊！只要跟你在一起，我就不会觉得苦！我心里也一清二楚，自从昨天遇到你以后，我的脑子里就只想着你，别的人、别的事都不记得了。"

他眼中的激情如同火焰一样熊熊燃烧，他的面庞就沉浸在这火光里，她这才发觉，他长得非常英俊。昨天我还觉得他的发色太浅，一点也不好看，看上去很奇怪，可今天这一点却打动了我的心，永远成了我的一部分。他的眉毛雪白似冰霜，他的睫毛闪亮如水晶——可他的皮肤是在哪里晒得那么黑呢？我从来没有见

1 如无特殊说明，文中的镑都是指当时澳大利亚的流通货币"澳大利亚镑"，币值基本与英镑相同。

过这么湛蓝、这么迷人的眼睛……他的鼻子跟我和艾达的鼻子长得很像；我们的孩子将来一定很漂亮，个子也会很高！哦，千万别是双胞胎！龙凤胎就好，先生个儿子，再生个女儿……

“你愿意嫁给我吗？”阿熊追问道。

“是的，最最亲爱的阿熊，我当然愿意。”格蕾丝说。

“咱们回到公园里昨天坐的那个位子去吧，女人！我想吻你。”他脸上顿时容光焕发，看得出他情绪很激昂。

他带着她走得很快，可是格蕾丝却几乎没有注意到脚下的步伐，她的头脑昏昏沉沉，心里仿佛唱起了歌。她这辈子头一回感觉到了极致的幸福，并且害怕这幸福会戛然而止。阿熊爱她，阿熊想要娶她！这巨大的喜悦简直让她有点痛苦，眼前浮现的未来就仿佛一轮硕大的玫瑰色太阳正在冉冉升起，灿烂无比，无法直视。我再也不会孤单了——他爱我，我也爱他。人生还有什么比这更重要呢？

周围一个人也没有。他俩在长椅上坐下，半转过身体面对着彼此。阿熊用颤抖的手指捧起格蕾丝的脸庞，垂眼看着她那笑意盈盈却有些犹豫的眼睛。

接着，他的脸就靠了过来，近得看不见了。格蕾丝闭上眼睛，等待着他嘴唇的触碰——冰凉，柔滑，如同羽毛一样轻盈。最初那一阵触电般的感觉过去之后，她也动起自己的嘴唇，开始细细品尝相爱之人的亲吻所带来的美妙滋味，仿佛此前从来没有接过吻似的，因为这个吻是如此不同，他们俩都觉得美妙绝伦。

他并没有在她还没有准备好的时候就强迫她张开嘴，也没有用上其他年轻男人以为姑娘们一定会渴望的那些手段。随着格蕾丝发自内心地投入其中，这个吻也越来越深入、越来越热切，他的双手碰到了她的胸部，尽管隔着衣服，却依然好像带电一般。

“不过，在我把婚戒戴到你的手指上之前，咱们不会再更进一步了。”几分钟之后他说道，同时推开了她，“格蕾丝，为了你我可以不顾一切，我绝不会让你蒙羞。”

格蕾丝回到小屋的时候，她的三个姐妹破天荒地全都在公共休息室里，今天下午没人当班。艾达抬起头来看到她，不由得愣住了说道：“格蕾丝，你眩晕了吧。”

这话是她们早年跟一位保姆学的。根据她们的理解，这话是指人处于一种完全摸不着头脑的状态中，如果风把所有敌人的气味同时吹了过来，动物就会是这样的表现。

“我要结婚了！”格蕾丝忍不住脱口说出了自己的消息。

就连正在看书的草窠都把头抬了起来，艾达和吉蒂简直惊得目瞪口呆。草窠喊道：“胡说！”说完还哼了一声。

“不，不是胡说，是真的！”

“那个走运的小子是谁？”艾达半开玩笑地问。

“他的名字叫阿熊·奥尔森，我是昨天看机车转车台旋转火车头时遇见他的。”格蕾丝说道，她的兴奋劲儿开始冷却了，尽管她自己也不知道这是为什么。

“昨天？”吉蒂加重语气问道。

“没错，昨天！我跟他一见钟情。”格蕾丝回答说。

她的三个姐妹齐声叹息起来。

“格蕾丝，格蕾丝，一见钟情可不是这样的！”艾达喊道。

“如果他是我的唯一，那就是一见钟情。”格蕾丝坚持己见，“艾达，他就是我的唯一，我打算跟他结婚，越快越好！”

“等完成护士培训以后再结婚怎么样？”草窠问道，“格蕾丝，这样万一遇到了困难，你也好有所依仗。”

“我恨死当护士了！我只想跟阿熊结婚！”

“妈妈绝不会让你嫁给她看不中的人。”吉蒂说道，“而你的所作所为就像在大声说明这一点——这家伙不适合。”

“我都二十一了，”格蕾丝不服气地说，“我要嫁给自己看中的人，别人怎么能拦得住？”

“你没这么硬气。”艾达心平气和地说道。

“这一次我有！”格蕾丝郑重地说，底气十足，“艾达，我遇到了自己的灵魂伴侣！我们有同样的爱好、同样的理想，我已经明确表态会跟他甘苦与共！我跟你们直说了吧，我一定要嫁给阿熊·奥尔森，谁反对都没用！”

“他叫什么名字？”草窠问道。

“比约恩·奥尔森。他家是瑞典人。比约恩在瑞典语里就是熊的意思，所以大家都叫他阿熊。他在帕金斯工作，是公司里首屈一指的推销员。也许现在他的社会地位还配不上我，但他一定会飞黄腾达。”格蕾丝扬起下巴，表情异常坚定，她很少会这样，“我非他不嫁！”

“那也得先给你的姐妹们一个机会去查一查他。”吉蒂爱怜地说道，“好了，格蕾丝，给我们——也给这位阿熊·奥尔森——一个机会吧，求你了。我能理解你为什么觉得妈妈会不同意，但如果你也这样看爸爸的话，那恐怕就太过苛刻了。他不是个势利眼，格蕾丝，如果他喜欢你选中的人，那他就会成为一位很有用的盟友。不过，你明天必须带阿熊来这里喝下午茶，咱们四个明天都不上中班。”

“咱们不能邀请他到这里来！”草窠说道，她吓了一跳。

“哦，不能吗？”艾达边问边站起身来，“我这就去见护士长。”

“艾达，别去！”格蕾丝哀号道。

可是为时已晚。艾达已经走了，她很幸运，护士长刚好有时间见她。

“什么事，拉蒂默？”

“夫人，能否请您准许我邀请一位年轻男子明天到我们村舍的公共休息室来喝下午茶？到时我们四个都会在场和他见面。”

听到这个请求，护士长并没有大发雷霆。恰恰相反，她面无表情地示意提出请求的人坐下，然后说：“拉蒂默，我想你最好还是坐下来，跟我解释一下为什么要提出这么一个非同寻常的请求。”

“夫人，这事跟我妹妹福尔丁有关。”

“你也意识到她不喜欢当护士了？”

“是的，我知道。”艾达叹了一口气，耸起双肩。

“她又惹上别的麻烦了吗？”

“还没有，不过如果这事处理得不妥，她的麻烦可能就大了。说到处理妥当，我的意思是，她如今进退两难，她的姐妹们必须和她更团结才行。”艾达说道，她努力想要多隐瞒一些情况，因为也只能如此，“我们的继母头脑很固执——这一点自然是值得称赞的，但是现在事态严重，我们姐妹需要在继母知情之前多了解一些情况。”她伸出手恳求道，“你瞧，格蕾丝认识了一个年轻人，她想嫁给他，可不巧的是，他不是克朗达人。实际上，他是一位流动商人——一位旅行推销员。他在帕金斯公司工作，还算体面，但我们得见见这个年轻人，进一步了解他。请他到我们宿舍来喝下午茶是最合适不过的了。”

“请求批准了。”护士长说道，她预感到自己和格蕾丝之间的难题这下有解了，“我会去跟班布里奇嬷嬷知会一声的。”

“拉蒂默这姑娘可真是十分明事理！”护士长在班布里奇家里吃晚饭时对她说道，“她居然会来见我，而这正是她应该做的。让护士们害怕咱俩固然重要，但是偶然发现有些护士能看穿咱们的外表，这反倒令人精神一振。拉蒂默也是个聪明姑娘。她对于莫德·拉蒂默并没有一句指责，但我却能够听明白她的言外之意。这个年轻人的社会地位显然是会让莫德起疑心的。玛乔丽，咱们一定要尽力帮帮他们，也要帮帮教区长，如果事情真走到这一步的话。咱们的厨子能做出烤饼、果酱和奶油来吧？”

和阿熊·奥尔森相处两个小时以后，格蕾丝的姐妹们心甘情愿地接受了她人生中这一惊人的剧变，同时也相信她将来一定会幸福。他爱她，这是明摆着的，但——同样重要的是——他并不是那种无能又没用的流动小贩。他是一名如假包换的帕金斯推销员——地球这一面[1]最好的推销员之一，他前途光明，银行里有两千镑存款，还认识一群高管朋友。他不喝酒，娶了格蕾丝之后，他肯定会是个好丈夫。经过这次面谈，格蕾丝的三个姐妹已经对这一点深信不疑。

“至少今后五年，我都不会换到别的巡回路线上去。”他解释道，刚才他就着果酱和奶油吃了不少烤饼，都是嬷嬷的厨师烹制的——这表明了护士长的慷慨与认可，也让拉蒂默姐妹们大吃了一惊，在那座冰山的底下，没准真有一个活生生的人呢！这种陌生的念头可真叫人害怕。“所以，”阿熊说道，“我并不想让格蕾丝背井离乡，离开克朗达，离开她的家人。我在特里劳尼路找到一所很不错的房子，这意味着那里处于城市供水和排污系统的覆盖范围。我花一千一百镑就可以买下来，付现金。”

“有城市供水和排污系统的话，这个价钱很公道了。”艾达

1 在住在北半球者口中，指澳大利亚和新西兰。

说道。

“艾达，那房子很漂亮，真的！屋顶防潮的沥青纸衬得好好的，内墙刷着灰泥，洗手间从浴室里单独隔了出来。地板是红桉木的，窗户全都装好了玻璃——防蚊虫和苍蝇的网子也能很轻松地装上。”

“那可真是太好了。”艾达也承认这一点，“还有家具呢？有几间卧室？”

“三间，买了房子以后，我剩下的钱也依然够买家具，格蕾丝尽可以挑她喜欢的。”阿熊说道。他意识到，要想把心爱的格蕾丝成功地娶回家，他就得先打赢这场遭遇战，这让他很不自在。格蕾丝坐在一旁，心神不宁地听着他们谈话，可是却一个字也没说过——他觉得她是被彻底吓住了。他发现格蕾丝的姐妹们似乎有点像是在欺负她，“还有个好处就是，特里劳尼路也是冰淇淋小贩的必经之地，格蕾丝可以买个冰箱。这对于小家伙们来说真的很重要。”

小家伙们？三双眼睛齐刷刷地看向他。

“我希望你会计划对家庭的规模予以限制，以确保你能供得起孩子们接受良好的教育。”草窠语带威胁地低声说道。

“相信我，我一定会送孩子们去念书的。”阿熊信誓旦旦地说。

格蕾丝一直把他送到医院外面，留下其他三个去处理现实问题。

“妈妈永远不会祝福这一对的。”吉蒂伤感地说。

“胡说八道！”艾达干脆地反驳道，“咱们只要用正确的法子去对付莫德就行了。这就意味着，咱们要先过爸爸那一关。莫德如果会生气，肯定是觉得阿熊的社会地位低贱，所以咱们就要提出强有力的理由，证明顶尖的帕金斯推销员跟那些卖狗皮膏药和粗俗女人内衣的非法供应商是完全不一样的。换句话说，咱们要谋求爸爸的帮助来替阿熊洗脱旅行推销员的污名。起码他的长相和名字并不像外国人！从外表到举止，他都很体面，还开着一辆新的福特T型车，咱们的银行经理也不会对他嗤之以鼻。我个人认为，格蕾丝这次干得漂亮极了。”

“我同意你的看法。”吉蒂说道，“我会对妈妈唠叨唠叨这事的。”

“我也同意。”草窠说，“阿熊就是最适合格蕾丝的人。我的意思是，他俩是在调车场里看着蒸汽机车欢呼雀跃时相遇的。这多不寻常呀！”她咯咯地笑了起来，“他们的小宝宝肯定是宁愿吃煤也不肯吃奶，哭起来更像鸣笛而不是哭喊。”

“那又怎么啦？”格蕾丝走进来问道。

“没怎么，亲爱的，没怎么。”吉蒂说道，“咱们要怎么样逼着妈妈同意你们举行婚礼？”

“我不想举行婚礼。”格蕾丝斩钉截铁地说，“我不是说自己不会穿上白纱、手捧鲜花，我只是不想要早餐和发言这种无谓的麻烦。阿熊没有什么家人和好友，连教堂的一侧都坐不满，我也不想让他难堪。所以我希望爸爸给我们举行一个不张扬的婚礼，然后我就跟着阿熊一起去巡回推销，以此来代替正儿八经的蜜月。”

此刻她的幸福已经满到溢了出来，即使她明知这事会触怒莫德·拉蒂默，幸福之情却丝毫没有减少。

她们四个一致同意，由艾达去跟托马斯·拉蒂默牧师和他的妻子提起格蕾丝的婚事，她下一次休假的第一天就会去办这事。

尽管莫德和牧师看见大女儿回来很是吃惊，但他们还是装作没事的样子，请她留下来吃午饭。

“我就不明白了，当护士有什么意思。”莫德说道。她的自我保护意识告诉她，如今艾达不会再被彼时的轻视冷落和讽刺挖苦所影响了。她是个沉着自信的姑娘，对于自身价值的认识坚定不移。莫德有点发蔫，因为她意识到，不知是什么原因，这些女孩子在当了护士以后，在名声上就已经胜过了自己，也变得更有决断力、更令人钦佩。这些感觉她都不喜欢。

“当护士会给那些真心喜欢这份工作的人赋予真正的目标。”艾达说道，吃过了护士食堂以后，她觉得教区长宅邸里的饭菜好吃极了，“继母，厨师是怎么把肉馅土豆泥饼做得这么美味的？医院里的厨子简直把它给毁了。”

“那我就不知道了。”莫德傲慢地说道，“我只是每星期定一下菜单罢了。”

“医院的管家嬷嬷也是这么做的，可是结果却大不一样。”艾达那对冷淡的眼睛寻觅着父亲的眼神，随后盯住了牧师的眼睛，“不过，格蕾丝不太喜欢护士这份工作。”

莫德从鼻子里哼了一声：“哈！我怎么一点都不吃惊呢？艾达，你那个双胞胎妹妹啊，真是一点用都没有。”

艾达笑了：“如果你是拿我当靶子的话，那这一箭射得可就太偏了。既然你说出这话来，那么如果格蕾丝辞去护士工作，嫁给另一个没用的人，想来你是一定不会介意的。”

“你说什么？”莫德的身体僵住了。

“你没听错，继母。格蕾丝要嫁给帕金斯公司的一位推销员了，他是个很不错的小伙子，深深地爱着她。爸爸，他们俩非常般配。”

“这可使不得！”莫德转过头对教区长说道，到目前为止，他都没有对格蕾丝的所作所为做出任何评价，从脸上的表情也看不出他心里究竟是怎么想的，“汤姆，你不能只是干坐在那儿一句话都不说！格蕾丝可不能嫁给一个无用之辈！”

“听了艾达告诉我们的情况，我发现，”教区长平静地边说边用餐巾擦了擦嘴唇，“莫德，你待人太过苛刻，尤其对那些跟你最亲近的人，不瞒你说，这令我很不安。我相当确信，帕金斯的推销员并不是无能之辈——你自己的食品储藏室里就满是帕金斯公司的产品，还有你很喜欢用的新款面霜。”他对着艾达露出微笑，大大方方地咧开了嘴，“艾达，你肯定是来打头阵的吧？”

“没错，爸爸。格蕾丝的未婚夫大名叫作比约恩·奥尔森，不过我们都叫他阿熊。他是帕金斯公司第一流的推销员，在银行里有存款，对格蕾丝一片痴心。他想尽早跟您见个面，因为他们希望订婚以后就尽快结婚。”

“她怀孕了！”莫德咬牙切齿地喊道。

“不，她没怀孕！继母，您的思想真是龌龊！”

教区长手里的刀叉当啷一声掉在他的盘子上，声音很大，他那对温和的灰眼睛闪着怒火：“莫德，你给我打住！要是你说不出好话来，那就闭嘴吧！你为什么非得这么刻薄呢？”

这话引起了艾达的兴趣，她的目光从父亲身上转到继母身上，然后又转回父亲身上。她以前从没听过爸爸这么刺耳的声音，所以，跟莫德单独住在一起真的有这么讨厌吗？

“我打算明天中午见见我未来的女婿。”牧师对艾达说道，“格蕾丝可以在十二点半到达教区长宅邸。莫德，我希望你把明天的午餐安排得特别一些。”

“爸爸，她没怀孕，不过我预计，体体面面地隔上一段时间，您就能抱上外孙了。”艾达说道，她的眼神仿佛在跳舞，“我很替她高兴，因为阿熊永远不会让她失望，也会一直照顾她。”

莫德简直无法相信教区长会对她如此怠慢——还是当着艾达的面！她一言不发地坐在那里吃完了午餐，心里却定下一件事：

格蕾丝必须为此付出代价。实际上，她们全都得付出代价。

格蕾丝·福尔丁-拉蒂默护士，当了十五个月的新派护士实习生，然后辞职结婚去了。

婚礼规模很小，对客人却招待得很周到，新郎的亲友团成员全都是帕金斯的推销员，总共只有三个人，新娘也只邀请了家人和极少的几个朋友。他俩于一九二七年七月初完婚，当时正值隆冬，这幸福的一对度过了一个非同寻常却很有教育意义的蜜月——格蕾丝陪着阿熊去新南威尔士州的西南部巡回推销帕金斯的产品。蜜月度完的时候，格蕾丝却并不羡慕阿熊这样的生活。她搬进阿熊在特里劳尼买下的房子，因为有了自己的家而兴奋不已。还有，她怀孕了，不过这事她只告诉了阿熊一个人。

二十二年来，艾达从来没有跟格蕾丝分开过，所以她丝毫没有预感到妹妹的离开会让她这么伤心。撇开外形上的相似之处，她俩无论性格还是心态都大不一样，在其他方面也没有同卵双胞胎通常具有的那些共同点。如今艾达回想起来，自己曾有许多许多次恨死了格蕾丝这个跟屁虫——在艾达这么一个忙忙碌碌、争强好胜的孩子眼里，格蕾丝不够有趣、不够开心，不是一个好队友。是的，艾达总是不得不当头儿，而格蕾丝总是被迫跟着她。可是现在格蕾丝走了，艾达却发现自己伤心欲绝，这没道理啊。

“我曾经把格蕾丝看作一个手术都去不掉的恶性肿瘤，如今真希望自己从没这么想过。”她对草窠说道，她俩之间要比她和吉蒂相处得更好一些，“但我不能否认的是，有格蕾丝这么一个孪生妹妹，我在很多方面都感觉自己就像是长了一个肿瘤。如今，婚姻之神好像一名冷酷无情的外科医生，把我和我的肿瘤分离开来。”

“是啊，亲爱的，你找不到方向了，”草窠温柔地说，“你得过上很长一段时间才会习惯没有格蕾丝的生活。”

“你没听明白！”艾达喊道，“我一直以为，失去格蕾丝以后，我会欣喜若狂。”

“我明白，我确信当我摆脱吉蒂的时候也会欣喜若狂，但人之常情是，她的离开会让我悲痛万分。艾达，你也和我一样是有人之常情的。一个人失去了自己的另一半，这怎么能不让他极度痛苦呢？”

艾达长长地舒了一口气：“是啊，怎么会不痛苦呢？”

“别忘了，至少我和吉蒂能懂你。”

艾达是想记住这一点，可是天天看到她俩团结和睦的样子，她反而更加想念格蕾丝。不过她在别的方面得到了补偿。对于艾达而言，最大的好事就是父亲突然发力，脱离了莫德的统治，他表现得如此明显，让所有人等都小小地吃了一惊。他依然如从前一样尊重这位续弦，只是不再像是惧内一般对她百依百顺。浅薄如莫德，非但没有从自身的行为举止寻找原因，反而把教区长的新态度归咎于自己老去的容颜，于是她立马去蓝山的一所疗养院待了三个月，在那里节食、锻炼，向所谓的“精神病医生”倾吐自己的心事。可她这一步棋走得糟糕至极，因为她从教区长的生活中离开的当口，正是他第一次嫁女儿的时候，这让他意识到自己也在变老。他发现，没有莫德的日子非常愉快：早餐想吃什么就吃什么，想让唱诗班唱哪一首赞美诗就唱哪一首，布道词想怎么写就怎么写，对那些因为贫困潦倒而无足轻重的教区居民，他去看望得多频繁都行。这些已经成了他的习惯，当莫德做完健康治疗回来的时候，他也拒绝改掉这些习惯，看来他的听力似乎恶化得很厉害。

“我继母这是活该。”艾达兴高采烈地对杰克·瑟洛说。今天他俩在马道上碰面了，这会儿下了马，一如杰克所说，“好好地聊聊趣事。”

他们如今很少见面。当了护士以后，她从前那些可以自己做主的闲暇时光少了一大半，那时她们四个姑娘几乎不用工作来养活自己，也就是帮莫德做点家务活，这份差事还是很灵活的。可是现在护理工作让她们筋疲力尽，就连去看场电影的力气都没有，至于艾达，也就没有精神去骑马了。

艾达意识到这一点，只是一笑置之，不过她听出杰克·瑟洛并不喜欢这样，因为他觉得自己的地位下降了，用他的话说：“就像一件好用的东西，被你随手放进柜子里，兴致来了才拿出来用用。真不知道我干吗要赏你的脸。”

艾达本来还在心里暗笑，这下不由得笑了出来，她哈哈大笑了一阵。“哦，杰克，成熟点吧！你比我大了十一岁呢，可你这样子活像个小男孩，仿佛你最爱的玩具被姐姐给偷走了似的。现如今我是为了谋生在工作，‘工作’这个词儿可是很重要的。跟你一同骑马是我最开心的事，可是我常常没有时间，也没有精力——我说得够清楚了吗？”

“你刚刚去当护士的时候，我满以为经常骑骑马会有助于你把工作做好，可是现在你的护理工作好像永远也干不完，骑马的次数也越来越少。你父亲为了让法蒂玛得到锻炼，只好拿这可怜的牲口去给莫德拉小马车。”

她的脸色一沉，却又点了点头：“爸爸做得对，可我知道，你不赞成给骑用马上挽具，我很抱歉。”她脸上做出一副最诱人的表情，“问题是，有机会的时候，我很乐意去骑它，但要是它回到你那里了，我就再也没有任何机会了。让法蒂玛拉着莫德坐在轻型马车里四处转转真的对它有那么大危害吗？我知道你为什么会把法蒂玛送给我——它虽然是匹笨马，但性子却很温和。莫德甚至还训练它把剪下的羊毛拉去堆肥。”

他不情愿地咧开嘴笑了，不过笑容却越来越灿烂：“艾达，你身为女人真是可惜了。你的内心简直就是个老练的政治家。”

“那我将来就嫁个老练的政治家。”她满不在乎地说。

“咱们一起骑马到我家去吧，喝杯茶，吃点烤饼。”他甜言蜜语地哄道，“那儿比河边舒服。”

她立刻就站了起来：“而且比较私密。”她边说边骑到法蒂玛背上，这马可真是个理想的多面手，它居然还能设法做到样样精通。笨一点果然是有好处的。

“波德姆家的新继承人有消息吗？”她吃着奶油奶酪烤饼问道。这烤饼刚刚出炉，还是热的——杰克烘焙烤饼的手艺可真是一绝！

“你说那个英国小子？汤姆老爷子说得不多，不过我看这位新继承人短期内都没打算来澳大利亚。他在破米佬那边有很多事要做，尤其是在伦敦。”

“咱们为什么要把英国人叫作破米佬？”

“我认识的人都说不出个所以然来。”杰克说道，耸了耸肩，“在来到这里之前，新继承人压根就不会知道自己被人叫作破米佬。汤姆老爷子说他是个医生。”

“莫德也是这么说的，不过我承认我们并没有理会她的话。”艾达做了个鬼脸，“据她说，他还是个大亨。”

“这不可能。医生和大亨是一对反义词——一个是利他者，一个是剥削者。那就好像圣人和魔鬼合二为一。”杰克说。

“哦，我可认识好多这样的人呢。”艾达假笑着说，“瞧瞧那些因为跪下祈祷而把膝盖处磨得锃亮的人吧——全都是十足的恶棍。”

“我就喜欢你这一点。你能看穿表象。”

“这得益于我的职业。从肥羊身上，你不可能了解到多少人性，但是从病人身上就可以。”

“也许波德姆的继承人就是为此才当了医生的。单单有钱并不能知道人为什么会做出这样那样的事来。”杰克拿起她的茶杯和盘子，“走吧，我开车送你回医院。”

艾达坐着杰克那辆又破又旧的客货两用车回到医院，自打格蕾丝出嫁以后，她心里第一次唱起了歌。我刚刚才发现，杰克·瑟洛就是适合我的那个人，可为什么这令我如此震惊呢？我总是被他吸引，我们的友情之亲密恰恰表明了我的感受。然而却是在他家厨房里喝茶、吃烤饼、轻松聊天的这两个小时才让我幡然醒悟：我是有一点爱他的！怎么会这样呢？我为什么会爱上他呢？我并不想跟他结婚，但愿他也不想跟我结婚，可是某种纽带却将我们紧紧联系在一起，而且非常紧密。

我想要行万里路，我想一完成护士培训就离开克朗达远走高飞，可是杰克却让我看到，有个心爱之人陪在身边一同上路将会多么美好。两个人可以互相掩盖对方暴露出来的弱点，同时仍然保有足够的自由，不会觉得受了束缚。我觉得自己对杰克的爱不多不少刚刚好，但他对我的爱也是不多不少刚刚好吗？这我就不知道了。他还没有传达出正确的信号。所以我一直在犹豫，他也一直在犹豫。信任？哦，信任！这东西根本就不存在。

她一进屋，吉蒂就察觉到她很开心：“艾达，你终于把格蕾丝抛在脑后了。”

“是啊，我终于把她给忘了。”艾达边说边脱下靴子和马裤。她本来打算说说杰克的事，话都到嘴边了，却没有说出口——还是适可而止吧。“你有没有听莫德说过波德姆家继承人的那些八卦？”她改口问道。

“只听说他是个医生。不知道他在哪儿工作。”

“我也不知道。”艾达答道，“只知道他是排名在杰克·瑟洛之前的波德姆继承人。”

草窠突然走进了公共休息室说道：“艾达，排班表有变化，你休完假以后就去手术室上班。”她那张漂亮的脸蛋都气歪了，“我要是有你这么幸运就好了！我本来一直希望自己是头一个去手术室的。”

“菲尼肯医生可不会放你走，不管你在替他做什么事，都得等你做完了才行。”吉蒂无情地说，“草窠，好处不能都让你一个人给占尽了。”

“我知道，不过我也知道总有一天会轮到我的。”

为什么我对她们只字不提杰克的事呢？艾达边问自己边向浴室走去，打算把骑马沾上的气味给洗掉。她们是我的妹妹啊！可他对我的表示却止步于友情，如果他爱上吉蒂可怎么办？不，我绝不允许发生这种事！尽管我很爱吉蒂，可我绝不会坐视她毁掉我的生活。

仅仅过了一天，艾达就发现自己想到这一点简直不可思议。她和杰克居然遇到吉蒂在马道上散步。事出偶然，杰克的应对倒是都很得体，吉蒂也是，可是马儿们已经小跑起来，而步行的吉蒂却不喜欢跟大块头的动物离得这么近。

“漂亮姑娘。”杰克说道，这时他俩已经在常坐的那根原木上坐了下来。

“世上无人能及。”艾达真心实意地说。

杰克咧开嘴笑了：“如果你喜欢这种类型的话，也许确实如此。不过矮胖的杜鹃花灌木丛可不会让我倾心。我喜欢老于世故的白杨树。”

“你知道老于世故是什么意思吗？”这下轮到她笑了。

“关于我，你不了解的事情还多着呢。”他神秘地说。

克朗达乡村医院的急诊室里，设有一间小手术室，用来为大出血的病人止血，或是为骨折的病人固定断骨，直到病人可以转去医院里设备齐全的普通手术室，做较大的手术。从男子病房和女子病房的交叉路口沿着坡道向下走，就是普通手术室了。医院里有两名外科医生，他们都在附近租房开了私人诊所：伊恩·戈登医生是普外科和腹部外科，埃里希·赫尔岑则是骨科，他俩都是公认的好大夫。托尼·沃森医生是麻醉师，他擅长使用氯仿、乙醚、笑气[1]以及局部注射，并且他的直觉很准，知道什么时候该给病人输一点氧气，从而稍稍减轻病人吸入麻醉气体后的昏迷程度。

1　以上三种均为吸入式麻醉剂。

跨过那道对开门，艾达发现自己面前有一溜排房间，其中只有一间是真正的手术室，这里有刷手间、麻醉气体室和消毒室，所有的手术器械都在消毒室里存放并消毒。另有男更衣室和女更衣室各一间，还有一个房间专门用来放置手术时可能需要的大型设备。此外设有六个单间，还没苏醒过来的病人就会被送到这里，直到外科医生认为他们可以回病房了才能离开。至于产科的病人，她很久以前就发现她们并不在这里生产，除非产妇需要剖腹产，那就会在大手术室里动手术。产科医师内德·梅森在克朗达可是个名人。本地凡是四十岁以下的人，全都是由内德·梅森医生接生的，他还没有退休的打算呢。

手术室护士长名叫多萝西·马歇尔，她对于纪律的执行非常严格，共有十名护士和两名初级护士长听她差遣。那十名护士都是西郊人，已经永久性地调派到手术室，不过，艾达的到来预示着情况开始发生变化了，而且这变化的规模在未来几年还会稳步扩大。正因为如此，手术室护士长并不乐意看到她。可她也明白，自己传授知识给护士实习生的能力，对于她将来的福利大有影响，何况这些实习生在手术室待不了多久就会走。于是她便下定决心，要把拉蒂默培养成一位出色的手术室护士。

艾达了解到，自己会首先作为“非消毒护士”在手术室里工作，她也要洗手、刷手，但不用消毒，好给那些需要保持无菌状态的人打下手。她要将用过的器械收走，把它们刷洗干净，上面不能残留一丁点人体组织和血迹，再放进消毒器里用沸水煮二十分钟，然后用无菌钳把它们取出来，在消过毒、盖着布的托盘上摆开，随后送进高压蒸汽灭菌锅里。这工作既不好干，又很危险，灼伤、烫伤和高温伴随着消毒的每一个步骤。也正是因为其危险性，非消毒护士的工作时长有着严格的规定。在感到疲劳之前，非消毒护士就会从岗位上撤下来，在这一班余下的时间里从事一些只要坐着就能完成的事务。

手术室护士长本身也是外科手术时的首席助手，通常负责缝合刀口；如果手术特别难做，就会有另外一名具有资格的医生来给外科医生帮忙，不过他动不动就会抱怨几句，因为手术室的护士长比他知道得更多，手术也做得更好。只可惜她没有医学学位，那些有点文化和本事的富人就会要求必须医生动手，结果到头来反而比穷人的情况更糟，后者反正是无论怎样都由护士长给他们缝合。随着艾达从事护理工作的时间越来越长，她亲眼目睹了地位和财富所带来的特权有时并不能保证病人一定得到最好的医疗服务，遇到这种情况，她常常会暗自发笑。做一个讨人厌的病人也是得不偿失的，如果病人仅仅是出于恶意就无缘无故让护士不好受，那护士报复的各种手段真是信手拈来，从可怕的泻药到发痒的皮疹，应有尽有。护士也是人啊！

艾达发现，器械护士负责将无菌器械递给外科医生或是护士长，再将用过的器械丢进一个盘子里，以便“非消毒护士”将它们取走清洗。围绕着手术台工作的几位护士当中，有一位专门负责清点放进切口的药棉数量，她在马歇尔护士长的麾下一般被称为药棉护士。如果是腹部手术的话，药棉的尺寸可能会有女人的手绢那么大，在病人的腹腔里大约要塞十几个。但是，每一个药棉都必须在腹部这个敞开的切口缝合之前取出来。哪怕有一个留在里面，也可能会导致病人死亡。

还有一位护士站在麻醉师身后，负责协助他的工作，只听他一个人的差遣，其他什么也不必管。实际上，聚集在手术台边、穿着手术衣、戴着口罩的每一个人都身负具体的职责，绝对不允许出错。这个团队由手术室护士长、一名初级护士长和五名护士组成，另外还有一个第二梯队随时准备着，只要护士长一声令下就立刻接手。这通常都是在手术快要做完的时候，但是如果手术时间特别长，手术又很难做，团队也可能中途就换班。不过，第二梯队在待命时可不是干坐在一旁，她们要护理术后恢复期的病人，还有其他很多事要做。

艾达感到非常满意的是，她发现自己一场外科手术看下来，既不觉得恶心，也没感到厌恶，反而觉得有意思极了。戴着手套的双手稳稳地将一滴滴血吸干，再用一根金属管吸出较为严重的出血，要是血总也止不住，就拿个止血钳熟练地将动脉夹起来；这些东西都称为止血器，一整套整整齐齐地摆在一起，用带了固定起来免得它们乱了位置——真是有趣！说实话，切割工具锯粗骨时那嘎吱嘎吱的声音的确把艾达吓得不轻，她从此再也不相信外科医生都有双灵巧的手这种不切实际的胡说八道！外科医生需要的分明是机械师那样的手。

戈登医生似乎很高兴自己又多了个观众，在做一场阑尾切除术的过程中，他很开心地从头说到尾，一方面是为了指导艾达，另一方面则是为了惹恼初级护士长。

“护士，你注意看，我们不会轻易把手伸进腹部的内容物中间——那样太危险了。你能清楚地看见结肠，它就横卧在小肠上，是不是？看见了？很好！你看这个腹腔的内部呈现鲜艳的粉红色——这就是即将发生败血症的最初迹象，不过咱们开刀开得很及时，他不会发展成腹膜炎。这个手术很简单，因为盲肠离腹面很近，而阑尾就是从盲肠上伸出来的。这讨厌的家伙总是爱发炎！像硬邦邦的小粪粒这样的东西很容易卡在里面出不来。”

她也许该提问题了，于是问道：“这是便秘吗，医生？”

他大笑起来：“护士，便秘是在结肠的另一头。”

“医生，您切开过肠管吗？”

“我倒是想！没有，肠管里的排泄物含有大量细菌。切开肠管，让排泄物流进腹腔的话，就会导致腹膜炎、败血症，甚至致死。你瞧，我们没有任何药物可以杀死这些病菌。如果病人因为溃疡或者癌症需要切除一部分胃或是幽门，我就要做残胃十二指肠吻合术或残胃空肠吻合术，这时的重中之重就是把残余组织的末端夹好，免得在你把它们吻合到一起之前有内容物流出来。在因为癌症切除肠管并且要做端端吻合术的时候，你也可以试试同样的法子，不过风险很大。胆囊手术要容易一些。”戈登医生说道，“咱们只需要想办法通过口服或者注射杀死细菌就可以了。

来吧，护士，有问题就问！”

有一个问题，艾达非常想问，可是她不敢：为什么有这么多外科医生祖上都是苏格兰人？这样的人似乎不是医生就是工程师，这其中必定是有关联的。

赫尔岑医生是个土生土长的德国人，克朗达乡村医院能请到他这么有名气的骨科专家，那真是天大的福气，甚至有病人专程从悉尼来找他看病。赫尔岑医生此生最屈辱的一件事发生在世界大战期间。当时，联邦政府奉行极端民族主义，无视克朗达的愤怒呐喊，将赫尔岑医生作为敌国公民扣押起来，并且剥夺了他行医的权利。尽管他是在悉尼大学拿到的医学学位，可是这给他带来的不过是两年羁押生涯罢了。考虑到克朗达市为了他的获释所做的坚决斗争，他对克朗达的忠心耿耿也就可以理解了，不过克朗达也很清楚自己在做什么。他本可以在悉尼的麦奎利街[1]开诊所，现在却心甘情愿屈就在克朗达乡村医院，这也助他拿到了英国护照。

赫尔岑在手术室的时候总是忙得不可开交，戈登医生的病人则时多时少。这两位外科医生都明白自己在急救科的本分是什么，在必要的时候，他俩还可以互相顶替。

手术室护士长很喜欢艾达，这就意味着，手术室里各种各样

1 Macquarie Street，新南威尔士州首府悉尼市中心最东的街道，北至悉尼歌剧院，南抵海德公园。除了连接这两处重要地标外，新南威尔士州最重要的政府机构也都坐落在这条街上，此外还遍布医师诊所和医学界专业机构。

的工作她都会接手，除了护士长本身的工作，不过就连这个也是有所涉及的。艾达被提拔为器械护士之后，经历了一桩最不寻常的事情。

戈登和赫尔岑要一起做手术，赫尔岑主导，不用麻醉。

“病人处于昏迷状态，癫痫也发作了。”米歇尔护士长刷手时说道，“赫尔岑医生要试着清除硬膜下血肿——这是大脑外表面上形成的一个血块，压迫着大脑。像这样的血块会不停吸收液体，从而不断膨胀。因为人的头颅是一个由骨骼组成的容器，所以肿起来的内容物无处扩张。这么一来，尽管血管外的血块并没有对大脑本身造成伤害，但大脑却会因为挤压而受到损伤。除非压力得到释放，否则这种挤压会导致病人死亡。咱们的外科医生现在就是要通过移除血块来让大脑不再受到挤压。”

“你怎么知道病人有硬膜下血肿？”艾达问道，“并没有测试显示出这个结果，对吧？”

“陷入昏迷、癫痫只发作在身体的一侧、一只瞳孔比另一只更大——最后这一点就是硬膜下血肿的典型迹象。”护士长嬷嬷说道，“虽然X光看不出血块，但赫尔岑医生相信他一定会在左侧额颞的皮质上找到一个大血块。病人出现了特定的失语症状，表明血块就在这个区域，戈登医生也赞同这一点。”

“请特林布尔护士来负责手术器械不是更好吗？”

“说实话，不好。有些器械是不得不从悉尼借来的，特林布尔没有见过，而你曾经学习过那些不常见的器械，尽管只是从书本上。运气好的话，这些器械统统不需要，不过——”

女神发话了。艾达爬上去站在她的凳子上，就在护士长嬷嬷的身旁，她受过的训练终于没有白费。

赫尔岑医生在病人的头皮上切开一个小口，露出头骨，然后拿起一个跟普通曲柄钻毫无二致的工具。钻头是圆形的，中空，有齿，中心有一个尖头；大小跟半分钱或者25分的硬币差不多。赫尔岑医生转动曲柄轮上的把手，钻头就一路凿进骨头里，随着钻头往下越钻越深，戈登医生仔细地将湿乎乎的骨粉小颗粒给刮去。

“我钻到骨板了——当心。”赫尔岑提醒道。过了片刻，他把钻头退了出来，上面带着半分钱大小的一块骨头。两位医生凑到一块去看，艾达什么也看不见。

“它都被硬膜下的血给染黑了，埃里希——你说得完全正确！”戈登医生兴高采烈地说。

“吸管就绪了吗？”

“就绪了。”

“我要剪断硬脑膜了——嬷嬷，如果病人醒来并且惊慌失措，您的护士们已经做好准备应对了吗？”

“准备好了，医生。”

赫尔岑医生用一把弯弯的尖头小剪刀剪出一个十字形小切口，只见立刻就涌出了发黑的胶状物，戈登医生拿着吸盘管忙活起来。

虽然病人的大脑已经不再受到压迫，但他仍然处于昏迷状态，并没有惊醒过来，于是两位医生就等在一旁，看看是否还继续流血或是恶性血肿的下面是否形成了正常的血块。最后，赫尔岑医生叹了一口气。

“伊恩，我想咱们可以缝合了。”

他们轻轻地把骨瓣推回原位，再将骨头的碎屑拍到周围；接着把四片头皮缝合起来，开颅手术到此结束。病人开始有动静了。

“埃里希，你为什么不用环锯？”戈登医生问道。

得到的回答是“不喜欢”。“一旦碰到骨板，环锯稍不留神就会锯得太深。对于悉尼那些整天干这个的小伙子来说，环锯当然好用，可我多久才会在人家脑壳上钻一次洞？可靠就意味着不能有遗憾。我觉得曲柄钻更容易掌控一些。”

“明白，我要存入档案以备将来参考。”

一个星期以后，病人出院回家了，丝毫没有因为头部的外伤而受到影响，艾达将之视为一个小小的奇迹。她发誓，总有一天，她会到伦敦的皇后广场去看一看真正的神经外科医生是怎么做手术的。也许，到了那时，维克多·霍斯利[1]的鬼魂已经不再骑着他的自行车绕着布鲁姆斯伯里转圈了，但还会有其他鬼魂的，伦敦这一片有很多著名的医院。

---

1 维克多·霍斯利（Victor Horsley，1857—1916），现代神经外科的创始人之一。

当了两年护士之后，剩下的拉蒂默三姐妹都在自己适合的位置上安顿下来。尽管头上顶着傻乎乎的护士帽，但她们的面孔在医院里已经无人不知，无人不晓，上至纽迪吉特护士长和坎贝尔院长，下至病房女佣和勤杂工，还有中间阶层的西郊护士们，人人都认得她们三个。她们每个人都发现自己偏爱某一类型的护理工作甚于其他，不过没人喜欢在精神病院当护士。

对于艾达来说，手术室和急诊室的护理工作是她最喜欢的。原因再明显不过：在这些地方，除了那些还能自己行走的轻伤者，每个病人都处在命悬一线的紧急关头，充满了戏剧性，气氛紧张又刺激。手术也许会进展顺利，但病人也有可能出现一些意料之外的因素，偶尔甚至会将人吓得不轻，结果外科手术就变成了一场抢救生命的赛跑。究竟会是哪种情况？没人能说得准。经历世界大战的惨状之后，外科手术进展飞速，但还有很多难题是外科手术至今甚至还没开始处理的。艾达下定了决心，等她完成护士培训并登记在册之后，就要做一名手术室护士。

她的身材高挑苗条，总是引来男人的注意，这种注意是不会被人误会的，因为她对男人很有吸引力。但拉蒂默可不愿意当个万人迷，她对这些目光似乎从来都视而不见，听到别人的议论也只是耸耸肩不去理会，对于那些鼓起勇气向她提出邀约的人，她就三言两语拒绝了事。不过，有一个人是例外，那就是杰克·瑟洛，他俩之间一直保持着真挚的友情。尽管她爱他，但还没有打算将他对她的情感需求摆在自己的护理事业之前。不，杰克·瑟洛还得再多等一阵，等她向着他的方向迈出脚步……可是，即便到了那时，她心里也还是有点不确定自己到底要不要结婚。她猜想，也许是莫德这辈子的活法让她对婚姻感到失望，又或者说得更真实一点，婚姻要求女人居于从属地位，而她内心深处显然对此很是抵触。

“这是合乎情理的，”有天晚上她们三个下班以后，她对草稟和吉蒂说道，“我觉得女人在婚姻关系中就必须低人一等。她们要生养孩子，在妈妈的照看下，孩子会长得更好，其他的看护人甚至是保姆都无法企及。可是这依然不公平。”

“那就不要结婚。”草稟说着咧嘴一笑，“我就没打算结婚。”

“哦，你们这两个傻瓜！”吉蒂大声地说，“有份事业固然好，可是爱情和伴侣要怎么办？”

“爱情和伴侣之间有什么关系？”艾达问道。

“关系大了！哦，你是在故意激我生气！你当然明白，只有爱情没有喜欢就注定会失败，难道不是吗？爱情与喜欢这两者缺一不可。”

“我爱的男人我都不喜欢，我喜欢的男人我都不爱。”艾达说道，眼里闪闪发光。

“哦，是啊，你当然是很有经验的！你，艾达·拉蒂默，就是个骗子。”吉蒂厌恶地说。

杰克·瑟洛的名字都到艾达嘴边上了，可她却并没有说出口。不知为什么，她觉得杰克就像她的——她自己的秘密，只属于她一个人，尤其是在如今他俩常常见面的情况下。哦，不过他俩就只是朋友而已，她早先为他俩的相处方式所定的基调就是好朋友——稍微有点距离的好朋友。艾达自尊心很强，她不想让任何男人——哪怕是杰克·瑟洛——看到自己的弱点。他必须相信，她不在乎爱情，更不在乎随便的调情。于她而言，他身为男性仅仅是命运中的偶然罢了，这个性别对他俩之间的关系丝毫没有意义。她既不会向他投去挑逗的目光，也不会用眼神对他发出热烈的邀请。

“你已经决定一完成注册就出去旅行了。”吉蒂用指责的口气对艾达说道。

“是的，那是当然。哦，得了，吉蒂，别告诉我你忍受三年这样的生活就是为了在克朗达乡村医院当个初级护士长！”艾达仿佛大为震惊。

“我爱克朗达！”吉蒂坚决地说，“咱们在这儿已经见识到了人类的苦难，为什么还要出去旅行看得更多？”

“吉蒂，别这么说话。”草窠斥责道。

“不不不，草窠，我说这话并不是因为我觉得沮丧，真的！我很爱克朗达，我想嫁一个自己既能去爱又能喜欢的男人，最好就在克朗达。”

“你可真傻。”艾达边倒茶边说。

“我明白。”草窠的语气比她温和，还对着自己的双胞胎妹妹笑了笑，“不过，我跟艾达想得一样，也打算去旅行，尝试一些不同类型的护理工作。”

“咱们还从来没有分开过呢。”吉蒂吸着鼻子说。

“艾达和格蕾丝以前也没有分开过，可是成为法定的成年人就意味着咱们注定要分道扬镳。艾达是一名护士，可是格蕾丝更愿意当贤妻良母。你和我也是一模一样。我是护士，你是贤妻。”草窠说道。

“哦，够了！”艾达捶着桌子喊了起来。

等到艾达和杰克·瑟洛再一次在马道上见面时，她做了一件自己很多年后都无法理解的事——她问杰克是否愿意去见见她的双胞胎妹妹格蕾丝。时隔多年之后，她和杰克天各一方，尽管她已经能跳脱出来冷静看待，却依然对此感到不解。

当时他俩坐在常坐的那根原木上，气氛友好融洽，他正在卷一支纸烟。他那双厚实的棕色大手让艾达很是着迷——他手上的皮肤很光滑，其下活动的骨节却让这双手充满力量：这不是体力劳动者的手，尽管他说自己是个乡下干活的。他那是老板的手，既没有开裂，也没有变形。

卷烟的手指停下不动了，他从眉毛底下瞥了她一眼，带着一脸的热切与探究。当她让他大吃一惊的时候，他有时就会摆出这副表情。他重复道：“见见你妹妹格蕾丝？”

“是的，不过你要是不想去就算了。”她赶紧说道，“我偶尔会想到，自己从来没有在社交方面主动向你做过任何友好的表示。”她很快地耸了耸肩，“杰克，要是你不想去就直说，我说真的。”她做出一副厌倦的神情，“这事不会有多刺激。格蕾丝再过三个月左右就要生宝宝了，现在她满肚子——”她咯咯地笑了起来，“这话可真是一语双关！——装的都是生孩子这桩独一无二的神奇大事。”

他的笑声虽然真诚，却不乏讽刺：“可怜的艾达！你请我去是因为你想要人陪吧。你肯定是早就该去看她了。”

“你真是太了解我了！那你来不来？说你不来！”

“我很乐意见见你的双胞胎妹妹，不过两个艾达可真是难以想象。你们俩一模一样吗？”

“出生的时候一模一样，但越长大就越不像。我妹妹长得跟我很像，但她完全是另外一种人，没有我这么强势。所以她并不是另一个艾达！”

“那我就放心多了。”

“胡说！我打从什么时候起对你强势过？”

“从来没有，这我承认。有时候我倒希望你对我强势一点。”

“格蕾丝家在特里劳尼路10号。”艾达说道，把话题转移开了，“咱们在那儿见面吧，什么时候合适？”

他点燃了纸烟：“你下一次下午休息是哪一天？”

“星期四。”

“我三点钟到医院前面去接你。”

“不行，到市政厅来接我吧。”他们就这么说定了。杰克并没有陪她回去，而是回到马上，冲着她的方向歪了歪帽子，然后策马小跑着离开了。

艾达沮丧地凝视着他离去的身影。傻瓜！在两人的交往中做出任何改变都是危险的，然而她却不得不这么做！为什么要这样？她在骑马返回教区长宅邸马厩的路上想了想，这就跟我当时将椅子腿从蛇头上戳下去是同一个原因吧。我想看看自己能不能做到。我身上到底是有什么在作祟，为什么我就不能顺其自然呢？这东西究竟是活的，还是死的？其他人都会逃跑，可艾达却偏要留下来，去查个清楚，去亲身实践。

杰克·瑟洛骑马上路的时候，心里也在疑惑自己为什么会同意去跟这位原本姓拉蒂默的格蕾丝·奥尔森见面，不过，他凭着直觉判断，这是因为自己被艾达·拉蒂默给迷住了，这让他很不舒服。不然的话，他才不会费心骑着马傻乎乎地出来跑，他天天骑在马背上，巴不得能下来歇一会儿，根本就不需要这样的锻炼。他对她的身体有一种强烈的渴望，但他知道如何去控制自己的激情，而且他也不打算向艾达缴械投降。她优雅、世故，知情识趣，散发出一股强大的情欲气息，以他的经验来看，这在像她这样受到悉心教养的女孩子身上是很少见的。她是个如假包换的处女，但这也是她心甘情愿的，因为她还没有遇到一个足够好的男人，所以这小姑娘只能冒充自己是个行家。他心知肚明她也对他有好感，不过他并不认为她只是无聊才会这样。这个年轻女孩向往的是更广阔、更狂野的人生，这种人生克朗达给不了她。

这会儿结婚还不在她的日程表上，他更是从来没想过这事，这个充分的理由会让他俩都按兵不动——不采取任何可能会导致怀孕的行动。所以，在他离开马道转向自家那个方向的时候，他兴高采烈地想，接受艾达的邀请也许就是最好的办法，可以让她在自己心中回归到普通人的位置——未经人事的姐姐和怀有身孕的妹妹，尽管他痛恨克朗达，可她俩却是这里不可或缺的一部分。

汤姆·波德姆老爷子将克朗达农庄送给了杰克·瑟洛，归他个人所有，在立契转让手续完成的那一刻，杰克的世界就已经圆满了，他觉得很开心。身为汤姆老先生的外孙，他的童年时代过得很不太平，在经济状况和社会地位上都曾经历过数次大起大落，数量之多，差异之大，至今仍令他感到迷惑。总之，这些起起伏伏在杰克心里造成的主要影响就是——他对于金钱和权力这对邪恶的孪生兄弟越来越恐惧。正是由于这种恐惧，他才拒绝成为汤姆的首席继承人，并且促使这位老先生去寻找一个新的继承人——那位破米佬医生。很好，祝汤姆他老人家走好运！

克朗达农庄占地五千英亩，在波德姆产业中并不是最大的一处，但它地处富饶乡间，无论放牧还是种田，只需几千英亩也能发展得很好。这里的土层深厚肥沃，雨量比澳大利亚多数地方都要更充沛，降雨情况也更可靠，这个地区属于高原，海拔高度使得它至少在夏季的六个月里比别处的气候更加温和宜人。

杰克十八岁从悉尼的寄宿学校毕业，返乡之后就一直在经营克朗达农庄。虽然他受过很好的教育，但刻意不去声张此事，宁愿人家就把他看作一个不善言辞的牧羊人，一心只想养出肥美的羔羊，近来又开始饲养阿拉伯骑用马。对于许多男性骑手来说，阿拉伯马太小了，但它却是女士的理想坐骑，毕竟人人都知道女人对马简直着迷到疯狂。汤姆老先生曾经对这个经营项目冷嘲热讽，可是杰克的阿拉伯马刚一上市就生意异常兴隆，他也只能把自己的冷言冷语都咽了回去。现如今，杰克将他养的阿拉伯马送去参加各种大型农展会，遍及整个新南威尔士州，他的目标是要让它们在全澳大利亚规模最大、地位最重要的家畜展览会——悉尼的皇家复活节农展会上展出。

克朗达农庄横跨于一座圆锥形的小山上，四周皆依山势而降，但令人羡慕的是，它这一圈有四分之三都正对着克朗达河，此处的河流从来不曾干涸到只余一串小水坑。这里有充足的风力，足以将水压进围场的水槽里去，与此同时，农庄的菜园周围小溪环绕，只要通过水塔依靠重力供水就可以进行灌溉。至于饮用水，地下建有储水罐以保存屋顶流下的雨水。

农庄的房子原是波德姆家老宅，用大块大块的石灰岩建成，方形布局，上有一个瓦楞铁的四坡屋顶，房屋四周还有一圈宽阔的游廊。花园里草木青葱，花朵宛如拼成了一幅镶嵌画，从九月到来年四月都花开不断。眼下时值盛春，正处花期的所有植物都在华丽盛放。每一次当杰克从农庄路上绕过小山、看到农庄映入眼帘时，他都会觉得呼吸一紧，心脏在胸膛里咚咚直跳，他可从来没有为了哪个女人这么心动过。克朗达农庄就是世上最美的地方，而且已经合法地归他所有，再也不会被别人夺走！

尽管少了女人的装点，但是这所单身汉的房子里却是整整齐齐、干干净净的。和其他许多人一样，杰克·瑟洛下得了厨房、缝得上纽扣、改得短衣服、补得好袜子、擦得净地板，还能把衣物洗得雪白。在他小的时候，家里常常没有别人来做这些事情，所以就全都落到他的肩上，他很是为了自己的家政技能而自豪。不过，就像他所受过的教育一样，做家务的本领也属于他的秘密。他是个视责任高于其他任何人类规则的人，他所做过的一切都是基于责任，而不是出于热爱，在他眼里，责任就像个冷酷无情的女主人。对于杰克·瑟洛而言，最糟糕的事情莫过于用责任来利用他，却从不让他得到一丁点爱作为回报。所以他藏起自己的秘密，祈祷自己可以就这样度过余生，不必对谁负责，不必对任何人承担任何责任。这也正是艾达·拉蒂默吸引他的地方，无论她这一生遇到什么事，她都不会需要他来照顾。而据他精明的猜想，她那个双胞胎妹妹，是个认识谁就要麻烦谁的主儿。想到这里他笑了，说道："那也是艾达的责任，不是我的。"

当杰克开着一辆戴姆勒停在克朗达市政厅外面时，艾达不由得吃惊地眨了眨眼。

“好车。”她说，看着他为她打开了车门。

“我要用车的时候，汤姆就把它借给我。”

“咱们本来走着去也行，那里不远。”

他做了个鬼脸说：“那样就显得我不够绅士了，艾达。你为什么不让我去医院门口接你？”

“然后让大家闲言碎语议论纷纷？不必了，多谢你！”

她注意到他今天穿了一身时髦的三件套西装，看起来异常难以亲近。毫无疑问，自打她向他提出邀请的那一刻起，她就一直在后悔，现在看到他穿着西装的模样，她的心理更是完全失去了平衡。所以，她一路都一言不发，直到他们的车转到特里劳尼路上才开口说话。特里劳尼路一头起于乔治街，另一头往山上延伸，这里算是城里环境相当好的地区，距离西郊还有两英里。

“那栋米白和绿色相间的小屋就是她家。”她说。车里再度安静下来，她由着他扶自己下车，这才吃惊地发现附近每家每户每一扇窗户后面的窗帘都悄悄地拉开了。哦，这些邻居啊！接着，杰克打开栅栏的门，陪她一同沿着小路向游廊上的屋子正门走去。她看出有人在花园里干过活，但是这花园依然达不到克朗达的标准：本该盛开的玫瑰却没有开花，上面爬着红蜘蛛，还长了黑点。不过，格蕾丝一直都不擅长园艺。艾达心想，我真自私，我应该偶尔贡献一个休息日出来，到这里来帮帮她的。就算阿熊在家，他也不是个会侍弄花园的人。映山红和山杜鹃在哪里？三色堇和半边莲又在哪里？

格蕾丝站在打开的门口，引他们进了屋，她的惊讶之情明明白白地写在脸上："艾达确实说过会带人一起来，不过我承认我没想到那人就是你，亲爱的瑟洛先生。"格蕾丝装腔作势的样子像极了莫德，"请坐吧。"

哦，这可怜的姑娘！杰克一边想着，一边有点狼狈地在一把并不合适的椅子上坐了下来。她很像艾达，可是却又这么不像她！她很迷人，特别是因为怀孕而全身都散发着光彩，可是她却没有活力，对生活毫无热情。他微笑着对她说："叫我杰克就行了。"

僵局打破了，格蕾丝和杰克很快就有说有笑起来，她那灰色的大眼睛闪闪发光，他则小心翼翼地掩饰着自己对她的怜悯，让她感到很放松。她一天到晚闷在家里，肯定寂寞得很。尽管他给予她的关注只是平平常常，毫无特别之处，她却依然喜笑颜开。

他们俩说话的时候，艾达便随意打量着屋子，她以前每次来都把全副注意力放在格蕾丝身上，一直不得空看看房子。可是这屋里已经变了样！从她上回来过到现在有多久了？一个月？不，艾达，少说有三个月了。我总是去帕台农餐厅给她买午餐带过来，好让她能从家务的束缚中解脱片刻，可我讨厌到特里劳尼这边来。现在瞧吧！哦，天哪，我为什么不对格蕾丝和她家盯得更紧一点？

这地方布置得就像有钱人家的豪宅！起居室地板上铺的大地毯是波斯的，那面华丽的屏风是漆雕乌木的，餐椅上摆着的是货真价实的织锦座垫。格蕾丝啊，格蕾丝，你都干了些什么？

“杰克，你自己待一会儿。”她一等到看似合理的时机就开了口，“我跟格蕾丝去把茶端来。”

厨房的门刚刚关上，艾达就一把抓住双胞胎妹妹的肩膀，抓得她都有点疼了。她摇晃着妹妹的身体问：“格蕾丝，这些家具你是什么时候买的？”

格蕾丝的脸色一亮，回答道：“艾兹，这些漂亮吧？大概四个月以前，我遇到了莫德和伊妮德·垂德比太太，她俩带着我大老远去了一家特别高档的店，在墨尔本路上——店里那些杂七杂八的东西漂亮极了！还有人从堪培拉过来买呢。”

艾达的怒火一下子就平息下来，她绝望地凝视着妹妹：“哦，格蕾丝，你——你这个傻瓜！好了，也没有别的办法了，你得把这些全都退回去。居家过日子，银行里总得有点存款才行，你已经把你自己那五百磅都花光了还不够，是不是？别跟我说阿熊把他所有的钱也都交给你随便花！”

“我是他妻子，他的钱当然任我花。”格蕾丝的口气很伤心，“这是真正的好家具，时间久了会升值的！”

“妹妹啊，俗话说，量入为出。”艾达疲惫地说，“你这是在效仿伊妮德·垂德比太太，可她有的是钱，买得起那些会升值的家具。哦，你这个笨蛋！是继母把你给带坏了，我就知道是她，那个贱女人！这不怪垂德比太太，这都要怪莫德。”

听到这话，格蕾丝哭了起来，她哭着说：“艾达，我不能退货，我已经买下了。我喜欢这些家具，阿熊也喜欢。他说我的品位是世界上最好的。”

“把水壶放到你那台昂贵的新煤气炉上去，格蕾丝，不然客人怕要以为咱们把他给忘了。”艾达叹着气说道，“格蕾丝，今后只要你买的不是放在食品柜或冰箱里的吃食，哪怕只花一个子儿，你也要先问过我，听到了吗？”

艾达和杰克的此次走亲访友莫名其妙就到了尾声，于是两人告辞离去。艾达坐在戴姆勒的副驾驶座上，一言不发。

“看来是出事了。”杰克说道。

“确实出事了。”

“我是个很善于倾听的人。”

“这我知道，杰克，不过这是家务事。这么说吧，我都忘了格蕾丝到底能蠢到什么地步，你满意了吗？”

“啊，可怜的小格蕾丝！我相信她确实很蠢，艾达，可这就是她的天性，你不这么认为吗？身为聪明伶俐又能干的人，最伤脑筋的就是这世上有那么多不聪明不伶俐不能干的人，哪怕有些人只占了其中一样。可她依然是个可爱的小女人。我敢打赌，她肯定做了很多让她丈夫头疼的事情，但是他没准觉得，有了她的爱，所有的痛苦都是值得的。艾达，像你这样的女人总是会有这样的麻烦，你的脑子里每多一分聪明，就要失去至少一分爱心。”

心痛！这感觉就像一道冰冷的细焰，一下子刺穿她的身体，可艾达·拉蒂默宁死也不愿让这个男人看出他的话伤了她的心。“纯属一派胡言。”她断然否认道，“你这话就跟女性杂志里写的一个调调。”

“我更倾向于称之为会计学的一道练习题。借贷平衡，这是天经地义。格蕾丝的所得是用爱来衡量，而你的所得却是用智来衡量。哦，也不尽然。”他补充道，看到她在生气，他的眼睛简直要放出光来，“但是对你而言，仅仅有爱永远都是不够的，它的回报太过短暂，就像水分蒸发，想要看也来不及。”

“难道你是只要有爱就足够的吗？”她冷冰冰地问。

“不，很可惜，不够。不过，关于双胞胎，有一个问题一直困扰着我，今天总算是有了答案。”

有那么一会儿，艾达盘算着偏不上他的钩，可她自己也承认，如果她不问，他是绝不会告诉她的，永远不会：“什么问题让你这么困惑？”

“为什么会有双胞胎呢？”他说，“要装进一个人脑子里的东西已经太多太多，如果分摊到两个人身上，肯定会混不均匀，有浓有稀。”

“这么说双胞胎比寻常人类低了一等吗？”

“不是低了一等，而是很不一样。”

“你觉得格蕾丝得了所有的爱心，而我得到了所有的智慧？”

“倒也未必。只是她需要你分她一些判断力，而你需要她分你一些同情心。”

“如果说我得到了所有的智慧，那我可一点也不觉得遗憾。格蕾丝将来会吃苦头的。”

“如果有一个好丈夫，她就不会吃苦头。”

阿熊那张雪白的脸浮现在艾达脑海中，她不禁露出微笑，捏了捏杰克放在方向盘上的手。“那她就不会有事了。阿熊·奥尔森人很好，他会照顾她一辈子的。”可她的话音里还是带上了几分怀疑，“前提是，如果他能阻止她乱花钱的话。真是奇了怪了！直到刚才看到那些昂贵的家具之前，我从没想到她会是个败家子。她把银行存款花得一个子儿也不剩了。”

“我以为那些钱她是动不了的。”

“如果是我们的继母在当家，那她确实动不了，可鼓动她买下那些家具的不是别人，正是继母。”市政厅越来越近，车停了下来，“让我把你送到医院吧。”他恳求道。可是艾达已经下了车，笑得一脸灿烂。

“不用了，谢谢你。咱们下次骑马时再见，不反对吧？”

他大笑起来，那笑声听着令人很是激动：“艾达，这一阵都别骑马了。咱们有空的时候就到格蕾丝家去，在花园里干点活。她肚子太大，没法打理花园，阿熊又不在家。我们能做的也就这些了。你下次哪天休息？”

“明天。”她麻木地说。

“那咱们就明天上午十一点在这里见面。我先去找汉娜、伊妮德和别的什么人要一点插枝和花苗，好把那些空着的花床填满，万一他们不给，我就去求、去借、去偷。只要别弄成这样，我都会早一点到。克朗达住户的花园里怎么能没有映山红和山杜鹃呢？再种上一两棵桃树李树？草丛底下种点水仙花？”

他把车开走的时候，嘴里还在说个不停，留下艾达站在那里目送他远去，就好像在看一个凭空消失的精灵。

最后，她终于转过身，脚步沉重地朝医院的侧门走去，脑子晕乎乎的。回顾这一桩桩一件件，杰克以前确实会时不时好奇地问起她的双胞胎妹妹，可是她也不知道自己希望他俩除了客客气气喝杯茶之外还会发生些什么。艾达本来担心的是，介绍杰克认识格蕾丝以后，杰克没准会爱上她这个软弱些的妹妹。结果他似乎是很可怜格蕾丝——可是为什么这反而让她更加恼火呢？

想到此处，艾达赶紧将自己那不守规矩的种种情感牢牢抓住，控制起来，同时想象出今天下午格蕾丝的模样来。怀孕的女人往往格外漂亮，她也是一样，虽然身怀六甲却丝毫不显笨重，灰色的大眼睛里爱意盈盈——哦，她爱每一个人！就连像杰克·瑟洛这样一个没什么经验的人都能感觉到格蕾丝对爱有多么渴望，这可真是非同寻常。她还从未想过要把他迷倒，可他却没能抵挡住格蕾丝特有的魅力，在她那副无助无能的模样面前败下阵来。艾达自己跟无能二字毫不沾边，所以她看不起无能之辈，她以为杰克也会跟她一样，结果却发现他并非如此，这个打击实在让她很不愉快。

草窠坐在公共休息室里，周围摆满了书，但是艾达却没看到吉蒂的身影——是了，她在儿科病房当值，就像平常一样。这事说来也怪。吉蒂巴不得在儿科病房上班，而护士长似乎也很愿意迁就她。

“草窠！”艾达突然大声喊道，同时点燃煤气开始烧水，“你作为双胞胎中有能力有头脑的那一个，有没有觉得厌倦过？”

“来杯茶？哦，好啊，那就有劳你了！”草窠抬起头来，她那对如雪利酒一般的黄眼睛亮了起来，“我想你的意思其实是，身为双胞胎中比较强的那一个吧。”她说。

“是吗？”艾达凝视着这个同父异母的妹妹，皱起了眉头。要是没有吉蒂在一旁衬得她黯然失色的话，草窠也是个绝顶的美人。她和吉蒂有着同样甜美的脸蛋、笔直的鼻梁、大大的眼睛和饱满的额头。她的发色、肤色和眼睛的颜色更加和谐统一，不像吉蒂有那么大的反差，虽然她很少会笑得露出酒窝来，但如果没了吉蒂，她就是个绝色美女。这世上的人怎么从来都看不到呢？

“嗯，你不可能是当真在说格蕾丝和吉蒂又蠢笨又无能吧。”草窠说道，她有点糊涂了，“她俩可不是这种人。她们只是跟你我为了不同的目的而生罢了。”

“为了像爱情这样的东西。”艾达说道。讲到“爱情”这个词的时候，她不以为然地变了个音调，“对某个男人屈服，这就是爱情！”

“艾兹，我能理解你为什么对爱情不屑一顾，但是，如果说你从护理工作中学到了什么的话，那么肯定是女性和男性无论在头脑上还是身体上都有着完全不同的构造。我对于主张人人平等的一概而论越来越厌烦——并不是所有的男人都生来平等，女人也是一样。个人主义才应该得到高度重视。”

“说得好，草窠！”艾达大笑着喊道，“现在说回爱情，我宁愿死也不愿意成为爱情的奴隶。”

“还是请你再回想一下当护士的体会吧！艾达，束缚人的是习惯，当爱情成为一种习惯以后也不例外。”草窠把烧开的水倒进茶壶里，“要想改变习惯，几乎是不可能的。”

“哦，草窠，你可比我聪明多了！菲尼肯医生总是把荷尔蒙挂在嘴上。也许咱们跟格蕾丝和吉蒂的荷尔蒙浓度确实不一样吧？又或者咱们的头脑跟她俩的长得不一样？在大脑里，习惯是个什么东西？”

艾达开始倒牛奶，草窠则在茶壶里搅拌着好让茶快点沏好。随后，她俩端起热气腾腾的满满两杯茶，坐下来享用这包治百病的灵丹妙药。

“好端端地你怎么想起这事来了？”草窠问道，说完抿了一小口茶。

“今天我带杰克·瑟洛去见了格蕾丝——这个主意本身就荒唐透顶！他拐弯抹角地说想认识她，嘴上说得就好像纯粹只是出于好奇，于是我以为，一旦等他认识了她，就会立马把她给忘了。”艾达苦笑了一声，“可是我错了！本来我休息的日子可以愉快地骑骑马、跟杰克见见面，今后却注定只能跟着他到格蕾丝家里去当义务的园丁和女佣。”

“艾达，你这么生气，并不是为了这事。”

“你到格蕾丝家去看过吗？”

“去过。很雅致。我大吃了一惊。”

“难道你就没有想到，她肯定已经把阿熊在银行的存款和她自己那五百镑花得一个子儿也不剩了吗？是莫德哄骗了她，叫她把房子布置成这样，可她明明就买不起这些家具！”

“这我倒是从来没想过……我妈是个讨厌的女人，”草窠平静地说，“这一点咱俩都一清二楚。但她究竟图什么呢？”

“我猜她是想让格蕾丝和阿熊过不安生吧。每次她乱花钱给牧师宅邸添置家具时，咱们那斯斯文文的爸爸就会变得不那么斯文，闹得她没法留下那些家具——结果她只能被迫退货。她以为，如果格蕾丝花钱超支的话，阿熊这么一个地位还不如爸爸的人一定会让格蕾丝的日子很不好过。”艾达耸了耸肩，“可是，莫德算计错了。不管格蕾丝做了什么，阿熊都会原谅她的。”

“真是谢天谢地！”草窠毫不掩饰地说，“她对吉蒂的影响已经日渐式微，所以她自然是渴望通过别的手段来报仇雪恨、搬弄是非。依我看，她只是拿格蕾丝和阿熊练练手。艾达，你要当心，我相信你才是妈妈的主要目标。”

“亲爱的，我也比较同意你的看法，不过，她那套权威在我头上已经不管用了，虽然她本来也管不了我什么。那她还能怎么伤害我呢，草窠？”

“我猜，一旦格蕾丝把杰克·瑟洛的事情告诉了她，她就会通过他来报复你。她可能会设法诽谤你。”

艾达笑了起来说：“那好啊，要是大家开始议论我跟杰克了，那就不会再说你和医生们的闲话了。”

可怜的艾达！草窠在沿着坡道走向病理科的路上想道。病理科是医院那几栋棚屋式建筑里最大的一座，里面还有图书馆，新的X光设备也放在这里，这套器械体积庞大，极为笨重，只能安装在地基特别坚实的地方。作为双胞胎里相貌较为普通的那一个，草窠吃的苦头要比吉蒂少得多。涉及格蕾丝和艾达时，情况也是一样。艾达性感又迷人，用一条椅子腿就能杀蛇，什么事都敢做，可找到真爱的却是格蕾丝。草窠认真地思考着：阿熊和格蕾丝之间的爱是发自内心的，这种爱会长长久久，会宽恕一切罪过，没有一句指责。不论可怜的傻姑娘格蕾丝犯下多少错，阿熊都会在身边替她收拾残局。如今看来，要是阿熊不在，自会有其他人自告奋勇挺身而出，并且对格蕾丝毫无邪念。也许杰克·瑟洛的确是中了艾达的计，可他这么爽快就要去搭救格蕾丝，这让草窠觉得，他其实是希望艾达倚靠他的，希望艾达能稍稍无助一点。

可艾达当然不明白他的心思，她也不想明白。艾达看重的是独立自主，一个人也能把自己照顾得很好。这本应让她更值得被人所爱，可事实却恰恰相反。有些女人太难叫人去爱了。可怜的艾达！

草窠进了病理科，沿着长长的走廊向前走，这里只有夜间照明灯还亮着，走廊两侧是一扇扇打开的门，有的通向左边，有的通向右边。沿着走廊一路到底，尽头有一扇红漆大门，门后就是利亚姆·菲尼肯医生的藏身之所——他的办公室。里面一片漆黑，这位病理学家回家睡觉去了，所有的实验都要由她来做。好吧，其实也不能算实验……她要准备几个组织培养皿，有一块乳房组织嵌在石蜡里等待切片，还得备上几种不同的组织染色素……像尿液分析这样的日常事务已经由利亚姆手下的一名技术员完成了。而利亚姆之所以只要一名技术员就能设法生存下来，那都多亏了她——草窠·斯科比，她热爱这种工作的精确严密，比那个专门受雇来干这事的年轻人做得好多了。

她没有开灯，从一扇侧门走进了办公室，出现在实验室里，她推上几个开关，刺眼的黄色灯光立刻将室内照得灯火通明，处处光彩夺目。这里有一台切片机刀片自动研磨器，这台机器非常贵重，上面的刀片是磨好备用的。草窠着手开始工作，她将那块石蜡在切片机的底座上安装就位，准备好组织染色素，然后静下心来切片，将从一个女人乳房上取下来的透明切片放到载片上固定好。她是如此全神贯注，既没看见附近有人，也没听见有什么动静。

“海瑟，谢谢你。”这是菲尼肯医生的声音。

她吓得跳了起来，随后却对他露出微笑：“这些都会按时准备好的。”

“我敢打赌，这是个肿瘤。”他说。

“哦，可怜的女人！她才不过三十出头吧，孩子们都还没上学呢。”

草窠从高脚凳上滑下来，回到办公室里，在那儿等着病理学家锁好实验室的门。

和他那些外科同行们一样，利亚姆·菲尼肯也是克朗达乡村医院的镇院之宝。像他们一样，他本可以毫不费力在悉尼或是墨尔本创下一番事业并大获成功。可他妻子是个克朗达姑娘，而他也一眼就爱上了这个地方：这里跟他故国的感觉很像，绿草如茵，还有多种多样的欧洲灌木和花卉。他是土生土长的北爱尔兰人，出自笃信新教的家族，在伦敦拿到的医学学位，无论到哪儿谋个病理学家的职位都绰绰有余。他可是跟伯纳德·斯皮尔斯伯里爵士一起共过事的！然而，从小到大，他在北爱尔兰历经数次宗教战争，对于他来说，克朗达就是天堂。

促使利亚姆·菲尼肯选择了克朗达，这恐怕是厄里斯对他做过的唯一一件好事，他记得，那时的她青春年少，思乡情浓。可怜的厄里斯。她是个漂亮的女孩，也是个美丽的妇人，可是却从不知足。他的专业领域既不需要他长期在外，也不会占去大把私人时间。从某种意义上说，他倒巴不得是这样，因为如果是这种情况，他就能对厄里斯跟男人们有染的事情视而不见了。这事在克朗达可谓无人不知，无人不晓。

多数时候，他的应对之道是无视她那些风流韵事，只有在她决定提出离婚时才会谈起。他拒绝离婚并不是出于宗教方面的原因，而是基于同情。如果厄里斯生性放荡，那大可由得她去跟男人们鬼混，可是不管她如何求着要离婚，她的本性都承受不了公开的羞辱。流言蜚语会毁了她的。除此之外，厄里斯还有一点：今年她疯狂爱着的男人，到了明年在她眼里就会一文不值。如果利亚姆也抛弃了她，那她就只能在她还不具备生存能力的这个世界里枯萎死去了。要是她有孩子，情况肯定会不一样，可她偏偏不能生养：这在病理学家的头脑中已经得到证实——她有过那么多男人，而且并不懂得使用避孕药。利亚姆认为，她之所以水性杨花，其实是拼命地想要一个孩子。

眼下，情况比以往任何时候都糟糕。克朗达的男人并非取之不尽，用之不竭，而厄里斯已经把她喜欢的那些全都睡过一遍了。一个月前，她偷偷收拾起行囊去了悉尼，动作之快，叫利亚姆追赶不及。这在法律上已经构成遗弃，给了他不容争辩的离婚理由。他的私人侦探查出她跟一个在利物浦经营奶牛场的男人同居了，利亚姆终于放弃了努力。

“今天我看见唐·垂德比了。”他对草窠说道。

“要不要我去给咱俩沏壶茶？”

“大多数场所都适合喝酒，可是在治病救人的地方，还是浓茶最合适。”他说，脸上竟然带着罕见的笑容。

“那是因为茶里含有咖啡因和其他什么东西，尤其咱们喝的都是浓茶。坐下吧，闭上眼睛开始数数。要不了死羊摇一下尾巴的时间我就会回来。”

“这个比喻用在克朗达可真是贴切。”他冲着她的背影喊道。

“活着总比死了强。”她的声音飘了过来。

她很快就端着茶盘回来了。

“唐·垂德比怎么说？”她边倒茶边问道。

“他说现在我该咬咬牙跟厄里斯离婚了。”

“这事吧，除非是你提出来，不然可真是难办。你是受害的一方。离婚只能由受害方提出，”草窠说着吹了吹自己的茶，想让它凉一些，“这一点我觉得挺奇怪的。”

菲尼肯医生平日里笔直的那两道浓黑的眉毛高耸起来，问道：“海瑟！你居然会允许一个淫妇去起诉离婚吗？”

“你们男人废话真多！”草窠生气地说，“你说她是‘淫妇’，仿佛对于女人来说，通奸与谋杀是同等重罪！而我则认为，这表示她对婚姻伴侣失望至极。在我看来，你妻子其实是病了。假如与人通奸的是你，再有点情有可原的情况，这个罪放在男人身上也就没有那么重了。”她朝他凑过去，眼睛在昏暗的灯光下显得更加金光灿灿，还闪现出调皮的眼神，“我是说，现在已过晚饭时间，你却在这儿，跟一个二十一岁的护士单独待在你办公室里，还关着门！你觉得克朗达那些爱说闲话的人会怎么看待这事？”

他大笑起来，一口牙齿在他略黑的皮肤衬托下更显白得惊人，说道：“我真是珍珠挂在猪头前，白费心思。”

“应该是红宝石才对吧？”

“还有绸钱袋呢，猪耳朵可造不出绸钱袋[1]。”

他俩心有灵犀地一齐大笑起来。

“海瑟，你觉得我应该跟厄里斯离婚，是不是？”

“没错，利亚姆，我确实这么认为。你可以付她一点生活费什么的——也许她会嫌少，不过按照法律，她是过错方，所以你用不着什么都给她。生活费你能给得起吧？这个世界依然是男人说了算的。”

“可你还是我的朋友吧？”他问道，突然间严肃了起来。

“当然了，你这个傻瓜！所以咱俩才会以教名称呼对方——这可不合体统，除非在好朋友之间。”

门开了，护士长大步流星地走进来。他俩一起转过脑袋去盯着她看，而护士长也一眼就看出这两人是清清白白的。

“菲尼肯医生，在加班？”

“并非如此，护士长。我本来确实是想来加班做点事，却发

1　珍珠挂在猪头前（Cast pearls before swine），语出《马太福音》，指把珍贵的东西给了不懂欣赏或感激的人；猪耳朵造不出绸钱袋（You can't make a silk purse out of a sow's ear），英语俗语，含义类似于“朽木不可雕”。

现斯科比护士已经把活儿都干完了。”

“斯科比是个很优秀的护士，也是名杰出的病理学技术员。可是，菲尼肯医生，她明早六点就要起来到女子病房当值。所以，护士，我建议你去睡一会儿，祝你晚安。”

草窠立刻站起身来说道：“好的，护士长。晚安，医生。”

三人再也无话，直到草窠离开以后，利亚姆·菲尼肯才开口说道：“格蒂，你刚才说话很不客气。”

“利亚姆，有时候人要想当好人，就得残忍一点，这你是知道的。唐·垂德比说你今天早上去见他了。”

“天哪，这里还有没有什么东西是神圣不可侵犯的？”

“在克朗达？绝对没有。”护士长在她那浆洗得整洁硬挺的口袋里摸索了一会儿，掏出香烟和打火机来，她挑了一支带过滤嘴的，继而点着了它。“利亚姆，鉴于当前的新局面，你可不能随时请个实习护士到你办公室来。要是这事让厄里斯的律师得到一点风声，那你就麻烦大了——斯科比护士也是。”

“这我倒从来没想过。”他郁闷地说。

她同情地瞥了他一眼说：“是啊，我发现，男人们在某些情况下往往不爱动脑子。但是我决不会任由你的轻率毁掉一名优秀护士在事业上创造辉煌的机会。今后，利亚姆，你绝对不能让人看见你跟斯科比护士单独在一起，也不许叫她替你做什么特殊工作。”

“我是真的从来没想过。”他重复道。

“老朋友，多说误事。跟厄里斯离婚吧，这才是头等大事。你早就该离婚了，当年你还没这么老，没准还有资格跟海瑟·斯科比-拉蒂默这样的人配成一对。可眼下你已经四十有三，人生活了大半。”她掐灭香烟，站了起来，“利亚姆，我可以信得过你的理性吧？”

“当然。”

她走了出去，顺手关上了门，利亚姆·菲尼肯的眼前这才浮现出草窠的模样来，心中一阵痛楚，他赶紧闭上眼睛，他已经许多年没尝过心痛的感觉了。“格蒂·纽迪吉特，愿上帝使你堕落！”他大声说，“我都还没想到要做这个梦，你就已经把它给毁了。”

四十三岁，人生活了大半——这样的情人肯定不适合海瑟·斯科比这个迷人的小女人，这是绝对没错的。

在格蕾丝家的花园里干了几个礼拜的活之后，艾达已经接受了她和杰克·瑟洛两人之间关系的变化，但她却不甘心失去骑马的机会。就体力上的辛苦程度而言，园艺工作和护理工作在很多方面都极为相似，既无法使人放松身体，也不能叫人精神一振：首当其冲的便是脊椎骨，总得蹲着干活就更是雪上加霜。为了种下水仙花的球茎，她挖了几百个坑，眼睛看不到醉人的美景，心灵得不到自由的释放，事实证明，园艺工作根本就不能给人的灵魂带来乐趣。再者说了，这还是格蕾丝的花园，艾达在心里对自己说，她跟个癞蛤蟆似的鼓着肚子掌管一切的模样真是像极了粪堆庄园里神气活现的粪夫人。

杰克则是充满活力与热情地投入到做好事的劲头中，显然没注意到艾达的感受和需求。他们才看望过格蕾丝两次，格蕾丝就开始盼着他俩每逢艾达休息的时候都能来。更糟的是，杰克觉得他俩唯一能做的就是去看望格蕾丝。所以，别了，法蒂玛；别了，她和杰克的友情；别了，那些策马飞奔的美好时光；别了，她的大部分私生活。原来格蕾丝竟然也爱说长道短，而杰克竟然很爱听——清静啊！艾达默默呼喊道。给我一点清静吧！

有时候，难得阿熊在家，气氛就会轻松一些。杰克和阿熊在一起天南海北地聊男人世界的那些事，像是机器故障、收成不好、找到满意的工作犬以及家畜展览会上有些裁判不公道啦——男人们似乎都挺重视这些的。阿熊去过很多地方，所以克朗达地界上的这些话题他并不陌生。

其实，阿熊就是个刚刚结婚的快乐男人，怀着敬畏期待第一个孩子的降生。他虽然有点不安，但还是很高兴。

“我真的不在乎这个是男孩还是女孩。”他在晚餐时对杰克和大姨子小姨子们说道，“反正我们打算男孩女孩都生上几个。如果说我更希望头胎是个男孩的话，那也是因为他以后能帮格蕾丝干一点家里的重活。”

“那首先得等他们长大才行。”吉蒂说道，她很喜欢阿熊。

“哦，小孩子一夜之间就长大啦！我才不过一岁多点的时候，就帮我妈妈劈柴生炉子了。”阿熊兴高采烈地说。

“是啊，可是你千万别像你爸爸对你那样，对孩子那么专横霸道。”草窠说道。

“但愿不会！所以我早前才会发誓戒酒——喝酒实在是个恶习。不过，大家庭里的孩子们帮忙干点活，总是没有坏处的。我觉得这比对他们太过娇惯要强。”

“太过娇惯。”格蕾丝边说边笨拙地站起身，“他们是享受不到的，我亲爱的阿熊。我持家的本领可是太差劲了。”

艾达立刻抬起了头，可是格蕾丝已经转过身去，艾达那探究的目光没能看到她脸上的表情。哦，格蕾丝，你又想干什么？她也站起来，跟着格蕾丝进了厨房。

“格蕾丝，你为什么说自己持家的本领差劲？”

“哎呀，艾达，还真是没有一件小事能逃得过你的注意呢！”格蕾丝辩白道，“也没什么——我只是看到了一些很漂亮的布料，可以拿来做起居室的窗帘，就把家用钱稍微超支了一点。阿熊还是很大方的。”

尽管艾达害怕听到自己这么说话，可是却又没法控制自己，她学着莫德·拉蒂默的样子咬牙切齿地说：“哦，格蕾丝！你不能这么做！尤其是你很快就要生孩子了，这一点你肯定能明白吧？你的家已经完工了，家里布置得比附近哪家都要好得多，而且起居室里的旧窗帘也没什么不好。要是你花钱太多让阿熊欠下债务，那他恐怕就不得不在邮报上登个小公告——就是很糟糕的那种——说比约恩·奥尔森先生将不再负担他妻子的债务。如果你总是把不属于你的钱花出去，那么阿熊就只剩下两条路可走——要么拒绝承担你的债务，要么宣布破产。要是阿熊宣布破产的话，你这些宝贝家具每一件每一块都得拿去拍卖，连同你的房子一起。去年乔迪·孟席斯夫人对乔迪做了什么，你已经不记得了吗？”

眼泪从格蕾丝脸上滚滚而下。“我不明白这一次怎么就这么要紧，”她边说边掏出手帕来擦着眼睛，“起居室确实需要新窗帘！”

“格蕾丝，需要改变的是你。”艾达的声音很生硬，“别再花钱了，也别跑去把咱俩这番话告诉阿熊。我总是跟你说，量材而用，量入为出。”她忽然想起了什么，“莫德还来你家吗？”

“有时候来。”格蕾丝小声说。

“那就别让她来了。叫她去找我，看我不把她轰走才怪！”

跟草窠和吉蒂一起坐着杰克的车离开时，艾达心里想的是，我一定得让我那容易上当的妹妹和咱们那个坏透了的继母之间断绝关系，她这是想怂恿格蕾丝挥霍无度，进而让她和阿熊破产。

杰克自然注意到了艾达有点不对头，尽管他跟艾达没有血缘关系，却反而是看得最清楚的一个，这可真是怪了……等吉蒂和草窠从后座爬下车以后，他并没有打算把艾达也放走。他对她们说：“进去吧，姑娘们，我要带艾达到河边去搂搂抱抱一会儿。”

“搂搂抱抱！”她厌恶地说，这时车已驶到河边，停了下来，“不过，你这招还是成功了。我当初是怎么知道这一点的呢？如果介绍你认识格蕾丝，一切就会发生变化。”

“艾达，先等等。看看这夜色，你这个俗人！”

他真的很想与人共赏美景，希望她就是和他分享美丽夜色的那个人。艾达，你真是个傻瓜！她和杰克一起走下车，来到一根原木上坐下，放眼四顾，沐浴在夏夜的气息、声响与景致当中。夜色极美，夜空中星光点点，众星伴月，而那明月宛如一面巨大的银盘，在绵延起伏的群山上洒下无形的光辉，将天地之间投入一片鲜艳的靛蓝。

“看到这个，你感觉好点了吗？”他手里卷着香烟问道。

她说：“好一点了，谢谢你。杰克，你这个滑稽的讨厌鬼，虽然我从来都不知道你为什么会是这样的人，可我却觉得，你认识格蕾丝以后，情况就会改变，我是对的。”不知是什么原因，她现在很讨厌香烟，“格蕾丝就是这么一种人，没人帮她不行，可我一直到她嫁给阿熊以后才意识到，从前在牧师宅邸的时候，我总是把她当作傀儡一样地操控。但那会儿她至少没有惹上麻烦，如今她却是甩不掉麻烦了。格蕾丝能安分守己，你也有一份功劳。过去她一有空就会去调车场，她和阿熊就是在那里认识的，他俩都喜欢蒸汽机车，然后坠入了爱河。听起来挺傻的，是不是？总而言之，格蕾丝就像蒸汽机车一样，是在轨道上运行的，如果没人帮忙，她自己就调不过头来。而我们的继母现在正忙着掺和格蕾丝的生活，给她造成了灾难性的后果，尽管我还无法理解她这么做的动机。”

“什么灾难性的后果？”他问道，随后吐出一个半透明的烟圈将月亮圈在里面。

“哦，别吐烟圈了！”艾达厉声说道，“一个完美的世界最不需要的就是人造烟圈！你懂不懂真正的审美？”

他原本打算吐出烟圈以后就拥她入怀，用亲吻来让她摆脱因格蕾丝而生的困扰，可是她的反应却让他心里一凉，欲望也就此枯萎消失。人家都称她为蛇发女妖美杜莎，这话可是一点也没说错。在杰克听到的闲言碎语当中，他听说的全都是男病人爱上吉蒂或是草窠的传言，却从没有谁爱上艾达。她的护理技术比谁都好，也能够叫人感到很舒服、很特别，可是却无法让人对她产生男女之间的情感。至于他自己对她的感觉，虽然有强烈的身体吸引，更多的却是出于理性，但他压根张不开口去说服自己相信她对他也同样怀有女性的好感。艾达就像一尊宏伟的雕像，安放在底座上供人崇拜，他猜想她宁愿自己的人生就是这样。

“什么灾难性的后果？”他又问了一遍。

“她没有金钱观念，害得自己负债累累。”

“哦，我明白了。那你的继母又怎么了？”

“是她怂恿格蕾丝这么做的。我必须阻止这件事。”

他俩开始往回走，朝着汽车走去：“你一定可以的，艾达。”

艾达再也没说一句话，直到隐隐看见医院的侧门，她才急促地开了口，含含糊糊地说道：“别扮绅士了，杰克，我自个儿能下车。你明天还去格蕾丝家吗？”

“有这个打算，阿熊还在家里，我跟他要把那棵树处理一下。”

她悄无声息地下了车：“那就祝你好运吧。我不去了，眼下我已经受够了格蕾丝，而且法蒂玛待在爸爸的马厩里，因为缺乏锻炼而越来越胖。我该回去骑骑马了，这对我的健康也有好处。晚安。”

说完她就走了。

他在路边等了足足五分钟，以为她一定会改变主意，回来对他说会跟他在格蕾丝家碰头。可是把脑袋伸进车里的人却是利亚姆·菲尼肯。

“杰克，你能顺路捎我回家吗？”

“上车吧。现在你已经申请离婚了，房子怎么办？那房子太大了。”

“我打算把它卖掉。医院里有一所很漂亮的小屋，够我一个人住了。我准备长期租下来，再给它整修一下。”

“明智之举。再者说了，我了解你。”杰克微笑着说，“你是想弄点钱，好给厄里斯一笔生活津贴。”

医生那张长脸露出苦笑：“哦，可怜的人！杰克，她天性如此，她自己也控制不了，而且我的钱也够花了。”

“利亚姆，她有一回想勾引我来着，被我拒绝了。”

“杰克，是个男人她都会勾引的。”

"还好你现在解脱了。"

菲尼肯医生要离婚，受害最大的人却是草窠，在那个令人难忘的夜晚，护士长把她给打发走之后跟利亚姆究竟谈了些什么，她是毫不知情的。等她再一次来到病理学实验室上课时，原本是迫不及待想要学一门新的分析技术——这是他答应教她的，结果却发现他坐在桌子后头，而她只能站在桌子前头。他是被上司训斥了吗？

不，不是这样。他看起来不太好，这让她很担心。垂下来的那绺头发乱糟糟的，有点挡他的视线，那对暗灰色的眼睛笼罩着一层阴影，下垂的双颊疲态尽显。这到底是怎么回事？以前他右边的嘴角总有一道若隐若现的皱纹，看上去显得心情愉快，可是今天这道皱纹却不见了，它上哪儿去了？草窠已经渐渐习惯了他笑容里的那一抹温柔。然而今天他却连笑都没笑。

"坐下吧，斯科比护士。"他木然地说。

尽管她一头雾水，却还是坐了下来，双手交叠放在膝上，眼睛望着他。

"这事很尴尬。"他停了一下才说道，"而且很可能护士长并不希望我这么做，但我却想不通，对于像你这么一个聪明又好学的护士，我怎么能连个充分的解释都不给你就中止私人教学？请你相信，护士长此举完全是心系你的最大利益。"

他那带着北爱尔兰口音的低沉嗓音越来越微弱，不过他的眼睛却从未离开她的视线。他咽了一下唾液，让自己镇定下来，努力地往下说："我告诉过你，目前我正在要求和我妻子离婚，理由是她经常与人通奸。这就意味着我是受害的一方，法庭将会做出对我有利的处理。可是，我妻子的律师们一定会尽最大努力来把我拉低到她的层次。如果她能找到我通奸的证据，那么她在法庭上的优势就跟我一样了。可是我并没有与人通奸，所以我有必要——呃——远离是非，护士。"

他的声音又低了下去，眼神痛苦地凝视着草窠。

我得帮帮他，草窠心想，不然他会昏过去的。

"菲尼肯医生，你的意思是，你和我决不能单独待在一起，免得让菲尼肯夫人有机会指控咱们行为不端？"草窠问道，声音平稳，冷静客观。

"这是护士长的观点。"

"我同意护士长的看法。"草窠从椅子上站起身来，"从现在开始，咱们就再也不要单独相处了，也别再用教名来称呼彼此。"她的表情严肃起来，"我建议，今后你上课的时候，让比尔这个年轻人来和我一起参加。从前你反对这样，是因为他吸收领会不如我快，但是考虑到他的职位，这对他恐怕就有点残忍了。不管你教给我什么知识，都必须在同一次课上教给其他人。"

他的眼睛一亮，仿佛突然间狂热起来："我很抱歉，亲爱的——非常抱歉。"

“呸，道什么歉呐！”她满不在乎地说，“这得持续多久？”

“两年，这是明摆着的。离婚法庭的案子爆满，我得等着轮到我。”

“哦，那可太糟糕了！我本来还希望在我获得护士资格之前咱们就能恢复常态呢，可是不行了。”草窠伤心地说。

“是啊，恐怕不行。”

“先生，我现在可以走了吗？”

“可以，当然可以。我会给你和比尔订一个新的值勤表，再给护士们也重新拟一个。”

那个可恶的女人！草窠一边想道，一边沿着坡道气冲冲地朝前走。那个女人不择手段地利用这么一个正派的男人，接着又连他那一点点清清白白的乐趣都要毁掉。他是喜欢给我上课的，我知道他喜欢！

看来以后永远都得规规矩矩了，不能行差踏错一步，一想到这个，我简直气得要发疯。再也不能夜半时分品茗谈笑，再也不能相视无言心领神会。我在精神上遭到了放逐。哦，我知道护士长为什么要插手干预，幸好她这么做了，不然利亚姆会身败名裂的，我也会身败名裂，到时我们就都得离开这里了。我和利亚姆并没有伤害过任何人，可是如今我们却要彻彻底底一刀两断，活像一大块肉在屠夫手里被剁成两块。不过，有一件事我是一定要做的，而且是光明正大地做，不论是在他的办公室里还是实验室里——那就是给利亚姆梳头发。我买了一把梅森·皮尔森的发梳，可花了我不少钱呢，但愿它能把利亚姆那绺垂下来挡住眼睛的头发给梳上去。要是一天梳两次头的话，同时狠狠心在他头皮上多用些力道，这样一定能行。我得逼着那些毛囊往后长，而不是朝前长。不管他离婚不离婚，这事我都要做!

关于莫德撺掇格蕾丝超支花钱的事，艾达并没有去找莫德算账，而是去找了她父亲，这可真是棋高一着。

自打女儿们去当护士以后，托马斯·拉蒂默牧师的日子过得渐渐自在起来。偌大的教区长宅邸里只剩下他和莫德两个人，莫德到蓝山去了一趟，等她回来之后，牧师就开始着手断绝两人之间他一直甚为不喜的那些束缚，从她对女儿们的控制支配到他对赞美诗和布道词的选择，都不许她再插手。尽管牧师并不富有，但他母亲出自垂德比家族，留下的遗产足够让他过得舒舒服服了。他天生就是个对待钱财很仔细的人，举例来说吧，莫德能接触到这笔钱的机会就相当有限。虽然他很爱自己的第二任妻子，但对她的缺点也看得清清楚楚。根据他的理解，莫德之所以会掺和格蕾丝的财政事务，实际上是想拐弯抹角地实现自己的心愿——买下她自己想要但却没有钱买的东西。每一次来到格蕾丝家里，她都会注视着四周，同时暗自庆幸自己能够随意摆弄她不喜欢的那些东西，甚至造成严重损坏都没问题。

然而，一旦震怒的牧师下定决心，莫德也别无他法，只能乖乖听话。牧师冷冰冰地通知她，将来她在与格蕾丝相处时，应当积极主动地劝阻她挥霍钱财，否则她自己的零花钱就会遭殃。

为了说服父亲千万别把阿熊的九百镑和格蕾丝的五百镑赔给他俩，艾达反而遇到了更大的困难。

“求你了，爸爸，别这样。”她恳求道，“阿熊对格蕾丝心肠太软，一定不会背着她把你还回去的这笔钱藏起来，她只要知道有钱，就会又一次把钱花得精光。格蕾丝天生是个败家女，这就交给她丈夫自己去应付吧。要是你想给奥尔森家出把力的话，那就出钱让他们的孩子去像样的学校好好念个书。瞧瞧这给我们几个带来了多大的好处。”

于是这事便搁置下来。

艾达心里有点厌恶格蕾丝彻底毁掉了她和杰克·瑟洛之间的关系，随着格蕾丝怀孕即将足月，艾达来看望她的次数也越来越少。不过，实话实说，这事并非错在格蕾丝，而是错在杰克。看似中了格蕾丝花招的杰克暴露出一个不为人知的自我，艾达发现这个杰克既温柔又脆弱，她从前还一直以为杰克完全不是这种人呢。呃！

一九二八年四月初的一天，格蕾丝的阵痛开始了。这时的她肚子已经很大，而且根据产科的推算，预产期都过了。阿熊设法安排好了自己到家的日期，好赶上宝宝出世，所以他已经回到克朗达。反而是这个宝宝，根本就无视人类的日程表。

产科这一阵并不忙，预计也不会忙，于是内德·梅森医生早在格蕾丝还没开始阵痛的时候就收她住了院。对于格蕾丝而言，住进产科病房这一举动就像一根赶牛的尖头棒，她刚把小提箱里的东西取出来，才来得及在床沿上坐了坐试试床铺是否舒服，羊水就破了。产科的护士长知道她的身份，也知道她的姐妹都在别处值班，便尽职尽责地温柔安抚她受伤的心灵。她叫人把羊水清理干净，给格蕾丝找了一件漂亮的睡衣，又指定一名和蔼可亲的西郊护士陪着她，扶她四处走动。

“可是我不想走路，我想到床上去！”艾达来看她的时候，她对艾达抱怨道，“他们为什么不让我上床躺着？”艾达身上还穿着手术室的巡回手术衣，脖子上挂着两副口罩。

“格蕾丝，梅森医生认为你的产程会很长，这就意味着你要在床上待很久很久。现在趁着你还能走，多走走吧！”

吉蒂和草窠也来了，跟格蕾丝拥抱、亲吻，把要走路的原因又解释了一遍，因为格蕾丝拒不服从，也不肯相信这样会有好处。艾达低叹了一声。

“格蕾丝，你自己也当过护士。”吉蒂指出。

“没错，可我从来没在产科待过。哦，哦，哦，疼死了！”

“当然疼了。”草窠边说边毫不留情地在格蕾丝后面推着她走，“格蕾丝，你也学过一点解剖学和生理学，所以你一定记得，菲尼肯医生曾经解释过，女人的整个骨盆必须打开，才能把这么大的宝宝给生出来——骨盆要打开到惊人的程度，因此，没错，这会很疼很疼。亲爱的，你得在很不舒服的情况下累上一天，才能把孩子生下来。但是你要记住，这将是你做过最好的工作，因为最后的成果是如此美妙——一个足月的健康宝宝。”

“我非得生个男孩不可！”几个小时以后，格蕾丝气喘吁吁地对吉蒂说。

“瞎说。”吉蒂低声哄她道，同时给格蕾丝擦着脸，“生男孩有什么特别的吗？”

“所有的男人都想有个儿子。女儿就让人失望了。”

“难道妻子们的心愿都不算数吗？别忘了，生孩子最辛苦的可是她们。”

格蕾丝轻蔑地哼了一声：“哪个脑筋正常的女人会想生女儿？处处受限，被人管束，受人压制。如果艾达是男孩，爸爸就算倾家荡产也会送她去读大学，让她当医生。可艾达是个女孩，所以……”

“话是没错，可不幸的是，亲爱的，咱们没法选择自己是男还是女。不管你生的是男孩还是女孩，都是你的孩子。来，喝口水，你得多补水。”

是阿熊开车把格蕾丝送到医院的，在格蕾丝安顿好以后，医生准许他跟他那哭个不停、备受折磨的妻子短暂地见了一面，随后就把他赶去了准爸爸的等候室，快要当爹的人就在这里面踱来踱去，一支接一支地抽烟，尽力不去想自己妻儿的命运将会如何。如果有人陪着他一起，那还好一点，可是格蕾丝的孩子生得太迟，岁末年初时因为人们喝酒太多、预防措施又太少而怀上的那一大拨孩子已经在九月份出生过了。所以阿熊只能一个人等着，也就只有格蕾丝的父亲和姐妹们会走马观花地来看他一眼。

在格蕾丝阵痛二十七个小时之后，阿熊终于获悉自己荣升父亲，孩子是个八斤多重的大胖小子，红光满面，非常健康。

格蕾丝累得筋疲力尽，不过这次分娩除了让她因为会阴撕裂缝了几针以外，并没有给她造成其他伤害。是个男孩！一个有着雪白头发、眉毛和睫毛的健壮大个子男孩！

“好了，格蕾丝，今天是你最辛苦的一天。”草窠阿姨说道，熟练地抱着宝宝，“他可真是个漂亮的小家伙！阿熊，你打算给他起个什么名字？”

“布莱恩。”阿熊答得很快，压根没在意格蕾丝的意见。

“布莱恩？我喜欢这个名字，不过你可从来没提起过啊，阿熊。”

“他是我最喜欢的一个兄弟，有一回在酒吧里打架被人给打死了。”

格蕾丝家里就只有草窠阿姨一个人在场，就算她觉得用死于酒吧斗殴的人来给孩子命名有点骇人，她也丝毫没有表露出来，而是微笑着把包好的孩子递给阿熊。“真是个好名字，男人味十足，以后孩子在外面玩的时候，谁也不敢欺负他。”

“一点不假。”阿熊说道，他低头凝视着自己的骨肉，目光中满是敬畏与谦卑，“格蕾丝起的名字都太不切实际，我才不会让我儿子顶着一个娘娘腔的名字。布莱恩·奥尔森听着挺好。”

“哦，阿熊！”格蕾丝嗔怨地喊道，“我是想起一个听起来配得上爵士头衔的名字。比如像马克西米利安·奥尔森爵士。”

“马克西米利安太娘娘腔了。”艾达说着进了门，“布莱恩？很合适！谢天谢地，奥尔森家总算还有一个人的脑子是清醒的。”

当了外祖父，添了外孙子，教区长十分高兴，他已经想出办法，既能帮到格蕾丝，又不用把钱给她。他花钱雇了个清洁女工，每个礼拜去特里劳尼路上的格蕾丝家打扫一次，另外她每周还会来三次，做家里最脏最累的活儿——清洗成打成打的大块毛圈棉尿片——婴儿用的尿布或是屎布。格蕾丝只要拿水管冲掉脏尿片上的固体污物，再把它们丢进煮洗衣物的大锅里就行了。清洁女工会来对尿片煮沸消毒、进行漂洗，然后挂出去晾干。后院里如今已经拉起纵横交错的晾衣绳，俨然一片尿片飘扬的丛林。靠近后门的一间棚屋现在成了洗衣房，原先的洗衣房则是泡尿片的地方。

艾达注意到，阿熊不像往日那样急着出门上路了，部分是因为他喜得贵子，但更重要的原因是，他放心不下格蕾丝。尽管在打扫卫生和清洗尿片方面有人给她帮这么多忙，格蕾丝却似乎依然没法应付布莱恩的到来。她奶水很足，都往外溢了，可是布莱恩出世还不到一个星期她就厌恶了这样，于是给布莱恩吃上奶粉，任由自己的奶水涨回去，算是两害相权取其轻。梅森医生气得对她大吼大叫，片区护士也是如此，可是格蕾丝根本充耳不闻。她也很讨厌给布莱恩换尿片，所以给他换得不够勤，其结果是布莱恩得了严重的尿布疹，她的三个姐妹被逼无奈，只能对她半是恐吓半是啰唆，要她好好照顾孩子。最后，格蕾丝终于从教区长那里得到了她想要的——请个保姆全天候替她带孩子。

“咱们这个狡猾的姐妹啊。”布莱恩三个月时的一天，艾达怒气冲冲地对吉蒂和草窠说道，“不知是用的什么法子，居然成功摆脱了她觉得讨厌的每一桩差事。可是这个结局并不美好！告诉你们吧，她这是光天化日明抢！雇一个全职女佣，不是为了确保布莱恩不生尿布疹，而是让他身上保持干净、干燥不生疮！我可真是给气死了！”

“这恰恰反映了格蕾丝有多痛恨护理病人。”吉蒂眼里闪着泪光说道，“莫德对家里的环境很讲究，也把这一点传给了我们。她人虽然不好，却不曾把咱们哪一个当成灰姑娘一样使唤。莫德对人的折磨全都是精神上的。格蕾丝就是中了她的招。”

“格蕾丝身为人母的行为表明，”草窠口气坚决地说，“她痛恨烂摊子，她的护理工作当中也少不了这些。可是她从来不敢像疏于照顾布莱恩这样忽视她的病人，这都是因为她害怕病房的护士长——她虽然也怕清理烂摊子，但更害怕护士长。现如今她有了个只会制造烂摊子的宝宝，却没了人来吓唬她去把烂摊子清理干净。”

“别忘了格蕾丝是个稀里糊涂的人。”吉蒂说，“咱们一直都知道，她就连在酒厂里办个酒会都做不到，不过有妈妈和我们三个在，她从来也不必办什么。现在她要担负起管家和照顾孩子的重任，一定是一头雾水不知如何着手。爸爸挺身而出来救场，这反而是最糟糕的情况——以后没有爸爸或是姐妹们来帮她了怎么办？”

“大难临头呗。”艾达闷声说道。

“你们太悲观了。”草窠说，“总会有人挺身而出拯救格蕾丝的。”

“他们为什么要这样？”艾达问道，她没法弄懂这一点。

“因为她正是每个男人梦想中的女人——离了男人就活不下去。”草窠哼着鼻子说，“得了，艾达，你知道我是什么意思！格蕾丝把她自己变成了某种财产，需要由更高等的人种——男人——来管理。她所做的一切无一不在告诉男人，她没法照顾自己。可他们就喜欢这样！至少某种男人喜欢。世界上像阿熊那样的男人。”

“好啊，那就让阿熊去照顾她好了，反正我不想去！”艾达狠狠地说道，“要是她能把自己的生活安排得好一点，那过得该有多么舒服，她怎么就想不明白呢？没人喜欢清理尿片上的大便，可既然这事非做不可，那就他妈的去做啊！她那些昂贵的家具，还有她这个家，闻起来都跟化粪池一个味儿！”

“艾达，你为什么生这么大气？”吉蒂问道。

“格蕾丝又怀孕了。等到这个孩子出世时，他和上一个就只差十四个月。”

蓝紫色的眼睛和琥珀金的眸子撞到一起：吉蒂和草窠对视了一眼，流露出默默的同情。这事自然是让艾达更加烦恼了！她和格蕾丝是同父同母的双胞胎，而不幸中最不幸的是，她的自控能力和格蕾丝的缺乏条理是成正比的。格蕾丝的那些缺点，艾达心里全都敬而远之。

要是吉蒂和草窠知道杰克·瑟洛在艾达心中有多么重要，她们就更能理解艾达所忍受的痛苦了。

第三部

# 新来的院长

一九二九年四月，三年的护士培训期满，艾达·拉蒂默、海瑟·斯科比-拉蒂默和凯瑟琳·垂德比-拉蒂默发现自己已经成为登记在册的初级护士长。她们三个全都以优异成绩毕业，艾达还获得了好几项奖励。

到了此时，克朗达乡村医院里没有什么事情是她们不知道的，也没有哪个地方是她们不曾工作过的。不过，精神病院那噩梦般的地方最好还是忘了吧，这里充斥着大呼小叫、胡言乱语、行尸走肉和杀人狂魔，而这主要是因为那些可怜的精神病人根本无药可救，所以只能被关在软壁病房或是集体宿舍里。

一九二七和一九二八这两年，医院都没有新进的护士实习生，但是今年——一九二九年，医院里将迎来八位实习护士，她们全都通过了大学入学考试，也全都来自西郊。当初，以艾达为首的拉蒂默家三姐妹对西郊的护士们晓之以理、动之以情、威逼利诱、奔走呼吁，就是为了说服她们相信旧的体系已经玩完了，所以她们一定、务必、千万要抓住这个新体系带来的机会。只有受过培训、登记在册的护士才有前途，而那些没有注册的护士将会沦为收入微薄的女佣，跟有趣的工作一点边都沾不上：她们就只能在正式实习护士的监督下洗洗刷刷、清理脏东西、抬抬病人、给病人翻身、送送饭菜。莉娜·科里根一直都是西郊护士的首领，起初她是个顽固的反对派，但也是她最先觉悟，跟着拉蒂默三姐妹一同呼吁起来。一九二九年的八个实习护士就是她们的努力成果，除此之外，卫生部门还同意拨款兴建一所真正的护士宿舍，其中也包括供嬷嬷们居住的公寓。对于艾达、草窠和吉蒂来说，赢得这场战斗的意义最为重大，因为这使得出自贫困家庭的女孩子也有机会投身于一份正当的职业，同时却不用像当教师那样越来越男性化，也不用像当秘书那么卑躬屈膝。护士手中是有权的：无论是什么人，一旦被投进医院这个非生即死的无底深渊，都会对护士们流露出深深的敬意，不管她们是像恶龙一般咆哮吼叫还是像优雅的天使一般在病床上方飘然来去。真实也好，虚幻也罢，护士总是会被人记住的。

多了三个嬷嬷，自然意味着多了几个难题。一家地区医院怎么可能同时雇得起她们三个？尽管这事已经不像一九二六年时那么棘手了，但这纯粹是由于自然减员：旧体系中有七位经验最丰富的西郊护士退休了。可不幸的是，她们的工资还抵不上三位注册护士的薪水。不仅如此，在六月初的时候，由于一场突如其来、出乎意料的剧变，医院立刻就陷入混乱之中。

到一九二九年，院长弗朗西斯·坎贝尔医生就已经任职满二十五年了，他满以为自己会在这个职位上再工作个十年。不料，当三位初级护士长收到邮寄来的证书时，就在同一时刻，弗兰克·坎贝尔坐在自己的办公桌前与世长辞，死于心脏病发。医院里的人都坚信，他跟这件家具是一体的，因为从没有人在医院地界上的其他地方看见过他。在弗兰克·坎贝尔看来，克朗达乡村医院就是他的办公桌。他那一套管理方法让恐惧都在别处生根，所以他自己是看不见的。没有人知道，心脏病发作的时候他自己是否知情，当时只有他独自一人，他也没法向人求救，因为医院没有内部通讯系统，当初是他不同意安装，觉得价格太过昂贵。对他而言，这个代价确实昂贵。

虽然医院由各州卫生部门统一管辖，不过实际上它们多数都实行自治，尤其是乡下的非教学医院。像填补职务空缺（无论级别高低）、制定相关政策和管理医院经费这些事情的决定权都在医院董事会。克朗达乡村医院有一笔庞大的捐赠基金，这些钱是七十五年来各方遗赠和大力节约的结果，一直稳妥地存在银行里，处于董事会的控制之下。

三位初级护士长的安置问题要推迟到新任院长任命以后才能决定，于是拉蒂默家三姐妹的脚步仿佛暂时停滞下来。她们可以戴上浆过的蝉翼纱头巾，却还不能脱下护士围裙。艾达不在急诊室就在男子病房，尽可能跟手术室保持密切联系；吉蒂留在儿科；草窠有时在产科，有时又是夜班的嬷嬷。夜里当值时，护士要提着一盏防风灯在坡道和病房之间走来走去，因为弗兰克·坎贝尔太抠门了，连电池都不舍得买！

然而，叫人意想不到的是，有一天护士长叫草窠去见她，草窠来的时候，既戴着嬷嬷的头巾，也穿着护士的围裙。

“斯科比嬷嬷，我认为围裙可以不必穿了。”

“夫人，还不能脱，它有时候会派上用场的。我们的职责还不够明确，我们也不知道自己会不会遇上又脏又乱的状况。”

“随你的便吧。”她那张风平浪静、波澜不惊的脸上还是平日那副无动于衷的表情，“不过，斯科比嬷嬷，尽管你们未来的职业方向还无法确定，但我对于你应该选择的道路却相当确信。所以，即使在眼下这个令人悲伤的时刻，我也要和你谈谈此事。”

“好的，护士长。”

“大约再过十个星期，八位实习生就要开始从事护理工作了，身为护理人员的领导，我觉得有必要针对她们的培训立刻采取措施。实不相瞒，嬷嬷，我认为坎贝尔医生所制定的培训计划一无是处，如今他既已过世，我就将他的计划全盘推翻，重新拟定。鉴于你来到这家医院已有三年，我想我就不必向你解释为何要摒弃他的计划了吧？”

“是的，护士长，不用解释了。我明白，你能这么做，我也很高兴。”

“很好！”护士长坐在椅子上稍稍放松了一些，“不知道你对护士导师这个职位是否有兴趣？”

草窠咽了一口唾沫：“夫人，这得视情况而定。”

“视什么情况？”这声音冷冰冰的。

“视这个职位会授予我多大的权限而定。如果我可以自创一个培训体系，既能满足护士委员会的要求，又能融入我自己所得结论的方方面面，那我就有兴趣。我还会设计一个全新的教学大纲，其中包含的内容比护士委员会要求护士所掌握的更加全面。我在将所有工作成果提交给悉尼之前，自然会先交给您和新任院长过目，但是如果您要我当一个机器人，按照别人的计划行事，那我是不干的。”她那对大大的金色眼睛透出一股执拗的神情，“您瞧，夫人，我有自己的打算。”

纽迪吉特护士长沉默了片刻没有答话，她衣服上的粉浆所发出的嘎吱声比平时稍微响了一些——这表明她呼吸得很用力。最后她终于开了口，字斟句酌，不带丝毫感情：“斯科比嬷嬷，我觉得吧，要是你没有自己的主意，那我也就不会把这个职位交给你了。这是个高级职位，相当于副护士长的级别，所以我认为从悉尼或者墨尔本派一个过来也是合情合理的。但是，如果能在克朗达找到适合的人选，那当然更好，我相信你就非常适合。我同意你提的条件。”

“那我就接受这个职位。”草窠平静地站起身来，“谢谢您，护士长。呃——还有一件事。”

“说来听听，嬷嬷。”

“我得私下向利亚姆·菲尼肯医生多多讨教。当然，如果您打算请别的医生来给她们讲课和教学，那就另当别论了。”

“就是菲尼肯医生，我对于你私下里跟他单独讨论没有任何意见。如今他是个极为可敬的单身男子，同时也是你的同事。”护士长说道，她暗地里喜欢这个既聪明又有点危险的年轻姑娘。

“那就好。”草窠说完便离开了。

回到村舍，她发现另外两位初级护士长正在跟莉娜·科里根一起喝茶。玛乔丽·班布里奇嬷嬷已经被提拔为疗养院的护士长，搬进了新近建成的护士宿舍里的一间公寓。不过，自护士长以下，谁也没有费心来叫拉蒂默家的姐妹们搬出她们原先的住处。如今只有她们三个人住在这里，很是舒适，这是新建护士宿舍里的那些住客永远也不会知道的。这便是先驱者的回报。

“我肯定是要换工作了。”草窠边说边接过一杯茶。

她们三个看来都很感兴趣，却是吉蒂最先问出口：“什么工作？”

“护士导师，和副护士长的职位相当。”

“我的天哪！”莉娜说着倒吸了一口凉气，“这可真是太好了，草窠。棒极啦！”

大家纷纷来拥抱她，齐声向她表示祝贺，与此同时，草窠对她们讲了面试的经过。艾达面带微笑地静静听着，不像其他两人的话那么多——哦，但大家都知道，她这并不是因为生气或失望，而是因为格外高兴。女性的社会地位与重要性在艾达眼里意义重大。

“莉娜，我知道教区长宅邸的澳新军团饼干是比竹芋饼干要好吃一些，但是你来跟我们一起喝茶，应该不仅仅是为了泡一块军团饼干吃，也不是为了瞧瞧艾达今天涂的口红是什么颜色吧——你也有消息要宣布。”草窠说道，她已经在喝第二杯茶、吃第三块军团饼干了。

“你可真是从没说错过，玛娜·洛伊[1]小姐。告诉你，艾达，男子病房的病人都觉得她长得像玛娜·洛伊，至于吉蒂，大家一致认为她像玛丽恩·戴维斯[2]，不过你就有点说不准了——”

“莉娜，继续说你的事。”草窠咆哮着说。

莉娜投降似的举起双手：“好啦，好啦！今天我也去见了护士长，我也升职了！在被归类为护理女仆将近二十年之后——”

“但愿弗兰克·坎贝尔在地狱里烈火焚身！”吉蒂怒吼道。

“——护士长设法绕开新规定的限制，通过‘老办法’让我成为一名正式的注册护士。如今我是科里根嬷嬷了，而且将要去我一直向往的地方——精神病院——担任管事的副护士长。”

这话引得大伙儿又欢呼庆祝了一阵：这是女性取得的又一个胜利，而且是她们应得的胜利！不过，这一回她们的高兴劲儿过去之后却有点难过，但拉蒂默家的三姐妹也都明白自己的担忧是

1　玛娜·洛伊（Myrna Loy，1905—1993），美国女演员。
2　玛丽恩·戴维斯（Marion Davies，1897—1961），美国女演员。

徒劳的。

“莉娜，三年来，我知道你有多喜欢在精神病院当护士，可如今你已经正式登记在册了，再加上你的丰富学识，你是可以选择去护理哪种病人的。”艾达说道，她的眼睛因为焦虑而变成了深灰色，“要是把所有的时间都花在那个地方，你确定自己不会被逼疯吗？精神病无药可医，精神病医生也没什么用处。他们所做的就是观察和记录痴呆症都有哪些表现形式。你在护理精神病人时固然身体上可能遭遇危险，但是精神上的危险却要大得多。想想那种灰心丧气的感觉吧！”

莉娜·科里根年约三十五六，身材瘦削而结实，一头暗红色卷发乱蓬蓬的，跟眼睛的颜色差不多。她是个寡妇，她那死去的丈夫生前热爱杯中物更甚于钟爱自己的妻子，两人从没生下一男半女。除了这些最基本的概况，拉蒂默三姐妹对她就一无所知了。莉娜·科里根，既骄傲又痛苦。

“愿主保佑你，艾达，这些隐患我都清楚。”莉娜说道，她的耐心丝毫没有动摇，因为她知道艾达提出的异议全都是切身体会，“疯狂的人让我着迷，我想这就是关键所在。眼下弗兰克·坎贝尔死了，精神病院可能会请来精神科医生，没准还能给病人进行一些治疗。精神病人的护理工作不会永远都注定无果。肯定有人比精神病人更加疯狂，我知道这样的人会被吸引来的，不过这并非颠扑不破的铁律。要是我什么也做不了，那就对每一个病例都做好详细记录——总有一天，像我所做的这些观察记录会被人视作重要资料。”她的眼睛炯炯有神，闪着红光，“我在这项事业刚刚起步时便参与进来，这就是我的有利条件，就好像我曾经只是个没读过什么书的护士。我还要谢谢你们的帮助，尤其是艾达和草窠。你们这些姑娘真的能把道理给说明白。”

“管事的副护士长，”吉蒂说道，“祝贺你，莉娜，起码今后你总算能拿到高薪了。”她突然间一跃而起，“哦！听着，姑娘们，昨天妈妈跟我讲了一个传言。”

“什么传言？”艾达似乎有点厌烦地问。

“咱们的新院长。”

“那是自然的！爸爸是医院董事会的成员！”草窠大声说。

“叫什么名字？是什么人？在哪儿？什么时候来？为什么要来？怎么来的？”莉娜问道。

“我就知道你们听到这个消息准会竖起耳朵来的！”吉蒂说着咯咯一笑，“不，艾达，他不是杰克·瑟洛。”

“一边儿去，吉茨。究竟是谁？”

“莫德说他出自克朗达的名门望族，不过并不是垂德比家。他是查尔斯·亨利·波德姆医生，三十三岁，被任命为新任院长之前一直在曼彻斯特皇家医院的一个大型部门担任主管。”吉蒂说道。

“好家伙！”艾达说着喘了一口气，随后却皱起眉头，“吉蒂，你是胡说的吧。‘一个大型部门的主管’，真厉害！你是说，他以前的工作是在欧洲最有名望的一家医院里四处溜达，而医院里像他这样的副主管总共也只有六个。”她喉咙里发出咯咯的笑声，“主管便盆和尿壶们！”

“妈妈说他‘地位很高’——鬼知道她是什么意思。”

莉娜摆了摆手：“哦，艾达，别说了！我就想知道，他是哪个波德姆家的？是克朗达的波德姆家呢，还是从故国来的某个同姓冒牌货？据我所知，汤姆·波德姆老爷子并没有别的继承人，除了那位热心帮助格蕾丝的大好人、陪着艾达一同骑马的好伙伴——杰克·瑟洛。”她说到“骑马”这两个字时故意加重了语气。

吉蒂带着美好的憧憬哆嗦了一下，静下心来继续讲故事，她知道自己刚才所说的消息已经彻底把几位听众给吸引住了：“他是老汤姆的孙子，你们信吗？我的意思是，全克朗达人都知道，汤姆和他儿子亨利六十年前大吵一架，然后亨利离开了克朗达，离开了新南威尔士，那会子——六十年前还没有澳洲联邦呢！亨利去了英格兰，从此跟汤姆老爷子再也没有联系过。大约二十年前，有人通知汤姆老爷子，亨利在苏格兰的两列火车相撞事故中丧生——这次事故似乎死了不少人。老汤姆收到的那封信上说，亨利没有结婚，也没有子嗣。”

“没错，而且全克朗达人都知道，就是这事惹得老汤姆脾气变坏了，尤其是在杰克·瑟洛让他大失所望之后。”莉娜说道。

“不过，”吉蒂得意洋洋地说，“苏格兰来的那封信说错了！亨利来到英格兰以后，没过多久就娶了个有钱的寡妇，再也不需要老汤姆的钱了。他创办了一家保险承销公司，经营得很成功，他妻子娘家开的是纺织品制造厂，发了大财。三十三年前，他的儿子查尔斯出世了，可他妻子却在分娩时去世，亨利变得有点疯癫起来，不过倒并不伤人，查尔斯这孩子也就留给他妈妈的娘家来照顾了。”

“可是，关于亨利的死讯，老汤姆肯定是不会弄错的吧？这也太荒唐了。”艾达说道。

“我猜想火车相撞时场面怕是很混乱，当局在亨利的身上找到了身份证明，却并没有看到他有妻子或是儿子的证据。他妻子死后，她家里人跟亨利便疏远了，没人想到他在那列火车上。他的儿子虽然姓波德姆，但是在他成年以前都没人意识到这个姓氏有什么意义，至少是没什么人注意到。所以，当局按照规定等了一段时间之后，发现无人对亨利的死有所反应，于是以为克朗达的老汤姆就是他最近的亲属，便去信通知了他。与此同时，亨利的儿子查尔斯却在兰开夏郡茁壮成长，他念的是伊顿公学和牛津大学的贝列尔学院，随后在伦敦大学盖伊医学院获得了医学学位。”吉蒂的表情很是淘气，“原来这些事妈妈早就知道了个大概——早在几年前第一次听说查尔斯·波德姆医生这个人的时候，她就做了很多调查工作。”

“瞎说！”草窠说道，“要是那样的话，莫德早就把这事给传开了。”

“不，她决定把这些情报压下来——你们猜她为什么要这样？”

“太好猜了，”艾达讥笑道，“吉茨，莫德已经把这个有钱的医生安排给你做未来的丈夫了。”

“艾达，如果有最佳直觉奖，获奖的一定是你。”吉蒂说着叹了一口气，“你猜得完全正确。”说完她又开心起来，“不过，咱们还有很多时间。电报也许一个小时就能飞过苍穹，但是乘船从南安普顿到澳大利亚的东海岸，还是需要六个星期的。医院董事会头一回让破米佬来当院长——还好他姓波德姆，不然这事可不得人心。”

第二天，艾达去了格蕾丝家，格蕾丝的反应也跟大家差不多。当时艾达正在为手术待命，不过手术室并不忙，而格蕾丝家是特里劳尼路同线电话的用户，所以艾达才能去看望她。初为人母的格蕾丝很希望能有人来陪陪她——为什么脱裤子的是阿熊，可怀孕的却总是她呢？

艾达也有爱着双胞胎妹妹的一面，看到格蕾丝冲动之间结下的婚姻如此美满，她非常满意。再也没有哪对夫妻比他俩更加心满意足了，他们深爱彼此，分离时也会焦躁不安，一心扑在两个儿子——布莱恩和约翰——身上。布莱恩出生于一九二八年四月二日，约翰比他小十四个月，出生于一九二九年五月三十一日。格蕾丝无意生双胞胎，但她这两个孩子的年纪却如此接近，可以想见的是，他俩在长大成人的过程中一定会结下非同寻常的深厚感情。布莱恩这小家伙的皮肤很白，头发也很白，他走路和说话都很早，对他的小兄弟自然是极为怜爱，而约翰眼下才两个月大，同样有着白皙的皮肤，头发也同样早早就白了。当然也有人预言说，他们的年纪挨得这么近，将来兄弟俩会一辈子互相敌视，不过人不就是这样吗？

克朗达的片区护士从原先的宝琳·邓肯换成了一个可怕的凶婆娘——莫妮卡·赫德嬷嬷，本片区足不出户的病残人员和初为人母的新手妈妈都由她负责探视。赫德嬷嬷是从悉尼来的，对于驱车数英里去看望病人很是热衷，格蕾丝需要的正是她这样的人，一如她当初当护士时需要病房护士长。换句话说，格蕾丝被赫德嬷嬷吓得胆都破了，宝宝一拉屎她就赶紧给他清理干净，没有让他的尿布疹像布莱恩包尿布时那样恶化。赫德嬷嬷用来诱惑她的奖励是，孩子到了九个月就能完全学会自主如厕。为了让自己获得解放，格蕾丝忙得可起劲儿了，她也怕了赫德嬷嬷来访——哦，她那个舌头啊，骂起人来活像是浸湿了酸液的鞭子抽在人身上。

“阿熊又该加薪了。”格蕾丝说道，她边喝茶边吃小烤饼，就着果酱和生奶油，“说实话，我可真走运！别人家同龄的孩子都不如我的两个儿子，我住着漂亮的房子，还有个滴酒不沾的好丈夫——哦，大多数丈夫都那么爱喝酒！养家的钱都被他们灌了啤酒化成尿了。”

艾达心不在焉地点点头，她已经习惯了这种喋喋不休。不过对于她的外甥们，她却从来都毫无抵抗力——真希望他俩中至少有一个能有几分像艾达，别这么讨人喜欢，别这么无忧无虑！阿熊和格蕾丝在万事顺遂的时候一切都好，可如果大难临头，他们要如何应对？想到这里，她晃了晃自己，她承认自己很爱格蕾丝，但是另一方面，一想到他们可能会遭遇小小的不幸，哪怕这不幸转瞬即逝，她也会感到相当满足。这就是艾达的另一面，并不是那么全心全意爱着妹妹的那一面。是的，她当然爱妹妹，但却是有条件的，随着艾达一次又一次地重新意识到她有多无能、多愚蠢，还有阿熊这个傻瓜对她有多懦弱，艾达的条件也就越来越多。

老天啊！就连生孩子这事，阿熊都跟艾达说，而且是像男人对男人那样（“艾达，这意味着什么呢？”），阿熊说，他担心自己和格蕾丝是那种几乎每次——嗯，做那事——都会怀上孩子的类型。

“所以，在我们能再养得起一个孩子之前，尤其是在格蕾丝好好休息一下之前，我都不打算干这事了。这就意味着，”阿熊恳切地说道，“在小约翰长大的这段期间，我们要有所节制，等他到了两岁再恢复。”

“这事你跟格蕾丝商量过了吗？”艾达绕着弯子问。

“她会同意的。哦，她很爱我，也很喜欢——呃——那事儿。但几分钟的欢愉却有可能带来两年的麻烦和动荡，而且，格蕾丝在混乱的环境中可过不好。”

“多数混乱，”艾达尖锐地说，“都是她自找的！不过，阿熊，你觉得自己该怎么做就怎么做吧。”

从此以后，她就绝口没再提过这个话题，可是，就算阿熊和格蕾丝真的禁了欲，他们的混乱状况也没有改善多少。格蕾丝就是管不住她自己。

“布莱恩，你长大了想做什么呀？”艾达对着坐在她腿上的孩子问道。

“火车司机。”他一本正经地说，嘴里还吃着小烤饼，就着果酱和奶油，“不过我要开大的火车头。”

她不禁大笑起来：“听到这话我怎么一点都不吃惊呢？”

“阿熊在家的时候，我和他经常带他俩去调车场。”格蕾丝说。她的目光往旁边扫了几眼，灰色的眸子透着狡黠。“你和杰克怎么样了？”她问道。

“我跟他怎么啦？”艾达反问道，逼着格蕾丝把话说明白。

“嗯，你们俩是一对儿，已经好几年了。可是你们似乎一直都没有更进一步，对吗？”

“格蕾丝，我并不想——用你的话说——更进一步。我既不想结婚，也不想生孩子。”

“哎呀，你当然应该结婚生子！”格蕾丝生气地说，“难道你没有意识到你们俩让我的日子有多难过吗？”

艾达的眼神总是有点冷冷的，不过有时候这双眼睛也会变得充满危险，看得人很不自在，比如像现在她瞪着双胞胎妹妹的样子。“我怎么让你的日子难过了，亲爱的？”她用美妙的嗓音柔声说道。

格蕾丝打了个冷战，不过，她跟艾达这一辈子相处下来，要是她想说什么话，那总还是能够坚持到底的。“人们在说我和杰克·瑟洛的闲话，”她鼓起勇气说道，“我可不喜欢这样。我跟他之间什么事都没有，因为他是你的朋友，又不是我的。如今有人说，你跟杰克的恋情是我编造出来的，好掩盖我自己跟他的私情，人家说你和杰克的事是我在撒谎！”

艾达在布莱恩脸上吻了一下，然后将这孩子放下，站起身来。“一派胡言，格蕾丝！”她厉声说，“要是你有那么一刻觉得我会为了让你的日子好过一些而嫁给杰克·瑟洛的话，那你就大错特错了！想办法照顾好你自己吧，那样你就不需要杰克了。”

来到特里劳尼路和华莱士街的交叉口，艾达怒气冲天，看都不看就走到马路中间，周围响起一片尖厉的刹车声。

“天哪，艾达，我差点就撞到你了！”杰克·瑟洛脸色煞白地说，“上车，女人。”

“你这是打算去看格蕾丝吗？”艾达问道，语气却异常坚定。

“本来是的，不过我更愿意来看你，你忙吗？”

“我得待在有电话的地方，到我在医院的宿舍去怎么样？”她笑了起来，“一想到护士长当初唠叨过不许男人进我们的宿舍这事我就觉得好笑，那会儿是三年多以前，我们才刚刚开始参加培训！如今我们都成了嬷嬷，她就不能再说什么了。”

他俩成为恋人已经一年，艾达很是满意，早在她踏上享乐之路走向罪恶之前，她就做过大量的研究工作，根据波利尼西亚、印度、中国以及其他的各种资料，她算出了自己的性生活“安全”期，并且坚定不移地遵照执行。幸运的是，她的月经周期非常有规律，所以“安全”时段的划分应该是有充分依据的。迄今为止，安全期都收效甚好，这又给她增加了信心，不过她发誓，无论这尘世有多少情欲，她都绝不会打破这个时间表。她已经给自己准备了一针酒石酸麦角胺，以便在怀孕早期进行堕胎，她也只能做到这样了。

“我很高兴。”她边说边把水壶放到炉子上。

他对她一展那迷人的微笑：“怎么啦，什么事这么高兴？”

“你猜咱们为什么要喝这么浓的茶？”

“因为习惯了。这就是不犯法的药物。”

“千真万确！”

“艾达，你为什么这么高兴？”

“咱们成功地蒙骗了克朗达人，如今全城的人都坚信你跟格蕾丝有染。”

“放屁！”他坐直了身体，突然之间一脸怒容，“我早就该想到的！格蕾丝？格蕾丝可不能给人带来快感，只能叫人把她当成一份责任！”

泡好茶以后，艾达坐了下来。“我一直没想通的是，”她边倒茶边说道，“格蕾丝怎么就变成你的责任了呢？她又不是你家亲戚。”

“艾达，对你这么一个有能力、有条理的人是没法把这事解释清楚的。”他说，显然不知道该如何是好，“格蕾丝属于那种没法管好——”

“哦，这我知道！”艾达打断了他，声音很是不快，“不过，在她当护士之前，当初我们还住在牧师宅邸的时候，她可是有条有理的。她永远都知道自己想要的是什么，也知道如何才能达到目的——就连父亲都注意到了这一点，她还不止一次地叫莫德栽了跟头。虽然格蕾丝表面上看来稀里糊涂、粗心大意，但她其实是能够做到井然有序、有条不紊的。可是如今她只要做出一副无助的样子就能得到自己想要的东西，所以原先在牧师宅邸时的那份效率便被她埋葬了。埋得有多深？我也不知道。然而她确实是有能力的，杰克。相信我，她可以做到。”她耸了耸肩，“格蕾丝欺骗了你，让你觉得自己有义务帮她，可事实是你什么也不欠她的。你为她辛苦劳作，她却从来没有给过你报酬。换句话说，你是在对她行善。在这种情况下，你就加油干吧，我的朋友。”

“没错，一种行善的义务。”他说着点了点头，“这话很对。不过我不能容忍克朗达人把她往更坏的地方想。”

“我倒有个办法，但是却不太公平。”她说。

“你要是没有办法就不是艾达了。快告诉我！”

“首先，我们对咱俩的关系就不要那么遮遮掩掩的了。要是克朗达人知道你跟我有私情，他们就会改变对你和格蕾丝的看法。是的，我知道跟人上床这事很丢脸，不过也没有别的法子了。咱们尚未婚娶，恋爱自由。”

“这就是我所说的‘干净丑闻’——这事本身是清清白白的。”杰克说道，眼里不知不觉透出笑意，“可要是暴露在人们的热切关注之下，反而就容易被玷污了。”

“杰克，有时候我真的觉得你当年上学时其实成绩挺好。我得把你的名字和电话号码留给医院总机。”他的笑意从眼里溢了出来，“那必定会引得流言四起！”

早在十七岁那年，艾达就打从心眼里认为杰克会是一个理想情人，然而直到一九二八年年底，她才确实体会到这一点，而当时她也只是依据自己的喜好来判断。尽管她无从比较，但这并不打紧，杰克知道如何取悦于她。

这事发生得很突然，完全出乎人的意料，而且是在光天化日的河边——任何人都有可能走过来发现他俩！但是并没有人来，这样的好运气一直伴随着他俩在这旧感情中的新阶段上圆满开花。

本来他俩只是肩并肩坐在草地上，马儿们则拴在一棵树上，他却主动拉起她的手，吻了她，那是试探的、轻轻的吻，可她刚一喘过气来便热烈地回应。轻轻的吻变成了深深一吻，一种陌生的欲望在她身上蔓延开来，促使着她去脱他的衬衣，他也同样飞快地脱下她的上衣。没有异议，没有掩饰，没有伪装，没有犹豫。艾达的皮肤紧贴着杰克赤裸的身体，她简直想象不到还有比这更加愉悦的感觉，远甚于无知大脑的盲目摸索。这让她回想起被那条大蛇抽打的情形。她是见过些世面的，知道在精神病学界多数人都认为蛇隐喻着男性，但是这丝毫没有减少极致的欢愉侵入她身体时那巨大的痛苦，也未曾削弱她对于那些肌肉的感知。

她的好运气还在延续：她并没有怀孕，因为他的冲动刚好发生在她的“安全”时期。最初那几乎毫无停歇的狂乱交欢结束后，杰克筋疲力尽地躺下来，可艾达不仅毫无倦意，反而活力十足，她终于得以解释自己那套避孕方法，这是她早就盘算好的，却直到今天才有用武之地。她的精力充沛和逻辑严密把杰克吓了一跳，不过他倒是听了她的话，而且他自己也不想要孩子，所以欣然同意今后他俩只在她的“安全”时期才发生性行为。说实话，当他发现艾达还是个处女时，着实大吃了一惊。她装得太像个久经人事的女人了，简直天衣无缝，再说她都二十三了。这个小骗子！不过，起码她对于这一天的来临是有所准备的，这么看来，她这样的处女确实罕见。

如今杰克已经很了解艾达，自然知道必须听她的话，要是格蕾丝希望他俩的情事公开，那就这么办呗。反正最糟糕的后果肯定是由艾达承受，她也必定知道自己会掀起一场怎样的风波。至于他自己的名声，反而会更好。所以，杰克很乐意配合艾达让克朗达人知道他究竟在跟拉蒂默家哪一位姑娘上床。

到了下一次去看望格蕾丝的时候，艾达就把这个消息告诉了她。由于艾达觉得自己受了伤害，所以很是委屈，说起话来格外直接。

艾达并不知道自己希望格蕾丝做出何种反应，她只是想，格蕾丝一定会非常高兴，而且看到她也跟男人在一起了，出于姐妹之爱，格蕾丝也会开心的。

可艾达看到的却是格蕾丝全身一僵，那张苍白清瘦的小脸上燃起熊熊怒火——她的脸为什么会发皱呢？难道是脸皮底下那个人缩小了吗？格蕾丝的眼里又是为什么会怒火中烧？

“你——你这个阴险小人！”

艾达给弄糊涂了，她往后一缩：“你说什么？”

“贱人！叛徒！你这个自私自利的女人！”格蕾丝发疯似的喊道，“男人那么多，你为什么非要偷走杰克？克朗达的其他男人对你来说难道还不够吗？”

艾达拼命控制着自己的脾气，尝试着跟她沟通：“上一次见面的时候，你对我抱怨说克朗达人都以为杰克·瑟洛是你的情人，还求我帮忙平息这事。我已经听从了你的吩咐。现在克朗达人都知道杰克·瑟洛到底是跟哪个女人厮混在一起了，而这个女人并不是你。”

“婊子！是你从我这里把他给偷走了！”

“我偷个屁啊，你这个蠢货！”艾达说道，她的脾气也上来了，“杰克属于我，他不是你的，从来都不是！是我介绍你认识他的，记得吗？你从来不曾拥有过他，我又怎么可能从你那里把他偷走？你是有丈夫的，而且是个很好的丈夫——你还要我的情人做什么？”

“贱人！小偷！杰克是我的朋友！我的朋友！这是我丈夫同意的，要是连他都同意了，那还关其他人什么事？别去动杰克·瑟洛，你——你这条毒蛇！”

小布莱恩站在那儿，怀里搂着他的小弟弟，他看看妈妈，又看看他亲爱的姨妈，完全被弄糊涂了，那对清澈的蓝眼睛里噙满了泪水。可是格蕾丝和艾达都没有注意到他。

“我明白了。”艾达边说边戴上一副红色的小山羊皮手套。她身上穿的衣服也是同样惊艳的红色，款式很新颖，偏长的修身款显得她格外迷人。不过她并没有戴帽子，她更愿意让世人看到她那头一丝不乱的乌发，她的发型很新潮，只有发尾烫了卷。她这一身打扮仿佛给了格蕾丝一记重锤，让她觉得自己是个过时的乡下主妇，带着两个孩子，困在枯燥乏味的生活中。

艾达的包是黑色漆皮的，正面还有个大大的红色小羊皮蝴蝶结。她把包夹在胳膊底下，穿着时髦黑漆皮高跟鞋的其中一只脚脚跟一转。“这场谈话真是可笑，格蕾丝，我言尽于此。妹妹，你的问题就在于你被两个男人给宠坏了、惯懒了，而这两个男人当中只有一个是你的合法丈夫。要是他俩没有追在你屁股后面的话，你的日子一定会好过得多。”

格蕾丝张嘴大哭起来，眼泪夺眶而出。布莱恩也是一样，哭得跟他妈妈一样大声。艾达却昂首阔步朝门口走去。

“再跟你说一句，”她说着打开屋门，“选好对象再哭。像你这样哭天抹泪的，只会让我想要狠狠地——打你一顿！”说完她便走了出去，一去不返。

走到大门口，她发起抖来，可是这里有好多住户都把窗帘拉开了一半在看热闹，她不能学格蕾丝那样。于是她高高地昂起头，沿着街道一路走去，仿佛这条街都是属于她的，到这时她才想起来，她还没有把查尔斯·波德姆医生的事情告诉格蕾丝，根据克朗达的小道消息，他就要来医院当院长了。

在弗朗西斯·坎贝尔医生去世以后到新院长被任命之前的这几个礼拜，医院里人人都心里没底、不知所措，只有草窠安然度日，护士长突然要她当护士导师，所以她觉得自己仿佛飘起来了似的，脚下是一团幸福的白雾。表面上看，她这个未来的护士导师不会太辛苦，只有八位实习生要教。不过她也明白，在剩下那些西郊护士退休之前，她也可以对她们进行培训，起码不会所有人都让她的努力付诸流水。护士长给了她自由发挥的余地，让她能够实现自己的想法，这可真是太好了，护士导师同样可以让医院里其他一些领域大为改观。勤务人员和食堂员工毫不关心医院存在的意义，没人会在这里工作三年还看不出这一点。这也是草窠想要改变的，她想让病房女佣明白细菌是什么以及它会藏在哪里，让厨师和炊事人员自豪地奉上美味可口的餐点，从而收获所有食客的赞不绝口。勤务人员和食堂员工目前由副护士长安妮·哈丁管辖，刚到退休年龄的她属于一个已经过去的时代，所有的机构似乎都想要把她这样被遗留下来的人与物藏匿在落满灰尘的黑暗角落里。是的，一切都要改变，再也不能让大家每天只吃六便士的伙食。可是她要怎样才能把勤务和炊事人员带进二十世纪?

她的心仿佛被一层不为人知的暖光包裹着，因为她和利亚姆·菲尼肯又能像从前一样相处了。利亚姆的离婚官司历经十六个月终于了结，在此期间，他尽量不引人注意，直到最后才露面，总算合法地跟他那不忠的妻子一刀两断，并且无须向她支付所谓的赡养费。尽管法官是这么判的，但他还是给了厄里斯一笔数额很小的津贴，不过这是出于同情而非向她示弱。毕竟他们共同生活了十五年，如今虽然一拍两散，可是想到她今后的生活好坏全都由她当时的男朋友一手掌控，他还是无法安心。

“你没让她空着手离开，我很欣慰。”草窠一边在这位病理学家的办公室里四处忙活着一边说道，“哦，利亚姆，这地方都乱成什么样了，你也不收拾收拾！你从前可不是这么邋遢的。”

“我很想念我的首席助手，尽管她一直都是在义务帮忙。我差点就把格蒂·纽迪吉特给杀了。”他看着她说。

草窠咯咯地笑了：“格蒂！这个名字一点也不适合她。”

“确实不适合，不过没准这反而促使她早早就变成了泼妇。”

“实验室怎么样了？”

“挺好的。你走之后，我就静下心来干活，还把比利给教出来了，他现在做起技术员的工作比以前好多了。如今我又多了一个技术员，名叫艾伦，他受过的培训更好，也更能胜任工作。”

“如此看来，我只需要替你整理办公室就可以了。”

“没错。”他那对深灰色的眼睛闪闪发亮，“这活是我专门留给你的。”

“你人真好。好了，来吧，伙计，赶紧的！把所有的文件按照字母顺序整理好，然后咱们来看看这些标签是否合适，接着把它们归档。”

“海瑟，你可比以前专横多了。”

“叫我草窠，别叫我海瑟。既然如今我已经是个嬷嬷，那自然是要专横一些。咱们得制定各种各样的培训日程，但是要先把你的办公室整理得井井有条才行。”

她觉得他真是一点也没变。办公室里的一片狼藉渐渐消失，取而代之的是一副整整齐齐的新面貌，着实令人惊叹——这次远比他从前整理的都要彻底。他俩要想准确无误地找到一份文件、一本书或是一篇文章，就必须整齐到这个程度。医院的木工本来很空闲，如今却突然发现自己忙了起来，而且是多少年都没这么忙过。草窠委派他做出尺寸合适的抽屉柜，以便存放利亚姆的各种记录。木工对这个任务很感兴趣，而且也很喜欢菲尼肯医生，所以他便发挥出天才木匠的本领，给利亚姆的办公室奉献了相当精美的收纳柜，全都漆成了浅红褐色。

“这就意味着，”草窠热情满满地说，“等到我把你的办公室整理完毕，它看起来会比院长办公室还要漂亮得多。我喜欢这样，所以你要出钱买一张波斯地毯铺在地上，再买一些名家的蚀刻版画挂在墙上。我还打算把你的书拿去找个手艺好的装订工——给他们装上皮面、印上金字，那样就更整洁了。”

她每发出一道指令，他就默默地点点头，然后遵照执行。她是护士导师，她的话就得听。

她从不掩饰自己对利亚姆·菲尼肯的偏爱，其后果也非同寻常。利亚姆的离婚官司使得他俩的私交受到严格限制，尽管有着长达十六个月的空白，可利亚姆和草窠仍然是多年的好友兼同事，他俩的关系一直很好，好到克朗达乡村医院人人都知道他俩之间是清清白白的。“那个试验”就是个很好的例子。草窠在医院的员工里又找到两个头发垂到眼睛上挡住视线的男人，给他俩一人买了一把梅森·皮尔森的发梳。随后，她每天早上都会向那绺松软的头发发起进攻，猛烈地攻击头皮和毛囊，毫不手软，日复一日，周复一周，月复一月，这绺头发真的开始往相反的方向生长了。每月的第一天，她都用游标卡尺把他俩的这缕头发量一下并记录在案，还拍了照片。到一九二九年的冬天，试验取得了成功——这两个人的头发都不再挡眼睛了。护士导师给她这另外两只小白鼠送上祝福，然后便把他们给打发了，不过她对利亚姆可不是这样。草窠觉得这项事业其乐无穷，于是便把最难解决或是最难解答的问题都留到了梳头时间。人们把这看作他俩之间那种尤为特别、纯洁至极的友谊中不可或缺的组成部分。

有趣的是，草窠·斯科比的名字从来不曾出现在流言蜚语当中，虽然她也有着令人惊艳的美貌。人们在刚刚跟她接触的时候，往往会被她那月亮女神般的模样所迷惑，但是相识久了就会发现，这只是她神秘天性的一部分罢了。

最了解草窠本质的人无疑非利亚姆·菲尼肯莫属，他身上的每一个细胞都爱着她，他也从来没有把她当成是草窠。也许是因为已经年过四十，利亚姆学聪明了，他从来没有表白过自己的爱，又或许这只是因为他的内心太过敏感、与众不同。总之，无论根本原因是什么，他都只是默默爱着她，绝不表露分毫，就连转瞬即逝的一个眼神或是不自觉的一个小动作都没有露馅。利亚姆和海瑟就只是纯粹的挚友。

一九二九年冬天，克朗达乡村医院的情形越发动荡不安，从没有人见过这种局面。董事会跟曼彻斯特方面以及查尔斯·波德姆医生之间电报你来我往，十分频繁，但新任院长将由何人担任，目前仍然不得而知。

至于这三位护士长，则仿佛迷失在灵薄狱[1]一般，就连工作已

1　原文为Limbo，意为地狱的边缘。据说是供耶稣降生之前去世的正直的人和未受洗礼的儿童死后栖身的地方。

经稳稳在手的草窠也不例外。灵薄狱这个词儿是艾达提出来的，因为这是个神圣的好地方，但上帝却不在这里，而医院的上帝就是院长。

未卜的前途仿佛阴影一般盘桓不去——新任院长究竟会是下一个弗兰克，还是会与他截然不同？艾达开始觉得，自己将来会离开这里，去到某个未知的地方，尤其是考虑到她和格蕾丝大吵了一架，格蕾丝现在表现得就像个陌生人——千真万确，格蕾丝拒绝见她！哦，想想吧，我的双胞胎妹妹把我骂得跟个荡妇似的！真是太过分了！她已经变成了一个骂街泼妇，恨不得把我当巫婆一样烧死！

弗朗西斯·坎贝尔院长作风保守，安于现状，他只做过一件有风险的事情，那就是对拉蒂默四姐妹进行护士培训，而这还是强加到他头上的。现如今西郊的护士们也开始按照这种新的方式接受培训并注册了，其后果令他很伤脑筋。他所想到的是未来几年用于给护士发放薪资的预算将会大幅增加。没错，作为实习生，她们的收入是很低，但是要供她们吃住，还要有人来给她们教学和指导，等她们拿到注册资格，那可就比老式的西郊护士费钱多了。他临终前还在想，那八个实习生全都是西郊来的，他这医院里再也没有廉价的护理人员了。西郊的人怎么敢这样？这些一无是处的懒女人！要不是他死了，没准还会继续往下想。

早在世界大战发生之前很久，坎贝尔医生就开始担任医院的负责人了，他对很多新技术和新疗法都视而不见。医院有两位高级外科医师、三位高级内科医师和一位麻醉师，还有一位总是惹他讨厌的产科医师内德·梅森，除非这几个人硬逼着他，否则他绝不会有所作为。比如说吧，放射科要想名副其实，就应该配备最新式的X光机，再任命一位放射科医师进行管理，精神病院也是应该有一位精神科医生的。可是在弗兰克·坎贝尔医生看来，他这间医院的主要职能就是压低成本，绝不以医学进步的名义产生新的开销。哼！医院就是让人去死的地方。要是你没死，那是你走运。治疗只是让人死得慢一些罢了。

让这三位新晋的初级护士长觉得雪上加霜的是，护士长和她的两位副手在一九二九年冬季余下的时间里致力于对她们的记录与辩论进行整理，一直忙活到了九月，这种井然有序会给新任院长留下深刻的印象。他将看到，护理部的每一位成员都训练有素，能够在与护理工作有关的方方面面为他节约大量时间与精力。医院的秘书沃尔特·保利特跟他的财务部也同样在私下密谈。有传言说，他们的头发本来就少，这下简直要全秃了，因为弗兰克·坎贝尔的文件全都放得乱七八糟，毫无条理可言。坎贝尔医生的阴谋是每天只给每个人花六便士伙食费，当这些成为白纸黑字的时候——嗯，看起来还是很不像话的。

不过，正如大多数医院一样，幸好克朗达乡村医院的医生、护士、勤务人员、食堂员工和行政人员全都一如既往地继续运转，住在其间的患者（或者是死在这里的病人）对于上演在管理层的好戏几乎毫无察觉。说实话，要是哪个病人居然知道医院还有管理人员，那才真叫稀罕呢。

吉蒂·拉蒂默接到通知，她可以休假三天，于是她立刻收拾好行李，高高兴兴地同姐妹们道别，动身去了悉尼。她下榻在乡村女子俱乐部，随后便一头扎进疯狂的寻欢作乐之中——买东西、看电影，还把悉尼正在上演的戏剧和正在举办的展览看了个遍。对于刚刚问世的有声电影，她也说不清自己是不是喜欢——以前演员是用嘴巴对口型，一块花里胡哨的黑板上会显示简短的台词，如今他们却是真的在说话，看起来太做作、太不自然，甚至太过好笑——男人们也非得化妆得这么女里女气吗？吉蒂认为，有声电影要想生存下去，那它们的拍摄手法就得彻底改变才行。

三天假期结束以后，她坐进了墨尔本日间列车的头等车厢，所有的直达快车都得在克朗达停留，卸下它们的第二机车。她喜欢乘坐直达快车，只要三个小时就能到家，尤其是她往往会设法独占一间六人车厢。

哎呀，可是今天她没成功。她坐在靠窗的座位，放下走廊那一侧的窗帘，用这个信号来向别人暗示这间包厢已经满员。吉蒂踢掉脚上新买的粉红色小羊皮鞋——这双鞋的后跟有点夹脚——她打开一本爱情小说，心不在焉地看着书，任由另一半心思不知跑到什么地方神游去了。一名护士最不需要在书里看到的就是严酷的现实。而吉蒂比大多数人聪明的地方就在于，她明白她这本爱情小说的作者在实际生活中肯定懂得现实的所有严酷之处。

通向走廊的推拉门打开了，一个脑袋伸进来，随后门全开了，一个男人走了进来。

“哦，太好了！”他边说边朝另一个靠窗的座位走去。

吉蒂抬起头。“这是无烟车厢。”她冷冰冰地说。

“我认得字。”他指着那几个字说道，然后看了看她，公然无礼地盯着她瞧。“玛丽恩·戴维斯！”他喊道。

“滚开，你这个放肆的卑劣小人！”吉蒂厉声说，“如果你非要待在这个包厢，那也休想坐在我对面！坐到靠走廊的座位去，有什么话就憋在肚子里，别来打扰我，否则我就喊列车员了。”

他耸耸肩，随手将箱子放到头顶的置物架上，在靠走廊的座位坐下了，但还是面对着她。没法看着窗外，他只能看看天鹅绒沙发上罩着的椅套，上面有“NSWGR”[1]的字样。

吉蒂又看起书来。她表面上冷淡沉着，实际上却怒火中烧。他胆子可真不小！这个衣冠楚楚的小个子，只有五英尺四英寸高，穿着一身细条纹的藏青色西装，马甲、金表和表链倒是一样不少，表链上还有个装饰品。他左手戴着一枚戒指，上面镶了一颗上好的圆形红宝石，他还戴着一个像是老式领结的东西，上面也嵌着一颗红宝石，两个袖扣上同样各有一颗红宝石。吉蒂留意

---

1 新南威尔士铁路局的简称。

到他脚上穿着一双手工制的皮鞋，鞋跟明显是有一点高度的，她很是开心，这么看来，他可是非常在意自己的身高。我敢打赌，他走起路来一定像一只矮脚公鸡一般趾高气扬，她一边这么想着，一边用她那非同寻常的敏锐余光将这一切尽收眼底。受了三年护士培训，她的眼睛简直连转角另一边都能看得见。他有拿破仑情结——精神病学家大约就是这么称呼的吧，难道这个装腔作势的小矮子会不爱昂首阔步？

他的头发很浓密，发质粗硬卷曲，跟真正的金币一个颜色，他的眉毛和睫毛也是这种金色，不过吉蒂还没看清他的眼睛是什么颜色，有点像茶色，但是更深一些。他的皮肤原本就不白，被太阳晒过就更黑了，脸刮得很光。她不得不承认，她对他这张面孔很感兴趣，倒不是因为他让她惊为天人或是引发了她的爱慕之情，说白了，她似乎也说不清他长得是难看还是好看，看的角度不同，感觉也不同。有一面很像电影明星，非常帅气，就像一个临时演员，本来在人堆里给电影当背景，结果却抢了主演的风头。要是他的个子再高一点，而且只有这一面的话，他没准能当上国王、总统或是哪个宗教教派的领袖。可是实际上，他的另一副面孔却断了他白白坐拥天下的指望。这张脸就像滴水嘴上的怪兽，又或者像个被阉割的色鬼：它丑陋扭曲，能够把电影明星一般的那副五官变成一幅冷酷无情的险恶地图。

无论这男人是什么身份，他都让我觉得害怕，吉蒂心想，她的书可竞争不过这么一个从史书中走出的真人。没错，他注定会成为举足轻重的人物，不为别的，就冲他这份宁死也要一试的勇气。从他身上那些红宝石、黄金饰品和手工缝制的衣服来判断，他很富有——而且他会在克朗达下车，因为那是克朗达鸽血红，世上最为昂贵，人人都梦寐以求。再看看他那副仿佛从一锅金水里捞出来的模样，他肯定是波德姆家的人。

吉蒂恍然大悟。她很努力地让自己的眼睛盯在书上，维持着呼吸的平稳。如果她没猜错的话，这位就是查尔斯·亨利·波德姆医生了，此前在曼彻斯特皇家医院工作，将要来到克朗达担任医院院长。这小家伙！他大可以去巴兹、米德尔塞克斯或是盖伊[1]，究竟是什么风把他吹到了这个他一无所知的地方？他是个破米佬，不是澳大利亚人，我还从没见过比他更不适合在澳大利亚生活的人。一只小得可怜的矮脚鸡……

最初的交锋之后，他俩在余下的三小时里再没说过一个字。列车员希德像往常一样提前五分钟来到包厢，替吉蒂把行李拿下来，顺着走廊一直拿到车厢门口，待在那儿跟吉蒂闲聊。这趟车吉蒂坐过很多次了，希德跟她早已熟识。而那位矮小利落的陌生人就只能自己提着包，站在他俩身后，等着那两辆巨大的蒸汽机车开进站台，嘎吱作响、叮铃哐啷地停下来。艾达在站台上接她，正在跟汤姆·波德姆老爷子说话。

“你从哪儿买的这条裙子？”艾达问道，压根没看那个男人

---

1　以上三所均为位于伦敦的医院或医学院。

一眼，汤姆·波德姆也从她身旁走开，蹒跚着上了前。

“是在马克·佛伊店里买的。我替你也找到一件顶漂亮的，蛇发女妖。”吉蒂一手挽住姐姐的胳膊，把她给拉走了，“赶紧回头仔细看一眼老汤姆来接的那个家伙。”

“我的天哪！真是个‘小爵爷’[1]啊！”

“说得好，艾达。我虽然没法百分之百确定，不过我愿意下一大笔赌注，赌他就是查尔斯·波德姆医生——下一任院长。”

“克朗达还没接到通知说新院长已经任命了。”

“那他也许是来这里视察的，同时打算拒绝这个职位。”吉蒂略过了这个话题，“我们坐在同一个包厢，我只好叫他安分待在自己的座位上。”

“哦！吉茨，他真的向你提出非分要求了吗？”

“那倒没有。他说我是玛丽恩·戴维斯。”

“那就更糟糕了，你的回答肯定也很尖锐——没准还更难听。”

“尖锐得像一把匕首，磨得可锋利了！我叫他滚开。然后这一路上我们俩都没再开过口。”

艾达转过身，明目张胆地瞪着那个新来的：“没错，他就是波德姆家的人，看着简直比路西法[2]还要自负。瞧他那张脸！就像

1 美国小说《小爵爷》的小主人公，年仅七岁就成为爵位继承人。这里双关查尔斯既是继承人，又身形矮小。

2 Lucifer，通常指被逐出天堂前的魔鬼或者撒旦。

看守门户的两面神。”

“一点不假，可怜的家伙。”

“你替他觉得可惜？”艾达难以置信地问。

“非常可惜。亲爱的，看他那双手工制的皮鞋，鞋跟足有两英寸高。他就是个活生生、喘着气的拿破仑情结。他生来就拥有一切，独独身高不如意，可偏偏哪个男人都不能忍受输在这上头。”

“是的，我明白你的意思。”艾达的脸色高兴起来，“不过，要是他真的决定接受这个职位，那恐怕就要在最坏的时期过去之后才能安定下来。这么说他还不知道你是一名护士？”

“他不知道。”

“等到他发现的时候，那可就有趣了！”

如果说查尔斯·波德姆让吉蒂大吃了一惊的话，那么这跟他给汤姆·波德姆老爷子带来的打击相比简直不值一提。老人家已经等了九十五年，就为了等一位长久不变的继承人，他来到车站，原指望看到像杰克·瑟洛那样的一个人。结果他却发现了一个神气活现的小矮个儿，穿着在萨维尔街[1]做的西装和滕博阿瑟[2]的衬衣，脖子上竟然还戴着个巴利奥领带！这还是汤姆问了才知道的，他本来希望对方会用一句玩笑话来回答，然而这家伙可不

1 Savile Row，英国伦敦的一条街道，聚集了售卖高档定制男装的店铺。

2 Turnbull&Asser，顶级男士衬衣制造商之一。

会，他全身都往外透着一股自信，走起路来活像屁股里塞了一只拨火棒（这话是后来汤姆对杰克说的），而且很不高兴，因为列车员没有替他把行李拿下来搬走。

“澳大利亚的列车员不干这事，”汤姆说道，不知道还有什么办法能让他醒悟过来，“在澳大利亚没人伺候你。”

“可他给那位小个子女士拿行李倒挺麻溜的！”查尔斯·波德姆说道，他的发音不是很圆润，但短促又清晰。

“谁？吉蒂·拉蒂默？”老汤姆哑然失笑，“要是哪个男人不想给吉蒂提行李，那他肯定是个死人。”

“她叫我滚开——淑女可不该这么说话。”

“切！我相信那一定是你自找的，查理。”

“别叫我查理，我的名字是查尔斯。”

“如果待在克朗达，那你就叫查理，或者叫契克。”

“什么？”

“乖孙子，咱们这儿可不兴装腔作势。我之所以这么说，是因为这话总得有人要告诉你，我宁愿那个人是我而不是别的什么人，比如说，你的表兄杰克·瑟洛。他是我的另一位继承人，可他不想继承我的财产。你将会继承克朗达头面人物的头衔——如果你做事不出错的话。”老汤姆说，同时吩咐人家把查尔斯的三个箱子装进他那辆戴姆勒汽车的后备箱，“列车员车厢里还有你的行李吗？有？那就把票拿来交给梅尔夫，他会替你取来送走。”他在那儿等着查尔斯找出自己的行李牌递给梅尔夫，同时还附带了一张五英镑的钞票，梅尔夫一把就抓了过来。“切！”老汤姆说道，“查理，这样可不合情理！永远不要向一个挣工资的人付小费。我给梅尔夫的工资不少，他不需要小费。他拿的工资很公道，可如今你却让他变得不知足了，这是因为在你们国家他这种人的收入不合理，于是要靠小费来弥补不足。这是我教你的第一课。”

他俩坐进那辆戴姆勒敞篷汽车的后座，顶篷是折叠起来的。“我妻子汉娜也已经年逾九旬，所以我俩没有安排你住在波德姆堡——那是我们的庄园。你会住在弗格森街上的大饭店，从那儿走几步路就能到医院，离乔治街也很近。乔治街是个购物的好地方，街上还有一家百货公司。不过我要提醒你，如果你想吃到真正像样的饭菜，那就去奥林匹斯或是帕台农。这两家餐厅都是希腊人开的，也没什么好菜，只有牛排是极好的。”

老汤姆就这样东拉西扯，一阵又一阵的刺骨寒风迎向他们乘坐的大轿车，周遭的风景像极了英格兰的乡村地区，可是却杂乱不堪——没有一拨一拨整洁的谷仓空地，倒有不少摇摇欲坠的棚屋，也没有石头的篱笆墙，只有带刺的铁丝网悬挂在难看的柱子上，圆圆的山头上没有一丛一丛的灌木林，而是大块大块的花岗岩巨石。这里并不像他想象中热得灼人的半荒漠地区，但也不像欧洲，甚至连希腊或是马略卡岛都不像。

人人都盯着他瞧，不过那并不是赞赏的目光。有些人毫不掩饰地咧嘴大笑，但多数人似乎都只是一脸好奇，仿佛在看斑马或长颈鹿。他是个极聪明的人，知道这主要是因为他的衣着打扮。也有几个当地人穿着三件套的西装，但都破破烂烂，早已过时。大多数人还是喜欢穿斜纹棉布的裤子、衬衣和粗花呢外套，脚蹬侧面有松紧的马靴，头戴低冠阔檐毛毡帽，老汤姆也是如此。女人们穿的衣服同样很难看，还是二十年代早期的风格，一点也不时髦。他吃惊地发现，有的女人竟然穿着一身男人骑马的行头在城里四处溜达，上至阔檐帽，下至松紧靴，全都照穿不误——然而似乎并没有人觉得她们古怪！他简直要看呆了。像火车上那位迷人姑娘以及来接她的女孩那样的女性在哪里？她俩的打扮根本就是时尚巅峰！可是他四处游览，并没有看到像她们那样的女人。不过，至少她俩不是他想象出来的产物，而是真真切切地存在于这座愚昧之城的某个地方。

老汤姆什么都要带他看。此刻他们来到维多利亚街的公共建筑群，这条街跟乔治街平行，仅仅隔了一个街区。市政厅、市政机构、医院、英格兰圣公会圣马可教堂、教区长宅邸——哦，还有完没完？

他即将下榻的酒店终于出现了，一看就是伯恩茅斯或者博格诺那种建来供下层中产阶级度假的地方——那些人得存钱存上一整年才够在海滨度假一个星期。大酒店里的圆形石柱是红色的，油漆涂得相当拙劣，墙纸也是红色的，豪华得很，木地板和老高老高的天花板遥相呼应，酒店里还有一间餐厅。不过他敢说，这里所有的汤喝起来都有土豆味儿，所有的肉吃起来都像老鸡肉。

亲爱的上帝啊！我跋涉一万一千英里难道就是为了这个?

好吧，他知道人家为什么笑话他，但是汤姆·波德姆老爷子可不知道——而且以后也不会知道。他以前自然不会想到克朗达还有莫德这种素质的人，所以他以为，之所以人人都诡秘地对着他露齿而笑，全都是因为他那身手工缝制的衣裳，因为他穿得跟个花花公子似的。要是他知道全克朗达人在他到来之前就听说了公爵小姐西比尔的事，那他早就尖叫着逃走了，克朗达也就永远不会认识他。

一九二九年八月底，尽管已经来到克朗达，查尔斯·波德姆却依然觉得情伤深重，他坚信自己再也不会遇到比这更痛苦的事。虽然他的笑容很灿烂，待人也兴高采烈，但这之下却藏着一个受伤的灵魂。他旧日的雄心壮志已经破灭，所挽回的就只有物质财富了。

他对西比尔的爱是真心实意的，西比尔也真心爱着他。他俩谁都没有想到公爵会认为查尔斯·波德姆配不上自己的女儿，当查尔斯来求亲时，这事才暴露出来。西比尔未来的丈夫得有显赫的家世，好配得上第八代公爵的血统：仅仅有钱有头脑是不够的，对于身高矮到这般惊人的男人来说，那就尤其不够了。和公爵会面之后，查尔斯的内心伤痕累累，他难过地发现，这其中最痛的当数与身高有关的那一道。他自然也知晓西比尔那公爵父亲认可了谁来当女婿——那人的身高足有六英尺三英寸，于是他将自己的失败全都归咎于个子太矮。毕竟，只要找对了宗谱研究家，任谁都能跟威廉一世[1]以及哈罗德二世[2]攀上亲戚。

查尔斯心目中的自我形象支离破碎，自尊心也大受打击，他简直看不得那些嬉皮笑脸的面孔，便埋首专注于曼彻斯特的各种疾病。当这一招也不管用的时候，他只得咬紧牙关，在伦敦城里花了些时间处理自己的财产，然后逃离英格兰。还不够好，是吗？没事，他还能在别的地方扑腾出水花——尽管这个水洼确实小了些，可他将会成为一只大蛤蟆，比现在要大得多，这对于一个小个子男人来说太有吸引力了。就当个总理吧——这还是值得争取一下的，哪怕只是个殖民地的总理。加拿大没有向他招手，他也不会法语，再说加拿大也太冷了。不过，在新南威尔士，他有土地，有矿藏，有家人——嘿，他当上澳大利亚总理的日子指日可待啦！

酒店给他安排的房间在楼上，就像个阴暗的大山洞，里面的装饰和物件都是褐色、棕色和其丑无比的深黄色。他在房间里洗了个澡，换上睡袍。这里当然是没有客房服务的，不过他跟值班经理说了一下，于是有人送来一壶难喝的咖啡和一盘火腿三明治。三明治居然很好吃，他感到非常意外：面包是自家做的，味美多汁的火腿是用糖腌制的。他如饥似渴地吃着，思考着，盘算着，全都围绕着他对克朗达的所见所闻和老汤姆的评头论足。

今后他就别穿萨维尔街的西装了，红宝石的饰品也免了吧，

1 英格兰诺曼底王朝第一位国王。

2 英国盎格鲁-萨克逊时代最后一位无争议的国王。

穿些质地柔软的衬衣，配上领口和袖口就得了。他打算再把英国口音减弱一些，这对于查尔斯这种天生善于模仿的人来说一点不难。澳大利亚人既傻里傻气又过于敏感，他得搞清楚什么样的嗓音才不会让他们觉得刺耳！今天下午他要去商店买一些适合在这里穿着的衣裳，然后明天隐姓埋名到城里悄悄地四处转转做些调查。如果他想要自己的计划取得成功，那就得对克朗达加深了解才行：它在澳大利亚的大局之中重要性如何，在当地人眼中重要性如何，本地居民对于这里的领导人在公共事务以及政治方面有何期待。

从前他想当然地以为，澳大利亚这一块广大的前殖民地跟英格兰没什么差别，可是一个又一个天壤之别却给他带来一连串打击，而且丝毫未见减弱的迹象。这个地方跟英国差别大了，一切都在奇怪的道路上越走越远。人们说克朗达“很像英国”，可是在很像英国人的查尔斯眼里，这里丑陋至极、破败不堪、毫无品位、粗鄙庸俗。要是他接受了院长的职务，将来要怎么在这里生活下去？

汤姆和汉娜来接他去帕台农吃晚餐——居然是一家希腊小餐馆！在他们到来之前，他已经初步做出好几个决定，第一桩就是不穿正式的宴会礼服。这会儿他在思忖，克朗达究竟有没有举行过需要穿正式礼服的晚宴？他已经开始对此产生怀疑了。这家希腊小餐馆的菜单上虽然没几个菜，但是端上来招待汤姆一行人的干白葡萄酒倒是极好的，这也算是弥补了不足吧。而红酒甚至比干白还要好——这些酒都产自澳大利亚，却是世上一等一的好酒！

“点牛排和薯条吧，人人都点这些。”汉娜建议道。

“我想我恐怕吃不惯牛排，”查尔斯讨喜地说，“在英国，人们认为吃牛排很粗鲁。不过，奶奶，我很愿意入乡随俗，尝试着吃吃看。我怀疑英国人之所以不时兴吃牛排，完全是因为价钱贵得太离谱。”

“那就点羊排，这是本地产的。”汤姆说道。

于是查尔斯选了羊排，如果没有做成全熟的话，这羊排的味道应该会很好。汤姆和汉娜吃牛排吃得津津有味，可是查尔斯注意到，那牛排也是全熟的。菜单上压根就没有嫩烤这一项。

上好的肉被糟践了，每一道菜都要配上油炸马铃薯。酱料全是近两天现做的，超过三天的都没有，我敢打赌，就连悉尼最好的餐馆也是如此。不管什么食材都拿来油煎或火烤，没有真正的法式高级烹饪法……

“跟我说说火车上那个令人神魂颠倒的漂亮姑娘吧。”他说道。他没有吃甜品，因为只有冰淇淋圣代或香蕉船可以选择。他发现咖啡还勉强可以喝，但是得点希腊式咖啡——把烘烤后磨碎的咖啡豆放在小铜锅里煮着喝。怎么才能喝到像样的咖啡？经过和波德姆夫妇共进的这一餐，他算是看出来了，在克朗达没人喝咖啡，大家都喝茶——浓到发黑的茶，显然帕台农餐厅就是照着当地人的喜好来沏茶的。如今我就像被放逐到了煤焦油的海洋里，我讨厌这东西！

“她叫吉蒂·拉蒂默。”老汤姆若有所思地说，“拉蒂默家有四个女儿，她们的父亲是咱们英格兰圣公会的牧师，名叫汤姆·拉蒂默。顺便告诉你，克朗达有好多汤姆。在巴度那条路的沿线，大多数人叫大卫，可是出了农庄路，叫比尔的人最多。科尔比的人都叫鲍勃。我也不知道这是什么原因。”

“吉蒂？”查尔斯轻声提示道。

“哦，对，吉蒂。牧师娶过两个妻子，他的第一个妻子在生下双胞胎女儿艾达和格蕾丝时去世了。到车站去接吉蒂的就是艾达——那个苗条高挑的姑娘。他的第二任妻子叫莫德·斯科比，原先是牧师宅邸里的管家。”他忍不住干笑了一声，“阿德莱德死后，莫德一转眼就嫁给了汤姆·拉蒂默。她也生下一对双胞胎——名叫海瑟和吉蒂。很不寻常，是不是？就好像总共只赛了两回马，可是不到两年的时间竟然生出四匹漂亮的小母马。”

“她们家很富有吗？”

“不算多富有，不过吉蒂比另外三个姐妹要宽裕一些，因为莫德在牧师立遗嘱的时候要了阴谋。”

“听起来有一点不公平。”查尔斯小心地说，口气却很随意。

“哦，确实不公平！莫德只宠着吉蒂，对其他三个却没做到为人母应有的关心。我这可不是在说她的坏话，从西郊到天主教山，这事在克朗达人人皆知。”

“那三个一定恨透了吉蒂。”查尔斯说道。

“哦，那可没有！”汉娜大声地说，随后笑了起来，“你再也不会看到比拉蒂默家四姐妹更加手足情深的了。哎呀，这事我也说不清，可是另外三个最喜欢、最爱保护的似乎就是吉蒂。她们是真的很疼爱吉蒂。”

现在应该要讨好一下他们了：“祖父，先生，尽管您吩咐大酒店说我的花销由您来承担，不过我却叫他们不用把账单寄给您。我很有钱，足够自食其力，所以已经告诉酒店我来付钱。”说到这里他停了一下，用那双混杂着灰色、绿色和金棕色的浑浊眼睛向老汤姆投去热切的一瞥，“不过有一件事您倒是可以帮忙——给我推荐一家银行。我有一张信用证，是伦敦的银行开的。但是，如果我接受院长一职的话，那就需要转移更多的资金过来，在本地建立起可靠的金融信用。对了，我希望本地的银行已经足够现代化，可以进行电报汇款，即使数额比较大也没问题吧？”

“咱们明天下午去乡村银行跟莱斯·金博尔见个面，”汤姆热心地说，“你也可以把钱存在他那里，波德姆家的人都在这家银行存钱，不然就是从前存过。这是一家现代化的机构，隶属于新南威尔士政府银行。你想要的就是这个吗？”

“是的，谢谢您。”

“在我印象中，我儿子亨利在离开新南威尔士之后一直是个无用之辈。”老汤姆说道，同时开始喝他的第三杯茶。

查尔斯耸了耸肩：“看来并非如此，祖父。他创办了一家保险公司，成为劳合社的一名承销商，还娶了兰开夏郡一户富豪人家的女儿。作为他的独子，我在他死后继承了一大笔遗产——不过，您恐怕也知道，在那之前他就已经变成了英国人所说的怪人，他放弃财产，抛弃家庭，选择漂泊在外，活得就像个有人资助的流浪汉。”

“我听说你的母亲也去世了？”

“我出生时她就去世了。”查尔斯的语气很生硬，暗示他不想谈起她。仿佛是为了缓和一下，他露出一个极为迷人的微笑，说道：“有谁能就克朗达乡村医院给我提供一个真实的评价？我的意思是，这个人要对医院了如指掌，资历够深却又无意担任院长，在提出他自己的意见时也不怕得罪一些医学界的人。”

“利亚姆·菲尼肯。”老汉娜立刻说道。

老汤姆点点头：“没错，查理，他就是你要找的人。我眼看就要九十六岁，早已不在医院董事会任职，但我可以保证，在资深的医务人员当中，利亚姆是唯一一个能够帮你的——而且他也愿意帮你。他在医院工作，是一名如假包换的病理学家，没有自己在外开业。还有，他是北爱尔兰人，信仰新教，即使在伦敦他也是够格当医生的——在克朗达真是屈才了，他之所以来到这里，是因为他娶了个克朗达姑娘。那女人是个荡妇，现如今他俩已经离婚，不过他本质上就是个单身汉。我可以安排你明天跟他会面。”他皱起了眉，“你能买得起车吗？”

“我有一辆柏卡，正在从悉尼运到这里的路上，本来应该今天一早就运到的。”

“你买的不是英国车，而是美国车？”

“先生，我看到您的车是德国产的。”他那张美丑融为一体的神秘面孔顽皮地皱了起来，“我之所买这辆车，是因为看中了它的颜色——它是栗色的，不是惯常的黑色。”

“我还以为车都得是黑色的呢！”老汉娜震惊地说。

“这都要怪亨利·福特。”查尔斯喝完最后一口猎人谷干红，礼貌地忍住一个哈欠。该睡觉了。

第二天下午，当查尔斯跟利亚姆·菲尼肯医生会面的时候，要不是他的身高依然如故，只怕连吉蒂·拉蒂默都看不出他就是火车上那个人。他下穿一条斜纹棉布长裤——可以折起来当作马裤的那种，上穿一件软领白衬衣，衣领上打了个领结，外穿粗花呢外套，脚蹬侧面有松紧的马靴（鞋跟是加高的，真狡猾！），头上还戴着一顶阔檐毛毡帽。只有趾高气扬的样子仍有蛛丝马迹，尽管他已经在努力收敛。这些殖民地居民生性粗鲁，只要看到人家稍有做作——尤其是男人——就摆出一副看笑话的样子，甚至都懒得加以掩饰，既刻薄又无情。查尔斯渐渐发现，所谓的男子气概就是要如钢铁一般坚硬，经得起千锤百炼。

利亚姆·菲尼肯医生来到克朗达已经十八年，他觉得查尔斯·波德姆医生看着就像波德姆家的人，只是没经过带刺铁丝网的侵蚀，身上也没有索沃尔肥皂的气味——他为人很温和，社会等级高到一定地步的英国人都是如此。他左手的小指上戴着一枚红宝石戒指，本地人会觉得这东西太花哨，不实用，男人戴着很奇怪，就像女人似的。他的眼睛跟世界大战时英国士兵的军装是同一个颜色——像紫铜一样的黄褐色，偏红而不是偏绿。至于他的长相，则是既难看又英俊。不过，利亚姆觉得他尽管有点古怪，但还是挺讨人喜欢的，这是因为他自己对空缺的院长职位毫无私心，所以没有在心里先入为主恨上他。

“如果要考虑接受这个职位的话，”查尔斯在大酒店的休息室里跟利亚姆喝着酒说道，“那我就需要有人给我一份客观公正的报告，而且这个人得对医院知根知底才行。我的祖父母告诉我，你是最好的人选，所以我就来见你了。关于医院董事会将要提供给我的这份工作，你认为最吸引人的地方在哪里？”

“在于医院的破败失修。”利亚姆连一刻的犹豫都没有，“弗兰克·坎贝尔是个斤斤计较的苏格兰人，他精打细算，处处都要偷工减料。在他管理的这二十五年，克朗达乡村医院之所以能维持下来，多亏了药物质量好和护士素质高，这两样都是排除万难才实现的。麻烦的根源在于医院董事会喜欢老弗兰克这种吝啬——太缺德了！他给病人和工作人员规定的伙食费都是六便士一天，还叫护士们在当班的时候织补床单，董事会得知这些居然很高兴。对于我这样的病理学家来说，这意味着长期缺少各种试剂、化学药品、玻璃仪器、染色剂以及其他器材——什么都缺！不过我发现，要购买主要设备反而容易得多，不论是谁，只要有进取心，都能够劝得有意捐钱的人购买一台显微切片机刀片自动研磨器或是一台模样很唬人的显微镜。这都不难，医院里受影响最多的反倒是基本用品，从厕纸到硬毛刷再到高瓦数的电灯泡。你知道吗？医院护理婴儿用的居然是报纸。锑可是有毒的！这是为了节约床单，也能节省洗烫衣物的费用！董事会成员们竟然还鼓励弗兰克这么做！他们是黄鼠狼吗？我更愿意叫他们蟑螂！”

“他们了解这些恐怖的细节吗，还是只知道数字？”

“自然是只知道数字。如果知道详细情形的话，拉蒂默牧师一定会吓坏的。不过他本来是可以查明真相的。”

“利亚姆，如果这意味着要付出额外的努力，人们就不会尽力了。”

“伙食也很差，真的很差。医院在巴度有个兼做疗养院的农场，出产牛奶、奶油、鸡蛋、猪肉和一些时令蔬菜。可是弗兰克把疗养院那一边变成了一家寄宿公寓，又把本该送进医院厨房的食物卖给本地的商店或是供货商。真是恶心！太缺德了！”他来澳大利亚这么多年，口音缓和了不少，所以听起来并不明显，此刻他的嗓音虽然没怎么提高，但语气却强硬了许多。“我跟你说，查理，那个人应该下到比十八层地狱还要糟的地方，在那里烂掉才好。他从病人和死人身上捞钱。”

“天哪！”查尔斯喊道，他实在是不知道这时候澳大利亚人该说什么，“这里头也有州政府的钱吗？”

“有啊，当然有，不过我敢打赌，他省下来的钱比花出去的钱更多。弗兰克很擅长篡改账目，不过他倒是从没把这些钱留给自己花。有很多很多人都把遗产赠与了医院——这是人们最喜欢做的善事，可是这些钱全部存在那里，只有那些指定捐给某个项目的钱被动用了。”

“太好了！”查尔斯喊道，“我原本以为，要跟行政部门那些不知名的懒虫斗争数年才能争取到资金，让克朗达乡村医院达到梅奥医院的现代化程度，现在你告诉我银行里居然有钱？有多少？六位数？”

“七位数。”利亚姆愤怒地加重了语气，“医院有四百万英镑，存在澳大利亚几家大银行的克朗达分行。所以弗兰克·坎贝尔才这么招人恨，他坐拥金山却一毛不拔。”

查尔斯倒抽了一口凉气：“四百万？不可能！”

“算一算你就会相信的。”利亚姆淡淡地说，“以垂德比红宝石这笔遗赠为例，虽然一九二三年红宝石矿已被开采殆尽，但遗赠早在一八九八年就开始了——每年收入中的最初十万英镑都将捐给医院，事实也的确如此。可是这些钱一个子儿也没花，就连银行支付的那点微薄利息都没有动。沃尔特·垂德比之所以会捐这么多钱，是因为他和儿子们大吵了一架。于是他修改了遗嘱，结果两天后就去世了，死于反复中风的后遗症，撒手将垂德比红宝石丢给了弗兰克·坎贝尔这等不配拥有的人，一过就是二十五年。要是沃尔特再多活两天，他可能就会将这条新加的附录从遗嘱里删掉了。”

利亚姆忍不住笑出声来，查尔斯也跟着笑了：“永远不要低估了反复中风！跟我说说医院董事会吧。”

“董事会跟弗兰克一样糟糕。其实，他们跟弗兰克是一路货色，他挑的尽是对他言听计从的人，他们也确实听他的话。比如说吧，医院的护士全是从穷苦人家招来的——这些女孩没有受过任何教育，以后也没有指望成为注册护士，但她们把护理工作做得很好，他给她们的工资却极少。医院不用上交土地税，也不用交房地产税，电费经过协商也降得很低，煤气费更是便宜透顶。”

“难怪董事会从来不反对他。”查尔斯说道，语气里带着几分钦佩，“这人也算个人才了。”他突然之间露出狡猾的神情。“我想你应该不愿意当副院长吧？”他问。

“不愿意，谢谢你！”利亚姆不耐烦地说，“查尔斯，我很乐意尽我所能地帮助你，但我的夙愿就是让病理科成为本州最强，拥有最好的分析仪器，功能最全，设备最多。另外，我希望放射科能独立出来，由医院任命一名放射科医师，要本院的医生，不要那种私人医生。医院一直拿我当放射科医生用，可我既没有那个时间，也没有那个才能——骨折我能看得出来，可是跟头发丝一样细的小裂缝呢？我就露怯了。埃里希·赫尔岑比我强一些，但他也没受过专业培训。我们需要一位真正的放射科医师，能够掌握更加复杂的技术，此外还需要一名放射科技师。”

“利亚姆，我明白放射科是你的心病，不过我向你保证，等到一切尘埃落定，放射科将会是一个独立的科室，跟病理科再无关系。”查尔斯说着露出了微笑，“我还发现，医院有一位优秀的病理学家。现在跟我说说那些廉价的护士吧。”

这次会面之后，查尔斯·波德姆和利亚姆医生又见过几次面，参与挑选新任院长的大多数人都没有想到他会这么了解克朗达乡村医院，对于他所掌握的情况也深信不疑。大家认为查尔斯既神秘又精明，便把这份工作交给了他。查尔斯得知自己获得成功，于是在收到正式通知的第二天就开始工作了。新官上任可不能缩手缩脚！

查尔斯乘坐墨尔本日间列车来到这里三个星期之后，《克朗达邮报》上刊出了他的任命通知。在此期间，汤姆·波德姆老爷子将波德姆大宅赠与了自己的孙子，这栋大宅由波德姆家族的创始人亨利·波德姆兴建，坐落于天主教山之巅，这里也是克朗达最好的居住区。查尔斯立刻给宅子里配齐了用人，从女仆到园丁一应俱全，家具上的防尘罩也扯下来了，他还计划照着伊尼戈·琼斯[1]的风格建一座两英亩的花园。他那辆栗色的柏卡已经运到，同时运来的还有两辆便宜的小车，当大车显得太过招摇的时候，就可以坐着小车出去转转。悉尼的一位货运商还送来了十

1　伊尼戈·琼斯（Inigo Jones，1573—1652），英国古典主义建筑学家。

个巨大的箱子，里面装着从英国运来的行李，显然查尔斯离了这些东西就没法过日子。他对祖父母说，他还有一万本书，全都装进了大木箱，放在伦敦的仓库里，等到他把波德姆大宅的一个大房间改造成像样的图书馆之后，这些书才会漂洋过海，历经六个星期来到这里。

“我承认，”汤姆·波德姆老爷子对汤姆·拉蒂默牧师说，“我孙子查理不是我轻轻松松就能驾驭得了的。我坚持着熬到这把年纪，就是希望能活着看到我那姗姗来迟的英国孙子。原指望他会比杰克·瑟洛更令我满意，没错，他确实更好一些——可他非得这么摆英国架子吗？”

“汤姆，他就是个破米佬，”牧师说道，“而且他并不知道这话是什么意思。破米佬得先来到这儿，然后才能明白破米佬派头指的是什么。不过，我觉得他还有救。他身上的破米佬习气比大多数破米佬都要轻。实际上，如果有人去告诉查理，别摆出破米佬比殖民地居民高人一等的样子来，我觉得他是会加以收敛的。”

“牧师，您真是观察敏锐。”老汤姆向后靠在椅子上，手边是一杯热气腾腾的茶水，盘子里摆着莫德亲手做的一块蝴蝶奶油蛋糕——美味极了！“起初我以为自己不可能喜欢他，可事实证明他很招人喜欢。我孙子查理还挺能干！杰克的模样和举止看似很适合克朗达，可是如今我开始觉得，从长远来看，也许查理才更合适。”他那张满脸皱纹、极其衰老的面孔笑开了花，“他的破米佬派头只能说明他有些观念很讨人厌，得有人把他敲打明白了才行。但他并非因为是破米佬就觉得自己比殖民地居民高人一等，他完全不是这样的死硬派。从他的社会背景和教育程度来看，他对待破米佬其实和对待咱们殖民地百姓是一样的。”

“汤姆，你都糊涂啦，不过我明白你想说什么。”牧师说道，“伊顿公学、巴利奥学院、盖伊医学院，即使在破米佬的社会，他也比社会的前沿还领先一大截。毕竟他有那么多钱，本可以做个威尔士亲王那样的纨绔子弟——在梅菲尔[1]开派对，到阿斯科特[2]去赛马，在蔚蓝海岸[3]晒太阳，到基茨比厄尔[4]去滑雪，等等等等。可他却取得了医生资格，打从进入巴利奥学院的时候起就从未虚度一天光阴。我觉得您孙子查尔斯天生就有种利他主义者的气质。顺便说一句，您的外孙杰克也是这样的人，只是和查尔斯不同罢了。”牧师的眉头忽然紧紧地皱了起来，“不过有一点他俩倒是一样的，都不肯去教堂。”

老汤姆哈哈大笑起来：“杰克已经无可救药了，神父，这您是知道的。不过，等大家对查尔斯初到克朗达的这一阵新鲜劲儿慢慢过去之后，我相信他会大驾光临圣马可教堂，坐上教堂里波德姆家的长椅。可他如果这会儿去教堂，那一定会惹得天下大

---

1 Mayfair，伦敦西区的贵族住宅区。

2 Ascot，英国伯克郡城镇，以一年一度的赛马会著名。

3 Cote d'Azur，法国地中海海滨休假胜地。

4 Kitzb ü hl，奥地利中部城镇。

乱——全城的人都巴不得能近距离地把他看个仔细，还有哪儿比波德姆家的长椅更适合困住这个可怜的家伙呢？你问问你自己的女儿就知道了，她们四个中有三个都是这么想的。”

听到这话，拉蒂默牧师大人也无话可说了。

克朗达乡村医院的工作人员自然也是人人都急着想见到新来的院长，可这位新院长啊，浆好的白大褂还没穿出折痕，办公室的椅子也还没坐热，他就已经开始行动了。他在坡道上来来回回，悄悄走进病房，漫不经心地挥一下手，示意人家别理会他，侵犯着护士长那神圣的领地和特权，叫秘书沃尔特·保利特把账簿、银行存折和房地产投资组合拿给他看，甚至还亲自去体验了难吃的病号餐。

“他可真是个大忙人。”草窠对吉蒂和艾达说道，她们三个在小屋里吃着热乎乎的培根三明治。

“他正在跟你最喜欢的利亚姆·菲尼肯医生谈心呢。”艾达边说边开心地大嚼特嚼，“哦，脆生生的培根片配上新鲜出炉的白面包最好吃了！”

“坦白地说，利亚姆确实是我最喜欢的医生。”草窠说道，她一点也不恼，“不过自打吉蒂说的那个矮脚公鸡接管鸡笼以后，我就没怎么见过利亚姆了。你说得不错，艾达，他总是在跟新院长谈心。”

“我倒想知道，这位帅气的上任新官几时才能抽出空来，决定该如何安置他这四位新近注册的护士嬷嬷？”吉蒂问道，她比两位姐妹享受过优待，因为她曾经叫这位大人物滚开，还叫他别来打扰她。她还说他是个放肆的卑劣小人！这事她不仅告诉了自己的姐妹，也告诉了几位护士朋友，所以这桩八卦已经传开了。不过，到目前为止，吉蒂还没机会穿着医院这身行头见到他。他总是悄悄潜入医院的日常工作当中，甚至从不向下属介绍自己的身份，其实在别人看来他这种做法很不正规也很不礼貌——不过，他是个破米佬，而他们只是殖民地的百姓而已！

草窠说话了。吉蒂从她的沉思中回过神来。“我看吧，咱们这四个初级护士长在他的图腾柱上位置相当低。”草窠边说边舔着手指头，“利亚姆说他很擅长规划设计，正在为克朗达乡村医院打造一个新角色，所以人们才会发现他去刺探那些已经被遗忘的角落。事实上，听利亚姆说，这人像电站里的发电机一样精力旺盛，进行分析时冷静客观，说起话来合情合理，这些都是很难得的。”

“我就知道，要想叫你多说话，一个培根三明治比满满一针管真话血清更管用。”吉蒂得意地说，“这么说，那只矮脚鸡正在鸡窝里数鸡毛呢？”

艾达笑了：“护士长一定会气得口吐白沫的。”

“哦，他才和护士长说了五分钟的话就把她给降服了。”草窠主动说道，她觉得自己俨然成了神谕的传话人，这比吃午餐的感觉还要享受，“显而易见，关于护理工作和护士以及勤务和食堂的工作，他俩意见一致。”

“我听到传言说，疗养院那边已经吵得鸡飞狗跳了。”吉蒂说。

“我亲爱的姐妹们，”草窠说道，“很多地方都在鸡飞狗跳，鸡毛狗毛四处乱飞，空气中都是毛。”她丢出最重磅的炸弹，“明早八点我们就能亲眼见到波德姆医生了，莉娜也去。”

“终于要离开灵薄狱了！”艾达喊道。

“没错，可究竟是上天堂，还是下地狱？”吉蒂问道，她脸上做出一副怪相，“对于波德姆医生，我总有种奇怪的感觉。”

“是啊，这对你来说确实会很难——在你叫他滚开之后，要怎么才能重新获得他的好感呢？”

吉蒂那双眼睛忽然迸发出紫罗兰色的光芒：“哈！那是他自找的，这个卑鄙的小虫子！要是他胆敢再次冒犯我，那我就不止叫他滚开了。”

第二天早晨八点还差一分钟，这四位新晋的护士嬷嬷来到查尔斯·波德姆医生的外间办公室，她们戴了头巾，却依然没有脱下围裙，身上的护士服浆得笔挺。她们虽然担心，但并不害怕。莉娜·科里根的压力最轻，不过也没人嫉妒她。她自告奋勇去护理精神病人，尤其又刚刚取得护士资格，这可不寻常，但凡是个有见识的医院院长，都不太可能拒绝雇用她。弗兰克·坎贝尔的时代已经一去不返，查尔斯·波德姆医生虽然上任时间不长，可他正在向大家证明，他是个明白事理、感情细腻的院长。

辛西娅·诺曼把她们四个人领进院长办公室。她原先是个助理秘书，地位只比打字员高出一丁点，可如今波德姆医生已经钦点她当了自己的私人秘书。新任院长并没有站起身来跟四位嬷嬷打招呼，也没有叫她们坐下；四人中有三个面朝他的办公桌站在那里（艾达注意到，桌腿锯短了），第四位嬷嬷则转过身背对他，细细看着他那些医学大部头的书名。因为屋子里人多，所以她这样也没有显得很无礼。

他坐着的时候看起来还是挺高的，这就是矮子们的共同特征——他们的躯干长度一般都还正常，矮就矮在腿短上。比例失调，四人中个子最高的艾达心想。真庆幸我今天穿了跟高两英寸的鞋子！尽管是式样难看的工作鞋，鞋跟也又粗又短，可总归还是高跟鞋，哈哈。可为什么我看到他会产生这样的想法呢？并非因为他是破米佬，不是这个原因。更可能是因为他对自己实在太有信心了。

“诸位嬷嬷，谢谢你们如此准时，”他坐在椅子上说道，“请原谅我没有请你们落座，因为你们很快就可以离开了。”一个迷人的微笑将他的脸从狰狞怪兽变成了电影明星，“护士实习生是新生事物，四个实习生中有三个成了注册护士，另外一位则是最优秀的资深护士之一，通过老办法获得了护士资格，不早不晚，正是时候。”又是一个灿烂的微笑，“不要告诉我你们的名字，我自己根据名单来认人。莉娜·科里根嬷嬷？”

“是我，”莉娜说道，“我就是那个老家伙。”

“很年轻的老家伙。这上面说，你想去精神病院从事护理工作，对吗？”

“是的，先生。”

“很好，很好！”他大声说，仿佛确实很好，“嬷嬷，你有二十年综合护理的工作经验，这是个无人能及的优点。你即将执掌精神病院，而我打算新任命一位精神科医生，你刚好赶得及尽可能地做好准备工作。对于慢性癫痫和先天痴呆这样的疾病，我们无计可施，但我相信，在未来几年内，我们一定能够学会医治躁狂症和抑郁症。你将是级别最高的副护士长，但你在精神病院的头衔则是护士长。精神病院必须进行扩建，这项工作很快就会开始，精神科医生将在新年时到任。科里根护士长，你还满意吗？”

“我高兴得简直要飘起来了，先生。谢谢您，谢谢您！”

“那就请你今天下午两点再来一下，我们谈一谈。”

莉娜走了出去，他的脸又变了。

“艾达·拉蒂默嬷嬷？”

“是的，先生。”

他对她就不是电影明星的面孔了。狰狞怪兽不怀好意地看着她，还伸出了分岔的舌头。“我知道你更愿意去手术室工作，不过你肯定也知道现时手术室里没有空缺。”波德姆医生似乎很遗憾地说。

“是的，先生。”

“我来到此地时间不长，还没有真正了解医院的种种优点以及较为明显的不足之处，所以没法告诉你我是否认为医院该再设一间手术室，我只能说，从目前的情况来看，也许一间手术室就够用了。这里到悉尼只要三个小时，比较复杂的外科手术也许在那边做更好一些，只有真正紧急的手术才需要在这里做。”她发现他的眼睛由明亮的金黄色变成了黯淡的卡其色。狰狞怪兽缩回舌头，似乎皱起了眉：“拉蒂默嬷嬷，我可以给你提供工作，但不是在手术室。男子病房二部从六点到两点这一班还需要一位嬷嬷，产科也是同样的时段有空缺。你比较喜欢去哪边？”

“谢谢您，先生，我去男子病房二部吧。”艾达说道，随后轻快地转过身走了出去。

“海瑟·斯科比嬷嬷？”

“是的，先生。”

“我直说了吧，”他毫不拘束地说道，“你已经被选中担任护士导师，在勤务和伙食方面所做的工作也一直很出色。今后我打算将勤务人员长期交由一位副护士长管辖，她同时也负责领导护士助手以及护工。不过，从现在开始，病房女佣、护工和助手都必须去上课，学习卫生以及基本清洁的相关知识，他们也会学到该如何做好自己的本职工作，而且每年都要参加一次新的课程。这些教学统统都由护士导师负责。”

“这可真是太好了。”草窠喜笑颜开地说。

“伙食问题就另当别论了，”波德姆医生继续说道，“但有些基本原则还是一样的。比如说，他们也需要学习卫生知识。如今肯定人人都知道，大家的伙食费不会再是六便士一天了，但比这更要紧的麻烦是，饭菜做得太差。护士长和我打算让一位副护士长来专门管理炊事部门，可是我应该从哪里开始呢？”

“大刀阔斧地开始，先生。”草窠说，“纽迪吉特护士长是城里人，她就算被剪羊毛工的厨子绊一跤也不会认出他来，可是坎贝尔医生雇来医院做饭的一直都是这种厨子。先生，剪羊毛的工人每天工作时间很长，干活非常非常辛苦，他们什么东西都吃。可是另一方面，病人却觉得最美味的食物也难以下咽。”她耸了耸肩，“剩下的就留给您自己想象吧，先生。解雇那些厨子，雇一些像样的厨师。”

“我一定会的。这是不用说的，斯科比嬷嬷，现在你就是护士导师了，负责医院里所有的教学工作。”

“谢谢您，先生。”草窠说完对他微微一笑，离开了。

走了三个，还有一个，她还在研究他那些书。

“凯瑟琳·垂德比嬷嬷？”

她几乎像跳芭蕾一样，足尖一旋，转过身来，他的脸忽然不会变了，既没能变成狰狞怪兽，也没能变成电影明星。他脸上所有的表情都一扫而空，只剩下惊奇。“是你！”他倒抽了一口凉气。

“那要看您说的这个‘你’是谁了，先生。不过，我这个

‘你’肯定是凯瑟琳·垂德比嬷嬷没错了。”

“可你的名字是吉蒂·拉蒂默，牧师家的女儿！”

“没错，那也是我。”她说道，完全乐在其中，“从法律上来说，我的姓氏是拉蒂默，一九二六年四月，我们四姐妹作为实习生开始在这里从事护理工作，由于四个人都姓拉蒂默，护士长就给我们当中的三个指定了新的姓氏。艾达还继续姓拉蒂默。格蕾丝——她退出培训嫁人去了——姓福尔丁。草窠——哎呀，我是说海瑟——姓斯科比，而我这个比她晚几分钟出生的小女儿就成了垂德比。”

他站起身来，绕到桌前，冲她一笑。这一笑让她觉得自己连气都要喘不过来了，因为那笑意直达眼底，她简直怀疑他那双红褐色的眼睛就像变色龙的皮肤一样，颜色可以转淡，还可以变成别的颜色。打从查尔斯·波德姆几个星期前登上火车的时候开始，这个女人就令他魂牵梦萦、日思夜想，他万万没想到会在这里见到这个女人，这一惊吃得实在不小，让他所剩无几的那点理智也荡然无存。他只能一脸傻笑地伸出手去，一副被爱情冲昏了头的模样。

“那么，垂德比嬷嬷——如果该这么称呼你的话。”他边说边慢慢地朝她走去，近得有些过了头，“我只有一个职位可以给你——做我的妻子吧。从你在火车上冷落我的那一刻起，我就再没想过别的人、别的事。我的意思是，瞧瞧咱们俩！”他大声说，同时用左手在空气中一划，“你跟我的身高正合适，你就是我的女神，我凭着桂妮维亚[1]的坟墓发誓，再也不会说你长得像玛丽恩·戴维斯了！我爱慕你！就连你脚下的地面我都崇拜！我就是你的奴隶，爱情已经把我变成了你的俘虏！”

吉蒂惊得动弹不得，完全无法相信，只能站在原地听他把话说完，显然他也一直站着没动，不过那并不是因为吃惊。吉蒂的嘴唇抽搐着，颤抖着。她努力想要控制住自己，可是却做不到——他脸上的表情令她想起弗朗西斯·X. 布什曼[2]，仿佛他想要将自己那份永恒的爱情无声地传达给对方，同时等待着电影中现出黑板来，替查尔斯·波德姆医生把所说的话告诉观众。

她忍不住乐得放声大笑：“继续说，老兄，别逗了！我长这么大还从没听过这么一大篇瞎话呢——别跟我说英国女人们都爱听这些东西！这话甜得发腻，我都要吐了！”

他深感受辱，脸涨成了紫红色，心脏咚咚直跳，全身一丝力气都没有，也不知道该如何是好，过了片刻才恢复过来。有些女人听到他说这种话时——他都是真心的——简直要顺从地化成一摊水！这样的女人他能一气说出十几个来。他甚至还求过婚！可这个年轻姑娘却嘲笑他——嘲笑他什么？她是个女人，女人都喜欢听人大肆恭维！

他退却了，不过做得很聪明。他设法用体内某处笑了一声，

1　桂妮维亚（Guinevere），亚瑟王之妻。

2　弗朗西斯·X. 布什曼（Francis X.Bushman，1883—1966），美国演员、导演，早期出演过许多默片。

随后轻松地走回去，用手抓住了椅子。“坐吧，嬷嬷，”他说，“你已经如此残酷地打压了我，起码可以坐下吧。”

“好的。”她说，随后坐了下来。

“关于我的表白，你不同意的是哪一点呢？”他问道，同时把臀部坐到了书桌的边缘上，她注意到这桌子锯矮了。哦，可怜的家伙！殖民地待你可不算好。

“你这个问题就是个很好的例子——从语法上来说非常规矩！可是听在澳大利亚人耳朵里，我们就会觉得生硬又虚伪。就好像诗一般的表白在我听来却滑稽得要命。”

“粗鄙。”他喃喃自语道。

“这个描述恐怕很贴切。澳大利亚一定让你大为震惊吧。”

“那么，在克朗达要怎么谈情说爱？”

“诺亚也许在方舟的时代就开始赋诗抒情了，不过在克朗达可从不是这样。你可以找个图拉克[1]女孩试验一下，她没准会被你的浪漫给骗上钩，可是没几个澳大利亚女人会上当。我的意思是，别搞突然袭击啊，先生！在职员面试的时候表白？这让人觉得你是个彻头彻尾的怪人！这世上没有哪个女人不知道，所有的男人都认为自己比女性高出一等，所以当男人对女人说出令人作呕的甜蜜废话时，他的诚意也只是这一时的罢了。一旦得到他想要的东西，他立刻就会回归高高在上的地位。”吉蒂冷冷地说，

---

1　墨尔本的富人区。

“康乃馨和巧克力也许能让你侥幸获得成功，但是念几句诗、说几句废话？冲动可没用！本地男人也许会跟我说我是个俊俏的小妞，其余的话就等到——呃——两个人更亲密一些了再说。波德姆医生，你既然不喜欢人家笑话你滑稽，那就把那些诗意的比喻和愚蠢的胡扯都丢了吧。先生，您对于医院的想法非常棒，所以很多本地人都会支持你。但如果他们开始觉得你是有两个小钱的花花公子，那你就会摔得很惨。”

深受奇耻大辱的感觉渐渐消失了。尽管很难为情，但查尔斯·波德姆还是宽宏大量地原谅了吉蒂的行为。不过，在他脑海里某个极小的角落，今天的屈辱跟其他那许许多多怠慢、伤害和冒犯被归到了一类，虽然其中有些只是出于无知，可他却并不是这么解读，因为他才是那个被怠慢、被伤害、被冒犯的人。他不知道自己有个弱点——他喜欢记仇，一记就是一辈子，所以他的怨念必然是越来越多。因而查尔斯·波德姆的脸皮薄得出奇，哪怕是最小的伤口也会溃烂化脓。

此刻他已经觉得不是那么没面子了，因为他知道她的笑声并非真正怀有恶意。查尔斯透过他那被撕裂的毛皮向外望，发现吉蒂对他也不是毫无感情。她是用欢笑作为盾牌来保护自己不被他的魅力所攻陷。而且，她说得很对！他怎么能在职业面试的时候提起私事呢？不，他觉得自己并不是一厢情愿的，但他现在要做的是努力跟她在职业的层面上建立关系，而不是亲密的地下情！向她求爱这事还得往后推一推。得让她喜欢他，但不能错爱成查理：他是查尔斯·波德姆，不是查理·卓别林。

他在办公桌后面坐下来，尽量冷静客观地打量着她。他已经疯狂地迷恋上她，永远不会变心了。西比尔？她就像年份不久的霞多丽白葡萄酒。而吉蒂则是经年的香槟，无人能及。尽管头巾遮住了她那浅金色的头发，但是她黝黑的皮肤还是衬得灰白的眉毛和睫毛非常显眼。当初在火车上时，他没能细看她的眼睛，到如今他才发现，她那对目光犀利的蓝眼睛里还带着一抹淡紫色，有几分像东方的猫眼。说实话，吉蒂[1]这个名字正适合她，在她的弯弯秀眉与盈盈杏眼之间，在她那线条优美的唇边，总是带着一分笑意。他这辈子还从未见过有谁像她这样毛发颜色很浅而皮肤颜色却很深的。他突然意识到，自己也从未见过如此愤怒的一双眼睛。这可真是荒唐！如此美貌的一个女人听到别人的恭维话竟会这么生气，她究竟能受过什么苦？他当然没有料到她会是这种反应。如果说他有什么思想准备的话，那就是他以为她必定骄傲得不可一世，所以一门心思只想着该如何让这个傲视一切的女王满意。是的，他见识了她的幽默、她的愤怒，还有她的毒舌，可是却没有看到骄傲的蛛丝马迹。吉蒂，你到底是个什么样的人？

“嬷嬷，你是否对某一类型的护理工作有所偏爱？”

“是的，先生，儿科。”

他敲敲她的档案夹：“没错，我已经注意到了，在你接受护

1 Kitty，也指小猫。

士培训的三年当中，绝大部分时间都在儿科。莫尔顿嬷嬷对你评价很高。”

“我对她评价也很高。”

“你愿意继续护理儿童吗？”

“是的，先生，我愿意。”

“护士长推荐你在儿科病房负责两点到十点的班次。可还合你心意？”

“好的，先生。”

他露出电影明星一般的笑容，她却毫无反应。

“这个职位归你了，垂德比嬷嬷。”

“谢谢您。”她说着站起身来，离开了房间。走出辛西娅·诺曼的办公室以后，她背靠着墙壁，身体放松下来，悲喜交加。喜的是她要在儿科病房担任主管了，悲的是她跟新任院长之间的关系有了一个这么糟糕的开头。

面试的时候，她一直在警觉地观察他，对于他那如同孔雀开屏一般的愚蠢行为，她把自己的第一反应压抑下来，单独放进一个盒子里，牢牢地盖紧盒盖，直到有空闲了才打开，抛开其他杂事，仔细地审视一番。不知怎么的，她总觉得他既有诚意，又不老实，尽管她也不知道这两者在他性格当中各占了多少比例。他说得太诱人了！对她而言，他不算太矮，穿上高跟鞋的话，他能比她高出一英寸左右。可要是他俩结了婚，生出的孩子肯定会很矮！简直就是侏儒了。

吉蒂的脑子里一团乱麻，而他所说的字字句句反而让她的思绪更加纷乱。他嘴上这么说，可心里究竟是怎么想的？他头脑聪明，老于世故，经验丰富。在刚才面试的短短时间里，她感觉自己怒火中烧——就因为她那张该死的脸蛋，他自然而然地以为她是个傲慢的自大狂！哦，他怎么敢如此对她？他似乎是想通过婚姻来把她收为己有，就像又收集了一件艺术品，迫不及待地想要向人展示她的美貌。不，别打开那个盒子！

可是我怎么能不动心呢？只因为我这张脸，他便将世人眼中的一切诱惑双手奉上——财富、权力、一世安逸！我真是恨透了这张脸！他胡扯八道说什么爱我，可是一个以貌取人的男人能懂得什么叫爱吗？这说明他浅薄无知，性情淡漠。是淡漠，不是冷漠！他并非对旁人的苦难无动于衷，他只是漠不关心，因为他自己从未全身心地受过伤害。他是个冷淡的分析家。

吉蒂挺起双肩离开墙壁，发现自己又能走得动路了。今天早上的面试内容她对谁都不会说的。要是让艾达和草窠知道了——

与此同时，查尔斯·波德姆正在琢磨的则是吉蒂和海瑟——草窠——长得一模一样，只有头发和皮肤的颜色不同。她俩的体形和五官几乎是一个模子印出来的，草窠却让这相似度少了几分。说到她俩的明显不同，草窠比吉蒂少一个酒窝，这起码得算一条，但是头发和皮肤颜色的区别似乎就不止表面上这么简单了，而是涉及灵魂的本质。看到草窠，凡是有点眼力的人都会发现，她是个实事求是的人，做起事来有条有理，性情也很温顺，这对于她的魅力高低有极大影响。在吉蒂身上，她的魅力发电机呼啸轰鸣；可是在草窠身上，她的魅力却宛如在轻声哼唱。查尔斯此前从未见过双胞胎，所以觉得很有意思。艾达和格蕾丝也是一对双胞胎，据说她俩比草窠和吉蒂还要相像。

吉蒂的天性到底是怎样的呢？她身上有很多谜团，其中有一些还相当重要，可是他能找谁来给他揭开谜底呢？

查尔斯的脑海里浮现出艾达的模样。没错，艾达什么都知道。根据小道消息，艾达天生就是这个四人小队的首领。他必须去向艾达求助，可是他从吉蒂那里已经得了教训。我该怎么接近蛇发女妖？永远别看她的眼睛，不然它们会把你变成石头！她也不会喜欢他的，但更重要的是，在她眼里，他对于自己的小妹妹吉蒂来说意味着什么。艾达不是个自私的人，她会以吉蒂的愿望和需求为重。是的，他一定得去找艾达。

我是个牺牲品，既没生对时间，也没生对地方，他心里想道。我是英国人，这个民族统治着全世界迄今为止最大的帝国，而我就是这个民族真正的一员。无论把地球仪转到哪个方向，都能看到闪耀着浅粉红色的陆地，那是地理学家用来标记大英帝国属地的颜色。除了南极洲，到处都有粉红色的区域，其中许多地方的面积还很大，澳洲大陆更是全境粉红。可是这些人痛恨粉红色，他们宁愿自己的国土像美国一样是象征着完全自治的绿色。我得忘记自己是个英国人。这就好比英格兰人很容易就会忘记苏格兰、威尔士和爱尔兰，尽管这些地方名义上也属于占有统治地位的大不列颠，但是人人暗地里都承认，真正的统治者和所有者还是英格兰人。

他用蜂鸣器传唤了秘书："诺曼小姐，拉蒂默家的三姐妹，她们住在医院里吗？"

"是的，先生。"

"我要怎么样才能跟其中一位取得联系？"

"通常是写信，先生，您把信交给我，我拿去放进嬷嬷办公室里相应的信箱。如果情况紧急的话，您也可以打电话，不过护士长肯定会派护工去把她想找的人给叫来。"

"我写信吧。谢谢你。"

他抽出信纸，眉头却皱了起来。纸张又轻又薄，是最便宜的那种。他已经从悉尼的W. C. 彭福尔德公司订购了新的办公用品，但是在到货以前，他就只能用这个——厕纸了。下个礼拜，他要召集医院董事会来开个会，这是他接任院长以来的第一次会议——到时一定会有好戏看的！

艾达是回到小屋的时候发现这封信的，她刚才像平常一样跟杰克·瑟洛骑马去了，虽然肉体得到满足，可心情却平静不下来，她已经很久没有这么不耐烦了。哦，她对杰克是有感情的，这感情让她依然愿意留在克朗达，但不可否认的是，他对于格蕾丝和阿熊那种愚蠢的奉献精神让她很不痛快，即使在她没和格蕾丝吵架的时候也是如此——杰克原本只是她一个人的朋友，不管格蕾丝在那个难忘的日子如何宣称，这一点都不会改变。艾达没有对草窠和吉蒂说过这事。谢天谢地，她们的班次不凑巧，所以艾达没机会告诉她俩，住在特里劳尼路上与世隔绝的格蕾丝究竟发生了什么事——她居然异想天开地觉得她那些家庭主妇朋友以为杰克是她格蕾丝的情人！在艾达看来，这种想法简直荒唐得可笑！格蕾丝又不是生活在真空里。每次杰克和艾达在花园里干活时，总有爱管闲事的邻居来串门。这双胞胎姐妹中哪一个才是杰克的恋人，任谁都不会搞错，因为他俩总是同坐一辆车来，共乘一辆车走，彼此凝视时又是那样一种眼神。可艾达还无法理解的是，她这个妹妹已经生过两个孩子，丈夫又不在身边，看到艾达美丽动人，衣着光鲜，生活自由自在，毫不费力就能跟男人交上朋友，她觉得这就是证据，证明她格蕾丝本来也是像艾达这样的，可是这些东西已经从她身上被剥夺一空。强烈的嫉妒心磨得她血肉模糊，她恨上了开开心心、无忧无虑、可以被她恨的艾达。

格蕾丝幻想了一出杰克和自己的风流韵事，不想却被艾达戳破，毕竟这本来就只是幻想。可艾达却发现，格蕾丝坚信那些长舌妇认为确有其事，起初她觉得大为惊愕，后来经过一番深思熟虑，她对格蕾丝是又气又怜，在这种刺激之下，她选择了最简单的解决方法——把她和杰克的恋情宣扬得人尽皆知。杰克不会介意这事。格蕾丝也可以松一口气了，她在特里劳尼路上的名声依然干干净净。当艾达有空去想想格蕾丝的时候，她就是这么想的。

凡是逻辑正常、头脑清楚的人都料不到她俩会吵这一场架——不，不对！哪怕是最没脑子的人也想不到，更别提头脑清楚的人了。格蕾丝疯狂地挥舞着铁锤，不加思考地打在艾达脑袋上，重重伤害了她。她眼中燃着渴望杀戮的怒火，就像一个暴徒，毫无理性。至于艾达，在她自己的怒气平息以后，发现她对妹妹的念想已经彻底破碎，要是有办法，她真想永远都别再跟格蕾丝见面了。她推理出的结论是，不管格蕾丝有什么问题，就算她有责任，她作为她的姐姐，甚至只是作为一个路人，那责任也是几乎可以忽略不计的。可她的愤怒是如此强烈，根本无法平息，她既无法遗忘，也不能原谅。她对格蕾丝的爱在格蕾丝的不公指责之下，被腐蚀、冲刷得一点都不剩了。

这场争吵终于把这个冬天变成了艾达这辈子最艰难的一冬，就连从前吉蒂试图自杀的时候都没这么难挨。草窠和吉蒂自然也察觉到她俩吵了架，可不管她俩是分头问还是一起问，这样问还是那样问，问艾达还是问格蕾丝，所有的尝试都宛如碰在一堵岿然不动的石墙上。艾达和格蕾丝对于这次决裂连谈都不想谈，和好就更别提了。艾达受到了不公正的指控和批评，她觉得这是格蕾丝对她的极大侮辱，她俩之间的关系于是大受影响。

吉蒂去向父亲求助，牧师对艾达开门见山，把她当作双胞胎当中向来能够明白道理的那一个，可是一无所获。他又去问格蕾丝，结果只看见她突然歇斯底里地大哭起来，眼泪一大把，完全没法讲理。莫德也掺和进来，站在格蕾丝那一边，艾达对她不予理睬，同时拒绝再来牧师宅邸，直到莫德不再多管闲事为止。

最后还是纽迪吉特护士长出手摆平了她俩的不和。根据间谍所言，她那可靠的战斧就像切片机的刀片一样，在利亚姆·菲尼肯的研磨器上磨得快快的。而利亚姆医生之所以被卷进这场争斗，都是草窠的功劳，是她隐约看到了艾达和格蕾丝握手言和的希望。

“这事只有神才能摆平，”她对利亚姆说，“而且还得是位女神，所以非护士长莫属。”

“可是格蕾丝不当护士已经好几年了。”他提出了异议。

“就算看不见恶龙，可是恶龙的形象已经深深刻在格蕾丝的脑海里，而且还是用烧到发白的拨火棍刻下的，”草窠反驳道，“护士长就是能够终结一切恶龙的母夜叉。”

于是格蕾丝被召来面见护士长，仿佛她依然是一名护士实习生。她刚一落座，艾达就走了进来。

这对双胞胎谁也没有对这个花招起疑心，她俩也都没有胆量气呼呼地冲出护士长的办公室。

“请坐，拉蒂默嬷嬷，”护士长异常亲切地说，“跟你妹妹说句早上好。”

艾达如释重负。“早上好，格蕾丝。”她说道，同时从近乎动弹不得的唇边挤出一丝僵硬的微笑。

格蕾丝的笑容则要灿烂得多。那次争吵是谁的错，她心知肚明，所以这三个月来她都睡不踏实，她想找到一个办法，既能让自己从窘境中摆脱出来，又能为她至少挽回一点自尊。但麻烦就在于，她的自尊是没法子留住了——哦，在那个糟糕的日子，要是艾达看起来没那么漂亮、没那么——那么优雅，那该有多好！可她偏偏就是那么漂亮、那么优雅，于是伤人的话语便如细流一般脱口而出，满怀恶意，滔滔不绝。她真是懊悔不已！可自尊就是自尊，永不知足。

坐在护士长办公室里的艾达戴着头巾，却没系围裙，活像一尊身穿绿白条纹衣服的冷酷雕像。身为已婚妇人的格蕾丝则穿着她的节日盛装：一袭收腰的浅莲红绉绸长裙衬得她格外漂亮，头戴一顶同色的漂亮草帽，搭配着深蓝色的配饰。

“你看起来非常雅致，格蕾丝。”艾达说道。

“你看着就像个嬷嬷——叫人害怕。”

“这么说，你们俩那荒唐的小别扭总算是过去了？”护士长面带微笑地问。

“过去了，如果我道歉的话，”格蕾丝说道，“艾达，我向你致以最诚挚的歉意，是我说错话了。”

“好极了！”护士长喜笑颜开地说，“你们俩吵架的来龙去脉已经老得都长胡子了。这倒提醒了我，福尔丁，你那篇关于体液平衡表的五页纸论文一直都没交呢！”

门开了，一名病房女佣把茶点车推了进来。

“啊，茶来了！现在咱们就不拘礼节啦，用教名相称吧。”

格蕾丝倒抽了一口凉气：“护士长！这我可做不到！”

“胡说八道！格蕾丝，我是真的需要你。新院长上任了，医院需要听到特里劳尼人的声音，我听说，你说的话在特里劳尼路上很受敬重。”

格蕾丝被这么一捧，脸都红了，眼睛也闪闪发亮：“护士长，我悉听医院差遣。”

“格蒂，”艾达咧嘴笑道，“她的名字叫格蒂。”

那封薄薄的信躺在信箱里，信封是封好的，上面用近乎黑色的墨水潦草地写着“艾达·拉蒂默嬷嬷”。艾达一猜就是新院长写来的——笔迹很有意思，相当大胆自信，用一支粗大的笔尖写就。她把信拆开了。

没有转弯抹角，倒也简单明了：邀请她下午六点去大酒店的休息室跟他共饮一杯，在这之后，如果她愿意，他们可以去帕台农餐厅共进晚餐。她不需要回信，要是她有兴趣，今晚、明晚以及任何一晚，在他所预先说定的时间，他都会在他所说的这个地方。

他对她绝无男女方面的兴趣，艾达对此确信无疑。今天早上他俩对视了一眼，那种眼神就仿佛他们是分属敌对部落的两名战士。不，他想得到的是吉蒂，那天在车站她就看出来了，如今他已经知道吉蒂·拉蒂默就是护士嬷嬷凯瑟琳·垂德比。事情麻烦了，因为她其实并不喜欢他。他是外来的陌生人，头脑很机灵，自然不会不明白，他要是决定喜欢吉蒂，就得先对她加深了解。而她——艾达·拉蒂默，就是他精心挑选出来的告密者。

那就只能是今晚了。明晚她要去手术室，得连续当值七天才会轮到下一次休息。这一点他也是知道的，但他并没有强迫她一定要答应。

艾达在银行的存款只有区区五百英镑，所以她所有的衣裳都是自己做的，日子过得也很节俭，这样才能从她当护士挣的那点微薄工资里省下钱来用于穿着打扮。布料、鞋子、手套和皮包必须花钱去买，但是衣服和帽子她都自己做，做得还非常好，克朗达人都以为那是她从悉尼最时髦的店里买来的。她刚刚才把最后一颗小珠子缝到一条最新款式的紫灰色裙子上，这裙子长度过膝，隐隐显出腰身，底边和袖口上的数千颗紫色小玻璃珠令其更加惹人注目；搭配黑色的小羊皮鞋和皮包，头上再戴一抹深灰色的面纱，上面点缀着同样的紫色小珠子。好，这就可以了！漂亮。

他坐在酒店休息室的一张矮桌旁等她，周围没什么人，桌上也没有酒水，他一看见她穿过屋子朝这边走，便站起身来。

“来杯鸡尾酒？”他问道，同时帮着她在一把低矮的大椅子上坐下了。

“不，谢谢。来一杯比尔森啤酒。”她边说边脱着黑色小羊皮的手套，一根手指一根手指地脱，这是个仔细活儿。

“在澳大利亚有很多女人喝啤酒吗？”他说着坐了下来，冲侍者招招手。

“没错，事实上，现在流行喝这个。我们一般是喝酒精含量比较高的德式淡啤酒，而且要冰的。你会发现，在我们这里，浓郁的英式麦芽啤酒也只卖凉的。”她说道，她的手套终于摘下来了，“额外送你一句，我可以告诉你，吉蒂也喝冰啤酒。”

“真是什么都瞒不过你。”他说，随后跟侍者点好了单，“难道你就没有想过，也许我感兴趣的人是你呢？”

“一秒钟都没想过。我的个子太高了。”

“一针见血。你在克朗达想必算是洋气的吧？”

“总得有人洋气一些。等你对拉蒂默四姐妹更熟悉一点就会发现，我们这两对同卵双胞胎各有自己的相似之处，可是这共同点呢，在其中一个的身上描画得完美无缺，到了另一个的身上就扭曲变形，好像进了游园会的镜子屋一样。”

“多说一些。”他说。

“拿我和格蕾丝来说吧。我在克朗达就像个外国人一般格格不入，可我妹妹却是个彻头彻尾的典型本地人——她是一名家庭主妇，有两个孩子，一天到晚都在努力勉强维持生计，尽管如此，她却依然乐在其中。再比如吉蒂和草窠，吉蒂是现代美的化身，樱桃小口娇艳欲滴，一双大眼耀人炫目，而草窠生来就是个老姑婆，她就像老处女一般脚踏实地、单纯朴实。”艾达端起她那杯啤酒，玻璃杯那高高的杯壁已经沾上了冷凝水，她斜过杯口指着查尔斯，“干杯，查理。”

“人人都非得叫我查理不可吗？”他有点恼火地质问道。

“没错，因为你不是那种娘娘腔。今年是公元一九二九年，现如今在真正的男人眼里，查尔斯是个有点女里女气的名字，起码在咱们这里是这样。”她圆滑地说。

“天哪，你可真是个小贱人！”

“要是在英国，你心里会这么想，但嘴上绝不会说出来。”

“话到嘴边想三遍！”

“你们还挺自豪。”

“艾达，自知之明我还是有的，但也许你能跟我解释一下，为什么几乎所有的澳大利亚人都对英国人作风如此反感。还有，破米佬是什么意思？”

“没人知道英国人为什么会被称为破米佬，因为他们就是破米佬。至于他们不招人喜欢，那是因为这块大陆直到二十八年前还是个英国殖民地的大集合，我们本地人被人瞧不起。实际上，尽管如今有了澳大利亚联邦，还是有很多澳大利亚人觉得这个国家依旧属于英格兰银行和英国公司。那些令人向往的好工作全都归了破米佬，作为一个澳大利亚人，说起话来越有英国味儿，他或者是她在社会上和经济上获得成功的机会就越大。那些在公立学校念书的澳大利亚人则因为他们的下层社会口音而受到惩罚——是的，阶级体系是与生俱来的，而且深入骨髓！不管你想把自己看作是英国人还是一个单独的个体，你始终都是破米佬。”艾达说道，她睁大了双眼，目不转睛地盯着他。随后，她似乎有点生气自己显露出这么多情绪，于是耸了耸肩：“查理，要是你想在克朗达受欢迎，那就尽快摆脱掉破米佬的习气。”

“抽烟吗？”他边问边向她递上自己的烟盒。

“不抽。到男子病房工作几个星期之后，我们四个就都戒烟了。”

“因为抽烟对身体不好？”

一丝苦笑把她那涂得鲜红的嘴巴扯变了形：“当然不是！当医生的从来不用去倒痰盂、洗痰盂。要是干过这些活，他就会明白的。”

查尔斯脑海中浮现出痰盂里头盛的东西，他赶紧把他那杯没加冰的威士忌苏打给放下了。“你的人生有什么打算？”他问道。

“行万里路。四处疯狂冒险，除了南极洲，生活在北半球的大多数人总是不记得这块大陆的存在。我希望自己能跻身主管护士的行列，这样钱会多一点。我的财产少得可怜，简直一贫如洗。”

“嗯，你的确一贫如洗，不过我倒可以看看主管护士这事我能做些什么。”

“作为我向你提供吉蒂相关情报的回报吗？”

“完全正确。”查尔斯·波德姆淡定地说，“无论你提供什么情报，我都将感激不尽。”

艾达剩下的那半杯啤酒对她没了吸引力。她丢下杯子，靠在椅子上，跷起二郎腿，用她那对狼一般的眼睛紧紧盯着新来的院长。她的眼神里已经没有了嘲讽，虽然她原先对他有点轻视，但不知为何，这种看法似乎有所改观：他专心致志地听着她娓娓道来，仿佛在听一位了不起的故事大王讲述一个人人都爱听的故事，只有在和她一起步行两个街区去那家希腊餐厅吃牛排晚餐的时候才中断了一会儿。

原来吉蒂的内心伤痕累累，她并不是个目中无人的地方美人，也从不以玩弄男人的感情为乐。查尔斯·波德姆已经深深地爱上吉蒂，所以迫不及待想要会会她那位可怕的妈妈，艾达显然对这个女人厌恶至极。莫德·斯科比·拉蒂默……她眼里只看得到孩子那极美的容貌，却看不见过分的称赞对吉蒂造成了何种影响，她太过肤浅，所以不会明白，有些美丽的女人渴望着别人能看重她们身上比美貌和身材更加持久的东西。用奶酪刨自残，那年吉蒂才十岁！真是想想都不忍心。除了艾达和牧师，谁也不知道她这次未遂的自杀……

哦，我可怜的吉蒂宝贝！对你而言，成为注册护士一定有着非凡的意义，而我的表白在你眼里恐怕一文不值吧！这简直就是把你花费毕生时间想要逃离的东西捧给你看——我一定惹你讨厌了。仅仅凭着你的美貌，我就声称自己爱上了你。要是我早知道该有多好！咱们俩的关系有了这样一个开头，我要如何才能说服你爱上我？

“如果你爱她，那就得让她相信，你爱她的理由有很多，她的美貌只是其中最不起眼的一个。”艾达跟查尔斯临别时说道，“这意味着你要一点一滴地取得她的信任，还有，别忘了草窠。你也要赢得草窠的信任。”

不过，多亏了利亚姆·菲尼肯，草窠早已被征服了。这位病理学家对新任院长赞不绝口，尤其是在草窠面前。

“海瑟，他会创造奇迹的，这家医院终将发挥出它的潜力。”利亚姆常常对她说起这话。

因此，当吉蒂来向她寻求精神支持的时候，草窠并不准备站在她这一边。“吉茨，如果他是想引起你的注意，而你并不希望他这么做，那就用上你的毒舌，叫他滚开好了。就我个人而言，我认为他非常优秀。”

“没错，话虽如此，可是——我不知道自己是什么感觉，也不知道自己想要什么！”吉蒂哭着喊道，“我这辈子还从没遇见过这么可憎、这么自负的男人，但他的确也有令人钦佩的一面，我真心实意地相信，他希望给克朗达乡村医院带来它从未有过的机遇。可是我想成为他的妻子吗？把他的奋斗目标和雄心壮志当作我自己的目标和野心？”

“吉茨，你这个推论跳跃得有点大，而且本末倒置。他会让克朗达乡村医院变得更好，你喜欢他，钦佩他，但是不必非得让自己跟他扯上关系。所以，根据你说话的方式，我得出的结论是，你暗地里一定有一点喜欢波德姆医生。”草窠说道，声音里充满了理性。

“那我是不是该像艾达那样，跟他出去约会？”

“吉蒂，那可大不一样。波德姆之所以带艾达出去，完全是为了调查你的老底。不信你去问她！正如她所说的，他对她没兴趣，因为她太高了。”

“是的，这也是我不喜欢波德姆医生的原因之一——他太矮了。人们看到小矮个妻子和瘦高个丈夫在一起就已经很想笑了，比这更好笑的情景就只有拇指汤姆夫妇俩——太可笑了！”

“骄兵必败。”草窠窃笑道，“正好，艾达来了！艾达，跟吉蒂说说你跟院长的约会。”

“乐意效劳。”艾达说着坐了下来，叹了口气，“我不太信得过他——他是个骗子，一如谚语所说，他连把煤卖到纽卡斯尔[1]这样的事情都能办得到。他骨子里就是这样的人，所以改变不了。他被驱使着去吹嘘自己，吹得很大声很刺耳。然而他身上的其他方面我却很喜欢——主要是他对你的喜爱与关心，以及他对医院的构想。吉蒂，要是我的银行存款跟你的一样多，我就全都拿来打赌，赌查理·波德姆这个破米佬奇才一定会对克朗达大有好处。”她收起对他的慷慨赞扬，皱起眉头，“至于他会不会给你带来好处，最最亲爱的小妹，我就说不准了。他的用意是高尚

1 Newcastle，新南威尔士州的一个港口城市，素以产煤著称。

的，但是查理·波德姆这辈子爱得最长最久的恐怕始终都是他自己。”

“艾达，你这不是在帮我啊。”

“傻瓜，没人帮得了你！跟他去约会吧！不然的话，你就只能依靠其他人的判断。”艾达说道。

“她说得对。”草窠说，“跟他去约会吧！”

自打波德姆医生带艾达·拉蒂默出去喝酒吃饭以后，克朗达人已经议论纷纷，等到他又带吉蒂·拉蒂默出去喝酒吃饭的时候，大家简直群情激动、兴奋不已。他是打算让这姐妹俩成为竞争对手、抢着嫁给他呢，还是心怀更加邪恶的目的？这里已经没有人喊他“查尔斯”了。如今他的名字是有点放荡的“查理”，他的声誉也有所下降。

查尔斯注意到，吉蒂和艾达一样，穿过酒店休息室的大堂向他走来时也引来了频频回顾，但她的着装风格却与艾达不同。吉蒂的风格要柔美些，没有那些光滑的缎子或是有金属感的材质。她身穿一袭冰绿色雪纺裙，深一些的翠绿色局部细节得到了巧妙的衬托，搭配着深蓝色的小羊皮手套和皮鞋。她并没有戴帽子，那一头耀眼的淡黄色卷发剪得很短，恰似一圈光环笼罩着她迷人的脸庞。这一晚过完的时候，查尔斯已经做出判断，吉蒂对于时尚有她自己的眼光，他不禁想知道，拉蒂默家的姑娘们是从哪儿得来的穿衣品位，因为克朗达显然是没有这种东西的。

“为什么你说话这么刻薄？”他边喝啤酒边问道。

“因为这张脸。”她答得很快，“我看起来是一副老实相，所以说话刻薄就会让人家大吃一惊。这个我很早就明白了，而且从来没有后悔过。”

“但愿你别让我追你追得太久。”

“我希望你压根就别打算追我，查理。”

“我当然要追的！”狰狞怪兽变成了电影明星，“我已经对你说过这事会如何了结——你一定会成为我的妻子。”

“你到底为什么要这么做？不要回答我说是因为爱，这种一见钟情其实是欲望。”吉蒂说道，享用着她的比尔森啤酒，“别把这个字用滥了，在这世上我只爱四个人。”

“哪四个？”

“我的三个姐姐和我父亲。”

“那你母亲呢？”

她那完美的鼻子皱了起来：“我也爱我的母亲，但如果有人用枪指着她的话，我是肯定不会挡在她前面的。”

“为什么呢，吉蒂？”

她那本来就不小的眼睛睁得更大了，看起来仿佛充满警惕，又好像受到了惊吓。随后她却笑了，发出一串银铃般的笑声，极富感染力，周围听到的人也情不自禁露出微笑：“傻瓜！因为她也不会替我挡子弹啊。这都是有来有往的，查理。”

他脸上的肌肉抽搐了一下：“就连你也非得叫我查理不可吗？”

“那是当然。查尔斯太娘娘腔了，查理才是个男人。”

他咽了一口唾沫：“我想查尔斯也不会走到你前面去挡子弹吧？”

“他忙着扑到隐蔽处还来不及呢。”

“而查理也许会跟持枪歹徒当面对峙？”

“恐怕会吧。”

该换个话题了。“我真希望，”他说道，眼睛变得更像金色了，“这座落后的城镇里能有一间像样的餐厅！帕台农和奥林匹斯就像一对同卵双胞胎，都是希腊人开的，装饰风格和菜色也完全相同，可是帕台农为什么会比奥林匹斯高出一等呢？”

“习惯使然。不过这习惯与风俗无关，而是关乎老主顾们。奥林匹斯餐厅距离悉尼通往墨尔本的公路更近一些，所以顾客中既有旅行者也有观光客。难道你没发现克朗达有游客吗？现在是九月，正值春花盛放的时节。本镇因为古色古香的花园而闻名。人们蜂拥而至，特地前来观赏映山红和杜鹃花。”

“可这些花是次第开放的，不是同时盛开。”

“在咱们这儿，由于本地特殊的气候与土壤，它们是同时开花，而且花期也长了一倍。本周就是两花同开的鼎盛时期。这个地方毕竟是颠倒过来的。”

“难怪酒店里挤满了人。”他说着脸色一亮，“也许我可以说服大酒店设立一家一流的餐厅。”

对此她的建议则是“专心管好医院”：“现今你已经搬进波

德姆大宅，所以还是给你自己雇一个合口味的厨子吧，然后你就可以叫他煨点这个、炖点那个，全凭你的喜好。”

他脸上仿佛写满了惊恐。“家里没有女主人，我可不能请客！”他惊慌失措地说。

“你当然能请客！只要你雇来的人能保证一切顺利进行就可以，没人会觉得奇怪。破米佬的上等人讲究一丝不苟、循规蹈矩，咱们这儿不是这样，所以男宾们在喝红酒抽雪茄的时候，女宾用不着离开。更为常见的情形是，全桌的客人一起离席——如果确有离席这个步骤的话。本地人更喜欢在餐桌旁就互道晚安。”她又发出了富有感染力的一笑，“不同的地方有不同的风俗。”

“男人在没有女主人的情况下待客。”他说得很慢。

“在克朗达就完全没问题，不过我猜想总督也许会提出反对意见。”

吃完晚饭以后，他坚持要送她回到家门口，也不管在坡道上会有什么人看见他俩。尽管他握住她的手牵了起来，却并没有试图吻她。

“在一九三〇年的冬天到来之前，你就会成为查尔斯·波德姆夫人，”他低声说道，阴影填满了他的眼眶，所以她看不见他的眼神，“不过眼下我会把热情冷一冷，因为我看得出，你一点都不相信我。身为破米佬究竟意味着什么啊！晚安。”

在波德姆医生的管辖之下，克朗达乡村医院董事会的长进可不如护士们，也比不上这四位新晋的嬷嬷。等到他召集董事会来开会的时候，九月的第一周已经过去，董事会的成员们知道，这次的会议将是马拉松式的，而波德姆医生恐怕会让他们觉得自己一文不值——好吧，反正会让他们不自在。他们目前还不相信这次会议要比世界大战时澳新军团对加里波利的进攻[1]更加血腥、更加累人，可是会议结束以后，他们就确信无疑了。

托马斯·拉蒂默牧师依然有点喘不过气来，他对妻子说道："这个男人把我们身上仅剩的最后一点骄傲、荣誉、自尊和公众对我们的认可全都扒了下来！莫德，我们站在那里，羞愧难当，无遮无掩，全克朗达的人都看见了——那个男人坚持要把会议对公众开放，谁想来参加都可以，于是被弗兰克排除在董事会之外的那些医学顾问都来了，汤姆·波德姆老爷子也来了，就连欧福拉赫蒂阁下都来了！"

七十高龄的欧福拉赫蒂阁下是天主教圣安东尼教堂的主教，他总是把医院董事会称为"弗兰克·坎贝尔的十二只黄鼠狼"，他是最后一位见证人，也是最愤恨的一位。天主教徒也许没有钱，但是在克朗达他们人数多。

虽然章程里明确规定，市长、镇书记和英格兰圣公会的教区长必须是董事会成员，但不容争辩的是，董事会是弗兰克·坎

1　指一战中著名的海上登陆战役"加里波利之战"，耗时长达11个月，登陆日4月25日后来被定为"澳新军团节"。

贝尔一手建立起来的。刚开始的时候他们还有心要改革，如果说那时的他们看起来像狮子、说起话来像狮吼的话，那就是弗兰克的反复敲打把他们变成了他所需要的黄鼠狼，恰如其分，完美无瑕。要是教区长的女儿们知道董事会的会议上发生了什么事，她们就会明白为什么爸爸跟其他那些黄鼠狼没有两样：没人能反抗弗兰克·坎贝尔！

董事会里唯一一位医生就是弗兰克·坎贝尔自己，接着是章程里规定的市长、镇书记和教区长，剩下那八个人则是彻头彻尾的黄鼠狼，他们本性就是如此，所受的训练亦是如此。那些人都是在本地做生意的老板——开肉店的、开面包店的、开食品杂货店的、开布料店的、开五金店的、开铁匠铺/修车铺的、卖农产品的以及卖鸡蛋的，最后这位的鸡棚里摆着层架式鸡笼，里头挤满了奥平顿白母鸡，还有一只筋疲力尽的公鸡。黄鼠狼得到的回报是，独家以低价向克朗达乡村医院供应劣质商品，既有布料店的床单，也有鸡蛋商手里年份最久的家禽制品。虽然谁也没有因为向医院供货发了大财，但所有的小贩都找到了最便宜的货源，而且清清楚楚地知道弗兰克会买多少。

查阅过账簿之后，查尔斯·波德姆坚信自己能让医院的资金派上更好的用场，远远胜过只是存在银行里拿利息，不过，他之所以会被激发起这么大的热情、这么迫切地想要跟董事会争夺资金的控制权，倒并不是因为这一点。坎贝尔医生一死，四百万英镑便赤裸裸地落入一群各自为政的黄鼠狼之手，任由他们摆布。

这会儿他们还晕头转向，弗兰克·坎贝尔怎么可能死呢，就连上帝都不想要他，这事实在太叫人吃惊了！可是过不了多久，这震惊就会烟消云散，有些胆子大一些的黄鼠狼就会忍不住想偷钱了。这可不是难事儿！

所以，查尔斯必须现在立刻把钱从董事会手里拿过来，趁着黄鼠狼们还没想到团结起来齐心协力。这笔资金必须得到妥善保管，但这并不是董事会的责任，而应该由财务管理人员来执行。在原先的董事会当中，包括弗兰克·坎贝尔本人在内，没有一个人真正懂得应该如何处置这四百万英镑，于是就只能把钱分别存在几家储蓄银行里，挣一点低得可怜的利息。

查尔斯打算做的事情非常迫切：把这笔钱拿去投资那些被称为“蓝筹股”的公司和机构——蓝筹股的意思就是，如果这样的公司和机构会倒闭的话，那么人类只怕也要大受打击，一下子倒退到车轱辘都还没有的年代。所以，克朗达乡村医院的钱必须万无一失，而且必须盈利！

显而易见，他的首要任务就是：对医院进行彻底重建，配备最先进的诊断仪器和生命维持设备，然后把他所能招募到的最优秀的人才请来就职。目前这种棚屋加坡道式的设计尽管有很长的步行距离，但同时也意味着没有楼梯、没有台阶，也没有电梯或升降机。查尔斯见过的医院很多，他从中学到的最重要一点就是：不管采用何种设计，医院里总是有很多很多路要走。

查尔斯想到的可不止这些，还有很多其他事情在他脑子里激荡翻腾，他就这样跟董事会展开了斗争，把会议对公众开放：《克朗达邮报》的人来了——这家周报可不容小觑，城里那些内科和外科的顾问医师也来了，利亚姆·菲尼肯医生和纽迪吉特护士长自然更不在话下。查尔斯还神神秘秘地往悉尼跑了好几趟，有一回人家看见他跟卫生部长在后者的议会厅里议事到傍晚，随后查尔斯邀请他共进了晚餐。其结果是，查尔斯获得了授权，他可以解雇现任董事会，也可以修改医院的章程。部长在听闻克朗达乡村医院拥有巨额财产之后便很愿意听凭查尔斯的摆布了，同时他也不得不认清这样一个事实：这笔钱他是没法拿来为他自己那常年资金短缺的卫生部增光添彩的。不过，这倒意味着新南威尔士州只要花费很少的钱就可以把克朗达乡村医院打造成一家样板医院。协议达成了。

促使查尔斯急着掌控资金的还有一个因素，可他还没法确切地说出究竟是什么原因。这纯粹是他的一种感觉（他在伦敦的几位同行也有这种感觉）——某种金融灾难正在全球范围内酝酿，尽管他拼了老命也猜不出这场灾难的本质。在金融市场和众多投资者那错综复杂的丛林里，一头无可名状的野兽正在某处冷酷地悄悄逼近无名的猎物，这野兽也许是一个影子、一个幽灵，但查尔斯确信，这绝不是他自己凭空想象出来的东西。一些同行也说，它确实存在，而且真真切切，这就意味着他必须让克朗达乡村医院的钱在自己的照看下安全无虞。

这次会议就像加里波利之战，大局已定。董事会面对的是查尔斯对于金融世界的透彻了解，这是他们无法匹敌的，而且他们也明白，如果有必要的话，查尔斯·波德姆会让法院来裁决，并且一路把官司打到枢密院去。董事会乱了阵脚，败下阵来。十一只黄鼠狼发现自己被解雇了，没有一个人重新获得任命，就连教区长也不例外。然而奇怪的是，这反而给克朗达的公司和商店带来极大好处，远远超过了预期，因为查尔斯·波德姆知会当地人，凡是涉及供应医院的物品，他都会进行招标，而且今后供给的物资必须质量上乘，不能再有那些没人要的垃圾。他还鼓励本地的商户参与投标。

新的董事会里不会再有宗教界人士，也不会有任何人因为种族、信仰或是其他原因而遭到歧视，偏见就更不可能存在了。所以，当巴希尔·马布德发现自己是新任董事会里唯一一位零售商人时，他可真是吃惊不小。尽管他在特里劳尼路上经营着一家杂货店，但他是一名天主教徒，并且祖上是黎巴嫩人。董事会的成员都是查尔斯挑选的（他很不民主，在这一点上倒是跟弗兰克·坎贝尔一模一样），根据他的说法，巴希尔出生在澳大利亚，又是在这里读的书，所以他就是澳大利亚人。而且，作为一名杂货店店主，他对于克朗达的寻常百姓非常了解。

埃里希·赫尔岑医生、伊恩·戈登医生、丹尼斯·法拉第医生和内德·梅森医生以及城里所有的执业医师如今都加入了董事会，此外还有利亚姆·菲尼肯医生和格特鲁德·纽迪吉特护士长。董事会里少数的非医学界人士则包括大西部百货商店本地分店的经理、克朗达牧场主协会的主席、农牧业务代理人当中最年长的一位以及克朗达历史学会的会长。从这些人选可以看出，董事会里绝不会有人就如何管理医院的财产而跟董事会主席查尔斯·波德姆医生产生分歧。董事会总共有十二名成员，如果有必要对成员身份进行审查，那就纯属地方事务了，全由主席一个人说了算。

将克朗达乡村医院的资金移交给新任董事会的正式手续于一九二九年十月初办理完毕。查尔斯·波德姆终于高枕无忧，深深地松了一口气。如今那四百万英镑已经被拿去投资了，虽然精明，却也极为保守，全凭主席一个人的决定，因为财政大权由他独揽。对于自己的理由和疑惑，他只字不提，倒也没人质疑过他的决定。查尔斯从不曾对他人的意见横加践踏，这不是他的风格。恰恰相反，他对于所做的每一个决定都解释得详尽无遗，而且鼓励大家展开有益的辩论，平时他可不常与人辩论。凭着对他的信任和了解，大家知道他是对的。十月中旬，新任董事会的成员连入会费都没有交就收到了特许状。

也是在十月中旬，查尔斯举办了一次晚宴招待董事会里所有的医生、纽迪吉特护士长和巴希尔·马布德，不过并没有邀请他们的配偶。他在大酒店里租了一间不大不小的客房，但餐食却是叫悉尼的一家公司供应的。要不是他支付的费用太高，大酒店才不会甘心忍受这样的侮辱，不过酒店经理是个务实的人，而且他也不得不承认，自家的厨师没指望做出这份菜单上的菜肴：白鲟鱼子酱、冰冻果子露、水煮比目鱼、略带粉红色的烤里脊牛排配上夏布多里昂酱汁——这个名字肯定是花了三天时间才想出来的吧。眼下正是仲春时节，所以甜点就是熟透的草莓，还可以蘸上稍微打发过的奶油一起吃。

他是在喝开胃酒的时候把事情提出来的，因为他知道，他们会一边悠闲地吃着一道道佳肴一边考虑这事，一直想到喝餐后酒和喝咖啡的时候。像往常一样，格蒂·纽迪吉特很享受这样的时光，在场的就她一位女性，她这么聪明，自然不会在男人眼皮底下卖弄性感，不过能有机会涂个口红、穿一条没被浆得硬邦邦嘎吱作响的裙子，她还是很高兴的。利亚姆已经听到了风声，其他人则一无所知。他们坐在舒舒服服的椅子上，所有的眼睛全都盯着查尔斯。

“医院将要进行重建，”他说道，“在今天的晚宴上我会让诸位了解到，这将是有董事会做后盾的一项大工程。不过你们也要明白，这项工程会逐渐推进，而不是下个礼拜就开始，也许就连明年都不会开工。我之所以这么早就请你们参与进来，是因为我并不想知道建筑师对于医院有什么构想，我想听到的是医生的想法。巴希尔，我邀请你来是因为你可以代表病人提出对医院的看法。大家有没有不同意见？”

众人交换的眼神和低声的私语全都是欢欣喜悦的，每一双眼睛都闪闪发亮。

“从外型上看，医院不会有太大改变——依然是带有游廊的单层长条形建筑，通过全部盖有屋顶的坡道连接在一起，这样病床可以推出来让病人晒晒太阳，或是呼吸一下新鲜空气，或者看看花园。这里地势平坦，我们要始终遵循没有台阶的惯例。如果高度确实有变化，那么坡道只能长距离小坡度倾斜。没错，这就意味着要长途跋涉，虽然让人很不愉快，但是对健康有好处，而且我也打算用小型的敞篷电瓶车来运输那些无法步行的人，包括访客在内。”他注意到利亚姆的眼神，“利亚姆？”

“是在石墩上架设木板吗，查理？”

“不是，铺砖块，底下有什么地基就用什么——咱们可不能浪费了那些石灰岩块。我想用空心砖来盖房子，冬暖夏凉，屋顶就铺赤陶土的瓦片，用沥青纸和通风良好的漂亮阁楼来隔热。遗憾的是，护士宿舍已经快要完工了，不过至少弗兰克·坎贝尔就把它建在医院的后面，以后咱们再来看看还能做些什么。”

他望见领班站在门口，这表示晚餐已经就绪，于是便帮着护士长从椅子上起身。“咱们可以到小餐厅里接着说。”他边说边在前面引路，其他人成群结队地跟在后面。

“有一点很重要，”很久之后他才又开了口，此时有的人在喝白兰地，有的在喝利口酒，有的在喝咖啡，还有的在喝茶，“你们要明白，医院在建设期间还会继续运转。这就意味着耗时会很长，但是可以让咱们的资产得以保全，所需的资金尽可能从利息中支取，而不要动用本金。我们要记住，这是一家公立医院，咱们还可以问州里要钱。我在医院的账簿上看到，弗兰克·坎贝尔是个冷酷无情的债主。医院的社会服务员费了九牛二虎之力才让一个贫困潦倒的病人偿清债务。说句不客气的话，这是一种耻辱。如果没有克朗达各个教会以及私人慈善机构所付出的努力，这里的人恐怕连进医院看病的待遇都没有，我觉得这可是一项基本人权。哦，别以为这种事在大不列颠就不会发生！照样有。”

听着他的话，利亚姆·菲尼肯坐在那里笑得嘴都合不拢了。查理，干得漂亮！大家全都支持他，巴希尔·马布德是其中最坚决的一个。

利亚姆午夜时分才回到他那间位于医院里的小屋，如今他已经把那里当成了自己的家。草窠还在等他，她迫不及待地想听他说说发生了什么事，并且打定主意要给他梳头，绝不让他躲过今天的份额。

“你怎么知道我现在正需要喝杯茶清清肠胃？刚才吃的油腻食物太多了。”他一边问道，一边吹着自己的茶水，他喝茶时不加牛奶也不加糖，茶还得特别浓才行。

“你们吃的什么？”

“俄国鱼子酱，淡而无味的鱼肉，非常美味的菲力牛排搭配龙蒿调味汁，还有草莓。”

“我对你深表同情。”她说道，同时用力地梳着他的黑发，“我在医院吃的是肉馅马铃薯饼和水唧唧的卷心菜。”

“别胡扯啦，海瑟，你知道查理就是医院的一剂灵丹妙药。

他在晚宴上对董事会所有的医学界人士宣布了关于新医院的消息，这可真是棒极了，这顿饭一定花了他一大笔钱。这简直就像圣帕特里克[1]和群蛇，他们吃得开心极了！我看格蒂吃牛排的时候都快晕死过去了。”

“查理做得好。”草窠说道，梳头梳得越发用力。利亚姆一把抓住发刷：“海瑟，求你别再梳了！我的头皮肯定被划破了。”

“胆小鬼！你的头皮好着呢。那格蒂是怎么活过来的？”

“草莓。我相信就算叫她为了查理去死，她也心甘情愿。说实话，我觉得他的崇拜者们恐怕有一个俱乐部。”

“没错，他还真有个崇拜者俱乐部。”她叹了口气，“我只希望我那傻妹妹要么也一心一意加入他的崇拜者行列，要么就别再搭理他了。她这么摇摆不定的，都快把我们这几个姐妹逼疯了。”

“万幸啊，她是你的麻烦，跟我没关系。”他用手指梳了梳头发，“现在我的头皮不疼了。我得承认，头发不挡眼睛的感觉太美妙了。”

“真为你高兴，你这个固执的北爱尔兰老头。”

有人在门上敲了一下，随后门开了，内德·梅森医生走了进来。“我就说我闻到茶的味道了！草窠，我真是打从心眼里喜欢你，利亚姆还能分一杯茶给我这个暴饮暴食、有点想吐的产科老

1　圣帕特里克（St.Patrick），公元5世纪爱尔兰的基督教传教士与主教，据传是他行神迹将蛇从爱尔兰岛上赶了出去。

医生吗？”

他落座时茶水已经摆在了他面前。“我早就预感到草窠会替你沏一壶茶。你为什么总是喊她海瑟？”

利亚姆似乎很吃惊：“是吗？我猜想那是因为我想起她的时候脑子里出现的就是这个名字吧。不过这顿饭可真是丰盛啊。”

内德·梅森点点头：“打乱你的日常程序了吧，是不是，利亚姆？你跟草窠就像同一个钟上的两副面孔。”

“内德，你有何贵干？”

“大约在草莓端上桌的时候，温妮·乔的羊水破了，她的脚滑了一下，温妮·伯特自然是压根没看到，但是温妮·杰克注意到了，于是立刻就犯了心绞痛。”内德·梅森说。

“为什么约翰斯顿家的女人都叫温妮？”利亚姆问道。

草窠做了个鬼脸：“爸爸说，他家每生一个女儿，他的脑筋就会滑进同一个扣链齿轮里——我说的是赛拉斯·约翰斯顿。而这个扣链齿轮上的名字就是温妮费德[1]。每个姑娘出嫁时都会冠上夫家的姓加以区分，因为孩提时的名字已经没用了。内德，你能分得清那几个温妮吗？”

“但愿能分清吧。今晚产房没有助产士当值——她家里出了点事，考虑到这一点，我叫了一个吓得不轻的实习护士来照顾温妮·乔，然后把温妮·杰克送进急诊室，又打发温妮·伯特到酒

1 温妮的全称。

馆里去把乔给找来。”

“内德，我就是个助产士。”草窠说着站起身来，“本来今晚我是该修脚指甲的，不过脚可以等，宝宝可等不得。如果你需要我，等你喝完茶，我就跟你走。”

“好人会有好报的，草窠，你肯定能帮上忙！”他喝光了杯里的茶，“除了帕金斯生理盐水，没什么东西比一杯热红茶更能清肠胃了。查理把这个叫作煤焦油茶。”

这两人走进门外和煦的夜色当中，只剩下利亚姆一个，他洗了茶杯，又把他那套修脚工具给收了起来。海瑟说得对！脚可以等，宝宝等不得。查理为什么要给我们吃得这么油腻?

正是在他们狼吞虎咽的时候，医院董事会的财务状况出了点问题，查尔斯只能延后执行他心里已经想好的某些计划。在事情妥当处理完毕之前，他竟然怠慢了吉蒂，这可真是不像话。等他终于有空翻翻日历的时候，才发现自己已经两个星期没有正儿八经跟她见上一面了，他被吓了一大跳。他对她的关心总是匆匆忙忙、敷衍了事——擦肩而过时微微一笑，忙里偷闲地说几句话，有两个更好的机会都错过了。

“到我家来吃晚饭吧，就你一个人来。”他对她说。

这话说得非常突然，她觉得他实在是太自以为是了，自信得过了头，充满征服欲。“好啊。”她站在儿科病房门口说道，一个孩子跑过去，碰到了她的左臂，“什么时候?”

“今晚？”

“谢谢，今晚没问题。”

“那我六点钟到你家门口来接你。”

“谢谢你。”她转过脸，露出了微笑——不过不是对查理，而是对那个孩子。

今天她穿的是一条蝉翼纱印花裙子，上面印着深深浅浅的各种粉红色，搭配的饰品也是粉红色的，而且还主动惹他不高兴。“你看着就像露天游乐场里卖的棉花糖似的。”他说，他的鼻孔皱了起来，双眼也无精打采。

她做了个怪相：“艾达对我的打扮也是这么评价的，只不过你说得比较有礼貌。她说我受我妈妈影响太深了。”

“你可以学学艾达的一些风格。”他很客观地说。

“你的意思是穿得更紧身更性感一些？”她问道，一点也不觉得生气。

“不，只要更合身一点就行了。身材矮小的人不适合荷叶边，也不适合打扮得过于女性化。”

如此看来，他俩驱车登上天主教山时她一言不发也就不足为奇了。最后，也许是觉得今晚开局不利，他说道：“为什么这里要叫天主教山？圣安东尼教堂明明在特里劳尼路那一边。”

“这是因为从英国来到咱们殖民地的地主老爷们激烈地反对天主教，城里的赠地或是市政的赠地第一批就被他们瓜分殆尽。”吉蒂说，她很高兴自己也能显摆一点学识，“英格兰圣公会分到的总是最好的，天主教会拿到的总是最差的。但城镇总是在不断扩张，于是英格兰圣公会的赠地渐渐越来越小，还有很多贫民窟，而天主教会的几块地都在山顶上，就变得越发值钱起来。其实他们的本意是要让天主教徒们辛辛苦苦地爬上山才能到教堂，可地主老爷们却忘记了山上的风景也是无与伦比的。这一现象最好的例证在悉尼，”这个话题她越说越起劲了，“圣安德烈座堂是英格兰圣公会的主教座堂，却缩在邮票大小的一小块地上，跟旁边用砂岩建造的市政厅都快要挨在一起了，可是市政厅却比它雄伟得多，周围还有很多办公大楼，车辆也来来往往的。而天主教的圣母主教座堂却坐落在一处极好的天然高地上，四周环绕着公园与花园，风景绝佳，相对来说也很安静。想当初这块地立下契约时，那里还属于城郊，只有牧场和棚屋。”

“真是个令人警醒的故事，”他笑着说，“有趣的是，那些抱有偏见的顽固分子最后反而会搬起石头砸了自己的脚。”他把车拐进波德姆大宅的大门，“虽然名字叫作天主教山，不过我猜它并不是天主教会的财产吧。”

“不是，教会把它卖了，这才有钱盖了圣安东尼教堂，这座教堂宏伟壮观，既漂亮又宽敞，还有两所天主教学校也是靠这笔钱盖起来的。当初汤姆·波德姆老爷子租下山顶时提的条件就是，一旦教会打算出售，他享有优先承购权。”

“这么看来，你对我家竟然比我自己还要了解！”

大宅的门廊气势雄伟，吉蒂一眼就看出这是多立克[1]柱廊，此刻她站在这里，头一回亲眼看见这栋大宅，她才明白当初汤姆·波德姆老爷子给房子选址时有多么用心良苦，他盖房子的时候就盼着将来孩子们能让家里充满生机——孩子都是有这种魔力的。哦，可怜的老头儿，膝下只得一子一女，在他眼里，哪个孩子都没法叫他满意。儿子亨利是老汤姆的头一个妻子所出，女儿玛丽才是汉娜生的。儿子比女儿年长许多，妹妹尚在蹒跚学步时，他就已经不知所踪。女儿则任性鲁莽，不到十九岁就跟着一个除了长相英俊以外一无是处的人私奔了，而且还紧紧黏住他不放，就像带芒刺的小果子粘在羊毛上一样。这个女儿生下的孩子便是杰克·瑟洛。

因此，这栋房子从来都没有家的样子，它就像个维多利亚哥特风格的大怪物，有着圆圆的高塔、巨大的窗户和陡峭的屋顶。大宅占地十英亩，坐落在天主教山平坦的山顶上，脚下就是这座六百英尺高的大底座，它朝向的并不是位于宽阔肥沃河谷中的克朗达地区，而是朝着北方，面向巍峨的红色山崖和下面的峡谷，面向切割高原上无边无际的森林，悉尼就被这高原环绕在中间。哦，多美啊！吉蒂心想。茫茫的远方蒙着一层蓝色的薄雾，树叶在风中摇曳，仿佛成千上万棵树一齐发出了一声响亮的叹息，浪花飞溅的小溪就像在顽皮地欢笑，山上的石头颜色发红，宛如有

---

1 Doric，多立克柱式，又名多利亚柱式，源于古希腊，特点是比较粗大雄壮，没有柱础，柱身有20条凹槽，柱头没有装饰。

鲜血渗出，这许许多多的猩红色岩石似有千斤重，压得人喘不过气来，一切仿佛都出自大师的巧手描绘。

“真希望我是个诗人。”她说，沉浸在这美景当中，“现在我明白你为什么想这么早就带我来了。此刻的光线最是理想，正适合我第一次所见的这一片绝美景色。”

“无与伦比。”他说，心中暗暗感到满意，“而我只是走了自己该走的路而已。”

维多利亚风格在大宅里面也处处扎根，尤为惹眼，吉蒂不无讽刺地想，家庭主妇要是看见这情景，肯定高兴不起来。

“这房子的内部得全部拆掉。”他边说边领着她进了一个房间，这里被他改造得像是个会客的区域，不过家具已经很老旧了，一点也不舒服，而且她怀疑，最近的洗手间恐怕还在后院里。关于这一点，他倒是可以让她开心起来。

“这里原本什么下水道也没有，所以我在搬进来之前就叫人安装了一种新的污水系统，装进了几间漂亮的卫生间和盥洗室。还有一台燃油的壁炉正在船上从旧金山往这里运，要是一个不够，后面还有一个——我发现澳大利亚人跟英国人一样，家里都没有中央供暖系统，虽然我到这里的时间不长，不过我想克朗达的冬天还是很冷的吧。”他选择坐在距离她稍远一点的位置，这样就可以更清楚地看见她。他坐在那里，手里拿着他的特制威士忌——加一点点苏打水，但是不加冰——设法把眼睛映成了跟杯中酒同样的颜色。“我并不打算一股脑地告诉你，等我们结婚以后我都有些什么计划，只是此时此刻我想对你说，希望你能让这里成为一个真正的家，这是老汉娜没能做到的。据我所知，她并不是我的亲祖母，不过如果你能跟我说说我的家族在克朗达的情况，我会非常感激。”

她的酒窝跳了出来。“回避得再巧妙也还是说出口了！”她在椅子上坐定，“先生，你要买一些好家具。说到老汉娜和老汤姆——嗯，有人说，只要是波德姆家的人，无论到了哪儿，在家庭方面都不走运，不过这只是克朗达的传说罢了，属于谣言的一部分。其实一切要从红宝石说起。大约在七十五年前，垂德比第一个发现了红宝石，他简直以为全世界将来都是他的了。本镇的名字就来自克朗达姆这个词儿，也就是刚玉的意思，红宝石和蓝宝石都出自这种矿物。这里只有红宝石，而且是最好的红宝石——红如鸽血，有些还是星彩红宝石，而且没有明显的包裹体。”她脸色一变，“不过这些你都知道了。我还是不说了吧。”

“请继续说吧。”他说着给她杯中又倒满了雪利酒，“我喜欢你的声音，你是那种罕见的聪明女人。今天还有一整个晚上的时间要消磨，这会有点尴尬，你千万不要觉得我迟钝到连这个都不懂。”

“其实女人跟男人一样聪明，但是所受的教养却让她们觉得这样不对，于是便将才智给藏了起来。爸爸从不这样对我们。”她叹了口气，“妈妈虽然这么做了，可是没有成功。”

“吉蒂，红宝石。”查尔斯温柔地说。

“哦！哦，对，红宝石……垂德比的错误很典型，是因为他的无知——他靠着红宝石发了财，却并没有下苦功去钻研，所以便一直无知下去了。他找到的红宝石都是散落在瓦砾堆里的，这些碎石原本埋没在山洞、河床和岩石裂缝的砾石层里，后来被水冲了出来，足够开采很久。但汤姆·波德姆老爷子却是做了功课的，他出发去寻找主要的矿床，找到以后他就把那块地给买下来。终于，垂德比的碎石越来越少，最后完全耗尽了。而波德姆红宝石却源源不断地被发现，而且产量稳定，有传言说一年能赚十万英镑，不过你肯定知道确切的情况。”

“你想知道确切的情况吗？”他微笑着问。

“不想。”她说，有点吃惊他会这么问，“钱能给你买到多少东西，它就有多少价值。可是我想都没想过能花掉这些钱的一半。”

他们来到餐厅，虽然管家在一旁走来走去，上菜的却是吉蒂没见过的一位女佣。先是龙虾肉丸子，接着是冰冻果子露，随后是烤小牛肉。有人侍奉在侧让吉蒂觉得有点拘束，她对龙虾很有兴趣，但是看到小牛肉就一脸惊恐了。

“对不起。”她盯着自己的盘子说，“我不能吃这个。”

“你说什么？”

“我不能吃这个。它还带着血呢。”

“这是小牛肉。”他一头雾水地说。

“这个有血。”她边说边把盘子推开了。

“小牛肉就得吃半生不熟的。”

“我从不这么吃。”她露出迷人的微笑，“叫人把它端回厨房吧，扔进平底锅里，把它煎熟了——求你了，查理，不然我马上就要吐了。”

“亲爱的姑娘，我不能这么做！我的厨师会辞职的！”

“那我能不能不吃这个，改吃脆皮培根三明治？”

这可真是难办！查尔斯目瞪口呆地坐在那里寻思起来，自打他来到克朗达以后，已经不止一次收到这样的明示或暗示，可他怎么会全都不加理会呢。现在想一想，那天晚宴上的情形也是如此。烤里脊牛排熟过了头，他觉得很丢脸，便一再向大伙儿道歉，可到这会儿他才明白，牛排的粉红色在他眼里是熟过头的证据，可他的客人们却以为他是在为牛排烤得半生不熟而道歉！根据他在悉尼的多次用餐经历，他知道那里的人对待熟肉的问题要开化得多，可这里都是乡下人，从肝吸虫到绦虫，他们知道得清清楚楚。

查尔斯唤来管家，他也是从悉尼来的：“达克斯，请厨师为垂德比嬷嬷做一份培根煎蛋。”

“务必要把蛋黄煎得跟石头一样硬！”她说。

“吉蒂，跟我说说你最爱吃的菜品或是食物吧。”

“脆皮培根配上酥脆的新鲜圆面包，炸香肠和薯条，炸鱼和薯条，外焦里嫩的羊排，带脆皮的烤猪肉和烤土豆，还有妈妈做的蝴蝶奶油蛋糕。”吉蒂毫不犹豫地说。她的眼睛放射出浅紫色的火花，她轻声一笑：“哦，可怜的查理！你对婚姻有这么多宏图大计，可是厨子和妻子如何才能兼而有之？这两个人可是永远都不会对路！”

“吃这些东西的话，不到三十岁你就会胖成球了。”

“胡说八道！查尔斯·波德姆，我工作起来可拼命了。重要的不是吃什么，而是你吃下去的东西消耗了多少。”

“我为什么会爱上你？”他望着那个老旧难看的枝形吊灯问道。

“波德姆医生，这是因为我并不像其他女人那样想讨你的欢心。你太看得起你自己了。”

“有些自我评价并非名不副实，对自身的高度评价如果是基于自己的所作所为和取得的成就，那就不该被人嘲笑。你就是太看不起你自己了，这是因为你年纪太轻，而且又处处受限。要是在美国，人家就要说你是家乡姑娘了。”

“要是在美国，人家就要说你是小恺撒了。”

煎蛋和培根端上来了，可那两个鸡蛋的蛋黄还是溏心的。她叫人又送了回去，指示说要把蛋黄打散，务必将蛋白的表面煎成褐色。查尔斯很是泄气，却又不知如何是好，他眼睁睁地看着今晚的情况越来越糟，最后变成了一场灾难。

不过，她对咖啡倒是认可的，两人是在会客厅里喝的咖啡，这里没有用人在周围走来走去。

“今天晚上你把所有能犯的错误全都犯了，”吉蒂说道，口气很友好，“破米佬之所以这么不招人喜欢，我觉得这就是原因之一。你从来没有问过我的意见，也没有研究过我对食物有什么喜好，因为你认为我是个什么都不懂的乡下人，迫切需要有人来教教我吃什么才对、在哪里吃才好。而我来了以后，就应该如你所料的那样心怀敬畏、受宠若惊，并且对你今晚的教诲感激涕零。你对美食的评判标准纯粹是从金钱的角度出发：要是这东西很稀罕或者很昂贵或者是既稀罕又昂贵，那肯定就哪儿哪儿都好。培根卷太过平淡无奇，证明完毕，它跟龙虾肉丸子根本没法相提并论。这我同意，确实没法比。但它要好吃得多。至于你那些半生不熟的肉，我在工作中见到的血已经够多了，用不着看到自己的食物也鲜血淋漓的。肉越不熟，所含的脂肪就越多。人类之所以开始把肉弄熟了吃，目的之一就是要融化脂肪，同时也让脆骨更容易被发现。”她耸了耸肩，“起码我在护士培训中学到的是这样。难道你们医生学的不是这样吗？”

他的脸已经扭曲成狰狞怪兽的模样，但是这表情背后的所思所想却既不是自尊受了伤，也不是骄傲被刺痛。查尔斯·波德姆在想，这世上有没有什么法子能让这个耀眼的绝世美女看清他的本质：这是个绝对配得上做她丈夫的男人。

“吉蒂，如果我拿没发酵的面包和河里的水来招待你，那也不可能比这些更糟了吧——呃，我之所以奉上稀罕又昂贵的食物，并不是为了让你觉得羞愧，也不是要凸显你没见过世面，而是为了向你表明，你在我眼里有多么稀罕、多么昂贵。”他尽量让自己的语气听起来通情达理，同时保持身体处于放松状态。他看得出，尽管今晚已接近尾声，她却还是审慎而多疑。“你为什么非得挑我的毛病，对我又抓又挠？”

她突然间显得很疲倦。“查理，我想我一定是在试图用这种方式让你明白，我不想要你的关心。你——你让我觉得烦。我想不出还能怎么说。我对你并不反感，也并不失望，世间强烈的情感纵有千千万万，却没有任何一种是我对你的感觉。你只是让我觉得烦，就像一根睫毛进到了眼睛里，沾在眼皮底下，让我抓个不停。”她说。

“如果真是如此，那你今晚为什么还来？”

“我想再试一次，看能不能把这根睫毛弄出来。”

“你想回家了吗？”

“你打算放过我了吗？”

他忽然摊开双手，似乎是在用这个姿势来求她理解。“我做不到！”他喊道，“吉蒂，你如此轻率地拒绝了我，我实在无法就此罢休。我要怎么才能证明我有多么爱你，证明咱们俩就是天生的一对？就算你觉得这是傻话我也不在乎，我不顾一切地爱着你，希望你能成为我的妻子，成为我真正的伴侣，我一定要设法把那根眼睫毛弄出来，让你的双眼看到我才是适合你的那个人——”

突然之间，她愤怒地用手拍着桌子，那对眼睛里的紫色光芒仿佛燃烧起来一般，烧得猛烈而火热："别跟我说这些蠢话！请你送我回家！谢谢你请我吃饭，也谢谢你给我上了一课。"

再没什么可说的了。他俩一言不发地离开大宅，走到那辆栗色的柏卡旁边。他打开车门，扶她坐了进去。

下山这一路上，他俩面无表情，默默无语，时间就这样白白流逝。车灯短暂地照亮什么，吉蒂就看着什么——一棵巨大的树干、一丛灌木、邮箱的底部，接着是乔治街上的路灯、维多利亚街上的路灯，最后，医院出现在前方。

这一次他的动作不够快。她下了车，逃也似的走上坡道，离他远去，迈着完美的护士步伐：既不是跑也不是走。医院没有起火，病人也没有大出血，她这是为了躲开查尔斯·波德姆。

回到波德姆大宅，查尔斯坐在这一片废墟当中，他原本计划今晚用这些东西来初步诱惑她一下。他确信没有哪个女人能够抵御得了，因为这证明他为她花费了时间、付出了关心、替她着想、为她倾心。最美味的食物，最好的美酒，还有训练有素的仆人，这就是在告诉她，等她嫁给他之后，所有那些棘手的、烦人的工作都会有别人来完成——即使波德姆大宅那乱七八糟的样子急需她的关注并加以美化，钱也不是问题。

让她觉得烦！还没有重要到能让她不喜欢——就像一根睫毛！世上有那么多比喻，为什么她偏偏要用这一个？因为睫毛让人受不了，直到你终于把它冲出来，或是用拧起的纱布一角成功地将它挑出来。他被拒绝了，如此草率，如此俗套，如此愚蠢……

查尔斯感到痛彻心扉，他以为是自己的灵魂在流血，这都是因为他生命中缺少能够让他幡然醒悟的那种人——挚友。他幼时因母亲过世而痛失母爱，又因父亲情绪不稳而父子分离，这两点使得他还没到上学的年纪就已经长成了铁石心肠。在伊顿，在巴利奥，在盖伊，他的团队都只有一个人——他自己。无论是小时候还是大了以后，他从来都是班级里身材最矮的男生，这导致他和谁都无法亲近，同时也给他塑起一层外壳，与那些比他身材高大的同龄人相比，他的性情更加傲慢，他对自己的信心更加不可动摇，他的意志更加坚定。日渐成熟的他意识到了自己的魅力，发现自己能够令别人神魂颠倒。完全长成的查尔斯·波德姆医生并不是个郁郁寡欢的独行侠，他八面玲珑，魅力非凡，机智过人却脚踏实地，惹人嫉妒。他这么矮真是太可惜了！查尔斯也知道见到他的人都是这么想的，所以对自己的沮丧和愤怒都深藏不露。

他十分清楚，自己之所以如此深爱吉蒂，原因之一就是她的个子。要是别人把他俩看作一对情侣，那就不会有人笑话他们，因为他俩都很矮，但也不算侏儒，而且吉蒂的美貌堪比特洛伊的海伦，人人都爱她，她想嫁给谁都没问题，不管对方身高多少。而且他可以断言，克朗达肯定没有藏着帕里斯。要是吉蒂选择了他，那就证明他是对的。

他发现像这样毫无逻辑地胡思乱想能治愈伤痛。于是今晚他就端着一杯威士忌，坐在那里一边小口小口地慢慢喝着，一边想这想那。总之，他并没有喝醉，只是失望至极，他这一曲爱的前奏遭到了如此轻蔑的拒绝。不过这反倒引领他走出吉蒂造就的绝境，转而进入另一个更加困扰他的绝望深渊，因为这个问题的解决之道并不掌握在他手中。

某种灾难正在逼近，这我在一年多以前就知道了，也有极少数人跟我看法一致。英格兰银行心神不宁，伦敦金融城惴惴不安。但是有人把一切都归结为谣言。政府债台高筑，失业率持续攀升——澳大利亚的情况也是一样。这个国家在经济上遇到了麻烦，我认为这在很大程度上要归咎于政府缺乏经验。澳大利亚联邦成立尚不足三十年，它的政府还是个新手。

迹象是非常明显的。比如说，北方的煤田锁了门不让矿工进来——一名十五岁的少年被枪击身亡！再比如说，联邦政府把太多的责任转嫁给了州政府，可是州政府无权动用税收，而联邦政府在向州政府拨款时更多的是基于政治因素，而非出于公平。

这一切会不会其实是表明国家的命脉掌握在墨尔本手里？联邦政府曾在墨尔本驻扎了二十五年，如今刚刚才启用的堪培拉却位于新南威尔士境内，而这也是全国面积最大、纳税最多的州。澳大利亚跟美国的面积差不多，划分得也很平均，但人口分布却不均——国人都挤在六个大城市里，像克朗达这样人口稠密的乡村地区实属罕见。我真是想不明白！不过澳大利亚人自己明白吗？他们学校里教的英国历史比澳大利亚历史内容还多，我都不知道该何去何从。克朗达仿佛孤立于中央政府之外，就像苏格兰之于伦敦！

一阵狂风呼啸着从烟囱里灌下来。查尔斯吓了一跳，直打哆嗦。

我到这儿有多久了，三个月？可是克朗达人民俨然已经把我看作一名地方长官。这里有我的亲人，还有我投资的项目，所以当我决定去往一个新世界的时候才会选择这里。因为我想保留自己的英国范儿，这在北美到哪儿都吃不开。美国人早在一七七六年就脱离了大英帝国，加拿大人却饱受大嗓门的法国口音困扰，在南非则是荷兰口音。可是在澳大利亚，我可以在政界开创一番事业，并且成为总理。

毕竟，从克朗达开车到堪培拉只需要两个小时而已。但我要如何才能跨越我心里的这段距离？

而且，首先我要跟吉蒂结婚。

第二个任务更为艰巨，也远比第一个伤人得多：摒弃我的英国风格。如果继续保留的话，它就会阻碍我的前进。

第四部

# 大难临头

十月三十号，滞后了十六个小时的悉尼报纸报道说，十月二十九号，纽约股市从历史新高暴跌至历史新低，与此同时，人们也纷纷从华尔街的摩天大楼里跌落下来，就像自杀的旅鼠。说得真是绘声绘色！可纽约远在万里之外，而且美国的财政体制并不像英国和欧洲的那样能够影响到澳大利亚。美国是真真正正的外国，它的事情就只是它自己的事，就全球而论，它的政治是孤立主义的。

然而查尔斯·波德姆却看透了十月二十九号这场股灾的本质，他解脱似的叹了一口气，听天由命吧。没错，这事已经发生了，不过他的资金和医院的资金都安全无虞。如今这样反而好过再提心吊胆几个月，等着那把不知名的斧头落下来。只有暴露在现实之中，人才能有所行动。没有什么是一夜之间冒出来的。在抽象的理论层面之下会有何种征兆，查尔斯其实也不清楚。他只知道会有越来越多的人失去工作，而那些没有失业的也将被迫接受降低的工资标准；出售的房地产会增加，可是掏钱购买的美国人却会减少。似乎还没有人想得到，美国金融市场的遭遇能够让全世界所有的股市都粉身碎骨。

教区长邀请查尔斯到家里来用餐，由格蕾丝·奥尔森作陪，拉蒂默四姐妹这张拼图总算是完整了：到目前为止，两对双胞胎姐妹中就只有格蕾丝他还无缘得见。他私下里觉得，她在现实中的所作所为反而使得画面背后的含义更加模糊。她和艾达一般高，体形也一样，但无论长相还是性格，她跟艾达却完全不像。她那双灰色的眼睛透着忧伤，嘴唇动不动就会颤抖，嘴角向下撇着，她身穿一条时髦的花灰色斜纹连衣裙，兴奋地唠叨个没完没了，说的无非就是丈夫、孩子、姐妹、父亲——以及杰克·瑟洛。每当说起杰克，她那哀伤的脸上就会露出喜色，不过查尔斯在她第一次提起杰克时就注意到，教区长和莫德对于杰克出现在格蕾丝的生活中一点也没有觉得不安。

“要是阿熊来了，他一定会很高兴，”格蕾丝一见到查尔斯就说道，“可他现在人在沃加，要再过一个月才会回来。他是帕金斯的推销员。”她补充道，仿佛人家听到这话就全明白了。

“他就是挨家挨户地推销香膏、乳液什么的。”莫德说，笑得有点做作。

格蕾丝脸一红。“他是帕金斯最好的推销员，”她犀利地说，“而且他在家里也是个顶好的顶梁柱。”

“我对此毫不怀疑。”查尔斯说着露出他最迷人的微笑。可怜的小妇人！深爱着她那个旅行推销员丈夫，可他却总不在她身边。杰克·瑟洛并没有让她的寂寞空闺温暖起来，他只是劈劈柴而已，同时确保她没有因为什么可笑的家庭意外害死自己或是哪个孩子。格蕾丝就是那种无用之人。

不过她也无害，可莫德就不能用这个词儿来形容了：她从头到脚、由里而外都是个彻彻底底的贱人，对于教区长那对年长的双胞胎女儿，她毫不关心，对于她自己所生的草窠，她也不甚在意。看到她那娇小的身形，查尔斯不由得忧心忡忡、脊背发凉。即便到了这个岁数，她也依然非常漂亮，身穿一条花里胡哨的裙子，上面还有很多褶边，看来她在穿着打扮上花了很多时间和金钱。教区长真是太贴心了，这是头一回邀请他来家里用餐，就只有他们四个人参加，所以他才有时间充分地利用这次和格蕾丝以及莫德见面的机会，而且只须付出一点点关注就已足够。

莫德是个甜得令人作呕的妈妈，在这么一个坏榜样身上，查尔斯看到了吉蒂最初的模样，不过这是仅就外表而言的。他相信她俩的天性有着天壤之别。查尔斯觉得更有意思的是，他发现教区长能管得住莫德，而不是被她管着。他是怎么做到的？

晚餐很美味，虽然比他家厨师烹调的法式美食差一些，但是好过帕台农的菜品——前菜是烟熏三文鱼搭配烤成褐色的黄油面包薄片，主餐是鲜嫩可口的烤火鸡，甜点是奶酪拼盘和无籽白葡萄。

“莫德真是太聪明了！”格蕾丝在起居室里边喝咖啡边滔滔不绝地说开了，“她买了小火鸡，一下烤了两只。我喜欢她用的填料——她在火鸡肚子里放的酸果，把这个也做成了调味品。”

听了这样的赞美，莫德有点沾沾自喜。毫无疑问，这话是她命令格蕾丝说的。是谁悄悄说我喜欢吃半生不熟的红肉来着？莫德用火鸡来招待他，问题解决了。

他听着格蕾丝把她那栋舒适的房子说了个遍，还听她说了很多很多关于她儿子的事情，一个一岁半，另一个五个月。

“今晚是谁在照顾孩子们？”查尔斯客气地问。

格蕾丝想要答话，可是她的回答却没有机会说出口，因为莫德轻蔑地抽了一下鼻子，抢着答道：“是艾达，格蕾丝的姐姐。格蕾丝，这话我说得再重都嫌不够，说得再多都还嫌少，你不该让艾达接近你的孩子们！她会把他们带坏的。”

听到这话，不光是格蕾丝，就连托马斯·拉蒂默都愤怒地挺直了身体。这是莫德的个人观点，至于她为什么要对一个陌生人公然表达自己的不同意见，查尔斯压根连边儿都猜不着。

“艾达就是个美杜莎！”莫德啐了一口，厉声说道。

教区长松了一口气，大笑起来，他那对跟格蕾丝一模一样的灰眼睛闪闪发光。“蛇发女妖美杜莎！查理，这个名字艾达已经得了好多年了，是她自己挣来的。那天我和莫德正在举行午后茶会，庆祝四个女儿即将开始护士培训，当时艾达异常冷静，一个人也没有惊动，用她的椅子腿刺穿了一条身长七英尺的红腹黑蛇的脑袋，并且把它钉在那里，直到吉蒂设法用壁炉里的短柄石斧砍下蛇头。那条蛇在垂死挣扎之际对着艾达乱打乱抽，艾达伤得不轻，全身都青一块紫一块的，就像被人用拳头打的一样。而莫德，”教区长用同样的口气补充道，“却陷入剧烈的歇斯底里状态，我只能把全部注意力都拿来照顾她。”

“那是一条毒蛇吗？”查尔斯好奇地问。

“剧毒，尤其是它的个头又这么大。”

“那艾达可真是英勇。”查尔斯冲着格蕾丝微微一笑，“是你儿子们的好榜样。”

“我也这么想。”格蕾丝说。

“莫德也是这么认为。不过，这些年来，她有时候会误把女儿们当作女用人。”托马斯·拉蒂默说着皱起眉头，仿佛真的为此忧心忡忡。

“杀蛇的事情，吉蒂也有份？”

“没错。工具在壁炉的另外一边，所以艾达才不得已用上了椅子腿。离那些工具最近的就是吉蒂，是她火速伸出了援手。”

“而我，”格蕾丝忧伤地说，“却效仿了莫德，吓得直哭。”

“这也没什么好羞愧的，”查尔斯暖心地说，“哭泣是一种自然反应。不过，看来艾达和吉蒂却并不是这样。教区长，您的女儿们很勇敢。”

“确实如此。”牧师自豪地说。

“我想要跟吉蒂结婚，”查尔斯说道，语气就跟聊天一样，“可是我很难说服她相信我会成为一个好丈夫。”沮丧只短短一瞬，下一刻他的脸便再度神采奕奕，恢复了电影明星般的俊美，“不过我会赢取芳心的，别担心！”

这个决定一经宣布，大家全都大吃一惊。这在查尔斯的意料之中，但他也发现，众人在震惊之余的表现对他很有启发。格蕾丝是真心实意的喜悦，她没有别的心思，就是高兴。莫德则爆发出一阵胜利的狂喜，这终于证明了她在吉蒂的美貌崭露头角之后一直采取的策略是正确的。关于这一点查尔斯已经早有耳闻，是前些日子艾达在那次晚餐恳谈中告诉他的。至于教区长，欣喜的同时却不失审慎，查尔斯明白他的意思，只有这婚姻是吉蒂想要的——并且需要的，这才是个好消息。他还没有确信，心里仍有疑惑。

“格蕾丝，把你妈妈带到那边去聊聊天吧。”拉蒂默牧师命令道，“我和查理要私下谈谈。”他递上了雕花玻璃酒瓶，“再来一杯波尔图葡萄酒？”

“谢谢，先生。”

“吉蒂为什么不肯接受你？你是个非常合适的人选。”

“根据我所能够理解的，她还是因为不信任我。又或者，我认为她是不信任她自己。对了，她小时候的那些麻烦事我都知道了，是艾达对我说的，说得既详细又诚实。”

“她对你这么赞赏，倒是稀罕。你多大了？”

“三十三，吉蒂是二十二。”

“男人就该比妻子年长一点，不然的话，女人天性成熟，在婚姻里就会占了优势，这可不公平。”拥有一大群信众的精神导师说道，他心里对此坚信不疑，“一个家越是藐视传统习俗，就越是难以保持稳定。如果你跟吉蒂一般大，我就会反对这桩婚事——因为对于一个被宠坏的年轻人来说，婚姻的要求太高了——你会受到诱惑，将你身为丈夫和父亲的责任弃之不顾，而受到伤害的主要是你的孩子们。照眼前的情形来看，你年长的这十一岁会赋予你威信，从而得到你妻子的尊重。”教区长沉思地啜饮着葡萄酒，“从许多方面来说，我都必须同意你的求婚，可是吉蒂不信任你，这让我很不安。她是在哪一方面不信任你？”

“如果我知道的话，那就能够破解了。”查尔斯说。

“难道你就不担心自己会爱上别的女人？”

“我表示怀疑，汤姆，因为我没有一丝一毫流露出自己有喜欢玩弄女性的弱点。她是我的雇员，日久见人心。”他耸起肩膀说道，“她认为我自以为是、傲慢自大，我想我可能确实如此，但这是有理由的。在我看来，她似乎宁愿我故作谦逊，也不愿意我如实看待自己的天赋和能力。不管我是什么样的人，我都从来不曾有所掩饰。”

“你虔诚吗？”

“我并不属于任何一种宗教偏执狂，但我信仰正统英格兰圣公会的上帝。”查尔斯声明说，“公众人物就应当让人家看到他定期去做礼拜，我认为这是非常重要的，所以今后每逢周日，我都会出现在教堂里波德姆家的长椅上。”说到这里他停了一下，随后换了另一种口气问道，“教区长，克朗达的英格兰圣公会还算兴旺吧？”

托马斯·拉蒂默眨了眨眼说道：“说实话，很兴旺。克朗达比多数地区都要富裕，因为这里很少发生旱灾，民众也比较富足，教会全靠他们的资助。不过，查理，你为什么要问这个？”

“因为世道就要变得艰难了，汤姆。据我推测，本国的经济繁荣极度依赖商品出口——以小麦和羊毛为主。而这两种作物在克朗达并无出产。世界大战期间，各国对于军装和毯子的大量需求让澳大利亚政府——无论是联邦政府还是州政府——产生了一种错觉，他们对出口贸易充满乐观。可是，战争结束已经十年了，现如今没人想要也没人需要这么多羊毛。除此之外，干旱导致用于出口的小麦产量骤减。”查尔斯怏怏不乐地说，“政府以出口商品作为抵押而大举借贷，以为出口贸易会源源不断。可是鉴于美国股市的暴跌，凡是金融界的人都能看出将要发生什么事。贷款必须偿还，但是钱从哪里来？”

“医院的资金怎么样了？还有你自己的钱？”

“哦，这些钱都安全无虞，不过，如果澳镑贬值的话，医院的钱自然会遭受损失。但是这笔损失还可以承受得起。至于我自己的钱，都放在英国。”查尔斯突然笑了起来，似乎是苦笑，“也许我只会让你虚惊一场，汤姆，现在就预言经济体系中的裂缝会扩散到何等地步还为时过早。”他叹了口气，“可是不知为什么，我总觉得情况会变糟。”

“查理，我尊重你的直觉，不过咱们还是说回我女儿吧。你希望我跟她谈谈吗？”

“谢谢您，不用了。我只想要您的祝福。”

“我的好小伙，我祝福你，祝福你！”

“那么如今我需要做的，”查尔斯说道，“就是说服吉蒂了。”

被牧师支走的莫德早已不耐烦了，于是便悄悄溜了回来，刚好听见这句话。“吉蒂并不是不喜欢你，查尔斯。”她说，这是唯一一个没喊错他名字的人，“要真是如此，她一定会——毫不客气地——对你说，哪儿凉快哪儿待着去。可是她没有，而是接受了你的邀请去共进晚餐。她的防线会动摇的，真的。到了那个时候——一击即中！”

这话听起来相当阴险，就像蛇一样，不过他并没有明说。

斯坦利·布鲁斯领导下的联邦政府作风保守，长期当政，在此期间，政府的工作大体上都是在墨尔本开展的。澳大利亚联邦成立之初的二十五年，这个国家的首都堪培拉在精神上还处于一片蛮荒之中。接着，在华尔街股市崩盘之前没几天，詹姆斯·斯卡林总理领导的工党政府上任，新当选的政府在公众的一片哗然之中做出决定，联邦政府将永久驻在堪培拉。这是个由一群还处在摸索当中的新手所组成的政府，却承继了华尔街股灾的余殃。

先是经历了世界大战的惨状，又接连遇到两次流感大暴发，死于流感的人甚至比死于战争的人还要多，初出茅庐的澳大利亚联邦会疯狂地投入到公共工程的建设中去恐怕也就在所难免了。这样的公共工程大多数都由州政府承建，理由再明显不过：各州以前都是作为大不列颠的殖民地独立存在的，一个弱小无知的中央政府要如何才能治理这片三百万平方英里且一多半都是沙漠的国土？宪法对于组成国家实体的人民只字未提，也没有给他们一部权利法案，它就是一份关于司法系统、议会、各州、联邦、税收、关税以及贸易的公文。所以，从一九〇一年到二十世纪二十年代末，当新成立的联邦政府在墨尔本蹒跚前行的时候，各州维持着自己的政府，做着自己的人民所想和所需的事情——建学校、修公路、建医院、修铁路、搭桥筑坝，还建起了有升降机的粮仓。此外，庞大的士兵安置计划让返乡士兵成了本国的主要生产力，大家认为这就是国家的财富来源。

各州均为了筹集资金而自行借贷，主要债主都在伦敦金融城的资本市场中，借款的数额大得惊人，利率也相当高。澳大利亚谷物和羊毛的国际价格暴跌，迫使工业和农业大幅减产，就业率也下降了，但对于各州政府而言，财政收入锐减要糟糕得多。就在这当口，华尔街突然发生股灾，澳大利亚的各州政府这才意识到自己已经付不起伦敦金融城的贷款利息了。

经济学家、政府官员和政治家普遍达成了共识，他们认为这场灾难的对策在于严格控制货币，不花钱就可以了，积攒下来的每个便士都必须拿来偿还这些外债。斯卡林总理宣布联邦政府将停止投资兴建公共工程，并将进行裁员。只有一个人大声疾呼反对他们，这人就是杰克·朗——新南威尔士州的工党领袖，他希望多花钱而不是少花钱，促进就业而不是降低就业。

除了查尔斯·波德姆，克朗达并没有人对华尔街股灾的直接后果深感不安。乡民们在报上读到本国那些大城市里发生的事，也了解到小城堪培拉的情形——毫无经验的政府简直像生活在象牙塔里一般。克朗达地区安然渡过经济大萧条的第一波动荡，几乎没有受到任何影响。丢掉工作的都是那些大老远在悉尼或是墨尔本上班的人。然而，还没过几个星期，一些不知名的本地人便在克朗达公路和悉尼—墨尔本高速公路交会的丁字路口竖起一块牌子，上面用黑体字娴熟地写着：克朗达没有工作。

人们对查尔斯·波德姆和吉蒂·拉蒂默之间的关系要远比对经济大萧条更有兴趣。要是吉蒂明白自己的心意，那这事无论如何肯定早就尘埃落定了。可麻烦的是她不明白，她将自己的迷惘归咎于综合在一起的多种因素，其中有一点是以前从没有人如此坚持不懈地追求过她。他对她既有吸引力，又使她反感，他并没有跟她针锋相对，而是以一种拐弯抹角的奇妙方式牵扯着她。她对他有种不好的感觉，但纯粹只是她的感觉而已，从未亲眼得见，而她看得清清楚楚、真真切切的都是他身上令人钦佩、值得爱慕的品质，而且极其可靠、坚如磐石。可她怎么能向他说明她在寻找的恰恰是他的痛处？哪怕只看到一回，她就会知道了。她自己的童年是一段长久的伤痛，起因却是某种她无力改变的东西：她的外表。本能告诉她，他的童年一定和那些跟他同龄的男孩们大同小异，只是他们后来长高了，可他却没有。他肯定有痛处！也是因为外表！可他为什么既不肯让她看见、也不愿意告诉她呢？只有告诉了她，他才会允许她进入自己的内心深处。吉蒂渴望治愈他的伤痛，所以总是感觉自己被他贬低、被他疏远。

他俩常常见面，可是每次见面时，她都极易动怒、满怀戒心，随时准备开战，从来不曾松懈。他俩就像猫和狗一样斗来斗去，有时保持距离，有时隔着篱笆。要是她对他说的话有异议，就会给予猛烈还击。

艾达和草窠比格蕾丝见到他们的时候要多些，可也只能灰心丧气地看着他俩争斗却无能为力。

“他俩会让彼此失血而死的。”草窠对艾达说。

“他俩明明是天生一对，何必要这样呢？”艾达问道。

“这要怪吉蒂。我原本以为也许是莫德逼她太紧才惹恼了她，可是爸爸向我保证说她表现得很好。查理身上有些品性吉蒂弄不明白，她不喜欢这种感觉。”

“一针见血，高明啊，草窠。”艾达耸了耸肩，“好吧，就我来说，我是不愿意插手这事的。我只是替查理感到惋惜。”

然而克朗达人不知道的是，大萧条蔓延的速度竟比查理·波德姆围困吉蒂·拉蒂默的速度更快。他还没找到勇气吻上她的双唇，已经有几家悉尼商店关门大吉，让一些克朗达居民丢了工作，既没给遣散费，也没有任何形式的福利金。失业的本地人也找不到新工作，因为没人在招聘，就连医院都不要人。联邦政府宣布将投入一百万澳镑，交给各州用以发放给失业者，至于如何发放、每人多少钱才合适，则由各州自行决定。结果这事却引得地方政府弄虚作假，继而招致愤怒的强烈抗议，谁都没有捞到好处。南澳大利亚受到的威胁极大，因此划拨给该州的资金超出了它应得的比例，不过倒也没人为此觉得恼火。但是，西澳大利亚也多得了钱，理由就不那么充分了：这个州极力想脱离联邦，而堪培拉方面有意要争取该州政府的支持，于是在划拨资金的时候便多给了很多。堪培拉是下定决心要把整个澳洲大陆都留在联邦里。

“二十七万六千镑是很大一笔钱，”吉蒂在小屋里跟查尔斯喝茶时说道，“我想大部分都会归悉尼，不过克朗达会有份吗？”

“恐怕没有。尽管最近有几家商店关门，但是和其他乡村地区相比，这里的失业率还是偏低的。失业——好一份圣诞大礼！”

“我父亲现在一心扑在孤儿院里。他似乎认为，孤儿院将会接收这场可怕危机的低龄受害者。但是肯定不会有人把孩子从母亲身边夺走吧？”

“是自杀，吉蒂。男人们的自杀率高得吓人，如今有些女人也自杀了。此外，有些母亲觉得，如果她们遗弃了自己的孩子，那么起码孩子在孤儿院里还能吃饱穿暖，有个栖身之地。”

吉蒂打了个冷战。“这个世界太残忍了！”她带着焦虑与怀疑看向他的双眼，“想到做母亲的决定遗弃自己的孩子，我就谈不下去了，不过这个话题倒是给了我一点勇气。查理，你有没有觉得痛苦？”

他凝视着她，真的被她吓了一大跳：“痛苦？为什么要痛苦？”

“你的童年不痛苦吗？没有父亲也没有母亲？”她的声音低了下去，变成了耳语，“因为——你和别人不同？”

他笑了起来，笑得非常自然，完全不由得人怀疑：“哦，吉蒂，你可真是个浪漫的人！我怎么会想念两个从未认识过的人呢？说实话，我的童年非常美好。我是由姨妈——也就是我妈妈的妹妹——和姨父抚养长大的，一切应有尽有。什么都不缺，吉蒂，真的是什么都不缺！他们很爱我，对我也很好。”

“但你跟别人肯定是不一样的吧？”她心存疑虑地追问道。

“你是想说我个子矮吧？”

“是的，以及其他一切让你痛苦的事情。”

他转过椅子，将她的双手握在手中，他的手温暖干燥、强壮有力：“我的姨父比我还要矮，他教育我把身高的欠缺看作一个挑战，而不是一个需要背负的十字架。我没有辜负他对我的信心和信任——我还有什么可说的呢？至于痛苦——虽然浪漫，却是废话！希腊悲剧的根源并不在肉体，而在人性。我是查尔斯·亨利·波德姆，有朝一日我还会成为查尔斯爵士。女人们或许会从夸张的戏剧当中得到极大乐趣，女人这样是可以的，但是男人就不行了。我没有你说的这种痛苦。我只是奋起反击各种挑战。”

“我可没看出来，”她说，“只有没人性的人才没有痛苦。”

“胡说八道！”他厉声说道，有点厌倦这场谈话了，“要是没有人性，那就感受不到悲痛、伤心和恐惧。而我却曾为一条狗的死哭湿枕头，直到今天我还在为姨妈和姨父的死伤心不已。我可以向你保证，要是有朝一日暴徒用左轮手枪瞄准我的胸膛，我还是知道怕的。”他那双眼睛变成了赤褐色，困惑地看着她，“亲爱的，你当护士到现在已经三年半了，我有理由相信你是个非常优秀的护士。你很喜欢孩子，既然如此，为什么你要在模模糊糊的窗户后面偷看他们，而不是自己生几个孩子呢？”

她屏住呼吸，挺直身体。他干得可真是漂亮啊，原本是她占上风，可他却夺走了她的优势，转而用来摧毁她的信心。她原本是想探寻他的痛苦，结果却反被他嘲笑和轻视，她诧异地凝视着他。

“没错，你说得对，”她慢慢地说，“这就是胡说八道。”

他的魅力迅速浮出水面，随之而来的还有一个美妙的微笑。

“我很抱歉，”他温和地说，“我本不想如此残酷地击败你。哦，但这是你自找的！如果按照我的愿望，我会选择一种温柔的求爱方式，含情脉脉，满怀善意，可是你那万无一失的本能却随时准备干掉对手。你转过身面向闺房的门口，以迅雷不及掩耳的速度从世上最迷人的女子变成一只嘶声咆哮的野猫。每一次你这样，我都要重新驯服这只野猫，可我并不是个天生的猎人。”他的脸变了，变难看了，“现在我明白了，我需要考虑的问题是，我对你的爱是否足以让我继续忍受这种事。坦白地说，我不知道。”

“也许，”她说，“那是因为我觉得克朗达对你而言还是太小，你不会止步于此，而我却不想生活在克朗达以外的任何地方。”

“我确实有雄心壮志，”他不情愿地承认道，“但要实现抱负，并不一定非要离开克朗达。我想走上政治舞台，最好是联邦这一级，克朗达就是个理想的地方，从这里到堪培拉只有两小时车程。”

她的脸色有所缓和：“我懂了！是的，这就说得通了。”

“所以，如果你嫁给我的话，亲爱的吉蒂，是没必要离开克朗达的。”

她的视线落在时钟上，立刻跳了起来：“我要迟到了！”

“我送你去儿科病房吧，那就没人会有异议了。”

尽管如此，他还是等到最后一刻才问她是否愿意共进晚餐。

和往常一样，她接受了邀请。

晚餐是烘肉卷搭配肉汁和土豆泥，吉蒂并不乐意打听那个厨师是否仍然在波德姆大宅的厨房里工作，不过她感觉还是他做的，因为烘肉卷里是羊肉馅，放了少许小茴香，不够酥脆，肉汁吃起来很像酱汁，土豆泥就跟浓浆一样。她叫人把土豆泥端了回去，说是太稀了，黄油少了些，也没放胡椒粉。查尔斯觉得自己做得很好，三个菜中有两个都弄对了，而且他已经叫厨师做了炸土豆备用。尽管这位厨师受训于法国蓝带厨艺学校，但他毕竟是个澳大利亚人，所以他正在认真地考虑去问一下帕台农餐厅的康·德科波洛斯是否能够做出克朗达风味的菜肴。

“我喜欢烘肉卷。”她在起居室里喝着咖啡直率地说，“吃起来有点嚼劲，也没有碎成一块块的。用来调味的东西味道特别好，不过为什么要把金灿灿的老土豆弄得跟奶糊糊一样？”

“如果你嫁给我的话，我恐怕就要失去我的厨师了。”他说。

“一点不假。在本地人眼里，城里会做菜的女人简直一抓一大把。查理，如果我嫁给你的话，咱们就得吃克朗达本地菜了，不吃血淋淋的肉，也不吃奶糊糊。在这一点上，绝对没得商量。”

“你说的，如果你嫁给我的话！”

“我是说了。但我说的是如果，不是同意嫁给你。”

“这已经前进一大步了。你肯定有点爱上我了。”

“真正的绊脚石并不是爱情。我喜欢你吗？”

“让我吻你吧。”他说着来到她面前跪了下来，“两个人只有轻轻松松地在一起相处才会喜欢上对方，但你是不会同意这样的。我在还不知道你名字的时候就对你说出了我爱你，这是我的错。就这一点来说，我也不知道自己是否喜欢你。但我知道咱俩命中注定要结为夫妻，然后白头偕老，就住在克朗达，吃克朗达本地菜。卸下你的防备吧，求你了！别再转向闺阁的房门变成一只野猫了。除非你放下防备，不然我们就会一直在固定的轨道上绕着彼此旋转。”

她笑了：“你是拥护第九大行星存在说的。”

“我相信自然的法则，也相信人类属于自然的一部分。”他严肃地说。

吉蒂向前探过身去：“查理，吻我。”

她最先感受到的是他的气味，让她意外的是，这气味令人迷醉：有某种昂贵香皂的香气，有醇和浓烈的男孩子气息，却没有一丝汗味。被他的拥抱禁锢在怀里，她并不心慌，因为他已经将她的双膝并拢，推到自己的左侧，这就表示他绝不会让自己的腹股沟蹭到她身上。当他拉着她一起站起来的时候，也确实没有碰到她。她以前都没有发现，站着跟他一般高竟是这么舒服，不用踮起脚尖，也不用伸长脖子。他要么是脑子聪明，要么就是真心敬重她，因为他放在她背后的双手一直停留在腰部以上。哦，查理，为什么你总是有两副面孔呢？上一刻是路西法，下一刻却变成了撒旦，但这两面都是属于地狱之王的。

他并没有先吻上她的脸颊，再一路试探着吻到嘴唇，而是凑到近前盘桓不去，直到她本能地闭上双眼，接着他将双唇稍稍倾斜，贴上了她的唇，如羽毛一般轻盈，如丝绸一般柔滑。哦，是的，这感觉真好！她的身体放松下来，到目前为止还没有哪一点令她反感，尤其是他并没有占据主导地位继而强迫她接受自己，否则她一定会立刻逃跑。他似乎这样就已经心满意足，任由她不急不忙地做出回应，对吉蒂而言，这就像个极具诱惑力的饵。她微启双唇，他的舌头立刻跟了进来，她用手臂攀上来环住了他的脖子。

吻着吻着，她仿佛觉得自己自由自在地飘了起来，飘在一个有空气有亮光的空间里，直到他把左手从她背后挪到了她的侧面，随后突然陷入她的皮肉之中，她的理智荡然无存，于是呻吟着拱起身体，投进他怀里。与此同时，这个吻也变了，越吻越深，变成了一场骚动：各种幽暗柔软的情绪交织在一起，让她成了他的猎物，也让他成了她的猎物。

第二天早上，吉蒂对格蕾丝倾吐心事的时候，格蕾丝似乎一点也不吃惊。

“没错，你爱他，那你还在等什么？”格蕾丝说着把一碗绿色的果冻递给布莱恩，又迅速把奶瓶的奶嘴塞进约翰嘴里。

“孩子们为什么会这么喜欢果冻呢？”吉蒂问道，“成本只有烤布丁的十分之一，而且一点营养都没有，里面的糖还会弄坏他们的牙齿。可是小孩子看到果冻就伸手去抓，对烤布丁却嗤之以鼻。真傻！”

两个孩子的母亲不屑地看了儿科护士一眼：“说实话，吉茨，有时候你真是蠢透了！因为果冻口感好，凉凉的，而不是甜得发腻——小孩子喜欢吃凉的，不爱吃甜得发腻的——他们也爱极了把果冻吸进牙齿里的感觉，感受着它在舌头上融化开来。除此之外，果冻的颜色在阳光照耀下显得很鲜艳。还有，别想转移话题，咱们刚才说的是你究竟有没有打算嫁给查理·波德姆。依我说，别在这儿跟个少女似的激动得花枝乱颤了，嫁就是了。”

吉蒂离开她家的时候，感觉自己对果冻的了解比对婚姻的了解还要更深一些——这虽然很有趣，却毫无帮助。有一件事她毫不怀疑，查理是爱她的；她怀疑的是自己是否也爱他，而且，时至今日还没有什么事让她坚信自己离了他就活不下去。格蕾丝对阿熊倒是这样，她觉得离了他就活不了，也正是因为如此，傻瓜格蕾丝才能历经多次失误而安然无恙。

这个吻令吉蒂眼界大开，以前也有别的男人吻过她，可她从没尝过这样的美妙滋味，看来这预示着他正是女人所向往的那种情人。

但是婚姻远远不止于此，父亲的困境令她备受折磨。虽然爸爸从未提及，可他的女儿们全都看在眼里、痛在心里。整整二十五年了，他跟一个自己无法尊重的女人捆在一起，丝毫无力改变，尽管他常常为了她的所作所为感到尴尬或者羞耻，却只能藏在心里，一次也不曾承认过这桩婚姻毫无幸福可言。对于爸爸来说，他的誓言神圣无比，然而当她步入婚姻的时候，能否不像他对自己那般苛求？这不仅仅是软弱的问题，而是她害怕在立下誓约之后某天醒来却发现，和自己订婚的这个男人只是用迷人的魅力和表面的品性蒙骗了她而已。

如果他并不富有，如果他并不是全身上下都写满了成功的标志，如果他不是如此自信满满、如此确信自己是正确的……究竟是他身上的什么东西令她望而却步呢？

她觉得筋疲力尽，提不起兴趣来。吉蒂不知道为什么自己会如此强烈地感觉这是在为了她的生存权而斗争，她只知道，查理就像个磨盘，想要磨得她屈服，又像个出击的猎手，想要把他的野猫关进笼子里——可她，既不野蛮也不像猫，更不想控制他人！

那天，格蕾丝邀请吉蒂去她家的新游廊喝上午茶，还邀请了艾达和草窠同去，庆祝仪式这才算圆满。

“是不是很漂亮？”格蕾丝问道，同时领着姐妹们朝里走，欢喜和得意之情溢于言表，“这是阿熊和杰克一起修建的，送给我做生日礼物。”

这里本来只是一个露天的阳台，如今却用玻璃围了起来，摆上了漆成白色的藤椅和数不清的盆栽植物：有枝繁叶茂的蕨类植物，也有鲜花怒放的秋海棠，还有许多盆肯蒂亚棕榈树。

“游廊朝南，所以永远不会有阳光直射进来，”格蕾丝在一片赞许的惊叹声中继续说道，“阿熊在铁路调车场里发现一块原先装在车间里的屋顶玻璃，杰克帮他把玻璃装到游廊上做了屋顶。这么一来，这些植物晒到足够多的阳光就能开花了。我喜欢极了！”她坐在一把宽大的园艺工用椅上，看起来就像个皇后。

“格蕾丝，你的品位真是不错，”艾达亲切地说，“进了院墙，你家就显得非同一般了。”

“大家都坐下吧。”格蕾丝的声音里透着威严，“咱们等会儿就要分成几伙人去叽叽喳喳地沏茶了，在这之前，我希望大家来谈一谈吉蒂面临的困境。”

“吉茨，到底是什么让你畏缩不前？”草窠边问边坐了下来。

“我想是害怕失去自己的个性吧，”吉蒂说，“这是一种感觉，一种不祥的预感，我要怎么才能说清楚呢？”

“你怀疑查尔斯不爱你？”格蕾丝问道。

“不，我从没有怀疑过。”她在白色藤椅上朝前坐了一点，眼神仿佛在祈求她们的耐心和包容，“我猜想我的恐惧是因为我弄不清查理的大脑是如何运作的——不，不是这样！我害怕的是查理所说的爱和我口中的爱不是一回事。我究竟是个人，还是一件物品？”

“当然是个人。”草窠立刻说道。

其他人也都用力点着头。

“吉蒂，查理选新娘不会像人家收集俄国圣像画一样，这个不行就换一个。”艾达说，“他看到你就爱上了你，尽管当时他对你一无所知——我把这称作灵魂的选择。要是我遇到一个对我有这种感觉的男人，那我没准会改变主意嫁给他的。”她咧嘴一笑，“这是心灵相通，并非只是生理上的吸引。”

“你这都是废话。”吉蒂说。

“作为这个领域唯一的专家，”格蕾丝用高人一等的口气说道，“吉蒂，我可以送你一句至理名言。婚姻并不是你想象的那样。它是一种结合，我说的不是肉体的结合。夫妻两人一觉醒来，都发现自己跟一个陌生人结了婚——难道还有别的可能性吗？双方是把他们的想法、梦想、金钱、才智和感情都放在了一处。早先我曾犯下许多大错，主要是由于无知和听信了错误的建议。因为婚姻牵扯的并不仅仅是自己一个人。所以，如果你不能事事以查理为先，那就不应该嫁给他。”

艾达吃惊地看着自己这位同父同母的双胞胎妹妹。“哎呀，格蕾丝，你有长进啊！”说完她转过头看着吉蒂，“亲爱的小妹，我们谁都不能替你下决心，你必须自己决定。但无论你做出什么决定，也无论事情如何进展，我们都会支持你。”

泪水从吉蒂脸上滚滚而下。“谢谢你，这就是我所需要的。”她轻声地说。

格蕾丝递给她一块带花边的手绢。“你希望伴娘穿什么颜色？”她兴致勃勃地问道。

布莱恩选在这个时候侵入了他妈妈的派对，他双臂搂着弟弟，尽管弟弟已经重到他抱不动了，但他却不肯承认。

艾达觉得他俩是最最迷人的小家伙，各自都有着讨人喜欢的好性格，这一点是永远不会变的。像他们的父亲一样，他俩的发色和肤色都很浅，小小的脸蛋楚楚动人，两人都有一对浅蓝色的大眼睛，简直一点都不像格蕾丝。

凝视着他俩，艾达开了口："吉蒂，你生来绝不是为了当儿科护士的，你是为了拥有自己的孩子而生的。宝贝心肝，你应该生一大群孩子！在你身上我看到了一个完美无缺的母亲形象——你通情达理，该强硬时强硬，该温柔时温柔，孩子们从你这里可以得到源源不断的爱、温暖和安全感。想一想吧。"

"我同意。"草窠边说边把小约翰从布莱恩怀里抱了过来，搂着他坐在自己腿上，"你还得替我生孩子呢。"

"那么，"格蕾丝说着起身朝厨房走去，"咱们再说回伴娘衣服的颜色吧。"

经济大萧条后的第一个圣诞节眼看就要到了，但是，不管她的姐姐们是怎么以为的，吉蒂却并没有比从前更愿意嫁给查尔斯·波德姆。他俩还是常常见面，但是两人的关系却悄然起了变化：吉蒂更加冷淡，也不像以前那么容易生气，似乎是离他越来越远了。查尔斯敏锐地察觉到她举止当中这极其细微的差别，他开始感到没指望了，却没有让她看出来。他将一切成功——包括爱情方面的成功——都等同于不屈不挠的力量。要是他露出脆弱的一面，她会看不起他的。尤其他的个子又不够高，所以他绝不能做出任何会让她小瞧他的事情——他可是个不折不扣的七尺男儿！

自从十月下旬进入经济困难时期以来，他的所作所为是值得钦佩的，因而他的声望在克朗达也急剧攀升。他公开表示有意用医院的“专项基金”新建一所医院，以此来促进就业，不过难免还要过一段时间才能开工。身为医院院长，他已经开始参加克朗达举行的各类公共集会，而且毫不畏惧地在旁听席上直抒己见，尽管有时候他的话会引发一阵骚动。

对于这一切，吉蒂情不自禁地为他叫好。查理不是个昙花一现的人物，他打算成为一名显要人物，在克朗达的地方事务中发挥影响力，从医院中独立出来。这就清楚地表明，他不仅外表迷人，品性也很高洁——无畏、正直、聪慧、坚强。

教区长和夫人打算举办圣诞家庭晚宴，刚好护士嬷嬷三姐妹都休假，直到节礼日[1]才上班。格蕾丝和阿熊、艾达和杰克·瑟洛、草窠和利亚姆·菲尼肯以及吉蒂和查尔斯都收到了邀请。

查尔斯到小屋来接吉蒂，发现这里只有她一个人，草窠和艾达已经走了。

他温柔地吻了她，握住她的右手，往她手里塞进一个皮革制的小盒子。“亲爱的，圣诞快乐，”他说，“为我戴上这个吧。

1 Boxing Day，英国节日，在圣诞节的次日，亦是拆礼物的日子。

战争结束了，我宣布终身休战。没人战胜，也没人战败。”

尽管知道里面是什么，吉蒂还是像潘多拉一样打开了盒子。她仿佛猛地打开了一扇朝着太阳的大门，钻石上的棱镜如同火一般耀眼，在光线下移动时折射出各种颜色。“哦！”吉蒂低声说道，惊得呆住了。

“这只有两克拉，”他唠唠叨叨地说着，“但是它完美无瑕，光泽度是一等的。只有它一半好的石头我都找不到第二颗，就连阿姆斯特丹都没有。”

吉蒂的迟疑不决荡然无存，她伸出左手。“查理，戴上吧。”她说。

“你愿意嫁给我了？”

“是的。”

“我自作主张给你选了戒指，你会原谅我这份傲慢吗？”

“当然原谅你。这是你送我的戒指。”

一九三〇年一月底，他俩在圣马可教堂举行了婚礼，婚礼很隆重，却并不是过分浮华。查尔斯做了一个决定，一下子让所有来参加婚礼的男宾都喜欢上了他。莫德原本要求男宾必须穿着晨礼服或是着燕尾服、扎白色领结，这两种礼服都得从悉尼租用才行。但查尔斯坚决地说，三件套的西服更实用。大家真是松了一口气！

吉蒂穿的是白色缎子的曳地长裙，裙裾呈扇形拖在地上，但是剪裁得很巧妙，并不需要有人捧着。裙子上装饰着许多米珠，远比莫德所希望的要朴素。吉蒂选择了由艾达来打扮自己。

三位伴娘穿的是梅红色，捧花是粉色的兰花。莫德自然是穿了一大堆褶边在身上，不过也只有她一个人这么穿，这让她大为扫兴。

教堂里挤满了克朗达人，挤不下的就站在外头，五彩缤纷的纸屑到处打着转转。纸屑会一直留在这里，直到冬日的狂风将这些纸片吹得一点都不剩。教区长负担不起盛大的招待宴会，又不肯让查尔斯出钱，所以只有婚礼本身是对克朗达人公开的。莫德对此也大失所望，她觉得自己的粉色蝉翼纱饰边理应得到更好的露面机会。

眼下世道艰难，新婚夫妇并未出门度蜜月。在圣马可教堂的教区长宅邸参加完小型招待宴会之后，他俩就直接回到波德姆大宅，在那里开始了婚后的生活。

起初，对股票和证券没有涉足的普通百姓以为，这场经济灾难肯定只是一时的，充其量也不过是几个月的事。这种态度在克朗达尤其盛行，这里的居民还没那么快承受到经济萧条的全力猛攻。尽管报纸上总是说，在悉尼和墨尔本这样的城市里，人们丢工作的情形就像秋天的树叶被狂风从树上刮下来一样，但在克朗达，一开始却并不是这样。查尔斯·波德姆慷慨动用了他的私人财产和医院的资金，保护克朗达人免遭经济萧条的初期掠夺，这里没多少人失业，失业的那些也找到了新工作。

查尔斯决定立刻开始医院的重建工程，而且步伐要加快。他认为这个解决办法可以创造新的就业机会，也能尽快让人们重返工作岗位，但他从未想过会有人从别的角度来看待这件事，尽管他本来应该想得更深一些：他是有伦敦金融城做后盾的。后来他停下来思考的时候才发现，其他的一切都听命于经济学的形式理论。

克朗达有着为数众多的木工、水管工、家具工、砌砖工、电工和粉刷工，在这座以花园著称的城里，还有许多熟练工人和园艺工。当杰克·瑟洛对查尔斯说起科尔比有可用于制砖的黏土矿床时，后者敏锐地抓住了这个情报。这意味着本镇可以自己供给主要的建筑材料——砖头，无须购买引进。又是新的就业机会！

有许多人（尤其是医院员工）强烈反对医院几乎不加改动地沿用以前的布局，他们抱怨最多的自然是还要走那些旧坡道。查尔斯已经花钱委托悉尼一家专业公司制作了一个一流的医院模型，所以他可以指着这个三维的样板向前来诉苦的各色团体展示新的坡道将会多么壮观。可是，对那些痛恨坡道和棚屋式陈旧设计的人来说，什么都无法改变他们的观点。他们想要的医院是一所现代化的多层大厦。在这个时候，克朗达有很多居民发现，查尔斯·波德姆和历史上任何一位波德姆都同样强硬，也有温文尔雅的野蛮一面。

“你们大可以抱怨、发牢骚、哭哭啼啼，直到地狱封冻都行。”他在市政厅里对着两百名愤怒的反坡道抗议者说，“但这并不会对我本人或新医院产生丝毫影响。克朗达乡村医院会按照模型来修建。我才不会让病人们去冒险乘坐电梯或是升降机或是你们爱怎么叫就怎么叫的任何东西——这里不是悉尼！要是你们不愿意主动锻炼，我就逼着你们锻炼！把新医院建成这种形式，工作岗位就会属于本地人，而不是需要从外面购买引进甚至是从国外进口大量材料！就业机会和经济繁荣这块珍贵的布料，克朗达要量体裁衣，使之适合本地的地位和需求！你们喜欢也好，不喜欢也罢，女士们，先生们，我——查尔斯·波德姆——才是这项事业的指路人和推动者！我脑子里有许多方案可以让这种医院布局更加理想，叫那些似乎多走一步都嫌累的人也能接受，但我并不打算今天就告诉你们——明天也不行！因为你们不配。还有工作做你们就谢天谢地吧！现在你们可以走了！”

“查理，”吉蒂说着挽住他的胳膊，“这样可不是上策。”她咧嘴一笑，在他脸上吻了一下，“哦，不过我听得可真过瘾！有些人就是不知足。”

“你父亲会知足的，要是他得知我打算用医院的钱在孤儿院开设病房和门诊部的话。”

“哦，查理，太棒了！这太有必要了。”

托马斯·拉蒂默牧师曾经也是医院董事会里的一只黄鼠狼，但如今为了孤儿院，他已经变成了一头狂暴的狮子。跟波德姆大宅一样，孤儿院也是一栋维多利亚时代晚期的宏伟建筑，克朗达原本并不想要这所孤儿院。大约在十九世纪九十年代以及二十世纪初，一场迁居运动盛极一时，孤儿院就是那时迁过来的。当时有人认为，孤儿们应该住在乡村地区，他们在这里可以学着务农，种一些东西自己吃，还能呼吸到没有烟雾的清新空气。因此，这家孤儿院里接纳的孩子来自全国各地，一个个孤儿的命运就掌握在悉尼那些职员手里。这样的机构多数是慈善组织，由各个教派进行管理，但克朗达孤儿院并非如此。眼下，政府大刀阔斧地削减开支，原先由政府供给的一切都缩减成杯水车薪，孤儿院也陷入了困境。几乎天天都有新来的孩子，他们在悉尼被送上火车，到克朗达孤儿院来生活，然而这里已经拥挤不堪。

托马斯·拉蒂默将孤儿院作为自己关心的焦点，在此过程中他显露出罕见的天分，把各教派联合在一起——这能称作政治手腕吗？无论克朗达人愿意怎么称呼他的才能，总之，到一九三〇年三月，教区长已经设法让救世军[1]在流动厨房事务上以及其他的救世军传统领域占据了统治地位，把每一位牧师、教士与神父都团结在一起，致力于为孤儿院、被遗弃的母亲、生活贫困的老人以及其他所有需要帮助的人创造福祉。欧福拉赫蒂阁下有个助理牧师名叫博根神父，他对于组织筹备工作很有才能。多亏教区长，博根神父接手负责管理所有的慈善事业，这既省去了不必要的重复，又避免了宗教方面的权力博弈，从而节约了时间。

1 The Salvation Army，于1865年在英国伦敦成立，是一个以军队形式作为其架构和行政方针、并以基督教作为信仰基本的国际性宗教及慈善公益组织。

莫德·拉蒂默发现自己的收入比从前少了许多，而且受到教区长的严格控制，她还发现，丈夫对于自己的抱怨置若罔闻。

“别在这儿诉苦了，莫德。”教区长不为所动地对她说，“你几乎什么都不缺，可这些孩子却什么都没有，尽管这并不是他们自身的错。没错，比利·马斯克以后要到咱们家来练习弹钢琴。这孩子天赋很高。”

第二天，草窠来家里看望莫德，这完全是出于礼节的行为。“天赋很高，胡说八道！”莫德对她喊道，“这个肮脏的小畜生在我放百合花的雕花玻璃花瓶里尿尿！”

“好了，妈妈，起码他没尿在地毯上。”草窠说道，嘴唇抽搐着直想笑，“我看这就表明比利的感情很细腻嘛。”

“哦，你跟你父亲一样坏！”

“好啦，妈妈，这么多年来你应该很了解爸爸了，可你显然没那么懂他。爸爸费尽艰辛想找到资金给他那些孤儿们添置冬天的鞋子。他们可不能光着脚在克朗达过冬。别抱怨了，妈妈。”

莫德笔直地站了起来。“我从不抱怨！”她突然发出怪异的咯咯笑声，“你最近有没有见过我的宝贝吉蒂？难道她不是这世上最漂亮的孩子吗？”

冷不防听她这么说，草窠目瞪口呆地看着她，随后又尽力让自己表现如常，害怕妈妈看到自己的反应。草窠看见莫德什么都没注意到，这才放心了。她怎么会说起这个呢？

出去的时候，她在车库外面遇到父亲。“爸爸，”打过招呼之后她说道，“妈妈的脑筋还正常吗？我注意到一些别的事情，可是刚才——”

教区长那张像极了艾达的英俊面孔——同样的锋芒内敛，同样的灰色眼睛——是一脸警惕的表情吗？“你妈妈一切正常，亲爱的。”

“你确定？”

“非常确定。我猜她又说起吉蒂了吧？没错，我也跟你想的一样。吉蒂出嫁给她造成了沉重的打击。”

“可她一直都希望吉蒂嫁个有钱人啊！”

“草窠，心愿是转瞬即逝的，现实就另当别论了。”

“爸爸，吉蒂实际上从一九二六年四月起就不住在家里了。”草窠把手放在父亲的胳膊上，“妈妈的脑筋有点毛病了，我想你是知道的。”

政府部门没人统计失业数据，他们觉得这样的东西无足轻重，所以澳大利亚的新闻工作者就只有一种方法来估计这些数字。不过，确实有一群没失业的人在做记录，那就是各行各业的工会，对他们而言，了解就业数据是极其重要的。起初，各家工会对于别的工会有多少成员就业并不太感兴趣，但是随着联邦成立，各个工会很快就意识到掌握工会会员的总体情况有多么大的价值。于是，中央机构将工会以百分比形式公布的数据记录下来，澳大利亚的失业率就是在这个薄弱的基础上评估出来的。

有人认为，在全体劳动力当中，工会成员大约占到了一半，因为有许多从业者要么觉得没必要加入工会，要么不想缴纳工会会费，要么就是他们的工作没有对应的工会。所以各家报纸和新闻杂志在没有任何其他选择的情况下只能凭经验来估计：总体失业率是工会失业率的两倍。

一九二九年的年末，每一百个人中恐怕就有十五个丢了工作。

伴随着失业而来的是令人恐惧的艰难困苦，全国各地都有人被赶出家门。在大一些的城镇以及所有的城市边缘都出现了完全由棚屋构成的小镇，失业者的妻儿就住在这里。丢了工作的男人将一点点各种生活必需品包在毯子里卷起来，背着这捆圆柱形的所谓“行李包”徒步上路，有时候会走上数千英里，就为了寻找澳大利亚给不了他的某种东西：工作。

在政府官员和金融家看来，要想战胜这一切苦难，关键就是要节约开支。这就意味着至少所有的公共机构都不能花钱了，既不能支付人员工资，也不能投资兴建工程，多数私营机构也纷纷仿效：不再兴建新的基础设施，没有新的工作机会，大幅削减现有的就业岗位，大幅降低工资。也有一两个人呼吁说经济大萧条的对策恰恰是公共机构应该投资兴建新的基础设施，可是这呼声曲高和寡，在一九三〇年还没人愿意听。

节约开支不是解决办法，促进就业才是，变节的新南威尔士州工党领袖杰克·朗如是说，他还主张澳大利亚的各州政府等到本国人民的生活有所改善之后再偿还外债。无论是哪个社会阶层的人都不想弄明白真相——各州政府渴望实现现代化并进行扩张，而且已经用外国的资金这么做了，可是在此过程中却也背上沉重的债务，如今世道突变，导致他们无力还债。所以，他们抵押出去的并不是房地产，而是自己的人民。

对于像格蕾丝·奥尔森这样的寻常家庭主妇，她们还不太相信自己所见所闻的就是金融危机了。在拉蒂默四姐妹当中，她是最与世隔绝的一个，也听不到什么有见识的观点。住在特里劳尼路上那所布置精巧的房子里，她渐渐有了一点社会地位，因为她拥有一些在特里劳尼人身上不常见到的综合素质：她了解妇女和儿童的健康常识；她会填表，还会写信，气势汹汹的也行，温柔体贴的也行，其他风格的同样没问题；她知晓各种委员会和公共事业机构，而且，她并不是个势利小人。

到一九二九年十二月底，阿熊对格蕾丝的花销进行了严格限制，全都是在她必须花钱的方面。他曾经难过地对她说自己必须存一点钱以备未来的不时之需，而这么做就意味着他不得不削减她的家务开支。不能买新衣服，不能买新窗帘，不能买昂贵的现切肉，布莱恩的衣服要买得大大的——等他穿不下了还能给约翰穿。尽管对这一切毫无防备，但格蕾丝还是温顺地答应了。

阿熊没有勇气告诉她的是，他的收入已经锐减。人们不再购买帕金斯公司的产品，只买那些离不了的生活必需品，像是搽剂、软膏和谷物混合物。

公司里有一半的销售人员都被打发掉了，这就意味着阿熊的巡回路线范围极大，要花好几个礼拜才能跑完一趟。他的生活津贴也被降到了只能勉强糊口的水平，所以七天里他有六天都睡在车里，只有一个晚上去住旅馆，给自己洗个澡，再把衣服洗洗干净。

他眼神里的某种东西让格蕾丝没法开口提出异议。从前他的眼睛里总是隐隐透着喜悦，如今这喜悦已经无影无踪，他的眼神似乎惴惴不安，甚至还有点疲惫不堪的感觉。显然如今他正在艰难度日，可她却不知道究竟艰难到何等地步，还以为他的境况并不严重。

于是她转而去问杰克·瑟洛，他是恒久不变的，就像太阳一样。

“你知道阿熊出了什么事吗？”她问他。

和格蕾丝相处这么久，他的经验告诉他要把小心谨慎藏在心里，别让她看到蛛丝马迹。他似乎有点好奇：“格蕾丝，我不明白你这话是什么意思。”

她耸了耸肩：“他变了。不然我难道是说他没有幽默感了吗？他以前总是在笑，现在却再也不笑了。他说时事艰难——是的，肯定很难，因为他减少了我的家务开支——可是他什么都不肯说。”

“你应该把这当作一种恭维。”他脸上带着轻松的笑容说道，“阿熊的公司感觉处境困难了，就这么简单。”

“可他叫我给布莱恩的衣服买得大大的——他这是希望我们的儿子看起来像西郊的孩子一样吗，裤脚卷到大腿根，衣袖卷到胳肢窝？就连袜子上的破洞都要缝缝补补？”

“我父母就是这么把我养大的，他们可是有钱人。行为漂亮才是真的漂亮，格蕾丝。”杰克直言不讳地说，“布莱恩是个好看的小家伙。不管他穿什么，这一点都不会改变。而且你也知道，布莱恩自己完全不会在意把衣服卷起来穿的。”

虽然还有些犹豫，但格蕾丝却没再问下去。不过等艾达来看望她的时候，她又对艾达说道：“现在每一分钱都得省着花，省钱省得这么辛苦，只怕铜板都要融化了，我可真是不甘心。布莱恩看起来就像个西郊的孩子——太丢脸了！小约翰穿的都是旧衣服！人们会怎么说呀？”

“我想，在特里劳尼，你的儿子们跟别人家的孩子都差不多吧。你这口气真像莫德。”艾达毫不留情地说，“将来可能还会比这糟糕得多，难道你看不出来吗？只要帕金斯还在经营，阿熊就不会失业，不过他的工资是底薪加上佣金，所以收入减少了。”她深吸一口气，“泡点茶吧，格蕾丝，我从家里拿了一些军团饼干带来。”

“这不就是这个时代的标志吗？”格蕾丝叹了一口气，“吃不上圆面包和果酱、奶油了，只有军团饼干。”说完她又开心起来，“饼干在茶水里泡一下很好吃，从来不会化开。”

“不然我为什么带饼干来？布莱恩和约翰可以一起把饼干泡

着吃。”

喝完茶，吃完饼干，把两张雪白的小脸洗干净，格蕾丝就继续抱怨说缺钱。“你觉得还要过多久阿熊的收入才能再好起来？”她边问边把厨房的桌子擦得锃亮。

“送你一句话，格蕾丝，你也许是世上最爱抱怨的人，但你自己一个人就把家里收拾得一尘不染，这可比莫德强。”

“要是能把我的清洁女工给请回来，那可就太好了。不过就连我都能看出来，这样的好日子已经过去了！”格蕾丝酸溜溜地说，她从来都不喜欢人家提起她是个爱抱怨的人，“困难的日子还有多久？”

“查理·波德姆说还有好几年。”

“哈！可他依然在钱堆里住着呢！”

“一点不假，但他雇了很多人，吉蒂也雇了不少。格蕾丝，你也知道在西郊有多少女人被丈夫抛下不管。人人都不记得女人们——仿佛我们并不存在，仿佛我们都是奴隶，只有我们生下的孩子才是主人。在这个愚昧的国家，全澳大利亚六十岁以下的女人只能拿到一种抚恤金——新南威尔士州政府的遗孀抚恤金，简直少得可怜，就这样其他州的政府还嘲笑新南威尔士居然给这个钱。虽然本州欠伦敦的钱最多，可是如果联邦政府在划拨资金的时候做到公平分配，那新南威尔士根本就用不着借那么多钱。维多利亚州和西澳大利亚州拿到的钱总是超出它们应得的比例。”艾达探过身子，使劲地摇晃着自己的妹妹，“别再这么一脸呆滞的表情了！这不是小事！也许有一天，这对你个人而言会至关重要，所以听好了！不要失去希望！”

格蕾丝的漠然和迟钝让艾达十分懊丧，直到她去跟杰克·瑟洛见面沿着河边骑马的时候，心情还没有完全好起来。不过，等他俩进了他那间位于克朗达农庄里的卧室，艾达已经振作起精神，足以享受他的欢爱了。他俩私下幽会已有很长一段时间，她对他的身体就像对自己的身体一样熟悉，但她依然能够从中得到乐趣。显而易见，他也从她身上得到了满足。

“你为什么总是来找我？”她问道。

“哦，这很容易理解。”他边说边津津有味地抽着雪茄，“你是个很难取悦却又十分性感的女人，你对待性行为很宽容，没结婚不合法也没关系。能拥有一个属于上层阶级且有社会地位的情妇是一大乐事。多数男人找个妓女就满足了，可是艾达，就算你有过一百个情人，你也仍然不是妓女。”

“为什么呢？”她问，同时舒展开赤裸的身体。

“因为卖淫是一种心态：女人希望通过自己的服务获取报酬。她要的并不总是钱财——可能是权力，也可能是要人家替她做什么事，总之可能是任何东西，但是永远都有一纸契约要签。一个女人之所以是妓女，并不是因为她的所作所为，而完全在于她的精神状态。男人也是娼妓，但往往并不是用性来当作武器。”

“你只是个牧场主，却能说出这话来，可真是非同寻常、洞察敏锐。不过坦白地说，你身上吸引我的正是这种品质。你的思想一点也不无聊。你种土豆种得棒极了，但你的脑子里从来不会想着土豆。”她握起双手伸到头顶上方的枕头上，“这么说你对我有欲望？”

“就像贪吃的人看到自助餐一样。”

“心意方面有点欠缺。”她说着顽皮地咧嘴一笑。

“只吃一口，多了浪费。”

“来给我擦擦背吧，你这个懒鬼。”

他俩非常喜欢一起淋浴，洗完澡之后，爱挑剔的艾达换上干净的衣服，这样就闻不到马身上的气味了。她跟杰克一起坐在古老农庄那历史悠久的厨房里，喝着从杰克的冰箱里拿出来的冰镇瓶装啤酒。这个养肥羊的牧场主自己会做冰块。

“查尔斯·波德姆是本市的英雄。”他说。

“我那受人爱戴的妹夫，你说他是英雄，我觉得合情合理。罗马不是一天建成的，新医院也不是，但他已经起了头，而且不到完工不会罢休。资金不成问题。”她爱怜地凝视着杰克——为什么这不是爱情呢？“多亏了你，就连砖头也是本地产的。要不是你说，谁都不知道科尔比那边还有制砖的黏土。”

“亨利·波德姆老爷子知道。那是片贫瘠的土地，所以他从来不往科尔比的方向扩张。”

“杰克，你认为查理会往哪个方向发展？”

“啊？”

“克朗达是满足不了他的。他所做的这些善举都有政治方面的目的，难道你没看出来吗？他发现多数西郊人都没有交通工具，没法去科尔比烧砖，于是就到悉尼买了一辆年份很久的双层巴士。本地的机修工们很乐意免费维护它的正常运行，只有零件要收钱——他很精明，我说的是查理。他本来可以买得起一辆新的巴士，再花钱雇一个机修工。可是，如果他参加议会的竞选，不管他是哪个党派的，所有的西郊人都会投他一票。”艾达心不在焉地说，“他给了他们一个新产业，还给了他们交通工具。可成本呢，上升了吗？才一百英镑。”

“你不觉得这么评价他太无情了吗？”

她粗鲁地哼了一声：“看看这事再看看他，杰克，看看吧！悉尼的警察和失业者之间频频爆发骚乱，联邦政府的那些蠢货哄骗各州政府替他们承担责任，他们自己为人民却什么也做不了，就只会宣布英格兰银行的某位专家经理要来就经济策略向澳大利亚提出建议——呸！西澳大利亚又想脱离联邦了——我真希望他们滚蛋，反正堪培拉已经把情况弄得一团糟，他们也不可能弄得更糟了。咱们的澳镑正在贬值，可眼下吉米·斯卡林却不得不解雇他的财长，因为人家说这人是个无耻的骗子！我问你，这是治国之道吗？在我看来，这差劲透了。”

“我喜欢看你生气的样子。”

笑完之后，杰克牵起她的手吻了一下：“关于政治，你说得对，可查理·波德姆究竟是怎么牵连进去的呢？”

“别傻了，杰克。我跟你说过的。他在政治方面有很大野心，我想他的目标直指堪培拉的联邦议会。澳大利亚总理查尔斯·波德姆阁下。但我看不透的是他会加入哪个党派。他出身好，也有钱，应该是个保守党人，可他在精神上又跟工人有着相似之处，使人想起工党右翼。”

“他不可能当上总理！”杰克喊道，他被惊呆了，“他是个破米佬，不是个真正的澳洲土著。”

艾达的眼神里流露出嘲讽：“宪法又没这么规定，不过是该写进去，就像美国宪法一样。任何一个有野心的政治家都不会被破米佬的身份挡住脚步。”

“你说得没错。他们只要淡化这一事实就行了，甚至也许会把这事掩盖起来。”

一九三〇年七月底，阿熊·奥尔森回家了。他先是乘坐悉尼日间列车的二等车厢到达克朗达，随后从车站步行三英里回到了他的家——特里劳尼路上那栋米白和绿色相间的房子，手里还提着仿佛有千斤重的行李箱。他的帽子拉得很低，遮到了眉毛上，把他那双哭得又红又肿的眼睛藏在帽檐底下。这趟火车是慢车，每一个小站都要停，所以一路走了五个小时，不过事实证明这反而是个好处，因为他可以任由自己毫无顾忌地流泪。要是被人看见了又有什么关系呢？反正也没多少人会看到。这年头对于多数男男女女来说，即使是火车上二等车厢的一张车票，他们也买不起。其实他也买不起，但是他知道，一旦踏上归途，他就得尽快赶回家中。走向一条条泥泞的土路，就好像背着行囊四处寻找工作的人奔向他们的未来。

他的两个儿子在后院里，登上屋前的走廊时，他听见他们在开心地大喊大叫、叽叽喳喳说个没完，想到终究要和他们相见，他有点害怕。格蕾丝在她栽花种草的游廊里，他听见她在哼歌儿——她真是太喜欢这个绿色的港湾了！

“格蕾丝？”他在起居室里唤道，手里的箱子掉到了地上。

“阿熊！哦，阿熊！”她边喊边跑着来到他面前，张开双臂拥住他，亲吻着他胡子拉碴的下巴，“我没听见汽车的声音——你把车停在街上了吗？”

“没有车了。”他艰难地说。

他的帽子掉了下来。格蕾丝端详着丈夫的脸，颤抖起来：“哦，阿熊，出什么事了？”

“帕金斯倒闭了。”他死气沉沉地说，“没有工作，没有汽车，没有遣散费，只有一封极尽溢美之词的推荐信，称我为澳大利亚最好的推销员。可是日子这么难过，我实在不忍心向人家推销生活必需品之外的东西。帕金斯也没让我这么做。现在就好像山终于塌了一样。”

她一手搂着他的腰，领他走进绿色的港湾，扶着他在那把园艺工用椅上坐下，又拖来一把椅子坐在他旁边，握住了他的双手。

“你会找到新工作的。”她说，她努力想要领会他那悲痛的眼神，估量着他流下了多少眼泪。

“不，格蕾丝，找不到的，”他说道，“我已经在悉尼四处奔走了十天，手里握着那封热情洋溢的推荐信，可是没人需要推销员。一个也没有。人们不再花钱买东西了。哦，格蕾丝，我真是吓坏了！到处都是失业的人，为了申请一份工作，数千人排着长队。有些地方骚乱不断，那里的警察都佩着左轮手枪。商店的门窗用木板钉起来了，一幢又一幢的房子空空如也，为了不让擅自占用房屋的人进来，房子断水断电，切断了一切供应。要不是救世军的流动厨房和其他几个宗教团体的人还在分发食物，我估计悉尼就要尸横遍野了。起码我所见的那些区域是这样。有的地方要好一些，但那些地方既没有工厂也没有作坊，失业的人是不会去的。”他又哭了起来，“天哪，我并不想哭！我以为到这会儿我的眼泪已经流干了。”

她挤到他那张椅子上，坐在他身旁，紧紧地把他拥在怀里，同时吃惊地发现，自己居然一滴眼泪也没有掉，而且还镇定得很。“阿熊，你必须振作起来。现在你已经回家了。”她说，似乎想把每一分感情都注入这个小小的可爱字眼里，“这里有你的家人，有愿意帮忙的亲戚。查理会为你找到事做的，他让很多人都有了工作。”

“可是没有推销员的工作。”阿熊说。

格蕾丝掏出手绢递给他："亲爱的，你不一定非要做销售工作啊。起码不用马上就去做。等到世道好一些了，也许会——哦，我也说不准了！"

"格蕾丝，无论是谁提供的工作，都只有体力活，这你知道。可我自打还是个嘴上没毛的小孩子的时候起就一直在当推销员，我所会做的就只有聊天、走路和开车。我扛不动一袋袋麦子，也挥不动镐头和铁铲，我救不了我自己。"他挺直身体，眼泪又流了下来，"再者说了，现在一份工作都有上千人在抢，我不能利用自己跟某位要人的亲戚关系就轻轻松松把这份工作据为己有。所以，说到这事，不行，我不会请求查尔斯·波德姆给我任何类型的工作，也不会去找杰克·瑟洛或者你父亲。"

格蕾丝惊恐地往后退了一点，凝视着他，看到他往日那富于幽默感的嘴角毫不留情地向下撇着，脸颊也陷了下去，下巴底下已经瘦得有些皮包骨了——他上一次吃饭是什么时候？

"咱们到厨房去吧，我给你做午饭。"她边说边拉着他站了起来，"孩子们已经吃过了，所以咱们别告诉他们你回来了，等你有机会吃饱肚子、泡个热水澡、换上干净衣服再说。我敢担保，"她边走边絮絮叨叨地说着，他俩像螃蟹一样斜着朝屋里走去，"到时你一定会觉得自己像变了个人似的。"

来到厨房，她让他坐在操作台旁边，自己忙活着切起面包来。"看见没？亲爱的，没有火腿，也没有鲑鱼罐头！"她笑了起来，声音很欢乐，"如今都是用我自制的果酱、鱼酱或者酵母酱，冰箱也不用了，放在车库里。艾达从她的宿舍拿了一个旧的小冰箱给我，我把需要冷藏的东西放在里面，用的冰块比以前小多了。”

听到这话他怎么又哭了？格蕾丝决心不去理会。她做好了鱼酱三明治，他就着整整一壶茶吃了下去。在他吃三明治的时候，她给他烧好了洗澡水，放进浴缸里。终于，吃饱饭、洗过澡、刮了胡子、换了衣服，他终于适合跟儿子们见面了。哦，阿熊，可千万别在他们眼皮底下哭啊！格蕾丝默默祈求道。

他并没有哭。他最后这次出门推销的范围足有二十五万平方英里，离家的时间很长，所以看到两个儿子时，阿熊反倒大吃一惊。布莱恩已经两岁四个月了，双腿笔直，个子很高，像他的双亲一样身材苗条；他头发的颜色依然很浅，不过已经比亚麻色深一点了。而约翰就跟当初布莱恩快到十四个月大的时候一模一样——走个不停，说个不停，忙个不停，充满好奇，讨人喜欢。阿熊不知是从哪里找到了力量，对他们表现得一如往常，抱起他们摇来晃去，大声笑着，假装要打他们的屁股，甚至还从行李箱里拿出一幅拼图给布莱恩，又拿出一个响簧陀螺给约翰。也许他是破了产，可是父亲回家怎么能不给儿子们带礼物呢？

“在克朗达我要去哪里申请找工作？”他对格蕾丝问道，孩子们已经安定下来玩自己的礼物去了。

“只有苦役可以申请，”她说，“替政府干活的话，他们会给你一笔失业救济金，但是只限苦工。需要手艺的工作根本不存在。真正干活的人也没几个，但总之失业救济金他们都是照拿的。要是必须去报到，他们就靠在镐头上。”

“我不会领失业救济金的！这是不劳而获。”

“查理会给你找到实事来做的。”

“我也不会去找查理走后门，这事就这么定了。”

所幸的是，过去这两个礼拜他实在太辛苦，已经筋疲力尽，五点就上床盖好被子睡觉了。格蕾丝这才得空来照料两个孩子，让他俩也睡下了。

晚上六点，在一片漆黑当中，格蕾丝点起一盏防风灯，走到特里劳尼路和华莱士街的交叉口，那儿有一座红色的乔治亚风格玻璃窗格电话亭。去年十二月阿熊削减家庭开支的时候，他们自己家里的电话就被切断了。

她投下一便士，一个女性的声音接起了电话。

“吉蒂？谢天谢地！”

“格蕾丝？是你吗，格蕾丝？你的声音听起来好奇怪！”

“你能马上到我家来见个面吗？我在电话亭里，但是不敢离开家太久。”

“我一找到人开车就来，你等着我。”

吉蒂婚后就不再做护士了，不过她发现，跟查理的共同生活还是让她得到了一些补偿的。尽管她深爱着查理，可是抛下那些小病人们令她十分难过，但规矩却又不能改：已婚女性不能当护士！好在她还有波德姆大宅要整修，要把这事儿办好，她就得经常跑到悉尼去选购瓷砖、墙纸、布料、地板、吊灯、灯台、家具以及各种固定装置和附加设备。她意识到艾达对于引导自己的审美取向大有裨益，于是就把每一次远行的日子调整到艾达的休息日。她俩在悉尼过得非常愉快，下榻在澳大利亚酒店，吃饭就到那些有大厨愿意把肉煮熟的餐厅。

不过，她亲自下厨的初步尝试就不那么成功了。眼睁睁看着锅里的东西煮开了溢出来，或是煎锅里的东西被烧个精光，她却一点也不紧张，所以当查理提出解决方案的时候，她便洗耳恭听了。他们会雇一个技术娴熟的大厨，能够同时满足他俩对烹饪那南辕北辙的需求——查理在北极，而吉蒂在南极。

吉蒂意想不到的是，查理身上有一种魅力，竟然吞噬了她的整个生命——他是个完美情人。可为什么以前她以为他不是呢？她一直想不出这个问题的答案，直到她想通了这一点：她自己由于个子小，所以觉得低人一等，她把这种自卑感也同样转移到查理的身上。个子小就不够好，个子小的人没法满足少女的期盼。如今，和查理坠入爱河的吉蒂体会到了喜悦的滋味——查理就是最适合她的那个人。现在她明白了，让她受到惊吓的是过去这些年她遇到的寥寥那几个男人。对于她来说，中等身材的男人也还是太高了，接吻时她不得不踮起脚尖，可那些身高六英尺的家伙简直要把她举得双脚离地了。不知为何，有些男人甚至想要把她抱起来强行带走，就像带走一只病狗——她打的比方惹得查理爆发出一阵大笑。

可查理却——查理是完美无缺的！仿佛是本能使然，他知道如何激起她的情欲，而且有一千种不同的方法来吻她，每一种都美味无比。他把双手放在她身上时，既充满激情，又满怀敬畏，并且他让她知道，她也给他带来了极大乐趣。

所以，尽管吉蒂不得不出门去等出租车，但是满脸喜色，她原本以为这种喜悦已经登峰造极了，直到今天早上内德·梅森医生对她说，她肯定是要当妈妈了。生宝宝！她自己的宝宝！

格蕾丝和吉蒂见了面，两人都大吃一惊。

格蕾丝看见的是一个改头换面的吉蒂，她漂漂亮亮，得意洋洋，是个无忧无虑、无灾无祸的女人。

而吉蒂看见的却是一个遭受重创的格蕾丝，她失去了所有的欢乐，眼睛凸出，身体发抖，她的美丽已经枯萎凋谢。

“格蕾丝，亲爱的，怎么啦？出什么事了？”

格蕾丝并没有回答她的话，而是从她身旁走过去，将双手绞在一起，随后转过身，仿佛在让自己振作起来，重新找回那已经销声匿迹的勇气，她开口说道：“阿熊失业了。”

“格蕾丝！太——太糟糕了！咱们到厨房里去坐吧，那儿有炉子，暖和一些——谢天谢地，杰克·瑟洛一直保障着你的木柴供应。”吉蒂唠唠叨叨地说着，同时把水壶移到炉盘上比较热的地方，“不，我能沏茶。”

“你太矮了！”格蕾丝边说边把吉蒂推到椅子上坐下，又往茶壶里倒了一点热水烫烫壶，“上好的浓茶，正是咱俩需要的。”她那灰色的眼睛定住了神，平静下来，最后终于看清楚了。“太好了！”她喊道，“你怀孕了。”

“我今天早上才知道的，不过你什么也别说，我还没找到机会告诉查理。”

“我不会说出去的，我保证。”她稳当又快速地沏着茶，“其实我没事，只是阿熊性情大变，把我给吓坏了。”她边说边摆出茶杯和茶杯碟，她俩一人一份，“今天他回到家的时候，我不得不充当起坚强的那个人，太阳是不是打西边出来了？可是，吉蒂，你猜怎么着？我做到了！为了阿熊和孩子们，我变得坚强起来。不知什么原因，我——就是我，我自己——似乎不重要了。他哭得好厉害！他曾经那么自豪，因为他是帕金斯的顶级销售员！可是这家公司倒闭了，关门大吉。”她把茶倒进杯子里，“麻烦的是，他体格不够强壮，肯定干不了体力活。可他又是个很骄傲的人。太骄傲了！我希望你能跟查理谈谈，把这一切跟他解释清楚。”

“别担心，我来跟他说。我同意你的看法，阿熊干不了体力活，可是他有头脑，这就强得多了。查理会想出办法的。”

“没这么简单。”格蕾丝说着抿了一小口滚烫的茶水，“阿熊认为，向查理寻求帮助就是走后门，走后门就是错误的。事实上，他连听都不肯听。真的，吉茨，我一点也没有夸张。”

“我明白。”

“哦，吉蒂，但愿你能懂。”

查尔斯·波德姆走了进来，一丝笑容也没有。“起码你还给我留了个口信，我想我要为此谢谢你。”他说着在桌旁坐了下来，可是却朝着格蕾丝傲慢地伸出一只手，“不，不要茶，拜托了！真不知道你们怎么能喝着煤焦油还称之为茶。”

“哎呀呀，”格蕾丝和善地说，“心情不好，是不是？”

“吉蒂，你竟然坐出租车？”他问道，“这事紧急到你非得在这个点来跟姐姐见面吗？”

“的确很紧急。”她说，他的不悦让她有些喘不过气，“阿熊刚刚失业回到家。帕金斯倒闭了。这可怜的家伙如今躺在床上起不来了。”

这话就像一记耳光打在他脸上，达到了预计的效果：查尔斯看起来既吃惊又后悔，尴尬不已。“哦，格蕾丝，我很抱歉！”随后他又对妻子说道，“亲爱的，我道歉。今天我过得很不愉快，但是我没有权利拿你出气。”

“查理，更重要的是，”吉蒂没理会他的道歉，“阿熊非常固执，拒绝请你帮他找工作，也不肯走任何形式的后门。”

“我了解。”他这并不是客气话，“阿熊的一切都是他凭着自己的努力和辛勤工作争取来的。他有着实干家的强烈自尊心，我一直很钦佩他的成就。”

“同时还有一件事，查理，格蕾丝为了打电话叫我来，不得不提着灯笼走到电话亭去，我不想再有这样的担忧了。格蕾丝家必须装电话，”吉蒂说道，“但不能是合用线。”

“给格蕾丝装电话，不是合用线。”

吉蒂朝着格蕾丝探过身去，眼神里带着祈求：“格蕾丝，你一定要跟阿熊解释清楚，这是为了让爸爸放心。没有电话，你和孩子们跟娘家就没法联系了。”

“好的，吉蒂，我明白，我很乐意采纳你的建议。如果爸爸不是牧师，阿熊肯定会听他的话，可阿熊讨厌宗教。他说所有的战争都是因为人们对神的理解有分歧而引起的。”格蕾丝说。她已经开始想通了，她目前面临的问题对任何人的影响都不如对她自己的影响那么大。而这全都是她自己的错。如果她不是那么无可救药地铺张挥霍，阿熊起码会有一千英镑的存款来应对这场灾难。她对自己说，格蕾丝·奥尔森，你要为很多不幸的事情负责，并不仅仅是你丈夫现在所受的毁灭性打击。

“嗯，好了，”她充满希望地说，“我的事情说完了，现在也没别的多少事可做，等明天阿熊睡醒了再说吧。查理，到时你愿意见见他吗？”

“当然没问题。”他亲切地说，“我九点到这里。”说完他站了起来，“吉蒂，我上车去等你。”

“等他听说了你怀孕的事，一定会高兴得不得了。”格蕾丝说着微微一笑，“至于我，别以为我不肯承认，要不是因为我，我们在银行里不会没有存款的。”

听了这话，吉蒂大惊失色，她目不转睛地看着格蕾丝。要是换作从前，格蕾丝肯定会哭哭啼啼地抱怨连天，没完没了地自艾自怜，可如今在这场可怕的浩劫面前，这些反应似乎都消失得无影无踪了。她原本预见格蕾丝将要走上受苦受难的道路，可是格蕾丝好像并没有这个打算。“真希望你当初做护士的时间能长一些，”吉蒂说，“这样你就更有机会找一份兼职工作了。”

格蕾丝微笑着摇摇头：“不，我从来没有考虑过这事。遇到阿熊的那一刻，我就知道自己的人生将会走向何方了。哪怕叫我跟阿熊一起跪着走到中国去，我也心甘情愿。我看见你为查理动摇不定了好几个月，可我对阿熊却从未有过一丁点迷惘。我心里明白，这就是我的命运。”

一股苦涩的嫉妒击中了吉蒂的心，仿佛是有个战士用力把长矛刺进她心里——为什么就连傻乎乎、没头脑的格蕾丝都对自身的命运确信不疑，而远比她聪明睿智、脚踏实地的自己却对查理视而不见？这是否意味着格蕾丝和阿熊之间的爱情要比她对查理的爱浓烈得多？查理也是一见到她就确定了心意。那么她到底是怎么了，为什么她的感情非得推推搡搡那么久才浮出水面？

查尔斯离开奥尔森家之后没过多久，吉蒂就上车跟他会合了，在柏卡车里昏暗的灯光下，她的脸显得异常清瘦。好吧，这事确实叫人震惊。无可否认，格蕾丝可能会拖累旁人。

“要说服阿熊接受工作会很困难。”她说。

“穷人的自尊心总是很难打败的。”

“走后门真的不对吗？”

查尔斯扑哧一笑：“吉蒂，这个世界就是在关系网上雀跃嬉戏的，这网眼比你所知道的还要密集，起头的就是政客们。可怜的阿熊太过骄傲，不肯托关系，所以他永远都不可能积聚起能力给他的儿子们谋到美差，而我将会忙着给自己的儿子们筹谋，没时间帮他的忙。现在正是他的机会。”

吉蒂心里仿佛有什么东西被扭了一下。她痛苦地叫了一声，就像猫叫一样。“哦，查理，不要蔑视命运！”她喊道。

“怎么了，亲爱的？”

“回家再说。”她说。

然而到了家要先吃晚饭，吉蒂的舌头像被铅块压住了一般沉重。格蕾丝的消息毁掉了她今早的好心情，她想找回那种情绪，可是做不到。不知所措的她絮絮叨叨地说着格蕾丝的变化，丝毫没看出查理越来越生气——她这么难过就是为了个同父异母的姐姐？

“她说要自己种蔬菜，并且很庆幸自己两年前种下一棵苹果树和一棵梨树。哈！她指的是杰克·瑟洛种的吧——最最亲爱的格蕾丝！她还说打算养鸡婆——格蕾丝，养鸡婆？”

“养什么？”他一脸茫然地问，终于插上了嘴。

“鸡婆——母鸡，查理！这样的鸡太老，不能称为小鸡了。”

“鸡婆。‘老婆婆’那个‘婆’？”

“正是如此。”

“我真是永远都学不完。”

两个人都没再说话，沉默浓稠得如同糖饴一般。

“查尔斯？”

“你刚刚是不是把我的名字喊对了？”

“是的，喊对了。”

他两眼放光，坐直了身体：“在下正是查尔斯。”

“我怀孕了。”

听到这话，他的脑袋仿佛被人打了一拳，脑子里一片空白。他呆呆地凝视着她，张口结舌，嘴唇颤抖着，一种情感接着另一种情感从他脸上掠过，眼睛里渐渐燃起了纯粹的火焰。突然，他好似抽筋一样跳起来，抓住她一把抱进怀里：“吉蒂，我的吉蒂！你怀孕了？咱们的孩子？亲爱的，什么时候生？”

“内德·梅森说是十二月份。我今天早上去见他进行了最后的确认，他说我已经怀孕四个月了。”她笑了起来。在查尔斯听来，这就像一曲胜利的凯歌。“婚后体体面面地隔了一段时间，爸爸一定会这么说，不过咱们终于还是要生儿育女了。”

查尔斯依然在发抖，他抱着妻子坐在腿上，将一只手虔诚地放在她的肚子上：“他就在这里，在长大——都已经四个月了！你还好吗？内德满意吗？”

“他很高兴。我的骨盆状态不错，也够宽，一切都正常，基础代谢也很理想——简而言之，亲爱的查理，我精力十足，精神焕发。”

“是个男孩。”他肯定地说。

“拉蒂默家的统计数据偏爱女孩。”

“格蕾丝就生了两个男孩。”

“我正是这个意思。爸爸有四个女儿，所以也许拉蒂默家男孩的限额已经被格蕾丝给用完了。”

“女孩我也同样喜欢。我妻子就是个女孩。”

“这倒不假。”她浑身打了个哆嗦，“不过，今天可不吉利。阿熊丢了工作——但愿这不是个坏兆头！”

“吉蒂，无论是什么兆头，都只跟阿熊和格蕾丝有关，不干咱们的事。”

格蕾丝决定坦白交代自己的所作所为。第二天早上，阿熊醒来以后，她给他烤了面包片作早餐，并且招认说自己已经把秘密告诉了吉蒂。

“如果是在以前，我会告诉艾达，可现在境况变了，阿熊。如今吉蒂才是有势力的那一个，所以我昨晚请她来跟我见面，她就到这儿来了。不不，我并没有求她给一份工作，那不是我该做的，除了求查理给工作，其他的一切都是吉蒂的事。我只是想跟自己的妹妹说说发生了什么，并且请她让查理今天早上到家里来跟你见个面。他很快就到。我不在乎你们俩说什么，也不在乎你会如何决定，我只是尽自己的一份力量让你们俩碰到一块而已。”

他不解地注视着她，不明白过去这八个月格蕾丝怎么变了这么多，可这变化正是由他而起，因为他削减了她的家务开支。从前那个唉声叹气的格蕾丝已经无处可觅，恰恰相反，阿熊发现面前的这个女人坚决而果断，对于自己的处境丝毫也不糊涂。

“你怎么啦？”他困惑地问。

从前的格蕾丝可能会试着装聋作哑，可这个全新的格蕾丝不会。“我匆匆忙忙地长大了。”她边说边给他又倒了一点茶，“阿熊，别再去看蒸汽机车了。要是咱们的儿子这么做，还情有可原，可咱们是成年人。咱们已经当了父母，得养家糊口。”

“别来火上浇油。”他小声说，皱起了眉头。

她抚摸着他佝偻的后背：“阿熊，我这不是在火上浇油。咱们遇到的事并不是自己咎由自取，可是咱们却不得不承受苦果。我敢说，咱们会比这个烂摊子的罪魁祸首吃的苦还要多。我希望你能明白，我们从前生活富足，所以还能抱有幻想，可如今就不能再这样了。自尊心也是一种幻想，爸爸说这是一种罪过。接受查理·波德姆给你的工作吧，就当是为了你的儿子们。”

阿熊觉得感情和理智都遭遇了重创，他仿佛漂流在一片未知事物的海洋里，眼前的格蕾丝就像个陌生人，他几乎没有听见她在说什么，也全然没有领会关于自尊心的那句话是什么含义。是啊，有人给她遮风挡雨，她压根就不可能知道悉尼是个什么情况，他看到阿谀奉承的人和会拍马屁的人蜂拥而上，抢走了其他人更有资格得到的工作，而那些人只是不肯摇尾乞怜、奴颜婢膝而已。他希望自己的儿子们成长为男子汉，而不是阿谀奉承的马屁精。

在他想着这些的时候，格蕾丝却在絮絮叨叨地说着查尔斯·波德姆的事，以及他——阿熊·奥尔森——应当如何礼数周到……

接着，仿佛才过了一秒钟，他就被这个小个子男人给拿下了，他英俊潇洒、衣冠楚楚、能说会道，穿着打扮都是克朗达人的风格，装腔作势，满不在乎——别担心，阿熊，这事很快就会过去的！

“而且，阿熊，”查尔斯满怀热情继续说道，“我可以给你一份理想的工作！我发誓，绝对理想！现在出现了一个全新的领域，正适合像你这样的人发挥一技之长——称之为口才没问题吧？这个领域叫作公共关系，非常有意思！随着人口越来越多，政府以及其他类型的公共机构越来越没有人情味儿，于是就需要有人来教育普罗大众，让他们清楚目前的情况。如果普通老百姓不了解那些真正掌权或是手握实权的无名氏，那么无知和曲解就会引发动乱。”他那对黄褐色的眼睛把视线落到阿熊脸上。“你在听我说吗？”查尔斯问道。

“在听。”阿熊说。

查尔斯说得正起劲，便急匆匆地往下说。“其实我提供给你的，”他说，“也是一份销售工作。但不是卖货物，而是卖想法、卖服务，这些都是人们看不见、摸不着的，不像药膏或是搽剂。我要你领导这个全新的克朗达公共关系公司，把克朗达推销出去！”

“哦！”格蕾丝惊叹了一声。

“对不起，我不能就这样接受一份工作。”阿熊说道。

查尔斯惊呆了：“什么？”

“它不适合我。”

“胡说八道！你是个出色的推销员，这份工作非常理想。”

“我几乎没读过书。”阿熊说。

“你读的书够多了，报告写得很好——我看过你写的报告。”查尔斯说道，这话把他给出卖了，原来他早就考虑过让阿熊·奥尔森到他的公共关系公司来。

“对不起，不行。公共关系？更像是骗取信任吧，”阿熊说，“我不想要这份工作，这是欺诈。查理，咱们还是现在就把话说清楚的好。无论你提供什么工作，我都不想要。因为这个机会原本会轮到某个可怜的家伙头上，结果却因为你偏向自己的连襟，而害得他跟这份工作擦肩而过。在克朗达的求职名单上，我是排在最后的，所以我会到市政厅去登记，能找到什么工作就找什么工作，等着真正轮到我。但我不会领失业救济金，那是不劳而获，会有辱我的出身！”

格蕾丝一下子坐了下来，伴随着仿佛橡皮垫突然被放了气的声响，她眼含泪水地盯着阿熊。

查尔斯脚跟一转，面向着她："格蕾丝，叫你丈夫认清局势。"

可是格蕾丝却让查尔斯和阿熊都大吃了一惊，尽管最吃惊的还是她自己。"不，查理，我不会这么做的，"她说，"如果阿熊不想要人家帮着他往梯子上爬几级，那么我也绝无异议。家里由他做主。"

"不要跟别人赌气反害了自己！"

"至少我们不会去多管闲事。"格蕾丝大着胆子说。

查尔斯·波德姆双手一摊，怒气冲冲地走了出去。

就这样，阿熊·奥尔森摘下帽子，抬头挺胸地在市政厅做了登记，申请任何能找到的工作，同时拒绝了发放给他的钱。于是就有人说，阿熊·奥尔森是有原则的，不肯接受他那有权有势的连襟提供的帮助。这话像一道闪着蓝光的电流一般在本地传开了。也有人直言不讳批评他愚蠢，但更多的还是称赞他有着劳动人民的气节。

他的情绪跌到了沉闷的绝望谷底，成天像个幽灵似的在特里劳尼路上的家里游来荡去，遇到妻子或是孩子们就立马让路，好像他受不了跟他们在一起似的。他怨恨自己，这种心情逼着他紧紧地抓住那破烂不堪的自尊心不肯放手，就像抓住一根能浮起来的桅杆，可是这海水太过稀薄，与其说是液体，不如说是水汽。

"你起码可以给格蕾丝盖一座像样的养鸡场。"杰克·瑟洛说道。他如今已经不常登门。有一回他来过之后，阿熊的情绪明显比从前更加低沉，打那之后格蕾丝就请他少来为妙了。

奥尔森一家所遭遇的不幸给杰克也造成了一系列巨大冲击，其中最突出的就是格蕾丝新近忽然坚强起来。尽管十分困惑，他倒是很感激格蕾丝请他退避三舍，并且欣然从命，不过要是格蕾丝确实请求他来一趟，他就会推掉其他所有的事情，立刻来到她家。查理一次次地想要提供帮助，阿熊的拒绝有多快，他的帮助来得就有多快。杰克明白阿熊为什么会是这种反应，但是查理却弄不懂，因为他不知道，劳动人民是宁愿饿死也不肯接受施舍的。

“阿熊不肯接受查理提供的工作，那不关我的事儿。”有一天格蕾丝对杰克说道，“可是他需要有人在他屁股上狠狠地踢一脚，让他在这个家里干点活。我想养一些下蛋多的鸡婆，可那就意味着养鸡场得比现在这样好得多才行，我还想种一些时令蔬菜——要是别的种不了就种佛手瓜。”

佛手瓜！杰克毫不掩饰地做了个作呕的动作。哦，这些东西就像杂草一样随处生长，可烤可煮可煎，可以用来做果酱，也可以做酸辣酱，可是——它们真是难吃、难吃、难吃！味道有一点像尿，而且毫无营养价值。

她还在继续说，没注意到自己丢下了佛手瓜这颗炸弹：“杰克，可我没法什么事都自己一个人做，孩子们还太小，帮不上多少忙。阿熊应该接手照料花园和鸡婆们。”

杰克送来施工材料，又对阿熊严格监督，一座令人满意的养鸡场终于结结实实地建了起来，莫德给的罗得岛红鸡也安置进去了，杰克还每天把自己农庄里采摘的蔬果送一桶过来。因为阿熊连土豆、胡萝卜和大头菜都不会种，包心菜、青豆和生菜就更别提了，杰克只好教他种，结果却发现他的两个儿子比他学得还要快。大家最多也就能指望阿熊确保自己没忘记关上养鸡场的门，或是走路的时候别踩到刚种下的一行蔬菜。他什么事都做不下去，工作只能移交给别人去做。他总是打不起精神，整天东游西逛，又不肯领取苦役救济金，因为他觉得自己干不了体力活，拿这份钱有失公允。

他的两个儿子反倒比他更加坚强。格蕾丝曾经把他俩叫到一旁，对他们解释说爸爸的心里病得很重，打这以后布莱恩和约翰对爸爸就一直很好。这些天格蕾丝对各种局面都应付自如，可是要对两个小孩子把“心里生病了”描绘清楚，好让他们能够理解，格蕾丝真是用尽了所有的描述能力。不过，从孩子们对待父亲的表现可以看出，她说得已经足够。和阿熊在一起的时候，他俩非常温柔，从来不曾失去耐心。杰克对此惊叹不已，他觉得仿佛布莱恩和约翰是做父母的，而阿熊却是个孩子。

在一九三〇年这个糟糕的年份，还没有人懂得原来人的意识也会崩溃、会破裂、会粉碎，而且竟有无数种不同的方式。不过阿熊比多数人都要幸运，因为他有个好妻子和一对好儿子，他们从来没有对他大发脾气地破口大骂，也很少会去指责他。查尔斯·波德姆看到没人说他，于是觉得自己责无旁贷，便怒斥过他几回。可阿熊的回应却只是站在那里，一脸茫然，一再重复说他不愿意走后门。

“可我说的不是走后门！”查尔斯喊道，“我说的是你要照顾你的家人。你一点忙也帮不上，阿熊，一点忙也帮不上！”

这话好像对他毫无作用。

吉蒂的反应就务实多了。她送来一台胜家的脚踏缝纫机，格蕾丝很开心地收下了。在艾达指导下，格蕾丝当起了裁缝，用利亚姆和查理的旧西服给孩子们做上衣和裤子，还给她自己做衣裳。艾达和吉蒂不要的衣服也都给了她。如果她的生活忙得不可开交，起码这意味着夜晚来临的时候她能够沉沉睡去。自打约翰出世之后，她和阿熊就再没有过夫妻生活，如今这似乎已经遥远得如同梦境，可是她太累，全都忘记了。

随着一九三〇年一点一点过去，查尔斯·波德姆获得了克朗达人民的认可，这在很大程度上是因为克朗达还继续保持着相对繁荣的景象。市长尼古拉斯·米德尔莫尔和镇书记温菲尔德·垂德比都是乏味无趣之人，尽管他们也做出了真正的贡献，偶尔还帮上了忙，但是荣誉并没有落到他俩头上。他俩明智得很，知道自己如果说查尔斯·波德姆半句不好，就会有人说他俩是酸葡萄心理，所以，人们当着他俩的面对查尔斯大唱赞歌的时候，他们就只是默默地笑笑，同时在市议会里投了查尔斯的票。

克朗达有两名议会成员，一个属于新南威尔士州，另一个则属于新近迁入政治小城堪培拉的澳大利亚联邦政府。人人都知道只有那些大城市在政治上才有重要地位，在这些地方，资本主义和社会主义拉开架势相互竞争，把自己的意愿强加在那些不幸的选民头上。在澳洲历史上，有些统治者实际上就是独裁者，实施的是专制统治，也许正因为如此，打从民主政府建立之初，对于政府的言而无信、表现欠佳和贪污腐败，选民们似乎就已经司空见惯了。

婚后数月，吉蒂业已知晓查理一心想要成为克朗达在联邦政府里的代言人，但他却仍在犹豫不决，尚未采取行动。从某种意义上来说，时代迫切需要一种新的领导方式，甚至可能要通过一个新政党的运作来实现，这个政党必须更加适应选民的广泛多样性才行。保守党和工党的政客们全都顽固不化、僵化死板、不肯妥协，而选民们的思想则比较灵活变通，无论哪一种政客都没有满足选民的愿望，所以选民对他们毫无好感。

查尔斯也想不通为什么自己的英国出身会成为他从政道路上的一个巨大阻碍；许多工党成员也是英国出身，而且比他还要守旧，可他们紧紧抓住不分国界的社会主义，借此来淡化处理自己的国籍。为什么身为英国绅士竟是如此的奇耻大辱？他怎么会明白，这片大陆最初的独裁统治者正是英国绅士，他们时至今日仍然为本地人所痛恨和鄙视。

查尔斯大失所望、心灰意冷，不过他很有头脑，明白自己的政治抱负得等他在澳大利亚待得更久一些才能实现，他还得努力让人家把他看作澳大利亚人，而不是英国人。他来到这个国家的时候，一九二九年已经过半，紧接着就发生了全球最严重的经济危机，这可不是个好兆头，纵使他费尽艰辛让克朗达保持着经济独立，不致沦为贫民窟，也为这里的人民保住了工作。他自然也有敌人，本地有些人对于波德姆的魅力和慷慨十分反感，这样的人并不都是无足轻重之辈，有几个还很有权势。凡是查尔斯可以参加的政治会议，他都会参加。地方议会每一次开会，他都会出席，在各种社会援助团体中也总能看到他的身影。

查尔斯每次都尽可能带上妻子同去，吉蒂的腰身日渐臃肿，她对丈夫所表现出的关爱之情毫不做作，人人见到她都很喜欢。如今她已经对查理一心一意，所以下定决心，要给这个活力十足、永不停歇的男人当好伴侣。无论他是去悉尼、墨尔本还是堪培拉，不管他是去旁听议会里比较重要的辩论，还是以某种方式为克朗达游说，吉蒂都陪在他的身边。

所以，八月中旬的一天，当她发现查理自己在收拾行李的时候，不由得吃了一惊。此时天气寒冷刺骨，克朗达城里冰天雪地，好似洒了一层银粉玉屑。

“我要去墨尔本参加总理举行的会议，”他边说边仔细检查着自己的晚礼服，“需要带全套正式晚礼服吗？”

“去墨尔本？恐怕要带。那儿有帮势利的家伙。”她说，眼珠飞快地一转，“查理，你时不时地到这些大城市去聊聊天也好——这样你的正式礼服就不会生虫了。我想你没打算带我一起去吧？”

“这次就不带你去了。聊的都是男人的话题，太无趣了。我在寄来的会议议程里看到，因为大萧条的缘故，所有的庆祝活动都取消了。可我想知道的是，为什么这些会议总是在墨尔本举行？”他问道，同时将全套正式晚礼服塞到了晚礼服的上面。

“你肯定知道这种闲谈为什么总是在墨尔本举行，查理，”她边说边接手替他收拾起行李，“动动脑子！因为总是有很多来自英国的大人物出席会议，要从英国到澳大利亚，他们只能坐船，在海上航行一万英里才到珀斯，可这里绝不是个能开会的地方，而下一个停靠港就是墨尔本。如果待在船上前往悉尼，那意味着还要再航行一千英里，可是此时他们想上岸已经想疯了。要是飞行员们驾驶的飞机能搭乘几百人，那么悉尼距离伦敦倒比墨尔本更近，墨尔本就要衰落了。可是只要人们还得乘船来澳大利亚，墨尔本就肯定赢。”

“你说得太对了。”查尔斯悲哀地说，“墨尔本是第一个重要的停靠港，所以奥托·尼梅尔爵士宁愿踉踉跄跄地走下跳板亲吻墨尔本的土地，也不愿再航行一千英里到悉尼去。聪明的吉蒂！”

她在他鼻子底下挥舞着一沓手帕：“也许我的腰身是臃肿了一些，但帮你收拾行李还是没问题的。不过，你的西服我没敢碰。你应该用那种扁式硬皮箱，能够直立，可以展开，里面有几组小抽屉，还有挂西服的空间。”

“我要是带着个扁式硬皮箱到墨尔本去，那看起来可就像傻瓜了。”

“胡说！我猜奥托·尼梅尔爵士也会有几个这种箱子的。”吉蒂深深地吸了一口气，“事实上，查理，你需要一个贴身男仆。”

“没错，我确实需要，可是没有阶级之分的克朗达会谴责我的。”

“这也是一个就业机会，但并不是给克朗达人准备的，唉，就连可怜的阿熊也不行。查理，在墨尔本雇一个男仆吧，去他的克朗达！”

“我想我可以把一个扁式硬皮箱放在列车员的车厢里。”

“的确可以。你打算住在哪儿？”

“孟席斯，跟以前一样。”

“很好，那里会有男仆替你打开行李。可是，查理，为什么要你去？你又不是参众两院的议员。”

“处于我这个位置的人总有些在政界还算举足轻重的朋友，所以开会时我能在旁边听听，不过这次我并不是为此而去。是奥托爵士亲自邀请我去的。”

他俩在查尔斯的更衣室里，吉蒂坐在椅子边缘：“这个奥托爵士又是什么人？他这名字听起来像个做香肠的德国人。”

“奥托·尼梅尔爵士是英格兰银行的总裁之一，也是我从前在伦敦金融城的老朋友，除此之外我对他就一无所知了。不过，我的漂亮好吉蒂，我倒是很想知道，他为什么要受罪跑这一趟。”

“是的，我知道你为什么好奇。他是个极其重要的人物，不论他是为何而来，这事在英国肯定也是生死攸关——我的意思是，不然他怎么会在闷热难耐的船舱里待上四五个星期，还得忍受晕船的痛苦和无聊的时日？我相信他的船舱肯定在顶层甲板上，屋里还能通点风，但毕竟不如家里。他自然是左舷出右舷回，但太阳可不会留情。”

查尔斯饶有兴趣地注视着她：“吉蒂，任谁都会以为你真的进行过这样的远航。左舷出右舷回是什么意思？”

“太阳啊，傻瓜！”她说，脸上现出了酒窝，“船只来到澳大利亚的路上，太阳照着右舷那一边，回到英格兰的路上，太阳则是照着左舷那一边，所以那些知情的人在预订船舱时都会选择背阴的一面。‘上等人’这个词儿便是由此而来。”

“亲爱的，你可真是博学多闻！”

“这我倒不知道，不过奥托爵士也是个爱担心的人。”

墨尔本所有上好的酒店里都挤满了政客和跟随他们的一帮食客随从，他们到哪儿，随从就跟到哪儿，查尔斯·波德姆觉得这些人就像拖着尾巴的彗星。他下榻在孟席斯酒店，住在他常住的那间套房。他喜欢这里，氛围跟俱乐部有几分相似，员工们的衣服上装点着红白相间的孟席斯格纹，有贴身男仆和女佣为客人服务，菜肴也很美味。受他看重的辛西娅·诺曼小姐赶在这拨人前头替他订下了房间，还为他弄来一辆劳斯莱斯和一名司机以便他在到访期间使用，吉蒂说得没错，扁式硬皮箱确实派上了用场，而且也没有给他带来不便，因为他付起小费来相当慷慨。他很早就发现，澳大利亚人在给小费的时候是出了名的吝啬。

提起奥托爵士的名字作为恩主，查尔斯发现各种大小会议全都邀请了自己，不过有一桩事情令这一切都黯然失色——奥托爵士上岸后的第一晚就单独跟查尔斯共进了晚餐。看来奥托爵士对某些人心怀不满，于是选中查尔斯作为他的首要倾吐对象——这倒也合情合理，在墨尔本，只有查尔斯跟奥托爵士有两个共同点：他俩都是英国人，早在伦敦金融城时便相识数年。

“我亲爱的查尔斯，自打你收拾行李移居国外以后，金融城可是不如从前了。”英格兰银行的总裁喝着餐前酒说道。他和查尔斯穿的都是半正式礼服。

“您这话就言过其实了，”查尔斯微笑着说，“我主要还是在曼彻斯特，到伦敦的时间并没有这么多。”

“也许吧，但曼彻斯特也不远，在我们需要的时候——比如在遇到棘手或是特殊的情况时——你都是随叫随到。我亲爱的朋友，你肯定不是为了西比尔才移民的吧？”

“天哪，当然不是！”查尔斯吃惊地喊道，“说实话，我是觉得厌倦了，而且当时接受澳大利亚这笔遗产的时机似乎刚刚好。真是奇妙啊！现在看来恍如隔世，可那其实也就是两年前。”他的脸变成了狰狞怪兽的面孔，“奥托，如今身处南半球，我坚信这个世界——还有时间——要比北半球转得快。我已经娶妻，跟她一比，西比尔简直黯然失色，如果说她是希望之钻，那么西比尔就只是一大块玻璃而已。”

“你没有把她带来墨尔本吗？”

“没有。我们的孩子快要出世了。”

“太棒了！”奥托爵士靠在他的椅子上，“查尔斯，你知道我为什么会来吗？”

“肯定是因为大萧条吧，但你是替谁奔忙，我就不知道了。我觉得那些装模作样的傻瓜可没有聪明到请你这个专家来提意见。”

“说到装模作样的傻瓜，在这场灾难面前，似乎所有的政府都是由这类傻瓜组成的。是的，你说得没错，的确不是他们请我来的。我是奉了英格兰银行的命令。”

“英格兰银行有什么计划？”

“想要劝说这片大陆上的各家政府不可拖欠还贷，特别是不可拖欠偿还利息。”

他的面孔越发狰狞了。查尔斯轻轻吹了个口哨：“我听闻有些极端分子偷偷摸摸地说要赖掉外债，而一些挺有责任心的人则悄悄地说要推迟偿还利息，等到本地人没这么受苦受难了再还，不过这两者我都信不过。我从你话里听出来，政界有很大一部分人对于偿还债务有点不耐烦了？”

“哦，没错。”

第一道菜上来了。侍者就在近前，他俩没再继续谈论重要话题，除了闲聊寒暄，就只是愉快地默默享用美食，直到露比波特酒和斯蒂尔顿奶酪端上桌，一众侍从才退了下去，留下他俩私下密谈。

“显而易见，”奥托爵士说道，“成立联邦和实现自治让澳大利亚人冲昏了头脑。没有了英国统治者的强大否决权，别国对羊毛的大量需求以及黄金的持续出产使得联邦政府和各州政府都兴奋不已，毫无节制地花起钱来。你能想到世界大战消耗了多少澳洲羊毛吗？这简直是个羊背上的国家！我敢说早在一九二五年没人想到这样的繁荣兴旺也会有终结的一天，可是除了傻子，人人都应该料到的。”

“我料到了，”查尔斯慢慢地开口道，“请继续说，奥托。”

“我相信，在过去这十年里，钱主要都是各州政府花掉的，因为联邦政府既想要收获赞誉，又不想承担管理工作。尽管西澳大利亚民声鼎沸，但考虑到该州拥有金矿及其他矿产资源，堪培拉方面于是决定不允许其脱离联邦，这就导致联邦政府在划拨款项的时候不成比例地偏向了西澳。”

奥托爵士合起双手的指尖，严肃地看着对面这位专注的倾听者。他觉得很愉快：“迄今为止，花销最大的是人口最多那个州——新南威尔士，由于珀斯和墨尔本给堪培拉带来巨大的财务压力，堪培拉便一直对新南威尔士有所克扣。因此，新南威尔士州从伦敦金融城的资本市场拿走数笔巨额贷款，为其规模宏大的市政工程建设计划提供资金。该州目前已经岌岌可危，就快要欠债不还了。至于其他各州，尽管没有这么危险，但也如履薄冰，我在英格兰银行的同事们担心就连联邦政府都有可能违约。”

“你知道，奥托，跟我说说——他们到底借了多少钱？”查尔斯问道，心里一沉。

“一年三千万英镑都不止。”

“天哪！这利息都能把他们压死了。”

“可这是在借钱时就商定的。”

“是的，这是自然。请说下去。”

奥托爵士耸了耸肩：“所以我才会在这里——这一路真是够受，可是又非来不可！等到我回去的时候，几个月的时间都浪费掉了，但我希望能恐吓得那些政客行动起来。如果可以做到的话，那么我的时间花得就值了。”

“您到澳洲的时间还很短，如果能够做出什么假设的话，不知您对这个国家是如何看待的？据我所知，联邦有人在弗里曼特尔就上船开始活动了。”

奥托爵士撇下嘴角：“首先，我认为澳大利亚过高估计了自身的重要性。其次，一般大众的生活水平高得离谱。干活的人过得太好了！他们工资太高，对生活的期望也就不切实际了。简而言之，他们做不到安分守己。”

“我明白，那么您建议采取什么措施呢？”

“是命令。绝不可以拖欠外债，特别是利息。彻底削减开支。从联邦政府到市政府，都必须立即停止公共工程方面的一切花销——大幅裁减工作人员——减少其需要支付的工资和薪水，降低从失业救济金到养老金的所有社会福利。澳镑目前正在经历贬值的阵痛，我们认为，它最终会比英镑便宜百分之三十左右。如果说必须拖欠利息的话，那也只能拖欠政府自己发行的公债利息，据我了解，澳大利亚的债券持有者享受的利息是百分之九。我们不讨论地方债务，只谈外债。”

查尔斯许久没有说话，只是坐在那里皱眉看着奥托爵士的指尖。他突然打了个冷战，就像一条刚刚洗过冷水澡的狗在抖掉身上的水珠：“哦，奥托！我担心的是，人们恐怕不会对你露笑脸了，除非是为了送你快点回家。你的到来预示着世界末日的痛苦即将降临，因为大萧条对澳大利亚造成的打击显然是最严重的。”

“不，只是第二严重，”奥托爵士说道，“德国人受到的打击才是最糟糕的。战争赔款把他们弄得倾家荡产。法国人要他们血债血偿，一个子儿都不能少。”

“没错，可是法国人跟德国人已经隔着莱茵河相互咆哮了两千年，而可怜的澳大利亚做了什么？它只是想让本国的劳动人民日子好过一点罢了，但这个期望在伦敦金融城的眼里却并不值得赞赏。”

查尔斯的幻想破灭了，意志消沉的他并未在墨尔本多作停留。第二天一早，天还没亮，他就登上了去往悉尼的日间列车。脑子里挤满这么多令人不快的事情，他差点忘了要在奥尔伯里·沃东加换车，这里是维多利亚州和新南威尔士交界的地方，两州的铁路轨距是不同的。澳大利亚的各个殖民地全都表现得像是一个个有独立主权的国家，有没有成立联邦都是一样。实际上，查尔斯在克朗达下车时还在想，澳大利亚这个民族要想出人头地，唯一的办法就是让人口和国土面积一样庞大，就像美国那样。可是这里人口稀少，全都挤在沿海的六个大城市里，海岸线仿佛没有尽头一般，内陆的三百万平方英里却空无一物。克朗达是个很大的城镇，在澳大利亚是继六大城市之后最大的城镇之一，总人口也只有区区五万。

但我却学到了很多，查尔斯心想。他发现克朗达依然覆盖着一层薄釉般的积雪，新的一场降雪也即将来临。

“我真是无法理解。”他对吉蒂说道。看到他这么快就回来了，吉蒂有点惊讶，不过还是很高兴。他的硬皮箱几乎没有动过，不过跟他一起回来的还有一个温文尔雅、面无表情的家伙，他名叫科茨，是查尔斯从孟席斯酒店挖来的贴身男仆，这个权宜之计倒是简单。“波德姆街上的员工村舍可以给科茨住一间，再给一辆廉价的小汽车供他使用。”他继续说道，却换了个话题，

“他看来很高兴能有机会为我工作。”

“亲爱的，我也这么认为。这是一个私人职位，他会生活得像个老爷。”吉蒂说，“跟我说说做香肠的奥托爵士吧。”

“按照奥托爵士的说法，科茨可不应该生活得像个老爷。”查尔斯边说边满怀感激地将双唇埋进他的苏格兰威士忌，“奥托爵士将会坚决要求各级政府彻底削减开支，不过，克朗达乡村医院自己有钱，哪个政府都不能命令我停止修建工程，州政府在给我拨款时要一视同仁，不能削减经费。不管是什么东西，只要其他医院有的，我也要有，因为健康就是需要投入的。”

“可政府资金来源于税收，如果人人都没有工作，那也就没人纳税了。”吉蒂提出了反对意见。

“哦，可是总会有人纳税的。削减开支只是一个办法，让国家把收到的每一分钱都送到国外去偿还债务。欠债太多，你就破产了。吉蒂，削减开支不过是破产的委婉语。本国的人民不会受益，得到好处的是外国那些债主们。”

“查理，你有时候真是让人弄不懂。”

“哦，我很伤心，仅此而已。我离开墨尔本的时候，脑子里只有这样的画面：我和奥托坐在孟席斯酒店的餐厅里，呷着最好的红酒，吃着最好的菜肴，穿着半正式礼服，毕恭毕敬的仆人们随侍在侧——我知道奥托打从心里、头脑里和骨子里都相信，某个盘腿坐在桌上做一双鞋才挣一分钱的犹太小裁缝是不配跟他生活得一样好的。尽管他们都是亚伯拉罕[1]的后人，但阶级就是阶级。奥托坚信劳动阶级就该受压迫，他由衷地认为，给这些人提供像样的生活就是一种犯罪。在他看来，社会阶层是一成不变的。没错，我不喜欢无产阶级的统治，因为它缺乏个性，而且它怂恿公务员认为自己什么都能管，可实际上他们却什么也管不了——但我也很讨厌奥托·尼梅尔爵士的世界！”

“这两者一定会在某处达成妥协的。”吉蒂说道，这已经超出了她能理解的范围，“杰克·朗不会支持奥托爵士的举措，是吧？”

“杰克·朗会反对，但他没有决策影响力。他没有权力，亲爱的，没有权力。我所看到的就只有苦难的大幅升级。”查尔斯说，“现在只能希望斯卡林政府别被奥托爵士彻底吓倒了。”

“吉米·斯卡林，”吉蒂鄙夷地说，“就连个小菜蛾都能把他给吓住。他就是个机会主义者，肤浅得很。”

没错，有个热心支持自己的妻子确实是心理上的一大安慰，可这并不能解决查尔斯·波德姆在政治上面临的两难境地。以他的人生境遇来说，他倾向于保守党的理念，可是他生来就坚信，劳动阶级也是人，也值得尊重，在这方面他又倾向于社会主义者的看法。他要在这两者之间做出痛苦的抉择，可是却一直举棋不定，既没选这个，也没选那个。

1　亚伯拉罕（Abraham），《圣经》中犹太人的始祖。

最后他得出结论，现存一切政党的错误根源就在于，他们都是为了旧世界而创立的——为了陈腐不堪、饱受战乱、资源枯竭的欧洲。

查尔斯渐渐明白过来，他要做的是创立一个以满足澳大利亚的需求为己任的政党，创造一种不受旧世界的政治观念和体系束缚的信条。他的政治信条将会从全新的不同角度来看待资本和生产，并将以削弱人与人之间的人为障碍为首要目标。比如说，阿熊·奥尔森为什么、为什么、为什么要当着他的面贬低公共关系工作？这个男人对公共关系不屑一顾，认为这就是欺骗，他的社会态度究竟出了什么问题？这些令人费解的驳斥到底从何而来？在找到这些问题的答案之前，他是不可能去竞选议员的，因为他觉得自己一无所知，而阿熊·奥尔森却是个让人猜不透的神使。好吧，别再参加各类集会和会议了！去做研究吧。

他动脑子，也动笔。他发现用小孩子的作业本来记录他那些观察资料、演绎推论和理论学说再理想不过了，尤其是这样的本子可以像档案柜一样关上，无论同时需要使用多少本都没有问题，存放的时候还可以贴上标签在书架上竖成一排。

但这一切都是在为将来做准备。他终于开始行动了。

“你会和我一起吗，吉蒂？”刚从墨尔本回来他就问道，“你会支持我吗？”

她那双紫罗兰色的眼睛闪现出热爱与自豪的光芒：“查理，我会一直支持你，永远支持你。”

起初她这话绝对是发自内心的。要是查理继续专注于医院、孤儿院以及纯粹属于克朗达的各项事业，那么吉蒂也确实能耐得住“永远”。然而冬天过去了，春天随之到来，百花盛放，香气四溢，无论是在餐桌上的谈话，还是在其他任何地方的谈话，都越来越不可阻挡地奔向唯一的一个话题——政治。可吉蒂却发现自己对政治、政客和查理的政治野心越发厌恶，而且是急转直下。

十月底，吉蒂·波德姆在怀孕七个月后流产了。孩子发育得很好，是个男孩，可生下来却是个死胎，宫缩还没开始就已经死了。

“我想不通，”她躺在病床上小声地说，脸庞和枕头都被眼泪浸得透湿，“一切都很完美，我那么健康！然后就——这样了！”

尽管查尔斯·波德姆也深受打击，可他对自己的创伤掩饰得比较好，尤其是在妻子面前。他也同样伤心落泪，却只是夜晚独自在家中才会如此。如果他意识到这样做的后果，那他一定会明智一些，跟吉蒂一同哭泣，夫妇二人因痛失爱子而团结一心，成为彼此痛苦的见证人。从目前的情形来看，吉蒂认为自己的悲伤远甚于他，同时却又因为深爱着他，而将他的表现归咎于男性的冷淡自持。毕竟，父亲和孩子并不曾通过子宫血肉相连，所以她怎么能指望他体会到她的感受呢？

“头一次怀孕就流产，这倒也不是闻所未闻。”内德·梅森医生说道，“吉蒂，不过月份这么大了还会流产确实罕见。也许你有点非常轻微的贫血，所以多吃点菠菜吧，即使不喜欢也要吃。”

“我有可能会再次流产吗？”吉蒂问道，“我还没从震惊中缓过神来，太突然了——简直是祸从天降！”

“放心，你会有很多孩子的。”

草窠也是这么说，她很担心吉蒂。吉蒂那对美丽的眼睛流露出一种以前未曾有过的眼神——困惑到近乎糊涂。不管发生了什么事，都决不能让吉蒂再消沉下去了！“内德·梅森说得对，女人们第一次怀孕就流产也是有的。”草窠的语气很坚定，“好好休养一段时间，吃点菠菜，从头再来。我保证你会一帆风顺。”

“内德说我可能有个很小的子宫肌瘤。”

“哦，这东西咱们都有，一个是最少的。”草窠嘲讽地从鼻子里哼了一声，“吉蒂，你是一名注册护士，你知道我没骗你。子宫肌瘤只有在很晚的晚期才会成为惹人讨厌的危险因素。”

“查理对这事似乎看得挺开。”吉蒂对他像是有点不满，甚至带着怨恨。

“查理的心也碎了，你这个呆头鹅！他只是不想流露出来惹得你更加难过。不要因为被你自己的悲伤遮住眼睛就低估了他的伤痛，吉茨。他在我面前哭过。”

“是吗，他在我面前可没哭。”

“我很佩服他的自制力。他当然不会在你面前流泪！因为他太为你着想了，所以才没有这样。”

“爸爸说他和查理给那个起了个名字——亨利，然后给它下葬了。当时我甚至都不在场。”

“那个……”草窠心想——哦，吉蒂！是艾达和我从前把你当成孩子所以替你包办太多了吗？不，我们当然没有。可是不知什么缘故，你和查理之间的情形似乎总是对查理不利，而这并不是他的错，而是你的。

离开了产科病床上的吉蒂，她步履轻快地向查尔斯·波德姆的办公室走去，思绪却仍然停留在吉蒂身上。她俩不常见面，艾达也是一样，但是她们之间的情谊却并未因此淡薄，她知道，在未来几周和几个月里，吉蒂主要还是会指望她和艾达来给予她安慰。从吉蒂话音里就能听出她是在指责查理！在这样的时候，身为一名情绪内敛、冷淡疏远的破米佬可真是一大不利因素。

在替吉蒂的婚姻担忧之余，还有一件事也困扰着她：查理究竟是为什么事要见她？这事肯定跟吉蒂无关。他这人一丝不苟，绝不会在他办公室这样的公共区域跟姨姐谈论妻子的事情。那么，到底是什么事呢？

在他帮她落座时，草窠觉得他的模样看起来就像天塌了一样。从某种意义上来说，确实如此。就在昨天，他才眼睁睁看着一口小小的棺材放进坟墓，棺材里躺着的是他那胎死腹中的儿子——亨利·波德姆，前来送葬的只有这孩子的几位姨妈、外祖父和父亲。可吉蒂居然抱怨他没有哭？真是麻烦！

“我想跟你谈谈你的职业前景。”查尔斯说。

草窠吃惊地眨了眨眼：“这有什么好谈的？我有八个实习生要教，明年四月还要再来五个，到时就是十三个了。如果统计数字继续朝着这个方向发展，后年就会有十个新来的实习生。这意味着到了一九三四年前后，克朗达护士学校将会举足轻重，不够格的女性则会逐步退出历史舞台。当然，这是由经济大萧条，”她继续说道，“和年轻男性稀缺共同导致的——世界大战的余威仍然在影响着我们，而且没有工作的年轻男子也娶不上妻子。作为护士导师，我只会越来越忙。”

“这话不假，不过你自然是可以选一位能干的助理护士导师来给你帮忙的。”查尔斯温和地说。

“在人数超过五十之前，我不需要任何助理。”草窠很干脆。

“我之所以这么说，主要的原因之一就是我想让你的职业稍微换换方向。”

草窠身子一僵，不过她还是准确地抓住了一个词儿：“换换方向？”

“你对克朗达乡村医院感情很深，所以非常适合我所想的这个职位，但也是因为你本身就合适——你的身份、你的地位，以及你将来能够达到的身份和地位。”

她毫不动摇地盯着他的眼睛：“这话听起来不太吉利。”

“并非如此。我无意影响你的前程，绝无此意。实际上，我是想让你更上一层楼。”他个人的悲伤之情已经从眼里和脸上消失得无影无踪，那副电影明星般的面孔不知从哪里冒了出来。草窠感觉到自己陷入他的魅力包围之中。“尽管经济不景气，但是克朗达乡村医院的情形还是有起色的。”查尔斯说道，他已经准备好要发力了，“我知道，病人从前到医院来也只能听天由命，等着老天爷决定是带走他们的命还是留他们一条生路。至于治疗手段，那真是少到了弥足珍贵的地步。但是这种情况正在迅速地发生变化。有许多哪怕是十年前必死无疑的病人，如今我们也已经有办法进行干预并挽救他们的性命了。我们可以给骨折的肢体照X光，也可以开腹取出某个病变的器官——嘿，就连把一个人的血输给另一个人这样的操作常规化也指日可待！我认为现代化的医院是这样一个地方：病人来到这里不仅仅是为了保住性命，更是为了保持健康。还有，草窠，我知道你也是这么想的。”

“每个人不都是这么想的吗？”她问道，“得了，查理，有话直说吧！你用不着拿这些爱国言论来争取我的支持，你这是在对已经皈依了的人讲道。”

他的脸色越发容光焕发，眼睛也炯炯有神：“草窠，我需要一位副院长，我希望那个人是你。是你！”

草窠大吃一惊，站起身来，椅子倒在地上。他立刻就走了过去，扶起椅子，帮她重新坐下。

“查理·波德姆，你疯了吧！我连当个护士长都不够格，院长就更别提了，我也只能管管护士培训和医院后勤，其他的什么也管不了。”她说得口干舌燥，而她之所以说这么多，是因为只有这样才能拦下这个男人的不可阻挡之势，“你根本就是在骗我！”

“绝不是骗你。”他说着又回到了桌子后面，“请你考虑一下吧。你和咱们家里的其他成员都了解我的政治抱负。我有意代表克朗达去竞选联邦议会的议员，不过起码要到一九三三或是一九三四年才会参选，这样我才有足够的时间。进入议会就意味着我要放弃医院，像其他那些狡诈之辈一样，如果做得对头，我能够保住我的财产和商业利益不受损失，但我没法身兼两职。”

“够格的男人到处都是。”她无情地说，“你现在就去挑一个，然后把他培养起来就是。”

“我现在确实挑了一个——就是你。而且，说到够格，此刻我就可以预言，在未来数年之内，对于综合医院——或是任何其他类型医院——的院长都不会有学术资格上的硬性规定。我们大多数人之所以有医学学位，是因为我们到毕业之后才发现，我们所需的技能并非是针对如何治愈病人，而是要平衡好金钱、职能和员工三者的关系。草窠，这和你的本领是一样的，并且你显然还是一位有实践经验的优秀护士。你将立刻上任，成为我的副院长，我保证将自己所知的一切都教给你。再补充一句，如果你有至少一位助手，你就可以继续担任护士导师。”

草窠把双手一摊，完全不知所措了——这人根本听不进去，要怎么跟他讲道理呢？“查理，我求求你，听我说！首先，我是个女人。按照惯例，除了护士长，女性从不担任任何机构的管理工作，不管是公司还是医院。这会招来激烈的反对！悉尼和堪培拉的政府高层都会拿我的性别来对付我，那些落选的公务员就是最可怕、最顽固的反对者。我没有任何大学学历——压根就没有！州政府会解雇我的。”

他虽然听了，但显然没有往心里去：“草窠，相信我，哪一位相关人员都没有我想得远。我同意你所说的，你确实没有高等教育学历，所以我已经跟科学院的索雷·哈特福德-斯迈思教授商议好了，他是我的挚友，会确保你获得那些学历资格。你明年二月去上大学，修习医科和理科的科目，课程很紧凑，学习会很紧张，两年后毕业。明年是一九三一年，你毕业的时候就是一九三三年十一月。你还要参加会计学的速成培训，一如你所知，对于副院长一职，这会比医学学位更加有用。我会给你安排大量工作，不过这并没有听起来这么糟糕，因为有很多需要学习的东西你早已学过了。科学方面的课程你不费吹灰之力就能通过！会计学你不太熟，所以会难一些。你——海瑟·斯科比-拉蒂默——就是我的一项长期投资。”

草窠连呼吸都忘记了，她讶异地凝视着自己的妹夫。这能行得通吗？为什么这个才能卓著、讲求实效的人会认为这样可行呢？尽管他的心还在因为痛失爱子而伤痕累累、鲜血淋漓，可他却已经在飞速前进了，为了克朗达及其人民的福祉而辛苦操劳，从未停歇。大学学位！她，一个女人，将会拥有理学学士学位以及会计证书！还能作为医院主管去参加会议。培训护士固然给她带来很多乐趣，但草窠不得不承认，查理抛给她的这一巨大挑战还要诱人得多。

“查理，这事你真的彻底想清楚了吗？”

“每一个细节我都想到了，草窠，我向你保证。”他说，“来吧，去做就是了！”他心里想到了什么，放声大笑起来，“想象一下利亚姆听你指挥的样子吧！”

“他就是个老顽固！不过他还是比我更适合。”

“要是他比你适合，那我就不会把这个职位给你了。不，亲爱的，利亚姆老了二十岁。我需要的是年轻人。”

“我明白。利亚姆不喜欢活生生的病人，所以他才会选择病理科。”她倒吸了一口气，朝桌子对面的查尔斯伸出手去，“好吧，查理。如果你打定主意要女人来当副院长，那我就接受了。你不会很快就抛弃我的，对吧？”

“草窠，我永远都不会抛下你。”

她沿着坡道一路跑回病理科，一头冲进利亚姆·菲尼肯的办公室，发现他正在埋首研究一套大型图纸，上面画的是他的新部门——一栋两层小楼。根据查尔斯的构想安排，辅助医疗服务比重建病房或是新建手术楼之类的更加重要。原因很简单，克朗达乡村医院初建时并没有这些设施，它们目前所处的地方基本上是后来才添加的，然而它们作为诊断工具和治疗手段的重要性却在急剧增加。

所以，最先建起来的就是新的放射科。早在专门划拨用来建造放射科的砖连一块都没铺下的时候，它那精挑细选来的主任——爱迪生·马尔维医生就对员工们唠叨开了，那会儿最先进的诊断X光机和最新的铅屏蔽设备都还没有买来。影像模糊不清或是读数无法确定的日子一去不复返了。马尔维医生信誓旦旦地说，等到一切建成并投入运行之后，像皇后广场那些令人敬畏的神经外科医生所做的放射检验在克朗达乡村医院也全都能做了。

如此一来，原先放射科和病理科合用的那栋楼就完全归了病理科，整栋楼划分成不同的科室，这可是桩天大的喜事。如果说马尔维医生觉得很高兴的话，那么他的满足感跟利亚姆·菲尼肯比起来就不值一提了。把一个病人的血输给另一个病人，这个目标眼看就要实现了，这表明血液科将会成为一个规模很大的部门——事实上，病理科的每一个部门都在变得越来越大、越来越重要。所以，他正在细心钻研新病理科的图纸，平素显而易见的东西今天他却没看出来：草窠有一肚子的话想对他说。可是她却逼着自己听他讲述今天想到的好点子，直到他自己停了下来，不明白草窠为什么是这副不冷不热的反应。

她的消息刚一说出口，利亚姆便靠在椅子上注视着她，忘了他自己的计划。“查理的麻烦就在于，”他说，“他从来都不肯让一切顺其自然。对他而言，现状就是一个陌生的概念。”

“这话的意思是你认为我应该拒绝吗？”她问道。

“不！你不能拒绝，这是个真正具有开拓意义的大好机会——你接受了，对吧？”

“是的，但我实在不行还能改主意嘛。谁叫我是女人呢！”

“海瑟，你依然醉心于终身从事医院工作吗？不打算结婚了？”他问。

“坚决不结婚。”草窠坚定地说，“每回我看到格蕾丝或是吉蒂，就会再一次意识到婚姻不适合我。每回我看到艾达，就会意识到恋爱也不适合我。太冒险了，尤其对于当院长的人来说。”

“那么你就有两个选择，海瑟。要么待在你已经熟知的护士导师这个泥潭里别挪窝，要么跳进医院高管这个完全未知的泥沼里。你的头脑非常好——只当护士导师就屈才了，这是我的想法，但我并不是你，所以不会擅自给你建议。”利亚姆·菲尼肯说道，口气庄重得叫人意外。

他脑子里想的其实是另一桩事。看着她秀美的脸庞，他在想，要是当初格蒂·纽迪吉特没有多管闲事，要是他没有妻子要摆脱，那又会发生什么事呢？那颗种子刚要萌芽，他俩就分离了十六个月。哦，海瑟，咱们的机会错过了！

草窠望着他的时候想的可不是这些，尽管她也有点觉得纽迪吉特护士长确实不合时宜。不过，在利亚姆因为离婚持久战而遭到放逐之前，他俩原本就未有过任何亲密言行，所以她也不知道，如果没有厄里斯·菲尼肯这个人，他俩会是什么结果。他们如今是最好的朋友，并且还是同事。在提升自身资质的过程中，草窠在利亚姆的世界里越走越远。这事想起来很美好，但也仅此而已了。

阿熊·奥尔森给自己找了个事儿做——每天尽可能地从他妻儿的眼前消失。努力吃下两片吐司当早餐之后，他就戴上帽子，套上夹克，走出家门，沿着小径穿过大门，来到街上。在这里他转而沿着特里劳尼路一路下坡走到华莱士街，过马路，继续走，一直走到乔治街——这是一条主干道，将整个克朗达市一分为二。

尽管马布德的杂货店就开在街角，他却过其门而不入，而是吃力地沿着乔治街一路走到主要商业区。这里有些店已经关门大吉，所以玻璃上贴着纵横交错的牛皮纸带，显得窗户仿佛支离破碎一般。不过没关系，他在每一家店都停下脚步往里面瞅一瞅，不管是正在营业的还是已经倒闭的，先沿着路北走到最后一家店，再沿着路南走回来。最后他又来到马布德的店，这里出售的有报纸、连环漫画、杂志、袋装茶叶、听装发酵粉，还有糖、黄油和面粉、男女老少的衣服、茶壶、水壶和搅拌碗。巴希尔·马布德很喜欢他，总想跟他搭讪，阿熊却答不了几个字，或者干脆不答话。最终他沿着特里劳尼路一路上坡回来，再度走进自家前院，走完了十英里，一天中最美好的时光就被他这么走掉了。

他的体重减轻许多，不过倒还未见憔悴。他对食物同样提不起兴趣，一如对他的妻子和孩子。他每天出门，慢条斯理地如时钟一般运行一圈，回来以后就坐在花园里一张旧长椅上，这椅子是杰克·瑟洛从前搬回来的，那会儿的日子可比现在要开心。阿熊把帽子放在身旁的椅座板条上，下巴深深地埋在胸前。格蕾丝并不知道这个动作有什么重要含义，但她感到困惑的却是另一件事，打从开始坐在这里的时候起，阿熊就把长椅转了个方向，这样他坐下时就背对着屋子和家人了。他为什么要这样？

杰克做了许多尝试，想要让阿熊提起兴趣来做点事情——什么事都行！——可是全都无果而终，如今只要阿熊在家，杰克就不再来访了。眼睁睁看着这么一个善良、体面又有爱心的人毁于外界的一桩桩事件，实在太叫人痛苦。杰克都是趁着阿熊出去散步的时候才会登门。

这个家庭靠什么过活呢？格蕾丝咬紧牙关，接受了查尔斯最低限度的帮助，好维持一家的生活。尽管他恳求过她，却无法劝得她多要一些钱，而且她说得很明白，她是为了孩子们才会接受帮助。作为回报，她坚持要做一些吃的让吉蒂放在她家的食物储藏室里，都是些法国大厨看不上眼的东西——像是澳新军团饼干、柠檬酪黄油以及花花绿绿的果冻。

阿熊的脑子并不是因为陷入自怜的深渊而反应迟缓。如果是这样的话，格蕾丝、艾达、杰克和查尔斯这些人就已经想出办法来治好他了。阿熊脑子里所想的东西没有目的、没有逻辑，也没有任何痛苦。那根本就是各种胡思乱想、零零星星的歌曲片段或是电台广告的只言片语乱七八糟地混在一起，严重耗费了人的心神，就连阿熊——这些思绪的主人——也不知道它们是什么意思，跟他的存在又有什么关联。他心目中的自我形象——甚至是他自己的身体——正在崩溃边缘苦苦挣扎，所以，当既害怕又愤怒的格蕾丝对他喊出“振作起来！”这样的话时，他完全不知道她在说什么，也不明白她为什么生气。牛皮纸带纵横交错的商店橱窗是可以看的，正如巴希尔·马布德这个人是会说话的。他所残留的最后这一点模模糊糊的意识仿佛是一架机器，必须不停地走啊、看啊、走啊、看啊才能耗尽能量，疲惫不堪……等他在花园长椅上背对着自己的家坐下来时，他已经精疲力竭，什么都不去想了。

查尔斯·波德姆和拉蒂默家的家庭医生戴夫·哈珀医生来看过阿熊几次。他们每一次来访，格蕾丝都极为认真地听取他们的专业意见。

“我想我们恐怕是无能为力了。”查尔斯对她坦白道，“不过，他的状况似乎也没有恶化。自从我们上次来这里已经过去三个星期了，阿熊还是一点都没变。”

“他已经抛下了自己身为男人、丈夫和父亲的责任。”格蕾丝伤心地说。

“格蕾丝，抛下只是嘴上说说而已。你也知道，责备他并不会让任何事有所好转。亲爱的，你是如此勇敢、如此忠诚！就算你偶尔抱怨阿熊几句，也没人能说你的不是。”查尔斯拍了拍她的胳膊，“别灰心，格蕾丝！”

“虽然我们吃的是鱼酱和自家做的果酱，不过这也比许多人家吃得好多了，这都要感谢你，查理。”格蕾丝说道，她不喜欢他这种微微带着点恩宠的样子，不过她也明白自己没有权利把这话说出口，“我还知道，要是依着你的意思，我们能吃上火腿和牛排。可是我不会要的。我很感激你替我支付巴希尔·马布德拿来的账单，但如果阿熊脑筋正常的话，任何施舍都会遭到他的强烈反对。我可不是寄生虫。”

“我很钦佩你的独立。”查尔斯诚恳地说。

“目空一切的浑蛋。”格蕾丝喃喃自语道，“全世界都在遭罪，只有查理·波德姆过得好好的，跟个土皇帝似的。”她把这个看法又对艾达说了一遍，却被艾达一口否认，艾达提醒她，查尔斯是眼看着自己的儿子胎死腹中的：“你的孩子们也许吃不上火腿三明治，可是他俩的身体好得跟拉车的马一样，吃的还是最好的饲料，所以你就闭嘴吧，格蕾丝。”

在悒悒不乐、灰心丧气的格蕾丝眼里，艾达真是美极了。她俩现在二十五岁，要是在从前，人们会觉得她们已经过了最具女性魅力的巅峰时期，不过这都是老观念了。一九三〇年下半年，女性的衣服比以前更长更修身，很适合艾达，她个子高，身体柔软灵活，穿起这样的衣服显得很漂亮：她是如此——精致！她穿红色总是很好看，就连今天这身很难驾驭的锈红色也不例外。这是一条单薄贴身的绉绸裙子，里面没有衬裙，可是穿在她身上却丝毫不会让人觉得她是个荡妇。她那头浓密的黑发已经留得很长了——她为什么要留头发？

“虽然查理喜欢装腔作势，可是他并没什么不好。”她对格蕾丝说道，同时抚平了一条腿上的丝袜，确保袜缝笔直，“他本意是好的，只是没法改掉自己的破米佬做派。在咱们看来，他仿佛高人一等，可他并不知道别人是这么看他的。瞧瞧他为草窠所做的吧——这事你肯定很高兴，那全是他做的好事。”

“是啊，是啊，我真替草窠开心！”

艾达把网兜重重地放在桌上：“妹妹，你心里清楚得很，我这可不是在给你恩赐，所以这里头的东西你就拿去用吧，别动气了。里面有一些切片火腿、几片德文郡香肠、羊排和一块腌好的牛臀肉。你得吃好点的肉，别只是偶尔吃点香肠。”

格蕾丝脸一红，却忍住没发脾气。“谢谢你，亲爱的，你真是太好了。”她从网兜里把肉掏出来，放进她的冰箱里，“想想吧，女人当上了副院长！”

“要是你还一直当护士，说不定当上副院长的人就是你。”艾达说得有点无情，“不管是不是生错了性别，咱们家草窠都一定会做得很好。查理打算帮助她获得理学学位和会计资格，这样身为万物之灵的男人们就没法抨击她的教育背景了。”她从喉咙后部发出咯咯的笑声，“要是有哪个男人想挫挫草窠的锐气，那就祝他好运了！到最后肯定是他倒霉。”

格蕾丝也咯咯地笑了：“你说得对。不过，艾达，难道你不想当副院长吗？”

“除非是巴兹或盖伊的副院长。我想到处游历。”

“你总是这么说，什么时候去？”

“等到我觉得合适并且准备就绪的时候。”

一九三〇年十月二十五日，新南威尔士州的人民投票选出了新政府。当选的是杰克·朗。如今新南威尔士的政府由工党领导，新总督暗中认为，奥托·尼梅尔爵士那严厉的紧缩开支计划是大错特错的。杰克·朗想要做的是增加公共支出，让人们重返工作岗位，越多越好。悉尼海港大桥和地下铁路系统的修建突然重启，与此同时，朗坚决反对偿还新南威尔士在伦敦金融城欠下的贷款利息，如今有这么多澳大利亚人在受苦，根源就是这些贷款的利率太高。

巴希尔·马布德每天都替格蕾丝把报纸留着。即便是脾气暴躁的格蕾丝，在细读报纸的时候也能从她那无休无止的麻烦中解脱出来。她总是边看报纸边对着散步回来坐在长椅上的阿熊说说话，这已经成为她的一种习惯，虽然阿熊从来没有任何回应。

“杰克·朗是对的。”她说，手里朝他挥舞着一张大幅报纸，一九三〇年的圣诞节就快要到了，“瞧瞧克朗达！”她喊道，“几乎人人都有工作，所以别处都不景气，可是这里却没有。这多亏了新医院的兴建！我最亲爱的阿熊，你的不幸就在于你所擅长的事情最先被殃及，而且受到的打击最为严重。失业以后，你又因为自尊心太强而不肯接受失业救济金，原因就是领救济金需要干活，可你干不了这活。但是，很多人还是照拿不误啊！”

他一声都没有吭，不过那时他从不答话，也不听她说话，更看不出他意识到她就坐在身边，把报纸翻得沙沙响，絮絮叨叨地说个不停，一直在说，没完没了……

看完喜欢大肆自吹自擂的《克朗达邮报》前两页，她翻到了趣味性强一些的第三页。

“真想不到啊！克朗达的自杀率居然在升高。”她说道，依然是轻松愉快的口吻，“人们为什么要上吊呢？那样肯定死得很痛苦，吊在一根绳子的末端慢慢窒息而死，上吊自杀的人不就是这么死的嘛。邮报的作者在这里写道，罪犯被处以绞刑的时候，他或者她会掉下一个活板门，等到停止下坠时，绳子会猛地拉紧，罪犯的脖子就断了。不，我才不会选择上吊呢，但愿我永远别干出会让自己被处以绞刑的事来……”

她的声音越来越小，变成了低声自语，随后又本能地提高声音：“女人喜欢把脑袋伸到煤气烤箱里，但是男人并不会这样。为什么呢？煤气味儿难闻极了，而且也是窒息而死，不是吗？服毒并不常见，我猜是因为服毒的人死后总是留下脏乱不堪的一片狼藉，把这个烂摊子丢给别人来清理肯定是不公平的。没错，所以男人总是把自己吊死，女人总是把脑袋伸进煤气烤箱。”她站起身来，还在咯咯直笑，“真有意思，不过有点可怕！我也该开始做茶点了。恐怕还是吃香肠，但我打算做成咖喱的，换换口味。艾达给我带了一袋葡萄干来。”

格蕾丝在厨房里忙活着，取出一些珍贵的葡萄干，细细切碎，好给咖喱增加一丝甜味，不过孩子们不喜欢太辣的食物，所以咖喱的味道本身也很淡。她先把香肠煮熟，将里面的盐分煮出来，再切成一块块厚圆片倒进锅里。接着，她把融化的猪油、面粉和咖喱粉混合在一起做成糊状，然后加水，直到它变成稀稀的酱汁，将酱汁淋在香肠上，再倒进切碎的葡萄干，文火慢炖……行了！布莱恩和约翰会喜欢的，说不定就连阿熊都会吃一点，尤其是如果她煎几片面包把咖喱堆在上面吃的话。米饭要是调成咸辣味儿的就太难吃了，大米只有做成布丁才能吃。但干面包可不一样，把它们切成厚片再两面一煎，总是很美味。

“喝茶了，小伙子们！”她对着后门外边大声地喊着孩子们。

布莱恩和约翰立刻就来了，布莱恩几乎是把自己的弟弟给拖来的，两张小脸都喜笑颜开。他们总是吃不饱，而且，只要是妈妈做的他们都爱吃，就连鱼酱和酵母酱三明治都爱吃，好孩子！哦，想想那些她本可以用黄油代替猪油、用高汤取代清水的日子！

“阿熊！喝茶了！”她朝着窗外的花草游廊喊道。

他坐在自己的花园长椅上，身子挺得笔直，外套却扔在地上——这点很罕见，阿熊向来爱整齐，即使在他如今这种心理状态下也不例外。他的衬衣袖口是挽起来的，双手显然是放在膝盖上，她能看见的只有他的手肘——瘦骨嶙峋，皮包骨头，生着老茧。

“阿熊！喝茶了！”她又喊了一遍。

他还是没有动弹，她抿紧了嘴巴。他这是打算让他那惹人厌的冷淡态度又进入一个新阶段了是吗？难道他不知道这样会给孩子们带来什么样的影响吗？她穿过后门走出屋子，从侧面来到他身边，看见他双手松松地搭在膝上，大腿上积了一大摊暗红色的血迹，渗进裤子的毛料和衬衣的棉布里，浸透衣服之后又从他的两腿之间滴到红褐色的地面上。一把削笔刀被凝固的血迹粘在他的手指上，他的面容平静安详，双眼微睁，嘴角带着淡淡的微笑。

格蕾丝没有大喊大叫。起先，她大着胆子走近了一些，看见他的前臂上被割出许多道深深的口子，全都在手臂内侧，从手腕往上好几英寸都是伤口。尽管他做得这么彻底，却没有割到动脉，起码在他还有足够的血可以喷涌而出的时候没有割到。他流的是静脉血，速度很慢，却一直在流，他一定是在她刚开始做咖喱时就动手了，直到咖喱做好的时候才死去。

在确信发生了什么事之后，她却脚跟一转朝屋子走去。回到家里，她开始按部就班地给孩子们吃咖喱香肠。等他们吃上以后，她才走到电话旁，拨通医院的号码。

“请给我接查尔斯·波德姆医生，不许跟我说他不在。”

“哪位？”他不耐烦的声音传了过来。

“查理，我是格蕾丝。请派一辆救护车到我家来。阿熊割腕了。”

“他还活着吗？”

“死了。不过请派个人来照顾布莱恩和约翰。”

“在援助到达之前，你能够应付得来吗？”

“真是个蠢问题！要是我应付不来，这会儿跟你说话的就是别人了。查理，别再犹豫了。如果利亚姆在的话，就派他来——他是验尸官，阿熊是自杀。”她挂断电话，丢下了喘不过气的查尔斯。

这一次，特里劳尼路上没有人家偷偷拉开窗帘，人们站在自家的房子外头，看着救护车静静驶近，奥尔森家敞开大门，让它开进院子。查尔斯开着他的柏卡紧随其后，车上载着艾达和草窠；利亚姆是乘救护车来的。

草窠接手去照顾孩子们，给他们做睡前的准备工作。从前谁能想到格蕾丝竟然会如此理智、如此高瞻远瞩？她表现得一切如常，两个孩子一点没有受到惊扰，他们不知道家里来了救护车，也没看到爱管闲事的邻居们。水花四溅地洗完澡，他们便钻到他俩合睡的双人床上。

利亚姆·菲尼肯和两名救护人员恭恭敬敬地抬走了阿熊·奥尔森，其中一个甚至还特意用水管冲洗了草坪和长椅，这样就用不着格蕾丝去清理她丈夫的血迹了。救护车静静地离开了，一如它来时一样。只有在电话合用线上才听得到七嘴八舌的声音，讲述着随和的阿熊·奥尔森的不幸遭遇，众说纷纭，含糊不清，把这事传遍了各处。

查尔斯和艾达接手去照顾格蕾丝，救护车离去以后没过多久，她所爆发出来的非凡判断力就开始减退了，她听见孩子们躺在床上对草窠叽叽喳喳说个不停。最坏的已经过去了。

“最坏的已经过去了。”她说。

“你做得非常出色。”艾达说着握住格蕾丝的双手，“我真为你骄傲，简直骄傲得要爆炸了。”

“我当时把那些糟糕的事情都给忘了。”格蕾丝说道，她面露倦容，脸色苍白，惊魂未定，“只想着怎么能让我的孩子看见他们的父亲这副模样呢？既然他们已经失去了父亲，起码不能再让他们留下噩梦了。艾达，有了孩子真是会改变一切。”她眼里满是泪水，“哦，我们今天给茶点换了个口味，可有意思了！用你带来的葡萄干给咖喱香肠调味。孩子们吃得一点都不剩，我就把阿熊那份也给他们了，他们又吃掉了。这说明我给他们准备的饭量没跟上他们长身体的速度，也不够他们吃饱肚子。我以后还得继续做阿熊那份。”她诡异地笑了一声，“如今他去的那个地方是没有饭吃了！”

“有什么先兆吗？”查尔斯问道。

“完全没有。虽然我给他读了几句今天邮报上关于自杀的那篇文章，不过他根本就没听见我说什么，真的！”她哭了起来，有人递给她一块手帕，她接过来擦了擦眼泪，“艾达，是我让他想到自杀的吗？我只是想让他对什么事情有点兴趣而已，什么事都行！我每天都给他读报纸，千真万确！”

“格蕾丝，你千万不要自责。”查尔斯的口气很坚决。

她的大眼睛转过来看着他，眼眸深处透着惊奇：“我并不自责，查理。我为什么要自责？让他想到自杀并不等于我在自责。这就好像在说，要想不被蜜蜂蜇到，唯一的办法就是别喷香水。说实话，你们这些破米佬真是一群怪人！你想得太多了。不，唯一该受到指责的人是阿熊。我是那么爱他！即使在他那愚蠢的自尊心让我想要割开他的喉咙时，我也依然爱他。哦，孩子们！我需要爸爸来帮我照顾他们。”

“明天吧，格蕾丝，今晚就算了，”查尔斯说道，“多亏你把事情处理得这么漂亮，他们不会承受这事可能产生的那种不良影响，而且他们还远远没有到上学的年纪，所以也不会在学校里被别的孩子戏弄。”

“你想的都是什么啊！”艾达喊道，“格蕾丝，重要的是，他们会以一种合乎常情的方式来哀悼离开人世的父亲。这是你为你的儿子们做到的，不是别人。”

“可我要怎么生活？”格蕾丝问道，“今后就只能靠人施舍了。”到目前为止，还没有什么比这一点更让她难过。她弯下腰，伤心地哭了。

我简直要不认识自己的双胞胎妹妹了，艾达心想。她是个最最古怪的混合体，一方面精明冷静、脚踏实地，另一方面却又完全没有先见之明。我的生活远离现实，而我的妹妹却在应付越来越现实的生活。日子好过的时候，她是个自私自利、没有头脑、娇小玲珑的小女人。可是自打进入艰难时期以来，她就变成了一个彻头彻尾的女英雄，丝毫不比其他女人差。这两个格蕾丝彼此来回转换，偷偷变来变去，就像交战双方被关在同一个小房间里。但是赢得战争的是这个坚强的新格蕾丝。

查尔斯打开他的黑包，拿出一支安瓿和皮下注射器，在格蕾丝来得及提出抗议之前便一针扎进她的胳膊。“格蕾丝，你现在最需要的就是沉沉地睡上一觉，我刚才所做的会确保你无梦安眠。艾达，把她弄到床上去。”

“查理，这样很明智，”艾达回来时说道，“草窠在给孩子们念故事，她叫咱们先开始，别等她。”

“很好，咱们唯一需要商量的就是格蕾丝。”查尔斯叹息着说，随后又皱起了眉头，“我得把这事告诉吉蒂——她会病倒在床的！我还得告诉你父亲。”

“你要告诉吉蒂，这我拦不住，不过爸爸那边我会去说。”艾达龇牙咧嘴地厉声说道，“你不能单独告诉吉蒂，得让草窠陪在一旁。”

即使在这个时候，查尔斯依然觉得很愤怒，他猛烈地驳斥了艾达：“去他的姐妹们！吉蒂不需要姐妹陪着！她是我妻子，是个成熟的女人，不需要姐妹们！”

后门“砰”的一声开了，杰克·瑟洛走了进来。“我听到的是真的吗？”他问道，“电话合用线上都传遍了。”

艾达心想，她原本打算跟这个小矮个暴君大战一场的，但是来了个外人，让查尔斯·波德姆逃过一劫！艾达沏茶的时候，查尔斯在对杰克说明情况——当然没忘强调他自己的重要性。

但杰克可不如艾达这么有耐心，也不愿意屈居人后做一个无关紧要和毫不相干的人。他的拳头在桌上砰砰直捶：“查理，格蕾丝不必你来操心。我打算照顾她和她的孩子们。等到他们能收拾行李了，我就让他们立刻搬到克朗达农庄来与我同住。哦，我会娶她的，不过并不是为了让克朗达那些卫道士老贼婆们开心，而是因为她现在需要丈夫，不然她可对付不了两个正在成长的男孩子。我爸爸去世时，我们的生活就被我那愚蠢的母亲给毁了，她也是姓波德姆的！当时的牧师是个狂热过了头的基督徒，跟汤姆·拉蒂默完全不一样。他对我的母亲恐吓威胁、纠缠不休，叫她为了别人的说法而活。带着孩子的独身女人几时开始得照着别人说的那样过日子了？格蕾丝现在由我来照顾了，你听见了吗？我不会再让她缺衣少食，多等一分钟也不行！阿熊的儿子们我来教育，我们瑟洛家的人说到做到。我爸爸也许不是汤姆·波德姆老爷子想把女儿嫁给他的那种丈夫，但他是个好丈夫，也是个好爸爸。这个地方我会用木板封起来，等世道好一些了，格蕾丝可以把这里卖掉，这样她自己就有点钱了——”

他发出一声响亮的呜咽，停了下来，为自己说了这许多话而大吃一惊，就好像说出这些话的是一个他不认识的人。他突然看了查尔斯一眼，接着又把目光投向艾达。他的双肩拱了起来，仿佛背上有千斤重担。

查尔斯也吃惊不小，他站在原地，目瞪口呆。

艾达觉得好像有什么东西从她的下巴和脸颊上爬过，像是一队虫子在爬：这就是杰克·瑟洛的真面目吗？我就是为了这个男人才耽搁数年都没有离开这个镇子吗？如果换成我处在格蕾丝的位置，他也会像一心想要圣杯的加拉哈德爵士[1]一样冲过来救我吗？杰克并不爱我，也不爱格蕾丝，他爱的是责任，此时此刻，他看到了自己的责任，仿佛上帝用熊熊燃烧的大字将这些写在天上。数月以来，他一直渴望着接过阿熊的重担，负起阿熊的责任，好像这就是他的事。他抓住格蕾丝不肯放手，就像一个疯子在池塘里追逐月亮的倒影。

“我亲爱的老弟，”查尔斯开口道，啰里啰唆地又奔着破米佬的派头去了，“眼下真有必要这样吗？我向你保证，我很乐意资助格蕾丝和她的孩子们。杰克，这些是我的责任所在，不是你的。”

“阿熊和我是兄弟，好兄弟。”杰克的口气很强硬，“你似乎已经把整个克朗达都当成自己的责任了，这还不够吗？我有时间照顾格蕾丝，也有地方给她住。”

草窠走进厨房的时候，正瞧见查尔斯·波德姆狼狈地语无伦

---

1　Sir Galahad，亚瑟王圆桌骑士之一。

次。艾达则聚精会神地在泡茶，仿佛厨房里她待的那块地方是在另一个大陆上。

“艾达，坐下，剩下的交给我。”草窠说。

“杰克说他要把格蕾丝和孩子们接到克朗达农庄去。”

“有意思。坐下，艾达，坐下！查理，我跟你一起去把这个消息告诉吉蒂。”草窠说道，“艾达，我想你会去跟爸爸说吧？很好！查理，你闭嘴，你会招来一大群苍蝇的。你也知道它们是携带病菌的。”

克朗达自杀的人不止这一个。情况并没有好转，反而在全澳大利亚范围内不断恶化，克朗达作为这个国家的一部分也未能幸免。一九三〇年不知不觉地过去了，失业率越来越高，从业者的工资却越来越低。如果说银行的主管们以及董事会的主席们想方设法让自己躲过了紧缩开支的劫难，那也只是因为世道本身如此，所有的政府都会保护大亨阔佬，即使是斯大林的苏联也不例外。克朗达从一开始维持至今的经济繁荣正在急剧瓦解，新医院也于事无补。紧缩政策的幽灵越来越清晰可见，与此同时，能够创造良好经济状况的一切因素在报纸和杂志上占据的版面也越来越多。随着经济大萧条的步步推进，劳动人民在一九二九年十月二十九日之前还不知晓的那些术语如今却在酒馆和流动厨房里到处流传。

因为跟波德姆家和垂德比家都沾亲带故，所以阿熊·奥尔森的死让人们得以在更加公开的讨论中提出一个即使在克朗达也日益严峻的问题：是否应将自杀者葬在圣地。有少数克朗达人发声说，自杀身亡的人不能享有葬礼，也不能葬在神圣之地，希望借此将自杀的诅咒确确实实地带进坟墓。可以想见欧福拉赫蒂阁下肯定是反对葬礼的，尽管他那些助理牧师们赞成对上帝的律法进行宽容一些的解读，但他却坚持己见。不过他绝不是唯一一个执意如此的基督教牧师。在这个问题上，有一些新教牧师也同样不肯让步。争论非常激烈，很难达成共识，基督教各机构之间再度四分五裂：西郊有两个姓科里根的人自杀了，在得到托马斯·拉蒂默牧师的保证之后，科里根家的一大群人才从圣安东尼天主教堂里走出来。拉蒂默教区长叫他们放心，对于死者所享的恩宠，亨利八世的上帝要比罗马教廷的上帝懂得变通，不过教区长自己手下也有个助理牧师像欧福拉赫蒂阁下一样，坚信自戕是唯一不会获得上帝原谅的罪行。在一次令人难忘的布道中，托马斯·拉蒂默站在讲坛上怒斥道，眼下自杀之风盛行，在这样的境况下，夺走自己生命的人可以说是心智不健全的，无论他们是男人、女人还是孩子：精神失常亦是上帝的恩赐，自戕便是其中的一部分，与它一同降临。拉蒂默教区长在克朗达广受敬畏，很有影响力，所以他这么一说，人们都觉得有理。他的这一主张既包含精深的学问，也富有强烈的感情，听起来通情达理、合乎逻辑，而且，随着一九三一年渐渐逼近，尽管这个说法不能让人们全心全意信服，起码还是可以勉强接受的。

走在格蕾丝和她的两个儿子身后，一袭黑衣的艾达回过头去，估算着跟在棺材后面的人数有多少。他们走出圣马可教堂，来到隔壁那块小小的墓地，历任教区长的家人就葬在这里，波德姆和垂德比家的人也葬在旁边。黑色，黑色，黑色，一股起起伏伏的黑流。在这个困难时期，谁都不会少了参加葬礼的黑衣服。

更多更多的人未及出世就已身亡，生命力如同微弱的烛火一般摇曳不定。如果说人们只知道完全禁欲这一种避孕方法的话，那他们正是这么做的。谁会把这个世界推给孩子呢？情况本来就已经很糟了，现在还在恶化。

我们拉蒂默家的姐妹们又会如何？还有什么事在等着我们？

杰克·瑟洛这个傻瓜！他冒冒失失地反复发誓要保护格蕾丝，结果如今人们已经在说闲话了，说我的双胞胎妹妹还没等这个丈夫下葬就把下一个给找到了。人言可畏啊！你们这些愚人，看看她吧！丧夫之事令她悲痛欲绝！没人帮得了她，就连该死的杰克·瑟洛也做不到！他原先没有目标，如今觉得自己找到了一个。可是除非我们三个能让格蕾丝挺起腰杆，否则她就会屈从于杰克，他说什么就做什么。她是个性情恭顺的女人，除了依附别人，不懂别的生路。虽生犹死，虽爱犹惧，只有归属感能给她慰藉。

我们就像一群黑乌鸦。吉蒂也来了。我知道她会来。我把蛇头钉住，吉蒂砍掉它的头，草窠是土，格蕾丝是水，我们每个人都不可或缺。

自打吉蒂嫁给查理·波德姆以后，要想单独跟她见面就难了，这个男人占有欲太强。不过所有的男人都有独占欲，这是兽类的天性。但她与世隔绝地待在天主教山的山顶上就是他蓄意为之了。没有车的人要到那个地方可不容易，起码我是买不起车的。他也没有教吉蒂开车。婚姻改变了多少事情啊！一个陌生男人加入等式，四姐妹便就此分离了——我想念吉蒂！

可怜的小布莱恩。他才两岁。走得如此沉重缓慢，他这双小短腿也就只能带着他走这么快了——他的裤子上缝着及膝的褶边，裤腿卷到了大腿根，还用扣子扣住防止掉下来，裤腰也太大，用绳子系住了。黑臂纱，艾达，黑臂纱！他左脚的袜子滑下来了，右边的鼻孔里有一大团湿漉漉的鼻屎，他总想把它给抠出来。他那头银发像鸡冠一样支棱在头顶。哦，真可爱！他俩身上也流着我的血，就算我自己没有孩子，我的血脉还会在布莱恩和约翰的身上延续下去。这是紫罗兰和康乃馨的气味！苦中带甜。今后我只要闻到紫罗兰和康乃馨的香味，就会想起这场糟糕的葬礼。

尽管人们认为天主教徒是要守夜的，但托马斯·拉蒂默牧师受了某种他自己也不太明白的直觉驱使，决定在墓旁仪式结束之后举行一个招待会。一百来号人聚集在圣马可教堂的礼堂里，喝着自己喜欢的酒，吃了不少小点心。查尔斯·波德姆坚持账单由他来付。

草窠负责把查尔斯拖住，艾达则一把抓住吉蒂，偷偷把她带到一个小房间里，除了住在教区长宅邸的人，谁都不知道还有这么一个房间。阿熊的死让吉蒂受了打击，不过并没有造成毁灭性的影响，尽管她不久前也失去了孩子。她不愿再为此继续沉沦，艾达看在眼里，大大地松了一口气。她的身体看起来非常健康。

“吉莰，你的衣着品位有进步。”艾达边说边在她妹妹对面的椅子上坐了下来，“这顶帽子真好看——你在哪儿买的？”

“不是我买的，”吉蒂的声音低沉而甜美，“查理很喜欢到那些比较高档的店里去逛，搜寻一些他想看到我穿戴的衣物。”她的嗓音更低沉了，“艾达，他买起东西来就像女人一样，而且他的品位比我好得多。喜欢褶边的莫德对我毒害太深了。”她叹了一口气，咯咯地笑了一声，这是真正属于吉蒂的笑声——听着真是美妙！“他占有欲很强，太强了，所以他觉得很难接受我对姐妹们的爱。”她耸了耸肩，“可是，他又怎么能理解呢？他是个独生子，在他长大成人的家庭环境里，既没有父亲也没有母亲。其结果就是，他认为我爱姐妹们就会使得我对他的爱打了折扣，我似乎怎么也没法让他相信，这是两种不同的爱，存放在两个单独的隔间里。我真是恨死住在那个该死的山顶上了！经济越来越不景气，克朗达连出租车也没了，我只能把钱付给有车的人，可这实际上是非法交易。”

“真让人难过。”艾达说道，注意没让自己说得咬牙切齿。

这个浑蛋，这个浑蛋！“你有好几辆车呢。”

“可我不会开。”

“我知道，但你可以学啊，你要学的——为什么要学？因为今后每个周三，你都要到医院来跟我和草窠共进午餐。”她那双不安的眼睛似乎要用力把吉蒂看穿，“你肯定不是害怕查理吧，是不是？”

“不，不是的！”吉蒂喊道，她的脸红了，“看起来更像是他对我有成见，他妻子在他生活中必定要有一席之地，这一席之地的位置就是他忧虑的事情之一。他事事都要管！这事会累着我，那事不值得我动手，我的姐妹们和余下的童年时光就应当一同打包收藏起来。仿佛我嫁给他就是往前迈了一大步，此前我所做的一切都不再有任何意义！艾达，有一件事我是可以肯定的——查理绝不会让我和姐妹们形影不离。”

艾达并不知道吉蒂会说什么，也不知道她听说了格蕾丝那即将到来的命运转折之后会作何反应，但她一刻也不曾想过吉蒂对丈夫会怀有如此多的怨恨，而且她自己还是知情的，格蕾丝到现在也没这么恨过她丈夫。所以，当草窠悄悄从门口进来时，艾达极为热烈地欢迎了她。

和草窠拥抱亲吻之后，吉蒂继续说着刚才的话题：“哦，你们都不知道我有多么痛恨山顶上的那栋房子！”

“我似乎记得，”艾达俏皮又不露声色地说道，“曾经有一段时间，你很开心地给那栋房子装饰打扮呢，因为你每一次出门采买，我都是跟你一起的。”

“没错，那会儿我还有事可做！可现在——你们俩怎么会明白呢？你们那么忙，从事着令人钦佩的职业，工作出色，受人赞许，引人关注。”

“哦，吉茨！”草窠喊道，她又想哭了，但并不是因为格蕾丝和两个年幼的孩子，“别跟我说你不爱查理，求你了！”

“我爱他，这是肯定的，因为我还在忍。我是说，我还没想到丢下他不管，我当然不是害怕丢下他——”她停了下来，打了个哆嗦，“不，我的害怕跟咱们见过的许多女人那种害怕不是一回事——她们害怕被杀或是被揍得从此面目全非——我不是怕这些，真的。不过，查理同样希望我能随叫随到，他抬起手指我就出现，要是我跟哪个姐妹在一起，他——他就会生闷气，而且气得很厉害！如果他认为我爱其他人，我似乎就无权从这些人身上获得任何快乐。他生气的时候从来不会动我一根手指头，但他照样能让我不好受。爸爸并不在这些人之列，因为爸爸就意味着莫德，查理一点也不傻——他知道莫德能给我带来什么影响。至于我的姐妹们——哦，那可就不一样了！”

草窠体贴地亲吻着和自己一母同胞的孪生妹妹：“我最亲爱的吉蒂，查理只是吃醋而已。有些人就是这样，我们也没有办法，这是一种天生的性格特征。你只好忍着，但你可不能就此屈服。开始了就要继续下去，所以你要多跟艾达、格蕾丝和我见面，愿意见就见，需要见也见。要是查理絮絮叨叨地抱怨，就告诉他这是他改变不了的，不管他是什么感受，你都要见我们。来吧，你可以做到的！”

草窠在想，这其中有多少是由孩子夭折的悲剧所导致的呢？没人知道吉蒂为什么会流产，但是在所有那些不可外扬的困境中，无知总是最糟的情况。所以我怀疑他想怪她，而她肯定是想怪他。查理啊查理，你为什么不让她看到你的悲伤呢？如果她看到了，就不会忙着把怨恨都积在心里。而他自然会觉得她所有的慰藉都是姐妹们给她的。真是乱七八糟！

吉蒂的情绪突然变了，她那对紫蓝色的眼睛露出狡猾的神情，一副阴谋家的样子：“姑娘们，跟我说说，今天这风平浪静的表面之下究竟在发生什么事。肯定有事，而且跟杰克·瑟洛有关系。查理表现得就像个假正经的女人，知道个秘密却又说不出口。我真是太不好了……我千万不能心烦意乱……我可不能对粗俗的闲言碎语感兴趣，等等等等。告诉我，我想知道！”

艾达的反应是像猫一样猛地站起来，突然扑向吉蒂，拥抱她，亲吻她：“杰克·瑟洛正是问题的关键，我也不知道该怎么形容，只能说我觉得他一定是昏了头了。这个男人简直就是精神病医生梦寐以求的那种病人，满脑子都是各种情结、各种原始冲动，等等等等——”

她们齐声说了起来：“等等等等！”

“吉蒂，别笑了！哦，不过听见你放声大笑可真好！太好了！”艾达一边喊道一边抹去了悲喜交加的泪水，“男人都有独占欲，关于查理，这一点已经没什么好谈的了，这也正是我不结婚的主要原因。我不想被别人拥有。咱们的杰克就是个披着狼皮的羊、坐着赛车的蜗牛，又是个躲在一粒沙子后面的大象。你所看到的一切都是自相矛盾的。跟他做了这么多年情人，我早就该知道。杰克就像自己造出了一团雾，他就走在这迷雾当中。”

艾达的话刚落音，吉蒂脸上就露出喜色：“没错，正是如此！一团雾。查理也走在他自己造的这团雾里。但杰克是安全的，因为你不会嫁给他。他甩掉了人家泼给他的脏水，却又没有被你牵着鼻子走。”

“比喻得真妙，姑娘们。”草窠说着咯咯地笑了。

“查理坚信杰克打算做的事情会把我推进群蛇激愤、满是痛苦与绝望的深坑，所以杰克到底是要做什么？”吉蒂问道，面对这几个她深爱的女人，她的心中感到一阵暖意，虽然阿熊的死令人悲伤不已，可她们却能让她高兴起来。

“他打算让格蕾丝和孩子们明天就搬去克朗达农庄，然后尽快跟格蕾丝结婚。”草窠边说边递给吉蒂一小碟气泡酒，“吉茨，喝完它。”

“好喝，”吉蒂说道，小口小口地喝着，“不过，我怀疑今天哪怕是尿我都会觉得好喝。”

“哦，吉蒂，我爱你！”艾达说。

“你当然爱我，”吉蒂轻松愉快地低声说道，“艾达，从咱们十几岁的时候开始，你就说是为了杰克·瑟洛才留在克朗达。

难道你以为格蕾丝、草窠和我不知道他只是你找的借口吗？真正把你留在这儿的是拉蒂默家双胞胎四姐妹的不解之谜，而不是像男人这样的哪个外人。你是肯定会走的！但在你走之前，我们的生活都会因为你的存在而充实丰满，这是身为男人的查理不会明白的。不管查理是否喜欢，我都要学开车，想跟你们见多少次面就见多少次。”

“那当然好，”草窠实事求是地说，“不过这并没有解开杰克·瑟洛的谜。你怎么看？”

“你怎么看？”吉蒂机敏地把问题又抛给了她。

“他疯了。格蕾丝真可怜！”

“同意。”艾达说。

没人说话了，她们都小口抿着各自碟子里的气泡酒。

“吉蒂，莫德似乎从我们的生活中销声匿迹了，或者说至少是从我的生活中消失了。”艾达突然说道。

“哦，有爸爸的车随她用，她倒是轻轻松松地在波德姆大宅里进进出出。”吉蒂云淡风轻地说，将她的玻璃杯重重地放了下来，“麻烦在于，我嫁给查理以后，妈妈就失去了生活的乐趣，因为查理抢走了她的位置。他俩都是专制的拿破仑，但他多了个阳具，和这份自负正相配。”

“吉茨，你还是这么辛辣！真把阳具说出口了！其实这并不是什么下流的字眼，可人们听到这话做出的反应却好像它就是脏话。”艾达说着笑了一声，“小妹，你觉得莫德近来怎样？”

吉蒂做了个怪相："哦，莫德！咱们的克吕泰涅斯特拉[1]，或者我该称她为赫卡柏[2]？我在刚去从事护理工作的时候就已经不再怕她，不过这你是知道的。我结婚以后，她便消失得无影无踪了，仿佛她也属于那虚无缥缈的幻景，而今烟消云散了。有时候莎士比亚说话是真绝，你简直永远想不出第二种说法。爸爸一直把她管得井井有条——她只能算是——人还在而已，就像教区长宅邸里的家具。"

一个金发脑袋从门口探进来，表情多变的脸上透着顽皮。"你在这里啊！"查尔斯猛地推开了门，"这是在干什么，秘密会谈？瞒着我吗？姑娘们，这我可不答应！"

"这是'鸡婆'的秘密，"艾达说着站了起来，"所以不值得你一提，查理。不过，你给我听好！今后每个周三，吉蒂都要到医院来，在我们的小屋吃午餐，你不在邀请之列，就连从门口把脸伸进来都不许。"她溜达过去，居高临下地对着他，再度开了口，边说边不时地用右手食指去戳他的胸口，仿佛在给自己的话加标点，"自打你让我家小妹搬到天主教山的山顶上之后，我就几乎没见过她了，今后，"戳了一下，"不能再这样了。你——"又戳一下，"从来没有安排她学过驾驶，今后——"再戳一下，"再也不能这样了。"

---

1 克吕斯泰涅斯特拉（Clytemnestra），迈锡尼王阿伽门农之妻，同情夫癸斯托斯合谋杀死自己的丈夫，后被其子俄瑞斯忒斯所杀。

2 赫卡柏（Hecuba），特洛伊国王普里阿摩斯之妻。

查尔斯的脸一红，抿紧了嘴。“这完全是我的疏忽，”他生硬地说，“我明天就开始教她。”

“哦，不，永远别让丈夫当教练！”艾达立刻说道，“开救护车的伯特是克朗达最好的驾驶教练。”

“那就让伯特去教，”查尔斯说道，还是艾达高明，“女士们，该去跟其他人会合了。”

招待会进行正酣，来宾们已经喝够了酒，这东西在向下走的时候比食物的循环更快，所以大家都变得晕晕乎乎、呆头呆脑，允许自己再也不去想阿熊·奥尔森这个人了。莫德带着布莱恩和约翰去了教区长宅邸，如今格蕾丝暂住在那里。没了两个儿子在一旁，这个孀妇似乎比跟他俩在一起的时候更惹人注意了一些。

当时，她跟教区长站在一起，利亚姆·菲尼肯医生、查尔斯·波德姆医生、汤姆·波德姆老爷子、杰克·瑟洛以及尼古拉斯·米德尔莫尔市长也在旁边。她的三个姐妹则在几码之外，跟纽迪吉特护士长、梅格·莫尔顿嬷嬷、玛乔丽·班布里奇嬷嬷还有莉娜·科里根护士长这一帮当护士的聚在一块。

在利亚姆·菲尼肯看来，格蕾丝完全就是一副寡妇的模样，略嫌纤瘦的身材一直都不适合她，直到现在也是如此，而她那对疲惫不堪的大眼睛简直要跟艾达的眼睛颜色一样了。

她双手没戴手套，捧着一杯白葡萄酒，就像定格下来的一张照片。当她转过脑袋去听别人的谈话时，下颌便显露出鲜明的线条和清晰的轮廓。利亚姆还饶有兴味地注意到，礼堂里这百来个人突然之间全都盯住了她，仿佛她是个上了台的女演员。他觉得格蕾丝就要开始扮演她的明星角色了。

“杰克！”这声音像是有人响亮地抽了一记鞭子。

他原本就在盯着她看，但她的口气还是把他吓了一跳。他眨了眨眼，对她露出温柔的微笑：“格蕾丝，怎么啦？”

她说起话来声若洪钟、字正腔圆、干脆利落，很远都能听得见，仿佛在告诉竖起耳朵的听众，她开口之前已经考虑清楚了：“杰克，有些荒唐的谣言在克朗达传得人尽皆知，我绞尽脑汁才想出一个粉碎谣言的最好办法。今天，我所深爱的丈夫入土为安，他坟上的土还未落定，就有人说我已经找好下一任丈夫并且准备再嫁了。不过，这些流言并非因我的所作所为而起，所以此刻，在为我深爱的丈夫举行葬礼这天，当着众人的面，我打算将这些谣言也一并埋葬。”

“格蕾丝，求你了，”杰克不知所措地说，“我不知道你在烦恼什么，但此时此地并不适合谈及此事。”

“恕我不能苟同。”她说着从人群里走出来，独自站在那里，双脚立得稳稳的。她把酒杯递给尼克·米德尔莫尔，仿佛他是身边的一位侍者。“这里恰恰就是最合适的场所，我要把自己的想法公之于众，一旦大家了解之后，就再也不会对我的未来或是我两个孩子的未来有任何误会了。”

她的姐妹们已经猜到她要说什么，却只是紧张地站在原地，并没有去到她的身旁。这件事格蕾丝必须自己去做，没人可以帮她。“你对我的未来做出了安排，尽管你是出于一片好意，但你在制订计划的时候，既没有告知于我，也没有征求我的同意。”她怒气冲冲地盯着完全一头雾水的杰克，把他看得动弹不得，随后却又对他一笑，“杰克，我敬你是个好人，我如今虽然身陷困境，却并不是孤身一人。我有家人，有很多朋友，还有忠诚可信、乐于助人的邻居们。我曾经一心一意地爱着我的丈夫，就算我考虑再嫁其他任何男人，那也是很久以后的事了。我是个正经女人，是圣马可教堂的教区长之女。我已多年未尝物质享受的滋味，又如何会为此而公然罔顾习俗惯例？那样无疑会给我打上粗鄙荡妇的烙印——而且是名副其实！”她朝着他伸出一条长长的胳膊，停在空中等着他，“来吧，杰克，咱们做朋友吧。简简单单的普通朋友。我诚心诚意地感激你，但是请别再让人谣传我要搬去克朗达农庄了。我的家在特里劳尼路上。”

“说得好，格蕾丝。”艾达低声说道，她的眼神跟草窠和吉蒂的视线遇到了一起。在内心深处，她们早就知道会是这样。

杰克·瑟洛目瞪口呆地站在那儿。几乎是出于本能，他握住了格蕾丝的手，漂亮的眼睛里透出的眼神令利亚姆·菲尼肯联想起那些死到临头才知道自己下一秒就要被屠杀的人。他的嘴巴在动，嘴唇颤抖着，随后却摇了摇头。“我——”他终于开了口，却没能说下去。

哦，你这个可怜的人！吉蒂心想，她从前总是把杰克·瑟洛当作被艾达驯化的老虎，今天却头一次改变了看法。你伤心并不是因为爱情受挫，你根本不爱格蕾丝。你是觉得被格蕾丝公开拒绝是一种奇耻大辱，觉得你不该受到这种对待。可是要如何解释这其实是你自找的呢？

查尔斯从容不迫地挺身而出：“没错，杰克，你是个好人，可是当流言蜚语将一件事歪曲成与其本意背道而驰的另一件事时就特别要注意了，是不是？”他把一只手放在杰克的胳膊上，带着他走开了。

“咱们是不是全都知道她会拒绝？”纽迪吉特护士长问道。

“要是答应的话，那她就不是格蕾丝了，”梅格·莫尔顿说，“格蕾丝就喜欢过苦日子，那样她才有正当理由来诉苦抱怨。”

“把儿子们送到国王学校去寄宿，自己却在克朗达农庄里假装是个了不得的贵族太太，这种生活不适合格蕾丝。”草窠说，“她喜欢特里劳尼的人。”

“她怎么会不喜欢呢？”莉娜·科里根笑着问道，“格蕾丝就是特里劳尼的女王——不管是特里劳尼路、特里劳尼道、特里劳尼街、特里劳尼巷、特里劳尼圈还是其他的什么说法——而且她可不打算让位。婚后过了这么些年她才加冕封王，不过，和维多利亚女王一样，成为寡妇以后，她的地位反而越发稳固了。”

艾达扬起眉毛：“莉娜，你这话是不是言过其实了？”

“一点都没有！你没看出来是因为你跟格蕾丝是双胞胎，

但格蕾丝有一种平易近人的天赋。我的意思是，她没有继续当护士，所以你常常对她不屑一顾，觉得她一无是处、一无所知。然而在特里劳尼的女人们眼里，她可是个学识过人的角色——她念过克朗达女子学院，所以无论是历史、地理、文学、典故、代数还是你能想到的任何学科，她都能娓娓道来。可她却从来、从来、从来没有揭过别人的疮疤，说人家读书比她少得多。她对于自己的品位很是得意，当起主妇来也十分出色，却从来不曾对邻居们嗤之以鼻。真是不可思议！特里劳尼的女人们虽然不像咱们西郊女人这么粗鲁，但是也够不上天主教山的层次。而格蕾丝却是她们心目中的女王。”

“莉娜，你说的我明白。”草窠说道，“姐妹当中就数我到她家里看望她的次数最多，我看到她总是在专心致志地忙着特里劳尼的那些事情。没错，格蕾丝做得很棒！”

“她那十六个月的护士可没有白当，”吉蒂意味深长地说，“特里劳尼的女人要是有孩子生了病，首先就来找格蕾丝，然后才会去找医生。如今世道艰难，请医生来是要付现款的。通常她们问问格蕾丝也就够了。”

“吉茨，你是怎么知道的？”艾达吃惊地问。

“在天主教山顶上也能听到闲言碎语。”

“可怜的杰克！”艾达嘴上虽然说着这话，思绪却飘走了。她站起身，朝着那被人拒绝的情郎走去，查尔斯已经丢下他走了。

“打起精神来。”她的声音很平静，“现在可能还看不出来，但格蕾丝的决定其实会让你这辈子免于承受巨大的痛苦。杰克，你和她一点也不合适。我不是有意要开玩笑，不过我敢发誓，格蕾丝到你家的那一刻，你那只养尊处优的大肥猫就会离家而去，过不了多久，你也会恨不得步其后尘。格蕾丝并不是个脆弱无助的人。她已经百炼成钢。你一时冲动想要挑起重担照顾格蕾丝和她的两个儿子，克朗达人会觉得你很了不起，可格蕾丝却会招人怨恨、遭人轻视。因为人们向来不喜欢跟有钱人结婚的穷人。就目前来看，格蕾丝的生存本能干得漂亮极了，所以她才会做了自己该做的事——毫不隐瞒地当众拒绝你所做出的姿态。”

“从而把我变成了一个傻瓜。”

“胡说八道！你就像个身着闪亮盔甲的骑士。没人会因为你提出这样的建议而瞧不起你，现在也不会有人看不起格蕾丝了。你们俩都香得跟玫瑰花一样。”

他转过身，这个动作似乎让他很痛苦：“可问题是，艾达，我确实盼望着跟格蕾丝安定下来。我已经得到了克朗达农庄，我也会安然渡过这次经济大萧条，我还希望自己能有几个继承人。布莱恩和约翰会很喜欢这种生活的。”

“那就继续走在这条路上，但是速度再放慢一些，”艾达说道，不想去细究这话会让她自己蒙受多大损失，“追求她，追求一个寡妇应该怎么做你就怎么做。她纵然有心拒你于千里之外，但是等到养鸡场的门掉下来的时候，或是地蜈蚣祸害马铃薯地的时候，恐怕她也就坚持不下去了。杰克，格蕾丝已经习惯了向你求助，确保她一直能这样就行了。”

他抿紧了嘴巴，眼里冒出火来。“门儿都没有！”他厉声说道，“依我看来，格蕾丝家养鸡场的门裂成碎片是最好，她大可以把地蜈蚣捣烂了去喂她的儿子们！谁叫她让我出了大丑！”

“你真叫我失望。”艾达说。

“哦，姐妹一心啊，是吗？”

“没错，一贯如此。”她那对狼一般的眼睛嘲弄地看着他，“杰克·瑟洛，这么多年来，我始终觉得你很神秘，不过今后不会了。你表面上是个大摇大摆的澳洲小子，其实不过是个稻草人而已。你没有头脑，对生活没有兴趣，该死的骨气更是一点都没有。”

她转过身，愤怒地大步走回到女人堆里，胸口剧烈地起伏着，仿佛刚才为躲避追杀跑了十英里似的。

“再会了，杰克？”吉蒂问道。

“我还不如跟个稻草人上床呢！事情可没这么简单。”

一九三一年刚开始就给人们上了可怕的一课：这些严重的经济弊病还会拖累人们数年之久。詹姆斯·斯卡林利用公费到海外旅游，导致联邦的工党政府内部在意识形态方面的分歧越来越严重；他不在期间，乔·莱昂斯代他执政，等到斯卡林于一九三一年一月终于回到澳大利亚的时候，民众对莱昂斯已经很了解了，所以喜欢他更甚于喜欢斯卡林，而且是有增无减。

为了查尔斯，吉蒂努力让自己对那些人名——以及顶着这些名字的人物——保持着兴趣，可是时间却叫她明白，她心里并不喜欢政治。她发现她所认识的那些政客就跟大多数人一样平平无奇。她所得出的结论是，他们通常都不太注重外表，也不会特意展现出优雅的风度。他们满头头屑、大腹便便、一嘴坏牙，头发梳得都秃了顶，酒糟鼻子泛着紫红，领带上还沾着汤渍，是惹人厌烦的一群人。

“要是收音机自带电影画面该多好！”她对查尔斯说道，“那样选民们就能亲眼看见活生生的政客们，看到他们的长相模样和言行举止，政客们可就不得不多加努力了。反正我在见过他们之后是不会给他们当中大多数人投票的。难道他们的妻子都看不出来吗？”

“我是不会让你失望的。”查尔斯有点得意地说。

“这话不假，可是在克朗达之外，有多少选民知道这一点？”

哎呀，这个问题可没法回答。

他心里非常清楚，自打孩子流产之后，她对他的态度已经发生了变化。学习开车——这确确实实是他的疏忽——就是其中的征兆之一。他也知道是他自己不可理喻，但还是把责任归咎于她的姐妹们，尽管她们每一个人他都喜欢，就连格蕾丝也不例外。他只是不喜欢妻子有这样的姐姐们。

他自然想要保护吉蒂，可他最无法理解的就是吉蒂对他这种保护的反应——为什么她会如此恼火，而且随着时间的推移还愈演愈烈？一九三〇年还没过完，她就在央求他再要个孩子了，可当他以休息的时间还不够长为由拒绝她时，她却觉得他的理由站不住脚。于是，她开始偷偷溜到他临时睡的床上，他的身体当然背叛了他，它欣然接受，渴望着她的到来。她欢欣鼓舞，他却忧心忡忡。

“查理，我想要孩子！”她热切地对他说，“我想要自己的家庭，我想找个生存的理由！别说你就是我的理由，因为你不是！你是为政治而活的，其次是为医院，最后才是为我。可我的政治在哪里，我的医院在哪里？我被关在山顶上这座空荡荡、阴森森的大宅子里，我希望这个家能被孩子们填满！不是这个展示给人看的游览胜地，而是一个家——你听见了吗？一个真正的家！”

“你会有孩子的，吉蒂，会有的！但是请你再等等，我求你了，再等等！”

快到复活节的时候，吉蒂去见父亲，向他倾诉自己的苦恼。

“我不能去找姐姐们，”她说道，跟父亲一同走在教区长宅邸的花园里，眼下这里正是一片夏日的盛景，“因为我得找个比她们更年长、更有智慧的人谈一谈，但这人还得跟我有血缘关系。爸爸，您这辈子什么事都见过，所以这个人只能是你。”

他俩穿行在一大簇一大簇的花丛之间，玫瑰、紫菀、秋海棠，还有类似蕨类植物的雏菊，就像精灵一般。年长的父亲试着去探究女儿那痛苦不堪的内心深处——哦，如果莫德不是这样的妈妈，或者她的孩子没有这么美貌，现在的情形也许会好一些吧！

“吉蒂，我在听，”他说，“告诉我吧。”

“爸爸，我有个想法，我知道这个想法是错的，可是却没法不去想它，也不能把它从脑子里抹去。”她的双眼满含泪水，却只是噙在眼眶里没有流下来，“我不应该嫁给查理。哦，并不是因为我不爱他，我是爱他的。但是我认为，我之所以没有孩子，查理就是罪魁祸首。我觉得是查理跟我生不出孩子来。”

托马斯·拉蒂默把她领到椅子旁，两人一起坐了下来。随后他转过身面对着女儿，握住她的双手。

“吉蒂，是莫德让你产生这个念头的吗？”他问道。

“不是！爸爸，真的不是她。自打结婚以后，我就没有跟她正经说过话，就连她开车来家里看我的时候也没怎么说过。她的脑筋糊涂了，难道你没有发现吗？”

“是的，亲爱的女儿，我也注意到了。”

“不是她说的，是我自己想到的，”吉蒂说，“我跟查理在一起生不出孩子来。”

“吉蒂，这虽然只是你私下的想法，但是错误的，”教区长严肃地说，“你必须打消这个念头。你的丈夫跟你非常般配，你们是天造地设的一对，他也同样非常适合做你孩子们的父亲。没人知道小亨利·波德姆究竟为什么会夭折，但是像你这样得出一个没有充分事实依据的结论是解决不了任何问题的——这样太不公平了！好了，吉蒂，你也知道这不公平。因为你的话无凭无据。有哪位医生暗示过这个意思吗？”

“没有。”她痛苦地说。

“我的女儿，那是因为这话没有道理，一点都没有。怀孕生子跟木匠活儿可不一样，也许有两块木板不能严丝合缝，又或者像拼图里缺失的那一片嵌不进整体。但孕育孩子是上帝的赐予。而上帝的赐予，只有上帝可以拿走。万能的上帝也许会借助人类来行他的事迹，但这些事迹仍然是属于他的，而且只属于他。吉蒂，你是想找一个牺牲品，但是找到你丈夫头上就大错特错了。”

听着这话，吉蒂的眼泪夺眶而出，从脸颊上滚落下来。“是的，爸爸，我明白你的意思了，”她轻声说，“可我如果总是流产怎么办？”

“那也是上帝的意愿，不过我看不出你有什么理由会这样。”他掏出自己的手帕，在她脸上轻轻拍了拍，随后将手帕递给她，“给你，擤擤鼻涕吧，傻孩子。”

说也奇怪，父亲的话让她内疚懊悔，却也给她带来安慰。吉蒂擤了把鼻涕，擦干余下的眼泪，依恋地望着父亲。父亲老了，她心想，似乎有什么事在困扰着他，但不是我的事。

“爸爸，你是有什么事吗？”她问道。

“是你妈妈。她不光是糊涂，而是连事情也不记得了。”

他说。

吉蒂跳了起来："哦，爸爸！"

教区长拿回手帕，自己用了起来。他的嘴唇动了又动，终于说出话来："她忘东忘西的时候越来越多，记性显然是越来越差。她总是忘记自己把东西放在哪儿，尤其是钱，我想她恐怕是以为我一点钱都不肯给她，所以想要把钱给藏起来。"他的声音在颤抖，他也努力想要克制住自己，"最糟的事情是显而易见的——我没法再把钱交给她来保管了，要是她出门的话，我也只敢给她几个先令[1]带着。"

该怎么说，该怎么做？"那咱们就到教区长宅邸去，跟她一起喝个茶。"吉蒂果断地说，"我想亲眼看看她的情况。"

在阿熊·奥尔森的葬礼上，她把自己的痴呆症掩饰得可真好啊！尽管吉蒂当护士时主要是在儿科，不过她也见过不少早老性痴呆症患者，知道他们能够多么狡猾地把自己的毛病对全世界的人隐瞒起来，在这方面，莫德也不例外。她显然吃得很多，脸胖得就像个气球，庞大的身躯上穿着紧身胸衣，但外面穿的那条裙子却显得小了一号，袖底缝都开线了，腰上的开口也裂得老大，裙子的饰边都被抻紧了。阿熊去世才过了三个多月吧？她的状况简直一落千丈。

"亲爱的吉蒂！"她喊道，同时扭过头仿佛面对着满屋子

---

1　1971年前英国流通的货币单位，1英镑等于20先令，1先令等于12便士。

的人，“难道你们看到过比我女儿更可爱的孩子吗？”她的声音尖厉刺耳，“看那张脸！看那淡紫色的眼睛！她就是特洛伊的海伦！我家漂亮的、美丽的吉蒂！”

“妈妈，我的年纪已经大了，你如今再这么说我可就不合适了。”吉蒂说道，她觉得喉咙直发紧。

“不，才没有！我的吉蒂才不会老！”

她就一直这么说呀说呀，直到吉蒂设法脱了身，留下教区长去应付他那还在喋喋不休地夸赞漂亮女儿的妻子。

吉蒂首先去找了草窠，她正在办公室里忙活着，一副很能干的样子。这间办公室里四壁全都是书，办公桌上还堆着一摞摞整齐的纸张，草窠就坐在桌子后面，身上穿着她自己设计的制服——一条款式简洁、剪裁简单的烟棕色连衣裙，她那头暗金色的头发在脑后松松地盘了一个髻。这样的她看起来既漂亮又显得很职业化，这可不是件容易的事。

“你知道妈妈现在不记事儿了吗？”吉蒂问道。

“知道。”

“有多久了？”

“四个月了。”

“为什么没人告诉我？”

“查理不让。说是因为孩子什么的。”

吉蒂有气无力地尖叫了一声：“很好，草窠，今后再也不许这样了，听见了吗？我又不是个小孩子！我也没有智力缺陷！我的头脑、身体和灵魂可不是查理·波德姆的私人财产！想想吧，三个月来，我每个周三都跟你和艾达共进午餐，对这事却从不知情！我真是要气死了！查理怎么敢这么对我？莫德是我的母亲啊！”

“吉茨，冷静，我是站在你这边的。”草窠心平气和地说，“你了解查理——他就是个独裁者。我们虽然保持沉默，心里却不情愿。”

“问题在于，咱们每个人都被他以这样或那样的方式掌控在手中。”吉蒂说道，同时一屁股坐在了椅子上，“你和艾达得容忍着他，因为他是老板；格蕾丝得容忍着他，因为要找他领抚恤金。而我，哎呀，我是他的妻子。可是，咱们克朗达的拉蒂默四姐妹竟然要任由破米佬波德姆随意摆布，这可不正常。”

“吉蒂，不要鲁莽行事，千万别这样。”

“鲁莽？肯定不会。我只是打算今天晚上到狮子洞里捋一把狮子胡须，大家心平气和地来。”

“这话听着可真让人不放心。做事千万要留些余地啊。”草窠说道。

“我会的。爸爸让我明白了一个道理——上帝赐予的，只有上帝可以拿走。”吉蒂朝着书架的方向挥了一下手，“有很多东西要学？”

“我已经开始上大学了——很有意思，虽然有些重复。我最喜欢的一门课是经营管理。”

“真想不到啊，我曾经希望你和利亚姆能开花结果的。”吉蒂说着露出了酒窝。

“我和利亚姆？想都不要想。”草窠哼着鼻子说道，“我们是最好的朋友，可不是情人。”

“难道不能既当朋友又当情人吗？”

“也许有些人可以，但我和他不行。”

“现在这样的感觉已经极好了，为什么还要多生枝节呢？草窠，你做得完全正确。”

查尔斯·波德姆觉得很累。他的作业本都快写满了，政治事业却毫无起色。尽管他知道如何才能解决经济大萧条的问题并对此坚信不疑，但除此之外，他和杰克·朗毫无共同之处。朗拒绝偿还外债的应付利息，他对此是强烈反对的——这根本就是街头顽童的做法，既不够成熟，也不负责任。

和吉蒂结婚的时候，他一度很有信心，觉得一定可以把她变成一位亲密的政治同僚和帮手，对于这两者他都有着迫切的需要。政治是说出来的，它的拥护者几乎从不露面，完全在于他能对大众说得多么诱人。作业本上那些思维缜密、条理分明的记录告诉他，拥有政治抱负的人必须先给自己组一个核心集团，然后才有希望获得同僚和社会大众的支持。可是一九三一年都已经到来了，他——查尔斯·波德姆——的核心集团却还没有影子。

他甚至连一个通晓政治、意欲从政的妻子都没有，有的只是一个渴望生孩子的女人，让他吃够了苦头。哦，有孩子当然好，男人是必须有孩子的，原因有很多，但有几个男人会在心里把孩子当作人生中的头等大事？查尔斯估计少之又少，起码他自己就不是这样。哦，家里要是有个人能谈谈政治该多好！

查尔斯觉得筋疲力尽、疲惫不堪，他在私家车道上停好车，随后从柏卡车上下来，步履沉重地登上台阶走向门廊，边走边想，此时他真正想做的就是灌下几杯苏格兰威士忌烈酒，然后直接上床，不见妻子，不吃晚餐，睡得像冬眠一样。尽管他很爱吉蒂，可是今晚他不想见到她。

然而，看了一眼她那阴沉的脸色，他便打消了这个徒劳的奢望。查尔斯深吸一口气，在心里让自己做好战斗准备。他究竟做错了什么？

“今天，”吉蒂边说边跟着他朝餐具柜走去，玻璃酒瓶就放在柜子的最上层，“我发现我母亲已经头脑错乱了几个月，而你却不许别人告诉我。查理，你哪儿来的权力这么做？”

他倒了一杯酒性很烈的苏格兰威士忌，又拿汽水瓶往酒里喷了一点苏打水，然后喝了一大口。这口酒下肚，仿佛给他那酸痛的四肢百骸注入了一点能量，他才皱起眉答了话：“做丈夫的有权让自己的妻子免受痛苦。”说完他又喝了一大口。

“你无权决定别人对我说什么、不说什么，也无权决定是否要让我免受痛苦。”她咬牙切齿地说，“这是肆无忌惮的侮辱！我是一个成年女性，我能自己做决定，尤其是在涉及我的骨肉至亲时。”

他感觉好了一些，又给杯里倒满了酒说道：“实际上，亲爱的，自从你嫁给我的那一刻起，你所说的这些就不完全正确了。”他坐了下来，一副泰然自若的样子，“根据法律，从某种程度上来说，你已经成为我的私人财产。你的钱自动成为我的财产，你得有我的书面同意才能借债或是从事任何商业行为。作为你的丈夫，我可以强迫你和我住在一起，也可以强迫你与我同居。”

她气得脸色发白，双眼宛如宝石一般绽放出紫色的光芒，颤抖着抬起一只手捂住嘴巴。“我算是明白了。原来你竟是索姆斯·福尔赛[1]那样的人。”她说。

“我想我不是，”他说着抿了一小口酒，“强暴自己妻子的男人才是应该枪毙的卑鄙无赖。”他向前探过身子，“吉蒂，看在上帝的分上，成熟起来吧！好像在所有人当中就只有我一个对你专断独行一样！我身上的每一个细胞都爱着你。即使这意味着有时候我会霸道一些，至少那也是情有可原的。我之所以叫人家别告诉你莫德的事，完全是为了使你免于无济于事的担忧。对于像痴呆这种不可避免的后果，你除了会让自己为此烦恼痛苦，还能做些什么呢？这种病情一旦确诊，就不再受你的控制，病程也

1　索姆斯·福尔赛（Soames Forsyte），高尔斯华绥作品《福尔赛世家》中的主人公。

无法改变。相信我，我请求大家不要告诉你，你们全家没有一个人提出反对意见。”

“那你也还是没有权力替我作决定！”她大声说，“我能给自己做主，我属于我自己。查理，你大可以唠叨什么妻子是私人财产，就这么一直唠叨下去，但是你没法把我变成你的私人财产！”

幸福的感觉一点一点侵入他的身体。查尔斯仰起头靠在高背椅的厚垫子上，冲着吉蒂微微一笑，脸上闪过一阵爱慕之情，他有点醉了。“我总是觉得，喝苏格兰威士忌的感觉就像把暖和的苏格兰格子呢毛毯盖在人心里那光秃秃的瘦削膝盖上。”他说道。他太累了，连发火的力气都没有。

“看来我是没法跟你把道理说明白了。”

“恐怕是这样。”

“我又怀孕了。”她说。

他猛地睁开眼睛：“哦，吉蒂！这可不是明智之举。”

“格蕾丝生完第一个孩子没多久就怀了第二个孩子，比我这两次怀孕之间隔的时间还要短呢。”

他的眼睛又闭上了，可她却没看见他眼里的泪水。“失策。”

“见鬼去吧，查理！”

就在当天夜里，吉蒂流产了。

那是她此生经历过最苦涩、最具毁灭性的折磨，而此前发生的事情简直是雪上加霜。这是她自己造成的，因为她无视医生的建议，其中也包括她丈夫的建议。她的医生丈夫从来都是明确表示反对的。

“失策。”他曾这么说道。

她在绞痛中醒来，第一个念头竟然是谢天谢地，查理刚才喝威士忌时太没节制，倒在沙发上就睡了。然后她才意识到自己在流血，为什么会流血。她张开嘴，发出无声的尖叫：不，不，不！

“哦，求你了，上帝，求你让我保住孩子！”她一遍又一遍含糊不清地说着。她泪流满面，流个不停的泪水把她的脸变成了一张会流动的纸，上面写的全都是绝望——我的宝宝，我可怜的小宝宝！

后来，等到恢复理智以后，她却找不到任何理由（哪怕是最站不住脚的理由）来解释她突然明白自己已经流产之后那几秒钟的所作所为。当时她慌得不知该如何是好，就像个犯了罪被逮住的孩子一样惶恐不安、愧疚自责。这罪行太过严重，她甚至都不敢去细想。千万不能让人知道！医生是不许她怀孕的，可她却拒绝听从，大家会怎么对待她？

哦，要是查理发现的话，我麻烦就大了！

她从床上爬下来，跑去找来毛巾、抹布、水桶、凉水、乙醚肥皂和所有她要用的东西。她做了一件可怕的事情——她造了孽，犯了罪，严重违抗了命令！她得赶在有人发现之前把烂摊子清理干净。

镀锌金属板做成的水桶是一个套在一个里面叠起来放的，它们倒下时发出一阵丁零哐啷的巨响，那声音连死人都能吵醒。查尔斯也被吵醒了。

他找到她时，她浑身是血、踉踉跄跄，想要躲开他，仿佛以为他会杀了她，而他却只想要拥她入怀、治愈她的伤痛。可是，在内德·梅森和艾达到来之前，面对着他那精神失控、语无伦次的妻子，他所能做的也只有给她打一针，让她昏睡过去。

“照理说，我觉得我应该叫草窠来。”查尔斯对艾达说道。她把吉蒂换到了另一张床上，吉蒂还在沉睡，不过已经没有任何危险了。内德·梅森回家去了，他摇头叹息女人的固执，但并没有对吉蒂流产的事过分担心。他仍然认为，吉蒂的身体非常健康，将来应该会生出存活的孩子。

“不，我们姐妹当中，这种事情是由我来负责的。”艾达说，“我见过奶酪刨，也见过上吊绳，我知道吉蒂所有的伤心事。草窠太年轻了，不记得这些事，所以你做得对。”

他的眼泪流了下来，现在危机已经过去，他终于可以想哭就哭了。“她为什么要那样看着我，就像她真的以为我会对她发火一样？”他问道，“艾达，我可以在我妈妈的坟前对你发誓，我从来没有说过什么话、做过什么样子，更别提做出什么事来让我的妻子有任何理由害怕我！”

艾达看着他的眼睛，她相信他说的是实话。

吉蒂早上醒来时虽然衰弱疲倦、心力交瘁，但清清楚楚地知道发生了什么事，显然也明白为什么会如此。

“是我太贪心了，”她对艾达说，“我不肯等到一切稳定下来，不肯等到身体彻底恢复。今后我不会再这样了。”

流产一个礼拜之后，查尔斯亲眼看到吉蒂恢复了常态，这才大大地松了一口气。她的满腔怒火和敌对情绪都一去不返，也不再把她的一切不幸都归咎于他。

“耐心点，亲爱的，”他劝她道，“等上整整六个月，然后咱们重新再来。”

第五部

# 钉住蛇头

查尔斯偶然遇到一个机会——可以跟王室法律顾问罗森·席勒爵士见上一面，他立刻就接受了。席勒虽然才不过四十岁，但有很高的地位，上升得也很快，他在澳大利亚联邦高等法院和英国枢密院漂亮地打赢了一系列商业和金融方面的官司，所以早在三十七岁的惊人年纪就为自己挣得了爵士头衔。他占尽了人生所有的优势——出身高贵、生活富足、教育良好，家族来历在殖民地非常显赫。父亲是普鲁士的贵族地主，母亲那一边则是英国绅士。他的名字里原先还有个“冯[1]”字，但是由于在澳大利亚这样的社会里显得不合时宜，所以很久以前就略去不用了。昆士兰的很多地区、北领地和西澳州的北部都属于他的家族。作为牧场来说，许多地方太过贫瘠，每一百英亩[2]也只够养活一头阉牛，但是有些地方却极为适合耕种或是放牧，还有的地方矿产资

1 von，德语，用在姓前，表示贵族身份。

2 1英亩大约等于4047平方米。

源极为丰富，其中有几处是只有席勒家族的人才知道的。无论是席勒家族还是罗森家族，都不曾有人戴过罪犯的脚镣，他们完全是自愿移民到澳大利亚的。

罗森爵士生活在墨尔本，工作在墨尔本，席勒家族的财富也集中在这个城市。所以，他通常只在墨尔本参加慈善活动也就不足为奇了，其中有一项是与市长大人共进晚餐，费用是每人五十镑，用以救助身患痉挛性麻痹症的儿童。查尔斯一听说这事，就立刻买下了主讲嘉宾那一桌的两个名额（每人一百镑），因为当晚的演讲嘉宾和最吸引人的明星正是罗森爵士。这个晚宴的伴舞乐队也相当有名，有耐力的人大可以一直跳到天亮。

这将是一场盛事：男宾要穿燕尾服、打白领结；女宾要着舞会礼服。可吉蒂讨厌墨尔本，于是查尔斯带了艾达来替代她的位置。刚好那个星期艾达要去墨尔本参加一个手术室护理工作的研讨会，查尔斯主动提出负担她的全程住宿费用，让她可以住上带浴室的酒店房间，问她是否愿意陪同他参加晚宴，艾达很开心地答应了。他又给了她一百镑，让她专门为市长大人的慈善晚宴去买一件舞会礼服，这时艾达简直要喜不自胜了。因为她的衣服都是自己做的，用这些钱她可以买十一块不同的布料，做十一身不同的衣裳。在这些重大聚会举行的时候，总有些时尚杂志的记者在旁边转来转去，就连他们都没有想到艾达那件看似简单的黑色滚边的酒红色丝质礼服竟然是出自她自己之手。他们忙着装腔作势地说这衣服一看就是巴黎裁缝做的。她身上唯一一样有点摆阔的东西是一对钻石耳环，那是吉蒂借给她的。

她和查尔斯乘坐着租用的劳斯莱斯前去赴宴，和往常一样，她对查尔斯的若无其事充满钦佩——比如说吧，他对他俩之间的身高差异漠然处之，仿佛这是天经地义的一样，他是怎么做到的？新闻相机的闪光灯泡爆炸时闪过的蓝光他也容忍得很好。艾达的听觉很敏锐，听到他的新闻男秘书在提及她的名字时总是称她为“艾达·拉蒂默嬷嬷”。我喜欢这个称呼！艾达心想。她心里虽然感到满足，外表却显得无动于衷。查理这是在告诉世人，我是一名职业女性，不是个徒有其表的交际花或者上层社会的妓女，我很感激他的思虑周全。哦，要是我的头衔是“医生”就好了！可是，尽管查理如此慷慨，他却不会资助我去学医，跟爸爸许多年前不肯让我学医是同一个缘由——这份工作不适合女性。可我是多么想成为一名医生啊！

“今晚本来应该是吉蒂来的，”他俩踏上楼梯时查尔斯说道，“我得向人解释你不是我的妻子，只是我的姨姐，这可真是麻烦得要死。”

所以他就是为了这个才心情不好！自从我们启程以来，他就满腹怨言，一句好话都没有，一脸阴沉的表情。哦，吉蒂！为你的丈夫做这点小小的牺牲又不会杀了你——为什么你就不愿意呢？你所有的梦想和精力都投向了一个目标，而且只有一个目标——儿女满屋。可是这样的话，你的人生伴侣就找错了。查理并不介意有孩子，可他绝不会一心想着孩子。他是为了公众活动而生的。

他们先在接待室里待了四十分钟，跟大家混杂在一起，小口小口地喝着雪利酒，可是造化弄人，在此期间查尔斯和艾达都没看见那位演讲嘉宾。还是造化弄人，他俩是第一批穿过一道道房门进入舞厅的，晚宴就将在这里举行。艾达记得，她走进一个巨大的房间，在一个个大圆桌之间朝着全场瞩目的那张桌子走去，它就摆在宽敞的舞池边缘，位于讲台下方。那片区域只有一个人，站在桌旁的椅子后面。

“查理，别再发牢骚了！”她压低声音咆哮道，她看到的人是——王室法律顾问罗森·席勒爵士？

没错，那一定是王室法律顾问罗森·席勒爵士。她永远都忘不了。这是身高超过六英尺的查理吗？不，那就好像把钻石与翡翠相比，把达·芬奇和委拉斯开兹[1]相提并论。他们二人完全没有可比性。艾达并不是一见钟情，她确实没有。这更像是她仿佛认出他是她人生中一直缺少的那个人，在他俩眼神交汇的那一刹那，她相信他也是这么想的。随后他却望向了别处，这一刻和这个信念便到此为止。

他的身材柔韧修长，身高有六英尺二英寸，体型很瘦，脑袋却又大又圆，跟个灯泡似的，这个头盖骨里面的脑子可不少。他长得并不英俊，但是魅力十足：浓密的铁灰色头发微微卷曲，从

1 Velasquez，全名迭戈·罗德里格斯·德席尔瓦-委拉斯开兹（1599—1660），是文艺复兴后期、巴洛克时代、西班牙黄金时代的一位画家，对后来的画家影响很大。

硕大的脑门上径直梳到后面，颧骨很高，嘴巴倒挺秀气，眉毛和睫毛都是黑色的，那双眼睛却是鲜艳的蓝色。他长着一个巨大的鹰钩鼻，下巴和下颌骨也很大。

艾达和查尔斯跟他之间隔了半张桌子，所以没有同他握手，只是微笑着点了点头。要想让查理离他近到必须抬头仰视的程度，那只有一队野马才能拉得动。艾达坐下的时候估算了一下这桌的人数——十一个：罗森爵士没有带女伴来。

“他从来不带女伴。”坐得离艾达最近的女人用一种饱受折磨的嗓音说道。

“为什么？”艾达问。

“因为他今晚有事要做，宝贝儿。”

以前还从没有人叫过艾达“宝贝儿”，她陷入了沉默。哦，她恼火地想道，为什么澳大利亚这些举足轻重的男人们非得要跟教育程度不高、偏爱操持家务的女人结婚呢？在这张桌子上，说话的都是男人，女人们就只是互相之间聊聊天。查理的不满情绪每一分钟都在增加，也许是因为他一个人也不认识，他那副电影明星的面孔已经被狰狞怪兽抹杀得干干净净。平日里他比谁都迷人，可是当狰狞怪兽独自称霸的时候，他就叫人害怕了。这自然是罗森·席勒爵士造成的后果。在查理的职业生涯中，他还是头一次觉得自己彻底被别人盖过了风头。

罗森爵士那长达一小时的演讲反而让查理的心情越发糟糕。他演讲的主题是经济大萧条——还能是别的吗？听着他的演讲，艾达有好多回惊叹不已，罗森爵士天生一副完美的好口才，又被悦耳的嗓音和恰当的措辞打磨得完美无缺，这一刻每一张脸上还泪流满面，下一刻就全都笑开了花。艾达暗暗觉得，他的听众当中有很多人会永远记住他说了什么、是怎么说的。

演讲是人们吃完一大份头盘之后进行的。主菜用完之后，演讲者在讲台上花了半小时回答提问。这一晚上的工作可不轻松。他使出浑身解数，想让观众们觉得五十镑吃顿饭很便宜。

不过，观众里起码有一个人觉得自己这钱花得不值，那就是查尔斯·波德姆。甜点端上来之后，他对着艾达的耳朵小声嘀咕了一句什么，随后便离了席。桌上人人都以为他只是去方便一下，可是艾达知道他是不会回来的，于是开始对她的同伴解释说是别人有急事找他去办。

同桌的食客们有八九个都跳舞去了，这时罗森站起身来，占据了查理的椅子，转过来面对着艾达。

“请问你是？”他微笑着问道。

“艾达·拉蒂默嬷嬷。我是同查尔斯·波德姆一起来的。”

“拉蒂默嬷嬷，但你并不是修女。”

“就职业来说，我是一名手术室护士。”

“手术室能离得了你吗，艾达？我可以这么叫你吧？”

“当然可以，罗森爵士。”

“礼尚往来。叫我罗森吧。手术室离了你能行吗？”

“没问题。实际上我是多余的，所以我动了念头打算在墨尔本找一份工作。我受过很好的训练，而且经验非常丰富，尽管是大萧条时期，我也应该能够找到工作。我来这儿开研讨会的时候已经跟一些人接触过了。”

“我很想跟查尔斯·波德姆谈一谈。他已经走了吗？”

“人家有急事找他，等不得。”

“所以他就丢下你自己照顾自己？”

“哦，他不是我丈夫，是我妹夫。他没想那么多。”她那对凹陷下去、半睁半闭的眼睛灵光一闪。“你结婚了吗？”她问道。

这话问得如此率直，他被吓了一跳，不过还是回答了她。

“十七年前结过，年轻时候的事了。我们已经离婚了。”

“你是洁白如雪的一方，还是该受谴责的一方？”

“你问起私人问题来这么直率，简直像个美国人。我清清白白，纯洁无瑕。”

“对于政客而言，这倒是个完美的颜色。”

“是唯一的颜色。”他意味深长地说。

“真是可惜。难道你不觉得这对人的要求太高了吗？”

“政客——不管是不是假冒的——不应该谈感觉，只能谈事实，而事实可能是冷酷无情的。”

“你是民族党的——保守党人？”

“死硬保守派，但民族党还能存在多久就只能听天由命了。工党越来越右倾，不过还没有我右倾得厉害。”

“你打算什么时候进入——联邦议会？还是州议会？”

“当然是联邦议会。民族党在墨尔本为我选定了一个头等席位，这就意味着我不用搬到别处去住。”他做了个鬼脸，“重新安家可真是要人命的事情。”

“尤其是为了选举这种短命的理由。”她说。

这话激起了他的好奇心，他探过身子：“拉蒂默嬷嬷，你是个不同寻常的女人。我相信你一定读过很多书，受过很好的教育。你能在麻醉的病痛体内用锐钢钎玩杂耍，但这并非你想做的事情，也不是你人生的起点。事实上，你觉得这就算到头了。”

“顾问大人，女人身上会让老古板谴责的一切品质，我身上都有。”她说得很冷静，但眼睛却因为他那不可思议的洞察力而闪闪发亮，“我认为自己跟任何一个男人都是平等的——我本应获准去学医并选择自己想要从事的专业领域——想选哪个就选哪个，而且我不打算结婚。结婚意味着我要让自己从属于我丈夫，因为法律规定我的地位在他之下。”

“哦，说得好！”他微笑着大声说道，向后靠去，“我就知道我会非常喜欢你！这么说你想当医生。”

突然之间，艾达自己的问题都消失了。各种各样的念头在她脑海里匆匆闪过——杂乱多变的眉毛、脸上的表情、视力所及之外仿佛隐藏着的东西、纤细灵活的手指、秀气的嘴边那道苦笑的皱纹。混杂在一起的种种画面迅速各归其位，构成了某个男性实体……她迎上他的蓝眼睛，严肃地盯着他，只有她那对奇异的眼睛才能看得他动弹不得。他被她看得仓皇失措，莫名其妙地害怕着，等待着。

“你是同性恋。”艾达柔声说道。

“这种毫无根据的胡说八道会让你上法庭的。”他说。他设法控制住了自己身上的每一个部位，唯独呼吸控制不了。

“我并不打算把这事散布出去。我为什么要这么做？让我的妹夫拿去吹嘘？他能够夸耀的东西已经够多了。”

“谁告诉你的？谁知道这事？”他十分平静地问道。

“没人告诉我。实际上，你把你的秘密隐瞒得非常好。不过我第一眼看到你的时候，你就让我大吃一惊，那有点像是——哦，回家的感觉。对于你，我仿佛有一种特别的感知能力。这一定是上天赋予我的。”她温柔地对他微笑着说。

他没法否认了，只是望着她，就像一个筋疲力尽的拳击手，人家告诉他必须再打一个回合，可他却不知道自己要怎么才能做到。“你想要多少钱？”他疲惫地问。

“敲诈勒索？”艾达笑了，“不，我不会以此来要挟你的，永远不会。我只能想象得到，这些年你一定吃了很多苦——这是个可怕的秘密，对于有志从事公共事务的人而言，这算是最糟糕的秘密了。我想成为你的朋友，仅此而已。在我们俩的视线相遇的那一刻，我就知道了这一点——我是你最好的朋友，永远都是。”她咽了一口唾沫，“我不指望你能明白，尽管我原本希望你会懂，因为我觉得你也有这种感觉。”

伴舞乐队响亮地演奏着难听的音乐，铜管乐器的声音盖过了较为悦耳的弦乐器和木管乐器，噪音袭来，这张桌子首当其冲，意志坚定的舞伴们就在几英尺之外热舞雀跃。

萨克斯风“哇”地响了起来，大声哀号。他皱起眉头。“你是否愿意随我回家，静静地喝点东西谈一谈？”他问道。

她立刻就站了起来：“越快越好。”

“波德姆怎么办？”

“是他先丢下我的。”

王室法律顾问罗森·席勒爵士的家坐落在一栋十五层大楼的顶层，这是墨尔本最高的建筑之一。整个顶楼都是他家，还有个宽敞的屋顶花园，一道又高又密的树篱挡住了来往车辆的噪音和喜欢窥探的眼睛。这一层共有十二个房间，每一间都很大，装饰和陈设均出自一家著名的设计公司之手，明白无误地体现了屋主的品位：不赶潮流，舒适惬意，低调朴素，色调浓郁一如秋天。

“你想喝点什么？”罗森问道。他领她来到藏书室里落座，显然这个房间也是他停留最多的地方。

“最想喝一杯上好的咖啡，不过我发现仆人们都没怎么露面，所以如果没有咖啡的话，来一杯查尔斯·波德姆所说的‘煤焦油茶’也是好的。”她边说边在一把琥珀色拷花丝绒的软垫座椅上坐下，“幸好你没选皮革。皮肤贴上去总是汗津津的。”

“皮面椅子放在男人自己家里的时候，也是个容易让人出汗的讨厌东西。”他说，“那就喝咖啡。”

他用眼睛打量着她，从容不迫，乐在其中。这么一个优雅而又世故的女人啊！瘦得见骨，白得无瑕，容貌秀美，那双玉手尽管指甲剪得很短，却依然曼妙优美，仿佛会说话一般，叫人宁愿为之赴死。只有从她的眼睛里能够看出，她那才华横溢的头脑受到了性别的阻碍，她渴望关注，渴盼着做些大事，却总是求而不得。还有那双眼睛！那是白狼的眼睛，叫人不快，神秘恐怖，周围那一圈睫毛却又长又密。

他俩随意地闲聊着，直到咖啡被撤了下去。

“这是我喝过最好的咖啡。”她说道。

“你这个要求并不难办，”他微笑着说，“碰巧我也喜欢喝好咖啡。”

她没有接话，这沉默如此舒服如此熟悉，艾达最后竟然觉得她仿佛一直都认识他。可为什么会有这种感觉，她却一点也想不通。现在，她已经彻底明白了为什么查理一待礼节允许离席，便立刻从这个男人的身边逃开。在查理看来，这位相当年轻的爵士就是个没空理会劳动人民的偏执狂。艾达把这种看法翻译成他对罗森爵士的嫉妒，嫉妒他的身高，嫉妒他那合乎体统的澳式贵族出身。尽管极端的保守主义确实会让人想起偏执狂，但艾达还不能确信罗森也是这样的人。她能够确定的是，这个男人太过复杂，几句简单的回答可解不开他身上的谜。

沉默一会儿之后，他俩又谈了很多，全都无关政治，有些是关于哲学的，有些是关于性别的。毫无疑问，他渴望和一个他能够绝对信任的女性发展出一份敢说真话的友谊，到目前为止他显然还从未得到过。在她——艾达——的身上，他开始有点感觉到那种绝对的信任。她已经下定决心，永远都不会隐瞒自己的感受。

“是什么促使你结婚的？”她问道。

“恐慌，以及家人的期待。”他说，有一瞬间，他眼中的确闪过一丝恐慌。他闭上嘴巴，欲言又止。

“不对，跟我说实话。”她说得很坚决。

他抱歉地笑了笑，然后重新开了口：“当时，我正处在精神上最混乱的关头，而我和安妮又是自小就认识的——我们是邻居。不论我做什么，不管我去哪儿，安妮总是在附近的什么地方。我们每逢中学的社交活动就搭档互相做舞伴，上大学的时候也在一起。我学法律，她先学的艺术，后来又学了秘书课程。毕业后我们进了同一家律师事务所，我是初级出庭律师，她给一位资深合伙人当私人秘书。然后她就向我求婚了，我猜这是因为她厌倦了等我求婚。我们两家人都欢欣鼓舞。实际上，唯一一个煞风景的人就是我！而且我意识到，要是我想保守自己的秘密，就非得结婚不可。于是我们就结婚了。那年我们都是二十三岁。”

“这自然是一个彻头彻尾的失败。”艾达说道。

“简直可怕！我没法跟她做爱，而我能找到的唯一一个符合逻辑的理由——就是坚称我觉得她更像妹妹而不是妻子。这事拖了两年。随后她遇到了别的男人，我就跟她协议离婚了。”

“我很遗憾！”

“大可不必。就连安妮也不知道我的秘密。”

“你有情人吗？”

这一次他的笑容充满了苦涩：“我不敢有，艾达。”

“我可不信你会去找男妓。”

“男妓……为什么不干脆叫他娼妓算了？你有没有看过男妓的眼睛？毫无生气——就像死人！找男妓就好像跳进了一个深坑，然后你不禁会想自己究竟是如何走上这条道路的——不，我不会这样。我会到国外去待上一个月，通常是在冬季和夏季的时候。”

“但愿你的人生中还有位置容得下一个最好的朋友。”她说。

那对湛蓝湛蓝的眼睛明亮起来：“你会为了做我的好朋友而留在墨尔本工作吗？”

“很快就会，不过我对法律一无所知，我估计这意味着你可能会不太满意这个好朋友。”

这话听得他哈哈大笑起来：“亲爱的，人最不希望看到的，就是好朋友的脑子被法律掘开一条隧道。”他伸出胳膊，握住她的双手，盯着她的眼睛，他的眼神让她以为这也是一种爱，“艾达·拉蒂默嬷嬷，三十年来我一直过得很孤单，现在我觉得自己终于找到了一个朋友，我可以把所有的秘密都告诉她。我天性多疑，所以从来没有密友，但如今——说来也怪！我竟然不再感到害怕了。”

“我明天就开始到大一些的医院去打听打听。”艾达说。她很想哭，却也知道自己不敢。

“不，先别去！”他厉声说道，“你是否相信我可以动用影响力让任何一家医院推迟个两三星期再把工作给你？”

她迷惑不解地皱起眉。“相信，这里是墨尔本，你有这个影响力。”她说。

“那你就给我两个礼拜，从周一早上开始算起。只管把时间交给我，别去问我想要你做什么，等这两周过完，医院的工作就在等着你，你只要相信这一点就行了。”罗森说道。

“我可以给你两个星期。”艾达严肃地说。

他深吸一口气，双拳重重地捶着他那剪裁精美的裤子膝部，又捏了捏她的手，然后才松开：“哦，好极了！谜底还不能揭晓，但我会对你做一些说明，以便你做好安排。我在楼下一层有一间专供客人住的公寓，比我这间要小得多，如果不是常住的话，也还算宽敞。明天下午你就搬进去，从周一开始，你要在那里住两个礼拜，完全听从我的吩咐。从明天算起两周之后的星期天晚上，你就可以刑满释放了。”

“嗯，好家伙！”她说道，简直想要喊出来，“为罗森·席勒爵士效力的两个礼拜就要到来了，干什么还保密。我真是好奇，会是什么事呢？”

“到时候你就知道了。”说完他轻声一笑，“我只能说我这是灵光乍现。咱们今晚谈了鞋子、船只、火漆、医学、医院、法庭、音乐、书籍以及天知道什么东西，然后这乱糟糟的一大堆想法当中忽然蹦出来一个绝妙的好主意。我可不相信所有的人生来都是平等的，不然周围怎么会有那么多傻瓜？不过我坚信，在这个世界上，聪明的女人和聪明的男人一样多。”

“我对查尔斯·波德姆该怎么说？”

他耸了耸肩：“只要你觉得合适，想怎么说就怎么说。我想他应该知道你打算在墨尔本谋一个职位吧？”

“其实他不知道。我是来这里参加一个研讨会的，在会上一边喝茶一边听着那些人唠叨得没完没了，这些无关紧要的闲话给了我启发，我这才想到要在墨尔本找工作。我打算跟他说一些让他心存期待的话。”

“期待？期待什么？”

“期待最让他反感与不安的姨姐将要决定在四百英里之外的墨尔本安家落户。这意味着他就更有机会阻挠他妻子找姐姐们做伴了。”她没好气地说。

“哦，我明白了。这是个占有欲很强的丈夫。”

“正是如此。而我就是那个煽风点火的。”

“有时候在远处煽风点火反而更有效果。”他狡猾地说。

她笑了：“我时不时能瞧出一点蛛丝马迹，明白你为什么能打赢那么多官司。跟我说说你为什么要我给你两周时间！”

“不行，还有，对我啰唆也是没用的。”他换了个话题，“真有意思，我和波德姆竟是如此互相厌恶，就好像把水泼到磷上面似的。不过，我们的感觉并不会妨碍我们在联邦议会里进行合作。他一定会加入民族党的。”

艾达扬起眉毛：“查理，保守党？不可能！我不是说他会加入工党，但是在许多问题上，他都是支持他们的。跟社会主义者相比，他也许是右派，可是跟保守主义者相比，他肯定是左派。”

席勒似乎很震惊，随后愤怒地出了一口气：“这么说我的直觉是对的。他跟那些该死的家伙是一伙的，急欲干预现状。他恐怕认为杰克·朗的财政政策可以解决经济萧条吧。”

“各行各业都有很多人赞赏杰克·朗。”她说。

“那他们就更傻了！人要是借了钱，就应当按照商定的利率偿还贷款，不管这利率有多高，这是信誉。”

“罗森，我懂得不够多，没法跟你争辩，”她说，“咱们各自保留不同意见吧。尽管我对查理诸多抱怨，但我还是应该对他忠诚，给他支持，这其中的缘由与你无关，与墨尔本无关，与政治亦无关。这只是关系到姐妹们的手足之情——你有姐妹吗？”

“没有。我有一个哥哥和一个弟弟。”

她不得不忍住了一个呵欠：“哦，我困了！请问我现在可以回我住的酒店了吗？”

“如果你告诉我你喜欢查尔斯·波德姆哪一点的话。”

“这个容易！他对人有热情，把人当作会思考的人类，而不仅仅是写在一张张纸上的数字。”她立刻就说道，“他把我们那所差劲的地区医院变成了全州最佳，但并不是借由大规模缩减经费，也没有搞得地动山摇，他只是把适合的人放在适合的位置上而已。他对种族歧视、性倾向歧视、宗教歧视和性别歧视全都深恶痛绝，所以无论是中国人还是天主教徒，无论是女人还是同性恋者，都是和他平等的，都能找到工作。他的确傲慢专制，但他的昏聩糊涂只限于个人私事——比如说对他的妻子，他对她的占有欲强得过了头。他的思维很奇怪地一分为二——既有股票经纪人的头脑，也有医者的头脑。”

“你真是一个好律师的苗子。”

“哦，谢谢你，但医院才是我心之所属。”她站起身来，开始在房间四处悄悄走动，看着他那些藏书的名字，而席勒却在看着她。她的身姿动人极了——一点赘肉都没有，一切都被她那优雅却毫不做作的动作融合在一起——这自然得益于护士培训。她的裙子是在哪儿买的？没有哪个女服设计师会用这种方式剪裁那么艳丽的闪色绸，然而这种剪裁十分精巧，突出了她的优点。

“你的藏书室里法律书籍太多了，”她边说边拿起披肩递给他，“而且一本小说也没有。真是可惜。几乎世界上所有伟大的书都是小说，比如《罪与罚》和《名利场》。你肯定在读像威廉·福克纳这些新作家以及不太新的亨利·詹姆斯等人的作品吧？”

“坦白地说，学法律的人思维都比较狭隘。”他说着接过披肩仔细看了看，“没有男人送你毛皮披肩吗？”

“我不收男人送的礼物。”

“你的披肩制作很精美。谁给你做的？”

“我自己。我太穷了，买不起自己喜欢的那种衣服，于是就自己做。”她让他替自己围上了披肩。

“我替你买你也不会同意吗？”

“不会，如果你有意如此，那么我谢谢你的好意。可是想到被男人养着我就觉得厌恶，即使是结婚以后。”

他叹了一口气：“拉蒂默嬷嬷，我送你回去。”

艾达搬进罗森·席勒爵士的客用套房以后才发现，自己的命运跟她此前的想象大相径庭。她脑子里曾飞快地掠过许多他可能要她去做的事情，其中不乏与健康、医院、护理以及医疗诉讼相关的各种工作。她还想到，也许他是某个慈善委员会的成员，该机构致力于外科手术的新手段，所以想要听听手术室护士的观点。她还想到了系列讲座和全套课程，没准他在给自己所钟爱的计划帮忙：她的脑子转个不停，却不得要领。

星期天的晚上她搬了进去，然后上楼与他共进晚餐。用餐完毕时，他说明了自己的用意。

“在你完事之前，我不会再和你见面，”他用这话引出了正题，“因为从明天上午九点开始，你就要打起精神、全力以赴、开足马力地学习两个礼拜。”

“学习？”

“学习。具体来说，是学习人体解剖学、生理学以及有机化学和生物化学这门新兴学科。只有这三门课，别的不学。九点钟，有人会摁响你的门铃，请你为他开门，那是你这三个学科的私人教师，你可以叫他约翰·史密斯。这并不是他的真名，不过这不重要。他是这个行业里最好的老师，这一点我可以确信。从今天算起，两周之后的星期天你将参加考试，每个学科一场。然后咱们就知道结果了。”折磨她的人说道，同时端着他的干邑杯微笑着靠在椅背上。

“我一点也没有想到会是这样。”她慢慢地说，“这是你昨晚才想出来的，是吗？”

“是的。”

“然后在不到二十四小时的时间里，你就安排好了一切，包括找来约翰·史密斯当教师？”

“没错。”

“我算是明白你为什么会被封为爵士了。只要能让你别再找他们的麻烦，他们做什么都愿意！爵士头衔让你身价大增，他们把你送进议会，还附赠头等席位和议会前座[1]，这是明升暗降。”艾达放下杯子，大笑起来。

1 front bench，为反对党领袖保留的座位。

“而你，女士，真是聪明绝顶。”他说，“哦，真心希望你可以通过那些考试，这样席勒计划就可以继续进行了。”

“席勒计划就是我？”

“不错。”

她从喉咙里爆发出一种嗬嗬的声音：“哎呀，居然有个计划是以你的姓氏命名的！我也盼着开始学习了。”

事实跟他说的完全一样。艾达有大量知识需要掌握，但她不无惊奇地发现，其中有很多东西她已经知道了，有些是她在护士培训中学到的，有些则是因为她受强烈的好奇心驱使，所以比她实际需要懂得的更多一些。约翰·史密斯人如其名，毫无特色，不求关注。只要她照他说的做，他就别无所求。他每天九点来五点走，可她却一直没弄清楚他住在哪里、与谁同住。艾达的三餐是从席勒的公寓送下来的，连同约翰·史密斯的午饭在内。

她所需要的每一本书、每一张图表都已备好，另有几块黑板、几个讲台以及分子、大脑和心脏的模型，还有一具骨架。这两个礼拜有些不可思议，又好像漫无目的，艾达热爱其中的每一个瞬间。尤其是最后几天，她觉得自己的学问已经可以跟约翰·史密斯斗上一斗了。

两周之后的星期天，她参加了三场笔试。上午考生物化学，下午考生理学，晚上考解剖学。有些题目很难，不过晚上八点考完解剖学的时候，她觉得这就是医学院二年级学生参加的考试，而且自己考得不错。

今天的晚餐迟到了，随之而来的还有一张卡片。

“我就不打扰你了，等到明晚——周一晚上，我很乐意与你共进晚餐。罗·席。”

为期两周如此疯狂的学习让艾达情绪高昂如达巅峰，直到第二天晚餐时，她的心情才平复下来，不过她却不由自主地穿了一身邮筒般的大红色前去赴约。也许是因为这是一种胜利的颜色，她感觉自己仿佛不仅仅是参加了考试，更像是通过某种考验生存下来。

“邮筒红。”罗森边说边拿过她的钱包和手套。

“我猜这种颜色跟邮筒和电话亭的颜色是一样的吧。”她镇静自若地说，同时接过他递来的雪利酒，在椅子上坐下了。

“很适合你，不过这你肯定是知道的。你衣橱里红色的衣服恐怕太多了一点，这说明你经济不够宽裕，所以买东西时不会太任性，不是你最喜欢的颜色就不买，因为你不会经常穿。”他在正好能看见她的地方坐了下来，“我也挺想看看你穿铁蓝色、浅绿色或是鲜绿色、黄褐色、紫色以及一些有趣的印花布是什么样子的。”

“等我当上副护士长，有钱挥霍的时候再说吧。”

“有钱挥霍这事好办，”他小声咕哝道，“不过我想我还是等吃完饭再说正事儿吧。那样的话，要是你弃我而去，起码你不会饿着肚子。”

“成交。咱们吃什么？”

“头盘是东方酱炒小龙虾和蟹肉，接着是烤仔鸡。”

艾达大快朵颐了一顿，不过她吃的时候还在好奇他究竟要说什么事。用完晚餐，他俩在藏书室里坐定，他拿出一叠纸冲她挥了挥。“祝贺你，亲爱的，”罗森·席勒说道，“你通过了这三门课的考试，而且成绩优异。”

目瞪口呆的艾达能说出口的只有一句：“什么？”

“这些考卷我是找墨尔本大学医学院二年级的命题人及阅卷人出的，并且请他们进行了批改。”他说，听口气似乎对他自己很满意。

“医学院二年级？”

“没错。如果我不能确切地知道你在护士生涯中掌握的知识达到了何种标准，那就无从谈起继续推进我的想法，于是我跟大学医学院的几个朋友一起谋划了这件事。说到录取女生学习医学，墨尔本大学在过往的所作所为还是值得钦佩的，而悉尼大学因为受一帮苏格兰教师的压制，所以一直反对女生入学，真是可耻。想想也挺有意思，这些愚蠢的民族主义偏执狂原本属于世界的另一边，可他们居然能把一所大学的全体教师都给带得这么坏，而且是像医学院这么重要的地方，并且这还是真事，悉尼大学只能永远为此蒙羞了。这话扯得有点远。”

艾达似乎已经没在认真听了，她双眼紧盯着罗森的脸，眼中的神情是他从未见过的：那是一种无法承受的痛苦，曾经有过，而今又起，因为她没想到他会说出这番话来，对于这种痛苦她毫无防备。

于是他赶紧继续往下说，急欲摧毁这痛苦的根源，他知道自己可以做到——如果她同意的话。“艾达，根据这些考试的成绩，等到明年二月大学开学的时候，医学院的三年级就会有你的一席之地，在墨尔本大学，从三年级开始念，这样只要四年你就可以从医科毕业了，到时是一九三五年十一月。经过一年的实习期，你会在一九三六年底拿到行医执照。想一想吧！你到三十一岁就能成为一名合格的医生，前头还有很多很多年等着你去做出成就。”

她的身体不由自主地抽搐扭动着，她想要站起身来，满脸都是惊恐的表情。

“不，别这样！”他大声说，“艾达，请你听我把话说完！”

“我不会接受施舍的，尤其是挚友的施舍。”

“并非施舍，这需要你付出相当大的代价。”

这话让她平静下来，抚平了痛苦的褶皱：“需要付出相当大的代价？什么代价？”

“我需要一个妻子，”他直截了当地说，“这就是我开出的价码。嫁给我，你可以学医，也可以买铁蓝色或是鲜绿色的裙子，还可以穿皮草——想买什么都可以，我非常富有。可我需要一个妻子。如果是已婚的话，我不会到现在还没当上议员。男人到了我这个年纪还单身会招人怀疑，就算名声没有任何污点也没用。可是我找不到妻子，艾达，我找不到。直到我遇见了你。你精于世故、聪明睿智、受过教育、通情达理——甚至还很有同情心！你可以成为席勒夫人，不管这有没有价值。大多数女人会为此不择手段，可是你根本不把这放在眼里，对吧？”

艾达先是发出几声发笑的颤音，这声音就像一连串小气泡一般，速度越来越快，音量越来越大，到最后变成了狂笑——又或者她是在哭？就连她自己也说不清楚。

“当我发现你很吸引我的时候，”罗森继续说道，决心趁着自己还有勇气把所有的想法都说出来，“其实我自己也吃了一惊。也许将来咱们还可以试着生个孩子。我也不知道自己是否能够做到，但是过些日子，等咱们和睦相处了——在你心甘情愿的前提下，我愿意一试。有保姆和托儿所，照顾孩子会容易一些——”他用拳头捶着自己的眉毛，“我又想得太多了，这些是将来的事情，现在不用去想！艾达，请你嫁给我吧！”

他连生孩子的事情都想好了，还有什么可考虑的呢？“好的，罗森，我嫁给你。”她哑着嗓子说。

他过来抬起她的手，虔诚地吻了起来。

“这是一桩形式婚姻，”她说道，同时紧紧握住他的手指，抬起头对他一笑，“可我却无法拒绝。罗森，我之所以接受你的求婚，只为了一个原因——这能让我如愿以偿地拿到医学学位。”

“这一点我很清楚。不过如果我是你讨厌的那种男人，想必你也不会同意。咱俩之间正在加深的友谊起到了很大作用，你别想否认。”他口气生硬地说道，很不自然。

“真是奇怪啊！咱们这就觉得不自在了。”艾达说道。

“是的，那是因为这并非传统意义上的求婚。索然无味，简单明了！”

“那咱们就来说说这婚要怎么结，”她说，“请你再坐下来吧。咱们的婚礼是要盛大风光，还是安静低调抑或秘而不宣？”

“我倾向于秘而不宣，原因有好几个。”他终于坐下了，“你愿意听一听吗？”

“请讲。”

“说实话，我怀疑咱们的婚礼要想安静低调恐怕不可能。我父母尚在，还有两个兄弟和嫂子、弟媳，以及侄女与侄子各三人，再加上家家都有的姑姑婶婶、一众叔伯舅父和表亲堂亲，安静低调的婚礼肯定是少不了这些人的。”

“我比你也好不了多少——三个妹妹、一个妹夫、一个头脑清楚的父亲和一个早老性痴呆的母亲、两个不是妹夫但必须邀请的男人，还有至少十几个女人也是非请不可的。对于我来说，这就叫安静低调了，雪上加霜的是，我父亲一定会坚持要亲自在他的教堂里为我们主持婚礼。”她大声抱怨道。

他俩都吃了一惊，紧紧盯住彼此的眼睛：“最最亲爱的艾达，这真是太棒了！你父亲是个牧师？”

“英格兰圣公会的，他的教区面积很大，在新南威尔士举足轻重，而且依圣公会来看，这个教区一直非常富有，直到经济大萧条的出现。”她咯咯地笑了，“大主教？主教？我认识一大堆呢，而且说实话，在我还是个小婴儿时，他们没准还曾经抱过我在他们穿着紫衣的腿上颠着玩儿呢。”

“天哪，艾达，我知道你很够格，但没想到竟然这么够格！”

“罗森，我身上只有一点可能会遭到你家里人的反对，那就是我没钱。我的先人和我的出身就是这样，也理应如此。”她似乎有点不安，“可是亲爱的罗森，我父亲真的办不起一场盛大风光的婚礼。”

“我不会考虑盛大风光的婚礼，永远都不会考虑。”罗森说道，仿佛将盛大婚礼扫到了他想象中用魔法变出来的那个破烂不堪的旧地毯底下，“不，亲爱的艾达，考虑到咱们俩年纪都已不小，我想我们的婚礼还是秘而不宣的好。咱们的家人也许会觉得受了冷落，但是这一刀下去，两家所受的伤害都一样深切，就让那些介绍引见、评头论足和争执口角等到我们的婚礼之后再发生吧。我的建议是，过一个月咱们就在墨尔本的一个户籍处注册结婚。”

“在默迪洛克可以吗？”她问道。

他一脸茫然：“默迪洛克？为什么要在那儿？”

“我喜欢这个名字。”

“我的怪朋友，你愿意给自己起多少名字都行，只要你觉得好听，但咱们还是得在墨尔本市中心某个没有名气的户籍处注册结婚。”罗森坚决地说，“然后咱们坐上从悉尼开往加利福尼亚的小型远洋班轮，到那享有盛名的地方度个蜜月，等一九三二年元旦再回来。就让这场风暴在我们离开期间爆发出来吧，私人的也好，公众的也好。亲戚、朋友、同僚和对手都将在同一天得到消息，一时之间人人都会大吃一惊、惶然失措。让那些追逐明星花边的媒体报道去吧，咱们会在意吗？不会！咱们等回来以后再去面对现实。”他突然露出淘气的小男孩一般的表情，“然后就该承担后果了！只有工作能给我们力量——你去念书，我去从政。”

“你在政治这个词儿里塞进了多少含义啊！但愿我是个令你满意的妻子。”她疑虑重重地说。

“艾达亲爱的，我打算让这个国家的人从你身上看到政客的妻子应该是个什么样子，而不是她们现在的样子。你大方、健谈，长得又极漂亮，要是人们发现你居然还有自己的事业，那简直要把我那些同僚吓得魂都没了。如果有记者来问你的意见，他就能听到你的看法——并且对你刮目相看。”他吸了一口气，“我的哥哥和弟弟娶的都是门当户对、嫁妆丰厚的女人，可是他俩都说妻子沉闷乏味、缺乏教养，而且就进取心而言，她们有时候反而会拖丈夫的后腿。可你永远不会这样！即使只是身处边缘，你也会享受政治生活中的唇枪舌剑。我不会妨碍你的医学工作，但是会向你求助。”

“我很乐意帮忙。”她面带微笑亲切地说，“哦，想一想吧，再过五年我就可以注册行医了！不过是以我本人的名义。真是同情那些被指派到席勒夫人这里来看病的人！我无论如何都会保留这个头衔的。”她抬起头看了一眼，“安排一场秘密婚礼需要多长时间？”

“一个月。在戴上我送的戒指之前，你就继续住在楼下——订婚戒指用红宝石行吗？”

“你知道吗？其实我觉得自己更喜欢祖母绿。克朗达人都认为红宝石已经过时了。”

“那就用祖母绿。明天早晨我会把你介绍给乔治·温亚特斯和卡尔·艾因曼，他俩是我的秘书，为人谨慎，完全可以信赖。他俩知道我们的计划，但再无别人知情了。在你可能要经常去购物的所有场所，他们会把账户替你准备好，包括书店在内。账户暂时在你自己名下，但是结了婚之后，就会改成席勒夫人。”

“艾达夫人，”她梦呓般地说道，随后大笑起来，“听起来——哦，我也说不清，好不真实。”

“确实不真实。因为你不能当艾达夫人，你是席勒夫人。只有公爵或是侯爵的女儿可以把她们的教名放在‘夫人’这个头衔前面。爵士的妻子是没有这个特权的。”

“真是意想不到啊！我这就已经在学习了。”

“你一定要穿狐皮和紫貂皮，但是永远别穿水貂皮。”他说着做了个鬼脸，“水貂皮摸起来很粗糙，而且穿起来太像好莱坞女演员了。”

“医学！”她喊道，提醒他别忘了她究竟心系何处，跟她的事业相比，她有多么不在意那些贵重皮草，“罗森，你能给我这个机会，我真是不胜感激，这话是发自内心的。我打算成为一名外科医生——腹部外科和普外科。其实我也想学神经外科，不过我的年纪太大了一点，这个领域的要求又太高。”她想到了另外一件事，“咱们会住在这套公寓里吗？”

“你有反对意见？”

“完全没有。我就是问问。”

“除了我自己住的卧室套房，这里还有一个四室的套房，我打算把它移交给你居住。”让他跟英俊二字沾不上边的大鼻子和阔下巴似乎努力想要跨过他的嘴巴碰到一起。他噘起嘴唇，随后微微一笑，“我打呼噜是出了名的，所以就不请你跟我同床共枕了。你将有自己的卧室、更衣室、浴室和起居室，到时我会让你跟为我家装修的室内设计师谈一谈，把你的需要告诉他们。他们会遵循你所有的要求。我原本以为你也许会想要把楼下的客用公寓作为学医时的安乐窝，这样就可以把你的学习跟我们的共同生活分隔开了。”

“其他的房客不会反对吗？”

“他们最好别有意见，”他说得很干脆，“整栋楼都是我的。”

她的脑袋晕乎乎的，既疲惫——今天的大部分时间她都在走路——又震惊。

“下楼睡觉去吧，”他命令道，把她从椅子上拉了起来，“八点上来吃早饭，然后咱们着手干正事。对了，艾达？”

“什么？”她问道，呆呆地仰起头对他露出微笑。

“我非常喜欢你。也许不是男人对自己选择的妻子那种喜欢，但我的感情却是诚挚而炽烈的。我真的非常喜欢你。”

艾达爬上床的时候心里想道，如果他是像男人爱妻子那样爱我该有多好！但这是不可能的。不过好在有这么多补偿！医学学位，以及关心政治的女主人席勒夫人。多么奇怪而美妙啊！

这听起来就像童话一般，而且人人都会以为这就是童话，从她的家人到他的家人，还有两家之间的整个世界。人们会觉得她就像吉蒂一样，又一个童话般的爱情故事以嫁给英俊、富有、忙碌的成功男人而告终。可是看看吉蒂吧，人们只看到她住在空荡荡的大房子里，结婚不到两年却经历了两次流产。哦，吉蒂！

我的婚姻又会带来什么呢？艾达问自己。她十分肯定的是，这其中的痛苦肯定要多过乐趣。只有医学除外。上帝叫她为此付出任何代价，她都觉得值得。至少她知道罗森的秘密，所以拥有讨价还价的能力。吉蒂不知何故落得了一个毫无任何势力的下场，不过艾达的思想太时髦了，她可不认为这是件好事，尽管传统就是如此。艾达当然不会用罗森的秘密来对付他，从而实现她自己的愿望。唯一有可能让她想这么做的事情就是医学，可是他既然主动说了会资助她完成学业，就绝不会食言。

艾达的脑子忙个不停，她没法不去想。罗森表达了要生个孩子的愿望，她的心思又落到了这上面——对于她来说，什么时候度过孕期才最轻松呢？她的结论是，永远都不会轻松。她叹了一口气，因为这同时也意味着，任何时候怀孕都可以。如果他催她尽快生的话，那她就在怀孕期间继续工作，一直到破水为止，产后过几天就重返工作岗位。为什么不可以呢？女人以前原本就是这样的——现如今一切都还是老样子，只有社会态度发生了转变。没错，艾达心想，车到山前必有路，我只要从容面对就好。我必须如此！我可是二十世纪的女性，我所拥有的这些机会祖先们只能做梦想想。我才不会让自己不舒服不自在，因为我要嫁的是一个背负着沉重负担的非凡男性。

要是能告诉妹妹们该有多好！如果只能跟一个妹妹说的话，那就告诉格蕾丝。真是奇怪！格蕾丝如今生活困苦，孩子们没有父亲，她自己没有收入，凡是寡妇会担心的事情都在困扰着她，可艾达却最想要把这个消息告诉和自己一模一样的格蕾丝。是的，她俩不仅是同父同母的姐妹，还是一对双胞胎。吉蒂会反对这桩婚事，因为她知道这注定会带来痛苦。草窠不会反对，但永远不会原谅她，因为她能看出这等于是艾达出卖了自己。格蕾丝是个思维狭隘的人，她会因为嫉妒而愤慨不已。然而艾达却渴望在结婚之前就去面对她们，把这事说清楚。不知怎么的，她觉得要是婚后再去当面打击她们，那就像一种背叛。

尽管考虑到了她们的反应，艾达却仍然希望格蕾丝、吉蒂和草窠能出现在她的婚礼上。不过她也明白这不可能。格蕾丝会把这事到处乱说，而吉蒂会告诉查理，查理也会把这事到处乱说，至于草窠——嗯，草窠就是草窠，让人望尘莫及。

王室法律顾问罗森·席勒爵士选择了发布一篇简洁的新闻公告来阐述自己的婚姻大事，并且安排好了时间，等大家看到这篇公告时，他们已经乘坐着开往加利福尼亚的船只到了公海，身后这几百号人纵使大吃一惊，却无处可说。公告中附有一张新郎新娘的黑白照片，对于大多数人来说，这就是他们第一次见到艾达·拉蒂默嬷嬷。至少算得上有魅力吧。这对夫妇比肩而立，他穿着三件套西服，她穿的则是小礼服，他俩并没有看着彼此，而是直视镜头。墨尔本最优秀的照片着色师遵照指示给这张照片手动上了色，所以大家看到的是哑光的深褐色照片，从中可以看出，新娘选择的衣服和配饰全都是暗红色的，美艳无双，别致入时，就连手上戴的七粒扣小山羊皮手套都是暗红色。大家一致觉得，这是个有几分傲慢的冷酷美人。在民族党的成员看来，对于有望成为他们未来领袖的男人而言，席勒夫人会成为一个极好的配偶。

在艾达之上，自然还有一位席勒夫人。罗森的父亲因为在实业及畜牧业方面颇有成就，所以受封为圣米迦勒及圣乔治二等勋章爵士。马丁爵士和他的那位席勒夫人瞪着他们收到的新闻公告，其中还有一封信，是他们的次子亲笔所写，这让他们的态度有所缓和。

“从社会地位来看，她不算出色，但也尚可接受。”席勒夫人说道，“这身衣服倒还讲究，用这个颜色来做新娘礼服恐怕稍嫌大胆了些。她今年二十六岁——冲这一点我们就该谢天谢地了，起码她不是个染着金发的十八岁小姑娘。父亲是英格兰圣公会的教区长，母亲名叫阿德莱德·福尔丁——也是个好人家，如果这是我所以为的那个福尔丁的话。我可不相信罗森会娶一个门不当户不对的人。”

“她的眼睛非常漂亮，”马丁爵士说，“很不寻常。”

“罗森在信里说，她是个医科学生——这我就不喜欢了。”罗森的母亲说道。

“那说明她头脑好。”罗森的父亲说，他自己的妻子可不算聪明。

“男人就不该要求妻子有头脑。学医不妥，成天看人家光着身子多不雅，还容易染上疾病。”

他们的长子小马丁性子随和，对父母也很孝顺，已经被指定为席勒家族企业的接班人，他声称自己很是高兴。“罗森终于忘记安妮了，”他说，“面对现实吧，母亲，席勒家族将来就数他最耀眼，他妻子看起来正是个理想伴侣。聪明人配聪明人。”

“我同意。”幼子罗尔夫说道，家族的田园帝国已经指定由他来管理，“她太不寻常，所以当不了绝代佳人，不过我觉得她有点可怕。”

“她就是个狡猾的鸟身女妖！”小马丁的妻子吉莉安厉声说道。她已年过四十，但她心里也清楚，自己从来没有那么优雅过。生养四个孩子和喜爱甜食毁了她的身材，小马丁又毁了她的性情。

“我觉得吉莉[1]说得对，”罗尔夫的妻子康斯坦丝说，“她肯定是给罗森这可怜的笨蛋下套了，我知道她肯定是这样的。”

三个男人全都哈哈大笑起来。老席勒夫人也露出了微笑——这就是差距了，跟她料想的一样。吉莉和康妮[2]毫无着装品位，她俩要是穿上暗红色，那看起来就像绝症病人了。罗森是家里的次子，大家原本对他没抱多大期望，可他的光芒却令两位兄弟黯然失色。而这第二位席勒夫人，新婚不久，年纪轻轻，她肯定也会像罗森一样，让这两位妯娌永远生活在她的阴影之下。至于第一位席勒夫人，时间将会给出正确的答案。

这篇新闻公告在克朗达同样掀起了轩然大波，不过艾达给父亲和三位妹妹一人写了一封信，所以他们没那么激动。不过被这事打击最大的不是旁人，而是查尔斯·波德姆。在一九三一年十二月初那个意义重大的夜晚，他刚回到波德姆大宅，吉蒂就挥舞着她收到的信和新闻公告，把这个消息告诉了他。查尔斯仿佛

---

1 Gilly，吉莉安的昵称。

2 Connie，康斯坦丝的昵称。

要晕倒了一般。他踉踉跄跄地走到椅子旁边，狼狈地坐下来，伸出一只手接过新闻公告，却将艾达的信一把推开。

“艾达？艾达嫁给了罗森·席勒？”

吉蒂睁圆了眼睛，把他的震惊看在眼里，给他倒了一杯酒：“查理，看你的反应好像这是一桩祸事！看在上帝的分上，你为什么会这么想？这是个天大的好消息！看看她的信，请你看看吧！明年二月她就是墨尔本大学医学院的三年级学生了——这是她最大的梦想，是她的心愿，如今终于达成了。”

“付出了什么代价？”他愤愤不平地问道，很是愤怒。

“查理，那是她的事，不是你的。咱们俩又怎么会知道？但有一点，艾达是不会出卖自己的，可你刚才仿佛在暗示她会这样，我对此极为反感。”

“要是我早知道她这么想要医学学位，那我一定会资助她去念书的！”他怒气冲冲地说。

“胡说八道！”吉蒂爆发了，她彻底失去了耐心，再也忍不下去了，“你一直都知道，天晓得你有这个钱，但艾达并不是你最喜欢的人之一，这一点我也意识到了。因为她总是对你直言不讳，无论是我缺少交通工具没法下山这种鸡毛蒜皮的小事，还是你建医院这种大事。你明知道艾达得不到她想要的东西，却对此幸灾乐祸，而且从不费心去否认。查理，这全都是你潜意识里做出来的，这样你就可以告诉自己，你是一个多么顶呱呱的男人！查尔斯·波德姆——克朗达的靠山。你知道得很清楚，医院只需要一个手术室就够了，多特·马歇尔[1]已经是手术室的护士长，可你却对艾达许诺会让她管理属于她自己的手术室，你就拿这种残羹剩饭去打发她。是了，她说，认识罗森·席勒的时候，她正在跟墨尔本的几家医院接洽，打算去那儿担任手术室的护士长。”

酒精开始起效了，查尔斯坐直身体：“哦，没错！不是别人，正是在我的帮助下，她才认识了罗森·席勒！那是因为你——夫人——不肯去墨尔本，于是我就带你的姐姐去参加了市长大人的慈善晚宴。我花一百镑给她在晚宴上买了个名额，这就是她对我的感谢——突然嫁给一个极端保守的偏执狂，这个人会眼睁睁地看着劳动人民拿的工资只够勉强糊口、中国人被驱逐出境、美拉尼西亚人回到甘蔗田里、女人被禁止从事任何工作。要是你那心爱的姐姐嫁了罗森·席勒这样的人，那她比人尽可夫的娼妓也好不到哪儿去！”

啪！啪！吉蒂动手打了他，以迅雷不及掩耳之势在他脸上左右两边各扇了一巴掌。前一刻她还坐在椅子上跟他理论——哦，也许是激烈了一些，但总还是文明人的方式——下一刻他的脑袋便挨了一连串重击，耳朵嗡嗡直响。她两眼燃烧着红色的怒火，站在他面前居高临下，使劲打着他的耳朵、眼睛、脸颊和下巴。

“你竟然敢说我的姐姐是娼妓，你这个趾高气扬、自私贪

1 Dot，多萝西的昵称。

婪、自命不凡、打扮俗气的家伙！你就是个没胆子也没卵蛋的阉人！”

他一面避开她，一面设法从椅子上挣脱出来向门口走去：“娼妓！妓女！婊子！还有你，夫人，去用碱性肥皂洗洗你的嘴巴吧！说出的话如此恶心，如此粗俗！”

“见鬼去吧！”她尖声说，“你根本不在乎劳动人民，你真正在乎的只有你自己！是你先在晚宴上丢下艾达的，留下她自己跟一桌陌生人在一起——她都告诉我了！是罗森·席勒解救了她。你猜怎么着？他个子很高。没人能叫他拿破仑，怎么样，浑蛋？”

说完她便从他身边挤了过去，冲向后门，从那里出去了。外面传来廉价小汽车发动的声音，接着便没了任何声响。

查尔斯先去了餐具柜，然后才回到椅子旁，他坐在那里，抖得厉害，过了足有五分钟才将杯子举到嘴边，没让酒洒出来。这事发生得太过突然，那是他自然而然的本能反应，不受自己的控制。没时间思考，来不及收回，他就那样将本应藏在心里的话大声说了出来。艾达确实是个娼妇，但是没有哪个姐妹能忍受如此直白的侮辱。他依旧怒火中烧，如今火上浇油的是，他原先对于妻子的愤怒也像野兽一般从牢笼里挣脱出来，就因为她跟那几个讨厌的姐妹有感情，所以她对他的爱总是带着污点、不完整的。吉蒂是他的妻子——无论是在法律上还是感情上，她都是完完全全属于他的！可她却始终对他有所保留，反而在姐妹们身上花费心力。这是不对的！

艾达就是妓女——她是个水性杨花的放荡女人，尚未结婚便委身于人——杰克·瑟洛这样的人。而且这事吉蒂也是知情的！她不承认艾达是娼妓，可她是怎么容忍这种行为的呢？这是否意味着吉蒂结婚时还是处女之身只是出于偶然？她是否已经实践过性事的一切，只除了最后一步？

二十分钟以后，教区长来电话了：吉蒂和他在一起，晚些时候回家，无须担心。

“我不会回去的！”她对父亲喊道，“爸爸，他说艾达是个娼妇，就因为她嫁给了罗森·席勒！仿佛这事是她捏造出来的一样！”

“是的，是的，亲爱的，而且他的话毫无事实根据，我知道。不过，根据查理从墨尔本回来以后所说的话，我猜想他跟席勒见面时一定表现得像一只好斗的小狗看见了格外自满的大猫。想一想吧，吉蒂宝贝。他俩在骨子里是如此相似，尽管存在政治上的分歧——但这些是可以假装的，也可以一下子就丢开——咱们天天都能看到这样的例子。搞政治就像玩游戏，那些全心投入的人注定会狠狠地失望。因为这个游戏既不公平也不干净。它就是一连串的谎言、欺诈蒙骗、个人野心、虚假的希望。政治不守道德，不讲道义，其目的就是让那些没有原则的人胜出。要是有人真心渴望为人类服务，那他就该去从事社会福利或者医学工作，或是做点积极效果立竿见影的事情。”他倒吸了一口凉气，似乎一头雾水，“哦，天哪！哦，天哪！我本该指出他俩的相似之处，不是吗？听我这个老头子一句话，他俩是截然相反的真兄弟。”

吉蒂目瞪口呆地盯着自己的父亲：“爸爸，你竟然是个愤世嫉俗的人！我以前都不知道。”

教区长生气地扬起头：“我可没有愤世嫉妒，我是个现实主义者！”

“是啊，当然了。对不起。”

“吉蒂，咱们的头脑是上帝赐予众生最了不起的工具，它在人类身上发挥到了极致，所以我们应该去运用它，而不是用愚行和废话来束缚它。动动脑子吧！查理同我这位新女婿的实质差异和他俩之间的共同点比起来简直微不足道。我的直觉告诉我，查理不像罗森想的那么激进，罗森也不像查理以为的那么保守。不过他俩确实有一点不同。”

“我还知道另外一点更重要的不同，”吉蒂说道，她已经冷静下来了，“罗森比查理高出将近一英尺。”她叹了一口气，“身高方面的自卑会毁了查理的。”

“帮他进议会吧。对于小个子男人来说，这是个理想职业。”

“他对艾达的这种态度是绝对不可原谅的。”吉蒂咕哝道。

“哦，吉蒂，他说这话是为了伤你的心，不是为了伤害艾达！他并不认为她是妓女，尽管他大声说出了心里话。”托马斯·拉蒂默将水壶放在炉子上，准备烧水泡茶，“喝杯茶吧。”

她想笑又忍住了：“我恐怕把他的两只眼睛都打青了。”

“天哪！有人是真恼了！看到我的女儿们如此相亲相爱、彼此忠诚，我觉得很高兴，但你必须记住，最该得到你的爱与忠诚的人是你的丈夫。”

后门的纱门“砰”的一声开了，格蕾丝突然走进这间旧厨房，手里攥着她收到的信和新闻公告。

“哦，吉蒂，你居然比我来得还要快！”特里劳尼路上的女王坐了下来，“爸爸，有茶喝就太好了。多么震惊啊，对吗？我的双胞胎姐姐如今是席勒夫人了。”

“格蕾丝，你生气了？”吉蒂问道，她的嘴唇在抽搐。

“生气？我为什么要生气？”格蕾丝惊讶地反问，“不过，我能理解他们为什么要秘密结婚——想象一下筹划一场大规模的婚礼吧！墨尔本上流社会的人有一半都得请来，爸爸可负担不起这个费用。我一直认为，如果这钱得由新郎来出的话，那可就不成体统了。席勒夫人！艾达真行！而且她终于可以去学医了！”

“是啊，太棒了。”吉蒂衷心地说，“我好开心。”

“我敢说查理肯定不开心，”格蕾丝狡黠地说道，“风头被人盖过了。”

“格蕾丝，要是你说不出好听话来，就请你什么也别说了。”教区长严厉地说。

“哦，哎哟，爸爸！吉茨，他真的生气了，是吧？”

“也不能说是生气，格蕾丝，他只是有点难过，艾达搬走以后，在克朗达就见不着她了。”看着吉蒂的两个人脸色一沉。

“哦，我倒还没想起这回事。”格蕾丝说道。

“我也没想到。”教区长说。

可是草窠想到了，正如第二天早上她跟利亚姆·菲尼肯在她办公室里喝上午茶时倾诉的那样。

“没有人能取代艾达，这是最让人难过的。她是如此沉稳、如此理性、如此——哦，我也说不清了——如此正直。我明白她为什么会嫁给他，这意味着她可以拿到医学学位，而且她一定非常喜欢他。”

“你在暗示这个等式中并没有爱情？”利亚姆问道。

“哦，是的。我认为艾达是不会爱上别人的。起码不会像吉蒂和格蕾丝那样。她是一名科学家，不是个浪漫多情的人。”

“总结得很全面。那么他呢，海瑟？”

她皱起眉：“问得好，你这个让人扫兴的老家伙。我敢说他肯定爱她至深，所以才会娶她。毕竟他已年届四十，比查理富有得多，还明显比艾达高出一大截，而且在大英帝国的疆域里也是个很有名气的人。哦，真希望他俩能够幸福！但愿他俩会美满！因为她并不是为了当上席勒夫人或是什么交际花才嫁给他的。艾达就是艾达，一向我行我素。利亚姆，我一定得见见他！不然我不放心。”

教区长跟草窠的看法差不多，尽管他俩并不曾讨论过此事。在吉蒂那一波三折的童年时代，看出警示信号的人每次都是艾达，是艾达将这个不幸的女孩从她母亲的愚蠢言行中解救出来，是艾达给了她力量。这一切都表明艾达的感觉极其敏锐，而且善解人意、充满爱心，对亲人关切呵护。可她要如何应付罗森·席勒这种人？她为什么要以这样一种无可挽回的方式将自己跟他的命运捆绑在一起？拉蒂默先生不聋不瞎，他肯定听到过闲言碎语，当然也知道杰克·瑟洛的情况。这也许有违上帝的戒律，可是在拉蒂默先生看来，这样的关系远比不幸福的婚姻更加可取。如今她是位夫人了，有朝一日还会成为医生。虽然他努力想让自己别担心，却怎么也无法打消疑虑。

莫德·拉蒂默是很晚才得知这个消息的。此前她已经三次烧干水壶，让教区长宅邸的厨房起了火，最后一次尤为严重。在激烈的思想斗争之后，教区长不得不把她送进了老人安养院，在这个地方她显然很开心，语无伦次地四处向人诉说她那美丽无比的小女儿——吉蒂。听说了艾达结婚的事，她一点也没有受到打击。长大以后会有金玉良缘的人是吉蒂。艾达？无名之辈，微不足道。

查尔斯·波德姆看来是永远都不打算消气了。教区长说到做到，在吉蒂离家两个小时之后，他把吉蒂送了回来，可她却一副目中无人的样子，而且她也不知道自己是否能够原谅他，不过看在父亲的分上，她愿意一试。结果她却发现丈夫冷若冰霜，晚饭也不肯吃，他命科茨在他的更衣室里支起床铺，随后就睡在了那里。科茨面无表情地遵照他的吩咐做了，可是吉蒂知道，这事明天就会传遍整个克朗达——查理的贴身男仆在工作方面表现出色，但却天生爱嚼舌根。酒馆也许已经关门，多数人都已睡下，不过科茨总能找到办法的。以前也有过几回，吉蒂出于“健康原因”而一人独睡，不过每次都是她从男主人的床上搬出来。这次就不同了——搬出来的是主人自己。爆炸新闻！

吉蒂对他此举的解读是，奸淫是会传染的，既由空气传播，也经血脉相连，而她已经从艾达那里染上了这个毛病。毫无疑问，气炸了的吉蒂想道，草窠和格蕾丝的额头上也都戴着那个鲜红的A[1]字。查理怎么敢装得像个中产阶级传教士似的！想着这些东西，她很快便睡熟了。

早晨她一觉醒来，发现这竟是数月以来自己睡得最为安详的一夜，于是便活力四射地从床上跳了出来，赶忙去吃早饭。查理不在家，据她那可靠的用人西蒙斯太太说，他已经到医院去了。

“太好了！”吉蒂欢欣鼓舞地说，“西蒙斯太太，我和他大吵了一架，所以我打算从我们的卧室里搬出来。如果你和比阿特丽克斯——哦，还有科茨！——能把我的东西放到丁香紫套房里去，我会非常感激。查理恨死丁香紫套房了！”

1　代表adultery，通奸。

西蒙斯太太吃惊得嘴都合不拢了，她夸张地用手把掉下来的下巴又给推了上去。“呀，吉蒂，这步走得太远了一点，是不是？”她问道。克朗达人对自己的老板都是这个态度——西蒙斯太太是从不喊“夫人”的！

吉蒂对西蒙斯太太的反应已经习以为常，所以依旧泰然自若。“没错，是远了一点，不过起码不会叫人厌烦。”她说，“你知道那个卑鄙小人做了什么事吗？他竟然说我的姐姐艾达是个娼妇，就因为她嫁了个有爵士封号的有钱人！”

“我的老天爷啊，他竟这么说！吉蒂，你说的是那些淡紫色的房间吗？”

“是的，淡紫色的房间。”

吉蒂把搬家的事情交给能干的西蒙斯太太，然后去了孤儿院，在那儿义务做起护理工作来。

“吉蒂，你来得太及时了。”护士长阿伊达·德尔维希说道。她是孤儿院的院长，短短两年间，这个机构的规模扩张得很快。“一名训练有素的儿科护士！亲爱的，我们能让你工作到累死，可是你有时间吗？波德姆医生一定没让你闲着吧。”

“有时间，”吉蒂说道，“我有大把大把的时间，没有哪个讨厌的政府会因为我结婚了就给我一份工作让我学以致用。好吧，后面这半句还有待商榷。我和查尔斯·波德姆隆重地吵了一架，他觉得我是个多余的人，并非他所需。阿伊达，来到这儿以后我只一眼就看出来了，起码这里是真的需要我。就让查理腐烂去吧！”

“吉蒂！”德尔维希护士长喊道，“这种话一说出口，立马就会传遍全城了。”

“已经传遍全城了。科茨，阿伊达，别忘了科茨。”这愤怒的妻子咧嘴一笑，“哦，他伤害了我，我要把他的肠子拿来做袜带！”

“谁，科茨？”

“不，傻瓜！是查理。你有没有衣服能给我穿？我回头叫人做几身朴素的制服从悉尼送过来。真是可惜，咱们本地的商店倒闭了那么多。”她叹了一口气，严肃起来，情绪又开始低落了，“我心里受伤很重，可我宁愿死也不想让查理知道。不说旁人，偏偏说艾达是娼妇！”

“他当真这么说？”

“不假。”

“这个男人除了善妒，脑筋还有问题。”

这个消息在克朗达传得满天飞，很多本地人做出了自己的判断，不过绝不是人人想得都一样。查尔斯·波德姆在各行各业都有忠诚可靠的追随者，他们毫不费力就听出查尔斯评价艾达·拉蒂默的话不无道理，她也许是个高傲的泼妇，可是说到贞洁，她的名声肯定是很不光彩的。波德姆夫妇俩为什么争吵并不重要。这事刺激的地方在于吵架的人，在此之前，人都以为他俩是紧紧绑在一起的，就像——嗯——双胞胎一样。

整整一个礼拜，查尔斯对吉蒂不理不睬，一是因为他如今的窘境人尽皆知，二是因为他的妻子现下住在一间难看至极的套房里，而且远在他家大宅里遥远的另一端。他未及细想便抛出的挑战书却被不顾体面、急不可耐地捡了起来，并且忙着用它来猛打他的脸。更加不妙的是，他还顶着一对乌青的眼睛，没人相信那是他走路时在门上撞的。

一个礼拜过去了，他打算稍稍做点让步。晚上六点，当他听见前门关上时，便把握住这个时机：他的妻子回来了，结束了她在孤儿院的可笑工作。

“吉蒂，可以听我说句话吗？”他站在书房隔壁那间小客厅的门口，客客气气地问道。

照理说，她应该是一副疲惫不堪的模样，因为她那工作可不是闲职——辛苦、繁重、忙个不停。他的情报网报告说，她正在给孩子们一个个地检查头发，看看有没有虱子和虱卵，毫不客气地擦洗他们身上每一个毛孔。孤儿院里人满为患，工作人员却人手不足，凡是职员们没时间去办好的事情，她全都包了。

可她却神采奕奕，她已经很久没有这么漂亮过了。紫蓝色的眼睛焕发着生机，精致的小嘴心满意足地抿了起来，皮肤也闪耀出健康的光泽。这个女人会生下死产的婴儿？不可能！

“好啊。”她说。

“喝一杯？”

“冰啤酒就好，谢谢。”

他送上冰啤酒，看着她在椅子上坐定，自己也坐了下来。“这事必须到此为止。”他说。

“什么事必须到此为止？”她问道，同时惬意地小口小口喝着啤酒。

“这番胡闹。宣称你和我吵架了，说你厌倦了，还说你不喜欢我对你家人的态度。”

“我的天哪，还真是一长串小过失呢！”她说。

“这些事必须到此为止。”

“你说打住就打住，得听你的命令？”

“没错，当然得听我的。我是你丈夫。”

“我要是不肯停止胡闹呢？”

“那我就不得不采取措施了。”

“采取措施……劳驾你说清楚一点。”

“我可以不再给你零用钱，拒绝偿还你的债务，用我的影响力让你绝无可能从事任何没有报酬的工作。吉蒂，你是我的妻子。”查尔斯说道，口气坚决，毫不畏惧，一副权威的样子。

如果他想看到她大发雷霆，那他就要失望了。吉蒂凝视着他，就好像他是一种新发现的恶心虫子。随后她撇起上唇。“哦，查理，真的吗？”她大声说道，他的话激怒了她，可她却并没有发火，“你天生就是傻瓜，别再变本加厉了！克朗达是我的家乡，不是你的。你在克朗达陷我于贫穷试试看，倒霉的肯定是你。我马上就能毁了你。吉蒂·拉蒂默，娼妇艾达的妹妹，姐妹俩在本地都是极受爱戴的。你所说的根本不可能发生。更重要的是，你也知道这不可能发生。所以你只是在虚张声势而已，你孤注一掷表明立场，想要让妻子顺从于你、从属于你。好啊，吃屎去吧！”

“你说起话来真像一个妓女。”他说，他觉得自己需要说点什么，可是内心深处却又无法叫她为了所犯的错误负责。他是多么地爱她！可为什么情况会变得这么糟糕？都怪她那几个讨厌的姐姐，总是阴魂不散……要他承认是他自己善妒、占有欲太强是很难的。在吉蒂进入他的世界以前，他从未经历过类似的事情，如今他终于意识到，只要自己爱着她，就永远摆脱不了拉蒂默家的姐妹们。

“没错，我一直都是双胞胎里说话尖刻的那一个。”她微笑着说，似乎对这一点很满意，“要是谁从小到大都被誉为世上最漂亮的孩子，那她就必须培养出一种能够令人大吃一惊、幻想破灭的品质。我不会为此道歉，我也没打算对你道歉，查理，你觉得这种侮辱难以忍受也只得受着。我姐姐艾达是个光明磊落、个性坚强的女人，她头脑聪明，待人忠诚，坚定不渝。你不喜欢她是因为你感觉到她有一种本事——她拒绝从属于他人。我就没有这个本事，这是我的不幸。但我知道，艾达是不会出卖自己的，就算是为了成为医生，她也绝不会这么做。这表明艾达身上一定有什么东西符合罗森·席勒的期望，从而抵消了一切买卖的成分。查理，他俩的婚姻是两个平等的人结合在一起，而我从咱们这差劲的婚姻里却一无所得。”

他许久没有答话，只是坐在那里，凝视着自己的妻子，他爱她，却没法深入了解她。最后，他叹了一口气。“你愿意回来和我睡在一起吗？”他问道。

“不，我不愿意。”

他的胃仿佛被一个空荡荡的大坑给吞噬了：“咱俩完了？”

“我觉得这么说也不准确。我很喜欢我的淡紫色闺房，就像沙皇皇后亚历山德拉一样。我发现，在你的皇宫里有一块属于我自己的小小王国，这很合我的心意。所以，查理，如果你提出要求并且来找我，我很乐意与你同床共枕，但我是不会回去跟你睡在一起了。我的王国也不欢迎你来插手。那里是属于我的。我已经二十四岁，也该有点真正的隐私了。我想要孩子。但我也坚决认为我应该有自己的生活，这就意味着——只是就目前而言——我还会继续在孤儿院里工作。”

“你真是铁石心肠，太无情了。”他喃喃地说。

“说到底，女人都是铁石心肠，”吉蒂说道，她依旧泰然自若，“是男人把我们逼成这样的。咱们这就算说定了吗？”

他点点头，心里也不知道自己究竟是爱她多一些还是恨她多一些。“要是我想跟你发生关系，就提出来，但我不能和你睡在一起。咱们的条约对共同生活还有多少规定？”

“多少都随你。我会替你操持家务、接待客人，与你一同进餐，坐在一起聊聊当天的大事或家里的小事，要是上帝开恩让你的孩子们得以出生，我还会给他们当个好母亲。查理，我有没有说漏什么？如果有，请你告诉我。”这个焕然一新的吉蒂说道。

“那种魔力再也不可能回来了吗？”

吉蒂大笑起来，笑声如同水晶一般尖刻锐利：“查理，在我看来，从来就没有什么魔力。可是你想要那种魔力——或者说想要我——于是就步步紧逼，逼得我渐渐崩溃。至于那些冲动出格的事——不可能！我又不是妓女。”她脸上忽然现出一种兴奋的表情，随后咧开嘴笑了，“我亲爱的丈夫，你最好希望我今后仍然不是妓女。因为照你的说法，这可是家族特色。”

轻率鲁莽的话就到此为止吧，查尔斯·波德姆心里这样想着，上床就寝去了，孤零零一个人。在和拉蒂默家族结为姻亲之前，他从未尝过手足之情的滋味，因为他没有兄弟姐妹。一个独生子又怎么会了解姐妹之间——尤其是双胞胎之间——的感情有多么强烈、多么深厚？

她竟然暗示说他对她逼得太紧——她是怎么说的来着，逼得她渐渐崩溃？仿佛有人在折磨她、侵蚀她、暗害她似的。这可真是荒唐！她这么想就是自降身份，就是自轻自贱。这时，他初到克朗达和艾达谈话的情形突然从记忆里冒了出来。她曾说过，吉蒂很看不起自己，她差一点就被她母亲给毁了。可是像这样的秘密在当时为什么看起来那么不重要？他没有对此给予应有的注意——也许是因为艾达一次给他的信息量太大，超过了他能够接受的范围。

不，查尔斯，别去怪别人，他对自己说道。这是因为你真正听见的只有那些对你有用的东西，而你那时一门心思只想得到吉蒂。别无他求。你觉得吉蒂是个完美无缺的伴侣，艾达却想让你看到她并不完美。艾达是对的。没有人是完美的！尤其是你，查尔斯·亨利·波德姆。现在你自食其果了吧。你的妻子没有任何过错却受了伤害，你却并不是能治愈她的合适人选。实际上，她已经关上了婚姻这扇门，虽然她并没有逃避婚姻的责任，可对她来说，这些也就只是责任而已了。这就是她流产的原因吗？

一九三二年初，罗森爵士和席勒夫人乘船从旧金山归来，抵达悉尼。草窠和利亚姆·菲尼肯成了全克朗达最先见到他俩的人。当时利亚姆要到悉尼参加一个会议，草窠于是请假与他同去。他们住在距离环形码头不远的大都会酒店，两人的房间紧挨在一起，他们白天各忙各的，晚上一起度过，夜里则分头去睡，酒店的一堵墙将两人冰清玉洁地隔开。他俩觉得这样非常方便。到了临走那一天，草窠接到了艾达的电话。

“我和罗森住在澳大利亚酒店，”她说，“非常欢迎你和利亚姆今晚来和我们共进晚餐。”

“千难万险也要去！”

利亚姆从前那不修边幅的日子已经一去不返，他穿着一身上好的西装，还打了盖伊医学院的领带，娇小的草窠则身着一袭琥珀色雪纺晚宴服，漂亮极了。然而，在酒店休息室里等着他们的罗森夫妇俩却吸引了所有人的目光。草窠和利亚姆竟然也不顾礼貌地注视着他俩。那个男人一看就让人忘不了，不过是难看得让人忘不了，可艾达却艳光四射。她身穿翠绿色丝质长裙，左手中指戴着一枚祖母绿戒指，跟裙子正是一模一样的颜色，戒指上镶有一块硕大的正方形绿宝石，周围还有一圈碎钻。她的脖子上戴了一条简简单单的钻石贴颈项链，两边的耳垂上还各戴着一颗一等光泽的巨大钻石。

“我的天哪！”草窠边说边踮起脚尖来吻了吻艾达的脸颊，“你看起来简直身价百万。”

“我差不多能值这个价吧。”艾达说着笑了起来。

草窠一看到这位新姐夫的蓝眼睛就喜欢上了他。她大大地松了一口气，简直连膝盖都一弯。

听着罗森和利亚姆谈天说地，艾达陷入了沉思，谁能想到律师和病理学家竟然会有这么多共同点。也许事实未必如此，但他俩从没有接不上话的时候，两人你一言我一语，轻松自在，仿佛志同道合的伙伴。这一切告诉艾达，这个抱着胳膊、一丝不苟的爱尔兰人对她的丈夫很满意。

“艾达，你很幸福。”去洗手间时草窠说道。

“是的，非常幸福，只有这些礼物让我不高兴。”艾达做了个鬼脸，“订婚戒指非戴不可，这些钻石我可是拼命反对的，不过还是省点口舌的好。”

“这些很漂亮，艾兹，而且品位一流。简简单单。”

“没错，谢天谢地我用不着担心罗森的品位。我俩在一起配合得极好。”

“你二月份就是医学院的三年级学生了？”

“是的，是的，是的！到时候我就把珠宝都拿到银行去托管，我可不要把它们放在家里。”她停了一下，微微一笑，“家！墨尔本市中心一栋高楼的整个顶层都是他家，很奇怪吧？他还把下面一层的一间公寓全部给我当作学习的地方。”

“天哪！你一定觉得像在做梦。”

“是的，一点不假。我真害怕自己会从梦中醒来。”

“这个男人爱你。”

“你是这么想的？”

那对琥珀色的眼睛眨了几眨：“他全身上下都写着呢。”

“为了我，他可以移山倒海。”

“我猜想，”草窠边说边挽住了姐姐的胳膊，“他就是常常移山倒海的那种人。”话虽如此，当她在午夜时分和利亚姆一起走回大都会酒店的时候，却说出了自己的担忧。“哦，利亚姆，我要为她祈祷！”她大声地说。

“海瑟，她需要你的祈祷吗？”他吃惊地问道。

“我认为她需要。罗森·席勒很讨人喜欢，我也很喜欢他……可是他远远不止这一面，我不知道艾达对他的其他方面是不是全都了解。”

“嗯，明天他俩会跟咱们乘坐同一班日间列车，到时你就注意看着留神听着。我跟你的看法是一样的。”

“起码他不是个小气的人。看看那些个珠宝！”

他从鼻子里笑了一声：“女士，你休想骗我！珠宝在你的个人优先级名单上可排不到前面。”

“在艾达的名单上也排不到前面。唉，问题就在这里。”

“除非他觉得她看重这些珠宝。可我感觉他也知道她不看重这些。换句话说，作为他的妻子，在场合需要的时候，她就必须佩戴珠宝。”

格蕾丝认为，自己既然身为特里劳尼女王，那么她跟帝国的爵士就是平起平坐的，两人见面的时候，她的态度很是和蔼。双方在特里劳尼路上她那栋米白和绿色相间的房子里喝了上午茶，对于要照顾一对幼子的寡妇来说，供应这样的点心比供应午餐及其后任何一餐都要轻松。

此时正值盛夏，男孩子们都赤着上身光着脚，只穿了一条棉布短裤。

“布莱恩明年就要到东克朗达公立学校去念书了，约翰是后年上学——他俩的年龄挨得很近。”她对来访的客人们说道。显而易见，艾达的衣裳或是祖母绿戒指她都没有放在心上。

“格蕾丝，你一定很不容易，”罗森热心地说，“不过也不难看出你是个非常能干的主妇。”

“勉强度日吧。怨天尤人也是没用的，是不是？我总是说，坏事和好事都得承受。”

“你愿意送儿子们进私立学校吗？”

格蕾丝表面上没有显露出丝毫紧张不安，尽管她也曾为艾达的婚事感到震惊，不过那是以前了，现在这事已被她纳入全盘考虑之中。她思忖了一下私立学校的可能性，随即便抛弃了这个想法——除非以后情况有变，那当然就得另当别论了。

“布莱恩和约翰从小在特里劳尼长大，没见过别的世面。”格蕾丝对罗森说道，彰显出她的魅力与高贵，“我相当确定，我的孩子从东克朗达公立学校毕业以后，能够在大学入学考试中取得令人满意的成绩。我希望他们以优异成绩通过考试。”

“你希望他们成就什么样的伟大事业？”罗森不厌其烦地问。

“罗森，身为经济大萧条的受害者，我最大的希望就是，无论从事什么行业，他们的工作领域只要比做销售更可靠就可以了。他们的父亲是个非常出色的推销员，可是经济大萧条刚一开始，人们就不再买东西了。这两个孩子也当不了农夫，因为我们没有土地，不过在学校里教教书或是当个陆军军官、海军军官什么的都比较稳妥。”格蕾丝一本正经地说。

罗森无助地注视着她，心里清楚自己是彻底错了。这就是和艾达同父同母的双胞胎妹妹？看起来确实十分相像，可她俩在智力上或是精神上却并没有相似之处——完全没有！

“格蕾丝，答应我，要是有我能帮得上忙的地方，请一定要来找我。”他说得很坚决，“我不会一再强调此事，担心那样会冒犯了你，但是请别忘了我说过的话。”

“我明白，不过我们挺好。”格蕾丝说，“也许人生中最大的教训就是放低目标。那样你就不会失望了。”

“胡说八道！”艾达厉声说道，她终于能说出话了，“放低目标，你就只能待在低处！你有两个这么可爱的儿子，但愿你是打算供他们读完大学的，而不仅仅是考上大学就算了。”

格蕾丝转过脸去，对着罗森宽容地笑了笑。“亲爱的艾达！”她大声说，“你看，这就是典型的艾达反应。可是你又怎么会了解呢？我跟她是双胞胎，我什么都知道。她有抱负！哦，上帝，她这份抱负去参加什么世界大赛都是足够的。她终于要去学医了，我真的挺为她高兴，可是当医生并不会给她带来任何快乐。女医生的日子可不好过。”

“艾达会成功的。”他温和地说。

“罗森，再吃一点吐司吧。这个苹果冻是我用自己种的澳洲青苹做的，比买来的好多了。咱们这些因为大萧条而过着紧日子的人也许吃不到各种各样的东西，但是我们吃得比较健康。什么都是自家做的！”

“苹果冻非常美味。”他说，这是真心话。

“还有，”他俩乘着教区长的汽车离开时，艾达咬牙切齿地说道，“格蕾丝真让人受不了！我原本以为，从前那个喜欢抱怨的格蕾丝已经无人能及了，想不到这个所向无敌的格蕾丝——特里劳尼的女王——简直超乎想象。真受不了！”

“可你还是永远都爱她。”他微笑着说。

“是的，我永远都爱她。”她发出一声又像哭又像笑的声音。

“艾达，水往低处流，格蕾丝就是一连串小瀑布底部的那个池塘。她绝不肤浅——而是深藏不露。但你是大瀑布，从不停歇，充满活力，宏伟壮观。”

她的脸一红，这突如其来的恭维让她很是受用：“吉蒂就像小瀑布——活泼欢快，翩然起舞，是一曲声音与彩虹的交响乐。”

“那草窠是什么？”

“只能说她是太平洋了。”

“她和吉蒂的长相还是很相像的，不过你们这四个姐妹似乎是不同之处远比相似的地方多。”他说。

“我知道你想说什么。生活改变了我们每一个人。”她叹了一口气，“罗森，我错了，不该怂恿吉蒂嫁给查理——她当时举棋不定！我和草窠却坚信，她之所以畏缩不前，唯一的原因就是担心被安上拜金女的污名。而我也是真的相信她需要的是一个极度仰慕她的男人。查理正是如此。她就像高压线一般击中了他，他爱她爱得都有点昏头了。但我们不可能知道，查理原来是个善妒的人，占有欲也极强，恰恰是这两样毁掉了他们。”

“是的，他就是想把自己的女人给锁在家里的那种人。”

他们回到墨尔本的第二天晚上，艾达遭遇了罗森家人的种种打击。这天晚上，只有罗森一个人过得很愉快，他闲坐一旁，观察着自己的新婚妻子对一个富了三代的典型殖民地家庭产生的效应。他认为，席勒家族已经忘记了一切，只记得如何维持自己的社会地位和让自己的财富持续增长。我的哥哥和弟弟娶妻时简直像在选良种马，他们的妻子就连写张便条都觉得吃力。我母亲觉得自己的出身无可挑剔，所以自以为高人一等。我的父亲冷酷无情、思想狭隘，不同意女人出去工作。席勒家族只有一个人从大学里毕了业——就是我。我那三个侄女在参加大学入学考试之前就会获准离开学校，三个侄子倒是会去考一下，不过大学是不可能念的。然而席勒家族的重要地位却稳如泰山。

如今我突然把我妻子丢到他们之中，她就像一道红色的闪电，将他们的自鸣得意打个粉碎，又把他们的无知愚昧劈成碎片。瞧瞧她吧！看着她时我第一个想到的词儿总是精于世故，经验与智慧联起手来，用它们所能给予的一切特质让她的美丽不止虚有其表。痛苦拓展了她对生存的理解，她天生就得承担起全部责任，这种需求给她赋予了力量；而求知的热情会让她永远不满足于待在家里、绕着锅台以及只当个护士。她可真有范儿！这是与生俱来的，学也学不来。

可怜又愚蠢的康斯坦丝，对艾达那没有修过的指甲评头论足，说它辜负了我送的祖母绿戒指，企图以此来让她出丑……可是艾达解释得多么迷人，她说长指甲会划破手术室里的橡胶手套，而且，即使是人家觉得算不上好医院的医院也不会容忍护士涂着鲜红的指甲油。听了这话，康斯坦丝、吉莉安甚至还包括我的母亲，都坐在那里忆起往事，那些可怕的护士恐吓起人来可不含糊，叫她们学着用夜壶，教她们应对痛苦对人的百般侮辱，毕竟疼起来人人都是一样的。

我父亲也被难倒了，他陷入无话可说的困境。他是个聪明人，知道我妻子比他强，没准就连赚钱都可能比他多，如果她有志于此的话。谢天谢地她不想赚钱！罗尔夫小弟差一点就喜欢上她了——他是庄稼人，比较接地气，与伟大的自然周期更加合拍。他觉得艾达就是那位大母神，只是她的神力被男人给夺走了。

“趴在墙上冷眼旁观的苍蝇觉得如何？”回到他们自己的公寓之后，她问道。

“苍蝇看见你把他们吓坏了。”他微笑着说。

“那如果苍蝇不介意的话，我以后就继续这么干。”

“介意？苍蝇可喜欢了！”

坐拥写字楼的整个顶层，甚至还有一个屋顶花园，住在这样的地方意味着罗森·席勒爵士家里有不少空房间。虽然他把从前的客用公寓给了艾达，不过这并没有给他带来任何不便，因为他把楼顶这三层细分成了好几间公寓，留给家里人来访的时候居住。他的一些职员因日程安排或是工作职责所限，没法住得离他太远，所以也住在这里。

照顾罗森爵士起居的是一对年近五十的夫妇——伊凡·彼得罗夫和索尼娅·彼得罗夫，他俩已经为罗森爵士服务了十二年；另外还有厨娘达芙妮、厨师助手贝蒂和一位名叫旺达的打杂女工，这些就是他家所有的用人了。彼得罗夫夫妻俩和达芙妮住在楼里，贝蒂和旺达则住在墨尔本的其他地方，每天乘电车来上班。他们的工作时间似乎相当灵活，尤其是彼得罗夫夫妻俩。不过艾达相信罗森不是那种在工资和津贴这些事情上斤斤计较的雇主，所以他的雇员们显然都很喜欢他。他那两位秘书也不例外，他俩就住在楼里，都有单独的公寓。这楼上就像个小小的殖民地，艾达觉得很有意思，深受触动。至于他的秘密——这些人谁也不知道。

厨房是达芙妮的天下，其他的一切归彼得罗夫夫妇管辖。艾达知道吉蒂跟查理曾经有过一场厨师之争，所以她立刻就看出罗森和查理在态度上的不同了。查理非蓝带学校毕业的男厨师不用，罗森却雇了个没受过正规培训的女人，然而她却更加优秀、更能适应多种场合。

伊凡和索尼娅是从俄国的红色革命中逃出来的，倒不是因为他俩是有钱的贵族，而是因为他俩不喜爱列宁以及他所主张的一切。至于究竟为什么会这样，他俩的理由太过俄国，艾达理解不了。不过她猜想是罗森爵士让他们知道了工人的天堂应该是什么样子。艾达以罗森妻子的身份搬进来一个礼拜之后，尼娜来了，来当她的女仆。她是彼得罗夫夫妻的女儿，今年十九岁，一直跟他们住在一起，她受过良好的训练，十五岁就开始给人家当贴身侍女。

“给你当女仆是最理想的！”尼娜操着浓厚的墨尔本口音说。

“尼娜，这个职业不会有点过时吗？”艾达问道，“你可以当个教师、护士或者秘书——女仆毕竟是不体面的工作。”

“没错，但是，”尼娜说着撇起上唇，“像样的女仆工资很高。我是跟我妈妈学过的。我从马斯克尔-特维夫人那里辞职来给你当侍女，她为了留住我愿意给双倍工资呢。可是能服侍你简直太棒了，就算你更喜欢我叫你艾达。”

艾达想起实习护士那点微薄的工资，于是没再说话。要是这个头脑聪明、金发碧眼的难民后代并不介意为了明明白白的巨额薪水去给人洗内衣、熨衣服，那么她艾达又何必打抱不平呢？

不过，发现罗森所有的仆人似乎都是真心喜欢她，她大大地松了一口气。显而易见，他们认为她就是他命中注定的另一半，看见他终于娶到如意佳人，他们也非常开心。

艾达自己的套间在公寓最远端，非常理想。可是不知道为什么，她从来不曾设法对之物尽其用，就只是在这里睡觉、洗澡和更衣。一有空闲，她就待在楼下的医学公寓里，为她的学习做准备，比如总是把床铺得好好的，又比如在浴室里放上毛巾。毫无疑问，仆人们有闲话说，不过其中至少有一半是用熟练的俄语说的。这还是很安全的。彼得罗夫一家人知道该如何保全自己的利益。

书，书，更多的书，墙上的搁板已经摆满了，艾达一直在增加搁板。她买了显微镜、听诊器、载玻片与盖玻片、试管、用瑞典不锈钢制造的基本手术器械，还有一大堆款式简单的棉布裙子——这样的衣服清洗和熨烫起来最省事。她还买了一些白色的短外套和几双结实的护士鞋。等到医学院三年级开学的时候，她希望每一样可能需要的物品都已备办妥当，这样她就用不着浪费时间急急忙忙去买被她遗漏的东西。她那精密细致、善于经营的大脑让一切都尽在掌控。

她也很喜欢跟罗森相处，他说话算数，让她的社会服务职能派上了用场。这听起来似乎非常感人，不过其实他也很爱听她津津乐道地说着她的“医学公寓”，有了她的陪伴，一晚上过完，他感到神清气爽。她的年轻、美丽与活力让他着迷，可他却又有些痛惜，由于他的性取向，她永远只能在他人生的外层轨道上运转。从完整意义上来说，她还没有成为他的妻子，而他也没有打算采取行动。也许他对她的感觉在本质上更像是父爱？

罗森这婚结得太突然，他在法律界和政界的同伴们原本还心存疑虑，后来才渐渐被艾达的魅力所折服，不过他们的妻子又坚持了很久才接受她，还有些妻子始终不曾回心转意。众人皆知老席勒夫人对她甚是不喜，表面上看来，好像主要是因为她自己没有财产，却很会花罗森的钱。人人都知道他养得起花钱大手大脚的妻子。可没人知道的是，那些礼服、珠宝、皮草以及由他的生活方式所导致的越来越大的开销并非因她而起，而是源自他的冲动与渴望。只有假以时日，罗森·席勒爵士身边的人才会了解，他妻子对于医学学位以外的东西几乎一无所求。

就罗森自己而言，娶了艾达之后，他终于得到长久以来单身时无法获得的一切。无论从哪个方面来看，他都娶对了人，从没有人起过疑心，单身这么多年的他为何会偏偏爱上这个女人。她衣着十分时尚，长得也非常漂亮，并且显然知书达理，对于各类话题都能娓娓而谈，对罗森需要讨好的人她可以恭维奉承，要是想怠慢谁，她也能机智沉着地应付过去，同时却不失夫人的风度——是的，艾达是无可挑剔的，谁也不会因为他娶了一个令人着迷、非同寻常的女人而责怪他。她还是一名医学生，天哪！

不过，她并没有跟他那个阶层的女人交上朋友，不是因为别的，只是她学业太忙，没有时间。有时候她也很乐意见见某个她很感兴趣的人，可是她怎么抽得出两个小时来喝上午茶或是三个小时来吃顿午饭呢？抽不出来。书本在召唤她，就像海妖那动人的歌声，让她着了魔。

第六部

# 砍下蛇头

经济大萧条愈演愈烈，政府的情况也江河日下，尤其是堪培拉的联邦政府。新南威尔士州现任总督杰克·朗拒绝支付本州贷款的利息，而是逼着堪培拉方面替他去还。后来，等到堪培拉要他还钱的时候，朗却不肯还。岌岌可危的联邦工党政府分裂成势同水火的两个派系。首相斯卡林给他那位据称有欺诈行为的财长官复原职，结果导致乔·莱昂斯先是从内阁辞了职，一九三一年三月又退出了工党。保守的民族党原本就摇摇欲坠，如今终于彻底被压垮，与此同时又诞生了一个新的政党——澳大利亚联合党，领袖不是别人，正是乔·莱昂斯，他赞成继续实行紧缩政策。经过新一轮选举，澳大利亚联合党获胜，乔·莱昂斯成了澳大利亚总理。

当前的政治气候可不适合开始新工作！于是查尔斯·波德姆继续埋头于他的作业本以及为一个真正的全新政党起草章程。对于查尔斯而言，一九三一年十一月末十二月初，他的姨姐与罗森·席勒爵士的婚事就像在他心里敲响了丧钟。不过他还没有想明白，这究竟是他自己婚姻的丧钟，还是仅仅因为席勒在各个方面都比他更强大。谁会料到艾达竟然能勾引上席勒这样的人?

此时的查尔斯看起来活像一只浣熊（谢天谢地，浣熊不是原产于澳大利亚！），他不得不暂时从医院离职，整个十二月都没有来上班。他退隐到自己的藏书室，这里摆满了作业本，全都写着他那套政治哲学。草窠虽然还没有拿到学位，不过已经非常胜任医院的管理工作。查尔斯不肯承认的是，他觉得自己受了侮辱，他的天平正是因此才向自我放逐的方向倾斜过去：要是让他再听到利亚姆·菲尼肯唱一次《两只漂亮的黑眼睛》，他一定会尖叫的!

他认为，破坏他婚姻的始作俑者是他妻子那些讨厌的姐姐们，他的脑筋就一直在这事上头兜圈子，而且圈子还越兜越小，在圈子的中心，这个精神错乱的人纠结的是：做妻子的究竟该对谁忠诚，然而他妻子的忠诚却给错了人。关于他俩的风言风语在克朗达无人不知，这使得他更加火冒三丈，在这样的心境下，躲在家里肯定比走到外面听人家叽叽喳喳说闲话要好。他想当然地以为，这些流言蜚语是从格蕾丝以及孤儿院那些女职员嘴里说出去的，却一刻也不曾想过真正的源头竟然是他从外头请来的贴身男仆科茨，这位的嘴可关不住，就连黄油放在里头都不会融化。哦，真叫人恼火！吉蒂居然指望他——查尔斯·波德姆——屈膝下跪祈求到她床上共度春宵，她可是曾经依照法律庄严宣誓会夜夜与他同床共枕的。既然他无论如何也无法相信自己是索姆斯·福尔赛那样的人，那么他能做的只有将怒火压下去，小心翼翼地别让自己爆发，再在他的怨恨清单里加上新条目。他妻子是属于他的，她小时候觉得最重要的那些人如今都得排到后面去。

教区长试着想要说服他。

“查尔斯，我亲爱的朋友，说到为人夫者，你是个中翘楚。”拉蒂默先生有一回造访波德姆大宅时说，“不过我却担心你有点无法胜任眼下的任务，概括而论，是你对女性不够了解，具体来说，是你对为人妻者不够了解。如今统治咱们的是乔治五世，不是维多利亚女王，在妻子这个问题上，男性必须转换观念。为了让女性在婚姻中享有平等地位，从前的法律要么已经被废除，要么即将被废除。这种改变的征兆之一就是由女性提出离婚越来越容易，有时候女方在离婚之后还能获得赡养费，尽管法官们并不想做出这种判决。不论你私底下怎么想，都不能对大伙儿说出来。我了解你那么说艾达是因为你觉得紧张，是一时动了气——你是用艾达作为工具来伤害吉蒂。可是，我的女儿们打从一出生就血脉相连。你所说的并不是事实，而吉蒂只是对你的谎言做出了反应。”

查尔斯的眼睛变成了黄褐色，他的目光落到托马斯·拉蒂默身上，眼神中夹杂着亲情与愤怒：“汤姆，你开口之前似乎已经在脑子里把这话分析得彻彻底底、明明白白了，我懂你的意思。但这话是站不住脚的。吉蒂必须明白她应该对谁忠诚！她的姐姐们——哦，就算不是在她的人生中无足轻重，起码也该排在第二位。”

教区长放弃了努力：“查理，如果你还是对这一点视而不见的话，那这场较量你就不会赢了，因为你赢不了。随吉蒂自己去享受姐妹亲情吧，别指望她们——也别指望吉蒂！——用自己的表现来讨你的欢心。”他戴上帽子，拿起手杖，“不要忘了，你才是那个外人！我这并不是在贬低你，她人生中有一段时间你不在场，所以许多东西你都不明白。”

查尔斯不由自主地嗤笑出声：“比如像茶会上那条著名的大蛇？这个小插曲的真正意义也许就是艾达跟蛇很有缘分吧。”

牧师拉蒂默先生向门口走去。“政治，”他说着打开了门，“和宗教一样，可以轻易使人产生意见分歧。孩子，你的强硬则是基于某种具有欺骗性且令人反感的东西。再见。”

查尔斯觉得这次交锋似乎是自己败下阵来，可他也同样确信自己按理说是本该获胜的，于是他闷闷不乐地又投身到工作中。

此时此刻，吉蒂正在丁香紫套房里招待草窠和格蕾丝喝茶，完全不知道父亲曾经到大宅另一头去找过查尔斯。

草窠走进来的时候，吉蒂不禁看得呆了。一身日常的衣服穿在草窠身上显得极其得体，虽然不像什么重要人物，但这个小巧玲珑、引人注意的身影却分明显示出影响力。她穿着剪裁考究的杂色粗花呢裙子，头发梳到脑后绾成一个松松的波浪形发髻，一举一动都隐约透着沉着从容。她的嘴巴紧紧地抿成了一朵花，却又仍然有点像含苞待放的花蕾，那对琥珀色的眼睛坚定果敢、不苟言笑、坦率真诚。吉蒂忽然很想哭——她也不知道是为什么，她只是没有想到这位孪生姐姐会有今天的成就。

奥尔森的遗孀一阵风似的走了进来，特里劳尼女王头上戴着雅致的黑色贵妇帽——这是她自己做的，腿上穿着她唯一一双丝袜，织补得很精巧。孀居以后，她发现了自己的特长所在，虽然这在从前似乎微不足道，如今看来却难能可贵。她比以前漂亮多了。她的头发自自然然地服帖在头上，满头青丝中已经生出细细的几绺白发。她现在喜欢用睫毛膏把浓密的睫毛给涂黑，以此来突显她灰色的眼睛，她把秀气的嘴巴涂成暗红色，吸引了所有人的视线。这些化妆品都是艾达送给她的，她可没有那么强的自尊心，于是便笑纳了。她原先瘦得很，如今该胖的地方倒丰满了一点，她的裁缝手艺也很好，做出的衣服能够突出自己的优点，显得她更加漂亮。难怪杰克·瑟洛还在绕着她转，修修养鸡场的门，刨刨地里的土豆！

“吉茨，淡紫色的装饰跟你的眼睛颜色很配。”草窠说着坐了下来。

“我想不通的是，”和普通百姓打成一片的格蕾丝沉思着说，“为什么那些自以为是的家伙非要把淡紫色称作丁香紫？淡紫色无疑是劳动阶级的颜色，比较自命不凡的人则更喜欢丁香紫。就好像同样的衣服，有人叫它连衣裙，有人叫它长袍。”

“去他的吧！”草窠说道。由此可见，当了院长的人说起话来更加辛辣，“吉茨，查理认输了吗？”

“我不知道——而且，我也不在乎。”

“他嫉妒得脸都绿了。”格蕾丝边说边狼吞虎咽地吃着涂满草莓酱和鲜奶油的小圆面包，“哦，这个真好吃！”

“尽情地吃，亲爱的姑娘们。没错，恐怕查理是在嫉妒。”

“你爱他吗？”草窠问道。

“爱——也不爱。”吉蒂说。

“我知道问题在哪儿。”格蕾丝说着又吃了一块小圆面包。

“在哪儿？”她的妹妹们异口同声地问。

“你有个念头，认为你没能生下健康的孩子全是查理的错。”

吉蒂和草窠都没有答话。草窠又添了一点茶，她一边倒茶一边欣赏着罗金汉瓷的茶具。

吉蒂最后叹了一口气。“没错，我就是这么想的。”她说。

“内德·梅森怎么说？”草窠问道。

“还是老一套。他说不是生理上的原因。”

“你是不是在心里冷落查理来着？”格蕾丝问，“他看起来很糟糕，就算没有那对乌青的眼睛也好不了多少。”

“我想他应该知道，相对于跟他在一起，我更喜欢和孤儿们待在一块儿。”

“吉蒂，你的眼里并没有泪水。”

“我也不知道这究竟是怎么一回事，我只知道跟一个占有欲强的男人生活在一起真是不易。他怎么能嫉妒我的姐姐呢？可他确实嫉妒，所以我开始有点讨厌他了。”吉蒂说道。虽然不想流泪，她却觉得很伤脑筋。“我的几位已婚好友总是对我说，婚姻中有许多起起伏伏，这只是一次低潮而已。如果我没有流产的话，这话我其实是信的。可是，姑娘们，我实在解释不了我为什么会失去孩子。”

“我敢说她确实解释不了。”格蕾丝对草窠说，她俩正驱车从天主教山上下来，“不过，我能解释。”

草窠开着医院那辆T型车，她飞快地瞥了一眼身旁的姐姐：“亲爱的格蕾丝，我是个老处女，这一点是不会变了，所以你最好再对一个无知的人解释一下吧。”

“很简单，”格蕾丝说道，她对于婚姻懂得可多了，“吉蒂不喜欢查理。”

“不喜欢他？”

“一点不假。这是常有的事。哦，也许并不常有，不过确实存在。男女之事很有意思，”格蕾丝用过来人的口气继续说道，“不管是男人还是女人都没法知道，他们像夫妻一样亲亲热热地生活在一起的时候会遇到什么事。我指的是像个人习惯或是侵犯某些隐私的行为——他会让你看着他尿尿吗，你会让他舔你的乳头吗？各人在对方面前宽衣解带会有什么感觉？如果他有痔疮的话，会让你瞧瞧吗？哦，这样的事还有很多很多！这还仅仅是身体上的。你是不是忘记把沾有血迹的毛巾收起来了？政治又如何，嗯？还有宗教呢？喜欢喝酒吗？男人都不喜欢在自己的朋友面前被老婆给压倒。草窠，男女关系可是个棘手的问题。有时候其中一方就是不喜欢另一方。外人不会知道个中缘由。我自然也不知道吉蒂为什么不喜欢查理。我只知道她确实不喜欢他。”她的声音低了下去，像个阴谋者在窃窃私语，“不过有一点我可以告诉你，也许就连吉蒂自己都不知道她为什么不喜欢他。别被她那套查理生不出孩子的谎话给骗了，这纯粹是胡说八道。她不喜欢他不是这个原因。”

“我的天哪！”草窠有气无力地说，“格蕾丝，你可真是让我大开眼界。那咱们能做些什么？”

“只能在边上等着收拾残局了，草窠，仅此而已。”

一九三一年十二月十九日举行的联邦大选并没有让查尔斯感到担忧，因为他压根就没打算参选。如果参选的话，查尔斯会宣布自己是无党派人士，这样就可以对每一个议题都由着自己的性子想怎么投票就怎么投票。然而严格来说，吉蒂实在不是一名合格的政界贤内助，她只能算个忠诚的伴侣。哦，如果能有一位既有见识又对政治感兴趣的伴侣该有多好！

于是乎，十二月十九号这天，查尔斯孤身一人，像赶驴一样鞭挞着自己前往东克朗达公立学校投出他那一票。

“波德姆医生？”

他在学校的台阶前站住脚，一抬眼便看见了一张跟马脸有几分相似的长脸，脸上一对浅色的眼睛目光敏锐、炯炯有神，颧骨跟上颌离得很远，突出的上颌逼得牙齿也伸了出来。如果要形容她的长相，就免不了要用马来打比方。她的衣着打扮品位极差，虽然没有说话，但她那皮包骨头的身体却摆出一副询问的架势，手里拿的记事本和铅笔进一步表明了这一点。

“在下正是查尔斯·波德姆。”他露出电影明星般的笑容说道。

“我叫多卡斯·钱德勒，是《克朗达邮报》的工作人员。不知您是否介意我问您几个问题？”她说得很轻却抑扬顿挫，这声音从她嘴里说出来叫人觉得很是古怪，一如她的名字和那对充满矛盾的眼睛。

“钱德勒小姐，你是初到邮报来工作的吗？”

“是的，这是我的第一项任务。我以前是电讯报的。”

“我可否先去投票？”他问道，仍然面带微笑，“等投票之后，我就能专心听你提问了。”

“当然可以。我在外面那棵蓝桉树底下等你行吗？”

“没问题！”

这棵高大宏伟的蓝桉树为孩子们遮蔽阳光已有五十载，不过澳大利亚的树木全都枝叶稀薄，长不出浓荫一片，阳光依旧斑斑驳驳地漏下来。她那身墨绿色衣裳在光滑如缎的浅黄色树皮映衬下，就好像闪电在树上留下的一道疤痕。这是一个征兆吗？他一面想着一面朝多卡斯·钱德勒小姐走了过来。她会预示着我的未来吗？她将会发挥重要作用，她会将我人生中的某样东西炸得粉身碎骨——理想、希望、恐惧、计划——我也不知道究竟是什么。

“人们都以为你会参加这个席位的竞选。”她说。

“没错，钱德勒小姐，我确实曾有志于此。不过，这一年来主要党派之间的政治乱象如此严重，所以我最终觉得这个时机并不合适。”他从容不迫地说。

“哦，我觉得你不参选的理由可没这么老套。”她说着将她那扁平的臀部靠在了庞大的树干上。

他眨了眨眼：“你说什么？”

“你在寻找一种适合澳大利亚的新型政治哲学，可事实证明这比你预想的更加难找。”她说，随后却皱起眉，“哦，这些讨厌的虫子！”

“那咱们不妨找个地方坐坐吧，多卡斯，不过这儿不行，蚂蚁在周围飞来飞去的。我可以叫你多卡斯吗？你我会成为朋友，是不是？”他问道，用手扶住了她的胳膊肘，他这才发现，要想做到这个动作，他的胳膊得抬得相当高才行。多卡斯·钱德勒小姐光着脚都有六英尺高。“到帕台农喝杯咖啡怎么样？”

她在窃笑：“乐意之至，波德姆医生。”

“查尔斯！我的名字是查尔斯，不是查理，是查尔斯。”

“波德姆医生，”她说着大笑了一声，“你不是查理，而且永远不会成为查理！”

本来是喝咖啡的，结果喝完又吃了顿午饭。查尔斯毫不在意，他聚精会神地听着这个奇女子所说的话。终于出现了！他的政治顾问，他的政界伴侣，终于露面了。

他说起对罗森·席勒爵士的担忧，她却嗤之以鼻：“他也就能当个政府官员或是外交官之类的，查尔斯，他成不了政治家。他太富有，出身又太好，所以没法领导任何一个行政机构，就连外交部门也不行。恕我直言，他要想摆脱自己的困境，就只能采取间接手段，也就是说，到政府里当个部长。这样他就成了公务人员的领导，然后方可进行他的变革。不过这个法子也有其脆弱之处，同样会对他造成阻碍——我指的是党派在野、无能为力的这段时间。”

“这不正是我所暗示的吗？我看他想当总理？”查尔斯困惑地问。

“哦，天哪，没这回事。”钱德勒小姐说道，“席勒非常聪明，所有的圈套都逃不过他的眼睛。这对于一名律师来说，其实很不寻常。你要当心的是一个小伙子，他也是墨尔本人，名叫罗伯特·戈登·孟席斯，正是适合成为政党领袖的那种律师。他偏向保守，但并不极端，而且，他对于社会立法很有兴趣，二十五岁时便在澳大利亚高等法院为工程师联合会打赢了官司——这个案例具有里程碑一般的意义！自那之后，他便真的一往无前了，当时才一九二〇年。他长得也非常英俊，只可惜在餐桌旁坐的时间太长，腰身有些发福了。”

“孟席斯，”查尔斯若有所思地说，“是的，我肯定听过这个名字，可人人谈论的都是席勒。”

“席勒有个致命的弱点。虽然我还不知道究竟是什么，但他肯定有弱点。”钱德勒小姐精明地说。

一个计划在查尔斯脑子里渐渐成形，不过首先他还得多了解一些多卡斯·钱德勒小姐的情况。正因为此，等忙过了午餐时间之后，餐厅老板康·德科波洛斯才有充足的闲暇来看看这不寻常的一对，他很是惊讶——查理·波德姆跟一个三十来岁的女人在一起，这女人瘦得能给某个救济饥饿儿童的慈善机构当海报女郎了。他俩如此专注地聊了这么久，究竟是找到了什么话题？她有个记事本，但并不曾在上面写过一个字，她那对褪色的蓝眼睛注视着查理的样子就仿佛他是个白马王子。嗯，这倒是在意料之中！克朗达有很多姿色差一些的女士都是这样看着查理的。不同之处就在于，查理对她们通常是避而远之，而不会像这样倾谈好几个小时。

查尔斯没花多长时间就了解了他要掌握的情况，因为多卡斯·钱德勒简直是迫不及待地将自己那点小故事告诉了他。根据她所说的，查尔斯将她的背景定义为“有心向上爬的劳动阶级”，她今年刚好三十五岁，大学入学考试时成绩很好，英语甚至考出了全州最高分！多亏世界大战把男人都招募去打仗了，她才得以在埃兹拉·诺顿那迅速成长的新闻帝国里找到一份实习记者的工作，可是到二十世纪二十年代后期，她的运气就没那么好了。此时男人们全都退伍归来，她不可避免地跟其他女记者走上了同样的道路——调离那些比较有趣的部门，转而去报道社会新闻、舞台明星与电影明星以及时尚趋势，偶尔写个伤感故事。后来，在她进入悉尼的《每日电讯报》工作之后不久，经济大萧条就夺走了钱德勒一家的一切。多卡斯是唯一一个没丢掉饭碗的人。电讯报派她去报道花展、舞会、时装表演、赛狗会、赛猫会以及各类慈善活动。她很擅长报道这些事情，结果却沦为笑柄。她的同事们称她为“做事漂亮的丑八怪”。查尔斯对她深表同情，所以她就连这个难听的外号都告诉了他！

因为女性的报酬远远低于男性，所以在汤姆·詹纳死后，《克朗达邮报》便刊登广告招募一位女性来替代他的职位。多卡斯·钱德勒小姐长什么模样都不打紧，只要她的报道写得好、经验够丰富就行。邮报总编注意到她对政治、经济以及商业新闻很有热情，觉得她正适合在克朗达工作，于是便雇了她，给她的工资只比汤姆·詹纳原先工资的一半多一点。实际上，多卡斯是个名副其实的多面手，到任何部门去都没有问题。她甚至知道新南威尔士州板球队有哪些人，还懂得联合式橄榄球和联盟式橄榄球的区别在哪里。

查尔斯就这样听着多卡斯说了好几个小时，从头到尾连一分钟的不满情绪都不曾有过，他简直不敢相信自己的运气竟然这么好。

“你是铁了心要投身于新闻工作吗？”他问道，她已经说完她的政治理论，又简要介绍了一下自己的经历，终于没话可说了。

“天哪，当然不是！”她大声说道，笑完之后又哼了一下鼻子，这是她的习惯，“我真正痴迷的是政治，然而身为女人，我无法从政。”

“你愿意当我的专职政治顾问吗？”

这话显然令她大吃一惊。她小心翼翼地靠到椅子上，就像猫见了狗一样：“你说什么？”

“你听见我的话了。克朗达和我都需要一位说客。”

她的眼睛悄悄流露出一道野性的光芒。“签合同吗？期限多久？除了工资还有没有其他奖励？波德姆医生，显而易见，你要的不是一个挣工资的下属。而我，作为一个自食其力的老处女，必须考虑清楚职业上如此重大的改变意味着什么。你名下既没有大公司也没有大工厂，那么除了一份有诱惑力的薪水，你还能给我什么补偿？我需要知道所有的细节，然后才有可能考虑你所提供的工作是否合我心意。”她说道，声音冷冰冰的。

不慌不忙，条理分明，她可真是了不得！他心里想道——而且一点也不冲动。查尔斯的思维相当敏捷，立刻便回答了她的问题。“你的薪水是一年五百二十镑——我知道这是个大数目。你的私人办公室在我家里——波德姆大宅，大宅庭院里有一间客用村舍，到时你就住在那里，不过绝对不会有人来打扰你。一辆不错的汽车永远归你使用，我还会负担你所有的差旅费用——只要你是替我出差办事。用车方面就不会规定这么死了，我打算宽容一些。要是五年之后你仍然在为我工作，我会拨款为你建立一份优厚的养老金，等你退休的时候就能领到，具体金额要看你为我服务的年限。”查尔斯说道，语调轻快，一脸殷勤关心的表情。

她坐在那里，双手紧握着茶杯，眼睛黯淡无神，左耳朝他那边倾斜着——她是有点聋吗？她在想什么？他的慷慨令人震惊，他自己也知道这一点，可是看着她这副样子，他无论如何也搞不清楚她究竟是为他的出手大方所折服还是在暗暗确信自己物有所值。是感恩戴德，还是理所应当？她不想让他看出自己的心思，因为她并不打算承认他已经赢过了她。

于是他对她做出了反击，这都要归功于吉蒂：“你将来的衣着打扮得比现在好得多才行。”

“如果接受你的工作，我就能买得起好衣服了。”

“那么你接受吗？”

“如果你的事务律师起草一份雇佣合同的话。”

“好极了！”他喊道，电影明星的面孔又露面了，“钱德勒小姐，现在我得告辞了。一月二日上午十点，请你到我在医院的办公室来见我。咱们可以在那儿签署合同，然后我带你去波德姆大宅，再带你看看你那间办公室的空壳以及你的住所。村舍里家具一应俱全，不过内部装饰平淡无奇，我相信你一定能给它加上你自己的印记。你的办公室只有你一个人有权布置，连买书都要你自己动手。”

她打开她那个破旧的手提包，将记事本和铅笔放了进去，随后戴上一副已经磨破的毛线手套：“我会利用业余时间拟一个书单，不过要等我知道哪些书你已经有了之后才会下单购买。”

“不，不用，买你自己那份。”他说着伸出手来，亲切地跟她握了握手，“谢谢你，多卡斯，咱们一月二日再见。”

这天余下的时间里，他一直情绪高涨，就连想到晚上回家可能要单独跟妻子相处也没能让他心情低落。他对自己的妻子已经失去了魔力。他究竟是错在了哪里？为什么她似乎把失去孩子的责任都怪到他的头上？不过这已经是过去的事了，多卡斯·钱德勒是个与众不同的新人，他跟她有话可谈，尤其是政治。

哼着电台里经常播放的某个曲子，他走进起居室，看见草窠跟吉蒂都在。不出所料！

“亲爱的，看见你真高兴。”他低声说道，在草窠脸上吻了一下。

“见到你我也很高兴，查理。”草窠毫无感情地说。

“利亚姆今晚不能来跟咱们凑成两对吗？”

“查理，如果您在您的院长职务上多花点时间的话，您就会知道利亚姆目前人在布里斯班。”

吉蒂递给他一杯威士忌。“今天的晚餐只有咱们三个人，草窠坐在你右边，我坐在你左边。”她微笑着说，“你这样子活像一只猫捉到了金丝雀——开心得很。”

“我确实很开心。今天我找到一个人，她对于我眼下的福祉至关重要——她是一名政治顾问。”这杯酒喝起来味道醇和，“吉蒂，你自个儿就能给我调酒了。真是无可挑剔。”

“我知道你爱喝什么样的酒，不过对什么顾问可一无所知。”吉蒂说道，她很庆幸姐姐在这里陪着她。这些天他俩关系很僵，他似乎不肯收回他说艾达的那些话，这就意味着战争还在继续。

“我有政治抱负，这事人人皆知，”他边说边惬意地啜饮着杯中之物，“我也一度希望自己能够参加今天的选举，可是却又打消了这个念头，因为没有过来人给我建议，我的身边人也毫无热情。”

吉蒂身子一僵。“事实可不是这样的，”她用克制的声音说道，“我很有热情，而且也做出了尝试。”

“毫无疑问，”他说，并不打算停下来，“不管是出于什么原因，总之我缺少积极的支持。我也不明白澳大利亚的政治跟英国的政治有哪些不同之处。我需要一位精明能干的政治顾问，可是却并不指望能找到这样一个人——你瞧，这种人太稀罕了。对这个领域足够了解的人通常自己也有政治野心。”他想尽量说得客观一些，可是他太高兴了，实在没法冷静下来。他露出一个灿烂的笑容，“今天我真的遇到了这位理想人选，而且还是个女人，这确实扼杀了她的个人野心。她名叫多卡斯·钱德勒，今年三十五岁，单身，职业是记者。你们不认识她——她才到克朗达不久。不过如果你们遇到一个六英尺高、骨瘦如柴的马脸女人，那就是多卡斯了，绝对不会有错。我承认，她的模样很糟糕，长得也不漂亮，但是她的政治头脑极为罕见，所以我已经雇用了她，让她只能为我一人所用。”

“查理，你这是在给后宫广纳女眷呢。”草窠说道。

他瞪大了眼睛：“后宫？我？”

“你找来各种各样的女人满足你的不同需求。我——草窠——在医院担任副院长，替你干苦差事。吉蒂，你的妻子，倾国倾城，让所有的男人都妒忌你。艾达，在她做出丢脸的事情并且飞上枝头变凤凰之前，替代吉蒂陪着你去长途旅行。还有辛西娅·诺曼，你这位私人秘书对你全心全意，给你做牛做马，她甚至没法区分哪些工作是为医院做的，哪些是为你做的。现在又来了个多卡斯·钱德勒，就澳大利亚的联邦政治给你出谋划策。”草窠不以为然地嗤之以鼻，“说实话，查理，你这个外人可真是够外了，我忍不住想称呼你为波德姆帕夏[1]。”

两双眼睛全都毫不留情地盯着他，可这事要想成，他就必须征得她俩的同意——他需要她们的合作！他还打算提议让这位新雇员到他的私人住宅里来办公，甚至在自家的庭院里给她安排住处，尽管丁香紫套房离主人的卧室很远，但毕竟还是家里的一部

---

1 Pasha，奥斯曼帝国行政系统里的高级官员，通常是总督、将军。

分。说话，查尔斯·波德姆，说啊！

“哦，得了，草窠，我跟其他那些有太多事要做又没那么多时间的男人有什么分别？也许在愤世嫉俗的人眼里，这看起来的确有一点像后宫，可那群女人的用途是满足性欲以及多生子嗣。我确实选择了提拔女性而不是男性，但那仅仅是因为我认为女性更加忠诚，工作也更加努力，同时我也非常珍视女性的重要地位。别忘了，我交给女性的多数职位在传统上都是多由男性来担任的，就连秘书也是如此。”他停下来深吸了一口气，确保她俩依旧在听——该死的草窠！“说到多卡斯·钱德勒小姐，我承认她身为女性只是一个巧合，大多数政治顾问都是男性。她在这一领域的价值没有被人赏识恰恰进一步说明我——查尔斯·波德姆——思想开明，对于女性的态度领先于这个时代。后宫？胡说八道！在我的员工当中，骨干分子只是刚好都是女性而已。你应该感谢我，而不是嘲笑我。”

草窠低下头。“查理，我确实很感谢你，这是你应得的，”说完她顽皮地咧嘴一笑，毁了这话的含义，但起码她说出口了，“是以女性为骨干的员工团队，不是后宫。你可真是个天生的政治家，哪怕是一堆狗屎你也能说成一束玫瑰。我简直等不及要见见多卡斯·钱德勒小姐了。”

“六英尺高、骨瘦如柴的马脸女人，”吉蒂说道，“这样不会长久。”

“不会长久，你这话什么意思？”他接过她递来的威士忌。

“我了解你，就是这个意思。”吉蒂面带微笑地说，“首先，有了高收入，她就会胖起来，也能买得起好一点的衣服。你不会容忍一个笑柄来担任任何与公众有关的职务，而她的工作表明她很可能要在堪培拉、悉尼和墨尔本这样的地方公开露面。”她纤细的脖子向后一仰，眼睛凝视着天花板，“瞧瞧，你的品位把我从一个衣服上全身都是饰边的小姑娘变成了一个穿着极为考究的女人。你会故技重施——拿出一顶帽子、一条裙子或是一根腰带，说你觉得这个很适合她——不，多卡斯·钱德勒可不会误解你的意思，高得笨手笨脚、瘦得皮包骨头的马脸女人是有自知之明的。查理，你对女人的衣服很有眼光，她很快就会明白这一点。如果她不明白，那她也就没什么用处了，不管她对政治了解多少。”

“够了，够了！”查尔斯举起双手表示认输，“就钱德勒小姐来说，我担心我的魔杖恐怕要挥一阵子才能让她的衣着有所改观了。我从没见过比她穿得更差的女性——就好像她的衣服是从救世军那里买来的一样。”

“没准她就是从那里买的。”吉蒂若有所思地说，“她家里有多少人靠她养活？”

“我不知道。”

“你肯定知道一些。”草窠说。

“据她所说，他们在一九二九年全都失业了，不过她的私生活中似乎并没有孩子。她要供养双亲，父母都还健在。他们住在——劳森，我记得她是这么说的。”

“蓝山的一处贫民区。”草窠说着点了点头，“我怀疑他们是狂热分子，不然就是某个身份还未公开的狂热分子。你说她从未失业，尽管女性的工资要低一些，但她仍然是专业人士，所以除了年迈的父母，一定还有更大的开销在消耗她的财力。劳森那里房租很低，不过花园很大，足以养鸡种菜，聚居有很多艺术家。”

“见鬼，该死！”查尔斯忽然爆发道，“我就知道没有这么好的事！”

“纯属猜测。”草窠实事求是地说，“如果你需要她的话——查理，你确实需要她，而且必须把她充分利用好——这就意味着你要有备无患。要是她在供养无能的亲戚或是一个男朋友，那也不是什么晴天霹雳。妹夫，你觉得她没有吸引力，不代表所有的男人都这么想。”

“她要求签合同。”他说。

“那就确保合同措辞巧妙。如果她像你所说的那么聪明，她就会注意到相关条款，但她又没什么理由表示反对，是不是？”吉蒂很开心地说，“你一无所知，而她一清二楚，这样她就有能力来利用你的弱点了。你生命中的关键人物都是女人，可你竟然过了这么久才尝到后果，真是可惜，不过既然女人们已经身在其中，你就准备应付女人的把戏吧。”她大笑起来，“好啦！查理，我这可是真心话。学着点！”

听了她的建议，查尔斯觉得其中最奇怪的地方是，这说明吉蒂已经在心里跟我断绝了关系。我做了什么？这远远不只是因为艾达。

他转头看着草窠：“草窠，我打算让辛西娅·诺曼从医院辞职。从现在起，她只担任查尔斯·波德姆先生的私人秘书，而不再为查尔斯·波德姆医生工作。我要在这所房子里设立更多的办公空间。说到替我干苦差事，你说得对。少了你，我是没法管理克朗达乡村医院的。所以你可以自己选一个秘书替代辛西娅的位置。她主要听你的命令，而不是我的。在一九三四年之前，我会跟医院完全脱离关系。你到一九三三年的年底就毕业了，随后很快就会获得会计资格。”

“谢谢你。”草窠说道，她有点喘不过来气来。他究竟是今晚回来的时候就已经把这一切都决定好了，还是边说边想的？利亚姆会觉得失去他很遗憾，不过我可不会有丝毫顾虑。

“晚饭好了。”吉蒂说着站起身来，“真是意想不到！波德姆大宅从前是一座阴森森的大厦，就连说话都有回音。不过，查理，我同意你所说的，你已经想出法子来把它填满了。”

波德姆大宅就要变得像个村庄了。在大宅的前面，也可以说是低一级的地方，建起了一排村舍。每一栋都占地很大，楼高两层，内设卧室三间，楼上有浴室，楼下还有个盥洗室，全都自带车库。在吉蒂看来，这似乎是一项长远规划，因为这四栋村舍建好的时候，第一位房客科茨还在痴心妄想着能当上贴身男仆。第二个搬进去的是辛西娅·诺曼。用了两栋，还剩两栋，吉蒂心想。

辛西娅前脚刚搬来，多卡斯·钱德勒后脚就来了。这些理想的住所要是能有一栋给玛丽·西蒙斯太太居住，倒也很合适，她是吉蒂的管家。科茨到来之前，吉蒂就向查尔斯提过这个请求，可他却斩钉截铁地拒绝了。村舍是给他的雇员居住的。他派了一辆车给西蒙斯太太，每天把她从（租来的）家里接过来再送回去，这已经相当慷慨了。如果查尔斯不是一直只考虑自己，他就会明白为什么像这样的决定会极大地激起妻子对他的反感，因为她认为他这些举动的目的就是证明她处于劣势地位。他是如此富有！身为英国人，他心里一清二楚，管家们都“住在家里”。所以他的贴身男仆住在家里，他的秘书也住在家里，可是他的管家——听他妻子吩咐的管家——却住在外头。他的秘书有一辆汽车，是查理送给她的礼物；吉蒂发现多卡斯·钱德勒小姐也有一辆车，同样是查理送的。

“你必须到此为止，吉蒂。”拉蒂默牧师有一回来访时说道，家里的这些不公待遇他听得已经够多了，“我同意你去孤儿院工作是因为这能给你散心解闷，但我并不赞同你无中生有，制造问题。西蒙斯太太对你抱怨过吗？”

“没有，”吉蒂一头雾水地答道，“即使如此，查理如此差别待人也依然不值得赞赏。”

“胡说八道！觉得受到差别对待的人是你，不是西蒙斯太太。我的孩子，你大可不必如此！不管你是否喜欢，查理都有权随意支配他的收入。我认为他的做法合情合理——他给那些他可能需要随叫随到的人提供了住处。动动脑子，吉蒂，动动脑子！你愿意住在别人管辖的地界上吗？你当护士的时候住在医院，但那是为了医院在召你回去工作的时候用不着到处去找你。我相信西蒙斯太太对目前的安排非常满意——她不用住在雇主的眼皮底下，上下班又有车接车送，因为这里不通公共汽车。”

只要不牵涉到查理，吉蒂在其他方面都是一个公平正直的人，她也承认父亲所说的确是实情，于是冷静了下来。而且她还迫不及待想见见这位高得笨手笨脚、瘦得皮包骨头的马脸女人。

吉蒂注意到，钱德勒小姐得到的是四栋村舍中最好的一栋，坐落在这一排小屋的尽头，单独有个入口，可以从街上进来，一道树篱将它和旁边那栋仍然空着的村舍隔离开来，这种树篱是由马鞭草科的一种速生树组成的。小屋内部装饰是平淡无奇的米黄色，但是家具的质量比较好，还装有一个用来从屋顶上收集雨水的储水罐，容量有一万加仑，如果只有一位住客的话，那是足够使用了。这栋村舍还有独立的污水处理系统，而其他几栋的污水系统都是连通在一起的。嗯，查理一定非常看重钱德勒小姐，这一点是毫无疑问的，吉蒂心想。

她觉得不能失了礼数，于是便客客气气地写了一封信，邀请波德姆街的新房客来喝上午茶，日期由客人定。钱德勒小姐是在门厅的地板上捡到这封信的，她也客客气气地回复说，喝茶的日期定在她迁居的次日，因为这天她要到中午才去见波德姆医生。

多卡斯·钱德勒自然知道她这位雇主的夫人是公认的美人，无论在哪儿都是最漂亮的女人之一。可她实在想不到吉蒂的发色和肤色竟然如此引人注目——淡黄色的头发接近透明，简直不能称之为金发，眉毛和睫毛宛如冰霜，颧骨轮廓分明，一对酒窝若隐若现，一双叫人惊艳的眼睛，身材苗条却不失性感。他自然是非得把她娶到手不可！查尔斯·波德姆是一个忙着为自己创造历史的男人，澳大利亚未来的编年史家将会把他写成传说中的人物，而吉蒂也为这传说贡献了力量。她打扮得很漂亮，精致的棉质衣物很适合上午穿着，头发剪得比最新流行的发型更短一些，假小子的风格很适合她。她什么首饰也没有戴，除了手上那枚耀眼的钻石婚戒——有意思，钱德勒小姐报道了这么多年社会事件，如今倒是派上用场了。波德姆夫人身上唯一不对的地方是她的性格，她喜欢待在家里，不爱抛头露面，许多政界人物的妻子都是如此。不，波德姆夫人并不是一名完美的政界贤内助。

就吉蒂而言，她不知不觉喜欢上了钱德勒小姐，这可绝不是个让人怜悯的对象。吉蒂发现她聪明绝顶、野心勃勃却又切合实际，身为女性使得她不可避免地受到种种限制，可她却没有去反抗。她知道自己不可能当上总理，便一心一意努力成为总理的幕后操纵者。查理正是她找到的适合人选。

她俩有许多话可说。

“如果我要给查尔斯当好顾问，”她俩刚刚才开始真心实意地以教名相称，多卡斯便这么说道，“那就得了解他的家庭和在克朗达的人际关系。我并不会对他的私生活细节津津乐道，但是会有点盘根究底。”

“盘呗。”吉蒂愉快地说，同时给她递上小圆面包、果酱和奶油，“只管吃，咱们得让你长点肉——不用太多，跟我姐姐艾达差不多就行，她的个子也很高，既苗条又优雅。查理不喜欢土里土气的女人，不过我想他恐怕已经跟你说过这一点了。”

她那微微有些粗糙的脸皮红了：“事实上，他的确说过了。收入高的话，打扮起来就容易多了。”

“你的衣服不是自己做的？”

多卡斯一脸茫然：“不是。”

“艾达一直自己做衣服，而且做得好极了，所以她穿得总是很漂亮。”吉蒂忆起跟草窠的讨论，不知道是否有个寄生虫一样的人物在榨取这个女人的血汗。她急于想帮助多卡斯，于是从茶几上拿起便笺本，在上面写了起来：“这是给我做衣服的裁缝，她名叫宝琳·奥布赖恩，跟艾达的水平差不多，但是价钱却不贵——由于大萧条，她失去了很多客户，能有新客户她就感激不尽了。她做的衣服款式很好看，而且会老老实实地去替你买布料。以前我的衣服都是从悉尼买的，但是自从结婚以后，我就只在宝琳那里做衣服了。”

这位妻子的意图倒是很质朴，多卡斯心想。她希望看到我在这份工作上取得成功！毫无嫉妒或是利己之心——又或者她觉得是她丈夫不许她在任何公开场合露面？我不能问她流产的事，但她肯定因此受了创伤。她以前曾是一名儿科护士，如今在孤儿院里当志愿者。这件事我可以加以利用，可她不会喜欢。吉蒂·波德姆，她是个重视隐私的人。

“我很想见见席勒夫人。”多卡斯说道。

吉蒂笑了起来：“没机会了！她在墨尔本念医学院，要多高兴有多高兴。以前因为她是女人，所以没法学医，现在多亏了罗森，她才心愿得偿。”

“你喜欢罗森？”

“非常喜欢。他给了我姐姐幸福。教区长家无论哪个女儿所求都不过如此，只要姐妹幸福就好。”

“我想跟格蕾丝谈谈，她会介意吗？还有海瑟？”

“格蕾丝会唠叨个没完没了的。要想跟草窠私下谈谈就比较困难了，不过为了查理，她也会愿意的。”

“草窠？这是个绰号吗？”

“是的，这名儿几乎跟我们的年纪一样大。”

“这个绰号是怎么来的？”多卡斯问道。

“是一个保姆给起的，当时我们大约才一岁，但懂事却很多，她觉得我们有趣得很。我认为我们的早熟跟格蕾丝和艾达不无关系，她俩只比我们大二十个月。她俩就是我们的偶像！可是海瑟的名字太难发音了！我们那幼小的舌头总是在这个名字上栽跟头。总而言之，那个保姆想出个聪明的主意，她拿来一只小猫——吉蒂[1]是从凯瑟琳来的——和一小枝石楠花，试着对我们解释。她说石楠花长在草窠里，接着就描述草窠是什么样子。我发现草窠念起来比海瑟容易得多，于是就开始喊草窠草窠。然后人人都喊她草窠了，就连爸爸也不例外。”

“与众不同。”多卡斯说。

“太特别了！”吉蒂大声地说，随后又叹了一口气，“我都快忘记草窠为什么叫草窠了。”

“绰号往往会表明主体的某个性格特点。”多卡斯说道，把话题转到了政治方面，“俾斯麦是铁血宰相，威灵顿公爵是老鹰钩鼻，路易十四叫太阳王，伊丽莎白女王叫童贞女王，还有个罗马贵族当真把绰号作为荣誉的象征加在姓氏里，尽管那个绰号的意思是白痴或畸形。”

凝视着她的那对蓝紫色大眼睛微微有些呆滞。“你真是太适合查理了，”吉蒂说道，“这个他会很爱听的。”她似乎突然间急切起来，充满热情，“多卡斯，你当过报纸的时尚记者，一定对此非常了解。答应我，你会为了查理把自己打扮得漂漂亮亮，求你了！”

“收入高就会大不一样。”多卡斯重复道。

“你的经济负担很重吗？”

---

1　Kitty既是Katherine的昵称，也有小猫的意思。

“我要供养父母。”

“没有旁人？”

她的声音不和气了：“你这话什么意思？”

“有没有无业的兄弟？还是有男朋友？”

她的双颊黯淡下去，变成了暗红色：“这不关你的事。”

“所以我不该多管闲事？可是，亲爱的，难道你不明白吗？你如今是查理的私人雇员，你的事实际上已经变成了他的事。我了解他，我可以告诉你，他的占有欲非常强。他付你这么高的薪水，还给你种种特殊待遇，你应该明白自己算是被他买下了。查理是个百万富翁。这种男人喜欢把人看作花钱就能买来的财产。我不是在贬低他的高贵本性，也不是在诋毁他的优良品德——即使是在成千上万人失去工作的一九三二年，他也设法使得克朗达比大多数地方都要繁荣兴旺。他对于所做的每一件事都倾尽全力，连同他那广阔的胸怀也一道投入进去。可是，尽管如此，他身上还是有一点点索姆斯·福尔赛的影子——他是个有钱人。”吉蒂说道。

听了这些，多卡斯·钱德勒并没有答话。

吉蒂心想，我也只能为这可怜女人做这么多了，她的确藏着一个秘密——这个秘密在花她的钱。要是她没法对查理吐露实情，那就埋下了毁灭她的种子，而她对此也心知肚明。她会从合同条款里看到，他设置了限制条件来保护自己，她不能有令人难堪的事情被揭发出来，不能在他不同意或是不知情的情况下借债，不能存在有可能会导致敲诈勒索的契约在身需要处理，也不能跟此类情况有千丝万缕的暧昧牵连。这样的合同她却一声不吭就签了。可怜的女人！

吉蒂自己的生活也稳定下来，形成了一套固定程序，大多数日子她会去孤儿院，但都会按时回家来跟查尔斯共度晚上的时间，他还从没有提过跟她同床共枕的要求。也许，吉蒂心想，随着多卡斯·钱德勒渐渐进入他的生活，他也已经放弃这徒有虚名的婚姻了吧？她倒不是觉得他会对花钱买来的多卡斯有兴趣，只是他跟多卡斯谈起话来更愉快而已。于是，在一九三二年步步推进的时候，他问吉蒂是否介意多卡斯有时来共进晚餐。

“这个主意太棒了！”吉蒂立刻答道，“没准我也能学到一点东西，谁知道呢？有孩子固然是一大乐趣，但是谈话的水准也是相当必要的。”

多卡斯的模样比从前好看了一些。那身旧到发绿的黑衣服她终于不再穿了，而且，她要么是长肉了，要么就是衣服好一点衬得她身材也好了一点。如今她也开始往脸上扑点粉，涂上口红，再抹点胭脂，又去美发厅剪了头发，烫成流行的法式大波浪。尽管并不会有好莱坞的电影公司找她去拍电影，但她现在看起来更像个利落的专业人士了。

多卡斯和查理对政治的狂热程度令吉蒂大吃一惊。查理事务繁多，常常要去医院或是克朗达的其他地方，但他仍然设法经常跟多卡斯在一起。而且，如果她来吃晚饭的话，打从她来到家里喝餐前酒的那一刻起，他就又说起政治，一直说到多卡斯回波德姆街为止，别的什么也不谈。有时候，他对于某种理论太过投入，甚至会为了能继续讨论而送她回家。

不可否认的是，这个时代本身就会激起人们的政治热情。关于经济复苏的各种不同理论不仅给党派之争火上浇油，还使得每个党派都分化成很多派系。一九三一年圣诞节，乔·莱昂斯和澳大利亚联合党以压倒性的胜利赢得大选，人们原本期望争论会就此打住，然而在国会里并非所有的澳大利亚联合党议员都赞成伦敦坚持的紧缩政策。但莱昂斯和他的核心骨干们是支持的，于是苦难还在继续。杰克·朗二度拒绝了支付本州贷款的利息，说要等到世道好一些了再付，莱昂斯和联邦政府便替他付了款。但是这一次，堪培拉要求他必须还钱。杰克·朗既不肯还清欠款，也不肯拿他的资金来做做样子。人们的情绪越来越高涨，当朗试图在新南威尔士州金库外面设置路障的时候，形势恶化到了极点——这是州权针对中央政权的一种报复。

一九三二年五月十三日，新南威尔士州总督菲利普·盖姆以管理不负责任为由罢黜了约翰·托马斯·朗[1]及其政党。受够了动荡局面的新南威尔士男男女女投票选出一个保守党政府，再也没有人抵制紧缩了，尽管该政策的反对者依然对它的每一项举措

1　杰克·朗的真名，杰克只是绰号。

深恶痛绝。

每一回多卡斯来吃晚饭，吉蒂都被迫听着这些东西以及其他很多很多，随着查尔斯越来越倚重她的意见，她来吃晚饭的次数也越来越多。吉蒂并非对此毫无兴趣，也不是漠不关心或浅薄无知。她只是把热情投入在别处而已，所以听着他俩谈话，她觉得自己就像一个清醒的人在听两个醉鬼对话——总是在同样的老路上无休无止地绕圈子。要是有什么新鲜事发生，她就能振奋一下，可是新鲜事就连一个礼拜也没有一次，多半要一个月才能遇得上一回，这就意味着有二十九天或者三十天都在重复、重复、重复。到了杰克·朗下台的时候，吉蒂不禁在想，她究竟还能再听多少跟政治有关的对话而不至于跳起来尖叫着喊：“别说了！别说了！别说了！”

冬天再度降临在克朗达，大分水岭上空雪云密布，南极刮来的刺骨寒风将落叶树扫得光秃秃的，也将悲伤苦痛吹进吉蒂的心里，她似乎连一丝热气也吹不进去。此外，尽管少了床笫之欢，她的丈夫却依然开开心心，因为他本就不是个以此为乐的男人。他是为了政治而生的，毫无疑问，等到国人下一次走进联邦选举的投票间时，他会以无党派人士的身份参加竞选。他真正需要的就只有一个多卡斯而已。

六月到，凛冬至。在六月第一个晴朗日子，吉蒂找了一辆车（为什么多卡斯有自己的专车，而吉蒂却得等到有车辆富余的时候才能用车？），一路下山开到了农庄路外头的河边，那里的土地上草木茂盛，肥羊们依然在寻找销路。并不是所有人都在忍饥挨饿——除了下层阶级，这无疑正中奥托·尼梅尔爵士的下怀。

吉蒂下了车，沿着河边走去，突然之间，她似乎摆脱了与波德姆有关的一切——波德姆大宅、波德姆街还有查理。寒风如此凛冽，空气却无比甜美！这种矛盾还真有意思。这是艾达从前骑马的地方，也是她跟杰克·瑟洛幽会的地方。

自从杰克被格蕾丝傲慢地当众拒绝之后，他就有点淡出了克朗达人的视线。有传言说他在家中闭门不出。他继续养他的阿拉伯马，尽管世道不景气，他的生意却非常好。实际上，他在达博和图文巴露面的时候反而更多一些，去送他那些引人注目的漂亮马儿参展。

可是此刻他却在这里，沿着马道朝她这边过来了。他骑着一匹体型庞大的灰色战马，从它的高鼻梁就能看出它没有阿拉伯血统。吉蒂小跑着离开小道，远远站在一边，希望他就这样从她身旁慢慢地跑过去，不要减速，更不要停留。

痴心妄想！他不仅停了下来，还立刻下了马。

“哎呀，好家伙，吉蒂·拉蒂默！”他微笑着说。

他的个子真高呀！她都忘了这回事了，不过艾达会说他的身高只是“一般”而已，因为她自己的个子也很高。他的身高刚好是六英尺。他今年多大来着？四十多岁听起来似乎太老了一点。务农的男人总是很难看出年纪：他们年轻的时候比较显老，老了以后又显得比较年轻。他的头发依然如金黄的麦浪一般，波德姆家的人头发都很浓密。他的皮肤晒得很黑，眼睛湛蓝湛蓝的。他的脸上绝对没有任何两面神的特征！英俊，阳刚，笑起来很帅气。

他带着她走到一根原木旁边，先看了看确保附近没有公牛蚁的巢穴，然后才让她坐下，自己却高高耸立在她面前。

“穿着这样的羊毛衣服有点臃肿，你看起来老了十岁。不过倒也合情合理。”他说，“席勒夫人还好吗？”

“据我所知，她好得很，目前在墨尔本学医。我很喜欢她丈夫。”

“我正要回家。有没有兴趣来喝杯茶、吃块烤饼？”

“太好了！关于艾达我有好多事情可以告诉你。我去开车，地点在哪儿？”

“农庄路上的第一道防畜栏。农庄就在小山顶上，你肯定能找到——那儿有很多很多马。”他纵身跃上那匹灰色的骟马，策马小跑着离开了。我的生活中总算有了点不同的东西！虽然不是新面孔，但也差不多了，以前我并不常见到他。

克朗达农庄是一座宏伟壮观的农场，乔治亚风格的房屋由石头建成，简单朴素，周围有一圈用多立克柱支撑起来的游廊。他的花园在春夏两季一定美得难以置信，她心想。农庄坐落在小山顶上，俯瞰下面的河流，地势优越，风景绝美，远处的山脉上还覆盖着皑皑白雪。

屋子里的气味好闻极了，吉蒂觉得家就应该是这个味儿——蜂蜡上光剂、干香料和干花、干净的亚麻布、古龙香水和新鲜空气混杂在一起的气味。窗子是落地式的，也可以像门一样打开，其中有一扇窗户开了一道缝，好让空气对流，一座座大肚炉和熊熊的明火把每个房间都弄得暖暖和和。

屋子内部被人一丝不苟地打理过，但并没有女人留下的痕迹。虽然不是一眼就看出家里没有女人，却隐隐约约能感觉得到。

“家务事是谁做的？”她问，同时在厨房的桌旁坐了下来，看着他把冷黄油跟加过盐的自发粉混合在一起——他这是在自己做烤饼，从零开始！这个男人不一般。

“家务是我做。”他边说边把凉牛奶倒进面粉里，“要是连家里都不能收拾得干净整洁，那这人岂不是太差劲了。”

“不会做烤饼也很差劲。”

“我的手总是很凉，所以我不会融化黄油——要想把黄油跟面粉混合均匀，这一点至关重要、必不可少。我在加进牛奶以后，就用两把刀的刀刃来搅拌——看见没？”

“我连烧开水都不会。”她漫不经心地说。

“如果你得自己烧开水的话，那一定很快就能学会。”他将生面团轻轻地放在洒了面粉的案板上，拿来一大块看起来汗津津的切达干酪，磨碎一点撒在面团上，随后将厚厚的一大块面团切成两英寸见方的小块，再把这些小块放在烤盘上，然后将烤盘放进他那个烧木柴的烤炉。从开始动手到烤饼出炉，他只花了二十分钟——烤饼们全都涨得高高的，奶酪融化了，上面烤成了棕黄色。

他还在把冒着热气的烤饼往盘子里堆，吉蒂就已经开始流口水了，他摆出几个雕花玻璃的碟子，里面盛着黄油和果酱，又递给她一把刀。在做烤饼的过程中，不知道他用的什么法子，居然还沏了一壶茶，并且拿出安兹利牌的茶杯、茶杯碟和盘子各两个。

“你这些东西真漂亮，”她说着切开一块烤饼，在正反两面都涂上黄油，“清淡爽口！”她咬了满满一嘴烤饼说道，“食物好吃，瓷器精美——你可真是个不可多得的人才。”

他眯起眼睛打量着她。“我相信你也是个不可多得的人才，”他说，“但你的麻烦就在于，没人想要你这样的金子。人人都以为你只是镀了薄如蝉翼的一层金而已。”

她屏住呼吸，不得不咳嗽几声才没把自己给呛着：“你的眼光太敏锐了！人们常常误以为我是个拜金女，不过我想艾达是不可能容许这种事发生的。”

他的眼里慢慢浮上了笑意：“哦，艾达！没错，多亏了她，我才会对拉蒂默家的姐妹们知之甚多。尤其是你和你那张脸。我在想，为什么有这么多人似乎就只能看到别人的外表呢？查理·波德姆想要娶一个能展示给人看的妻子，一则为了炫耀，二来为了证明小矮个男人也能轻而易举地得到最漂亮的女人，但糟糕的是，他势不可当地爱上了你。哦，他是诚心诚意爱你的，这一点永远不要怀疑。他必须得到你。”

“艾达跟你说的都是真心话，是不是？她对我能有对你一半这么坦率就好了。那样我也许会做出不同的决定。”

“作为姐妹，能说的她都说了。而我是外人，无论我怎么想、有什么反应，都不重要。”

“总的来看，你跟我们家的人一直走得很近，时间也不短了。”吉蒂说道，朝着他笑了笑，“不过，你打算照顾格蕾丝的计划失败，我却很高兴。幸好你逃脱了。”

他仰起头，尽情大笑起来。“你别以为我不知道！不过，克朗达农庄倒是真的需要一个妻子和一个家庭，农庄的主人也同样需要。不知不觉我都要四十岁了。”他认真地说。

“这个人会出现的，杰克。”她安慰道。

“我知道，该来的迟早会来的，一切都是如此。”

她凝视着四周：“我喜欢这个地方。这就是家的感觉。”

“那是因为你骨子里其实是个农家主妇，”他说道，声音相当冷静客观，“尽管你并不知道农家主妇是个什么样子。嗯，她膝下围绕着五六个孩子，夏天不穿长筒袜，冬天会穿橡胶靴，她没有像样的裙子，织补过的袜子倒有满满一篮子——我还可以继续说下去，不过我想你听到这么多就能够明白了。”

她很想哭，不过她还不至于笨到这个地步。这番话杰克不是对她说的，而是对她这种人说的。“是的，我明白你的意思。”

她心领神会地说，同时微微一笑，“尽管咱们的本性决定了咱们的爱人应该是什么样，可他们却并非如此，奇怪吧，是不是？”

“我的年纪越大，就越觉得奇怪。”他说，回应似的也对她笑了笑。

“你会躲过大萧条的影响吗？”她问道，他开始收拾上午茶的餐具，她不知道这是不是在暗示她该走了。

并不是。桌子清理干净，他拉出他那把温莎椅坐下，转过来面对着她，随后悠闲地靠在椅背上。

“我一直很走运，”他微笑着说，“尽管我的肥羊几乎没有盈利，可是阿拉伯马却很抢手，一养出来就卖掉了。这一块赚的钱已经上涨到我的各项收入之首，因为也只有有钱人还在买东西。”

在他说话的时候，一只灰色的动物一溜烟跑进厨房——她估计它是从后门进来的——毫不费力地一跃而起，落在杰克腿上，不光占满了他膝上的空间，还伸出来不少。好大一只肥猫！杰克还在继续说着，没有理会它，只是动了一下身体，好让猫躺下的时候可以把脑袋靠在他胸口。

“这是伯特，”杰克把话说完以后才说道，“每次我刚一吃完，它就跑到我腿上来了。”

“我没想到猫能长到这么大。”她说，随后看着他捧起猫的脸，从前往后地抚摸着，一直摸到耳朵。满屋都是小猫心满意足的呜呜声。

“它有二十一磅重，”杰克自豪地说，“而且咱们家里是它做主——是不是呀，伯特？”

“你好，伯特。”吉蒂试探性地伸出一只手。

一对明亮的绿眼睛狡黠地审视着她，这个畜生可不傻！

“它认可你了。”杰克说着咧嘴一笑。

“你怎么知道？”

“因为它还在这儿，一点也没挪窝。如果你是艾达的话，这会儿——噗！它已经跑了。”

“继续说阿拉伯马的事儿。我猜你的意思是，私立学校那些公主的爸爸依然对她们有求必应，要是对马痴狂的女儿想要坐骑，他们也会掏钱买的。”

“没错，你以前也是私立学校的公主。”

“可艾达才是对马痴狂的那一个。我害怕马。”

“我看出来了，不过别灰心。如今汽车用起来更方便。”

这顿上午茶喝了好久。他俩天南海北什么都聊，从艾达说到莫德的痴呆又说到新医院的进展。吉蒂觉得他们就像分别十年之后再度相逢的一对旧友。杰克带她在家里参观了一下，又介绍她认识了他养的两条澳洲牧牛犬——阿福和黛西，屋里是不许它俩进来的。她主动提出要洗盘子，被他拒绝了。

“下回再来喝茶吃烤饼吧？”他陪着她走去开车时问道，“要是知道你要来，我就不会一身马臭味了，我保证。”

“下礼拜这个时间再来会不会太快？”

“不会，很合适。咱们最好有机会就先备着——有时候我会出门去卖马。”

“那就下个礼拜再见，杰克，还有——谢谢你。”

吉蒂注意到，她刚一开走，他就转身进了屋，她不由生出一股悔意。就算她的希望会落空，可要是他目送着她离去，她心里肯定会好受一些。然而他并没有这样，这不是他的义务。

和杰克聊天的时候，吉蒂有了很多新想法。自打拇指姑娘的时候起，他就一直跟教区长一家的生活沾着边儿，背上仿佛钉着一块大大的招牌——艾达预留，先是因为他送了法蒂玛给她，后又因为他给她送去生理上的满足。可是等到格蕾丝设法介入之后，这点小事就被她闹得大惊小怪的！其实格蕾丝也不是真心想要他。和艾达一样，她只是需要他而已，但不是为了肉体的欢愉，而是为了让他帮忙修养鸡场的门或是挖土豆。哦，可怜的杰克！被拉蒂默家年长的这对双胞胎伤得体无完肤、害得面目全非，然而这姐俩却压根不知道自己对他做了什么。

从小到大我们都以为，不会有男人爱上我们，艾达尤其如此。她觉得自己冷酷无情，要是人家对她说，有个男人会爱她，她肯定不信。但是杰克·瑟洛确实爱过她——他当然爱过她！虽然他也是波德姆家的人，不过跟我的查理却截然相反。他是个靠土地吃饭的人，知足常乐，而查理却从不满足。

记忆中，她仿佛听见艾达那遥远的声音在哀叹杰克胸无大志——他是个不贪心的人，多么难得！艾达不知道杰克爱她，于是远走他乡，醉心医学。从她跟杰克·瑟洛相处的这两个小时来看，吉蒂发现，他和风、水、土甚至是火仿佛都心灵相通。他无所畏惧，却也无欲无求。

多么奇怪！吉蒂想道，我这一生，身边的人全都渴望着自己得不到的东西，拼命努力地想要把它抓住手中。每一次被击倒，他们就把自己再拉起来，然后开始从头再来。而杰克·瑟洛却永远不会这样自降身份。

艾达会说他迟钝，意思是他脑子不很灵光。草窠会说他高风亮节，指的是他具有荣誉感和责任感。格蕾丝会说他本性良善，因为他甘愿为她牺牲自己。爸爸会说他是个不去教堂的好男儿，看来死后只能进次一级的天堂了。查理会如何评价这位表亲？起初他肯定是一脸茫然，因为他真得好好考虑一会儿，杰克·瑟洛的脸才会从他的泥沼中浮现出来。随后他会说他是个杰出人物，言下之意是，他不懂政治不懂商业，因为他满足于一潭死水的沉闷生活，所以他毫无价值。

我真替他感到痛苦，吉蒂心想，这是一种突然的剧痛，让人捶胸顿足，却又无泪可流，源自一种看不见的失败。和艾达还有格蕾丝一样，我也忽略了杰克·瑟洛的悲痛，仿佛他并不伤心。他从艾达十七岁生日一直等到她嫁人，这么多年来他该有过多少期盼。意识到自己可能永远也得不到艾达的时候，他又试图去追求她的双胞胎妹妹，却被格蕾丝当众拒绝，然而他毫无怨言，他的反应在世人眼里就像自尊心被刺伤了一样。遗憾有千万种，杰克选择了克朗达人觉得完全正确的那一种。

今天见到他，我似乎突然之间有了一种意想不到的洞察力。这是否是因为，我自己那些麻烦事儿如果摊开来看，其实并没有我所想象的那么多？艾达给他的伤痛虽已痊愈，可是过去这九年来，她贬低他，叫他失望，灭了他的威风，他还没能彻底从中摆脱出来。他现在什么样，以前就是什么样，今后也都会是这样——这个男人已经和这片土地以及其上的生灵们结为一体。

只要他还在克朗达，我就会每周三早上去他家厨房里喝茶吃烤饼，到后面的游廊跟阿福和黛西打招呼，再讨好一下趴在主人腿上的伯特。他就像流沙海洋中的一座花岗岩岛屿。

她停下车，凝视这一圈阴郁的群山，积雪仿佛给它们刷了一层白漆，映衬着铅云低垂的乌青天空。大片大片湿漉漉的雪花在她身旁悠然落下，随心所欲、无忧无虑地翩然起舞，最后落进遗忘的怀抱里消失不见。真美！

那天晚上，查理和多卡斯一同进了屋，他和往常一样，在吉蒂脸上轻轻一吻，问她今天做了些什么。然而今晚，吉蒂却无意识地一动，叫他的亲吻落了空，对他的问话也没有理会。

当他去餐具柜准备大家的餐前酒时，多卡斯在“她自己的”椅子上坐了下来，吉蒂说话了——不过只是对着多卡斯一个人说的。多卡斯那对水汪汪的敏锐眼睛早已洞悉一切，可她的行动却并未表现出来。查理不喜欢她根据吉蒂的行为妄加揣测，而她是不敢得罪他的。

“多卡斯，你今晚真漂亮。”吉蒂说道，心里对她很是怜悯。

“谢谢你，吉蒂！”多卡斯的声音听起来言不由衷，因为这话把她给吓了一跳——吉蒂为什么不理她丈夫？

“你准确地捕捉到了细微的差别。”吉蒂继续说道，对多卡斯露出亲切的笑容，“优雅却不张扬，在墨尔本一定会大受欢迎，而我却一直很害怕那个地方。我的穿着打扮太过繁琐花哨，跟墨尔本的女性品位不合，可你是无可挑剔的，多卡斯。要我说，再过一年，所有的政客都会吵吵着要找一名女助手，查尔斯·波德姆家的多卡斯·钱德勒无人能及，其他女助手能有她一半那么优雅、聪明却又不显山露水就不错了。”

吉蒂说这番话的时候，一连串各种各样的情绪从多卡斯那对充满矛盾的眼睛里一闪而过，这对眼睛后面的大脑正在高速运转，比流星划过天空的速度还要快。这个女人始终都知道自己是不敢去向老板寻求帮助的，她该如何应对？怎么才能猜到吉蒂到底意欲何为？老板背对着她们，一筹莫展。他也不肯转身来面对女人们，所以完全派不上用场。

“你不觉得这种蓝色太深了吗？”多卡斯不安地问。

“没有啊，很好看——这种群青色比冷冰冰的绀青色或是藏青色更加可取。”吉蒂说道，“你大可以相信我的话——我只有在自己穿衣打扮时品位才很差，对于其他人，我看得都很准。”

查尔斯终于转过身来。“这话倒是一点不假。”他说着递给多卡斯一杯雪利酒，“没错，多卡斯，群青色刚刚好。”

吉蒂接过她的雪利酒，冷然一笑。

你这个贱人！他心里想道。你对我的反感终于在人前表现出来了，今天到底出了什么事？我想今晚就该要求你履行夫妻的义务了。

不过吉蒂比他快了一步。主菜还没吃完，她便抱怨说头开始疼，随即上床就寝去了，留下他来招呼多卡斯。

“我也不知道她这是怎么了，”吉蒂走后，他说道，“有些头疼就是毫无先兆，说疼就疼。”

“人们已经忘了您有医学学位吧。”多卡斯不慌不忙地说，同时将手中的刀叉整齐地放在一起，“哦，我已经吃饱了，真的。有时候我觉得自己就像斯特拉斯堡[1]的鹅一样。”

“就算你真是鹅，那也是很可爱的一只。”他说着冲她举起杯子，“人总担心它们攻击性太强——我说的是鹅——可是往深了说，它们跟天鹅是最近的亲戚。”

是时候放手一搏了。不然的话，吉蒂的事肯定会爆发出来。

“查尔斯，就算您要我住口，那也是我自找的，但我觉得我必须指出，您妻子是个很不快乐的女人。”她说，声音里却听不出丝毫歉意，“实际上，她非常不快乐。”

---

1 Strasbourg，法国东北部城市，著名的鹅肝产地，为了使得鹅肝肥大，鹅被强迫进食。

她这个时机选择得极为巧妙，他的双肩重重地塌了下去。“是的，这一点我也看得很清楚。她是个为了孩子而活的女人，渴望着拥有自己的孩子，可是却接连经历两次流产。”

“啊！所以她去孤儿院工作。”

“也别忘了她是一名受过训练的儿科护士。”

“她还很年轻。”

“产科医师找不到问题所在。我也找不到。最糟糕的是，她把责任归结到我头上。”听听！说出来了，是他说的。

多卡斯脸上不动声色、无动于衷，眼里却闪过可疑的泪光：“查尔斯，我不能假装自己什么都懂，毕竟我从没有结过婚。但是人都说时间能治愈所有的创伤，甚至是心里的伤痛。她本质上还是通情达理的。”

“是的，我也希望她能痊愈，可是她却总也治不好。吉蒂就爱待在家里，而我喜欢公众生活——简直沉迷其中无法自拔！随着时间的推移，这种情况只会越来越糟，而不是越来越好。”

“用不着担心这个。”多卡斯安慰他道，“你没有注意到吗？在澳大利亚的政治事务中，政客的妻子们很少发言，或者干脆一言不发，甚至常常连人都见不着。你搞你的政治，她就待在波德姆大宅。她在政界的重要性完全可以忽略不计。不过，每年有两三次，你还是必须带着妻子公开露面的，这个时候，所有的人都会对你的妻子赞叹不已，除了罗森·席勒爵士，因为他娶的是你妻子同父异母的姐姐。查尔斯，传奇正在书写，你千万不要忘了这一点！拉蒂默家这两对双胞胎姐妹一定会在澳大利亚的传说中占据一席之地，这其中有席勒夫人、未来的波德姆夫人——你肯定会封爵，查尔斯，这是确定无疑的——医院院长拉蒂默，以及大萧条遗孀奥尔森。等她们年纪大了，我会亲自来写她们的故事。与此同时，你也别再担心吉蒂了。她眼里只有孤儿院，有姐妹，有父亲，还有克朗达。您的眼界则要广阔得多，这一点不用我说你也知道。”

他坐在那里，全身仿佛通了电，眼睛的颜色已经变得像狮眼一样。她一定要记住叫他的理发师别把他那狮鬃般的头发打薄，也不要抹上发蜡——他得有自己的形象。她偷偷一笑，想起了总理乔·莱昂斯。他也有一头漂亮的头发，虽然现在时兴把头发梳得像漆皮一样又光又亮，他却从来不会这样。说到头发，吉米·斯卡林的发型也是如此。女人们就喜欢男人有一头漂亮的头发！她们厌恶的是一嘴烂牙、大腹便便和脱发谢顶。

“多卡斯，”他几乎像在唱歌一样，“没有你我该怎么办？”

她没有答话，心却像石头一样坠入了深渊。

吉蒂的事虽然是多卡斯最先注意到，但她觉得自己不便开口，所以，到了一九三三年新年刚刚过完的时候，是格蕾丝把这事告诉了查尔斯。不过这并不是她来正式觐见查尔斯的目的，她是为了两个儿子才来的。

她把他俩也一起带来了。查尔斯立刻就发现，他俩比实际年龄老成许多，尤其是布莱恩，他注定要担起一家之主的重任。自然是她把他变成这样的！哦，她没有哭哭啼啼做出一副无助的样子，也没有时时提醒他如今是家里的男人了——格蕾丝很聪明，不会采用如此笨拙的策略。其实她只是从不对他隐瞒她身为寡妇的困难处境而已。有些人会觉得她这是明智之举，而另外一些人——比如像查尔斯——却认为她没必要这样，毕竟孩子还太小。布莱恩很快要满五岁了，约翰到五月的最后一天才满四岁。他俩长得很像，都有一头浓密的浅色金发，睫毛的颜色也很浅，面部轮廓是典型的斯堪的纳维亚人。这些特征会伴随他俩一生。看着他俩，查尔斯觉得，在拉蒂默家的血统里，条顿人[1]或是维京人的基因恐怕比不列颠人或者凯尔特人的基因更多，因为显而易见，妈妈遗传给他们的东西跟爸爸的遗传结合得非常紧密。兄弟俩的不同之处在于眼睛，两双眼睛都像天空一般湛蓝，没有一丝属于大海的灰色，也没有一点属于森林的绿色。哦，但运转在眼睛背后的两个大脑却很不一样！布莱恩的眼神无畏果敢，难以直视——就像思考的战士。而约翰的眼神却超然脱俗，还有一点点悲哀——这是个真理的追寻者。可怜的约翰，他会碰壁的。

我要是有两个儿子，也该有他们这么大了，查尔斯心想，不过，如果是我的孩子，他俩应该会像卡拉拉大理石和帕罗斯大理

1 Teuton，指日耳曼人。

石做成的吧。这两个孩子太白了，简直洁白无瑕，看不到令人着迷的纹理，也没有缤纷多彩的漩涡。可是抱怨又有什么用呢？我的命运就是两个孩子相继流产，其中一个夭折的时候月份已经很大，我埋葬的就是个真正的孩子。

“格蕾丝，有什么可以为你效劳的吗？”他问道，藏起自己那紧张的担忧。格蕾丝从来都没有好事，从来没有。

“那我也不藏着掖着了，查理。我想搬到悉尼去。”格蕾丝宣布道。

这时他才头一回把视线落到她身上，意识到自己刚刚满眼看的、一心想的都只有她的两个儿子。她就像那岩间的圣母！从他脑海里存储的卷宗中飞越而过——她美丽、孤傲、超脱一切世俗的乐趣，周身环绕的坚毅与顽强如今已和她融为一体，她生命中的每一分力量都集中在她的后代身上。拉蒂默家这四姐妹真是非同一般！

“这可是跨出了一大步。”他含糊其词地说，等着她的下文。

“现在时机正合适。布莱恩下个月就要上学了，不过不在这儿。”她的声音变了，变得更加甜美，她知道他一眼就能看穿这个小花招，但还是想要使出来，用以强调自己是来低声下气求他的，“我本想去找罗森·席勒，毕竟他是我姐夫，可他的家在墨尔本，而且据我所知，艾达在墨尔本很受欢迎。可是那里夏天太热，冬天又太冷。不行，还是悉尼适合我。”她的声音从热乎乎的蜂蜜淡成了凛冽的寒冬，“查理，你这么富有，求你破费这么一点钱来帮我一把，我是不会良心不安的。阿熊的儿子们不能在克朗达长大，这儿人人都对他俩知根知底，他们也不能在这里上学，因为同校孩子的父母都是他们父亲失智与自杀的见证者。”

他的目光本能地转回到这两个小男孩身上，他俩在母亲膝下，一边一个，就像守护着一尊大母神雕像的两只雄狮——她怎么能当着他们的面说出这些话？布莱恩直视着前方，约翰则眼神迷离如在梦中。

她的声音源源不断地传来，势不可当：“你可以毫不费力地在贝尔维尤山[1]买下一处像样的房子，让我在那里安家落户，再给我一辆车和一份收入，足够我这个无意在社交界一举成名的体面寡妇生活就行。我希望我的儿子们就读私立学校，但他俩不会在同一所学校。斯考茨学院比较适合布莱恩，而约翰去念悉尼文法学校更好一些。你可以看得出来，这事我已经想得清清楚楚，而且也找人打听过了。”

“考虑得非常周到。”他说，尽管她要花他一大笔钱，可他每一个子儿都给得心甘情愿。至少在格蕾丝这件事上，他已经比罗森·席勒占了先机，“可是搬到一个人生地不熟的地方去，你不会孤单吗？”

“我很快就会交到新朋友，跟别人熟起来，”她微笑着说，“学校的家长协会就是为此而存在的。大萧条总有一天会过去，

1 Bellevue Hill，紧邻德宝湾和玫瑰湾，是悉尼的豪宅区。

我希望我的儿子们能够做好准备去夺取丰收的果实。所以我要送他们去念最好的中学，然后念大学，等到找工作的时候再有人施加一点影响力。要是他们有意从商的话，尽管手头没有储备金，但他们有社会地位，也受过良好的教育，要弄到这笔钱应该没问题。”

“孩子们，该出去玩了。”查尔斯轻快地说。他俩看了一眼自己的母亲，她点点头，他俩这才离去。“格蕾丝，你把他们教养得非常出色。”

“尽力而为吧，在克朗达也只能如此。在小学阶段，我打算让他们走读，不过等到十二岁，我就要让他们住校了——这样花费会比较高，可是家里没有男人，他俩得多接触男人的世界才行。女人家是没法引导男孩子度过发育期和青春期的，那样就像在一片未知的海洋中挣扎。我爸爸的孩子全都是女儿。”

“你总是能让我惊叹。”查尔斯随口说。

“因为我能把孩子的需求放在我自己的需求前头吗？”格蕾丝笑道，“哦，得了，查理！做不到这一点的母亲才差劲。事出虽然有因，可我们却永远不会知道究竟是什么缘由。我当然也不知道。作为阿熊孩子们的母亲，我希望他们能超过阿熊，这肯定也是他的心愿。他从不嫉妒别人，也从不愤世嫉俗。你给我的钱只要足够我们过上我儿子的朋友们以及他们的父母期望看到的那种生活就好——让我在不得不待客时能端出上好的食物，让我的儿子们能多置办些好衣服——我的衣服可以自己做，反正我在悉尼也是不可能工作的，刚好用这事来打发时间。家具我自己有，但我想买些书，把一间小图书室给装满——这对孩子们会派上用场。”

他把便笺本放在腿上，忙着写了起来。“住在贝尔维尤山，俯瞰玫瑰湾——是的，我认为你的住处是应该看得到风景的，在悉尼的这个地区，看不到风景的都不是好房子。房子在你名下，房产税和其他税款由我来付。还有一辆好车，要容易修理的，也在——你的——名下。很好！我会叫我的事务律师在我的遗嘱里增加必要的附加条款，以便在我死后保护你的权益——这事我不希望罗森插手干预！你的收入是每周二十镑——随着生活费用的提高而增加——不需要你付出任何义务，至于孩子的学费、制服、书本以及教育等费用，我会单独设立一个账户。还有一笔储备金，平时用来进行稳妥的投资——两万镑应该差不多——只有在最极端的紧急情况下才能动用。”他放下笔，拧上笔帽，看着她，“这样够了吗，格蕾丝？我有没有遗漏什么？”

“够了，谢谢你，查尔斯，我打从心底感激你。”她露出一个灿烂的笑容，“我再也不会叫你查理了。”

“这个回报就足够了。”

“我猜吉蒂是在孤儿院吧。”

他的脸立刻变成了狰狞怪兽：“还能在哪儿？她似乎完全失去了自我，在其他人想生就生的孩子们那里忘却她的悲伤。”

“哦，查尔斯，别这么愤愤不平，求你了！她也是有同感的！实际上，她正在走下坡路。”

他的身子僵住了：“她在什么？”

“走下坡路。你肯定注意到了。”

“我——我最近没怎么见到她。”

是啊，因为你在忙着跟马脸多卡斯碰头开会，格蕾丝冷酷地想。不过她嘴里说的却是：“她现在都不是天天换衣服了，甚至两三天也不换一回。她的头发乱糟糟的，口红也不涂了。我批评过她，可那是白费劲。据吉蒂说，孩子们不在乎她穿什么，他们也不喜欢她涂口红，因为那会妨碍她亲吻他们。查尔斯，吉蒂在走下坡路，你是一名医生，应该知道我是什么意思。”

“你是说她顺应时势，变消沉了。”

“完全正确。”

可吉蒂在星期三从来不会这样。这是拼图里最关键的一片，也是格蕾丝没有机会看到的那一片。

格蕾丝自然是误解了她所见到的大部分情形，因为她和吉蒂的个性截然不同。所以她重又忆起吉蒂孩提时的沮丧抑郁，将她如今的状态也归咎于此，并且得出结论——吉蒂很快就会到老人安养院去和莫德团聚了。然而事实远非如此，吉蒂并不是年仅二十五六便心灰意冷。她在孤儿院工作之后不久就发现，无论她穿哪一种制服都不方便，要是她穿家常的衣服，那起码得有点像这些孩子的母亲会穿的那种衣服。于是吉蒂逐渐习惯了在不去孤儿院的日子才打扮一下，要是这身衣裳在孤儿院穿了一天以后还依然很整洁，她就再穿一天。毕竟，没人能因为她不够优雅就说她像个农家主妇！她这么穿只是比较实用而已，也更容易打理。一双丝袜得十个先令，穿到孤儿院之后没几分钟就会抽丝，那还穿它干什么？

这一点，草窠明白，格蕾丝却不懂，多卡斯·钱德勒也不懂。

在吉蒂心里，自己看起来什么模样是最不重要的。不可思议的是，她的意识仿佛不知不觉摆脱了束缚，不再像从前那样兜圈子，而是走起了直线，即使有岔路也不会迷失，又走回到那一个个像圣诞树一般被点亮的分岔点。她这光鲜亮丽的人生终于有了意义。回望这些年，有个压倒一切的特性一直决定着她的命运，维持着她的生命，那就是——外貌，这是多么可怕的事情。她的姐姐们虽然始终看得明明白白，可是她们也都为各自的本性所局限。哦，时间是如何将这一切都撕得粉身碎骨！

冬去春来，杰克·瑟洛犹如一个脱离了实体的念想，始终浮现在吉蒂脑海深处。每周三早上，只要他在家，吉蒂就会来喝茶、吃烤饼，谈上两个钟头。他在吉蒂心里也一步步立体起来，她从不觉得他是个外来闯入者，也没有讨厌过他。她和他可以无话不谈，前提是他身为男人在智力上能够理解，在情感上能够认同。他很擅长划定界限，能让她毫不费力地在说得太多前收住话头。她因两次流产而心碎，因丈夫占有欲太强而神伤，这些都是杰克不想听的，吉蒂现在已经学聪明了，所以明白他为什么不想听。世间万事皆有阴阳之分，因为男女两性不仅生理构造上大有不同，在那看不见摸不着的精神领域更是天差地别。

他虽然只字未提，却教她懂得了查理永远也不会知晓的道理：她和姐姐们姐妹情深、与父亲感情深厚，这并没有错；她拼命想拥有自己的孩子，这也没有错。在他俩的关系中，那一个个决定因素被他打造得如此微妙、如此巧妙，她不禁在想，艾达是有多么迟钝才看不到杰克给她带来了什么——力量、安心、平静、充满激情的真正男性之爱。可怜的艾达！她总是在渴望别的东西。

吉蒂并不能对自己说，是杰克干预了她的生活，教导她该如何进行补救。他俩每一次会面，他都会暗示自己拒绝这么做。不，这是她的战斗。她必须自己把一切理出个头绪。以她自己的方式。用她自己的时间。这是小战士的一场大仗。

不过她并不是一个人。尽管不曾说出口，也没有用眼神或动作来表达，可他却不知用了什么法子让她明白，他是站在她这边的，他爱她，而且远远超过当初爱她的姐姐。如果闭上眼睛，吉蒂仿佛能够感觉到他的爱就像一块羽毛般温暖的毯子包裹着自己，既不会让她窒息，也不至于感觉不到。

“听我说，吉茨。”格蕾丝兴致勃勃地说道。第二天她就要和孩子们离开克朗达，前往悉尼开始他们的新生活了。

“我在听着呢。”吉蒂顺从地说。

“现在艾达和我都走了，你会比从前更加孤单，我不喜欢这样。要是查尔斯还没丧失他与生俱来的判断力——不过他已经丧失了——他就会把你照顾得更好一些，然而他现在着迷的只有马脸多卡斯和政治。今年晚些时候会举行一次补缺选举，查尔斯正在着手准备这个，他租下一间店面当他的竞选总部，这事你总该知道吧。哦，吉蒂！你还不知道？你是怎么啦？乔治·英格索尔得了癌症，就快死了，等他一死，他的席位就会空出来。你听见了没？”

“是的，听见了。”吉蒂疲惫地说。

“等查尔斯去了堪培拉，情况就会有所改善。幸运的是，他用不着在那儿买房，从这里开车过去只要两个小时。不过他今后多数时候都会待在堪培拉了，要是你还想要孩子，那就趁现在吧。一旦他当选议员，就会累得没有精力了。”裙裾窸窣作响，连桌布都被带得飘起，格蕾丝突然扑过来抱住吉蒂亲吻她，“哦，吉蒂，我真替你担心！要是艾达知道如今的情形，她也会不放心的。我在贝尔维尤山的房子有一间备用卧室，你必须答应我，如果你在克朗达走投无路，可千万要来找我！”

“在克朗达走投无路？”吉蒂眼中燃起淡紫色的火焰。

“要么就去找艾达。起码罗森还是个正人君子。”

吉蒂咯咯地笑了：“说实话，格蕾丝，你可真是糊涂到家了！我好得很，根本没有危险。”

“只要记住我家有备用卧室就行了。”格蕾丝说。

乔治·英格索尔是一九三三年一月确诊癌症的，当时他的状况已经很糟，医生说他最多能活一个月。然而乔治家里的血统可是顽固得很，他说了，这四十年来他击退所有的政治对手，可不是为了听一群医生随口说说就蜷起脚趾头乖乖去死。这只是一时的挫折而已——他还说了，不，他是不会从联邦议会辞职的。到了十月下旬，他倒真是死了，不过是死于心脏病发作，显然跟拖了他后腿的癌症一点关系也没有。一直到死，他都是联邦议会里代表克朗达的现任议员，这就意味着克朗达的选民要到十一月末才会举行补缺选举。

查尔斯·波德姆很快就对政治生活的一个方面有所认识——隐晦是没用的。所以，乔治得癌症的消息一传出来，查尔斯便在乔治街租下一间废弃的店面，设立了他的竞选总部，让多卡斯·钱德勒和几位年轻又热心的波德姆忠实拥护者在这里上班。这儿有用来沏茶的全套茶具，还摆着硬饼干，还有从查尔斯笔记本里抄写的一些片段，概括他的政策大纲。这一行动的方方面面都清楚地表明，他将会以无党派人士的身份进入议会，跟老一套的旧党派政纲毫无关系。

乔治拖了很久都没死，造成的影响还是有一些的。首先，人人都理所当然地认为，等到这桩不愉快的事件确确实实发生时，取代乔治席位的必然是查尔斯·波德姆医生。所以，打从创始之初就拥有这个席位的澳大利亚乡村党已经决定压根就不推举候选人，免得把钱打了水漂。工党倒是提名了一名铁路工人当候选人，不然查尔斯就没有竞争对手了。事实上，多数工党党人都打算把票投给查尔斯，他虽然傲慢无礼，重要性却不容置疑。

这几个月以来，查尔斯对吉蒂的关注丝毫没有增加。她其实都不知道他是不是还记得有她这么个妻子。他眼看着自己离堪培拉越来越近，越来越兴奋，和可靠的助手多卡斯一起不断给竞选工作加快步伐。被丈夫忽略的吉蒂，每日里东想西想，想到杰克·瑟洛，想到自己这无可救药的处境，想到嫁错人成了别人的合法财产。要如何才能将自己解救出来？答案究竟是什么？不过她并没有为此而愁眉苦脸。表面上她虽然无能为力，心里某处却有股信心——她相信世上一切皆有答案，这信心好似一根可以拉长的皮带，让她的力量日益增强。

查尔斯当然也意识到妻子对他的一举一动早已丧失了兴趣，可是只要乔治·英格索尔一天不死，吉蒂就不值得他花费宝贵的精力。其实，查尔斯也像她一样整日思来想去，只不过他想的是如何在澳大利亚建立一个政党。

乔治的死让他完全清醒过来，他仿佛一夜之间看见真的只要两小时就能到达堪培拉，不为人知的惰性也一扫而光。是时候对吉蒂动手了，她的模样就像个特里劳尼女人：尽管算不上邋里邋遢，但衣着打扮肯定太过时了。没什么问题是解决不了的，可是他怎么才能抽出时间去解决？这女人真伤脑筋！她在孤儿院里忙得很，没时间在家举行上午茶会，也没空去拉拢太太们，这就是她的问题所在。怎么才能抽出空去跟她开战呢？随后他想到一个绝顶聪明的点子——让多卡斯去跟吉蒂谈！没错，这事叫多卡斯去干！

“告诉吉蒂，叫她把自己收拾漂亮些。”他命令道，“跟吉蒂一比，伊妮德·莱昂斯就只能算相貌平平，但是我希望，她在堪培拉亮相的那一刻，人人都能一眼就看出这个差别。我的妻子必须完美无缺、无与伦比。去吧，多卡斯，照我说的做。”

“我做不到，查尔斯！”多卡斯说着倒抽了一口凉气，感觉自己仿佛一下子跌进恐怖的冰水中，“吉蒂是你的妻子！无论有什么话要说，都只能由你去说。我完全是个外人，我跟她甚至连朋友都算不上！求你了，查尔斯，我做不到！我只是个员工而已！”

尽管她提出了异议，可他就像花岗岩雕像一般不为所动。他冷冷地盯着她，眼睛金光四射，她差点以为雷电会从他眼里喷薄而出，不用他说她也明白，要是她不服从命令，她就当不成他的政治顾问了。

不知为何，这事似乎在吉蒂的意料之中。周三早上，当多卡斯询问是否能来跟她喝杯茶聊聊天的时候，吉蒂摇了摇头。“不，今天不行，”她说，“明天吧。每周三上午我都要跟杰克·瑟洛一起喝茶，我是不会因为查理或是你或者其他任何人破坏这个约定的。”

多卡斯那对浅蓝色的眼睛仿佛要看穿她，却发现她既没有罪恶感，也不是在故意作对，她只是在简单地陈述事实而已。

杰克·瑟洛？这人是谁？他不是查尔斯的朋友，也不是政界或城里的要人。多卡斯回想起往事，还真想到一桩旧事：在查尔斯来到克朗达之前，那家伙曾经是老汤姆·波德姆的继承人，也是吉蒂同父异母姐姐艾达的男朋友——没错，就是他！所以，查尔斯的妻子肯定是早就认识他了，远远早过认识查尔斯。多卡斯猜想，他就是个重要的老朋友，绝无可能发展到情人这一步。多卡斯觉得自己的任务并没有因吉蒂每周三的约会而有所改变，便准备好周四再来找她茶叙。

然而等着跟吉蒂见面的多卡斯却看到她摇身一变，打扮得干干净净，出发去赴和杰克·瑟洛的约会。她身着一袭蓝紫色长裙，优雅的丝绸质感在鞋子、背包和一顶漂亮的贵妇帽上倒映出一道道杏色的光泽，显得愈加华美。她脸上化着精致的妆容，头发随意地垂下来。哦，一个多美丽的女人！

痛苦咬噬着多卡斯，就像一条掉了牙的老狗在啃一块溃烂的骨头：要是我像她这么漂亮，想当全世界的女王都没问题。可她——她却全不在乎。如果查尔斯所言非虚，她曾经因为憎恶这张脸而想用奶酪刨自残、用上吊绳自残，可是到了周三上午，她却拨开乌云、满面阳光，就为了跟一个男人喝茶聊天。这个男人不仅是她的老友，而且还曾是她姐姐多年的情人。

多卡斯·钱德勒受雇于查尔斯·波德姆之后，一个星期都没过完，她便从原先那片情感荒漠中一跃而出，降落在一片绿洲之中。这可不是一般的绿洲，亚历山大大帝进入这片绿洲时还是凡人，离开时便已成了神。纵使她又瘦又高、笨拙难看、面长如马，可是与她这副面容不相称的是，她在内心深处和别的女人并无分别：向往着被人爱慕，离不开男人的力量，渴望有一种永不会离开的温暖包裹着自己。在多卡斯·钱德勒眼里，查尔斯·波德姆代表着她想要的一切，可她也知道自己不可能得到他。她对政治活动知根知底，能够给他的就只有这方面的建议与信息，除此之外她一无所有，可是她提出的建议都是真心实意的，因为她对这份工作有感情。多卡斯爱着查尔斯·波德姆，尽管他永远不会知道。纵然是老狗臭骨头，有总比没有好。

她也有自尊，不过她始终都知道，像她这样的不幸之人是没资格拥有自尊的。所以她来和吉蒂喝茶的时候，心情十分矛盾——老板命令丑陋的员工去告诉他那美丽的夫人，说她没有尽自己的本分。这骄傲的女人为了维护自尊，决定将自己对老板的爱慕藏在心里。

吉蒂一上来就开门见山。

“多卡斯，别干坐在那儿，跟脖子后头悬着一把斧头似的。”她一边倒茶一边说道，“来吃块军团饼干，在热茶里浸一浸可好吃了，从来不会散——要是得从茶杯里捞湿透的饼干碎片可就顶讨厌了——怎么做都没法保持优雅。”

“我——呃——还从没把饼干浸在茶里吃过。”多卡斯生硬地说。

“哦，你真可怜！错过了多少乐趣啊！我这军团饼干的配方是从娘家带过来的——用的不是糖，而是金蔗糖浆，否则做不出正宗的军团饼干。要是有姐妹的话，你肯定会把饼干浸在茶里吃的。”

“我没有姐妹，也不会把饼干浸在茶里吃，你这是三段论。”

“就好比说所有的猫在黑暗中都是灰色的？其实它们并不是。”

“你竟然知道三段论。”多卡斯说道，“很少有人知道。”

“我才不会被你岔开话题，多卡斯。查理叫你来，是要你告诉我，如今他已经将自己的政治抱负告诉了所有人，所以我的穿衣打扮和一举一动不能再像个农家主妇了。男人多么愚蠢！要不是格蕾丝对他说，我想他压根就不会注意到我的蜕变。”她咯咯地笑了，随后却叹了口气，“唉，说到格蕾丝，她已经离开十个月了。你可以告诉查理，说你服从了他的命令，但我没有做出任何表态。在合适的时候，我会自己去跟他说，到时候他就明白了。不对，更准确地说，到时候他就会听明白我的话了。但是他永远也不会真的懂，他就不是这种人。今天，我想谈一谈你的事。”

“我的事？”她睁大了眼睛。

“你的事。我想知道你那个可怕的秘密究竟是什么，这个秘密对你这美梦般的工作影响极大。你害怕失去这份工作。”

多卡斯没有答话。她小口小口地抿着茶水，小口小口地吃着饼干。

吉蒂看着她，完全掌控了局面。多卡斯穿的是一身黑底赭点的粗花呢套装，神气地戴着一顶时髦的黑色毛毡帽，帽檐翻了起来，歪戴在左边。她那头古铜色的头发剪得考究，还烫成了波浪，她化妆的手法也有所改进，尤其是眼妆，令那双眼睛看起来既精明又脆弱。

“得了，多卡斯，你肯定有个可怕的秘密。”吉蒂说道，微笑地看着她，这是真正怀有善意与同情的笑容，“我想要帮你，可是除非你信任我，把我当作朋友与盟友，不然我想帮也帮不了。那么让我来说说看我认为你隐瞒了什么事吧。”

“波德姆夫人，不管你说什么，那都只是你自己想象出来的。”

“哦，不是吧，装出一本正经的样子对我可没用！礼节只不过是又一道保护墙罢了。”吉蒂的声音不仅温暖，还多了真心实意的体贴，“在你非常幼稚无知的时候——大约十五岁吧，有个男人残忍而自私地利用了你。我之所以会推测出你没有姐妹，是因为母亲永远没办法像姐妹那样照顾你。不论母亲的动机是什么，她们的破坏力有时候是极大的，而且根本不了解自己的女儿！”

“吉蒂，到目前为止，你说的话，我都没往心里去。”

“你有个孩子——我猜是个男孩，你很爱他。但是真正掏空你钱包的其实是他父亲，你常年被他敲诈。”

多卡斯的斗志，仿佛随着一股爆破般的力量离开了她的身体，只留下她孤立无助。旁人看起来已叫人不忍，若是亲身经受，那该有多痛苦？

“今天就让这条恶心的寄生虫滚蛋。”吉蒂坚决地说，“没错，让他滚蛋！你把关于他的一切都告诉查理，让他再不能借此向你敲诈勒索。多卡斯，别学格蕾丝的样子，不要哭哭啼啼的！要学重生的格蕾丝，大灰狼开始撕扯她家大门的时候，她一夜之间就挺起了脊梁骨。你父母和你脱离关系了吗？肯定没有！”

“没有，他们替我照顾安德鲁，好让我继续当记者。当时我不是十五岁，而是二十岁，可我真是太无知了！安德鲁的父亲在蓝山低处的村子里出尽了风头——他是一名英俊的传教士，魅力四射，传起福音来精力十足！我们把每一分钱都给了他——信教的人实在太好骗了。我甚至连自己的身体也给了他——我对他感激涕零，所以他对我有兴趣，但是儿子在他眼里只是摇钱树而已。”

“他有几个孩子？”

“说来也怪，”多卡斯若有所思地说，“只有安德鲁一个。”

“安德鲁现在多大了？”

“十四岁。他在卡通巴[1]的公立学校念书。”

“这么说，你那优厚的薪水差不多全都花在你的父母、儿子还有这个敲竹杠的烂人身上。我的裁缝一定帮了你大忙。”

“你怎么知道的？”多卡斯舔了舔嘴唇。

吉蒂欢快地笑了，这是胜利的笑声：“亲爱的，你走起路来就像个生过孩子的女人，而且你如此精于世故，不可能未经人事。所以你的秘密就是有个私生子，这已经真相大白了，还有什么事能损害你这毕生的工作？”紫色从吉蒂的眼睛里消失了，“现在解救安德鲁还不算晚，你马上把他带到克朗达来与你同住，这才十一月份，明年二月学校开学时，他就能去克朗达文法学校接受私立教育了。等他考上大学的时候，就会成为克朗达的一分子，变得优美而文雅，舒舒服服地躲在查理的庇护下。”

多卡斯瑟瑟发抖地凝视着她，已经吓呆了，她喊道：“我不能把这事告诉查尔斯！他会当场解雇我的——这可是丑闻！”

吉蒂粗鲁地哼了一声：“胡说八道！你这个傻女人，你跟查理已经共事了这么久，而且关系如此密切，怎么还这么不了解他？这可是他的一大乐趣！查理最喜欢支持那些注定失败的人，他又怎么会对你的困境无动于衷——你儿子的父亲是一条腐烂的寄生虫，十四年来都靠孩子的母亲养活，榨尽了她的油水。我丈夫很尊重你，也很喜欢你——这就是他的回应！安德鲁这孩子讨

---

1 Katoomba，蓝山最大的镇。

人喜欢吗？”

“他很漂亮，但他更大的优点是性格好。”

“去对查理说吧！”吉蒂敦促道，“现在就去对他说——就今天，就现在。他在大宅的另一头，这房子虽然大得跟教堂似的能听到回声，但是走几步也就到了。起来，站起来！快起来，女人！去把你刚刚对我说的事情告诉他，求他替你摆脱安德鲁的父亲。哦，他会很乐意的！查理这么久没有披盔戴甲，盔甲都要没有光泽了，他的战马简直每一个关节都在嘎吱作响。这会让他的步伐重新轻快起来的！去吧，快去！”

吉蒂的恐吓把多卡斯吓得不轻，她逃也似的坦白自己的罪状去了。

吉蒂给墨尔本的席勒夫人二世打了一通长途电话。她已经打定主意，一九三三年的圣诞节，拉蒂默四姐妹要在克朗达重新聚首。从圣诞节到新年有十天的时间……眼下只有她自己的事情还没解决。

这个念头如同被吹凉的木炭一般微微发着光。黄昏时分，吉蒂驱车来到克朗达农庄，在围场里找到了杰克。她之所以知道他在这儿，是因为他摆在防畜栏旁边用来当信箱的汽油桶是空的。她把车停在山脚，信步而上，穿行在满园春色之间，时不时地驻足观赏，有时是一朵娇艳的玫瑰，有时是一丛垂枝的蜡花，又或者是爬过了棚架、肆意生长的香豌豆花。他怎么挤出时间来做这些事的？是的，他在家！阿福和黛西上前来迎接她，龇牙咧嘴地摇着尾巴——杰克的狗很有教养，绝不会跳起来舔人。接着，他也从屋里出来了，来到前面的走廊上，站在那里等着她。他刚刚冲过澡，头发还是湿的。

站在台阶顶上，他高大的身形衬托得吉蒂愈发娇小，她歪过下巴仰视着他。

“我要搬来跟你住在一起。”她说，“现在就来。”

“早该来了。”他严肃地说，“我不会说我已经等得厌烦了，不过，在没有月光的一个个长夜里，我连白头发都长出了好几根。”他用手在空中画了一个大大的圆，“吉蒂，咱们到了。这一切都属于你，我是你的，我的一切也是你的。”

“我可以当你的情人，但是不能成为你的妻子。查理不可能同意离婚。”

“在克朗达农庄里，咱们想怎么过就怎么过，无论如何都不能让你留下一丝遗憾。”

虽然这一刻终于成真，她心里却没有一丝疑虑。他们会拥抱、亲吻、做爱，可是有那么一小会儿，吉蒂觉得这些她都不需要，平静与安逸涌入她的内心，她太兴奋了。

他明白她的感受，于是与她并肩站着，看着夜的使者吞没了绯红色的太阳。

随后，他伸出手臂搂住她，让她转身面对着屋门。

“进去吧，天凉了。”

“我有个手提箱放在车里，但是车得还给查理。”她说，这感觉就像个摆脱不了的倒钩，“他的东西我一样也不想要，一样也不要！”

“我明白。你就别担心了，提都不要提他。”

伯特猫原本占了杰克的椅子，却被杰克给撸下来了，这速度太快，它落地的时候还没醒透，在地上瘫成一团，所以非常生气。杰克坐了下来，让吉蒂坐在他腿上。

她靠在杰克胸前，感觉到他的心脏平稳而有节奏地跳动着，其他的一切都不重要了，以后也不会再重要。哦，亲爱的上帝，把长命百岁这份大礼送给他吧！现在唯一困扰着我的恐惧就是担心我会失去他，独自一人活着。她垂下脑袋靠在他肩上，闭上了眼睛，睫毛湿湿的。我终于到家了。

一九三三年圣诞，艾达和罗森回来过节的时候，草窠安排他俩住在医院的一间员工村舍里，又给格蕾丝和两个儿子也安排了一间。如今草窠已经身为医院的副院长，并且这家医院的院长还在挣扎着把自己的职责全都移交给她。作为一名议员，查尔斯·波德姆是无法管理克朗达乡村医院的。所以，草窠的位子稳如泰山。她和利亚姆在弗格森街上买下两栋相邻的屋子，拆了隔在中间的栅栏。他俩一起吃饭，共享花园，共度闲暇时光，养了两条狗、三只猫，给这些动物全都做了绝育。教区长认为他俩是他遇到的唯一一对在心态上直接从青年迈进老年的伴侣。他们有时受鼓舞，总是被打动，却绝不会被击败。

整个克朗达依然沉浸在一片震惊之中，吉蒂·波德姆连问都没有问一声便毫无预警地离开查尔斯·波德姆和他的万贯家财，搬去克朗达农庄，明目张胆地与杰克·瑟洛姘居，公然做起他的情妇，这简直像在本地丢下了一颗重磅炸弹。没有遮遮掩掩，没有偷偷摸摸，没有畏畏缩缩，不避任何人，对所有人都毫无隐瞒。她从波德姆大宅出来的时候什么都没带——珠宝、皮草和衣服没带——家具或是摆设也没带——甚至就连（奇怪的是，这话是她自己说的）一个奶酪刨都没带。她只带走了自己的书籍、报纸、信件和相册。

大家全都想不通的是，她看起来是如此幸福，一副不知廉耻的样子。至于杰克嘛——嗯，他可不是那种会为了什么事大惊小怪的人，对于自己的通奸行为亦是如此。不过，人们确实注意到他脸上的皱纹比过去少了一些，有的时候，要是他不知道有人在看自己的话，还会像猫一样露出一种有点沾沾自喜的表情，就像他那只著名的大灰猫伯特。

查尔斯·波德姆绝对是第一个得知此事的人。吉蒂给多卡斯留了张便条，叫她千万要确保查理身旁一个人都没有，直到他主动吩咐了再去。出于本能，多卡斯完全遵从了便条的指示。

于是，周五他独自来用早餐时，发现他的托盘上摆着一封信，是用羊皮纸写的，信上还放着吉蒂的结婚戒指和订婚戒指，就像点心包上闪闪发亮的小装饰品。一看到这些戒指，他就什么都明白了。仿佛有千钧大石压上心腹，他在盛怒之下一把扯开信封。

查尔斯吾夫：

想必你见到戒指已经明了一切，但是仍需言辞来加以证实，而我发现自己太过懦弱，不敢当面对你说明。因为你一定会滔滔不绝地威吓我一番，把我说得像从前那样晕头转向，事情就又会耽搁下来。这是躲不掉的，查理。斧子在我手里，我下定了决心要用力了断。

我不爱你。我也不认为自己曾经爱过你，但你却骗得我以为自己是爱你的。接着，等你得到我之后，便立刻把我抛在一旁，即使想起我，也只是把我当作你拥有的一个物件儿。不，这可不太对。你心里的我是你需要的样子，可你却从没有停下来想一想，我究竟是确实如此，还是其实是另外一个人。你能够管理大型企业，也可以赚到大钱，可你却读不懂人的品性，看不见人的灵魂。你娶的女人从来就不是我吉蒂。感谢上帝，咱们的孩子都流产了。不然的话，不论他们天性如何，你都会强迫他们变成你想要的样子，他们会毁在你的手里。纵使心地仁慈，你也依然是个独裁者。

我之所以要说这些无情的话，是因为只有这样，你才会相信我是真的要离开你。咱俩结束了。你想要的女人应该拥有我的模样和多卡斯的头脑。你被我的外表蒙蔽，却根本不知道我心里在想什么。我不适合当政客的夫人。我觉得政治简直烦死人了。你应该娶有头脑的多卡斯。可你却不肯。你们俩如果在一起的话，看起来太不和谐，你的脸皮又太薄，受不了他人的取笑。

我打算去和杰克·瑟洛同居，他说我是农家主妇。跟他在一起，我可以躲起来不用见人，也可以开开心心地不修边幅。请不要原谅我！

吉蒂

查尔斯起初只觉得完全不能相信，随后才渐渐明白这竟是真的。他最先想到的却是公爵小姐西比尔和他那时所受的屈辱，只是这一回在时间上要晚得多，情况也严重得多。他怒火中烧，情绪失控，气得干呕，手里的纯银餐叉仿佛是个弯弯扭扭的假货。他张大了嘴高声喊叫，这声音无比尖利刺耳，任谁的耳朵都受不了。他——查尔斯·波德姆——竟然被人抛弃了，就像肉柜里放了太久的动物尸体。

他满心渴求着去伤害她，狠狠地伤害她，把她往死里折磨，只给她留下最后一口气，让她活在比火更热、比冰更冷的人间炼狱，身受利齿、倒钩、锐甲、毒牙与尖爪的摧残和撕扯，彻底毁掉她的美貌。他痛恨她，诅咒她，在意识的深渊里，他不禁在想，为什么没有比恨意更强烈的感情来滋养他的怒火。

这部名叫痛恨的电影一直不停地演着，在他脑海里像一条蛇似的嘶嘶作响、蜿蜒而过，直到最后，就连他也想不出新的可怕手段来惩罚她了。这时他才算坠到谷底，四仰八叉地躺在那里，毫无生气，毫无感觉，这失去太过痛苦，仿佛一片真空，怎么也无法愈合，无论他打上多少夹板和绷带也于事无补。

从谷底爬出来的过程还要更加糟糕，伤心与绝望一路伴随着他，悲伤一阵阵袭来，巨大的悲痛让他的眼泪流个不停，直到他感觉自己流的仿佛不是泪而是血，生命仿佛也就此离他而去，因为她觉得他不够好，配不上她。我此生的挚爱，我的吉蒂，我的吉蒂！

爬上地面的他宛如置身一片毫无特色的荒原，等待着自己再活过来，可是却不知道这活力会以何种面目呈现。他在想，自己是已经死去并且改变了模样呢，还是依然活着却在灵魂的熔炉里炸成了一块薯片。随后他记起来，自己曾经粉身碎骨，他曾经死过，但此刻已经如凤凰一般浴火重生，在灰烬中活了过来。

他可是查尔斯·波德姆，不过并非今日之前的查尔斯·波德姆。说出来吧，查尔斯！说吧！你不再是被吉蒂抛弃的那个人。没错，你是一个全新的查尔斯·波德姆。一个不一样的查尔斯·波德姆。他会将这地狱留下的疤痕记在心里，永久地打上烙印。不会有人对他产生怀疑，一个人也不会有！狂风暴雨毁掉了他，他却在风雨之中找到自己的路，这道路如今已经扫清障碍。哦，吉蒂，我是多么地爱你！可你抛弃了我。你抛弃的是我！查尔斯·波德姆。

坚韧不拔、善解人意、宽宏大量、心地善良、慷慨大方——我将展现出所有这些美德以及更多更多，因为一个宽厚、开朗、永远只为他人考虑的查尔斯·波德姆要让世人知道，像他妻子那种淫乱荡妇根本没有力量伤害到这样一个人。什么，那件事儿？嘆！那算得了什么，真的——难道我还会说谎吗？

他即刻便与吉蒂离了婚，利用他的影响力尽量做得悄无声息、不引人注意，让她可以不受束缚地去找她那高大强壮、蠢头蠢脑的牧羊人白马王子，让他俩可以合法地生儿育女（他俩肯定会生出一大堆孩子来）。反正她也没什么自尊，吃姐姐的残羹剩饭都不介意——她俩有没有就他在床上的表现交换过意见？说到这一点，那四姐妹当中他究竟睡过几个？

至于他自己，那就省心了。新生的查尔斯·波德姆虽然离了婚却依然受人尊敬，这位无党派的国会议员没有女性朋友，在某些需要女主人的场合，他就会用上他那马脸的政治顾问——在这方面，从来没有人说过一句闲话！原来她竟然生过一个儿子，感觉有点怪。嗯，波德姆大宅还要再改建一下——一分为二，一套宽敞的公寓给他住，另一套就给多卡斯和安德鲁·钱德勒。没准这孩子会比他自己可能生出的儿子给他带来更大的安慰呢！这简直是一定的——如果他儿子是拉蒂默家的种。这家的四姐妹全都是粗俗不堪、人尽可夫的荡妇——不过这只能私下里想想，查尔斯！在公众面前，只好说她们是误入歧途的可怜女人。

我之所以失败，是因为我错把一个婊子当成了淑女，他心里想道，但我已经死而复生，就像凤凰涅槃。我的人生还有希望。

教区长很爱自己的孩子，也有勇气承认自己的过失，在和良心经历一番艰难的斗争之后，他公开站出来支持吉蒂这种为世人所唾弃的行径。公然与人姘居让吉蒂成为众矢之的，却鲜少有人谴责杰克，大家都觉得他是受了她的哄骗。托马斯·拉蒂默牧师反倒有种说不清的解脱感，他脱下白色法衣，悄悄地退了休。丑闻爆出来还不到两天，他就已经从教区长宅邸里打包了自己所需的物品，搬进特里劳尼路上格蕾丝那栋白绿相间的小屋。他的理由简单明了：上帝造出的男人与女人并不完美，有血肉之躯的缺陷，也有其他更糟糕的弱点。否则的话，这世间还要什么神职人员和警察部门。正因为如此，在人们求助时抛下他们，这也是一种罪过，与他们本身犯下的罪过同样深重。

尽管可能未获批准，但他并没有放弃孤儿院、精神病院和医院里的工作，也在继续救济经济大萧条的受害者，人们对于他的付出感激涕零。他很快就发现，特里劳尼的生活丰富多彩、多种多样，而且充满罪恶，正对他的胃口。他自然是付房租给格蕾丝的，还自己种了蔬菜，对小鸡们更是宠爱有加，小鸡们都开始下蛋了。

如今女儿们在他生活中所占的比重比从前更大，不过，只要他在克朗达，就没有一天不去看望莫德。这让他想起上帝的玄妙之处，所以心中才会长存谦卑。

吉蒂的姐姐们都由衷地为她高兴。当初正是她们鼓动她嫁给了查理，随着时间的推移，她们心中的罪恶感越来越重，如今看到她跟意中人安定下来，她们既觉得开心，也大大松了一口气。也许只有艾达懂得吉蒂这一路走了多少年，走得多痛苦。艾达是姐妹中的弑魔者，她替吉蒂除尽诸魔，却单单留下了查尔斯——这是最后一个，也是最可怕的一个。这个魔鬼，只能由她独自去杀。

四姐妹带着她们的伴侣重新聚会时，吉蒂离开查尔斯还没有多久，但查尔斯·波德姆的态度已经非常明朗、无人不知：他打算当一名英勇的殉道者，将戴绿帽的耻辱一直忍下去。什么？那件事儿？嘆！那算得了什么，真的——难道我还会说谎吗？

她们在克朗达农庄欢聚一堂，共进圣诞晚餐，教区长也来了，他正确地评论了查尔斯。

“人太精明。”他对罗森说道，他喜欢罗森远甚于喜欢查尔斯，“我这可不是吃不到葡萄说葡萄酸，他那些政治上的支持者对他死心塌地。我真替吉蒂感到高兴。不过，有些人当然是永远都不会原谅她的。”

“这也意味着，各大报纸不可能从中再挖掘出足够的肮脏细节来编造一桩大肆宣扬的丑闻。”罗森说道，他也很喜欢教区长，牧师就算知晓了罗森的秘密，也不会厌恶地转身走人，“克朗达人不愿意跟外人谈论这事。”

利亚姆·菲尼肯笑了起来说道：“克朗达人也许很喜欢查理，但他们也喜欢杰克·瑟洛，不过这话查理可不爱听。”

这话杰克也没有听见，因为他正在做晚餐。他低头盯着一个烤盘，里面放着一只漂亮的乳猪后腿，肉皮烤得松松脆脆，火候刚好。他抬起头微微一笑宣告：“晚饭就快要好了。”

“你的猪也是自己养的？”罗森问道。

他耸起那对好看的眉毛回答：“我可不从屠夫那里买肉吃。我养的这些小家伙都可以自由自在地到处跑，所以肥肉少，肉质更细嫩。只有一样东西能让它们待在猪圈里——那就是它们的游泳池。它们躺在里头，把鼻子和嘴巴伸到水面上去吹泡泡。等它们长大一些开始讨人厌的时候，就可以加上配料做成烤乳猪了。”

“你会让吉蒂做饭吗？”利亚姆问道。

“我正在教她，可她个子太小，要对付猪后腿，总是得我来。”

草窠坐在那里，小口小口地喝着雪莉酒，开开心心地听着格蕾丝讲述在悉尼富人区的生活。谁能想到奥尔森的遗孀会过上这种日子，就像蜜蜂飞进多蜜的花海的甜蜜日子。

“我从不隐瞒大萧条带给我的痛苦。”她挥舞着杯子说道，里面的酒却一滴也没有洒出来，“人总得有个魅力的光环，在大萧条中自杀去世的丈夫就正好合适。不过孩子们就不需要这个光环了。他们很喜欢这种生活！”她那灰色的眼睛变得更黑了，“当吉蒂跳过栅栏住进新围场时，我确实有点担心查理会生气，那样可就太遗憾了。不过我还有罗森这张王牌，不然的话，我肯定要坐立难安。”

“难道你会用自己的新生活去换取吉蒂摆脱查理获得自由吗？”草窠问道。

格蕾丝一脸不屑地说：“这还用问吗，你清楚得很。只要吉蒂幸福，哪怕让我再回到特里劳尼，我也愿意。”

“别着急上火，格蕾丝。”草窠咧嘴笑道，“我只是故意跟你唱反调而已。”

艾达和吉蒂一起坐在农庄的长廊上，环绕在屋子和花园周围的河流弯成了大半个圆形，她俩就正对着河流的弯曲处。屋里传来婉转起伏的低语声，那是草窠在听格蕾丝说着近况，男人们那洪亮的声音就嗡嗡地听不太清楚了。

“你幸福吗？”吉蒂问艾达，这话问得很直率。

艾达那张瓷器一般精美的面容露出惊奇的表情，却依然保持着礼貌回答道：“既然是你问的，我就不追究了。”

“是啊，我知道。可你还没有回答我的问题。”

“我很幸福。只是不像你那样幸福得欣喜若狂罢了。”艾达说道，“我从事的是自己命中注定要做的工作，我的丈夫也很爱我。”她叹了一口气，听起来仿佛并不是伤感，而是一种求而不得的感觉，“我想我希望他还能更爱我一点吧。”

“好在你得到了想要的工作。没有什么东西是甜到一丝苦味都没有的。”

艾达笑了，说道：“吉蒂，你说的就是人生啊，甜蜜中带着苦楚。”

**图书在版编目（CIP）数据**

甜蜜的苦楚 / (澳) 考琳 · 麦卡洛
(Colleen McCullough) 著 ; 夏星译. -- 南京 : 江苏凤
凰文艺出版社, 2018.10

书名原文: BITTERSWEET

ISBN 978-7-5399-8286-1

Ⅰ. ①甜… Ⅱ. ①考… ②夏… Ⅲ. ①长篇小说－澳
大利亚－现代 Ⅳ. ①I611.45

中国版本图书馆CIP数据核字（2018）第002608号

---


图字：10-2015-124号

书　　名　甜蜜的苦楚

著　　者　［澳］考琳 · 麦卡洛
译　　者　夏　星
责任编辑　丁小卉　姚　丽
特邀编辑　武姗姗　姚红成
责任监制　刘　巍　江伟明
策　　划　读客文化
版　　权　读客文化
封面设计　读客文化　021-33608311
出版发行　江苏凤凰文艺出版社
出版社地址　南京市中央路165号，邮编：210009
出版社网址　http://www.jswenyi.com
印　　刷　三河市龙大印装有限公司
开　　本　890mm x 1270mm　1/32
印　　张　18.25
字　　数　350千
版　　次　2018年10月第1版　2018年10月第1次印刷
标准书号　ISBN 978-7-5399-8286-1
定　　价　69.90元

如有印刷、装订质量问题，请致电010-87681002（免费更换，邮寄到付）